요셉과 그 형제들

1

요셉과 그 형제들
야곱 이야기

토마스 만 지음
장지연 옮김

살림

독일 현대문학의 고전,
혹은 세계 서사문학의 한 극점

안삼환(서울대 교수. 독문학)

독일이 낳은 세계적 음악가들은 얼마든지 꼽을 수 있으나, 화가를 꼽으라면, 잠시 당황하게 된다. 독일이 낳은 세계적 시인도 많다. 그러나 세계문학의 반열에 들 수 있는 독일의 소설가는 누구일까? 하인리히 뵐이나 귄터 그라스를 들 수도 있고, 혹자에 따라서는 테오도로 폰타네라는 이름을 들 수도 있을 것이다. 그러나 거의 불모지에 다름없던 독일의 산문문학을 일약 세계적 수준으로 끌어올린 작가는 단연 토마스 만(1875~1955)이다.

그의 소설들 중에서 세계의 문학인들이 알 만한 작품들로 무엇이 있을까? 그에게 1929년도 노벨 문학상 수상의 영광을 안겨 준 그의 처녀장편 『부덴브로크 가의 사람들』(1901)이 있고, 시대가 바뀌고 세월이 흘러도 항상 젊은이들의 사랑을 받고 있는 명단편 『토니오 크뢰거』(1903)가 있으며, 무엇보다도 서구 근대 소설문학의 총결산으로 꼽히곤 하는 문제작으로서 그의 대표작으로 널리 인정을 받고 있는 『마의 산』(1924)이 있다.

그 외에도, 예술가 기질과 시민 기질을 절묘하게 대비하고 있는 단편 『트리스탄』(1903), 고통스러운 철저성과 희귀한 근면성이 한데 어울려 비상한 작품들을 창조해 낸 한 예술가가 어느 날 갑자기 맞닥뜨리게 된 내면적 위기와 위험성을 그리고 있는 그의 대표적 단편 『베니스에서의 죽음』(1912), 무솔리니와 히틀러의 파시즘이 대두한 유럽의 분위기를 잘 그려내고 있는 단편 『마리오와 마술사』(1930) 등이 유명하며, 자기 자신의 예술가로서의 자기비판과 내면적 고백을 전통적 교양소설의 형식에다 희화적으로 담아놓은 『사기사 펠릭스 크룰의 고백』(1954)도 작가 토마스 만을 이해하는 중요한 열쇠가 된다. 또한, 나치 독일의 죄업에 대한 독일인으로서의 참회의 책인 『파우스트 박사』(1947)와 이 소설의 창작 과정에서 부수적으로 생긴 작품이라 할 수 있는 『선택된 인간』(1951)도 토마스 만과 독일문화와의 관계를 풀 수 있는 단서가 되는 중요한 작품들이다.

그러나 여기서 감히 필자 개인의 판단을 덧붙여 본다면, 토마스 만 문학에서 가장 중요한 작품은 역시 「야콥의 이야기들」, 「청년 요셉」, 「이집트에서의 요셉」, 「부양자 요셉」 등 4부작으로 되어 있는 그의 장편소설 『요셉과 그의 형제들』(1943)이라고 말하고 싶다. 왜냐하면, 이 장편소설에서 필자는 이미 고전의 반열에 오른 독일 현대문학 작품을 볼 뿐만 아니라, 어쩌면 인류 서사문학의 한 극점(極點)을 보기 때문이다.

이 소설은 1926년 12월에서 1936년 8월까지, 그리고 1940년 8월부터 1943년 1월까지, 즉 약 12년의 집필 기간, 그리고 총 연수로는 약 16년 간에 걸쳐 씌어진 작품인데, 여기서 우선 주목을 요하는 것은 이 16년 사이에 독일 나치 징권의 십권과 세계 제2차대전, 그리고 작가 자신의 스위스 및 미국 망명 생활이 가로놓여 있다는 사실이다.

1926년 12월에 이 소설이 처음 집필되기 시작했을 때에는 작가 토마스 만은 『마의 산』 이래의 신화에 대한 관심의 연장선 위에서 출발하고 있었다. 마의 산에서 토마스 만은 주인공 한스 카스토르프의 인생 궤적을 묘사하는 것이 개인 한스 카스토르프의 차원을 넘어 인류의 보편적 이야기, 즉 신화적 차원으로까지 확대될 수 있음을 체험한 바 있고, 또 실제로 토마스 만은 한스 카스토르프의 이야기가 그 내적 본성을 따지자면 '동화 Märchen'[1]나 신화와도 결코 무관하지 않음을 말하고 있기도 하다. 그래서 그는 이번에는 자신의 신화에 대한, 즉 인류의 기원에 대한 관심을 유대인의 설화요, 기독교인 전체의 신화라 할 수 있는 성경으로 돌려, 구약성서 창세기 27장에서 50장에 서술되어 있는, 야곱과 요셉에 대한 그 짤막한 이야기를 심리적으로 세세하게 풀어쓴 방대한 신화적 소설을 쓰기 시작한 것이었다.

그런데 집필해 나가는 과정에서 토마스 만은 위에 적은 세 가지 중요한 시대적 체험을 하게 됨으로써, '인간 영혼에 관한 소설'을 쓰려던 당초의 의도에서 점점 멀어져서, 결국 이 소설은 점점 더 많은 '시대적 의미'[2]를 내포하게 되었다.

지성인들의 지원까지 받고 있는 파시즘의 손아귀로부터

---

1) 토마스 만, 마의 산, 프랑크푸르트 판 1974, 제III권, 10쪽(머리말) 참조.
2) 졸고, 〈요셉소설〉에 나타난 작가 토마스 만의 망명체험의 흔적, 「독일문학」, 45(1990), 187~217쪽 참조.

신화를 빼앗아 내어 그 개념을 인간적인 것으로 바꿀 필요가
있습니다. 제가 오래 전부터 행하고 있는 것도 바로 이 일에
다름이 아닙니다.[3]

『20세기의 신화』의 저자 알프레드 로젠베르크 등에 의해 오
염되고 왜곡된 우중들의 신화로부터 신화의 본원적 특성인 인
간성을 지키고 신화의 인간적 참모습을 보여줄 수 있다는 뜻에
서 토마스 만은 자신의 〈요셉 소설〉을 이해하기 시작했다. 특히
4부작 중 마지막 작품인 「부양자 요셉」에는 작가 토마스 만의
이런 시각이 곳곳에 배어 있다.

　제가 심한 철부지 행동으로 형들을 자극하여 악한 일을 하
　도록 한 것도 다 하느님의 비호(庇護) 하에 있었던 일이었습
　니다. 그리하여 하느님께서는 이것을 물론 좋은 귀결이 나도
　록 섭리하시어 제가 많은 사람들을 부양하고 거기다가 또 이
　렇게 철이 들도록 하신 것이지요. 만약 우리들 인간들 사이
　에서 그래도 용서가 문제로 된다면 용서를 빌어야 하는 쪽은
　바로 저입니다. 왜냐하면 모든 것이 이렇게 잘 되기까지 악
　역을 하지 않으면 안 되었던 것은 형들이니까요. 그런데 이
　제 제가 사흘 동안 구덩이 안에 가뒀던 벌을 앙갚음하기 위
　해 파라오의 권력을―단지 그 권력이 마침 제 손 안에 있다
　고 해서―형들에게 남용하란 말입니까? 그리하여 하느님께
　서 잘 다스려 놓으신 것을 다시금 악하게 만들란 말입니까?

3) 1941년 9월 7일 캘리포니아에서 칼 케레니에게 보낸 토마스 만의 편지.

그런다면 제가 어떻게 웃을 수 있겠습니까? 단지 권력을 쥐고 있다는 이유만으로 정의와 이성에 반하여 그 권력을 남용하는 사나이야말로 사람을 웃기거든요. 만약 그 자가 오늘은 아직 웃음거리가 안 되고 있다 할지라도 미래에는 그렇게 될 겁니다. 그러니 우리도 미래의 편에 서서 나아갑시다.[4]

요젭의 이 말은 물론 형들과 화해하려는 것으로 단순히 읽을 수도 있겠지만, 토마스 만의 젊은 시절의 정치적 오판과 망명 중의 활발한 참여적 활동을 잘 알고 있는 독자는 여기서 나르시스적 예술가 토마스 만의 자기비판과 '활동하는 시인'으로 성장한 토마스 만의 휴머니즘을 읽을 수도 있을 것이며, 마지막 대목에 나오는 '권력을 남용하는 사나이'가 '히틀러'로도 읽힐 수도 있음을 알게 될 것이다.

그러나 앞서 이 소설을 가리켜 현대적 고전이며 인류 서사문학의 한 극점이라고 말한 이유는 비단 이 작품이 지닌 시대소설적 성격 때문만은 아니다. 문제는 토마스 만이 야콥과 요젭, 그리고 그의 형제들의 특수한 이야기를 인류 전체의 보편적 이야기로—즉 인류의 신화로—끌어올리는 데에 성공하고 있다는 점이다. 이 말이 풍길지도 모르는 상투성을 떨쳐버리기 위해 필자는 독자들에게 우선 제3부 「이집트에서의 요젭」에서 '아픈 혀'라는 장을 한번 읽어볼 것을 권하고 싶다. 거기서 특히 '요젭'과 '여인'의 대화를 읽어보시라. 거기에는 인류의 원초적 역사에서

---

4) 토마스 만, 요젭과 그의 형제들, 프랑크푸르트 판 1974. 제V권, 1821쪽 이하.

부터 오늘날까지 내려오는 동안의 온갖 사랑과 유혹의 이야기, 그리고 인간 심리의 2원적 갈등에 관한 이야기, 그리고 마침내는 믿음을 지킨 인간 승리의 기록이 복잡한 심리 묘사를 통해—더 이상의 경지는 있을 수 없는 서사문학의 한 극점 위에서—신화화되어 있다.

"저는 마님과 제게 떨어질지도 모르는 어떤 벌이 두려워서 이러는 것은 아닙니다" 하고 그는 단숨에 말해 내려갔다. "그건 사소한 것입니다. 제가 두려워하는 것은 우리 주인님이신 페테프레 대인이십니다. 그분 자신이 두려운 것이지 그분이 내리실 벌이 두려운 게 아닙니다. 사람이 신을 두려워하는 것이 자신에게 신이 내리실지도 모르는 재앙 때문이 아니라, 오로지 그분 자신을 두려워하는 것과 마찬가지입니다. 신에 대한 경외심 때문이지요. 저의 모든 영광은 제 주인님으로부터 받은 것입니다. 제가 이 집과 이 나라에서 누리는 모든 것은 모두 그분 덕분입니다. 그런데 제가 마님 곁에 눕게 된다면, 설령 제가 그분이 내리실 벌은 전혀 두려워하지 않는다 하더라도, 어떻게 그분 앞에 나서서 그 분의 부드러운 눈을 바로 바라볼 수 있겠습니까? 들어보세요. 에니! 제발 정신을 차리시고 지금 제가 하고 싶은 말을 잘 들으세요. 저의 이 말은 계속 남게 될 테니까요. 우리들의 이야기가 세상에 전해져 사람들의 입에 오르내리게 되면, 사람들은 제 말을 그대로 인용할 겁니다. 원래 어떤 사건이든 이야기가 되고 아름다운 대화가 될 수 있으니까요. 그렇게 되면 아마 우리가 한 이야기 속에 같이 들어 있게 될 수두 있을 깃입니나. 그러니,

마님께서도 제발 정신 차리시고, 마님 자신의 전설을 생각하시어 그 전설 속에서 마님께서 허수아비가 되시고 죄악의 어머니가 되지 않도록 유념하십시오! 마님의 뜻을 거역하고 또 제 자신의 쾌락을 거부하기 위해, 제가 많은 것들을 복잡하게 말씀드릴 수도 있을 것입니다. 그러나 그 책임이 사람들의 입으로 넘어갈 경우 그들의 입방아 수준에 미리 맞추어 주기 위해 삼척동자라도 이해할 수 있는 가장 잘 통할 수 있고 가장 단순한 말을 마님께 해드리고자 하는데, 즉 이렇게 말씀드리겠습니다. 나의 주인이 집안의 모든 소유물을 다 믿고 내 손에 맡겼으니 이 집에는 주인이 내게 감춘 것이 아무것도 없도다. 금한 것은 오직 당신뿐이니 당신은 자기 아내임이라. 그런즉 내 어찌 이렇게 큰 악을 행하여 하느님께 득죄하리이까? 이것이 우리가 서로 누릴 수 있는 쾌락을 거절하며 우리의 영원한 미래를 위해 제가 올리는 말씀입니다. 왜냐하면 우리는 그냥 우리 멋대로 서로 상대방과 살과 피를 나눌 수 있도록 그렇게 이 세상에 단 둘이 살고 있는 것이 아니고, 이 세상에는 페테프레 대인님도 또한 살고 계시기 때문입니다. 우리 두 사람의 크나크신 주인님께서는 외롭게 계십니다. 우리는 그분을, 그의 영혼을 사랑으로 섬겨야 마땅합니다. 그런데 신뢰와 신의를 저버리고 그런 짓으로 그분의 민감한 품위를 다치게 하고, 그분을 욕되게 해서는 안 됩니다. 우리 두 사람이 황홀경에 이르는 길에 이르기 위해서는 그분을 밟고 지나가야 합니다. 더 이상 무슨 말이 필요하겠습니까."

미래의 '전설' 속에 등장할 자신들의 언동까지 걱정해야 한다며, 미래에 입방아를 찧어댈 민중들의 무책임하고도 단순한 입을 고려하여 '가장 잘 통할 수 있고 가장 단순한 말'로 표현하겠다는 요젭의 말에 접하여, 자신의 이야기를 자신이 말하고 자신이 만들어 가는 이 인물에 대하여 독자는 일말의 미소를 불금하게 될 것이다. 바로 이 때문에 필자는 이 작품을 인류 서사문학의 최고봉이라 부르고 싶은 것이다. 실로 토마스 만은—부덴브로크 가의 사람들 최후의 후예 하노 부덴브로크와 마찬가지로—인류 소설의 역사에 전무후무한 한 극점에 도달한 것이다. 토마스 만, 그의 뒤로는 그 누구도, 아류가 아니고서는, 더 이상 소설문학에서 이런 유머까지 무애자재(無碍自在)로 구사하지는 못한다.

독문학도라면—그것도 토마스 만을 전공한 독문학도라면—누구나 이런 중요한 대작을 번역해서 한국의 독자들에게 소개해 보고 싶은 소망을 지닐 만하다. 필자 또한 젊었을 때부터 이런 꿈을 지녀왔고, 얼마 전까지만 해도 공석에서 이런 소망을 피력한 적도 있다.[5]

그런데 이런 나에게 최근에 한 젊은 여류독문학도가 요젭과 그의 형제들을 완역을 했다는 소식을 전해 왔다. 이 소식에 접하자 필자는 일순 일말의 아쉬움을 느끼기도 했지만, 다음 순간 이 감정은 금방 큰 경탄과 기쁨, 그리고 고마운 마음으로 바뀌어갔다. 토마스 만을 연구한답시고 귀중한 시간만 허송해온 필

---

5) 졸고, 『어느 한국인 토마스 만 독자의 고백』에 대한 주석, 「번역연구」, 6(1998), 19-29쪽(특히 27쪽과 29쪽) 참조.

자가 미처 이루지 못한 소망을 한 젊은 독문학도가 달성해 주었으니 정말 장하고 자랑스러운 생각이 들었다. 필자는 이 역자를 잘 몰랐으면서도 전화 한 통화에 기꺼이 넘어가서, 이메일로 보내준 번역원고를 열심히 읽어보고 아주 감격해서 이 글을 쓰고 있다. 토마스 만의 〈요셉 소설〉 4권을 끝까지 번역해 낸 사람이라면, 설령 그와 필자 사이에 '요셉'과 '요젭', '하나님'과 '하느님' 등등 번역상의 이견(異見)이 확인되고 간혹 사소한 오역이 발견된다 할지라도, 토마스 만의 이 소설을 깊이 사랑하고 그의 산문정신을 근본적으로 이해한 사람임에는 틀림없으리라는 믿음이 들기 때문이다. 그렇지 않고서야 어찌 이 긴긴 작품을 완역해 낼 수 있었을까 말이다.

큰일을 이룩해 낸 장지연 씨에게 진심으로 축하의 뜻을 표하는 바이며, 부디 이 번역 작품이 한국 독자들의 사랑을 듬뿍 받기를 축원해 마지않는 바이다.

2001년 가을
단풍이 물들기 시작하는 관악산 기슭에서

신화를 읽는다는 일,
인간의 본질을 들여다 본다는 일

『요셉과 그 형제들』은 20세기 독일문학을 대표하는 토마스 만 스스로 자신의 최고 작품으로 여긴 대작소설이고, 금세기 서사문학의 최고봉이라 평가받는 작품이기도 하다. 하지만 거의 모든 나라에 번역되어 읽히고 있는 이 소설이 한국에서는 아직 출판되지 않고 있어 그동안 많은 사람들이 적잖이 아쉬워하고 있었다.

독일에서, 그리고 한국에서 이 작품을 몇 번씩 정독하며 큰 감동을 받고 있던 나 또한 그런 사람 중의 하나였다. 해외의 최근 신간까지도 거의 동시간대에 출간하는 현재의 출판 풍토에도 불구하고 이 소설이 번역되지 않은 이유는 아마도 분량의 방대함이 가장 큰 이유일 수 있을 것이다. 그러나 어쩌면 작가가 아우르고 있는 관심분야—근동의 제 신화, 민속, 종교학, 고고학, 심리학 등 내용의 방대함이 더 큰 이유였을지도 모른다.

토마스 만이 이 작품에 쏟아 부은 순수 집필 시기는 13년이었다. 준비기간까지는 총 16년이 걸렸다고 한다. 한 작가에게 그만한 세월을 요구한 소설이라면 얼마나 무수한 이야기가 숨어 있는지, 얼마나 깊은 작가의 사색이 담겨 있는지 능히 짐작하게 한다.

『요셉과 그 형제들』은 잘 알려진 대로 성경의 '요셉 이야기'이다. 고대 유대 전설로 이미 자리잡고 있던 이 이야기에, 작가는 기독교 전통뿐 아니라 고대 메소포타미아와 이집트 문명까지를 두루 포함시켰다. 특히 신화의 재해석을 통해 인간 본질에 대한 답을 구하고자 했으며, 여기서 그의 놀라운 상상력과 특유의 해학이 빛을 발하고 있음은 두말할 필요가 없다. 작가의 정신이 녹아 있는 문체 또한 얼마나 서늘하고 막힘이 없는지, 번역을 하던 긴 시간 동안 작가와 이 삶에 대한 경외감으로 전율을 느낀 적이 한두 번이 아니었다.

사람은 때때로 자신의 능력보다 더 큰 일을 저질러보고 싶다는 무엇에 씌일 때가 있는 모양이다. 내가 그랬다. 언제 끝나게 되든 이 번역 작업을 내 힘으로 이루어 보고 싶었다. 나는 그 욕망의 감옥 속으로 걸어 들어가 3년 3개월을 살다 나왔다. 어떤 학기에는 아예 강의를 포기했고, 2년이 지났을 어느 무렵에는 3개월 동안 병원 신세를 지기도 했다. 그 병상에서, 나는 무모함이라는 죄 때문에 치러야 하는 각별한 형벌, 죽음의 체험을 하기도 했다. 의식이 가물거리면서도 '요셉'을 불렀던 일을 나는 평생 동안 잊지 못할 것이다.

그리고 그 길고 힘들었던 시간들이 끝났다. 요셉을 여러분의 품에 안겨 드릴 수 있도록 오랜 인내와 후원을 아끼지 않았던 살림출판사의 심만수 사장님께 머리 숙여 감사 드린다. 그리고 시종일관 번역을 독려해 주신 중앙대학의 이름가르트 유 군데 르트 교수님, 늘 바쁘심에도 불구하고 흔쾌히 작품의 해설을 써 주신 서울대학의 안삼환 교수님, 언제든 도움을 청하라 하셨던 평택대학의 한동구 교수님께도 감사 드린다. 일일이 이름을 들 수는 없지만, 음양으로 도와주신 많은 분들과 나와 함께 이 순 간의 기쁨을 나눠 가질 오랜 벗들에게도 이 자리를 빌어 고마운 마음을 전하고 싶다.

　여기서 다 하지 못한 말들은 독자의 이해를 돕기 위해 주해서 격인『요셉과 그 형제들—깊이 읽기』를 엮으면서 모두 담았다. 그 책이 이 위대한 저작물과 함께 하는 정신여행에 도움이 되기 를 바랄 뿐이다.

2001년 10월 17일
장지연

15

목차

2부 야곱과 에사오

3부 디나 이야기

4부 도주

5부 라반의 집에서 시작한 종살이

일러두기

1. '요셉', '야곱', '이사악', '에사오' 등 본문에 등장하는 성서 인명은 가능한 공동번역성서를 따르는 것을 원칙으로 했다.
2. 원작에 한 사람(혹은 신 또는 지명)의 이름이 다양하게 표기된 경우, 통일시키지 않고 원작에 따라 번역했다.

   예) 보디발 → 포티파르, 페테프레

   　　이집트에서의 요셉 → 오사르시프, 우사르시프
3. 이집트 고유의 인명과 지명은 작가의 독일어 표기를 따랐다.

   예) 이크나톤 → 에흔아톤 Echnatôn

   　　네페르티티 → 노페르티티 Nofertiti

   　　테베 → 테벤 Theben
4. 번역시 작가가 사용한 표현을 그대로 살리는 데 중점을 두었고, 그 의미 해석이 어려운 부분은 『요셉과 그 형제들 — 깊이 읽기』를 통해 독자들의 이해를 돕고자 했다.
5. 본문은 《한글맞춤법》에 근거를 두었으며, 세부적인 사항은 〈살림출판사〉 내부에서 정한 표기안을 따랐다.
6. 완역에 사용한 책은 Fischer Taschenbuch Verlag GmbH, Frankfurt am Main, Mai 1991년 판이다.

　　▪ 이 책은 독일 Inter Nationes의 번역 지원을 받았다.

　　　Diese Übersetzung wurde durch Inter Nationes gefördert.

서곡
저승 나들이

1

깊은 과거의 우물로. 우물은 우물이되 너무 깊어서 바닥을 모른다고 해야 할지도 모르겠다.

도대체 과거를 주절거리고 그런 걸로 골치를 썩는 존재가 인간 외에 어디 있겠나? 그런 생각을 하면, 더더욱 바닥을 모르는 과거라는 표현이 옳을 것 같다. 인생살이가 원래 그렇다. 자연스럽게 일어나는 욕망을 채워가며 즐기기도 하지만, 다른 한편으로는 자연을 초월하고 싶은 욕구 때문에 고통받기도 하는 게 인생살이다. 따지고 보면 인간이라는 존재 자체가 수수께끼이다. 그래서 무슨 이야기든, 뭘 묻든, 그 시작과 끝에는 인간의 비밀, 신비스러운 인간이라는 존재가 놓여 있다. 말이 급해지고, 속에서 불이 활활 타오르고, 알고 싶어 안달복달하면서 그저 묻기 바쁜 것도, 인간의 정체를 알고 싶어서가 아니겠는가.

과거라는 우물로 두레박을 깊이 드리우면 드리울수록, 그래서 과거가 묻혀 있는 지하세계, 저승으로 한층 더 깊숙이 더듬어 갈수록, 인간의 기원과 역사, 풍속과 문화, 이 모든 것의 시원은 점점 더 알 수 없어진다. 길이를 알 수 없는 시간 여행을 떠나면서 깊이를 가늠해 주는 추를 매단 실타래를 풀고 또 풀어봐도, 만물의 시원은 다림추 앞에서 번번이 더 깊은 곳으로 도망쳐버린다. '번번이 더 깊은 곳으로.' 그렇다. 이처럼 적절한 표현이 없을 것이다. 그 끝을 헤아릴 수 없는 길 앞에서 우롱당하는 탐험가들을 떠올려보라. 막다른 곳에 이르러 마침내 목적지에 다 왔나보다 하는데, 그건 눈속임이고 모퉁이를 돌아서니 또 다른 길이 과거로 이어진다면. 해안을 거닐다 눈앞에 보이는 점토 섞인 모래 언덕, 그 사구(砂丘)가 끝인가 하여, 가까이 다가갔더니, 웬걸, 그 너머로 또 다른 곳, 또 다른 해각(海角)으로 유인한다면.

그렇다고 영영 포기하고 주저앉을 수는 없는 노릇, 특정한 공동체나 민족, 혹은 특정한 종교적 신념을 가진 가문에 얽힌 설화를 보면, 이것을 태초로 하자며 정해놓은 시초들이 있다. 물론 사람들은 안다. 이로써 진정한 시원의 깊이를 완전히 헤아릴 수 있는 것은 아니라는 사실을. 그러나 민족이든 개인이든 이 정도면 적당하다며 과거에 대한 회상을 만족시키는 특정한 지점을 정하고 이를 태초라 부르는 것은 실용적이고 편리한 조처임에는 분명하다.

어린 요셉은 어떠했는가. 야곱과, 일찍 세상을 떠난 사랑스러운 라헬의 아들 요셉의 주변을 한번 둘러보자. 당시 바벨에는 코세 사람 쿠리갈주가 수메르와 악카드 사람들을 다스리고 있었다. 자신을 일컬어, '사계(四界)의 왕'이라 칭한 이 왕은, 방패부대가 빈틈없이 대열을 정비한 것 같은 수염만 보면 꽤나 깐깐한 듯해도, 전체적으로는 넉넉한 풍채 덕분에 여유 있어 보였다. 이 군주가 섬긴 신은 벨-마르둑(Bel-Marduk, 구약성서 예레미야 50장 2절의 '벨', '마르둑〔혹은 므로닥〕'과 같으며, '마르둑'의 명칭이라고 할 수 있는 '벨'은 주〔主〕라는 뜻의 악카드어이며, 히브리어로 하면 '바알'이 된다. '태양신의 송아지'라는 뜻을 가진 마르둑은 원래 아모리족의 신으로 도성국가 바빌론의 수호신이였는네, 바빌로니아 제국의 형성과 함께 어둠을 상징하는 바다의 괴물 티아마트를 죽이고 천지를 창조한 최고신이자 만백성의 구원자로 숭배됨—옮긴이)이다. 이번에는 아래 나라의 테벤을 보자. 요셉은 이곳을 가리켜 '미즈라임', 혹은 '케메, 검은 땅'이라고 부르기도 한다. 여기가 바로 에집트, 혹은 이집트다. 이곳 사람들이 떠받들어 모신 선한 신의 이름은 '아문은 만족한다'이다. 왕은 바로 이 태양신의 아들로 아버지 태양신의 이름을 그대로 딴 3세였다. 그냥 인간이 아니라 태양신의 아들이니, 궁궐에 있는 왕이 얼마나 눈부셨을지 상상해 보라. 한낱 티끌로 만들어진 보통 인간이야 황홀해서 감히 눈이나 뜰 수 있겠는가.

자, 이제 앗수르로 눈을 돌려보자. 이곳은 그 즈음 한창 번성기를 맞고 있었다. 물론 앗시리아 신들의 도움도 있었겠지만, 가자(Gaza)에서 삼나무들이 즐비한 고지대의 협곡으로 이어진 해안 대로를 끊임없이 오가는 대상들의 덕을 톡톡히 본 셈이다. 그렇다면 도대체 어떤 사람들이, 무슨 짐을 낙타에 잔뜩 싣고 다닌 것일까? 그건 강을 끼고 있는 나라의 왕들이 이집트 파라오의 궁전에 공물로 보석 라피스라줄리와 금을 보내는 사절단의 행렬이다. 그리고 아모리 족이 사는 벧-산과 아얄론, 타네크, 우루살림 같은 도시는 여신 아쉬타르테(Aschtarte, 혹은 아쉬타르티 Aschtarti. 서〔西〕셈 족의 풍년과 사랑의 여신. 이쉬타르와 동일—옮긴이)를 섬기는 땅이고, 시겜과 벧-라하마에 사는 사람들은 진짜 아들, 갈기갈기 찢긴 자를 숭배하여 해마다 그를 애도하여 7일 간 통곡하는 추모제가 열리기도 했고, 도시 계발에서는 성전도 숭배도 필요로 하지 않는 엘을 섬겼다.

그럼 요셉이 살던 곳은 어디쯤인가. 가나안, 이집트 말로 위쪽 레테누라 불린 땅, 그중에서도 테레빈 나무와 늘푸른 너도밤나무가 시원한 그늘을 만들어주는 헤브론, 이곳이 요셉이 아버지와 함께 살던 곳이다. 뭇사람의 사랑을 독차지한 것으로 소문난 소년, 언뜻 보면 보름달 같기도 하고, 또 언뜻 보면 맑은 하늘을 유유히 떠다니는 이쉬타르 (Ischtar, 메소포타미아 신화에 등장하는 미와 연애의 신, 혹은 전투의 여신. 우루크 수호신 인안나를 셈 족이 악카드어로 부르는 이름. 서(西)셈 족의 아쉬타르티, 남아랍의 아쉬타르 남신(男神)과 동일하며 지역에 따라 아쉐라, 아스타로트로도 불리는 그녀는 그리스 신화의 아프로디테라 할 수 있다—옮긴이)의 별 금성처럼 매혹적인 어머니의 외모를 닮고, 아버지로부터는 정신을 물려받은, 아니 정신적인 재능 면에서는 어쩌면 아버지보다 한 수 위였던 요셉(이렇게 그의 이름을 다섯번인가 여섯번, 연거푸 부르다보니 가슴이 뿌듯해진다. 이름처럼 비밀스럽고 신비로운 것이 또 있을까. 무슨 마력이라도 지닌 듯 그의 이름은 아주 먼 옛날, 저 깊은 과거 속에 파묻힌 지 이미 오래인 소년을, 늘 속닥거리기 좋아하던 생기발랄한 그 소년을 바로 지금, 여기 이 자리로 불러내는 것만 같다). 바로 이 요셉은 그렇다면 자신과 관련된 모든 일이 어디서 시작되었다고 생각했을까. 남바빌론에 있는 우르, 이따금 그곳 사투리로 '우르 카스딤', '갈대아의 우르'라고 불리던 곳을 요셉은 시초로 여겼다.

실제로 얼마나 오래 된 일인지, 그것까지야 요셉이 알 턱이 없지만, 여하튼 아주 오래 전, 생각이 많아 늘 마음이 불안한 어느 남자가 이곳에 살았다. 그러던 어느 날 남자는 그 도시의 수호신인 달처럼 나그네 길에 오른다. 가끔 누이라고 부르기도 한 아내와 다른 식솔들도 이끌고 정처 없이 유랑을 떠난 것이다. 어쩌면 불만과 회의로 속을 끓이던 사람에게는 자리를 박차고 일어나는 방법밖에 없었을지도 모른다. 어찌 되었거나, 그 배후에는 어떤 심각한 모순을 느끼고 저항한 흔적이 있다. 그건 순전히 어떤 건축물 때문이었다. 왠지 모욕당한 느낌이 들 만큼 위압적인 이 건물은, 당시의 강력한 통치자 님로드(Nimrod, 혹은 니므롯. 히브리 신화에 등장하는 바벨탑을 세운 시나르의 왕으로 아담과 이브가 입었던 옷을 소유함으로써 세계의 통치권을 얻는다. 동물들도 그 옷을 입은 그의 권위를 인정했고, 그 옷은 전투마다 승리를 안겨주었다. 그러자 님로드는 땅의 권세에 만족하지 않고 하늘에 이를 수 있는 탑을 건설했고, 이에 노한 야웨가 시나르의 언어를 뒤섞음—옮긴이)가 직접 세웠거나, 그게 아니라면 엄청난 높이로 증축한 것이다. 우르를 떠난 남자는, 그렇게 하늘에 닿을 만큼 높이 쌓은 건 거룩한 빛을 숭배한 탓이라고만 믿었다. 하지만 그 때문만은 아니다. 왕은 자신의 세력이 흩어지는 걸 원치 않아서 한곳에 모으려고 높은 말뚝을 세운 것이다. 그러나 이 말뚝은 우르 남자를 붙들어두기는커녕 되레 밖으로 내몰았다. 하지만 실제로 이 남자의 화를 돋군 게 우르의 이 거대한 월탑(月塔)이었는지, 아니면 바벨의 태양신전이었는지, 여기에 대해서는 요셉이 개인적으로 아는 설화들도 의견이 각각이었다. 우르의 도시 수호신으로 섬겨진 달신(神)의 이름은 신(Sin)이다. 시날이라는 지역 명칭이나 시나이라는 산 이름에도 이 신의 이름이 여운으로 남아 있다. 여하튼 이 달의 신을 위해 세운 탑이 남자의 등을 떼민 화근이었는지, 아니면 바벨에 님로드가 역시 하늘에 닿을 듯 높이 쌓아 마르둑에게 바친 에사길라 성전이 원인 제공을 했는지는 분명하지 않다. 이 태양전 이야기는 요셉도 익히 들어서 그 모습을 대충 짐작했다. 어찌 되었건, 우르의 월탑이나 바벨의 마르둑 신전 외에도 생각 많은 남자의 심기를 건드린 또 다른 이유가 있었던 것 같다. 님로드의 권세도 그렇고 풍습과 관습도 그랬다. 다른 사람들은 신성시했을지 모르나 그의 경우는 달랐다. 그에게는 이런 것들이 가슴을 마구 휘저어, 점점 더 깊은 회의로 몰아넣었다. 이렇게 회의와 절망으로 고통받는 영혼은 진득하게 한군데 좌정할 수 없는 법, 자리를 뜨는 건 당연했다.

남자가 우르를 떠나 제일 먼저 당도한 곳은 하란이다. 아직은 님로드의 세력권을 벗어나지 못한 셈이다. 북쪽에 있는 달의 도시요, 길의 도시인 나하라임 땅의 하란에 수년간 머물면서 그는 사람들과 친인척 관계를 맺는다. 이 또한 불안을 의미하는 친인척 관계였을 뿐, 그 이상은 아니다. 다시 그곳을 떠났으니까. 하지만 혼돈해서는 안 될 게 있다. 기분 내키는 대로 훌쩍 털고 일어나 모험을 즐기며 발길 가는 데로 떠도는 경망함, 그런 것과는 상관없다. 한군데 안주하지 못하고 몸을 들썩이는 조바심을 보인 건, 그에게 잠시도 평안을 허락지 않고 불안하게 만든 건, 그의 피 속에 흐르는 알 수 없는 어떤 유명의 힘이었다고니 힐까. 그래서 또 한번 짐을 챙겨 '길의 도시' 하란을 등지고 무작정 길을 떠난다. 이번에는 아내와 가솔들은 물론 새로 생긴 친척들까지 거느리고.

그렇게 서쪽으로 가다 이른 곳이 아모리 족이 사는 가나안이다. 당시 이곳 주인은 하티 족이었다. 여기서 서서히 남쪽으로 이동하여 마침내 남쪽 깊숙이 진흙의 나라, 즉 이집트에 이른다. 이곳은 다른 태양이 떠올라서 그런지, 다른 말로 하자면, 다른 태양신을 섬겨서인지 강물도 나하라임 땅하고 반대로 흘렀다. 말하자면 강 하류로 내려가면 북쪽으로 올라가는 셈이었다. 어디 그뿐인가. 토착민들은 섬길 것이 그렇게도 없었던지 죽은 자들까지 숭배했다. 그러니 영혼의 갈증은 더 심해지니, 어쩌겠는가. 서쪽 땅으로 되돌아가는 수밖에. 그렇게 해서 진흙의 나라와 님로드의 영토 사이에 일단 정착한다. 그곳은 사막이 멀지 않은 산악지대 남쪽으로 농사 짓는 사람은 얼마 없었다. 대신 목초지가 많아서 가축을 치며 그곳 사람들과 적당히 어울리며 살 수 있었다.

이 남자에 얽힌 설화를 들어보면, 그는 여러 신들 중에서, 아니 신이란 신 중에서 가장 으뜸가는 신을 섬기려 했다. 그래서 최고로 높은 신이 지녀야 할 본질을 그려내는 데 온갖 정성을 아끼지 않았다. 어떻게 아무 신이나 믿는단 말인가. 이왕 신을 섬기려면 제일 높은 신을 섬겨야 한다는 자신의 결심이 스스로 생각해 봐도 자랑스러웠다. 그리고 진실로 사랑한 이 영겁의 신에게 이름을 부여하고 싶었다. 그런데 마땅한 이름이 없어 결국 단수가 아닌 복수형태로 신을 부른다.

엘로힘! 엘로힘은 우르를 떠난 남자에게 자손이 모래와 별처럼 번창하여 민족을 이루게 하고, 모든 민족에게 축복을 주는 민족이 되게 해주리라 약속했다. 그리고 어디 그뿐인가. 남자가 이방인으로 살고 있는 땅, 엘로힘이 갈대아로부터 인도해 준 이 가나안 땅은 영원히 남자와 그 후손들의 소유가 되리라 하셨다. 다시 말해서 이 지고한 분, 신 중의 신 엘로힘은 그곳 토착민에게는 당분간만 이 땅을 지키도록 했을 뿐, 장차 남자와 그 후손들에게 '성문'을 열어주어 오히려 이들이 원주민들을 다스리게 할 생각이라는 뜻이다. 그런데 이 부분은 조심스럽게 다뤄야 한다. 아니, 그 의미를 제대로 이해해야 한다. 왜? 전쟁의 결과인 정치적 세력 관계를 애초에 신의 뜻이 그러했다며, 정당화하는 데 이용된 훗날의 기록들이니까. 남자는 사실 고향을 떠날 때, 무슨 정치적 약속을 받을 기분도 아니었고, 또 받아낼 생각도 없었다. 떠나기 전부터, 앞으로 내가 살 곳은 아모리 사람들 땅이다. 이렇게 점찍어 놓은 증거는 어디에도 없다. 아니, 정황을 보면 오히려 정반대에 가깝다. 가나안이 정해진 목적지였다면 무엇하러 멀리 이집트까지 가봤겠는가. 그렇다면 기세등등한 님로드의 강대국에 등을 돌리고, 모두들 우러러보는 나라, 무덤이 즐비하고, 뭉개진 코에 사자와 처녀가 한 몸인 희한한 것이 버티고 있는 나라, 왕관을 둘씩이나 쓴 오아시스의 왕이 통치하는 이집트도 마다하고 남자가 택한 곳은 어디였던가. 바로 서쪽 땅이다. 나라가 분열되어 힘도, 희망도 없는 곳, 이세의 지배를 받는 곳, 하필이면 이런 땅으로 되돌아갔다. 이것보다 더 명백한 증거가 어디 있겠는가. 영토의 크기라든가 정치적 야망, 이런 건 애당초 남자의 관심사가 아니었다. 남자를 우르에서 내몬 것은 정신적 불안이었다. 남자가 간절히 바란 게 있다면 단 한 가지, 신에 대한 갈망이었다. 이렇게 신을 목말라하던 남자에게 언약이 주어졌다면, 그건 두말할 것도 없이, 새로운 신을 영접한 남자의 영적 체험의 발산과 관련된 약속이었으리라. 남자는 처음부터 자신이 영접한 새로운 신의 추종자를 얻기 위해 노력했다. 남자는 고통스러웠다. 그러면서 생각했다.

이렇게 고통이 큰 것은 복수형의 이름으로 불러야 할 만큼 그분이 워낙 크기 때문이 아니겠는가. 그렇다면 지금의 이 고통은 반드시 미래에 결실을 가져오리라.

그러다 남자는 마침내 자신이 깨달은 새로운 신으로부터 듣게 된다. 자신의 조바심과 불안이 결코 헛되지 않았으며, 이러한 그의 고통이 열매를 맺어 바닷가의 모래알처럼 무수한 개종자(改宗者)를 생산할 것이며, 이들이 씨앗이 되어 큰 민족을 이룰 것이라고. 한마디로 자신은 축복받은 존재가 되리라는 약속을 얻은 것이다.

축복이라고? 이 단어로 과연 남자의 얼굴에, 인생을 살아가는 기본 정서에, 또 그의 자의식에 흔적을 남긴 사건들의 의미를 제대로 표현할 수 있을까? 아마 그렇지 않을 것이다. '축복'이라는 단어 뒤에 깔려 있는 가치 평가는 뭐랄까, 조금 특별해서, 우르를 떠난 이 남자와 같은 남자들의 기질과 활약을 이런 말로 묘사하는 건 왠지 거북하다. 마음이 편치 않아 정처 없이 객지로 떠돌다. 새로운 신의 영접으로 미래가 달라질 운명을 가진 그런 남자들을 선뜻 축복받은 남자라 표현하는 건 망설여진다는 뜻이다. 그네들의 삶이 의심의 여지라고는 한치도 없이, 정말 말 그대로 순수하게 '축복'만 받은 삶을 의미하는 경우는 아주 드물거나, 아예 없다. 이런 부류에 속하는 남자들의 일생 이야기라면, 그들이 신으로부터 들은 속삭임을 놓고 축복을 운운하기는 어렵다. 오히려 이때의 신의 언약을 올바로 옮긴다면, 어느 나라 말로 하든, 대강 이런 뜻이 될 것이다. '그것이 네 운명이 될지어다.' 이 운명이 하나의 축복을 뜻할 수 있는가 아닌가는 그다지 중요하지 않다. 언제라도 다른 대답이 가능하기 때문이다. 물론 우르를 떠나온 남자의 후손들은 이 질문에 그렇다고 대답했다. 남자의 육신이 낳은 자손이든, 아니면 정신적 후예이건, 이들 역시 갈대아의 우르에서 남자를 인도한 신을 그와 마찬가지로 참된 '바알'(셈어로 '主' 혹은 '소유자'를 뜻한다—옮긴이)로, 진정한 '아두'(바빌론 신 마르둑의 또 다른 이름—옮긴이)로 인식한 까닭이다. 요셉도 예외가 아니다. 그 또한 우르 남자의 후손답게 자신의 정신과 육체의 뿌리를 거기서 찾았다.

2

가끔 요셉은 이 달 나그네, 즉 우르 남자를 자기 중조부로 여기기도 했다. 엄밀하게 따지면, 물론 당치 않은 일이다. 자신도 잘 알았다. 지금까지 듣고 배운 것으로 미루어,

우르 남자의 무대가 그보다 훨씬 앞선 시절이라는 것을. 그렇다고 아득하게 끝이 안 보일 정도로 먼 옛날 일은 또 아니었다. 남자가 십이성좌를 그려놓은 경계석을 뒤로 하고 우르를 떠나 유랑에 오를 당시, 그곳을 다스리던 통치자가 이 땅 위의 최초의 왕, 즉 시날의 벨을 생산한 님로드일 정도로 옛날 일은 아니니까. 점토서판 기록을 보면, 월탑과 태양탑을 다시 쌓은 건 님로드가 아니라 함무라비, 즉 입법자이다. 어린 요셉이 함무라비를 예전의 님로드와 같은 인물로 여긴 건 생각의 장난일 뿐이다. 이런 사고의 유희는 글쎄, 우리한테야 어울리지 않겠지만, 적어도 요셉의 정신에는 생기를 불어넣는 우아한 장식이었다. 다시 한번 말하지만, 요셉이 우르 남자를 그 남자와 이름이 비슷했던, 아니 어쩌면 똑같았을 수도 있는 자신의 증조부라고 여긴 건 사고의 유희이다. 정신으로 보나 육신으로 보나 요셉의 조상인 이 우르 나그네가 유랑을 떠난 시절과 소년 요셉 사이에는 당시 시간계산법으로 최소한 20대, 바빌론식으로 600년의 세월이 가로놓여 있다. 이 정도 시차라면 우리 시대와 중세를 갈라놓을 정도로 먼 거리이지만, 또 어찌 보면 그렇게 먼 것도 아니다.

그렇게 먼 것도 아니라니? 우리가 지금 밤하늘이라 말하는 것, 그걸 가리켜 당시 사람들도 똑같이 밤하늘이라 하지 않았던가. 그건 우르 남자가 나그네 길에 오르기 훨씬 이전에도 있었고, 우리 역시 훗날 태어날 손자들에게 그대로 물려줄 밤하늘이 아니던가. 이렇게 보면 지구상에서 시간이 갖는 의미와 비중은 어디서나 항상 같은 게 아니다. 시간의 척도는 늘 다르다. 갈대아에서 시간을 아무리 정확하게 재었다 해도 마찬가지다. 그 무렵, 그곳의 밤하늘 아래서 흘러간 600년이라는 세월은 우리 서양사의 시간과는 달라서 보다 묵묵히 흘러가는, 보폭이 일정한 시간이었다. 거기서 시간은 별로 할 일이 없었다. 사물과 세상을 거머쥐고 끊임없이 뭔가 변화시켜 나가는 힘 또한 아무래도 조금 약했다. 설령 변화를 가져왔다 하더라도, 그 방식은 매우 부드러웠다. 그렇다면 이 시절에는 중대한 변화, 세상을 온통 뒤집어놓을 만한 획기적인 변화는 없었는가? 전혀 그렇지 않다. 우리도 알고, 요셉도 알았다. **자연**이 손수 팔을 걷어붙인 대변혁으로 지각변동까지 있었다는 사실을. 소돔과 고모라, 이 음탕한 도시들이 있던 자리가 바로 그 근방이 아니던가? 하란 사람으로 우르 남자가 가까운 친척 관계를 맺었다는 롯이 살던 곳이 소돔이다. 롯은 납덩이 같은 잿물 호수가 끔찍한 역청색 유황불로 변해 도시를 집어삼키기 직전 목숨을 구했다. 딸들과 함께였다. 그렇다면 이들은 또 누구였던가. 소돔 사람들이 음란한 욕구를 채우려고 손님들을 내놓으라고 하자 아버지가 대신 제물로 바치려 했던 딸들이다. 아버지와 함께 무사히 도시를 벗어난 후, 자신들 외에 지구상에 살아남은 인간이 아무도 없는 줄 알고, 여성으로서 인류의 멸종을 염려하여 아버지와 살을 섞었다는 바로 그 딸들이다.

아무튼 그곳의 세월도 이렇게 눈에 보이는 획기적인 변화까지 흔적으로 남기기도 했다. 거기엔 축복의 시절이 있었는가 하면, 재앙의 시절도 있었고 풍년과 가뭄도 있었고, 출정도 있었고 통치자가 바뀌기도 했으며, 새로운 신들이 등장하기도 했다. 하지만 지금에 비해 전체적으로 변화보다 보존의 성격이 훨씬 더 강한 시절이었다. 생활방식과 사고형태, 또 습관이라는 면에서 요셉과 그의 조상들이 보여주는 차이는 오늘날의 우리와 십자군 전쟁에 출전했던 우리 조상들의 차이에 비하면 아무것도 아니다. 집안 대대로 전해지는 설화에 근거한 기억은 피부에 와 닿을 듯 가까이 느껴져 부담 없이 받아들여졌다. 이 경우, 시간의 단위가 크므로 한눈에 죽 훑어볼 수 있다. 그러니 앞뒤 정확하게 재지 않고 과거의 일들을 적당히 하나로 뭉쳐서 생각했다는 이유로 어린 시절의 요셉을 나무라지는 말자. 아까도 말했지만, 요셉은 가끔씩 정신이 조금 몽롱해질 때면, 예컨대 한밤에 달 구경을 한다던가 할 때, 정확하게 따져보지도 않고 무턱대고 우르 남자를 아버지의 할아버지로 여겼다. 실은 정확하지 않다는 것도 여기서는 별 의미가 없다. 우리가 지금까지 이야기한 우르 남자라는 이도 우르에서 살다가 최초로 유랑에 나선 바로 그 장본인이 아닐 확률이 높으니까. 아마도 앞에서 말한 우르 남자는 우르의 월탑을 본 적도 없었을 것이다(어린 시절의 요셉도 모든 게 정확해지는 시간, 즉 대낮에는 이렇게 생각했으리라). 월탑을 등지고 북쪽으로 한참 가다가 이윽고 나하라임 땅의 하란에 닿은 사람은 이 남자가 아니라 그의 아버지였을 것이다. 그리고 우르 남자라고 잘못 이름 붙여진 이 남자는 이 하란에서 비로소 신 중의 신, 가장 지고한 분의 지시를 받고 아모리 사람들이 사는 땅으로 떠난 것이리라. 이때 대동한 사람이 바로 소돔에 정착하게 되는 롯이다. 이 신앙공동체의 설화는 무슨 꿈을 꾸는 건지, 이 롯이라는 인물을 그가 '하란의 아들'이었다는 이유로 우르 남자의 형제가 낳은 아들이라고 말한다. 물론 소돔의 롯은 하란의 아들이었다. 그 역시 우르 남자와 마찬가지로 하란 태생이니까. 그러나 도시를 사람으로 취급하여, 길의 도시 하란을 우르 남자의 형제로 만들어, 급기야 개종자 롯을 우르 남자의 조카로 만드는 일은, 낮이라면 감히 꿀 수도 없는 뻔뻔한 꿈이며, 사고의 유희이다. 하지만 바로 이 사고의 유희가 어린 시절의 요셉이 손바닥 뒤집듯 간단하게 여러 가지 것들을 혼동한 이유를 설명해 준다.

그럼 이런 식으로 혼동을 하면서 양심의 가책을 느꼈는가? 전혀 아니다. 요셉은 물론이고, 시날 지방의 점성가들도 다를 바 없었다. 이들은 아무렇지 않게 한 별로 하여금 다른 별을 대신하게 만들었다. 예컨대 하늘에 떠 있던 태양이 저녁 때 저 언덕 너머로 사라지면, 태양을 국가와 전쟁의 별 니누르타와 교대시키고, 마르둑 별은 전갈자리로 대신하게 했다. 방법은 간단했다. 전갈자리를 마르둑으로, 니누르타를 태양이라 부르면 그뿐이었다.

이제 요셉 이야기로 돌아가 보자. 요셉에게 이런 혼동은 어찌 보면 불가피한 선택이었다. 자신이 속해 있는 사건에 처음 시작된 지점을 표시하고는 싶은데, 그게 만만치 않았던 것이다. 그럴 수밖에. 세상에 아비 없는 자식이 없고, 자기 힘으로 혼자 태어났다고 주장할 수 있는 물건은 없으니까. 인간이든, 사물이든 자신을 있게 한 이전의 것, 저 깊은 바닥에 있는 처음이라는 곳, 깊고도 깊은 과서의 우물 바닥을 가리키기 마련 아닌가.

요셉은 물론 잘 알고 있었다. 우르 남자의 아버지에게도, 다시 말해서 진짜 우르 남자에게도 아버지가 분명 있었으리라는 사실을. 그러면 이것으로 끝인가? 아니다. 그 아버지 또한 아버지를 가졌을 터, 이런 식으로 끝없이 파고 들어가면, 양을 치며 장막에 거하는 목자들의 조상, 아담의 아들, 아벨에 이르렀으리라. 그러나 조상이 시날 지방을 떠난 일은 어차피 요셉에게 진정한 시초가 아니었다. 그저 편의상 시초라 정해놓은 것일 뿐이다. 실제로는 이것이 어디로 이어지고 또 그 다음에는 어디로 나아가는지, 요셉이 모를 리 없었다. 여러 노래와 가르침을 따라가 보면, 저 멀리 아다파 또는 아다마라고 불린 최초의 인간으로 이어졌다. 요셉이 줄줄 외울 정도로 잘 알던 바빌론의 몇 가지 엉터리 시와 조작된 거짓전설들은 이 최초의 인간을 가리켜, 지혜와 깊은 물의 신 에아의 아들로서 신들에게 빵을 구워 주는 종이라고 말했다. 그러나 요셉은 이 최초의 인간에 대해 더 거룩하고, 훨씬 정확한 사실을 알고 있었고, 그보다 더 멀리 나가서 동쪽에 있는 정원도 알고 있었다. 그곳에는 생명의 나무와 순결하지 않은 죽음의 나무, 이렇게 두 그루의 나무가 있었다. 어디 그뿐인가. 요셉은 거기서도 더 나아가 만물의 시초도 알았다. 그곳이 바로 세상이 출현한 곳이었다. 아무것도 없던 땅과 하늘에 만물을 창조한 말씀. 최초의 물 위에 둥실 말씀으로 떠 계시던 신. 그런데 이 또한 이를 출발점으로 하자고 정해놓은, 또 하나의 특별한 시작에 불과한 건 아닐까? 당시 놀라움을 감추지 못하고, 한편으로는 어이없다는 표정으로 이 창조주를 지켜보던 다른 존재들이 있었다. 바로 신의 아들들, 천사들이었다. 요셉은 이들에 얽힌 재미있고 신기한 이야기들을 몇 가지 알고 있었다. 또 거기엔 역겨운 마귀들도 있었다. 여하튼 이들은 그전에 있던 영겁의 세계에 속한 존재들인 게 분명했다. 이 세계가 나이를 먹어 천지창조의 원료로 쓰인 것일 테고. 그렇다면 이것은 또 과연 모든 것의 시초였을까?

여기서 어린 요셉은 현기증을 느꼈다. 어디 요셉뿐인가. 우물에 턱을 고이고 저 아래를 들여다보려고 고개를 숙인 우리도 어지럽기는 마찬가지다. 요셉의 매력적이고 귀여운 머리가 떠올리는 생각들 중에는, 정확하지 않아서 우리로서는 납득하기 어려운 것들도 몇 가지 있다. 그렇지만 요셉 역시 우리처럼 과거의 우물, 저 깊고 깊은 지하세계를 내려다보고 있다 생각하면, 왠지 그와 좀더 가까워진 느낌이 든다. 아니, 그와 같은 시대를 사는 것 같은 착각마저 들게 된다. 따지고 보면 요셉이 우리와 뭐가 다른가. 우리보다 조금 일찍 태어났을 뿐, 요셉도 인류의 기원으로부터(만물의 기원은 아예 제외하고서라도) 수학적으로 계산한다면 우리만큼이나 아주 멀리, 정말 멀리 떨어져 있다. 실제로 인류의 기원은 아득하기만 한 깜깜한 우물 바닥에 놓여 있다. 그 깊이를 파헤치려 하면 두 가지 방법뿐이다. 우르 남자를 그 남자의 아버지와 혼동하고, 또 한편으로는 자신의 증조부로 착각한 요셉처럼 가상의 시초를 기원으로 받아들이든가, 아니면 해변에서 마주친 일종의 무대 장치인 사구에 끌려, 가도 가도 끝이 없는 곳으로 유인당하든가.

3

좀 전에도 말했듯이, 요셉은 줄줄 외울 줄 아는 시가 몇 편 있었다. 거짓말 같은 지혜를 엮은 대단한 문서에 수록된 아름다운 바빌론 시들이었다. 헤브론에 살면서 어떻게 이런 시들을 알았느냐고? 그건 나그네들 덕분이었다. 워낙 붙임성이 좋은 요셉이라 낯선 나그네와도 금방 친해져서 이런 저런 이야기를 나누다 이들이 읊어주는 시를 배운 것이다. 또 이들 말고 이런 시들을 요셉에게 가르쳐 준 사람도 있었다. 가정교사였다. 아버지가 종의 신분에서 풀어준 엘리에젤(혹은 엘리에설)이 바로 그 사람이었다. 이 엘리에젤을 우르 남자가 데리고 있던 노복(老僕)과 혼동해서는 안 된다. 요셉이 이따금 혼동했음은 물론이고, 엘리에젤 자신도 한번쯤은 모른 척 하고 이를 받아들이기도 했겠지만, 언젠가 우물가에서 베두엘의 딸을 이사악(혹은 이삭—옮긴이)의 신붓감으로 점찍고 혼담을 넣었던 엘리에젤과 요셉의 가정교사 엘리에젤은 동일인이 아니다.

자, 다시 바빌론의 시편 이야기를 해보자. 이것은 우리도 아는 노래와 전설이다. 제국(앗시리아—옮긴이)의 왕, 아슈르바니팔 왕의 궁궐이 있던 니네베에서 출토된 점토서판 덕분이다. 왕의 아버지는 에사르하돈, 그 할아버지는 센나케리브이다. 약간 잿빛이 감도는 황갈색 점토서판 위에 오밀조밀하게 설형문자로 새겨진 기록들 중에는 대홍수에 관한 원문도 몇 개 있다. 타락한 꼴을 보다 못한 신이 인간의 씨를 말려버린 이 대홍수 사건은 요셉의 집안에 대대로 전해 내려온 설화에서도 비중 있게 다뤄진 사건이었다. 앞에서 '원문'이라 말하긴 했지만, 가장 감동적인 최초의 문서를 원문이라 한다면 여기서는 적절하지 않은 표현이다. 훼손된 부분이 많은 이 점토서판조차도 원본이 아니고 복각본이니까. 이 복각본을 만들게 한 사람이 바로 아슈르바니팔 왕이다. 문자에 대한 애착이 남달랐고 생각을 문자에 담아 보존하는 데 대단한 열의를 보였던 아슈르바니팔 왕은 바빌론 말로 '가장 영리한 자'라 불렸다. 그래서 이 왕은 인간의 영리한 머리가 만들어낸 재화라면 물불 가리지 않고 수집했다. 아슈르바니팔 왕이 학식이 높은 노예들을 시켜 복각본을 만들게 한 시점은, 우리들의 시간 계산법이 시작되기 불과 700년 전이다. 그리고 이 복각본의 토대가 된 원본은 그보다 1000년 정도 앞선, 그러니까 입법가와 우르남자가 살던 시절에 나온 것이다. 아슈르바니팔 왕의 명령을 받아 이 원본을 보고 다시 새겼던 사람들에게 이 해독작업은, 지금 사람들이 카롤리 마그니(카롤루스 대제를 가리키는 라틴어 표현—옮긴이) 시대의 글을 읽고 이해하는 것만큼이나 쉽다면 쉽고, 어렵다면 어려운 작업이었으리라. 옛날, 옛날 고대 이집트의 승려들이 쓰던 케케묵은 성문자(聖文字)로 새겨진 기록이니 해독하기 어려웠을 게 분명하다. 게다가 복각 과정에서 원래 의미가 제대로 옮겨졌다고 보장할 수도 없다.

그러나 이 원본 또한 엄격히 따지자면 진짜 원본이 아니다. 이 원본이라는 것도 여하튼 그전에 나온 진짜 원본을 베낀 것에 불과하다. 당시 복각본을 만들던 사람들이 여백에 남겨놓은 주해와 보충 설명들이 없었더라면 또 하나의 복각본인 원본이 과연 언제 것인지도 알 방법이 없었을 것이다. 주해와 보충 설명들은 그보다 훨씬 오래 전에 나온 문서를 이해하는데 도움을 주려고 씌어졌다. 오늘날에야 오히려 개악(改惡)이 되기도 하지만, 당시에는 지혜를 더해 주는 좋은 자료였던 것이다. 지금의 이야기도 그렇다. 해안에 종착점을 알리는 무대 장치처럼 세워진 모래 언덕이니, 우물 밑바닥을 운운하면서 무슨 말을 하려고 하는지, 모두 눈치 채버렸다면 싱거운 이야기가 되고 만다. 자, 그렇지 않다고 전제해도 괜찮다면, 이야기를 계속할까 한다.

이집트 사람들은 이 우물의 밑바닥을 가리키는 낱말을 하나 가지고 있었다. 요셉도 이 단어를 알았다. 가끔 사용한 적도 있다. 하지만 야곱이 살던 장막촌에서 이런 일은 예외에 속했다. 그곳에서는 함 족이라면 용납하지 않았다. 아버지를 농락한 아들의 자손이 아니던가. 그렇게 새까매진 것도 다 벌을 받은 탓이다. 이렇게들 생각했다. 야곱 역시 종교적인 이유로 미즈라임의 관습을 받아들이지 않았다. 하지만 그의 어린 아들은 달랐다. 호기심이 많아서 도시인들과도 잘 어울렸다. 키럇 아르바 사람도 만나고 시켐 사람도 만나고, 특히 이집트 사람들과는 더 자주 어울렸다. 이때 귀동냥으로 한두 마디 주워들은 이집트 말을 훗날 그처럼 멋지게, 완벽하게 구사하게 될 줄이야. 아무튼 이집트 사람들은 아득한 먼 옛날의 일을 가리킬 때, '세트가 살던 시절의 일이야'라고 말했다.

이집트 사람들은 여러 신을 섬겼는데, 그중 하나가 세트(Seth, 이집트 신화에서 죽은 자들의 신 우시르를 살해한 동생으로 그리스·로마 신화의 티폰에 해당됨—옮긴이)다. 그들의 마르둑 혹은 탐무즈(Tammuz, 수메르 신화에 등장하는 '두무지'의 악카드어 이름으로, 사냥 도중 멧돼지에게 상처를 입고 죽는다—옮긴이)라 할 수 있는 우시르(Usir, 그리스인들이 오시리스라 부르며 디오니소스와 동일시하기도 했던 이집트 신화의 신. 아버지인 땅의 신 겝과 어머니인 하늘의 신 누트 사이에 태어난 우시르는, 동생 세트에 의해 목숨을 잃고 주검까지 토막이 났으나 누이이자 아내인 에세트 덕분에 부활하여 저승의 통치자가 된다. 한편 우시르는 식물의 정령으로서 보리, 포도, 수목을 상징하거나, 해마다 물이 불었다 줄었다 하는 나일 강, 혹은 해질 무렵에 암흑 속으로 가라앉았다가 새벽에 다시 빛나는 태양의 빛을 상징하기도 한다—옮긴이), 곧 인내하는 자라고 불린 신의 고약한 동생이 바로 세트이다. 동생 세트가 형을 석관으로 유인하여 강물에 내다버렸고, 나중에는 들짐승처럼 토막을 쳐서 죽였기 때문에 우시르, 곧 제물은 저승에서 사자(死者)의 신, 영원의 왕이 된다. 그래서 미즈라임 사람들은 툭하면 이때와 연관시켜 '세트가 살던 시절'을 들먹였다. 증명은 못하지만, 만물의 근원이 깜깜한 이곳 어딘가에 가라앉아 있는 건 사실이니까.

리비아 사막 언저리, 멤피스 근처에 암벽을 깎아 만든 53미터 높이의 거대한 석상이 있었다. 가슴은 여자, 얼굴은 남자처럼 수염이 나 있고, 머릿수건에 보아뱀이 몸을 바짝 세우고 있다. 사자와 처녀의 모습이 뒤섞인 석상은 고양이를 연상시키는 발이 엄청나게 컸다. 또 코는 세파에 시달려 앞이 약간 뭉개져 있다. 이 석상은 늘 그 자리에 있었나. 그

코가 뭉개지지 않고 원래 모습으로 있었던 때가 언제인지, 아니 스핑크스라는 게 아예 없었던 때는 과연 언제인지, 그걸 기억해 내는 사람은 아무도 없다. 이 거대한 스핑크스를 덮고 있던 사막 모래를 깨끗이 치운 자는 앞에서 말했던 '아문은 만족스럽다'의 18대 손으로 상·하 이집트의 왕인 투트모세 4세였다. 황금매, 힘센 황소가 그 상징으로 쓰였던 투트모세 4세는 즉위하기 전, 꿈에서 계시를 얻었는데, 당시 거대한 스핑크스의 많은 부분은 이미 모래에 파묻혀 있었다. 어디 그뿐인가. 그보다 훨씬 앞선 1500년 전, 자신의 묘비로 거대한 피라미드를 짓게 하고, 스핑크스에게 제물을 바쳤던 '아문은 만족스럽다'의 4대 손인 쿠푸 왕의 눈앞에 있던 스핑크스도 이미 절반은 폐물이 다 된 모습이었다. 그러니 스핑크스가 존재하지 않았던 시절, 아니 코만이라도 뭉개지지 않고 온전한 형태로 있었던 때를 기억하는 사람이 있을 턱이 없었다.

후세 사람들이 태양신의 모습이라고 여겨, '빛나는 산에 있는 호르(Hor, 그리스어로 호루스라 불리는 이집트의 태양신. 되살아난 우시르가 아내 에세트의 주문 덕분에 생산할 수 있었던 아들로 훗날 숙부 세트를 물리치고 아버지의 복수를 함. 그리스인들은 아폴로와 동일시하기도 함—옮긴이)'라고 불렀던 희한하게 생긴 동물을 돌로 깎아 만든 게 정말 세트였을까? 아마 그랬을지도 모른다. 그의 손에 희생된 우시르가 그랬듯이, 세트 역시 처음부터 끝까지 신이었던 게 아니고 언젠가 한번쯤 인간이었을 가능성이 많기 때문이다. 그러니까 이집트의 왕이었을 확률이 높다는 말이다. 메네스, 혹은 호르-메니라는 왕에 얽힌 이야기도 간혹 들린다. 이 가르침에 따르면 기원전 6000년경, 최초의 이집트 왕국을 건설한 장본인이 바로 이 메니 왕이다. 그전에는 '왕정이전시대'였는데, 메니가 하이집트와 상이집트, 그러니까 파피루스와 백합을 상징하는 붉은 왕관과 백색 왕관을 통합하여 이집트 최초의 왕이 되면서 이집트의 역사가 시작되었다 한다. 이런 식의 발언은 하나부터 열까지 거짓일 가능성이 크다. 눈이 조금만 예리한 사람이라면, 최초의 왕 메니라는 인물 역시 시대를 가리키는 단순한 무대 장치일 뿐이라는 사실을 금방 알아차릴 수 있다. 이집트의 성직자들은 그리스 역사학자 헤로도토스에게 자기 나라의 역사 시대가 당시 시점으로부터 11340년 전까지 거슬러 올라간다고 설명했다. 지금을 기점으로 한다면 대략 14000년이 되는 셈인데, 그렇다면 메니 왕을 태곳적 인물로 보긴 어렵지 않은가.

　이집트 역사는 분열과 무기력을 대변하는 시기와 권세와 번영을 보여준 시기, 즉 지배력을 상실한 시절과 여러 곳을 통치하면서 모든 세력을 하나로 끌어 모았던 시절로 나뉘어져 있고, 두 시기의 교체가 빈번했다. 이 점만 생각해 봐도, 메니 왕을 이집트를 통합한 최초의 왕으로 보기는 어렵다. 설령 메니 왕이 흩어져 있던 민족을 하나로 통합했다 하더라도, 그전에 이미 또 다른 통합형태가 있었을 것이며, 그 이전에는 또 다른 분열 시기가 있었을 것이다. 여기서 '그 이전의'라든가 '또 다른'이라는 단어들이 도대체 얼마나 더 쓰여야 하는지, 그건 말할 수 없지만, 이것만은 말할 수 있다. 이집트에 번영을 가져온 최초의 통합은 신들이 나라를 다스릴 때였다고. 아마도 세트와 우시르는 그 신들의 아들이었으리라. 우시르는 당시 계략과 범죄로 얼룩진 왕위쟁탈전에 희생되어 목숨을 잃고 사지를 절단당한 것인데, 이 이야기가 전설이 된 것이다. 과거의 실존 인물이 어떤 영적 존재로, 초자연적인 어떤 형태로 변할 만큼 깊어져, 신화와 신학을 통해 현재로 되살아나 경건한 숭배의 대상이 된 것이다. 이 숭배 대상은 어떤 때는 특정한 동물의 형태를 띠기도 했다. 매와 재칼이 바로 그런 동물이었다. 상·하 이집트 두 나라의 옛 수도들이었던 부토와 엔합에서는 이 맹수 속에 그 아득한 옛날 존재들의 영혼이 깃든 것으로 믿고 각별히 보호했다.

4

'세트가 살던 시절', 이 표현이 어린 요셉의 마음에 들었다. 우리도 요셉과 다를 바 없다. 우리 역시 이집트 사람들과 마찬가지로 거의 모든 곳에 사용할 수 있는 유용한 표현으로 여기기 때문이다. 그렇다. 인간과 관련된 영역은 하나같이 우리를 이 시절에 접근하게 만들며, 만물의 시초도 자세히 들여다보면 세트의 시절 안으로 종적을 감추기 때문이다.

우리도 이야기를 시작하려면 어딘가 한 지점을 출발점으로 삼고 나머지는 그냥 둬야 한다. '세트 시절'부터 시작하지 않으려면 말이다. 그래서 나름대로 출발점으로 정한 시기가 바로 요셉이 이미 목동이 되어 있던 시절이다. 이때 그는 다른 형제들과 함께 가축을 돌봐야 했다. 물론 형들처럼 매일 그 일만 한 건 아니다. 그저 기분이 내킬 때만 헤브론의 초원에서 아버지의 양과 염소, 그리고 소를 돌봤다. 그럼 이 동물들은 어떤 모습이었을까? 우리가 오늘날 키우는 동물과 다른 점이 있었을까? 전혀 그렇지 않다. 지금 가축들이나 마찬가지로 유순하게 길들여진 동물이었다. 그리고 목축의 수준도 우리 시대와 다를 바 없었다. 예를 들어 야생 물소를 집소로 길들인 목축의 역사는 어린 요셉이 살던 시대에도 이미 오래 전의 일로 기억되었다. 물론 여기서 '이미 오래 전'이라는 표현은 실제 기간을 생각하면 웃음이 나올 정도다. 소의 경우 철기 시대와 청동기 시대를 앞선 석기 시대에 이미 목축의 대상이었음은 증명된 사실이다. 석기 시대로부터 멀리 떨어져 있기는 바빌론-이집트 시절을 보낸 아모리 사람 요셉도 우리나 마찬가지다. 그러니 요셉이 기르던 소나, 우리가 기르는 소나 별로 다를 게 없다.

오늘날 우리도 기르고 있고, 야곱도 '언젠가' 길렀던 양을 보면서, 길들여지기 이전의 야생양은 어떻게 생겼을지 추적해 보면 멸종되었음을 알 수 있다. '이미 오래 전에' 이 야생양은 사라진 것이다. 그렇다면 야생양을 길들이는 작업은 세트 시대에 완료되었음이 분명하다. 다른 가축들도 마찬가지다. 말과 당나귀, 염소를 가축으로 만들고, 양치기 탐무즈를 갈가리 찢었던 멧돼지를 집돼지로 길들인 것도 언제 적 일인지 아리송하다. 우리들의 역사 시대는 대략 7000년 전까지 거슬러 올라긴다. 최소한 이 시기에 가축으로 길들여진 맹수는 더 이상 없었다. 야생동물은 우리 기억이 닿지 않는 저편에서 이미 가축으로 길들여졌다.

들판에 아무렇게나 자라나는 열매 없는 풀들이 빵을 만들 수 있는 곡식알을 맺도록 개량된 것도 바로 그때이다. 우리도 먹고 있고, 당시 요셉도 식량으로 삼았던 보리와 호밀, 옥수수 그리고 밀 같은 곡식의 원조가 무엇이었는지 그 야생식물을 찾아보려고 하면, 안타깝게도 오늘날의 식물학은 아무것도 알려 주지 못한다. 그리고 어떤 민족도 자기들이 제일 먼저 개량하여 재배했다고 자랑할 수 없다. 사람들 말을 들어보면, 석기 시대의 유럽에는 밀 종류만 해도 다섯 가지가 있었고, 보리는 세 종류가 있었다 한다.

그리고 덩굴손에서 야생포도를 길러낸 특별한 행위는, 사람들이 어떻게 생각하든, 일단 인간의 업적으로 받아들여졌다. 과거의 저 깊은 우물 바닥에서 메아리치는 설화에 귀를 기울이면, 이렇게 포도를 재배한 자는 바로 의인(義人)이라 불린 노아였다. 대홍수의 생존자인 이 노아를 가리켜 바빌론 사람들은 우트나피시팀이라 부르기도 하고 아트라하시스, 즉 무척 영리한 자라 부르기도 했다. 자신의 후손이자, 점토서판에 나오는 전설의 주인공인 길가메쉬에게 최초의 일들에 관해 이야기를 들려준 것도 바로 이 무척 영리한 자, 혹은 의인이다. 도대체 의인이라는 자가 하필이면 다른 것도 아니고 포도나무를 제일 먼저 심었다니, 요셉은 고개를 갸우뚱했다. 다른 유용한 식물도 얼마든지 많았을 텐데, 무화과나무를 심든지 올리브 나무를 심었어도 될 일을, 왜 굳이 포도나무를 제일 먼저 심었을까? 포도나무가 없었더라면 포도주에 취할 일도 없고, 또 그랬더라면 치부를 덮어주는 일도 없었을 것을. 하지만 그 무시무시한 사건의 발생과 개량 포도의 출현이 그리 먼 옛날 일이 아니고, 자신의 '선조'로부터 대략 12대 정도 거슬러 올라가는 때의 일이라고 요셉이 생각했다면 그건 꿈에서나 있을 수 있는 착각이다. 그게 아니라면 경건한 마음에서, 헤아릴 수 없이 멀리 떨어진 태곳적 일을 가까운 거리로 끌어당긴 것에 불과하다. 그리고 또 이 태곳적이라는 것도 인류사의 기원으로부터 한참 떨어져 있어, 야생포도나무를 개량한 무척 영리한 자를 가리키기에는 역부족이라는 말도 여기에 덧붙이지 않을 수 없다.

그렇다면 인류의 기원은 어디일까? 그리고 도대체 그 나이는 얼마쯤 될까? 요셉이 멀리 있는 인물이라서 던지는 질문이긴 하다. 그러나 요셉의 성장과정은 본질적으로 우리들의 그것과 별로 다를 게 없다. 차이가 있다면 요셉의 경우 꿈이라도 꾸듯이 약간 멍한 태도를 보여 우리로 하여금 미소를 자아내게 한다는 정도이다. 따라서 위의 질문을 던지는 진짜 이유는 다른 데 있다. 해변을 거닐다 여기가 끝이려니 여기고 모래 언덕까지 다가간 사람에게, 아니, 이건 무대 장치에 불과해, 속았지, 여기 이렇게 또 넓은 땅이 이어지잖아,라며 자신을 열어보이게 하려는 것이다. '고대'라 하면 대부분 그리스와 로마 시대를 말하는데, 인류의 기원에 비하면 아주 가까운 시대이다. 소위 그리스의 '원주민'이었다는 펠라스그인들로 거슬러 올라가면, 이들이 섬을 정복하기 전에 그곳에는 **원래** 원주민이 살고 있었다. 바다를 지배한 능력으로 따지자면 페니키아인들에 붙여진 '최초의 해적'이라는 이름이 무색할 정도로 한발 앞선 사람들이었다. 그러니 이런 명칭도 하나의 무대 장치에 불과하다. 어디 그뿐인가. 지금의 과학은 이 '원시인'들이 아틀란티스 대륙의 개척자들이라고 추측하거나, 혹은 굳게 믿고 있는 실정이다. 지금은 대서양으로 가라앉고 없지만, 원래 헤라클레스의 기둥(지브롤터 해협—옮긴이) 바깥쪽에 펼쳐져 유럽과 아메리카를 이어주었다는 아틀란티스. 그럼 바로 이 대륙이 인간이 지구상에 처음으로 정착한 지역이었는가 하면, 그건 또 아닌 것 같다. 오히려 초기 문명사는, 그리고 무척 영리한 자로 불린 노아의 초기사는 이보다 더 오래된, 이보다 훨씬 전에 침몰한 땅들과 연결되는 듯하다.

이 땅들은 두 발로 직접 거닐어 볼 수 있는 바닷가의 해각(海角)이 아니다. 기껏해야 이집트 말로 어렴풋이 암시나 할 수 있을 뿐이다. 동양의 민족들은 자신들에게 문명을 가르쳐 준 것은 신들이었다고 말했다. 이는 참으로 현명하고 경건한 처사였다. 얼굴빛이 붉은 미즈라임 사람들은(이집트인—옮긴이) 인내하는 자, 우시르를 자신들에게 농사 짓는 법을 일러주고 율법을 전해 준 자선가로 여겼다. 우시르가 세트의 약삭빠른 책략에 희생당하는 순간, 딱 한번 이 자선 행위는 중단되었고, 세트는 성난 멧돼지처럼 우시르를 덮쳤다. 그리고 중국 사람들은 자기 나라의 시조를 포희(押犧, 혹은 복희[宓羲]—옮긴이)라는 반신반인(半神半人)으로 생각한다. 소를 기르는 법과 그 멋진 문자를 얻게 된 것도 바로 이 황제 덕분이라 한다. 그러나 이 황제도 당시에, 즉 기원전 2852년에 천문학을 도입하기는 아직 이르다고 여긴 듯하다. 중국의 연대기를 보면 천문학이 들어온 것은 그로부터 대략 1300년 후, 중국을 침략한 타이-고-포키 왕이었다고 되어 있으니까.

이렇게 보면 천문학은 십이성좌를 이미 이해하고 있던 시날의 성직을 겸한 점성가들이 최소한 수백 년은 앞서 있음이 분명하다. 그 정도가 아니다. 마케도니아의 알렉산더를 바빌론까지 동행했던 한 남자는 아리스토텔레스에게 갈대아인의 천문학 관련 그림을 보내기도 했는데, 구운 점토판에 새겨진 이 기록이 무려 4160년이나 묵은 것이라고 한다. 물론 충분히 가능한 일이다. 천문관측과 달력계산법이 이미 아틀란티스 대륙에서 이루어졌을 확률이 크기 때문이다. 아틀란티스가 바닷속으로 가라앉은 것이 아테네 사람 솔론의 말에 따르자면, 이 학자가 살던 때로부터 무려 9000년 전이니까. 다시 말해서 기원전 15000년경 인간은 벌써 이 고도의 기술을 갈고 닦았다는 것이다.

이쯤 되면 문자 사용이 그 이후가 아니라, 훨씬 전부터 있었음이 거의 확실하다. 이런 말을 하는 이유는 문자에 대한 요셉의 관심이 남달랐기 때문이다. 다른 형제들과는 달리 요셉은 어린 시절에 이미, 물론 처음에는 엘리에젤의 도움을 받아가며, 바빌론 문자뿐 아니라 페니키아 문자 그리고 히타이트 문자까지 완벽하게 익혔다. 요셉에게는 마음이 흔들릴 정도로 각별히 좋아한 신이, 혹은 거짓 신이 한 명 있었다. 그건 동쪽에서는 나부, 즉 역사를 쓰는 자라 불리고, 디루ᅳᄂ와 시느온에서는 토트(Toth, 이집트 신화의 지혜의 신이며, 신들의 서기로 검은 따오기나 비비로 대변되기도 하는데, 기원전 3000년경의 하반기부터 법률의 제정, 학문의 발전, 신성문자의 발명자로 생각되었다. 그 이전에는 창조신으로 여겨지기도 했으며, 달의 신으로서 시간을 재기도 한다—옮긴이)로 불리는 신이었다. 나부 혹은 토트는 기호를 발명하고 기원에 얽힌 연대기를 서술한 신으로 여겨졌다. 이집트의 경우 이렇게 신들의 편지를 대필해 주는 서기이며, 학문의 수호자인 토트를 높이 받들어, 이 신의 직분을 다른 모든 직분보다 우위에 놓았다.

절제와 섬세함을 아는 이 진짜 신은 어떤 때는 하얀 머리 카락의 귀여운 원숭이로, 또 어떤 때는 따오기새의 머리로 나타났다. 이 신은 달과 친했다. 요셉은 특히 이 점이 마음에 들었다. 물론 이 젊은이는 속으로만 이런 마음을 품고 있었을 뿐, 아버지 야곱에게는 단 한번도 내비치지 않았다. 야곱은 이런 우상 패거리에 추파를 던지는 일이라면 질색이었다. 눈곱만큼이라도 그런 기색이 보이면 얼마나 엄하게 꾸짖는지 몰랐다. 그런 일이라면 저기 높은 곳에 계신 분의 권한일 텐데, 그분이 무색해질 정도로 야곱이 한술 더 뜬 것은 사실이다. 요셉의 이야기가 그 증거이다. 아주 높은 곳에 계신 그분은 요셉이 간혹 금기를 깨고, 해서는 안될 일을 하더라도 그리 심각하게 받아들이지 않았고, 두고 두고 괘씸하게 여긴 적도 없었다.

정확히 문자가 언제부터 시작되었는지는 누구도 말할 수 없지만, 그 기원을 이집트식으로 묘사하자면, 그네들이 즐기는 표현으로 조금 바꿔서, 토트 시절에 나온 것이라 할 수 있다. 가장 오래된 이집트 유품에는 이전 문자의 필사본인 두루마리 문서들이 있다. 그런데 기원전 6000년경의 이집트 제2왕조에 속한 호르-센디 왕의 소유였다는 이 파피루스는 당시에도 아주 오래 전의 것으로 여겨져, 센디 왕이세트로부터 물려받았다고들 했다. 제4왕조 태양의 아들들이었던 스네프루와 쿠푸가 통치자로 있으면서 기제(Gizeh)에 피라미드를 세웠을 때, 당시 신분이 낮은 백성들도 문자를 웬만큼 알았다. 실은 그 문자라는 것이 오늘날 보수공사를 하는 일꾼들도 적당히 보고 배울 수 있을 만큼 지극히단순하지만, 여하튼 그 옛날에 학문이 그렇게 일반화되어있었다는 사실에 혀를 내두를 이유는 전혀 없다. 이집트 역사 시대의 햇수를 언급하면서 그곳 성직자들이 한 말을 기억해 보면 이 정도는 아무것도 아니니까.

말을 기호로 표시한 것이 언제부터인지 정확히 헤아릴수 없는 판이니, 입으로 말하는 언어의 시작은 과연 어디서찾아야 할까? 가장 오래된 언어, 최초의 언어는 인도 게르만어라고들 말한다. 즉 인도 유럽어, 산스크리트어라는 것이다. 그러나 이 '최초'라는 것도 다른 것들과 마찬가지로너무 성급한 표현이리라. 이보다 더 오래된 원어가 당연히있었을 것이고, 이 원어로부터 아리아어와 셈어 그리고 함어가 갈라져 나왔을 게 틀림없다. 아마도 그 원어는 아틀란티스에서 사용되던 언어였을 확률이 높다. 이 아틀란티스의 아련한 실루엣이 과거라는 무대 장치 뒤에 펼쳐진 또 다른 해각(海角)인 것이다. 그러나 이곳 역시, 말을 하는 인간의 원래 고향이었을 가능성은 거의 없다.

5

몇몇 자료들의 발굴로 지질학자들은 인류의 나이를 50만 년으로 추정하기에 이르렀다. 이 역시 빠듯한 계산이다. 우선 현대 과학에서 정설로 제시하는 내용과 비교해 봐도 그렇다. 이에 따르면, 인류를 동물이라는 특성으로 보면 포유류 중에서 가장 오래된 동물이다. 그리고 비록 대뇌는 완전히 발달되지 않았지만, 여러 단계, 즉 양서류와 파충류의 단계를 거치며 이미 후기 신생대에 그 본체를 드러냈다. 어디 그뿐인가. 똑바로 서서 걷지도 못하고, 몸을 절반만 일으켜, 어찌 보면 몽유병자 같고 손가락은 또 기형이고, 머리에는 이성 전 단계의 어떤 것이 번득이고 있던 유인원, 즉 노아 또는 무척 영리한 자, 우트나피시팀이 등장하기 이전의 모습이었음이 분명한 이 유인원에서, 활과 화살을 발명하고 불을 사용할 줄 알며, 운철을 이용하여 도구를 만들어 농사를 짓고, 가축도 키우며 포도를 재배하는 인간, 한 마디로 조숙하고 손재주도 있고, 여러 중요한 면에서 현대적인 실체라 할 수 있는 그런 인간이 나오기까지, 다시 말해서 역사가 시작되는 여명에 이미 우리 눈앞에 등장한 그런 모습이 되기까지 얼마나 긴 세월이 걸렸을지만 생각해 봐도 그렇다. 고대 이집트 도시 사이스의 어느 신전 안내자가 솔론에게 설명해 준 파에톤에 얽힌 그리스 설화를 떠올려보자. 이 이야기에 따르면, 파에톤이 지구를 둘러 싼 우주공간으로 끌고 다니는 태양신의 전차를 잘못 끌어서, 하마터면 대지가 불바다가 될 뻔했다. 이제 확실해진 것은, 인간의 꿈 같은 기억은 형체는 없으나, 끊임없이 새로운 전설의 옷을 갈아입으며, 까마득한 옛날의 대재난까지 거슬러 올라간다는 사실이다. 그리고 이 대재난에 얽힌 설화들은 훗날 이렇게 저렇게 보완되어 여러 다른 민족들에게 계승되어, 시간 여행에 나선 자를 유인하는 무대 장치 구실을 하는 것이다.

요셉은 사람들이 점토서판에 적혀 있는 시구들을 읊어줄 때면, 하나도 빠짐없이 잘 기억해 두었다. 그중에는 대홍수에 대한 내용도 있었다. 물론 굳이 바빌론 말이나 그곳 형태가 아니더라도, 요셉은 이미 그 역사를 잘 알고 있었을 것이다. 요셉이 살던 서쪽 땅도 그렇지만, 특히 그의 집안에는 강의 나라 이집트에서 말하는 것과 형태나 세세한 부분이 조금 차이가 나긴 했지만, 여하튼 그 역사가 생생하게 살아 있었기 때문이다. 특히 요셉이 어렸을 때, 이 역사는 동쪽과는 구별되는 독특한 형태로 자리잡아가는 중이었다. 따라서 요셉도 당시 어떤 일이 벌어졌는지 분명 알고 있었을 것이다. 인간은 말할 것도 없고 모든 육신이, 동물까지 타락한 때였다. 게다가 땅까지 간음을 일삼아, 밀을 심었는데 엉뚱하게 독보리가 자랄 지경이었다. 노아가 아무리 경고해도 타락은 끝나지 않았다. 창조주는 자신의 천사까지 타락한 자들의 만행의 소용돌이에 휘말리는 걸 보고, 마지막 기한이었던 120년이 지나자, 더는 두고 볼 수도 없고, 또 책임도 질 수 없어서 가슴이 찢어지지만, 그 벌로 대홍수를 내렸다. 하지만 그는 큰 은혜를 베풀어(천사들은 다 반대했지만) 이 환란을 피해 생명이 살아남을 수 있도록 뒷문을 열어주었다. 뒷문은 방주의 모습으로 나타났고, 거기에 노아가 올라탔다. 요셉도 이 일을 알았다. 그리고 피조물들이 노아의 방주에 올라탄 날짜까지도 정확히 알았다. 시반달(5/6월─옮긴이)에 들어서 열흘째 되던 날이었다. 그리고홍수가 터진 것은 열이레였다. 계절로 따지면, 눈이 녹는봄날로 시리우스(천랑성─옮긴이)가 낮에 떠오르고, 우물물이 넘치기 시작하는 때였다. 엘리에젤 노인이 요셉한테 그랬다. 바로 그날이라고. 그렇다면 이 날은 그 이후로 몇 번이나 반복되었을까? 요셉은 이런 물음을 떠올린 적이 없다. 그건 엘리에젤 노인도 마찬가지다. 바로 여기서 설화를주무르는 시간 단축과 혼동 그리고 착각이 시작된다.

　하늘이나 알까, 불규칙하기 짝이 없고, 언제든 폭력을 휘두를 준비가 되어 있는 유프라테스 강이 모조리 익사시켜버린 그 일이 언제 일어났는지, 또는 페르시아 만이 해일과지진을 몰고 와, 드넓은 대지를 모조리 삼킨 게 언제 적 일인지, 아는 사람은 아무도 없다. 물론 이 재난이 홍수 설화가 근거로 삼은 원형은 아니다. 그러나 이 설화의 마지막양식이 되어 이 같은 대홍수가 언제라도 실제로 일어날 수있다는 사실을 상기시켰고, 후손들은 이 마지막 재난을 홍수 설화를 있게 한 **바로 그** 대홍수로 여기게 되었다. 어쩌면 제일 마지막에 일어난 이 재난은 실제로 그리 오래 전일이 아닐 수도 있다. 그리고 이러한 재난이 최근의 것일수록, 사람들이 몸소 체험한 사건을 설화가 들려주는 예전의대홍수로 혼동한 것은 아닐까, 그리고 또 그랬다면 어떻게그런 혼동이 가능했을까 하는 의문이 더 강해진다. 맞다.사람들은 그렇게 혼동했다. 이 일은 별로 놀라운 일이 아니지만, 그렇다고 가볍게 다뤄서 될 일도 아니다.

예전에 일어났던 과거의 사건이 반복된다는 것보다 더 중요한 체험은 그 옛날의 일이 눈앞에 생생하게 펼쳐졌다는 것이다. 그러나 한편, 이처럼 과거의 일이 눈앞의 일로 비중 있게 다가올 수 있었던 것은, 그러한 일을 야기한 상황이 언제 어느 곳에서나 현실성을 갖고 있기 때문이다. 육신은 늘 타락의 길을 걷고 있었고, 아무리 경건하게 살았다 하더라도 타락이 전혀 없었던 적은 없다. 이유는 간단하다. 도대체 인간이라는 존재가 자신들이 신 앞에서 선한 일을 하고 있는지, 아니면 악한 일을 하고 있는지, 어떻게 알겠는가. 그리고 자신들이 선하다고 생각하는 것이 하늘 앞에서는 더없는 혐오감을 줄 수도 있다는 것을 어찌 알 수 있겠는가? 어리석은 인간들은 신을 알지 못하며, 저승의 결정도 모른다. 언제라도 관대함은 바닥을 드러낼 수 있으며, 심판을 부를 수 있다. 물론 이 위험을 경고하는 사람은 항상 있어 왔다. 그 징후를 읽고 현명한 예방책을 써서, 수만 명 중에 유일하게 타락의 길을 벗어난 지혜로운 자와 무척 영리한 자가 한 명도 없었던 경우는 없다. 이들은 자신들이 알고 있는 사실을 기록한 점토서판을 이 땅에 물려줌으로써, 미래의 사람들이 지혜의 씨앗으로 삼을 수 있게 해주었다. 행여 또다시 물이 넘칠 경우, 이 기록들이 뿌려 준 씨앗에서 모든 것이 다시 시작되리라 예견한 것이다. 언제, 어디서든 이러한 재난이 다시 발생할 수 있다는 것을. 언제, 어디서든! 바로 이것이 신비의 단어이다. 신비에는 시간이 없다. 그러나 시간이 없거나 혹은 시간에 구애받지 않는 형태란 지금 바로 여기인 것이다.

대홍수는 유프라테스 강 유역에서 일어났다. 그러나 중국에도 대홍수는 있었다. 기원전 1300년경 황하가 범람하는 끔찍한 사태가 발생한 것이다. 물론 이 일을 계기로 하천 바닥의 정비가 이루어지기도 했다. 이 대홍수의 모습으로 다시 찾아오기 전의 대홍수는 그로부터 1050년 전, 5대째 왕의 통치 시대로 거슬러 올라간다. 여기 등장하는 중국의 노아는 요(堯)라는 사람이다. 하지만 이 대홍수도 따지고 보면 최초의 진짜 대홍수는 아니었다. 왜냐하면 이 최초의 원조격인 대홍수에 대한 기억을 모든 민족들이 공유하고 있기 때문이다. 요셉이 알고 있던 바빌론의 홍수 설화가 그 이전의 더 오래된 설화의 복사판이었듯이, 홍수 체험에 대한 기억은 항상 그로부터 훨씬 멀리 떨어진, 아주 옛날의 원형으로 거슬러 올라간다. 그리고 사람들은 그 마지막 원형인 진짜 원본을 아틀란티스 대륙의 침몰 사건이라고 믿고 있다. 대륙이 바다에 잠기자, 그 근방으로 이 무서운 사건이 알려지면서 각기 다른 형태로 사람들의 기억 속에 남게 된 것으로 본다. 이보다 더 근원적인 규명은 없다는 것인데, 이 또한 외형상의 중단 지점이며, 임시 목적지일 뿐이다. 갈대아 지역의 계산법에 따르면, 대홍수와 메소포타미아의 역사상 최초의 왕조 사이에는 39180년의 세월이 가로놓여 있다. 그렇다면 아틀란티스 대륙의 침몰은 솔론으로부터 겨우 9000년 전에 일어난 사건이 되는데, 지질학의 시각에서 본다면, 아주 최근의 일로 최초의 대홍수로 보기 어렵다. 이 대홍수 역시 그보다 훨씬 더 이전으로 거슬러 올라가는 과거사의 반복으로, 무서운 기억을 또 한번 생생하게 되살려 준 것뿐이다. 그리고 실제로 최초의 대홍수는 도무지 헤아릴 수 없는, 저 먼 옛날로 거슬러 올라가는 게 분명하다. 옛날 곤드와나 대륙의 잔재로 '레무리아'라 불리던 대륙이 인도양의 파도 속으로 자취를 감췄던 그 시절로 말이다.

우리의 관심거리는 숫자로 확정할 수 있는 시간이 아니다. 오히려 설화와 예언이 혼동되는 비밀스럽고 신비로운 과정을 통해 시간이 극복된다는 점이 중요하다. 이를 잘 보여주는 것이 '언젠가'라는 단어이다. 이 낱말에는 과거와 미래, 이 두 가지 의미가 다 들어 있어서, 언제든 현실이 될 가능성을 내비친다. 바로 이것이 재구현(再具現)이라는 발상의 뿌리다. 곱슬 수염을 자랑한 바벨의 사계(四界)의 왕도 그렇고, 상·하 이집트의 왕으로 테벤의 '궁궐에 있는 호루스', 즉 '아문은 만족스럽다'로 불린 왕도 그렇거니와, 그 이전의 왕들과 뒤를 이은 후계자들 모두 태양신의 육화(肉化)였다. 이 말은 신화가 그들에게 신비가 되었다는 뜻으로, 존재와 의미를 구분할 수 없게 되었다는 말이다. 성찬이 희생양의 육신 그 '자체'인지, 아니면 단순히 그것을 '의미'하는 것인지(루터와 스위스 종교개혁가 쯔빙글리의 논쟁을 뜻함. 루터는 성찬을 예수의 피와 살이라 보았고, 쯔빙글리는 성찬은 상징일 뿐이라 주장했다―옮긴이), 이런 문제로 다툴 수 있으려면 이때로부터 3000년을 더 기다려야 했다. 그러나 이처럼 한가로운 논쟁도, 신비의 본질이 시간이 없는, 곧 시간을 조월한 현재이며 앞으로도 그러하리라는 사실에는 아무 영향도 미칠 수 없었다. 바로 이것이 의식(儀式), 축제의 의미이다.

매해 성탄절이 돌아올 때마다, 세상을 구원하는 구세주가 요람에 든 갓난아기로 탄생한다. 이 아기는 이 땅에 태어나 고난을 받다가 죽어서 천국으로 올라갈 운명이다. 그러므로 요셉이 시겜이나 벤-라하마에서 한 여름날 '통곡하는 여인들의 축제', '촛불 축제', 곧 탐무즈 축제를 구경하면서, 살해당한 '잃어버린 아들', 청년 신, 우시르-아도나이(주님—옮긴이)의 죽음을 애통해 하고, 그의 부활을 맞아 피리를 불며 기쁨의 환호성을 지르는 의식을 가까운 곳에서 자세히 체험했다면, 이는 신비를 통해 시간을 초월한 셈이 된다. 우리가 이 점에 관심을 갖는 이유는, 이것이야말로 모든 수해를 간단히 대홍수로 인식하는 사고에 내포된 논리적 걸림돌을 멀찌감치 치워 주기 때문이다.

6

홍수에 얽힌 이야기 곁에는 거대한 탑 이야기도 있다. 홍수 이야기와 마찬가지로 이 탑 이야기도 지구 위 곳곳에 흔적을 남겨, 우리들의 눈을 현혹시키는 무대 장치가 되어 꿈을 꾸듯 혼동하게 만든다. 예컨대 요셉은 에사길라 또는 머리를 드높이는 집으로 불렸던 바벨의 태양전을 '거대한 탑'(성서에 등장하는 바벨탑—옮긴이)으로 여겼던 게 사실이다. 그렇다고 요셉을 나무랄 수는 없다. 우르 남자도 그렇게 생각했으니까. 그리고 요셉의 집안 사람들만 그런 게 아니다. 시날 땅에 살던 사람들조차도 그렇게 믿고 있었다. 갈대아 사람들은 너나없이 어마어마하게 크고 오래된 이 신전을 창조주 벨이 머리색이 검은 최초의 인간들의 힘을 빌어 직접 세웠다고 믿었다. 그후 입법가 함무라비가 7단 높이로 증축한, 오색 에나멜로 채색된 이 거대한 에사길라 신전의 화려함에 대해서는 요셉도 들은 적이 있었다. 여하튼 이 신전은 갈대아 사람들에게도 옛날, 아주 먼 옛날에 있었던 것을 눈으로 직접 보여주고, 지금 이 순간 현실로 체험하게 해주었다. 어떤 것을 말인가? 사람들이 꼭대기가 하늘에 닿도록 높이 쌓은 탑, 바로 그것이다. 요셉의 주변 세계에서 탑에 얽힌 전설을 '분산'이라는 부적합한 표상과 결합한 것은, 화가 나서 도시를 떠나 달처럼 나그네 길에 오른 우르 남자, 그 사람 탓이다. 사실 시날 지방 사람들에게 믹달(망대―옮긴이)이나 도시의 성탑은 그런 개념과는 무관했다. 오히려 정반대라는 게 옳은 표현일 것이다. 입법가 함무라비가 자신이 탑을 더 높이 증축한 이유와 관련하여, 사방으로 흩어지는 민족을 다시 자신의 손 아래로 '집결' 시키기 위해서였다는 기록을 남기도록 명령한 것만 봐도 이는 분명해진다. 그러나 우르 남자는 이를 신성 모독으로 느끼고 분노한 나머지, 세력을 집결시키려는 왕의 의도와는 반대로 그곳을 박차고 나왔다. 이렇게 해서 에사길라 신전의 형태로 남아 있는 과거의 유물은, 요셉의 고향 사람들에게는 미래와 예언의 의미를 얻게 되어, 노인 엘리에젤로 하여금 요셉에게 다음과 같이 가르치게 만들었다.

님로드 왕은 교만하게도 하늘을 찌를 듯 탑을 높이 쌓

았지. 그 탑 위에는 심판이 떠 있었단다. 차곡차곡 올려 쌓은 벽돌을 한 개도 남기지 않고 쓰러뜨려, 벽돌을 올린 자들이 신들의 주인 앞에서 깜짝 놀라 사방으로 흩어지게 만들 심판이었지.

엘리에젤은 야곱의 아들에게 이렇게 가르치며 '언젠가'라는 단어의 이중 의미를 보존할 수 있었다. 다시 말해서, 이렇게 전설과 예언을 결합시켜서 과거와 미래의 구별 없이 항상 지금 이 자리의 현실로 존재하는 갈대아 사람들의 탑을 만들어낸 것이다.

그래서 요셉은 '거대한 탑'이라 하면 갈대아의 탑을 떠올렸다. 하지만 우리는 잘 안다. 에사길라 신전이 실제로는 진짜 거대한 탑의 원형으로 나아가는 끝없는 여정에서 종착점으로 세워진 단순한 무대 장치에 지나지 않는다는 사실을. 미즈라임 사람들도 쿠푸 왕이 사막에 세운 엄청난 무덤을 그 탑이 현실화된 것으로 보았다. 그리고 다른 이방인들의 땅에도, 즉 요셉이나 엘리에젤 노인으로서는 그런 곳이 있으리라고는 상상도 못했던, 아메리카 대륙 한가운데도, '탑' 또는 탑과 유사한 것이 있었다. 촐루라의 거대한 피라미드가 그것이다. 잔재가 이 정도라니 실제 원형은 도대체 얼마나 대단했을까? 아마 그 웅장한 모습을 봤더라면 쿠푸 왕도 시샘이 나서 부들부들 떨었으리라.

촐루라 사람들은 자신들이 이 거대한 건축물을 지은 게 아니라고 줄곧 부인해왔다. 자기들이 아니라 거인족의 작품이라고 말이다. 동방에서 이주해온 자신들보다 월등한 민족이 태양을 너무 좋아한 나머지, 사랑하는 그 별에 좀더 가까이 다가가려고 점토와 암펠라이트를 섞어 그 탑을 쌓았다는 것이다. 이 진보된 이방인들이 아틀란티스 대륙에 살던 자들이라는 추측을 뒷받침해 주는 자료들이 많이 있다. 태양을 숭배한 이들은 타고난 천문학자들이어서, 가는 곳마다 거대한 천문대를 건설하여, 원주민들이 놀라서 입도 못 다물게 만들었다. 그 천문대는 자신들의 고향에 있는 높은 천문대를 본뜬 모작이었다. 나라 한복판에 하늘 높이 우뚝 솟아 있던 신들의 산, 이 천문대 이야기는 플라톤도 언급한 적 있고, 어쩌면 아틀란티스 대륙에서 '거대한 탑'의 원형을 찾을 수 있을지도 모르지만, 여기서 더 이상 추적할 생각은 없으니, 이 진귀한 대상에 관한 연구는 이 정도로 끝내자.

7

그렇다면 낙원은 과연 어디 있었을까? '에덴 동산'은 도대체 어디일까? 평안과 행복이 있는 곳, 인간의 고향, 나쁜 나무 열매를 따먹는 바람에 그곳에서 쫓겨났다는, 아니 어쩌면 인간 스스로 거기를 떠나 흩어졌을지도 모르는 그곳은 어디였을까? 어린 요셉은 홍수 문제도 그랬듯이, 낙원에 관해서도 잘 알고 있었다. 알게 된 경로도 둘 다 같았다. 요셉은 시리아 사막에 사는 사람들이 다마스쿠스의 거대한 오아시스를 가리켜 낙원이라고 말할 때마다, 배시시 미소를 짓곤 했다. 왕의 산이 있겠다, 과수원 땅에 초원이 있고,

호수도 있고, 우아하게 꾸며 놓은 정원에, 온갖 민족들이 모여들어 무역도 활발하겠다. 그러니 이 풍요로운 땅만한 천국이 어디 있겠느냐, 이런 식의 허풍에 어깨를 들썩인다 거나 노골적으로 비웃음을 드러낸 적은 물론 없다. 그때마 다 겉으로는 깍듯하게 예의를 지켰다. 하지만 미즈라임 남 자들이 이집트가 세상의 중심이고 배꼽이니 낙원이 거기 있었던 건 당연하다고 말할 때는, 속으로 마음껏 비웃었다. 수염이 곱슬곱슬한 시날 사람들도 마찬가지였다. 그들 역 시 자신들의 왕이 살고 있는 도시, '신의 문전'이라든가 '하늘과 땅의 끈'이라 불리던 바벨을 세상에서 가장 거룩 한 중심지로 여겼다. 어린 시절 요셉은 그 사람들이 발음하 는 대로 이 도시 이름을 흉내 내어 본 적이 있다. '밥-일루, 마르카스 사메 우 이르시팀'이라고. 해보니 발음도 괜찮았 다. 이 말은 당시 주변에서 널리 쓰이던 언어였다. 그건 그 렇고, 세상의 배꼽이 어디인가 하는 질문에 관해서는 요셉 이 이들보다 상세하게 알았다. 그가 아는 내용이 진실에도 훨씬 가까웠다. 그건 착하고, 생각이 깊고, 근엄한 아버지 가 지금까지 살아오면서 겪은 이야기 덕분이었다. 아버지 는 젊었을 때, 고향인 '일곱 개의 우물가'를 떠나 하란에 있는 숙부를 찾아가느라 나하라임 땅으로 간 적이 있었다. 그러다 우연히, 영문도 모른 채 실제 하늘 문, 그러니까 세 상의 진짜 배꼽에 닿게 되었다. 거룩한 돌들이 빙 둘러 있 는 루즈 언덕이 그곳이었다. 이곳을 야곱은 벧-엘(베델), 즉 하나님의 집이라 불렀다. 에사오(혹은 에서—옮긴이)를 피 해 도망가던 그는 이곳에서 일생에 한번 있을까 말까 한 엄청난 계시를 받은 후, 자신이 머리를 베고 누웠던 돌베개를 석상으로 세우고 기름을 부었다. 이때부터 이 언덕은 요셉의 주변 사람들에게 세상의 중심지였고, 하늘과 땅을 이어주는 어머니의 탯줄이었다. 그러나 이곳도 낙원의 자리는 아니었다. 낙원은 모든 것이 처음 시작된 곳, 바로 고향 근처였다. 우르 남자가 먼길을 떠나기 전 살고 있던 달의 도시 주변, 어린 요셉은 그곳이 낙원의 자리라고 굳게 믿었다. 비단 요셉뿐만 아니라 많은 사람들도 그렇게 생각했다. 아래쪽 시날, 강물이 양팔로 보듬고 있는 가운데의 촉촉한 땅, 오늘날까지도 달콤한 열매를 맺는 나무들이 무성한 곳, 이곳에 낙원이 있었다고.

바로 이곳 남 바빌론 어딘가에 에덴이 있었고, 아담의 육신은 바빌론 흙으로 만들어졌다는 주장은 오랫동안 신학이 선호하던 교리이다. 그렇지만 이것 역시, 앞에서 여러 번 확인한 바 있는 무대 장치에 지나지 않는다. 다시 말해서, 이 또한 그 이전의 다른 어떤 것으로 유인하는 구실을 할 뿐이다. 다만 이 무대 장치가 다른 장치와는 달리 어떤 특별한, 그리고 말 그대로, 우리를 유인하는 힘을 갖는 이유는 세속의 경계선을 벗어나, 그 위로 유혹하기 때문이다. 인간의 과거, 그 심원한 우물의 깊이가 온전히 드러나는 곳으로 말이다. 물론 이때의 깊이는 길이를 잴 수 없어서, 오히려 바닥이 없다는 표현이 맞을 것이다. 이 경우 깊이나 또는 암흑이라는 개념보다는 오히려 높이와 빛이라는 개념이 더 잘 어울린다. 한없이 밝고 높은 곳, 곧 위에서 아래로 떨어지는 '타락'이 가능할 만큼 높은 곳, 우리 기억 속에 행운의 에덴 동산과 늘 붙어 있는 그 몰락의 이야기가 시작될 수 있을 만큼 그렇게 높은 곳.

낙원의 위치를 말해 주는 설화는, 한 가지 점에서는 아주 정확하다. 에덴에서 시작된 강물이 낙원을 적셔 주고, 그곳에서부터 네 갈래로 갈라졌다는 진술이 그렇다. 비손, 기혼, 유프라테스, 힛데겔이 바로 그 강들이다. 비손은 이 설화에 따르면 갠지스 강이라고도 불렸고, 인도 전체를 관통하며 황금을 실어 날랐다. 그리고 기혼은 나일 강을 말하며 세상에서 가장 큰 강으로 무어 사람들이 사는 땅으로 흘러들었다. 물살이 쏜살 같은 힛데겔 강은 아시리아 앞에서 흐르는 티그리스 강이라고 했다. 이 마지막 강에 대해서는 이견이 없다. 그런데 비손을 갠지스 강으로 보고 기혼을 나일 강이라고 말하는 것에 대해서는, 전문가들의 논란이 끊이지 않고 있다. 사실 이 강들은 갠지스 강이나 나일 강이 아니라, 카스피 해로 흘러가는 아락세스 강과 흑해로 유입되는 할리 강일 확률이 높다는 것이다. 이렇게 되면 낙원의 위치는 바빌론의 가시 지역에 있는 것은 맞지만, 바빌론 땅이 아니라 아르메니아의 알프스 지역, 메소포타미아 북쪽 지역의 평원, 즉 이 강물들이 거의 나란히 시작되고 있는 지점에서 찾아야 한다는 말이 된다.

이러한 가르침에는 박수를 치지 않을 수 없다. 왜냐하면 만약 가장 존경받는 기록에 있는 대로, '프라테스' 또는 '유프라테스'가 낙원에서 시작된 것이라면, 이 낙원이 삼각주에 위치했다는 가정이 흔들릴 테니까. 그러나 이러한 사실을 인식하고, 아르메니아 땅에 야자수를 넘겨준다 해도, 진실에 고작 한 걸음 더 다가선 것에 지나지 않는다. 다시 말해서 이는 또 다른 무대 장치를 세워 다시 한번 혼동을 유도할 뿐이다.

엘리에젤 노인도 요셉에게 하나님은 세상에 네 개의 방향을 주셨다고 가르쳤다. 아침(동쪽)과 저녁(서쪽), 정오(남쪽)와 자정(북쪽)이 그것인데, 주님의 의자 옆에서 네 마리의 거룩한 동물과 천사장들이 이 네 곳을 지켰다. 그리고 이들은 각각 한쪽 방향만 지켜보아야 했으므로, 저마다 움직이지 않는 눈을 가지고 있었다. 하이집트의 피라미드 역시 반짝거리는 시멘트로 덮인 넓은 면이 바로 이 네 방향을 향하고 있지 않던가? 낙원의 강들도 같은 원칙을 따르고 있었다. 이 강물들은 꼬리는 서로 맞붙어 있지만, 몸통은 서로 멀리 떨어져 있어서 네 개의 하늘 방향으로 나아가고 있는 뱀으로 생각하면 된다. 이 표현은 물론 다른 데서 빌어 온 것이다. 그러니까 지금은 사라지고 없는 아틀란티스에서 익히 쓰던 지리학을 근동 지역으로 옮겨온 셈이다. 아틀란티스에서는 플라톤의 표현을 빌자면, 섬 한가운데 우뚝 솟아 있는 신의 산으로부터 이 네 개의 강물이 위에서 말한 것과 같은 식으로, 그러니까 십자 형태로 세상의 네 방향으로 흘러나갔다. '근원수(根源水)'의 지리학적 의미와 그리고 낙원의 위치를 둘러싼 학계의 논쟁은 하나같이 한가로운 유희의 성격을 띠게 되었다. 그 이유는 여기저기 뿌리를 내리고 있는 낙원에 관한 표상을, 무척 지혜로웠던 인류가 천국처럼 행복한 시절을 보냈으나 이미 사라져버린 땅에 대한 기억으로 소급하고 있기 때문이다. 여기서 최초의 낙원에 대한 설화가 인류의 황금기와 결합되는 현상을 목격할 수 있다. 모든 사료가 거짓말을 하는 게 아니라면, 이 기억이 서쪽의 그 나라와 결부되는 것도 당연해 보인다. 그러나 한 위대한 민족이 전무후무한 신의 은총 아래 매우 지혜롭고 경건한 생활을 했다는 바로 그곳이 인류의 고향이자 타락의 장소였던 '에덴 동산'은 아니다. 이곳 또한 낙원으로 나아가는 시간과 공간 여행의 임시 목적지, 또 다른 무대 장치일 뿐이다. 고대 지질학 연구만 보더라도, 아틀란티스 대륙에 사람들이 살기 훨씬 이전의 시간과 공간에서 최초의 인간, 아담을 찾고 있기 때문이다.

이 얼마나 눈속임과 유혹이 많은 숨바꼭질 여행인가! 황금 사과가 달려 있는 나라, 네 줄기의 강물이 흐르는 곳을 낙원과 동일시하다니, 어떻게 이런 일이 가능했을까? 아니 도대체 용서나 할 수 있는 일인가? 설령 착각이었다고, 아니 너그럽게 봐줘서 자기기만이었다고 하더라도, 어떻게 이런 오류를 범할 수 있었을까? 오류라고? 물론이다. 생각을 해보라. 과거로 인도하는 그 다음 무대 장치가 어떤 곳이었는지, 거긴 밤 도깨비가 따로 없는 세상이 아니었던가. 여기 등장하는 인간을 어디 인간이라 할 수 있는가? 그 참담한 인간 애벌레를? 아니다. 이 모습은 미소년 요셉이 아무리 머리를 싸매고 이해하려 해도, 도저히 자신의 원모습이라고 인정할 수 없었을 것이다. 상상을 해보라. 두꺼운 갑옷으로 완전무장하고, 산더미 같은 거대한 공룡과 날아다니는 도마뱀들과 사투를 벌이며, 언제 죽을지 모르는 불안으로 가슴이 새까맣게 타 들어갔을 그런 인간의 모습을 과연 낙원에 사는 인간으로 볼 수 있을지! 그곳은 '에덴의 동산'이 아니었다. 거긴 지옥이었다. 오히려 타락 이후 최초의 저주가 나타난 상태였다. 시간과 공간의 시초에서 쾌락과 죽음의 나무 열매를 따먹은 곳은 이곳이 아니다. 이보다 훨씬 이전의 일이다. 시간의 우물은 우리가 가고자 하는 목적지, 모든 것이 시작된 그 지점에 이르기도 전에 바닥을 드러낸다. 인간의 역사는 인간의 의지가 만들어낸 물질세계의 역사보다 길다. 그리고 인간의 의지에 기초한 삶보다 더 긴 것이 인간의 역사이다.

8

인간이 실제로 자신을 어떻게 느꼈는지, 이에 관한 긴 설화가 하나 있다. 옛날 옛적, 아주 먼 옛날에 나온 이 설화의 유산은 종교와 예언, 그리고 동방의 인식론으로 흘러 들어가기도 했다. 조로아스터교와 회교, 마니교, 그노시스교리, 헬레니즘 등이 그 예이다. 이 설화는 바로 최초의 인간, 또는 완벽한 인간, 히브리어로 아담 카드몬이라 불리는 존재에 관한 이야기이다. 순수한 빛으로 이루어진 이 청년은 세상이 시작되기 전 인간의 원형이자 총괄 개념으로 창조되었다. 이 최초의 인간에 대해서는 다양한 교리와 기록들이 있다. 이들의 모양은 각기 다르지만, 핵심은 거의 동일하다.

최초의 인간은 맨 처음 창조가 이루어지고 난 직후, 창조를 위협하는 악에 대항하여 싸울 전사로 선발된 자였다. 그러나 이 싸움에서 부상을 입고 악령의 포로가 되는 바람에 물질에 붙들려 자신의 근원으로부터 멀어지게 된다. 이에 신은 다시 두번째 사자(使者)를 보냈는데, 신비롭게도 최초의 인간보다 고귀한 자아인 이 두번째 사자 덕분에 세속의 육신으로부터 해방되어, 다시 빛의 세계로 돌아가게 된다. 그러나 이때 그는 물질세계와 땅의 인간을 만드는 데 사용될 재료로 자신의 빛 일부를 남겨두어야 했다.

이 기적 같은 이야기에는 구원과 관련된 종교적 뉘앙스도 녹아 있긴 하지만, 그보다는 우주론적인 의도가 단연 돋보인다. 신의 인간, 최초의 인간을 서술하는 표현을 한번 보자. 최초의 인간은 빛으로 이루어진 실체이다. 그런데 그 안에 들어 있는 일곱 개의 금속에서 일곱 개의 유성(遊星)이 만들어지고 여기서 다시 세상이 만들어진다. 또 아버지의 원천에서 나온 빛으로 구성된 인간이 일곱 개의 유성 차원을 거치며 아래로 내려오는 과정에서 각 차원을 지배하는 자들로부터 차례차례 본성을 얻었다는 표현도 있다. 이렇게 자신의 본성을 얻은 인간은 하늘 아래로 눈을 돌렸다가 물질에 비친 자신의 상에 마음을 뺏겨 아랫세상으로 내려가는 바람에, 그곳의 낮은 본성과 몸을 합치게 된다. 이것이 인간의 이중성, 즉 고향인 거룩한 세상의 자유와, 낮은 세상의 무거운 구속이 하나로 뒤엉킨 상태를 설명해 준다는 것이다.

이처럼 비극적이면서도 한편으로는 무척 우아한 나르시스의 모습에서, 설화의 의미가 정화되기 시작한다. 자, 보자. 신의 아들이 빛의 세상으로부터 아래쪽의 자연세계로 내려간다. 신의 명령을 받아 고귀한 임무를 수행할 목적으로. 여기까지는 괜찮다. 이는 스스로 책임질 이유가 없는 행동이다. 그런데 이렇게 아랫세상으로 내려가는 행동이 자유로운 결정에 근거한 독자적인 행위로 바뀌어, 일종의 과실의 성격을 띠게 되는 순간, 의미정화가 시작된다. 그뿐 아니다. 암흑에 갇힌 빛-인간을 고향으로 데려가려고 땅으로 내려왔다는, 보다 높은 의미에서는 빛-인간과 동일한 존재라는 '두번째 사자'의 의미도 이제 서서히 베일을 벗기 시작한다. 이제 교리는 물질과 영혼과 정신이라는 세 가지 성분으로 세상을 구분하게 되고, 이 세 가지가 신성과 얽히고설키면서 이야기 보따리를 풀기 시작한다. 다들 눈치 챘겠지만, 주인공은 모험을 즐기며 모험 속에서 창조력을 발휘하는 인간의 영혼이다. 최초의 기록과 마지막에 관한 예언을 하나로 결합시켜 낙원의 참된 장소와 '타락'의 역사에 대해 보다 분명한 사실을 들려주는 신화다운 신화에 귀를 기울여보자.

영혼이 있었다. 여기서 영혼이란 최초의 인간다운 존재를 말한다. 물질과 마찬가지로 처음에 도입된 원리 중의 하나였던 영혼은 생명은 가졌으나 지식은 소유하지 않았다. 아는 게 얼마나 없었으면, 평안과 행복이 지배하는 높은 세상, 그처럼 가까운 곳에서 신을 모시고 살던 세상을 마다하고, 아직 형체를 갖추지 않은 물질에 마음이 기울었을까? 기울었다는 표현은 말 그대로 아래로 기울었다는 뜻이다. 여하튼 영혼은 물질과 몸을 섞어 형체를 만들고 싶어 안달이 나서 아래로 내려간 것이나. 이렇게 형체를 만들어 육신의 쾌락을 얻고자 하는 욕구만 컸지, 영혼은 정말 무지하기 짝이 없었다. 그러나 막상 쾌락의 유혹을 못 이겨 고향을 떠나 아래로 내려오고 보니, 여간 괴로운 게 아니었다. 물질이 말을 들어야 말이지, 워낙 제멋대로에, 게으르긴 또 얼마나 게으른지 원래대로 무형 상태로 있고 싶다고 버티질 않나, 도무지 영혼을 기쁘게 해줄 생각 따위는 없었다. 이런 곤란한 상황에 개입한 것이 바로 신이다. 아무리 자신에게 등을 돌린 영혼이지만, 차마 두 눈뜨고 볼 수 없었던 것이다. 그래서 반발만 하는 물질의 사랑을 얻지 못해 괴로워하는 영혼을 도와주려고 세상을 창조하게 된다. 다시 말해서, 신은 최초의 인간다운 존재를 돕기 위해, 수명이 긴 견고한 형체를 만든 것이다. 영혼이 이 형체들에서 육체의 쾌락을 얻고, 인간을 생산하도록 하기 위해서였다. 그러나 신의 조처는 이것으로 끝나지 않았다. 그에게는 보다 고귀한 계획이 있었다. 우리가 자료로 인용하고 있는 기록을 그대로 옮기자면, 신은 자신의 신성으로 **정신**을 만들어 이 세상의 인간에게 보냈다. 정신은 인간의 육신을 안방 삼아 쿨쿨 잠만 자고 있는 영혼을 깨워 아버지의 명령을 상기시켜야 했다. 실제로 정신은, 지금도 이 세상은 영혼이 머물 곳이 아니며, 육신의 열정을 못 이겨 아래로 내려가는 것은 죄이며, 그 때문에 이 세상이 창조되었다는 사실을 일러주려고 노력하고 있다. 영혼이 어리석게도 물질과 몸을 섞는 바람에 이 세상이 창조된 만큼, 이제 영혼만 떠나면 형체의 세계도 끝나게 될 테니까.

영혼으로 하여금 이 사실을 깨닫게 하는 것이 정신의 사명이다. 정신은 그래서 열정적인 영혼이 제발 자기 고향이 높은 세상이라는 사실을 깨닫고, 머릿속에서 낮은 세상을 떨쳐내 원래 고향, 평안과 행복이 있는 고향으로 되돌아갈 날을 손꼽아 기다리는 것이다. 그리고 바로 이 일이 일어나는 순간, 이 낮은 세상은 사라지고 말 것이다. 이렇게 되면 물질은 원래의 게으르고 제멋대로인 고집을 되찾을 테고, 형체에 묶여 있던 상태에서 풀려나, 다시 옛날의 무형의 상태로 돌아가게 된 것을 무척이나 기뻐할 것이다.

영혼에 대한 교리이자 소설 이야기는 여기까지이다. '거슬러 올라가기'는 여기서 끝을 맺는 게 분명하다. 인간의 가장 오래된 과거는 바로 여기에 모습을 드러내며, 낙원이 결정되고 타락과 인식 그리고 죽음의 역사가 진실된 원래의 모습, 순수한 형태로 소급되는 곳도 바로 이곳이다. 최초의 인간다운 존재인 영혼, 이것은 하나였고 가장 오래된 것이다. 신이 그러했고, 물질이 그랬듯이, 시간과 형태가 있기 전부터 늘 존재했으니까. 그리고 영혼을 고향으로 데려오기 위해 파견된 '두번째 사자(使者)'인 정신은, 여하튼 영혼과 아주 유사하다. 하지만 영혼 그 자체는 아니다. 그 이유는 정신이 영혼보다 젊기 때문이다. 영혼이 먼저이고, 정신은 나중에 생겼다는 뜻이다. 신께서 영혼을 깨우쳐 해방시킴으로써, 형체의 세계를 없앨 목적으로 낮은 세상으로 파견한 것이 정신이기 때문이다. 여기서 교리가 조금 바뀌어 영혼과 정신이 하나라고 주장하거나, 또는 비유적으로 그렇게 암시되기도 하는데, 거기에는 그럴만한 이유가 있다. 최초의 인간다운 영혼이 신을 대신하여 악과 싸우기 위해 전사로 파견된 것이나, 나중에 영혼의 해방을 위해 파견한 정신이 하는 역할이 매우 유사한 탓도 있다. 하지만 그보다 더 중요한 이유가 있다. 그것은 원래 교리의 형태로는 영혼이 주인공으로 등장하는 이 모험 소설에서 **정신**이 맡은 역할을 제대로 그려내지 못하여, 부득이 보충을 필요로 하기 때문이다.

영혼과 물질로 이루어진 형체의 세계인 지금의 세상에서, 정신이 과연 무엇을 해야 하는지는 분명하다. 자신을 망각한 채 형체와 죽음에 얽매여 있는 영혼에게 보다 고귀한 자신의 신분을 상기시키는 것이 정신의 사명이다. 영혼으로 하여금 물질과 몸을 섞어 형체와 죽음의 세계를 만들어낸 것이 실수였다는 사실을 일깨우고, 고향에 대한 그리움을 절실히 느끼도록 하여, 마침내 비통과 육욕으로부터 벗어나 집으로 날아가게 만드는 것, 그리하여 세상엔 종말이 도래하여 물질은 예전의 자유를 되찾고, 세상에서 죽음을 사라지게 만드는 것, 이것이 정신의 사명이다.

그러나 여기서 잠깐 적국에 들어간 어느 외교관을 생각해 보자. 워낙 체류 기간이 길다보니, 자신도 모르게 동화되어 그 나라 사람이 되어버린 사신이 어느새 자신의 고유한 색깔을 잃고 적국의 사고방식과 입장을 받아들이고 말았다면, 조국의 입장에서 볼 때 타락한 나머지 더 이상 조국의 이해를 대변할 능력이 없어졌다면? 그에게 남은 길은 본국으로 소환되는 것뿐이다. 정신도 이와 비슷한 처지에 놓인다. 이 아랫세상에 머무는 시간이 길면 길수록, 정신은 앞서 말한 외교관과 똑같은 갈등을 겪어, 직무 수행에 문제

점을 드러내게 된다. 이쯤 되면 높은 곳에서 모를 리가 있겠는가. 당장이라도 정신을 소환하려 했을 게 뻔하다. 정신을 대신하여 이 일을 정말 잘 해낼 수 있는 자로 교체하는 문제를 생각보다 수월하게 풀 수만 있었다면 말이다.

세상을 파괴할 자, 세상의 무덤을 파는 자의 역할을 오랫동안 수행한다는 건 정신에게도 쉽지 않은 일임에 분명하다. 정신 역시 세상 탓에 자기 색을 잃을 가능성이 크며, 그렇게 되면 사물을 바라보는 시선도 점차 변하기 마련이다. 세상에서 죽음을 몰아내야 하는 사명만 해도 그렇다. 이 사명 때문에 정신은 자신이 이 세상에 죽음을 가져오는 자라고 느끼기 시작하는 것이다. 사실 이것은 시각과 해석의 문제이다. 이렇게 평가할 수도 있고 또 저렇게 평가할 수도 있으니까. 다만 자신이 어떤 사고방식을 가져야 하는지, 그리고 집안 대대로 어떤 사명을 물려받았는지, 그걸 안다는 게 중요하다. 그렇지 못할 경우, 우리가 타락이라고 말하는 현상이 등장하여, 자신의 본분에서 멀어지고 만다. 여기서 정신이 지닌 유약한 성격이 드러난다. 그는 주변에서 자신을 가리켜 형체를 파괴하려는, 살상(殺傷)의 원리라고 말한다는 사실을 안다. 아니 주변 세상만 그렇게 말하는 것이 아니다. 정신 자신까지도, 누가 시켜서가 아니라, 그저 자신을 심판하고 싶은 충동에 이끌려 그렇게 평가한 부분도 적지 않다. 이제 정신은 자신의 명예를 걸고 이런 식의 평판을 떨쳐내려고 한다. 그렇다고 자신의 사명을 배반할 의도는 없다. 결과적으로 정신의 입에서 나오는 말에는 자신을 심판하고 싶은 충동과 영혼에 대한 일종의 금지된 사랑이라 할 수 있는 동요가 뒤섞여 뉘앙스가 묘해진다. 이렇게 변질된 정신의 말에 영혼은 불쾌하기는커녕 으쓱해 한다. 다시 말해, 정신의 말은 원래 의도했던 순수한 목적에 대한 유머가 되어 오히려 생명과 형체를 편들게 되는 것이다. 그렇다면 이런 배신 행위, 또는 배신과 유사한 행위가 정신 자체에 이득을 주는 것은 아닐까? 또는 정신의 이런 행위가, 물질세계에서 영혼을 해방시켜 물질세계를 지양하려는 자신의 목적 수행에 오히려 기여하는 것은 아닐까? 혹은 정신이 다 알면서도 확신이 있기 때문에, 겉으로만 배반 행위를 하는 것은 아닐까? 이런 질문들은 여전히 풀리지 않는 수수께끼로 남는다. 여하튼 정신이 이처럼 우습게도 자신의 의지를 부인하면서 영혼의 의지와 결합한다는 사실이, '두번째 사자(使者)'는 악과 싸우기 위해 파견된 빛-인간의 또 다른 자아였다는, 교리의 비유적 전환을 가능케 한다. 그렇다. 이 표현법에는 신의 은밀한 결정에 대한 예언적 암시가 깔려 있을 수 있다. 신이 내리신 비밀스럽고 은밀한 결정은 툭 터놓고 이야기하기에는 너무 성스럽고, 또 그렇게 한다 해도 알아들을 사람이 없으리라 생각하고 암시만 했을 것이라는 뜻이다.

9

이 모든 걸 차분히 들여다보면, 영혼 또는 최초의 빛-인간의 '타락'을 운운하는 것이 도덕성을 지나치게 강조할 때만 가능하다는 사실을 알 수 있다. 영혼이 설령 죄를 지었다 하자. 하지만 이 죄는 자신에 대한 죄일 뿐이다. 아주 평온하고 행복하기만 했던 본래의 상태를 경솔하게 내던지긴 했지만, 이것이 곧 신을 거역한 죄는 아니다. 영혼이 자신의 열정적인 행동으로 신의 금기를 깬 것은 아니지 않은가. 최소한 우리가 받아들인 교리에 따르면, 영혼이 그런 일을 한 적은 없다. 그럼에도 불구하고 경건한 설화가, 최초의 인간이 신의 금기를 어기고 '선과 악'을 알게 하는 인식의 나무 열매를 따먹었노라고 보고하는 것을 보면, 여기서는 최초의 원죄가 아니라 차후의 세상에서 일어난 사건을 다루고 있는 게 아닌가 싶다. 다시 말해서 여기에 나오는 인간이란 신의 창조적 도움으로 영혼과 물질의 혼인을 통해 출현한 인간일 확률이 높다는 말이다. 그리고 이 인간들에게 신이 정말로 그런 시험을 내렸다면, 그 결과가 어찌 될지 신이 몰랐을 리 만무하다. 누가 감히 이 사실을 의심할 수 있겠는가. 그런데 이 경우 애매한 것은, 인간들이 지키지 못할 줄 뻔히 알면서도, 어째서 그런 무모한 금지령을 내려서, 애초부터 인간을 못마땅하게 여기던 주변 천사들이 고소해 하도록 만들었는가 하는 점이다. 또 두번째, '선과 악'이라는 표현은 의심의 여지없이, 그리고 모두들 인정하듯이 순수한 원문에 삽입된 주해요, 주석에 지나지 않는다. 원래 표현은 그냥 인식으로 되어 있었고, 이 인식은 선악을 판단하는 도덕적 평가능력을 가진 것이 아니라, 결과적으로 죽음을 가져오는 인식이다. 그러므로 '금지명령'에 관한 보고 역시 의도는 좋지만, 그리 적절하지 않은 주해였다고 해도 무리는 없을 것이다.

거의 모든 것이 이를 뒷받침해 준다. 특히, 신이 물질에 마음을 뺏긴 영혼의 행동을 보고 화도 내지 않았고, 쫓아내지도 않았다는 게 가장 중요한 증거이다. 그리고 또 영혼이 물질로 인하여 고통을 당할 때, 물론 이 고통은 물질에서 얻을 수 있는 쾌락으로 상쇄되기도 했지만, 여하튼 신이 영혼에게 그 고통보다 더 힘든 처벌을 내린 적도 없었다. 오히려 신은 영혼의 고통을 지켜보면서, 호감이라 하기는 뭣하지만, 최소한 동정심은 느꼈던 게 분명하다. 그렇지 않았더라면 부탁도 안 받고 그렇게 서둘러 영혼이 물질과 벌이는 사랑싸움에 발벗고 나섰을 리 만무하다. 신은 영혼이 쾌락을 얻도록 그 싸움에서 형체의 세계, 곧 죽음의 세계를 창조했다. 이런 신의 행동을 보고, 어떤 것이 동정이고 어떤 것이 호감인지 구분하기란 무척 어렵다. 아니, 아예 불가능할지도 모른다.

이런 맥락에서 본다면 신을 거역했다는, 신이 명백하게 밝힌 뜻을 거역했다는 의미에서의 원죄는 절반만 해당된다. 특히, 영혼과 물질의 결합에서 탄생한 종족에게 보여준 신의 묘한 태도를 보면 더욱 그러하다. 이 인간 존재는 두말할 필요도 없이, 태어나는 순간부터 천사들의 질투심을 자극했다. 엘리에젤 노인이 이 일에 관한 이야기를 들려줄 때면, 요셉은 매번 감동하곤 했다. 그 이야기는 최초의 역사에 대한 히브리 주해서에서 오늘날 우리들이 읽을 수 있는 내용과 정확히 맞아떨어진다. 여기에는 만일 신이 인간에게서 의인만 나오는 것이 아니라, 악인도 나오리라는 사실을 숨기지 않았더라면, 준엄하신 분들의 세계에서 인류의 창조를 애초부터 허락해 주지 않았을 것이라고 되어 있다. 이런 말들은 그때 상황을 보다 정확하게 알려 주는데, 무엇보다도 '준엄함'이 신만이 지닌 고유한 특성이 아니라, 특히 그의 주변에도 해당된다는 사실을 일러주고 있다.

물론 신이 주변세계, 곧 천사들의 세계에 종속된 존재는 아니다. 하지만 일종의 의존관계는 있었던 듯하다. 주변에서 골칫거리를 만들면 어쩌나 걱정스러워, 당시 진행되고 있던 작업에 관해 모두 말하지 않고, 그저 몇 가지만 보여주고, 나머지에 대해서는 입을 다물었던 것만 봐도 알 수 있다. 그리고 이런 사실이야말로 세상의 창조가 신에게 못마땅한 일이 아니라, 매우 중요한 일이었다는 반증이 아니겠는가? 신의 명시적인 요구나 격려가 없었다 해서, 지상으로 내려가 물질과 결합한 영혼의 행동을 신의 뜻에 대한 명백한 거역으로 몰아세울 수는 없다. 굳이 거역이라는 표현을 써야 한다면, 그건 천사들의 뜻을 거역한 행동이었을 뿐이다. 천사들은 애초부터 인간을 탐탁지 않게 여겼다. 호감은 더더욱 없었다. 한편으론 선하고, 한편으론 악하기도 한 생명의 세계를 창조하고, 그 세계에 관여하는 신을 보고, 천사들은 준엄한 분의 변덕쯤으로 받아들였다. 그리고 이 변덕 앞에서 천사들은 언짢아했다. 칭송받아 마땅한 자신들의 순결함이 지켜워져서 변덕을 부리려니, 그렇게 생각한 천사들로서는 오히려 당연한 반응이었다. 어이가 없고 기가 막힌 천사들의 입술 위에는 비난조의 질문이 떠날 날이 없었다. "오, 주여, 인간이 대체 뭐길래 이렇게까지 그를 생각하시나이까?" 그럴 때면 신은 그를을 부드럽게 달래 주었다. 그러나 때로는 슬쩍 말을 돌리기도 했고, 또 가끔씩은 신경질을 내면서 천사들의 자존심을 상하게 만들기도 했다.

세마엘 천사가 아래로 떨어진 것도 바로 이런 갈등에서 비롯된 게 아닌가 싶다. 다른 거룩한 동물들과 세라핌(六翼天使—옮긴이)은 날개가 세 쌍밖에 없는데, 세마엘 천사는 날개가 여섯 쌍이나 된 것으로 보아 직위가 매우 높은 천사였던 게 분명하다. 이렇게 높은 천사의 추락 사건을 간단하게 설명할 수는 없겠지만, 엘리에젤의 가르침에 귀를 기울이던 요셉도 우리와 마찬가지 결론을 내렸다. 즉 세마엘이야말로 모든 천사들이 인간을 못마땅해 하도록, 아니 한 걸음 더 나아가 인간 편을 드는 신까지 못마땅해 하도록 꼬드긴 천사였던 셈이다. 그러던 어느 날 신은 천사들을 모두 불러들였다. 이성을 가진 자요, 만물에 이름을 붙일 줄 아는 존재인 아담 앞에 고개를 숙이게 할 것이라 했다. 그러자 마지못해 그 자리에 참석한 천사들은 속으로 은근히 비웃거나, 인상을 잔뜩 찌푸렸다. 그런데 아예 참석하지 않은 천사가 있었는데, 바로 세마엘이었다. 그는 노골적으로 공언했다. 준엄한 광채로 창조된 천사들에게 먼지와 흙으로 빚어진 자 앞에 머리를 조아리라니, 이건 말도 안 되는 소리라고.

바로 이 일을 계기로 그는 아랫세상으로 떨어지고 말았다. 엘리에젤은 그 모습이 별 하나가 떨어지는 것처럼 보였다고 묘사했다. 세마엘의 추락을 지켜본 다른 천사들은 오싹해져 소름이 돋았음은 물론이다. 그래서 이들은 그 이후로 인간을 몹시 조심스럽게 대하게 되었다. 어쨌거나 땅 위에 조금이라도 죄의 흔적이 드러날 때면 천사들은 너나없이 환호성을 질렀다. 대홍수 직전이 바로 그런 때였다. 소돔과 고모라에는 온갖 죄가 난무하고 타락이 판을 쳤다. 천사들은 고소하기 짝이 없었다. 그러니 난처해진 신이 할 수 있는 일이 무엇이었겠는가? 어쩔 수 없이 무서운 방식으로 땅을 쓸어버리는 수밖에. 신이 원해서 한 일이 아니었다. 도덕성을 강요하는 하늘의 압박 때문에 마지못해 한 일이었을 뿐이다. 이런 일들은 그렇다 치자. 그렇지만 '두번째 사자'로 지상에 파견된 정신은 어떻게 된 걸까? 정신은 정말로, 영혼을 물질세계로부터 풀어내, 물질세계를 없애고 영혼을 다시 고향으로 데려가기 위해 파견된 것일까?

이도 신의 생각이 아니었으리라는 추측이 가능하다. 정신이 영혼에 뒤이어 파견된 이유가, 신의 너그러운 도움으로 영혼이 만들어낸 형체세계에 종말을 가져오기 위해서라고들 하지만, 그게 아닐 수도 있다는 말이다. 어쩌면 다른 비밀이 있을지도 모른다. 두번째 사자가 악과 싸우기 위해 파견된 첫번째 빛-인간과 동일한 존재라는 교리에 어쩌면 그 해답이 있는지도 모른다. 잘 알다시피 신비는 시간의 단편들을 자유롭게 취급하며, 미래를 가리키면서 과거로 표현하기도 한다. 영혼과 정신은 원래 하나였다는 말이 뜻하는 바는, 실은 영혼과 정신이 하나가 되어야 한다는 말일 가능성도 있다. 그렇다. 이 해석이 한결 옳아 보인다. 정신은 본질상 미래에 속하는 것으로 '그렇게 되리라, 그렇게 되어야 한다'는 원칙을 제시하고, 형체에 붙들려 있는 영혼은 과거에 '거룩했던' 존재로서 그의 경건함은 과거에 해당되기 때문이다.

그렇다면 여기서 생명은 어디 있고, 죽음은 어디 있는가 하는 질문에 대해서는 의견이 분분해질 수 있다. 자연에 얽매여 있는 영혼과 세상 밖에 속하는 정신은, 다시 말해서 과거의 원리와 미래의 원리는 각기 자신의 의미에 따라 생명수가 되고자 하는 요구를 지니고 있으며, 상대방이 죽음과 함께 한다고 서로 책임을 전가한다. 둘 다 그럴만하다. 정신이 없는 자연도 그렇고, 자연이 없는 정신도 그렇고, 둘 다 생명이라 부르기는 어렵기 때문이다. 그러나 비밀은, 그리고 신이 가슴 깊이 간직하고 있는 희망은 어쩌면 이 둘의 결합에 있는지도 모른다. 정신이 정말 영혼의 세계 속으로 들어가서, 이 두 원리가 서로 하나로 융화되고 상대방을 거룩하게 만들어, 그것이 인간의 현실이 되도록 하려는 것이 신의 간절한 희망이 아닐까? 그렇게만 된다면, 인간은 하늘에서 내려오는 축복과 깊은 곳에서 올라오는 축복을 동시에 움켜쥐게 되리라.

이것이야말로 신비로운 가능성이고, 교리에 대한 궁극적인 해석이 될 수 있을 것이다. 물론 여기에도 한 가지 의문점은 계속 남는다. 앞에서도 언급했지만, 죽을 수밖에 없는 존재들이 내뱉는 비난을 너무 쉽게 받아들인 나머지, 자신을 오히려 부인하고 아첨을 떨기도 하는 정신의 행동이, 과연 위에서 말한 목적을 성취할 수 있는 올바른 방법인가 하는 의문이 그것이다. 정신이 설령 영혼의 말없는 열정에 고작 유머나 더해 주고, 무덤들을 찬미하며, 과거를 생명의 유일한 원천이라 부르고, 자신이 고약한 광신자요, 생명을 노예로 삼는 살기 등등한 의지라고 고백한다 치자. 그래도 정신은 여전히 정신이다. 정신이 어떤 태도를 보이든, 정신의 본질에는 변함이 없다. 정신은 경고장을 들고 온 사자다. 자극을 주고, 모순을 깨닫게 하여 긴 나그네 길로 등을 떠미는 원리다. 모든 것을 자연스럽게 받아들여 쾌락을 추구하는 개개인의 가슴속에, 다른 한편 자연을 뛰어넘으려는, 고통스러운 불안을 일깨우려 하는 것이 정신이다. 그리하여 인간을 이미 되어진 것, 이미 존재하는 것에 안주하지 못하도록 문 밖으로 몰아내어, 알지 못하는 미지의 세계로 떠밀어 넣는 것, 그게 정신이다. 이렇게 정신에 떠밀려 긴 모험 여행에 나선 인간은 자리를 박차고 나오는 순간, 굴러가는 돌멩이로 변한다. 여기 부딪치고 저기 부딪쳐가며, 무슨 일이 생길지 알 수 없지만, 그래도 무작정 구르기를 계속해야 하는 돌멩이.

10

이렇게 시작과 과거에 대한 무대 장치가 만들어지면, 더이상 역사를 거슬러 올라가느라 골머리를 앓지 않아도 된다. 이는 인간의 마음을 달래 주는 특별한 기억이 있었기에 가능한 일이다. 요셉의 경우, 이 특별한 기억은 먼길을 떠난 선조가 원래 살았던 성곽 도시 우르와 결합된다. 요셉의 집안에 대물림된 이 설화는 정신적 불안에 관한 이야기였다. 요셉은 이 이야기를 가슴 깊이 간직했다. 아니 그 정도가 아니라 핏속에 묻어두었다. 요셉과 가까운 사람들과 주변세상 그리고 아버지가 살아나온 길에도 이 설화는 깊은 흔적을 남겼다. 그리고 요셉은 다른 곳에서도 이와 똑같은 설화를 발견하기도 했다. 점토서판에 새겨진 다음과 같은 시구가 그것인데, 이따금 낮은 소리로 흥얼거리기도 했다.

"왜 당신은 내 아들 길가메쉬가
조바심으로 안절부절못하도록 만드셨나이까?
그에게 왜 평온이라고는 모르는 마음을 주셨나이까?"

마음의 평화? 그런 건 모른다. 그저 묻고, 귀 기울이고, 찾아 헤매고, 신을 영접하려 하고, 진리가 뭔지, 정의가 뭔지, 인간은 어디서 와서 어디로 가는지, 자신의 이름이 무엇이며, 고유한 본질은 무엇인지, 또 가장 지고한 분의 뜻은 무엇인지, 이 모든 것들을 알기 위해 몸부림치는 처절한 노력. 우르 남자가 바로 그랬다. 이 특징을 고스란히 물려받은 아버지 야곱을 요셉은 얼마나 사랑했던가! 이마가 유달리 높은 주름진 노인 얼굴에, 조심스레 앞을 살피는 수심 가득한 갈색 눈동자에 새겨진 것도 바로 이게 아니고 무엇이겠는가! 자신은 특별하고 귀한 사람이라는 자의식, 자신의 근심과 걱정은 한 차원 높다는 자긍심, 이것이 어우러져 품위와 절제와 근엄함으로 나타나 얼마나 고결해 보이는 아버지였던가! 조바심으로 표현되는 내면의 불안과 품위. 이것이야말로 정신의 인장(印章)이다. 아이들이 그렇듯, 어려운 줄 모르고 아버지를 무턱대고 따랐던 요셉은, 자신의 주인이신 아버지의 이마에서 설화에 등장한 특징들을 확인하곤 했다. 물론 요셉 자신은 아버지 쪽보다는 매력적인 어머니를 더 닮아서 아버지보다 훨씬 쾌활하고, 걱정이라고는 모르는 낙천적인 성격이었다. 또 타고난 붙임성으로 사람들과도 쉽게 어울리고 아무한테나 속을 터놓곤 했다. 게다가 아버지가 자신을 얼마나 사랑하는지 누구보다 잘 아는 터라 아버지를 어려워 할 줄도 몰랐다. 아버지의 각별한 사랑을 요셉은 당연하게 여겼다. 사랑받는 데 익숙한 사람이 그렇듯, 이는 그의 성격에도 독특한 색깔을 부여했다.

제일 높으신 분과의 관계도 예외가 아니었다. 요셉이 상상하는 제일 높으신 분의 모습은 야곱과 거의 일치했다. 아버지의 모습이 보다 고귀한 형태로 구체화된 분, 그분이야말로 제일 높으신 분, 지고한 분이셨다. 요셉은 아버지가 그러하듯, 그분께서도 자신을 사랑하신다고 확신했다. 하늘에 계신 주님과 요셉의 관계를 일단 신랑과 '신부'의 관계라 부르면 어떨까 싶다. 요셉도 아마 반대하지는 않을 것이다. 요셉이 아는 것만 해도, 이쉬타르 또는 밀리타(이쉬타르가 신전 매춘을 할 때 불리는 이름—옮긴이)를 섬기며 결혼하지 않고 오로지 경건한 마음으로 신전에서 평생을 보내는 바빌론 여자들은 '순결한 여인', '성녀'라 불리기도 하고, 혹은 '신의 신부, 약혼녀' 즉 '에니투'라 불리기도 했다. 요셉에게는 자신의 삶을 이 에니투와 동일시한 흔적이 조금 엿보인다. 다시 말해서 신과 약혼한 사이라든가, 경건하고 엄숙한 자세가 그의 삶에서 중요한 역할을 하게 된다는 뜻인데, 여기에 상난기 어린 상상력이 살짝 가미된 게 문제라면 문제였다. 나중에 요셉을 가까이에서 바라볼 기회가 생기는데, 그때가 되면 이 때문에 골치깨나 썩을 것이다. 하지만 이것이야말로 정신적 유산이 요셉에 이르러 구체화된 모습일 수 있다.

요셉이 아버지를 무척 좋아한 건 틀림없다. 그러나 아버지가 보여주는 정신적 유산의 형태까지 완전히 이해한 건 아니었다. 아니, 찬성하지 않았다는 게 옳은 표현일 것이다. 아버지의 근심이라든가 상심, 불안은 어딘가에 정착하여 안주한다는 것 자체에 대한 철저한 거부감으로 나타나기도 했기 때문이다. 차라리 한곳에 정착하는 게 아버지의 고결함을 한층 더 높여 주었을 텐데, 요셉은 그 점이 아쉬웠다. 아버지는 한곳에 잠시 머물다, 조금 익숙해질 만하면 어느새 다른 곳으로 떠나곤 했다. 아버지 역시 제일 높으신 분께서 사랑으로 보살펴 주시고 인도해 주시는 존재였다. 만일 요셉도 그 높으신 분의 사랑을 받고 있다면 그건 순전히 아버지 덕분이었다. 샤다이, 즉 '전능하신' 주님은 메소포타미아에서 아버지에게 수많은 가축과 온갖 재물을 베푸시어 부자로 만들어주었다. 아들도 많고 부인도 여럿이며 목동과 종의 숫자도 헤아릴 수 없었으니, 그 나라의 영주가 될 수도 있었을 것이다. 아니 단순히 외형적 '무게' 때문이 아니라, 정신적인 무게로 봐도 아버지는 단연 영주 감이었다. 아버지는 한마디로 '나비(nabi)', 즉 '복음을 전하는 자'로서 아는 것도 많고 신을 영접한 영리한 자였다. 갈대아의 우르 남자로부터 물려받은 정신적 유산을 자신이 가장 사랑하는 후손에게 대물려 주는 족장들 중의 한 명이 바로 아버지였다. 아버지와 거래를 하면서 물건을 사고파는 계약을 맺을 때면, 사람들은 그에게 '주인님'이라고 존칭을 쓰면서 자신들은 보잘것없는 사람으로 낮춰 표현했다. 그리고 말 한마디에도 각별히 신경을 썼다. 그만하면 가솔들을 이끌고 도시 안에 들어가 살면서 대단한 재력가로 행세할 수 있었을 텐데, 아버지는 왜 안 그러신 걸까? 헤브론이든 우루살림이든, 아니면 시겜이든 그런 도시 안에 들어가 돌과 나무로 튼튼한 집을 짓고 살았더라면, 가솔 중 혹시 누가 죽더라도 거기 매장할 수도 있었을 텐데, 왜 굳이 이스마엘 사람이나 베두인 사람들처럼 성 밖에 있는 사막 한가운데, 허허 벌판에서 장막을 치고 살았을까. 키르얏 아르바의 성곽은 아예 쳐다보지도 않고, 우물 근처 땅이 움푹 파인 곳에 떡갈나무와 테레빈 나무를 벗 삼아 장막을 치고 산 건 왜일까. 결코 한자리에 오래 머물러서는 안 되기라도 하는 것처럼, 다른 사람들과 한데 어울려 뿌리를 내리고 살아서는 안 되기라도 하는 듯, 매 순간 계시가 내려오기를 기다리는 사람처럼, 그래서 당장이라도 장막을 걷고 가축우리를 헐어 목책과 모피 그리고 가죽을 모조리 낙타 등에 싣고 길을 떠나야 할 것처럼. 요셉은 물론 아버지가 왜 그럴 수밖에 없는지 알고 있었다. 그건 아버지가 섬기는 신이 평안이라든가, 안주 따위를 모르는 분이었기 때문이다. 그분은 미래를 계획하는 신이셨다. 그분의 뜻 안에서 그게 뭔지는 확실하지 않지만, 어떤 원대한 것이 싹을 틔워 조금씩 조금씩 자라나는 중이었다. 사실 그분도 모르기는 마찬가지였나. 보는 게 다 완성된 신이 아니셨으니까. 그분의 의지와 세상에 대한 계획도 이제 막 껍질을 뚫고 목표를 향해 나아가는 과정에 있었으니 그분은 의당 불안의 신이요, 근심의 신이셨다. 그분은 인간들이 자신을 찾아주기를 원했고, 자신이 부르면 언제라도 있던 자리에서 모든 것을 툭툭 털고 일어나 자신을 따라나서기를 바라셨다.

한마디로 말해, 그 정신은 야곱의 품위를 드높여 주었지만, 다른 한편으로는 도시에 정착할 수 없게 함으로써, 그의 품위를 떨어뜨리기도 했다. 세속의 안정된, 그리고 조금은 화려한 도시생활을 은근히 동경했던 어린 요셉이 이 점을 안타까워한 것은, 이와 적절한 조화를 이루는 그의 또 다른 기질들과 함께 있는 그대로를 받아들이는 수밖에 없다. 그럼 이야기를 들려주는 우리 같은 사람 입장은 어떤가? 우리는 이런 저런 이야기, 빼놓지 않고 다 늘어놓다가 느닷없이, 꼭 그래야 할 이유가 없는데도, 앞을 내다볼 수 없는 모험으로 뚝 떨어지기도 한다(여기서 뚝 떨어진다는 건 실제로 방향을 뜻한다). 그런 의미에서 우리는 이 자리에서 분명히 밝힐 수 있다. 안주와 정착에 대한 노인의 불안한 거부감은 충분히 이해하고도 남는다고. 이게 어디 우리가 모르는 거부감인가? 이야기를 들려주는 우리 역시 불안한 운명을 타고난 자가 아니던가? 평온 같은 건 우리 또한 모르지 않는가? 이야기를 들려주는 자의 별은 역시 달이 아닐까? 즉 길의 주인님, 나그네가 아니던가. 한 지점에 이르렀나 싶으면, 어느새 다른 지점으로 걸음을 옮기는, 그런 나그네가 아니던가? 물론 여행길에 오른 이야기꾼은 여러 모험을 겪으면서 잠시 정거장에 머물기도 한다. 그러나 이는 장막을 치는 수준일 뿐, 언제라도 길을 떠날 준비를 한다. 이때다 하는 지시를 기다리는 것이다. 가슴이 뛰기 시작하는 게 바로 그 신호다. 가슴 벅찬 설렘이 있는가 하면, 온몸이 떨리는 불안과 두려움에서 가슴이 쿵쾅거릴 수도 있다. 여하튼 이런 신호가 이야기꾼을 재촉하여 미리 예측할 수 없는, 그래서 직접 몸으로 부딪쳐 볼 수밖에 없는 모험에 몸을 던지게 하는 것이다. 불안한 정신의 뜻에 따라 말이다.

우리가 여행을 시작한 지도 이미 오랜 시간이 지났다. 그리고 잠시 머물렀던 정거장들로부터 한참 지나와서, 그게 어디였는지도 잊어버렸다. 모든 여행객이 그렇듯 우리 또한 우리가 가려고 하는 세상, 우리를 바라보고 있는 이 세상에 멀리서부터 한 걸음 한 걸음 다가왔다. 이 세상이 우리를 받아들이는 순간, 모든 게 낯설기만 한 이방인처럼 허둥대지 않기 위해서였다. 그런데 여기까지 오는 데만도 너무 오래 걸린 걸까? 설령 그랬더라도 놀랄 이유는 없다. 이게 어디 보통 여행인가, 저승 나들이인데! 태양을 등지고 끝도 없이 아래로 이어진 여행이 인도한 바닥조차 알 수 없는 과거의 우물 깊숙한 곳 앞에서 우리는 얼굴이 새파래진다.

아니 왜 얼굴이 새파래지는가? 심장은 왜 또 이렇게 뛰는 걸까? 여행에 첫발을 내딛은 때가 아니라, 그전에 이미 여행을 떠나라는 지시를 받던 그 순간부터 가슴이 두근거린 이유는 대체 뭘까? 즐거워서만이 아니라, 두려워서 몸까지 떨리는 이유는 과연 뭘까? 이야기꾼에게 과거의 일들은 물고기의 물 같은 것이고, 생명의 호흡이 아닌가? 물론 그렇다. 머리로는, 이성으로는 이렇게 잘 아는데, 호기심 많고 겁도 많은 이 가슴은 왜 이렇게 진정할 줄 모를까? 아마도 멀리, 아주 멀리 인도해 주는 과거라는 무대에 아무리 익숙하다지만, 지금 찾아가는 과거는 아무래도 우리가 몸으로 겪었던 것과는 다르기 때문이리라.

생명이란 것의 과거가 우리 이야기의 무대다. 예전에 있었지만 지금은 죽은 세상, 우리들의 생명도 언젠가 깊숙이 들어가게 될 세상, 그리고 그보다 더 깊은 곳에는 이 과거의 시초가 놓여 있다. 죽는다는 건 당연히 시간을 잃고 시간을 벗어난다는 뜻이다. 그러나 다른 한편으로는, 그 대신 영원을 얻어 어디든 있을 수 있다는 뜻이기도 하다. 즉 여기서 비로소 진정한 생명을 얻는다고도 할 수 있다. 그 이유는 생명의 본질은 '현존'하는 것이기 때문이다. 그리고 그것의 비밀은 오로지 신화를 통해서만, 과거와 미래라는 시간 형태로 자신을 드러낸다. 이것이 생명이 평범한 사람들에게 자신을 드러내는 일상적인 방법이다. 하지만 비밀은 오로지 선택받은 자들의 것이다. 사람들은 백성들에게 영혼이 여기저기 떠돈다고 가르친다. 식자들은 이러한 가르침이 영혼의 편재(偏在)라는 비밀이 걸치는 옷일 뿐임을 알고 있다. 죽음이 영혼을 가두고 있는 독방을 부수는 순간, 생명이 온전히 영혼의 것이 된다는 사실을 그들은 알고 있는 것이다. 이야기를 들려주는 우리는 일종의 모험가로서 이 과거 여행을 통해 죽음을 맛보며, 죽음에 대한 인식이 어떤 것인지도 더불어 알게 된다. 가슴 한편이 설레면서도 온몸이 두려움에 사로잡히는 것도 바로 이 때문이다. 물론 두려움보다는 즐거움이 우리를 더 강하게 사로잡고 있는 것도 사실이다. 또 이것이 육신에서 비롯되었음을 부인할 생각도 없다. 즐거움을 주는 대상이, 우리들이 말하고, 질문하고, 관심을 갖는 것의 처음이자 마지막 것이기 때문이다. 바로 인간이라는 존재가 그것이다. 저 아랫세상에서, 죽음 가운데에서 탐무즈를 찾아 헤맨 이쉬타르처럼, 우시르를 찾아 헤맨 에세트(Eset, 그리스어 이름은 이시스로, 우시르의 누이이자 아내이다. 매년 나일 강의 범람으로 기름진 땅이 되는 이집트의 토양을 상징—옮긴이)처럼, 과거가 있는 곳에서 이 인간 존재를 인식하려는 것이다.

왜냐하면 인간 존재는 항상 어디서나 늘 지금의 모습과 같기 때문이다. 사람들이 설령 '옛날에 그랬다'고 말하더라도 달라질 건 없다. 비밀이 걸친 옷에 불과한 신화는 늘 이렇게 '옛날에'라고 말한다. 그러나 비밀의 예복은 바로 축제다. 축제는 해마다 반복되면서 시간의 그물을 잡아당겨 과거에 있었던 일과 앞으로 생길 일을, 사람들로 하여금 지금의 일로 느끼게 만든다. 축제 속에 항상 인간적인 것이 부글부글 끓어올라, 관습의 동의 아래 음란한 것으로 변질되고, 그 안에서 죽음과 생명이 서로 한 몸이 되었다 해서 그게 뭐 놀랄 일인가?

이야기 축제! 그것은 생명의 신비가 걸치는 예복이 아니던가! 그대야말로 사람들에게 시간의 구속을 받지 않는 신화를 불러내어, 그들의 눈앞에서 바로 지금 이 순간 생생하게 살아나도록 해주지 않는가! 죽음의 축제, 저승 나들이,

그대는 진정 하나의 축제이며, 육신에 갇힌 영혼에게 기막힌 즐거움을 선사한다. 영혼이 과거, 즉 무덤들과 경건했던 옛날에 집착하는 것은 괜한 일이 아니지 않은가. 그러나 정신 또한 그대와 함께 하여 가슴 깊숙이 자리잡기 바라니, 부디 하늘로부터의 축복과 저 깊숙한 심연으로부터의 축복이 함께 하기를!

이제 겁내지 말고 아래로 쑥 내려가자! 바닥도 없는 깊은 우물로 무작정 첨벙 뛰어들자는 말인가? 물론 아니다. 그 깊이는 고작해야 3000년 정도다. 아예 바닥도 없는 우물을 생각하면, 이쯤이야 별것 아니지 않은가! 이곳 사람들은 이마에 눈이 달린 것도 아니고, 뿔로 된 갑옷을 입고 날아다니는 공룡을 타고 싸움이나 하러 다니는 그런 사람들이 아니다. 이들도 우리와 똑같은 사람이다. 물론 사고하는 방식이 뭐랄까 꿈을 꾸는 건지 조금 정확하지 않다는 게 약간 다른 점이지만, 이 정도는 너그럽게 봐주자.

여행 경험도 별로 없고, 세상 물정에도 밝지 못한 어떤 사람이 부득이 여행을 떠나게 되었다고 가정해 보자. 그는 아마도 가슴이 두근거리고 온 몸이 확확 달아올라 이렇게 자문할 수도 있을 것이다. 이러다 정말 세상 끝까지 가는 것인가? 지금까지 살아온 것과는 완전히 관습이 다른 곳으로? 당연히 그건 아니다. 그저 저만큼 떨어진 곳, 다른 사람들이 이미 많이 살고 있는 곳이 목적지이다. 하루나 이틀이면 충분한 여행인 것이다. 우리도 마찬가지이다. 우리가 지금 가보려는 나라는 우리하고 똑같은 사람들이 사는 곳이다. 이상한 식물이 자라고, 도대체 뭐가 뭔지 알 수 없어서 머리를 싸매게 만드는 희한하고 이상한 나라일까? 전혀 그렇지 않다. 지금까지 익히 보아온 지중해 연안의 여느 나라와 마찬가지 나라다. 물론 우리가 사는 나라와 똑같지는 않지만, 여하튼 먼지와 돌은 우리보다 훨씬 많은 것도 사실이지만, 그래도 아주 괴상한 곳은 아니다. 그 땅 위에도 우리가 잘 아는 별들이 떠 있으니까. 어디 그뿐인가? 산도 있고, 계곡도 있고, 도시도 있고, 거리도 있고, 포도밭도 있다. 여기, 초록빛 덤불 사이로 뿌연 강물이 쏜살같이 흘러가는 이곳에 옛날 이야기에 등장하는 우물 옆 초원이 활짝 펼쳐진다. 아래로 내려오는 사이, 나도 모르게 눈이 감겼다면, 이제 눈을 떠라! 다 왔다. 보라! 그림자가 완연한 달밤이 평화로운 언덕 위로 펼쳐져 있지 않는가! 여름처럼 별들이 총총한 이 봄날 밤, 이 신선한 공기가 느껴지지 않는가!

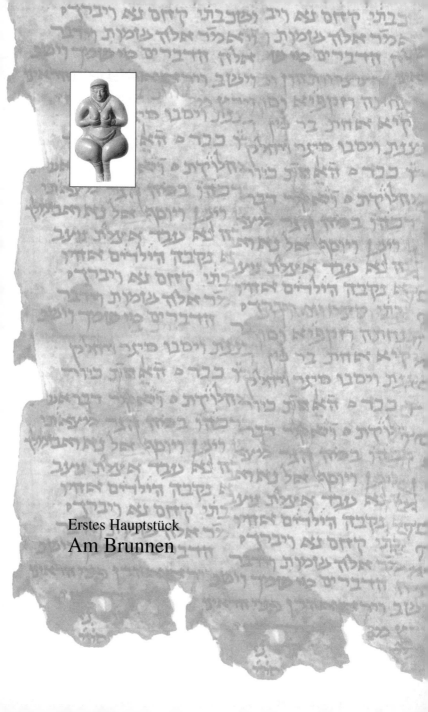

Erstes Hauptstück
Am Brunnen

1부

우물가

이쉬타르

헤브론 북쪽, 우루살림에서 보면 동쪽에 위치한 이 언덕 저편으로 날이 저물었다. 때는 아달 달(2/3월—옮긴이). 글씨도 읽을 만큼 달빛이 휘황찬란하다. 둥치는 짧지만, 울창한 가지를 뻗어 당당한 모습으로 오롯이 서 있는 해묵은 테레빈 나무가 보인다. 달빛에 포도송이처럼 생긴 꽃이 오밀조밀한 자태를 온전히 드러내고 있다.

이 아름다운 나무가 바로 거룩한 성수(聖樹)다. 사람들이 나무 그늘 아래서 계시를 얻곤 했다는 나무 말이다. 여기엔 사람의 입을 통한 방법도 있지만(거룩한 체험을 한 사람이 청중을 이 나무 밑으로 불러 들였으니까), 계시를 얻는 보다 고귀한 방법도 있다. 나무 둥치에 기대 잠을 자면 번번이 꿈속에서 계시를 받거나, 어떤 결정을 전해 듣는 사람들이 이 경우다. 그뿐이 아니다. 번제를 올릴 때도 이런 일이 생긴다.

시꺼멓게 타 들어간 석판도 보이고 짐승을 잡는 도살대가 있는 것으로 보아, 이 나무 아래에서도 번제를 올렸던 것 같다. 그럴 때면 사람들은 제단 위로 조그맣게 타오르는 불꽃을 바라보며, 모락모락 피어오르는 연기의 변화를 지켜보기도 하고, 혹시 어떤 의미심장한 새가 날아가지는 않는지, 하늘의 징후까지도 꼼꼼히 살피곤 했다. 이때 길러진 특별한 주의력은 시간이 지나면서 그 뿌리가 든든해졌다. 이 나무 아래에서 번제를 올린 사람들에게는 이런 경건한 행위들이 기쁨을 안겨다 주었음은 두말할 필요도 없다.

홀로 서 있는 이 테레빈 나무 외에, 다른 나무들도 주변에 많이 보인다. 물론 이 성수처럼 거룩한 나무는 아니다. 여하튼 같은 종자의 테레빈 나무들도 있고, 잎사귀가 커다란 무화과나무, 그리고 너도밤나무도 보인다. 오가는 사람들의 발길로 다져진 땅바닥 위로 기근(氣根)을 드러낸 너도밤나무의 잎사귀는 침엽과 활엽 중간쯤인 가시부채 모양인데, 원래 사시사철 푸르지만, 지금은 달빛 아래 창백하기만 하다. 이 나무들 뒤, 도시를 가린 남향 언덕의 비탈에는 집과 축사들이 늘어서 있다. 이따금 축사 쪽에서 고요한 밤을 가로질러 소 울음소리와 낙타가 헐떡거리는 소리, 혹은 당나귀가 힘겹게 끙끙거리는 소리가 이곳으로 날아든다.

이제 자정쯤 되었나 보다. 저기 계시를 받기도 하는 성수 주변으로 넓은 돌담이 드러난다. 네모진 돌들을 적당히 두들겨 두 겹으로 쌓아 올린 담에 이끼가 잔뜩 끼어 있다. 담벼락 탓에 나지막한 담장을 두른 테라스 같다. 그 뒤로, 사분의 삼을 꽉 채운 달이 하늘 높이 솟아 있고, 이 달빛을 받으며, 멀리 수평선을 끌어안고 긴 물결을 이룬 언덕까지 뻗은 들판이 눈에 들어온다. 고무나무와 타마리스케(내버들속—옮긴이) 덤불이 있고, 가운데 들길을 지나면, 저 멀리 나무라고는 한 그루도 없는 드넓은 목초지로 이어진다. 거기에 목자들이 밝혀 놓은 불빛이 드문드문 보인다.

달빛에 제 색깔을 잃은 건 돌담 위에 활짝 핀 보라색과 분홍색 시클라멘도 마찬가지다. 이끼와 풀 속에 피는 하얀 크로커스와 빨간 아네모네도 나무 밑둥치에 모습을 드러낸다. 꽃과 향긋한 약초 향기, 나무들이 뿜어내는 촉촉한 수목향과 거름 냄새가 주변에 가득하다.

하늘은 말할 수 없이 아름답다. 달을 감싼 또 다른 후광이 있다. 부드러운가 하면, 깊숙이 바라보기에는 눈이 아플 정도로 밝은 빛들이다. 드넓은 창공에 별 씨앗을 한 주먹 움켜쥐고 이쪽에는 띄엄띄엄 흩뿌리고, 저쪽에는 오밀조밀 듬뿍 뿌려 놓았다. 저기 남서쪽의 살아 숨쉬는 듯, 눈부시게 환한 보석처럼 파랗고 하얀 불꽃은 시리우스 성(천랑성—옮긴이)이다. 남쪽 하늘 높이 올라 있는 프로키온(작은개자리의 알파성—옮긴이)과 어우러져 또 다른 멋진 그림을 연출할 모양이다. 해가 지면 그 자리를 대신해 밤새도록 비춰주는 마르둑 왕(목성 또는 수성—옮긴이)도 달빛에 가리지만 않았더라면, 프로키온에 견줄 만큼 화려하리라. 그리고 네르갈(저승신—옮긴이)도 보인다.

천정(天頂)에서 그리 멀지 않고 약간 남동쪽으로 기운 곳에 버티고 있는 네르살을 가리켜 엘람 사람들은 역병과 죽음을 내리는 별이라는 뜻에서 일곱 개의 이름을 가진 원수

(怨讐)로 부르며, 우리는 흔히 군신 마르스라고 부른다. 그러나 이 화성보다 먼저 떠오르는 별이 바로 사투른(토성—옮긴이)이다. 영속과 정의의 신 사투른은 일찍부터 지평선 위로 불쑥 솟구쳐, 자오선(子午線) 남쪽을 비춘다. 화려함을 뽐내며 익숙한 모습을 드러낸 붉은 오리온자리도 사냥꾼답게 허리띠를 두른 채 단단히 무장하고, 서쪽으로 기우는 중이다. 바로 거기, 약간 남쪽으로 비둘기자리가 둥실 떠올라 있다. 사자자리의 레굴루스도 우뚝 올라서 인사를 한다. 그곳엔 황소가 끄는 마차의 마구가 일찌감치 몸을 일으켰다. 한쪽으로 적황색 아르크투루스가 목동자리에서 북동쪽 깊이 주저앉았고, 염소의 노란빛은 마부자리 별들과 함께 이미 서쪽과 북쪽으로 가라앉은 후다.

하지만 이 별들을 다 합쳐도, 아니 모든 별자리와 천체의 별을 한꺼번에 모은다 해도 도저히 따라올 수 없는 아름다운 별이 있다. 정열적으로 활활 타오르는 금성 이쉬타르! 자매이자, 부인이요, 어머니인 아쉬타르테 여신. 여왕은 태양을 따라 서쪽 깊숙이 앉아서 은빛을 태우는 중이다. 매순간 쏘아올리는 톱니 모양의 은빛 광선에 기다란 불꽃이 뾰족한 창날처럼 꽂혀 있다.

명성과 현재

아, 여기 두 개의 눈망울이 보인다. 저게 어느 별인지, 하늘 위의 천체를 하나하나 구별해가며, 그 의미를 새길 줄 아는 예리한 관찰자의 눈이다. 높은 하늘로 치켜든 짙은 눈동자에 여러 별들이 보내준 오색 광채가 반사된다. 이 눈동자가 지금 머무른 곳은 어딜까? 수대(獸帶), 동물 형상의 단단한 별자리 제방, 시간을 정하는 자들이 버티고 서 있는 12성좌다. 성스러운 기호들이 잠깐 어두워지는가 싶더니, 차례차례 눈에 들어온다. 제일 먼저 나타난 건 황소자리다. 두 눈동자가 하늘을 바라보는 지금은 이른봄, 태양이 양자리에 있으니 그 자리에 속한 별들도 태양 따라 저 깊숙한 곳으로 물러난 후다. 이런 규칙을 꿰뚫고 있는 노련한 두 눈은 쌍둥이자리에 미소를 보낸다. 쌍둥이자리는 지금 막 고도에서 서쪽으로 기우는 중이다. 다시 눈농자는 동쪽으로 시선을 옮겨 처녀의 손에 들려 있는 이삭을 바라보고,

달빛이 머무는 곳으로 되돌아와 은은한 은빛 방패에 머무른다. 섞인 게 없어 순수한, 그 은은하고 부드러운 눈부심에 사로잡혔는지, 그 자리를 떠날 줄 모른다.

이 눈동자의 주인은 과연 누굴까? 어떤 소년의 눈동자다. 소년은 성수에서 멀지 않은 곳, 돌담이 쳐진 우물가에 앉아 있다. 아치 모양의 돌 지붕 아래 깊은 우물이 보인다. 금방이라도 무너질 듯, 여기저기 부서져 나간 원형계단이 우물 지붕으로 가파르게 이어지고, 이 계단 위에 소년의 발이 편안하게 올려져 있다. 맨발에는 물기가 묻어 있다. 계단도 축축하다. 조금 전에 끼얹은 물이 아래로 뚝뚝 듣는다. 계단 저쪽 편, 물기가 안 닿은 곳에 노랑 바탕에 검붉은 녹빛 무늬가 넓게 그려진 웃옷과, 소가죽 샌들이 놓여 있다.

소가죽으로 만든 샌들은 발꿈치와 복사뼈까지 감싸고 있어서 보통 신발의 모양새를 갖추고 있다. 속셔츠는 탈색을 해서 하얗지만, 시골에서 흔히 사용하는 올이 굵은 아마포로 만든 것이다. 속셔츠의 헐렁한 소매를 허리에 질끈 동여매, 가무잡잡한 맨살이 다 드러난 상체는 어린아이 같은 머리에 비해 꽤 묵직하고 단단해 보인다. 처지지도, 한쪽으로 기울지도 않은 어깨가 저울대처럼 반듯한 게, 어째 이집트 사람 분위기다. 갈색 살갗이 달빛 아래 유난히 반짝인다. 몸에 바른 향유 탓이다. 종일 햇살에 시달리기도 했고 청결을 위해서도 씻는 게 개운할 것 같아 두레박으로 우물물을 길어 물통에 담아 바가지로 찬물을 떠서 여러 차례 끼얹은 것이다. 그런 다음 옆에 세워놓은 투명한 유리그릇 속에 든 향유를 발랐다. 향기로운 올리브유를 몸에 문지르는 동안,

소년은 미르테를 엮어 만든 헐거운 화관도, 청동빛 끈에 매단 부적 목걸이도 빼지 않았다. 당시 사람들이 수호력이 탁월하다고 믿던 섬유근을 엮어 만든 부적이다.

이제 소년은 예배를 드리려는 것 같다. 얼굴을 높이 들어 어지간히 둥글어진 달을 바라본다. 양쪽 팔꿈치는 겨드랑이에 바짝 붙이고, 손바닥을 활짝 펴 위로 올린 채, 앉은 자리에서 시소를 타듯 앞뒤로 가볍게 몸을 흔든다. 소년은 입술을 달싹거리며 노래를 부르는지 들릴락 말락 한 목소리로 뭐라고 중얼거리기 시작한다. 왼손에 파란 반지가 보인다. 파엔차 도기로 만든 반지다. 손톱과 발톱에는 붉은 벽돌색이 남아 있는 것으로 보아 헤나(식물 이름으로 잎에서 추출한 성분을 염료로 사용함—옮긴이)로 물을 들였던 듯하다. 얼마 전 있었던 도시 축제에 가느냐, 지붕에서 구경하는 도시 여자들한테 잘 보일 생각에 멋을 부린 것이다. 하지만 그런 치장이 무색할 정도로, 신께서 주신 그의 외모는 아름답기 그지없다. 아직은 어린 티를 벗지 못한 계란형의 얼굴, 약간 갸름하면서 부드러운 인상을 주는 검은 눈이 우아하다.

아름다운 사람들은 자신들의 타고난 자연미를 더 높여, 보다 '아름답게 가꿔야' 한다고들 생각한다. 아마도 자신들에게 주어진 즐거운 역할을 기꺼이 하겠노라는 일종의 복종심에서 그러는 것이리라. 그러므로 천부적인 미모에 봉사하는 행위는 어떻게 보면 경건하다고도 할 수 있겠지만, 못생긴 사람들이 멋을 부리는 짓은 이리석고 슬픈 행위이다. 그리고 아름다움이란 결코 완벽한 법이 없어서, 허영

심을 부추기기도 한다. 왜냐하면 아름다운 자신이 미를 대변하지만, 100퍼센트가 아니라 어딘가 모자란다는 미련을 떨치지 못하기 때문이다. 그러나 이 또한 잘못된 생각이다. 완벽하지 못함, 바로 여기서 매력이 나온다는 데에 아름다움의 신비가 있기 때문이다.

지금 우리가 눈앞에 바라보고 있는 이 젊은이의 아름다운 두상(頭上)을 노래한 시 구절들과 소문이 얼마나 무성한지, 그 명성만으로도 빛나는 미의 화환을 만들 수 있을 정도이다. 때문에 우리들 눈앞에 이 소년이 살과 피를 지닌 구체적인 육신으로 나타나게 될 때는, 약간 의아스러워질 수도 있다. 물론, 지금이야 만물을 부드럽게 감싸 안아 그 윤곽을 조금 흐릿하게 만들어주는 달빛 덕분에 크게 문젯거리가 될 이유는 없다. 하지만 하루가 가고, 또 하루가 지나가고, 이렇게 수많은 날들이 흐른 후, 소년의 외모와 관련된 노래와 전설 그리고 외경과 사이비 비문에 적혀 있는 주장들 중에, 지금 눈으로 직접 바라보고 있는 우리들로 하여금 미소를 짓게 만들지 않는 것이 어디 있는가?

그의 얼굴 앞에서는 해와 달도 감히 아름다움을 자랑하지 못했다는 식은 아무것도 아니다. 그가 이마와 볼을 베일로 가려야 했다는 기록까지 있다. 안 그러면 백성들이 신께서 보내신 그 사자를 너무 사모하여 가슴이 타버린다고, 그래서 베일로 가리지 않은 그의 맨 얼굴을 마주하면 넋을 잃고, 한마디로 '복된 깊은 경지'에 이르러, 그를 알아보지 못하게 된다고 한다. 동방의 설화는 조금도 망설이지 않고, 이 땅에 있는 모든 아름다움의 절반은 이 젊은이의 몫이며,

나머지 절반이 나머지 사람들에게 나눠졌다고 주장한다. 페르시아의 어느 유명한 음유시인은 이보다 한술 더 떠서, 희한한 비유를 하기도 한다. 만일 이 세상의 모든 아름다움을 긁어모아 6롯(1롯은 반 온스, 10그램—옮긴이)짜리 주화로 만든다면, 그중 5롯은 미의 표본이며, 누구와도 비교할 수 없는 이 미소년의 몫이라고 말할 정도로, 음유시인은 이 소년에게 넋이 나가 있었다.

나중에 검증 받게 되리라는 생각은 한 적도 없으므로, 이처럼 절제라고는 모르고 자신만만하게 그려낸 그의 명성은, 우리처럼 직접 눈으로 보는 사람들에게는 좀 혼란스럽고 거북한 게 사실이다. 사실을 있는 그대로 보려는 데 방해가 될 것이 분명하기 때문이다. 이렇게 과장된 평가가 뭐라고 소곤거릴 때, 그 힘이 얼마나 강력한지 보여주는 예는 얼마든지 있다. 거기에 귀가 솔깃해지면 기꺼이, 홀린 듯 자신의 눈을 가리게 된다. 지금 우리가 이야기하는 시점으로부터 20년 전, 그리고 또 20년, 이렇게 몇 차례 20년씩 거슬러 올라가 보면, 당시 이 소년과 아주 가까웠던 남자가 메소포타미아 땅의 하란 근방에서 자신이 기른 양을 팔았는데, 사가는 사람들은 어이없게도 웃돈을 많이 얹어 주었다고 한다. 그 양이 하늘에서 뚝 떨어진 거룩한 양도 아니고, 물론 품질이 우수하긴 했지만, 여하튼 보통의 평범한 양이었는데도 그랬다고 한다. 명성에 순종하려는 인간의 욕구가 얼마나 강하면 그럴까!

우리가 시금, 훗날에 생긴 이러한 명성을 실제 헌신과 비교할 수 있는 상황에 있다 해서, 이 명성이 갖는 의미를 퇴

색시킬 의도는 물론 없다. 따라서 트집거리를 찾느라 엉뚱한 방향으로 틀어, 원래 가고자 했던 길에서 벗어나는 우를 범해서도 안 된다. 아니 땐 굴뚝에 연기가 나겠느냐는 말도 있듯이, 우리의 건전한 판단을 위협하는 이 같은 사후 열광주의가 아무것도 없는 데서 그냥 생기는 것은 아니다. 여기에는 그럴만한 근거가 있었고, 당사자가 생전에도 그런 명성을 누렸음을 보여주는 일단의 증거도 나와 있다. 이를 이해하기 위해서는, 취향이 조금은 애매한 아랍 사람들이 미를 바라보는 시각에 적응할 필요가 있다. 당시 사람들의 눈에 이 젊은이는 첫눈에 거의 신으로 착각할 정도로, 참으로 매력적이고 아름다웠다.

따라서 단어를 조심스럽게 선택해야 한다. 소문 앞에 힘없이 무릎을 꿇어서도 안 되지만, 그렇다고 지나친 비판 쪽으로 기울어서도 안 된다는 뜻이다. 그러다 보면, 우물가에서 달을 찬미하는 이 소년의 얼굴은 여러 가지 결점에도 불구하고, 사랑스럽기 그지없다고 말하지 않을 수 없다. 단점의 예를 들면, 코만 하더라도 아주 짧고 곧은데, 콧구멍이 너무 크다. 그러나 덕분에 코 둔덕이 부풀어오른 것처럼 보여, 어딘지 모르게 활기와 정열 그리고 대단한 자긍심까지 엿보인다. 그리고 이런 인상은 상냥스러운 눈빛과도 잘 어울린다. 위로 치켜진 입술이 풍기는 우쭐거리는 듯한 감성적인 느낌을 나무랄 생각은 없다. 이런 관능적인 인상은 착각일 수도 있고, 게다가 입술 모양에 관한 한, 그곳 사람들의 시각을 존중해야 하기 때문이다. 하지만 입과 코 사이가 너무 튀어나온 게 아닌가 하는 우리들의 시각은 옳다고 생

각한다. 그것이 재미있게 생긴 입 꼬리와 연관된 게 아니라
면 말이다. 이 입 꼬리 때문에 그저 입술만 맞부딪쳐도, 그
러니까 근육을 전혀 움직이지 않아도 여유로운 미소가 번
져 나왔다. 반듯한 이마 아랫부분, 예쁘긴 하지만 위쪽으로
쭉쭉 뻗어 꼿꼿한 눈썹, 밝은 색의 가죽끈을 두르고 꽃나무
미르테를 엮어 만든 화환으로 멋을 부린 숱 많은 검은 머리
카락이 목덜미까지 내려와 찰랑거리고, 그 사이로 드러난
귀는 귓밥에 약간 살이 많아 아래로 늘어지지만 않는다면,
그런 대로 괜찮은 귀다. 아마 어릴 때부터 지나치게 커다란
은 귀걸이를 달게 해서, 귓밥이 이렇게 축 늘어진 것이리
라.

　지금 이 소년은 정말 기도를 하고 있는 것인가? 그렇게
보기에는 자세가 너무 편하다. 기도를 드리는 중이라면, 일
어서지 않았을까. 하지만 손을 올린 채, 뭐라고 중얼거리며
노래라도 부르듯 흥얼거리는 것으로 보아, 오히려 하늘을
바라보며 저 높이 떠 있는 별과 속삭이는데 정신이 쏠려 있
는 듯하다. 천천히 몸을 흔들며 소년이 중얼거리는 소리를
들어보자.

　"아부-함무-아오트-아바오트-아비람-가아암-미-라-
암……"

　갖가지 이야기와 이념들이 뒤죽박죽으로 엉켜 있는 즉흥
시다. 바빌론 사람들이 달에게 아첨할 때 쓰는 단어들을 사
용해 달을 가리켜 아부, 즉 아버지라 하고 함무, 즉 숙부라
고 하는 것을 보면, 소년의 진짜 조싱이었거니 혹은 그렇게
착각한 아브람과도 연관된 것이기 때문이다. 어디 그뿐인

가. 이 이름을 약간 변형시켜 확대하면, 전설에 나오는 또다른 존엄한 자 함무라비의 이름이 되고, 이는 입법가를 가리키는 설화의 이름으로 '나의 신성한 숙부는 거룩하시도다'가 된다. 소년이 지금 주섬주섬 외우는 대목에는, 아버지를 생각하며 떠올린 동쪽의 고향에서 행해진 별 숭배와 집안내력에 대한 기억이 담겨 있다. 이러한 기억을 동원하여 그는 참으로 새로운 분, 완성된 분이 아니라, 지금도 성장을 거듭하고 계신 분을 나름대로 표현하는 중이다. 조상들이 그처럼 간절한 열망으로 영접하여, 소중하게 간직하고 궁금한 점도 풀어가면서 앞길을 독려해 드린 바로 그분을 생각하고 있는 것이다.

"야오-아오트-아바오트-"

그의 노래가 이렇게 이어진다.

"야후, 야후! 야-아-웨-일루, 야-아-움-일루-"

두 손을 올리고 시소 타듯 앞뒤로 몸을 흔들며, 휘영청 밝은 달을 바라보며 미소를 머금고, 고개까지 끄덕이며 흥얼거리는 소년의 모습이 어딘지 묘해 보인다. 아니, 왠지 섬뜩해진다. 예배 연습이라고 봐야 할지, 서정적인 대화라 해야 할지, 또는 그게 무엇이든 간에, 소년은 어디론가 멀리 끌려가는 듯하다. 언뜻 잠이 든 것인가. 깊은 무아지경에 이른 것일까? 일상적인 수준을 벗어나는 어떤 것으로 변질된 게 아니라면 이토록 소름이 돋지는 않을 것이다. 소년은 음률을 읊으면서도 목소리는 별로 보태지 않고 있다. 그러고 싶어도 못했을 가능성이 크다. 이 또래의 사내아이들 음성이 그렇듯이, 소년의 목소리는 울림도 별로 없이 그저 날카롭고 거칠기만 하다. 지금은 그나마도 제대로 나오지 않는다. 목소리가 경련이라도 일으키듯 목에 잠기고 만다. '야후, 야후!' 하는 소리는 숨가쁜 헐떡임처럼 뜻 없는 헛소리에 불과하고, 그것만이 아니다. 온 사지까지 비틀고 있지 않은가. 가슴이 오그라들고, 배 근육이 뒤틀리고, 목덜미는 잔뜩 움츠러들고, 어깨까지 위로 치켜지고 두 손은 마구 떨기 시작한다. 팔꿈치 위쪽 근육이 줄기처럼 불거지고, 느닷없이 눈이 뒤집힌다. 까만 동공은 온데간데없고 흰자위만 달빛에 어른거린다. 보고 있자니, 온몸이 으스스해진다.

이는 분명 예사로운 행동이 아니다. 이런 걸 발작이라 해도 될는지 모르겠다. 아니면 다른 표현을 써도 상관없다. 여하튼 다소 멋을 부리긴 했어도, 귀엽고 상냥해 보이는 외모와 지적인 첫인상과는 전혀 딴판이라 사람들이 염려할 만도 했다. 만약 이것이 진지한 상태라면, 소년의 영혼을 보살피는 게 누구인가가 문제가 될 것이다. 이 경우, 그의 영혼은 위험에 처하긴 해도 일단 부름을 받은 것으로 이해할 수 있다. 그런데 만에 하나 이런 행동이 일종의 유희이고 객기에 불과하다면, 이는 걱정하고도 남을 일이다. 그리고 이 순간은 아무래도 후자에 가까운 듯하다. 달빛에 취한 소년이 보여준 다음 행동이 그렇다.

아버지

집들이 늘어서 있는 언덕으로부터 누군가 소년을 부르는 소리가 들린다.

"요셉! 요셉!"

두번, 세번 계속되면서, 거리가 차츰차츰 좁혀진다. 못 들은 척하던 소년은 자기 이름을 부르는 소리를 세번째 듣고 나서야 중얼거린다.

"예, 저 여기 있어요."

그리고 얼른 몸을 풀었다. 눈동자가 되돌아왔다. 팔도 내리고 머리도 숙여 가슴 아래를 내려다보며 머쓱한 듯 씩 웃는다. 소년을 부른 건 아버지였다. 늘 그렇듯, 부드러우면서도 다급함이 느껴지는 아버지의 음성에 아들을 나무라는 기색이 역력하다. 이제 목소리가 바짝 다가왔다. 우물가에 있는 아들을 발견하고서도 아버지는 다시 한번 아들을 부른다.

"요셉, 어디 있느냐?"

그는 긴 옷을 입고 있다. 달빛에 주위가 환해서 언뜻 보면 사물의 윤곽이 뚜렷하다. 그래도 대낮의 햇볕에야 비할 수 있겠는가. 그러고 보면 적당히 환상적인 상상력도 보태서 그의 모습을 조금 과장할 수 있는 이보다 좋은 기회가 없다. 여하튼 우물과 신탁의 나무 중간에 버티고 서 있는 야곱, 또는 야코브 벤 이사악(그는 자기 이름을 써야 할 경우 이 이름을 사용했다)은 보통이 넘는 키에 근엄한 왕처럼 보인다. 지금 야곱이 서 있는 위치를 더 정확히 묘사하자면, 우물과 성수 사이에서 나무 쪽에 더 가깝다. 옷에 나뭇잎 그림자가 얼룩무늬를 만드는 것도 그 때문이다.

일부러 그런 인상을 주려고 그랬는지는 모르지만, 여하튼 긴 지팡이를 잡고 있는 자세가 사뭇 위압적이다. 백발이 성성한 노인은 고개를 꼿꼿이 세우고 자기 키보다 훨씬 큰 지팡이를 가운데도 아니고 거의 꼭대기를 잡은 탓에, 헐렁한 겉옷 소매가 아래로 흘러내려 손목의 구리 팔찌가 드러난다. 망토 같기도 한 겉옷을 살펴보자. 옷감은 양털 모슬린, 옅은 색의 좁다란 줄무늬에 주름을 넓게 잡았다.

쌍둥이 형 에사오를 제치고 선택받은 자의 대열에 오른 노인의 나이는 지금 예순일곱이다. 별로 다듬지 않고 자연스럽게 기른 얇고 긴 수염은, 위로는 관자놀이에 나 있는 머리카락까지, 아래로는 양 볼을 타고 내려가 가슴까지 닿는다. 곱슬거림 없이 곧게 흘러내린 긴 수염이 달빛 아래서 은빛으로 어른거리고, 그 사이로 가느다란 입술이 엿보인다. 매끈하게 빠진 양쪽 콧등과 수염 가운데 깊은 골이 패여 있다. 그리고 여러 가지 색실을 엮어 뜬 짙은 색 모자 겸용 숄이 주름을 만들며 가슴과 어깨를 덮고 있다. 가나안산인 이 모자에 눈이 절반쯤 가려 있다. 나이 탓에 눈 아래 부분이 축 처졌지만, 총기가 여전한 갈색 눈동자엔 우물가에 있는 소년을 염려하는 근심이 어려 있다. 머리 위로 치켜든 팔 때문에 겉옷까지 딸려 올라가, 그 틈새로 안에 받쳐입은 밝은 색 염소털 옷이 보인다. 천 신발 코까지 닿을 정도로 길고, 단에 사선으로 겹겹이 술을 달아 옷을 여러 벌 겹쳐입은 것처럼 보인다. 나름대로 꼼꼼하게 챙겨 입은 옷차림에는 동쪽의 문화 습관과 사막에 사는 이스마엘 사람들, 베두인 사람들의 그것이 섞여 있다.

자신을 부르는 마지막 소리에 요셉은 당연히 대답하지 않았다. 아버지가 자기를 뻔히 보면서도 그냥 한번 더 부른 줄 알았던 것이다. 그래서 요셉은 대답 대신 아버지를 향해 미소만 지어 보인다. 벌어진 도톰한 입술 사이로 이빨이 반짝인다. 피부의 짙은 색에 비해 유난히 하얗게 보인다. 치열이 고르지 않아 틈이 조금 벌어진 게 흠이라면 흠이다. 미소를 지으며 소년은 이곳에서 흔히 하는 예법대로 인사를 올린다. 좀 전에 달을 쳐다보면서 한 것처럼 양손을 올리고 고개를 끄덕이며 혓소리를 낸다. 반가움과 기쁨을 나타내는 소리다. 그런 다음 손을 펴, 이마에 갖다댔다가 매끄럽게 아래로 내린다. 이 우아한 동작을 마친 후, 눈을 반쯤 감고 머리는 반듯이 세운 채, 양손으로 가슴을 가리고 손을 떼지 않은 상태에서 심장 부위를 암시한 다음, 아버지를 받들어 섬긴다는 듯 아버지의 가슴 쪽으로 들어 올렸다가 다시 원을 그리며 자기 가슴으로 되돌아온다. 그리고 또 양쪽 집게손가락으로 자신의 눈을 가리키고, 이어 무릎과 정수리와 발가락에도 손가락을 갖다댄다. 그리고 이 동작 사이사이에 팔과 양손으로 경배하는 몸짓을 보여준다.

예의를 익히려면 열심히 연습해야 하는 이 동작들은 그에게 아름다운 놀이이기도 하다. 여기서도 소년의 재주와 우아함과 풍부한 감성은 그대로 드러난다. 이것이야말로 사람들의 마음을 사로잡는 예술적인 기질의 표출이리라. 자신을 낳아 준 생산자이며 주인님인 동시에 부족장인 아버지께 순종한다는 뜻을 보여주는 이 경건한 동작을 그저 형식적으로 하는 것이 아니라, 이 순간 아버지를 이렇게 숭배할 수 있는 기회가 온 것이 너무 기쁘다는 듯, 미소를 지으며 정성스러운 마음을 담아 이 동작에 생기를 불어넣는 것이다.

아버지가 지난 날 단 한번도 체면을 잃거나 위엄이 깎이는 일을 겪지 않고, 항상 영웅 대접만 받은 것은 아니라는 사실을 요셉도 잘 아는 것 같다. 말과 행동으로 오로지 가장 존귀한 분만 섬기려 했던 아버지였다. 그러나 마음이 여리고 겁이 많았던 아버지에게는 굴욕의 시간들도 있었고, 도망칠 수밖에 없었던 순간들, 그리고 두려움에 떨어야 했던 시간들도 있었다. 당장이라도 은혜가 내려올 것도 같은데, 그가 그토록 사랑하는 대상이 도무지 얼굴을 내밀지 않는 상황도 있었다. 아버지를 그렇게 애태우다가 태어난 아들이 바로 소년이었다. 지금 소년이 아버지에게 보내는 미소에 의기양양해 하는 자신감과 애교의 흔적이 전혀 없다고 하기는 어렵다. 그러나 전체적으로는 아버지를 마주한 기쁨의 표현임에 틀림없다. 점점 휘황찬란해지는 달빛 아래, 긴 지팡이를 짚은 노인은 정말 왕처럼 보였다. 그 모습에 어린아이처럼 즐거워하는 걸 보면, 내막이야 어찌됐든, 겉으로 드러나는 현상에 치중하는 소년의 성격이 잘 드러난다.

야곱은 그 자리에 선 채 움직일 줄 모른다. 어쩌면 아들이 좋아하는 모습이 보기 좋아서 아들의 동작을 멈추게 할 생각이 없는 것일까? 아까도 말했듯이, 항상 쫓기는 듯한 다급함이 묻어나는 그의 음성이 또다시 이쪽으로 건너온다. 뭔가를 확인하려는 질문이다.

"아니, 어린아이가 어쩌려고 그렇게 깊은 곳에 앉아 있느냐?"

말이 묘하게 들린다. 꿈속에서 길이라도 잃은 듯 당황한 기색이다. 어린아이가 깊은 곳에 앉아 있다는 게 어이가 없거나 뜻밖이라는 것처럼, '아이'와 '깊은 곳'은 안 어울린다는 듯이. 어쨌거나 아이를 염려하는 유모가 할 법한 말임에는 틀림없다. 자식을 바라보는 부모가 다 그렇지만, 그에게 요셉은 실제 나이보다 훨씬 어린 철부지에 지나지 않았다. 그러니 물가에 내놓은 아이처럼 노심초사하는 것도 당연했다. 그 아이가 실수라도 해서 우물에 빠지는 일이 결코 없으리라고 누가 장담할 수 있단 말인가.

소년이 한껏 미소 짓느라 입술이 조금 더 벌어지면서 또 다른 이빨들이 드러난다. 그리고 대답 대신 고개를 끄덕인다. 그러나 표정은 얼른 바꾼다. 야곱의 두번째 말이 훨씬 엄하게 들렸던 것이다. 그건 명령이었다.

"알몸을 가려라!"

요셉은 화들짝 놀란 것처럼 팔을 올려 아래를 내려다보고는, 허리에 동여맨 속셔츠의 소매를 풀어 서둘러 옷을 입는다. 그러고 보니 노인이 멀리서 걸음을 멈춘 이유도 아들이 발가벗었기 때문인 것 같다. 노인은 아들이 셔츠를 입는 것을 보고, 그제서야 아들 쪽으로 걸음을 옮기기 시작한다. 한 발자국씩 내딛을 때마다, 긴 지팡이를 먼저 앞으로 내밀고 거기에 몸을 기댈 수밖에 없는 것은 다리를 저는 까닭이다. 다리를 절게 된 지 벌써 12년째였다. 당시 그는 말할 수 없이 어려운 곤경에 처했었다. 엄청난 두려움과 불안에 떨던 그 여행길을 생각하면 지금도 아찔하지만, 여하튼 그때에 치른 모험이 그에게 남긴 흔적이었다.

옙세라는 남자

아버지와 아들이 오랜만에 만난 건 물론 아니다. 요셉은 습관대로 조금 전 사향과 미르라 수지(성경의 몰약―옮긴이) 의 향기가 가득한 아버지의 장막 안에서 저녁식사를 같이 했다. 집에 남아 있던 다른 이복형제들도 그 자리에 있었 다. 나머지 형들은 멀리 북쪽 땅에 있는 도시 시겜 근처에 서 가축을 방목하고 있었다. 시겜은 에발 산과 가리짐 산이 마주보이는 골짜기에 있는 성곽 도시로 성지이기도 했다. 사람들은 이 도시를 시겜, 세겜, 곧 '목덜미', 또는 마바르 타 혹은 고갯길이라고 부르기도 했다.

야곱은 시겜 사람들과 신앙 문제로 교분이 있었다. 물론 그곳 사람의 신앙을 전적으로 인정해 주었다는 뜻은 아니 다. 그곳 사람들이 숭배하는 신은 시리아의 양치기 목동인 '아름다운 주인님' 아돈(원문에는 훗날 그리스 신화의 아도니 스와의 연관성을 암시하려고 아돈의 2격인 아도니스로 표기되어 있음—옮긴이)과 수멧돼지에게 사지를 찢긴 아름다운 청년 탐무즈의 한 형태로서 저 아래 나라 이집트에서는 우시르, 즉 제물이라 불리기도 했다. 하지만 시겜 사람들이 섬긴 이 신은 아브라함 시절에 이미, 다시 말해서 시겜을 사제 왕 멜기세덱이 다스릴 때, 독특한 사상에 힘입어 엘 엘리온, 바알 베리트, 그러니까 동맹의 주인님, 가장 높으신 분, 천지를 창조하고 소유하신 주인님이라는 이름을 얻게 되었다. 야곱에게 이러한 해석은 정당하고 만족스럽게 여겨졌다. 그리고 자신도 시겜에서 숭배하는 이 토막 난 아들이 진정 가장 높은 분이요, 아브라함의 신이라고 생각했으므로, 시겜 사람들을 신앙이 같은 형제로 받아들였다.

야곱이 이렇게 생각한 건 무리가 아니다. 집안 대대로 전해 내려온 확실한 설화가 있었다. 조상 아브라함에 관한 이야기인데, 이 우르 남자도 소돔의 장로와 현학적인 대화를 나누다가 깨닫게 된 신을 '엘 엘리온'이라 부름으로써, 멜기세덱이 바알(주인님이라는 뜻—옮긴이)이요 아돈(마찬가지로 주인님을 뜻함—옮긴이)으로 여긴 신과 동일시했기 때문이다. 조상의 신앙을 물려받은 후손 야곱도, 수년 전 메소포타미아에서 돌아와 도시 시겜 앞에 장막을 쳤을 때, 이 신을 위해 제단을 짓기도 했다. 그리고 우물도 파고 은을 세겔(중량 단위로 대략 14~16g—옮긴이)로 지불하여 방목 권리를 사들여 머물렀던 적이 있다. 훗날 시겜과 야곱 집안에 심각한 불화가 생겨, 도시 쪽에서 끔찍한 피해를 입기도 했다. 그러나 다시 평화롭게 살기로 약조한 넉분에 야곱의 가축떼 중 일부가 시겜의 목초지에 가까이 갈 수 있게 되었다. 지금 야곱의 몇 아들과 목동들이 나가 있는 곳이 바로 그곳이다.

요셉 말고 다른 형들도 함께 식사를 했다. 우선 레아의 아들로는 뼈마디가 굵은 이싸갈과 즈불룬이 있었다. 즈불룬은 목축에는 관심이 없고, 그렇다고 해서 농사일에 열심인 것도 아니었다. 어떻게 하면 배를 탈 수 있나, 오로지 그 생각뿐이었다. 바닷가에 있는 아스칼룬에 한번 다녀온 후로, 배 타는 일을 최고의 직업으로 여기게 되었는지 온갖 모험담을 떠벌리곤 했다. 배 타는 사람이 되면, 물 저편에 살고 있는 괴물도 찾아갈 수 있다고 허풍을 떠는가 하면, 그곳에는 머리가 황소나 사자인 사람이 있고, 몸이 두 개인 사람, 또 얼굴이 두 개인데 하나는 사람이고 하나는 양치는 개라서 사람 말을 하다가 금방 개처럼 짖어대기도 한다는 황당한 이야기도 했다. 그뿐 아니라 거기에는 그냥 발이 아니라, 해면으로 된 발이 여러 개인 사람들도 있다고 했다.

레아의 아들 외에 빌하의 아들인 날쌘 납달리와 질바의 두 아들, 가드와 아셀도 함께 저녁을 먹었다. 아셀은 늘 하던 대로 제일 맛있는 음식만 먹으려고 욕심을 부렸고, 자기 소신도 없이 아무 말에나 맞장구를 쳤다. 요셉의 친형제 벤야민(베냐민)은 아직 여자들하고 살고 있어서, 식사는 함께 하지 않았다. 오늘 저녁처럼 손님이 있는 식사자리에 끼기에는 너무 어렸던 것이다.

엡세라는 남자 손님은 고향이 타아나크라고 했는데, 식사를 하는 동안 그 도시에 있는 신전에 대한 이야기를 들려주었다. 연못에 물고기가 가득 있고 주변에 비둘기 떼도 있다고 했다. 길 떠난 지 며칠 되었다는 손님은 벽돌(점토서판—옮긴이)을 하나 지니고 있었다. 이 벽돌은 남자 손님의 고향을 다스리는 통치자가 '형제'인 가자의 영주 리파트-바알에게 보내는 일종의 편지인 셈이었다. 일개 도시의 성주에 불과하면서도 스스로 왕이라 부르는 아쉬라트-야수르가 이 벽돌에 빙 둘러 새겨놓은 내용은 대략 이러했다.

가자의 영주, 리파트- 바알이 평안하기를 바라며, 모든 위대한 신들이 함께 하여, 그와 그 집과 자손 모두 구원받기를 축원한다. 그런데 나무와 돈을 달라는 리파트-바알의 요구는 정당하지만 아쉬라트-야수르 자신은 안타깝게도 그 요구를 들어줄 수 없다. 가진 게 없어서다. 아니, 설령 있다 해도 나도 아쉽다. 대신 옙세의 손에 나와 아울러 내가 다스리는 도시 타아나크를 지켜주는 아주 힘이 센 아쉐라 여신을 본뜬 점토상을 보낸다. 대단한 능력을 가진 이 여신상이 그대에게 축복을 가져다줄 테니, 나무와 돈을 달라는 요구는 잊게 될 것이다.

야곱의 집에 손님으로 묵고 있는 옙세가 바로 편지에 언급된 그 사람이었다. 뾰족한 수염에 목부터 복사뼈까지 얼룩덜룩한 양털 옷을 두른 손님은 야곱의 의견을 듣고 식사도 대접받고, 하룻밤 묵은 후에, 다음날 바다 쪽으로 먼 여행을 계속할 계획이었다. 야곱은 손님을 융숭히 대접했다. 단, 한 가지 언질을 주었다. 아쉬나르네 싱싱은 몸에 지니지 말고, 다른 곳에 보관해 달라는 것이었다. 바지 차림에 왕관과 베일을 두른 이 여신상은 조그만 젖가슴을 양손으로 잡고 있었다. 넌지시 이 조건을 제시한 것 외에, 야곱이 아무 편견 없이 손님을 맞았던 것은 옛날부터 전해 내려오는 아브라함의 이야기가 떠올랐기 때문이다. 아브라함은 우상을 숭배한다는 이유로 한 노인을 사막으로 내쳤다가, 관대하지 못했다는 주님의 경고를 듣고 다시 노인을 데리고 온 적이 있었다.

나이든 마다이와 젊은 마하라레엘, 이 두 노예들이 깨끗한 아마포 가운을 걸치고 시중을 드는 동안, 모두 양탄자 멍석에 방석을 깔고 앉아 식사를 했다(도시에 사는 귀족들은 동방이나 남방의 갑부들을 흉내 내느라 의자에 앉아 식사를 했지만, 야곱은 조상 대대로 물려받은 풍습을 바꿀 생각이 전혀 없었다). 올리브와 구운 새끼 염소고기 그리고 고급 빵 케마흐를 먹은 다음, 후식으로 구리잔에 담긴 자두와 건포도 설탕 조림도 맛보고 오색 유리잔으로 시리아산 포도주를 곁들인 식사였다.

식사 내내 주인과 손님 사이에 유쾌한 대화가 이어졌다. 다른 사람은 몰라도 최소한 요셉만은 한마디도 놓치지 않으려고 어른들의 이야기에 귀를 기울였다. 사담이기도 하고 또 공식적인 성격을 띠기도 하는 대화였다. 두 사람은 성스러운 일과 아울러 세속의 일에 대해서도 서로 의견을 나누고, 주변 정세에 관한 풍문도 교환했다. 이야기 도중에 손님의 가족 관계와 도시 성주 아쉬라트-야수르와의 사무적인 관계에 대한 언급도 있었고, 그의 여행담도 나왔다. 손님은 예스레엘 평원을 지나 고지로 이어진 길을 죽 따라

오다가 산악지대에 이르러, 분수령 길부터 나귀를 타고 왔다 했다. 그리고 내일 헤브론에서 낙타를 산 다음 그것을 타고 블레셋까지 갈 계획이라고 했다. 요셉은 이 남자의 고향에서 가축과 곡물 값이 얼마인지도 알게 되었다. 또 그곳 사람들은 신기하게도 꽃을 피우는 나무막대기와 타아나크의 아쉐라 여신을 숭배한다는 것과, 그 여신의 '손가락' 이야기도 들었다. 그 여신의 신탁을 가리켜 손님이 들려준 이야기는 대략 이러했다.

이 아쉐라 여신이 가자에 있는 리파트-바알을 위로하기 위해 자신의 모습을 본뜬 성상을 만들어 여행길에 지니고 가도 좋다고 계시했다. 그리고 최근에는 여신의 축제가 열려서 모든 사람들이 너나없이 함께 춤을 추고 생선요리를 엄청나게 먹었다. 또 사제들로부터 아쉐라가 남자이면서 동시에 여자이거나, 혹은 남녀 양성이라고 배운 터라, 남자와 여자들이 옷을 서로 바꿔 입었다.

이에 야곱이 수염을 쓰다듬으며 예리한 질문을 던졌다. 아쉐라의 상이 여행길에 있는 동안, 그러면 타아나크 도시는 누가 지켜주느냐. 여행 중인 여신상과 고향에 있는 여신의 관계를 어떻게 이해해야 하느냐. 혹시 이렇게 그 여신의 일부가 길을 떠나게 되면, 여신이 지닌 신통력에 손실이 생기는 것은 아니냐.

그러자 엡세라는 남자는 전혀 그렇지 않다고 내뱉었다. 만약 그렇다면 아쉐라의 '손가락' 이 자신의 상을 만들어 여행에 동반케 하라는 신탁을 내렸을 리가 없다. 그리고 사제들은 여신의 신성은 그녀를 본뜬 모든 성상에 현존하며, 저마다 완벽한 효력을 발휘한다고 가르쳤다. 남자가 그렇게 말하자 야곱은 아쉬타르테가 정말 남자이면서 동시에 여자라면, 다시 말해서 바알이면서 동시에 바알라트(바알을 뜻하는 여성명사—옮긴이)로서 신들의 어머니요 하늘의 왕이라면, 시날 사람들이 말하는 이쉬타르나 불결한 이집트 사람이 말하는 에세트와 동격으로 여길 게 아니라, 샤마쉬, 살림, 아두, 아돈, 라하마 또는 두무지(Dumuzi, 수메르 신화에 등장하는 지하수와 연못의 신인 엔키와 양〔羊〕의 수호 여신 사이에서 태어난 아들로 '양치기' 왕이며 사랑의 여신 인안나의 남편이어서, 고대 메소포타미아에서 행해진 성혼례〔聖婚禮〕의 통치자와 여사제도 이들의 이름으로 불렸다. 그러나 인안나의 노여움을 산 두무지는 해마다 저승에서 반년을 살면서 '죽음과 부활'을 반복한다—옮긴이)처럼 세상을 지배하는 주인님들과 동격으로 봐야 하지 않겠느냐고 되물었다. 그리고 이 모든 신들은 결국에는 엘 엘리온, 곧 가장 높으신 분으로 연결되며 아브라함이 섬긴 이 창조주 주님은 여행에 떠나보낼 수 없는 신이라는 말도 잊지 않았다. 모든 것을 주재하시는 그분은 생선요리로 섬길 수 있는 분이 아니라, 오로지 순결한 마음과 외경심으로 그분만을 바라보고 사는 것이 그분을 제대로 섬기는 방법이라는 말도 해주었다.

그러나 야곱의 생각을 엡세는 이해하지 못했다. 그는 오히려 다음과 같이 주장했다. 태양은 항상 일정한 이정표에 따라 모습을 드러내고, 또 다른 별에도 빛을 비춰 주어 그

별에도 자신의 모습을 드러낸다. 이렇게 독특한 방식으로 태양이 인간의 운명에 영향을 미치는 것과 마찬가지로, 거룩한 신성은 개개의 것으로 개별화되어 여러 형상의 신으로 드러나게 마련이다. 아쉬타르테도 그런 신 중의 한 명이다. 남신(男神)이면서 여신이기도 한 이 신은 잘 알려진 대로 풍년을 기약하고, 저승세계의 끈으로부터 자연스러운 부활을 주재하는 거룩한 힘을 지닌 신이다. 이 신은 매년 마른 말뚝에 꽃을 피우는데, 이런 상황에서는 조금은 무절제한 식사와 춤이 가장 적절한 숭배 방법이다. 꽃이 피는 말뚝 축제와 결합된 자유와 즐거움도 마찬가지다. 원래 순결이란 자신을 다른 데로 나눠 주지 않고 최초의 신으로서 갖는 본래의 신성을 온전히 간직하고 있는 태양에나 해당될 뿐이지, 그 빛을 나눠 받은 다른 별들에는 적용할 수 없는 법이다. 그러니 사람들이 공연히 머리를 굴려서 순결과 거룩함을 서로 구분하려고 할 필요도 없다. 또 내가 깨달은 바로는 거룩함은 순결과는 별 상관이 없다. 아니, 꼭 연관되어야 할 필요도 없지 않겠느냐.

그 말을 들은 사려 깊은 야곱의 대응은 이러했다. 자신은 누구에게도, 특히 자기 집에 온 손님이요, 막강한 왕의 막역한 친구이자 사절인 사람에게 상처를 주고 싶은 의도는 전혀 없다. 더군다나 부모와 점토서판의 기록자들이 가슴에 새겨준 신념을 가지고 왈가왈부하여 손님의 마음을 상하게 할 뜻은 추호도 없다. 하지만 태양도 역시 엘 엘리온의 손에서 만들어진 피조물이며, 그런 의미에서는 태양을 거룩하다고 할 수 있지만, 그렇다고 해서 이성으로 구별해

내야 할 신은 아니다. 그런데도 사람들이 신을 숭배하지 않고, 신이 창조한 어떤 피조물을 섬기는 것은 신을 거역하는 것이며, 신의 분노와 질투를 불러일으키는 것이다. 그리고 손님도 나라의 신들을 우상이라고 불렀지만, 야곱 자신은 그보다 더 고약한 이름으로 부를 수도 있다. 하지만 그건 손님을 대하는 예의가 아니므로 이 자리에서는 삼가겠다. 태양과 여행길에 가지고 다니는 상들과 그리고 떠돌아다니는 별들과 이 땅을 만드신 창조주가 최고신이라면, 그 신은 한 분밖에 없는 유일신이며, 이 경우에는 다른 신을 거론하지 않는 것이 차라리 낫다. 왜냐하면 그 이야기를 계속하게 되면 지금까지 안하고 꾹 참고 있던 이름을 증거로 내세울 수밖에 없기 때문이다. 이 이름을 말하지 않으려고 한 건 바로 '최고신'이라는 낱말과 그것이 가리키는 바가 바로 유일신의 그것과 같기 때문이다.

최고신과 유일신이라는 이 두 개의 개념이 서로 다른지, 아니면 같은 것인지를 놓고 이야기가 길어졌다. 집주인 야곱의 입장에서는 아무리 이야기를 해도 질리지 않았을 것이고, 자기 기분대로라면 밤의 절반이라도 할애할 수 있었을 것이다. 아니 밤을 꼬박 새워도 그만이었으리라. 그러나 엡세는 그렇지 않았던지 슬며시 화제를 바꿔 주변 세상과 자기 나라에서 일어나는 일들에 관해 이런 저런 이야기를 들려주었다. 내용은 대략 이러했다.

가나안 땅의 도시 성주와 친하고 또 친척이기도 하다 보니 자신은 무역이나 세상 돌아가는 일에 관해서는 일반 백성보다 당연히 아는 게 많다. 알아쉬아, 즉 키프로스에 흑사병이 돌아 수많은 인명을 앗아갔다. 하지만 그 섬의 통치자가 아래 나라 이집트의 파라오에게 편지를 보낸 것처럼, 그곳 백성이 전멸한 것은 아니다. 그런데도 통치자가 굳이 그렇게 쓴 이유는 구리 공물을 더 이상 못 바치겠다는 사실을 둘러대기 위해서였다.

그리고 헤타 또는 하티라 불리는 나라의 왕은 수비비 루리마라고 하는데 군사력이 막강하여, 미타니의 투쉬라타 왕에게 쳐들어가겠다며 그곳 신들을 내몰라고 협박하는 중이다. 투쉬라타 왕이 테벤의 대가문과 사돈지간인데 겁도 없이 그렇게 방자하게 군다. 그리고 바벨의 통치자는 앗수르의 사제영주(司祭領主)앞에서 벌벌 떨기 시작했다. 이 사제영주는 자신의 권력을 입법가의 나라로부터 독립시켜, 티그리스 강 유역에 특별한 나라를 건설하려는 꿈을 가지고 있다. 파라오는 시리아로부터 공물로 거둬들인 돈으로 자신이 섬기는 아문 신의 사제들을 부자로 만들었으며, 이 신을 위해 수천 개의 기둥과 문이 있는 새로운 신전을 세우는 경비도 그 돈으로 충당했다. 그런데 이 공물은 추측하건대, 서서히 줄어 들 것이다. 왜냐하면 베두인 도적떼들만 나라의 도시를 약탈하는 것이 아니라, 북방의 헤타 세력이 점점 확장되면서, 가나안 땅에서 아문 사람들이 권세를 잡고 있는 것에 대해 불만을 제기하기 시작했으며, 아모리 족 족장들 중 적지 않은 사람들이 이들과 결탁하고 있다.

이 말을 하면서 옙세는 한쪽 눈을 질끈 감아 보였다. 아마도 친구들에게 자기 고향의 아쉬라트-야수르도 이런 묘책을 쓰고 있음을 암시하려는 것 같았다. 그러나 집주인은 이 대화에 별로 진지한 자세를 보이지 않았다. 신에 대한 이야기가 나오고 얼마 지나지 않아 대화는 끊겼고, 사람들은 앉아 있던 방석에서 일어났다. 옙세는 아쉬타르테가 여행 도중 어디 탈이라도 나지 않았는지 살펴본 후, 잠자리에 들었다. 그리고 야곱은 지팡이를 짚고 부락 주변을 한바퀴 빙 돌아본 다음, 여자들에게 들렀다가 축사에 있는 가축들을 돌아보았다. 요셉은 아버지의 장막 앞에서 다섯 명의 형제들과 헤어졌다. 처음에는 형들과 함께 가려고 했는데, 직설적인 가드가 느닷없이 이렇게 말했던 것이다.

"뭐야, 멋이나 부리는 제비 아냐? 너 같은 것 필요없으니까 저리 꺼져!"

그러자 요셉은 할 말을 정리하느라 잠깐 생각에 잠겼다가 입을 열었다.

"가드 형, 형은 꼭 대패 맛을 못 본 대들보 같애. 그리고 가축으로 치면 만날 머리를 처박는 숫염소 같지. 아버지한테 형이 뭐라고 했는지 말하면, 형은 벌을 받을 거예요. 그렇지만 아버지가 아니라 르우벤 형한테 가서 말하면 공정한 르우벤 형은 자기 방식대로 형을 혼낼 거예요. 하지만 가드 형이 그런 말을 했거나 말거나, 나는 상관없어요. 형들이 오른쪽으로 가면 나는 왼쪽으로, 형들이 왼쪽으로 가면 나는 오른쪽으로 가겠어요. 나는 형들을 사랑하지만, 안타깝게도 형들한테 나는 혐오스러운 존재죠. 특히 오늘은 더 그랬죠. 아버지가 염소고기를 나한테 먼저 건네주시면서 자상한 눈빛을 보내셨으니까요. 그러니 형의 제안에는 저도 찬성이에요. 그래야 불상사를 막을 수 있고, 형들도 죄를 짓지 않을 테니까. 그럼, 잘 가요!"

가드는 그 말을 다 들었다. 겉으로는 무시하는 척 안 듣는 것처럼 했지만, 이번에는 또 이 꼬마가 뭐라고 둘러대는지, 그리고 어떻게 운을 맞춰가며 근사한 말을 하는지 은근히 궁금했던 것이다. 이렇게 들을 건 다 듣고 난 가드는, 금방이라도 쥐어박을 듯이 윽박지르고는 요셉만 남겨둔 채 다른 형제들과 자리를 떴다.

요셉은 잠시 산보 삼아 거닐고 싶었다. 가드한테서 그런 험한 소리를 들어 기분이 엉망이라 즐거운 산책은 분명 아니었다. 그나마 가드의 말을 통쾌하게 받아친 게 조금 위로가 되었다. 그는 느긋하게 언덕을 올라갔다. 그런 다음 동쪽으로 내리막길을 따라가다가 남쪽으로 방향을 틀어 곧 산꼭대기에 이르렀다. 계곡 왼쪽으로 견고한 성곽에 둘러싸인 도시가 달빛 아래 하얗게 펼쳐졌다. 네모 탑과 성문도 보였고 궁전 기둥 사이의 뜨락과 길게 뻗은 테라스로 둘러진 육중한 신전 건물도 눈에 들어왔다.

사람들이 북적거리는 도시를 바라보면 언제나 기분이 좋아졌다. 산 정상에 올라서면 집안의 묘지가 어디쯤 놓여 있는지 대충은 짐작할 수 있었다. 아브라함이 옛날에 히타이트 사람으로부터 복잡하게 사들였던 이중 굴에 바빌론 출신의 조상 할머니와 훗날 족장들의 유골이 묻혀 있었다. 그 막벨라 동굴 앞에 세워둔 돌문의 돌림띠가 저 아래 성벽 왼

125

쪽에 모습을 드러냈다. 요셉은 자신도 모르게 숙연해졌다. 이런 느낌을 가리켜 경건해진다 하던가. 죽음이 원천인 이 경건한 마음에 어느새 번화한 도시에 대한 동경이 하나로 어우러졌다. 그러다 산을 내려와 우물가에서 몸을 씻고 향유를 바른 후, 앞서 묘사했던 것처럼 조금은 묘한 방식으로 달을 바라보며 자신의 사랑을 고백했던 것이다. 아들 걱정으로 한시도 마음 편할 날 없는 아버지와 만난 것도 그 장소였다.

고자질쟁이

노인은 이제서야 아들 곁으로 다가와 오른손에 들고 있
던 지팡이를 왼손으로 넘기고 오른손을 아들의 머리 위에
얹는다. 소년의 아름다운 까만 눈동자를 뚫어질 듯 바라보
는 눈빛이 노인답지 않게 날카롭고 강렬하다. 소년은 처음
에는 다시 미소를 지어 보였다. 틈새가 조금 벌어진 이빨
몇 개가 더 드러났다. 아버지를 마주 바라보던 눈이 어느새
아래로 향한다. 아버지가 어려워서만은 아니다. 죄책감도
은연중에 작용했으리라. 그건 옷을 입으라는 아버지의 지
시와도 관계가 있다. 따지고 보면, 단순히 시원한 바람을
쏠 생각에서, 그것 때문에 옷 입는 일을 미룬 건 아니었다.
무슨 생각으로, 또 어떤 충동에 끌려 절반은 알몸인 채 하
늘에 예배를 드린 것인지, 아버지가 속을 훤히 꿰뚫어 보고
있을지도 몰랐다. 자신이 태어난 별자리노 그렇고, 또 이러
저러한 추측과 생각들로 미루어 소년은 자신이 달과 특별

히 가까운 사이라고 믿었다. 달님한테 자신의 알몸을 보여주면, 달님도 좋아할 게 분명했다. 그렇게 하면 달님뿐 아니라, 가장 존귀하신 그분까지 자기편으로 만들 수 있을 것 같았다. 그 예배 행위가 그렇게 달콤하게 여겨지고, 희망으로 부푼 것도 이 때문이었다. 상쾌한 저녁 공기와 함께 어깨를 어루만지는 시원한 달빛은, 어린아이 같은 그의 계획이 성공했다고 넌지시 일러주는 듯했다.

소년의 이런 속셈을 수치심도 모르는 염치없는 행위로 간주할 수는 없다. 자신의 수치심을 제물로 바친 소년이 아닌가. 여기서 기억해야 할 일이 있다. 이집트 땅으로부터 받아들인 할례 의식은 요셉의 부족과 그 주변 사람들에게 이미 오래 전부터 특별한 신화적 의미로 자리잡고 있었다. 할례는 신의 요구로 인간이 거룩한 신과 혼인하는 것을 의미했다. 이러한 신의 요구가 실현되는 장소는 인간의 육신 중에서 인간의 본질이 총집결된 곳, 육체에 관한 모든 맹세가 이루어지는 바로 그 신체 부위였다.

어떤 남자들은 신의 이름을 자신의 생식기에 새기고 다녔다. 또 여자를 취하기 전에 그 위에 신의 이름을 써놓기도 했다. 한 신에게 그를 섬기겠다고 맹세하는 경우, 이 언약은 성적인 의미를 내포했다. 한편 그 갈망이 너무도 커서 상대방을 완전히 독점하려는 창조주 주님과 언약을 맺는다는 것은, 남성성이 약화되어 여성성으로 넘어간다는 것을 뜻하기도 했다. 피를 봐야 하는 할례라는 희생은 남성성을 제거한다는 차원에서 보면 육체적인 의미에 한층 가까워지며, 이렇게 육신을 거룩하게 만드는 것은 순결과 또 이 순결을 바친다는 의미를 갖게 되므로, 곧 여성성을 뜻하게 되는 것이다.

게다가 요셉은 자신이 아름답고 매력적이라는 사실을 잘 알고 있었다. 남들도 늘 그렇게 말했다. 자신을 매력적이고 아름답다고 느낀다는 것은, 어떻게 보면 여성으로서의 자의식이 포함된 것이라 할 수 있다. 그리고 '아름답다' 라는 것은 특히 달을 묘사할 때, 그것도 가려진 데 없이 모습을 다 드러낸 보름달을 묘사할 때 사용되는 단어였다. 말하자면, 이 단어는 달의 단어였다. 이렇게 따지면 고향이 하늘인 단어를 빌어서 인간을 묘사하는 데 지나지 않았다. 요셉이 '아름답다' 라는 것과 '발가벗음' 이라는 표상을 서로 다를 바 없는 동일한 것으로 받아들인 건 바로 이 때문이다. 그로서는 달의 아름다움을 자신의 발가벗은 모습으로 맞는 것보다 더 현명하고 경건한 행동은 없었다. 달도 좋고 자기도 좋고 서로 만족하고 감탄할 수 있으니, 누이 좋고 매부 좋은 일이 아닌가. 소년은 그렇게 생각했다.

좀 지나쳐 보이는 소년의 행동이 이처럼 막연한 생각과 얼마나 밀접한 관계에 있었는지, 또는 얼마나 거리가 있는 것이었는지, 시시콜콜 따질 생각은 없다. 그 시절만 해도 이렇게 발가벗고 예배를 드리는 행위는 여전히 성행했고, 소년의 생각은 이 행위의 본래 의미에서 출발한 것이다. 옷을 입으라는 아버지의 명령에 얼핏 죄책감이 스친 것도 그 때문이다. 소년은 아버지를 사랑하는 만큼 아버지의 진지하다 못해 지나치게 경직된 사고를 두려워했다. 요셉이 애착을 느끼는 이런 식의 생각을, 그것이 설령 유희의 성격을 띠는 것이라 하더라도, 아버지는 불경죄라고 비난할 게 뻔했다. 아니, 그 정도 표현이면 잘 봐준 것이다. 아버지는 이런 일을 아브라함 이전에나 있었을까, 지금은 저 멀리 내쳐야 할 저주 대상으로 여겼다. 이 경우 당장이라도 아버지 입 밖으로 튀어나올 수 있는 제일 무섭고 끔찍한 단어가 뭔지, 그걸 모를 요셉이 아니었다.

'우상숭배!' 바로 그 단어였다. 요셉은 이건 이거고, 저건 저거다 하고 분명하게 갈라놓을 서릿발 같은 경계 말씀이 떨어지려니 지레 짐작하고 각오를 단단히 했다. 그러나 항상 아들 걱정뿐인 야곱은 다른 길을 택했다.

"일찌감치 기도를 끝내고 장막 안에 들어가 편안하게 잠들어 있었으면 훨씬 좋았을 텐데. 야밤에 아이 혼자 있으니 보기가 안 좋구나. 밤이 깊어 별도 많은데. 원래 별들이란 착한 사람, 나쁜 사람 구별도 못 하는 법이다. 레아의 아들들과 어울리든가, 빌하의 아들들을 따라가지 왜 안 갔느냐?"

몰라서 묻는 게 아니다. 요셉도 형들하고 사이가 안 좋은 것 때문에 아버지가 걱정스러워서 묻는 말인 줄 알았다. 소년은 심술이 난 듯 입술을 쭉 내민다.

"형들하고 사이좋게 지내기로 약속했어요."

"사막에 사는 사자가 저기, 염해(鹽海)로 빠지는 물가 갈대밭에 웅크리고 있다가, 배가 고프면 피 맛을 보려고 이곳으로 건너와 가축떼를 덮치기도 한다. 내 밑에 있는 목동 알드모다드가 닷새 전에 와서 하는 말이, 맹수 한 마리가 밤중에 나타나 어린 양 두 마리를 덮쳐 한 마리를 물어 가버렸다고 하더구나. 맹세는 안 했지만, 알드모다드의 말은 거짓이 아니었다. 피투성이 암컷이 증거였으니까. 그걸로 봐서 다른 새끼 양도 사자가 훔쳐간 게 분명했다. 나만 피해 본 게야."

요셉은 애교를 부리며 얼른 말을 받는다.

"피해라고 해봤자 별것 아니죠. 주님께서 메소포타미아에서 아버지를 어여삐 보시고 부자로 만들어주신 걸 생각해 보세요. 거기에 비하면 그 정도 피해는 아무것도 아니잖아요."

야곱은 고개를 갸웃 숙인다. 자신이 축복받은 데 대해 자만하지 않는다는 겸손의 표시였다. 자신의 현명한 행동이 없었더라면 불가능했을 축복이긴 하지만.

"많이 준 사람한테는 많이 뺏을 수도 있지. 주님께서 나를 귀한 은그릇으로 만드셨다면, 언제든지 초라한 흙덩이로 되돌려 놓으실 수도 있어. 깨진 질그릇 조각처럼 말이다. 그분은 당신 하고 싶은 대로 하시는 분이다. 의로우신 그분의 마음을 어찌 다 알겠느냐. 그리고 또 은빛은 아주 창백하지 않느냐."

야곱이 애써 달을 외면하고 말을 하는데, 요셉은 얼른 곁눈질로 달을 흘겨본다.

"은은 깊은 슬픔이기도 하다. 두려움을 아는 자가 제일 무서워하는 게 뭔지 아느냐? 왠지 마음이 안 놓이는 사람들의 경솔함이다."

소년의 눈빛이 애원으로 바뀐다. 어리광이라도 부려서 아버지를 위로할 참이었다.

131

야곱은 소년에게 틈을 주지 않는다.

"사자가 늙은 어미한테서 어린양을 훔쳐간 벌판이 어디 천리 밖이더냐. 엎어지면 바로 코 닿을 덴데, 아이가 이렇게 한밤에 혼자 우물가에 앉아 있으니 이게 무슨 생각 없는 짓이냐. 아버지가 얼마나 걱정할지 그런 건 안중에도 없고 말이다. 옷도 안 걸치고 아무 방비도 없이. 혹시라도 그런 위험한 일이 생기면 어떻게 할 생각이었더냐? 싸우기라도 할 참이었느냐? 네가 시므온이나 레위 형들하고 같으냐? 오, 주님! 저들을 지켜주소서. 네 형들은 칼을 불끈 쥐고 고함을 지르며 적진으로 뛰어들었다. 그리고는 아무르(성경의 아모리―옮긴이) 사람들이 살던 곳에 불을 질렀지. 그런 형들하고 네가 같으냐? 아니면 사막의 세일에 있는 네 숙부 에사오 같기라도 하더냐? 네 숙부는 사냥꾼인데다 초원의 사람이고 붉은 피부에 거칠기로 말하자면 숫염소 같지. 네가 그런 숙부를 닮기라도 했더냐? 아니다. 넌 경건하게 장막에 머무는 아이다. 넌 내 살을 받은 자식이니까. 에사오가 남자들을 400명이나 끌고 여울에 왔을 때, 난 정말 앞이 캄캄했다. 그래서 맨 앞에는 첩들과 그 아들들을 앞세우고, 그 다음에 레아와 그 자손들을 세우고, 너는 맨 뒤에 세웠더랬다. 라헬하고 말이다. 네 어머니."

어느새 노인의 눈엔 눈물이 가득하다. 이 세상의 어떤 것보다 사랑했던 아내 말만 하면, 그 이름만 나와도, 번번이 눈물을 보이는 야곱이다. 신이 무슨 이유에서인지 그에게서 그녀를 앗아간 게 8년 전인데도 그랬다. 원래도 떨리는 음성인데 이젠 아예 흐느끼듯 출렁이기 시작한다.

소년은 양팔을 노인 쪽으로 뻗어보이고, 깍지 낀 손을 입술로 가져간다. 그리고 입을 열어 아버지를 부드럽게 나무란다.

"별것도 아닌 일을 가지고 이렇게 법석을 떠시다니, 걱정이 지나치세요! 아까 말이에요, 우리한테 잘 자라고 인사한 다음에 손님이 자기가 애지중지하는 성상을 보려고 갔을 때 말이에요."

요셉은 야곱을 기쁘게 할 생각에, 비웃는 듯이 입을 비죽거린다.

"제가 보니까 아무것도 아니던데. 볼품도 없는 그런 게 무슨 힘이 있다고 그러는지. 장터에 나온 엉성한 질그릇 같던데……."

"그걸 네 눈으로 봤단 말이냐?"

야곱이 얼른 끼어든다. 아들이 그걸 봤다는 사실에 기분이 더 상한 것이다.

"식사 전에 손님을 찾아갔었어요. 그랬더니 보여주더라구요."

요셉은 입술을 죽 내밀며 어깨를 으쓱 올려 보였다.

"그냥 평범한 물건이었어요. 그런 게 무슨 힘이 있겠어요. 아까 아버지가 손님하고 이야기를 끝냈을 때, 저는 형들하고 같이 밖으로 나왔어요. 그런데 레아의 몸종이 낳은 아버지 아들 중 하나인 가드 형이었던 것 같아요. 원래 가드 형이 좀 우직하고 직설적이잖아요. 여하튼 가드 형이 자기들을 따라오지 말라고 했어요. 그런데 속이 좀 상했어요. 제 이름을 부르지 않고, 고약한 이름으로 불렀거든요. 그런 이름은 들은 척도 안 했지만."

아차 하는 순간에 고자질을 하고 있었다. 처음부터 그럴 의도는 전혀 없었는데. 요셉도 이런 것이 자기한테 이로울 게 없다는 걸 잘 알았다. 어떻게든 이런 좋지 않은 기질을 통제하고 싶었다. 그건 진심이었다. 조금 전까지만 해도 속 시원하게 다 털어버리고 싶은 충동을 잘 참아냈었다. 가뜩이나 사이가 안 좋은 형들과 점점 더 꼬여만 간 것도, 속 안에 있는 걸 다 쏟아내지 않으면 답답해 못 견디는 이런 성격 탓이었다. 형들과 사이가 좋지 않다 보니까, 아버지한테 더 매달리게 되고, 그 바람에 형들과 아버지 사이를 오가며 말을 옮기는 꼴이 되었다. 이런 일로 형들과는 더 소원해졌음은 두말할 필요도 없다.

그렇지만 일이 이 지경으로 된 걸 누구 탓이라고 꼭 집어 말하기는 어렵다. 여하튼, 형들은 라헬의 아들을 보기만 하면 인상을 찌푸렸다. 발단은 물론 자식들 중에서 요셉을 지나치게 편애한 야곱이었다. 이런 객관적인 지적으로 감정이 풍부한 이 남자에게 상처를 입힐 생각은 없다. 그러나 감정이라는 것 자체가 원래 절제 같은 건 몰라서 무턱대고 자신만 숭배하는 경향이 있다. 그리고 자신을 감출 생각이 없으므로 당연히 침묵도 모른다. 자신을 알려 세상의 관심을 끌고 싶을 뿐이다. 감정이 넘치는 사람의 무절제가 바로 이런 것이다.

한편 야곱은 절제를 모르는 감정 덕분에 용기를 얻기도 했다. 자신이 아는 설화에서도 그랬지만, 특히 집안 대대로 섬기는 신은 애초부터 감정에 관련된 문제나, 또는 누구를 더 총애하는가 하는 문제에서만큼은 도무지 절제를 모르고, 기분 내키는 대로 변덕을 부리는 신이었기 때문이다. 엘 엘리온은 아무 자격도 없는 자에게, 혹은 자격에 비해 턱없이 큰 은혜를 내리곤 했다. 어떤 자를 선택하고 선호하든, 인간으로서는 이해하기 어려워도, 아니 심한 경우 부당해 보여도, 그건 신의 마음이었다. 그러니 이러한 고귀한 감정에 이러쿵저러쿵 설명을 한다는 것 자체가 쓸데없는 일이다. 인간들은 그저 이런 신의 결정에 깜짝 놀라며 감탄하는 도리밖에 없었다.

주님을 한편 두려워하면서도, 자신이 그분의 편애 대상이라는 사실을 잘 알고 있던 야곱은 감정에 고삐를 채울 생각도 않고, 한곳에 온갖 정과 사랑을 쏟아 부으면서 주님을 모방하고 있었던 것이다.

감정이 풍부한 사람의 자제심 결여, 이것이 아버지로부터 요셉이 물려받은 유산이었다. 요셉을 절박한 위기상황으로 몰고 가게 되는, 속에 담아둘 줄 모르는 이 미련함에 대해서는 나중에 이야기하기로 하자.

아무튼, 성질은 급해도 심성은 착한 르우벤의 이야기를 아버지한테 일러바친 것도 아홉 살짜리 꼬마 요셉이었다. 당시 야곱은 라헬이 죽자 르우벤의 어머니 레아가 아니라, 몸종 빌하 곁에 침상을 펴고 그녀를 애첩으로 삼았다. 늘 눈이 빨갰던 레아는 방구석에 처박혀 그 멸시를 참아내야 했다. 그걸 보고 화가 머리끝까지 치민 아들 르우벤이 빌하의 방에 들어가 욕설을 퍼부으며 아버지의 깜지리를 냅다 걷어차 버렸다. 그건 어머니가 안돼서, 아들로서 자존심이

상한 나머지 그저 홧김에 저지른 일이었다. 자기가 해놓고
도 르우벤은 곧 후회했다. 침상만 제자리에 옮겼더라면, 조
용히 끝날 일이었다. 야곱이 굳이 알 필요도 없는 일이었
다.

그러나 그 자리에는 증인이 있었다. 요셉은 단숨에 아버
지한테 달려가 고해바쳤다. 야곱이 맏아들인 르우벤에게
저주를 내려 장자직분을 박탈할 생각을 하게 된 것도 그때
부터였다. 야곱 자신도 이름과 직분이 장자인 것이지, 맏아
들로 태어난 건 아니니, 그렇게 한다고 해도 특별히 잘못될
것은 없어 보였다. 그렇다고 해서 둘째 아들인 레아의 소산
시므온에게 이 귀한 직분을 넘겨줄 생각은 꿈에도 없었다.
마음이 제일 많이 쏠리는 라헬의 첫 아이 요셉을 염두에 둔
것이다.

아버지로 하여금 그런 결정을 내리게 할 생각에서 요셉
이 조잘댄 거라고 형들이 주장한다면, 그건 잘못된 생각이
다. 요셉은 다만 입을 다물고 있을 수 없었던 것뿐이다. 그
러나 요셉이 형들의 비난을 잘 알면서도, 다음번에 또다시
입을 못 다물었던 것은 용서받기 어려운 행동이었다. 형들
의 의심이 더 짙어지는 것도 당연했다. 르우벤이 빌하와
'장난치고 논다'는 사실을 야곱이 어떻게 알게 되었는지에
관해서는 별로 알려진 바가 없다.

이번은 아버지의 침상에 얽힌 이야기보다 훨씬 심각했
다. 헤브론 근처에 정착하기 전, 헤브론과 벧엘 중간쯤에서
벌어진 사건이었다. 당시 스물한 살로 힘이 펄펄 넘치던 르
우벤은 아버지 여자를 향한 욕정을 억누를 수가 없었다. 어

머니를 뒷방 신세로 몰아, 분노하게 만들었던 빌하가 바로 그 대상이었다. 우연히 목욕하는 그녀의 모습을 훔쳐본 게 발단이었다. 처음에는 몰래 욕보이는 게 고소하다는 생각이 든 정도였다. 그런데 자신도 모르는 사이에 무르익은 몸매의 농염한 매력에 빠져들고 만 것이다. 여전히 탱글탱글한 젖가슴, 보들보들한 배. 문득 만져보고 싶은 충동이 일었다. 어느새 불타오르기 시작한 정욕은 혈기왕성한 젊은이를 사로잡았고, 그 이후로 그녀 생각이 머리에서 떠날 줄 몰랐다. 르우벤이 눈만 깜박해도 맨발 벗고 따라 나설 여자들은 지천으로 널려 있었다. 그러나 다른 몸종이나 여자노예들은 빌하를 향한 청년의 열정을 잠재울 수 없었다. 결국 그는 아버지가 가장 아끼는 애첩을 덮치고 말았다. 물론 폭력을 사용하지는 않았다. 야곱이 두려워 사시나무처럼 발발 떠는 그녀를 터질 듯한 청춘의 팽팽한 힘으로 유혹한 것이었다.

열정과 두려움이 만나 실족하는 이 장면을 어린 요셉이 일부러 훔쳐본 건 아니었다. 어쩌다 그 앞을 서성거리던 요셉의 눈에 띈 것뿐인데, 요셉은 그저 이 묘한 일을 알려 주게 된 것이 신이 나 재빨리 아버지한테 달려가서 말했다. 르우벤이 빌하와 '장난을 치면서 웃었다'고. 이 말은 요셉이 이해한 내용을 전부 표현한 것도 아니고, 원래 뜻을 생각한다면 대단한 게 아니었다. 하지만 이 표현의 두번째 의미에 모든 게 담겨 있었다. 야곱은 얼굴이 하얗게 질려 숨노 세내로 사누지 못했다.

소년이 단숨에 재잘거리고 채 몇 분이 지나지 않아, 빌하는 주인 앞에 꿇어 엎드렸다. 그리고 흐느끼면서 손톱으로 젖가슴을 할퀴며 사실대로 고백했다. 르우벤을 넋 나가게 만들었던, 그러나 이제는 더럽혀져 다시는 주인님의 손이 닿지 않을 젖가슴이었다.

꿇어 엎드린 사람은 그녀 말고도 또 있었다. 비행을 저지른 장본인이었다. 그는 모든 걸 포기하고 자신을 낮추었다는 표시로, 자루 하나만 뒤집어쓴 채, 머리에 재를 뿌리고 머리카락을 쥐어뜯어 마구 헝큰 다음, 벼락 같은 아버지의 분노를 순순히 받아들였다. 내가 왜 그런 짓을 했을까, 아무리 가슴을 치고 후회해도 소용없는 일이었다.

야곱은 아들을 가리켜 함이라 불렀다. 아버지를 수치스럽게 한 자, 혼란만 가져오는 사탄, 베헤모트, 수치심도 없는 하마! 하마를 들먹인 건 이집트 사람들한테 들은 이야기가 있어서였다. 그쪽 사람들 말이, 하마는 아버지를 죽이고 어머니를 겁탈하는 기막힌 습관이 있다는 것이었다. 야곱은 이렇게 해서 자신이 빌하와 잠자리를 같이 하는 사이라는 이유로, 빌하를 엉뚱하게 르우벤의 친어머니로 만들어 버렸다. 르우벤이 어머니나 마찬가지인 빌하와 동침한 것은, 자기가 주인이 되어 제멋대로 하려는 속셈이라고 덮어씌운 것이다. 그리고는 신음하는 아들을 손가락질하면서 불호령과 함께 장자직분을 박탈해버렸다. 그렇게 빼앗은 장자직분을 당장 다른 아들에게 넘겨주기라도 했더라면, 문제는 달라졌을 것이다. 하지만 그후로도 장자자리를 비워둔 탓에 아버지가 요셉을 편애하는 사실에 다른 형제들이 신경을 곤두세우게 된 것이다.

참으로 묘한 것은 이런 상황에서도 르우벤은 요셉을 탓하지 않았다는 점이다. 오히려 다른 형제들보다 가장 너그럽게 요셉을 대했다. 요셉한테 악의가 있어서 일부러 그런게 아니라고 인정해 준 것도 르우벤이었다. 워낙 아버지를 사랑하다보니 아버지 명예가 더럽혀질까 걱정된 나머지 알려 준 것이려니 했다. 그리고 르우벤은 자기가 수치스러운 짓을 했음에 대해서는 부인할 생각이 없었다. 자신이 경솔한 탓에 실수를 잘한다는 것을 잘 안다는 점에서는 선량하고 의로운 사람이 르우벤이었다.

게다가 레아의 아들들이 다 그렇듯, 힘이 센 대신 얼굴은 못생겼어도(멍청해 보이는 눈은 어머니를 쏙 빼닮았고, 가뜩이나 쉽게 곪는 눈꺼풀에 아무리 향유를 범벅해도 나아질 건 없었다), 사람들이 침이 마르도록 감탄하는 요셉의 고상한 외모를 형제들 중에서 가장 많이 인정해 준 것도 바로 르우벤이다. 나름대로 요셉의 우아함에 감동한 그는 선조로부터 물려받은 신의 선택이, 주님의 축복이 열두 형제 중 자신이나 다른 형제가 아닌, 바로 이 소년에게 내려졌음을 어렴풋이 느낄 수 있었다. 장자직분과 관련된 아버지의 소원과 계획이 자신에게는 가혹했지만, 그럼에도 불구하고 아버지를 충분히 이해한 것도 그 때문이었다.

요셉이 질바의 아들 가드한테(내친김에 한마디 하자면, 가드가 우직하고 직설적이긴 해도, 제일 고약한 형은 아니었다) 르우벤에게 이르겠다고 협박한 것도 르우벤의 그런 마음을 알아서였다. 형제늘 사이에 문제기 생기면, 번번이 르우벤이 나서서 도와주곤 했다. 겉으로야 요셉을 무시하는 척했지만, 결정적인 순간에는 늘 요셉 편을 들어줬다. 혹시라도 괴롭히려고 하는 형들이 있으면 힘으로 막아주고 도리어 그들을 나무라곤 했다. 요셉의 고자질 때문에 화가 난 형들이 복수하려고 든 적도 간혹 있었던 것이다.

어리석은 꼬마 요셉은 르우벤 사건처럼 그렇게 심각한 일을 겪고도 배운 게 없었던지, 더 자란 다음에는 어렸을 적보다 더 위험한 감시자에 밀고자가 되어버렸다. 고자질로 위험해지는 건 요셉도 마찬가지였다. 이 역할에 한번 익숙해지자, 그는 갈수록 형들을 유심히 관찰하게 되었다. 결과적으로 형들한테 미움만 받게 되는데 자신이라고 마음이 편할 리 없었다. 문제는 요셉이 상대방의 증오심을 감당할 만한 성격이 못된다는 데 있다. 형들이 자꾸 두렵게 느껴진 그는 자신을 지키기 위해서라도 자꾸만 더 아버지에게 형들 일을 이것저것 알려 주게 되었던 것이다. 앞으로는 혀를 조심해서, 열 명의 형들과 앙금을 털고 제발 사이좋게 지내야겠다고 다짐하고 또 다짐해도 소용이 없었다. 형이 모두 열 명인데 그중에 심성이 악한 사람은 아무도 없었다. 이 열 명에 자신과 어린 동생까지 합치면, 모두 열두 형제였다. 열둘은 거룩한 십이성좌의 숫자가 아니던가. 요셉은 자신이 다른 형제들과 하나라고 굳게 믿었다.

그러나 이런 확신도 도움이 되지 못했다. 예를 들면, 성질 급한 시므온과 레위가 타지의 목동들이나 도시 사람들하고 우격다짐을 벌여 집안의 이름을 더럽히는 일이 발생하면, 부리나케 달려가 야곱에게 일러바쳤다. 또 유다 일만 해도 그랬다. 어지간한 일로는 생전 웃는 법이 없는, 한마디로 만사가 괴로운 성격의 유다는 이쉬타르로 인한 고통이 유달리 컸다. 그래서 야곱이 싫어하는 줄 뻔히 알면서도, 그 나라 여자들과 은밀한 관계에 빠지곤 했는데, 한번도 아버지한테 들통 나지 않은 적이 없었다.

그뿐이 아니었다. 형들 중 누구 하나가 아버지 몰래 어떤 우상 앞에 향불을 피워, 유일신이신 가장 존귀하신 분 앞에 죄를 지어, 결과적으로 신의 노여움을 받아 가축들이 제대로 생산을 못하거나 천연두나 창포병, 혹은 발작병에라도 걸리는 날에는, 그 일도 어느새 야곱의 귀에 들어갔다.

이것 말고도 또 있다. 야곱의 아들들이 집에서든 시겜 성문 앞에서든 쓸모없는 가축을 팔면서 아버지 야곱 몫 외에 웃돈을 받아서 자기들끼리 몰래 나눠 가지려 들면, 아버지는 그 내막을 소상히 알고 있었다. 모두 다 자신이 총애하는 아들 덕분이었다.

이 정도면 말을 안 한다. 어떤 때는 거짓 정보도 얻었으니까. 있을 수 없는 일인데도, 요셉의 아름다운 눈이 그렇게 믿고 싶어하는 사실들에 관한 정보였다. 요셉의 주장에 따르면, 어떤 형들은 툭하면 살아 있는 숫양과 어미 양의 살점을 베어 먹기도 했다. 축첩 소생인 형들 네 명이 그랬는데, 그중에서 아셀이 제일 많이 먹었다. 아셀이 먹보인 건 사실이었다. 나무랄 게 있었다면 아셀의 식욕이었다. 그러나 요셉 말만 믿고, 있을 수도 없는 일로 네 아들들을 불러, 그게 사실이냐고 다그칠 수는 없었다.

이는 두말할 것도 없이 형들에 대한 중상모략이었다. 요셉이 지어낸 꿈 같은 이야기 말이다. 아니, 어쩌면 꼼짝없이 형들한테 언어맞겠구나 싶은 상황에 처하면, 아버지 등 뒤에 숨을 생각에 급급하여 실제로 이런 꿈을 꾸고서는, 현실과 흡사 현실처럼 보이는 꿈을 구별하지도, 또 하고 싶지도 않았던 건지 모른다.

이런 소리를 듣고 형들이 길길이 뛰었음은 물론이다. 그러다 마침내 아버지로부터 아무 잘못이 없다는 사실을 인정받으면, 형들은 아주 오만하게 굴었다. 그 모습에는 조금 과장된 면도 없지 않았다. 마치 자신들이 받은 면죄부가 절대적인 면죄부가 아니라, 요셉이 상상해 낸 이야기에 일말의 진실이 있기라도 하듯. 중상모략이긴 하나, 백 퍼센트 거짓으로 채워진 것은 아니고, 조금은 진실이 담긴 그런 비방에 더 펄펄 뛰는 것이 인간이 아니던가?

이름

야곱은 가드가 요셉을 고약한 이름으로 불렀다는 이야기
에 화가 치밀었다. 야곱이 어떤 인물이던가. 자신의 감정을
다른 어떤 분의 그것처럼 거룩하게 여기지 않았던가. 요셉
의 말이 사실이라면, 이는 자신이 요셉한테 쏟고 있는 감정
을 무시하는 것으로, 그냥 두어서는 안 될 일이었다. 그러
나 요셉은 아버지를 달래려고 얼른 표정을 바꾸며 노련한
말솜씨로 화제를 돌렸다. 그 덕에 야곱의 분노는 채 일어나
보지도 못하고 사그러들었다.

지금 야곱은 꿈을 꾸듯 미소를 머금고, 아들의 까만 눈동
자를 지긋이 바라보고 있다. 아들의 갸르스름한 눈이 달콤
한 꾀에 끌려 약간 작아 보인다. 아들의 목소리가 들린다.

"별일 아니었어요."

여리고 가냘픈 목소리, 라헬의 음색이 그대로 녹이 있는
이 목소리를 야곱은 얼마나 사랑하는지 모른다.

"형한테 말이 너무 거칠다고 말해 줬거든요. 형이 제 경고를 곱게 받아들여 줘서, 별 문제 없이 기분 좋게 헤어졌어요. 전 도시 구경을 하려고 언덕 위에 올라갔다가 여기 우물물로 몸을 씻고 기도를 올렸어요. 조금 전 제게 겁을 주려고 말씀하신 사자 말인데요, 검은 달의 소생으로 사막의 무뢰한인 그 사자는 지금 저기 야르던 수풀에 있어요." (그는 강 이름을 우리처럼 요르단이라 하지 않고 Jardên이라고 발음했다. r을 구강에서 발음하되 우리처럼 굴리지 않았고, 또 e도 입을 크게 벌려서 발음했다.)

"그리고 저녁먹이도 벌써 찾았어요. 절벽에 있는 동굴에서 말이에요. 그러니 아이 눈에 사자의 모습이 들어올 리가 없죠. 가까운 곳에서도 못 봤고 먼 곳에서도 못 봤거든요."

요셉은 자신을 가리켜 '아이'라고 말했다. 아버지는 아직까지도 자신을 그렇게 불렀던 것이다. 그리고 아버지가 이 명칭에 특히 감동한다는 점을 요셉은 잘 알았다.

"설령 사자가 긴 꼬리를 휘날리며 여기 왔다고 해봐요. 그리고 찬송하는 세라핌 천사처럼 배가 고파 목청을 돋웠다 하더라도, 아이는 놀라지 않았을 거예요. 아니, 사자의 분노에 떨지도 않았을 거예요. 그 도둑은 금세 순한 어린 양으로 변했을 테니까요. 혹시 알드모다드가 그전에 벌써 딸랑이와 불꽃으로 사자를 쫓아버리지 않았거나, 또 사자가 현명하게도 자기가 알아서 사람의 아들인 이 아이를 피하지 않았다면 말이에요. 아버지도 아시죠? 동물들은 원래 사람을 무서워하고 피하잖아요. 주님께서 인간에게 이성과 영감을 주셔서 질서를 잡도록 하셨으니까요. 흙으로 빚어진 인간이 피조물을 보고 자기가 위대한 스승이고 조물주인 것처럼 그 이름을 붙이자, 세마엘 천사까지 소리를 지르고 천사들도 놀라서 눈을 내려 감았다잖아요. 자기들은 그저 '거룩하도다, 거룩하도다!' 합창이나 할 줄 알았지, 질서와 무질서에 대해서는 아무것도 이해하지 못했으니까요. 그러니 짐승들도 부끄러워서 사람 앞에서 꼬리를 감출 수밖에요. 우리가 자기들이 누군지 잘 알고 이름을 부르며 소리 지르지 못하게 명령을 내리니까요. 만약 사자가 슬그머니 다가와 심술궂은 코까지 벌름거리며 식식거렸더라도, 자신의 수수께끼로 저를 하얗게 질리게 하지는 못했을 거예요. 왜냐고요? 저는 대번 이렇게 물어봤을 테니까요. '네 이름이 피에 굶주림이던가?' '아니면 뛰어오르는 살생이었던가?' 그리고 나서는 벌떡 일어나서 이렇게 말했겠죠. '너, 사자지! 이것 봐라! 네가 분명 사자로구나! 내가 웃는 입으로 네 진실을 다 말했지? 어쩔래, 이제? 네 정체가 탄로나 버렸으니.' 그러면 사자는 꼼짝없이 당한 거예요. 눈만 껌벅일 줄 알았지, 아무 대답도 못했을 게 뻔해요. 사자가 뭘 알겠어요. 배운 것도 없고 필기도구도 없는데."

그는 말장난을 하고 있다. 이것처럼 재미있는 일이 없었다. 그러나 지금 이 순간 말장난을 시작한 것은, 앞서 주워섬긴 허풍도 그랬지만, 아버지의 신경을 딴 데로 돌리기 위해서였다. 요셉 자신의 이름은 기분 좋게도 책과 필기도구를 뜻하는 단어 '세퍼'와 울림이 비슷했다. 또 글이라고는 전혀 쓸 줄 모르는 다른 형제들과는 달리, 표현을 근사하게 다듬는 일처럼 재미있어 하는 것도 없을 뿐더러 그 방면에 소질도 있어서, 키럇 세퍼나 게발에 있는 고문서보관소에서 서기로 일할 수도 있었을 것이다. 야곱이 허락했다면 말이다.

"만약 아버지가 여기 깊은 우물 옆에 있는 아들 곁에 편안하게 앉으신다면, 예를 들면 여기 이 가장자리에 앉으시고, 글을 아는 이 아이가 조금 밑으로 내려가 아버지 발치에 앉을 수 있다면, 모양새도 아주 좋을 거예요. 그러면 아이는 주인님을 즐겁게 해드릴 수 있을 거예요. 이름에 얽힌 이런저런 이야기들과 우화를 들려드릴 수 있거든요. 아이가 배운 우화가 제법 있어요. 또 어떻게 이야기를 들려주는지도 알아요. 그러니까 때는 바야흐로 홍수가 일어났던 시절로 거슬러 올라간답니다. 셈하자이 천사가 하루는 땅 위에서 이슈하라라는 여자를 발견하고는 그녀의 미모에 반해 바보가 되어 버렸대요. 그래서 이렇게 말을 걸었죠. '내 말을 좀 들어보거라.' 그런데 그녀는 대답을 안하고 이렇게 대꾸했어요. '당신 말을 들을 생각은 추호도 없어요. 그전에 당신이 신의 진짜 이름을 가르쳐 준다면 몰라도. 당신이 하늘로 올라갈 때 부르는 그 신의 이름 말이에요.' 그러자 셈하자이 천사는 어리석게도 그녀에게 진짜 이름을 알려주었지 뭐예요. 워낙 그녀한테 푹 빠져 있어서 자기 말만 들어준다면 못할 게 없었거든요. 그렇지만 이슈하라가 신의 이름을 알고 나서 뭘 했는지 아세요, 아버지? 순결한 그녀가 자꾸 귀찮게 구는 그 천사를 어떻게 놀렸는지 아세요? 이 부분이 그 이야기 중에서 가장 숨막히는 대목이죠. 그런데 아버지, 지금 뭐 하시는 거예요? 제 이야기는 안 듣고 무슨 생각을 그렇게 깊이 하세요?"

그랬다. 야곱은 이야기를 듣고 있지 않았다. 그는 '깊은 생각에 잠겨' 있었다. 강렬한 인상의 사색이다. 책에 씌어진 사색이란 아마도 이런 걸 말하는지도 모른다. 절정에 이르러 무아지경에 이를 때면, 그의 몸은 꼼짝달싹도 하지 않았다.

그의 사색은 진짜 사색이었다. 온전한 직관이라 할 수 있는 사색. 사람들은 척 보고도 그가 깊은 생각에 잠겼는지 아닌지 구별할 수 있었다. 또 그를 한번이라도 본 사람만이 사색의 진면목을 알 수 있었다. 그래서 너나없이 사색에 잠긴 야곱을 보면 자신도 모르는 사이에 숙연해지곤 했다. 지금의 야곱 모습이 바로 그랬다. 양손으로 잡은 긴 지팡이에 몸을 기댄 채 팔 위로 머리를 숙이고 있다. 은빛 수염 사이로 비수에 젖은 입술, 꿈을 꾸는 듯 기억과 생각의 저 깊은 심연으로 비집고 들어가는 눈동자. 어찌 보면 멍해 보이는 그 시선이 대체 얼마나 깊은 곳으로 내려가기에, 눈썹까지 말려 들어갈 것처럼 보일까.

감성적인 사람들이 강렬한 인상을 풍기는 이유는, 감정의 욕구가 폭발하기 때문이다. 이들의 감정은 결코 입을 다무는 법 없이, 아무런 장애도 받지 않고 밖으로 표출된다. 이는 비단결처럼 부드러운 영혼에서나 가능한 일이다. 그 안에서는 심약함과 대담함, 순결하지 못함과 고결함, 자연스러운 것과 의도적인 것, 이렇게 상호 대립된 것들이 더할 나위 없이 고결한 형태로 한데 어우러져, 보는 이에게 경외심을 낳을 수도 있다. 사람을 옥죄는 게 아니라 밝은 경외심 말이다.

야곱은 감정 표현이 대단한 사람이었다. 요셉은 이런 아버지를 사랑했고 자랑스러워했다. 하지만 이 때문에 아버지를 두려워하거나 겁을 먹는 사람도 없지 않았다. 비단 아버지와 거래를 하는 사람들이나 나그네들뿐만 아니라, 다른 아들들도 여기에 속했다. 아버지와 불화가 생길 때마다, 아들들이 가장 두려워한 건 바로 이 점이었다. 빌하와의 불미스러운 사건으로 아버지 앞에 서야 했던 르우벤은 그게 어떤 건지 제일 잘 알았다. 더할 수 없이 강렬한 감정 표현 앞에서, 이 시절의 사람들이 느끼는 두려움과 경외심은 오늘날의 우리들이 느끼는 그것보다 훨씬 더 깊고 어두웠지만, 그네들이나 우리들이나 감정의 폭탄 세례를 앞둔 사람이라면 속으로 이렇게 외치기 마련이다. '아이구, 난리 났네! 이걸 어쩌나!'

그러나 야곱의 이런 강한 감정 표현은, 음성의 떨림도 그렇고, 사용하는 고상한 어휘와 엄숙함도 그렇고, 모두 타고난 기질에서 비롯된 것이다. 야곱이 흡사 한 폭의 그림처럼 강렬한 인상을 남기는 사색에 자주 빠지는 것도 이 기질 탓이었다. 그건 무슨 생각이든 다른 생각과 결합시키려는 성향이었다. 문득 어떤 생각이 하나 떠올랐다고 치자. 그러면 그걸로 끝나는 법이 없었다. 거기에 연이어 다른 생각이 꼬리를 물어 연상 작용을 일으키는 것이다. 서로 비슷하고 상응하는 것들이다 싶으면 시간과 공간에 상관없이 서로 한데 엉켜, 과거의 것과 예고된 것이 지금 이 순간의 일로 뒤죽박죽이 되었다. 그럴 때면 뭔가 골똘히 생각할 때 그렇듯, 눈동자까지 이리저리 헤매곤 했다. 그건 거의 고통의 수준에 가까웠다. 하지만 야곱만 그런 게 아니었다. 정도의 차이만 있을 뿐 그런 사람들은 의외로 많았다. 그래서 야곱이 살던 시절만 해도, 고귀한 정신적 품격과 '중요한 의미'를 지닌 인물이라 하면, 많은 신화를 기억해 내어 서로 결합시킬 수 있으며, 이 연상작용의 결과물이 강한 설득력을 갖는 사람을 뜻했다.

노인은 앞서 아들 요셉이 우물에 빠지면 어쩌나 하는 근심을 드러냈었다. 자신의 걱정을 다 표현한 것도 아니고 그저 절반 정도 나온 묘한 말이 얼마나 의미심장하게 들렸던가! 그건 그가 단순히 우물의 깊이만 생각한 게 아니었기 때문이다. 그를 깊은 곳으로 인도하여 거룩하게 만들어주는 사색에서 깊은 우물은 저승, 곧 사자(死者)의 나라를 연상시켰던 것이다.

저승, 곧 사자의 나라라는 개념이 그의 종교적 견해를 좌우하지는 않았지만, 최소한 마음 깊숙이 자리잡고 있어서 신화적 유산을 취급하는 그의 상상력에서는 중요한 역할을 했음이 분명하다. 토막 난 우시르가 다스리는 저 아랫세상, 남타르의 땅, 흑사병을 부르는 신의 나라, 모든 악령과 질병의 근원인 공포의 땅. 별들도 잠겨 들었다가, 때가 되면 다시 솟아오르는 곳, 그러나 죽을 수밖에 없는 인간들은 그 집을 찾아 한번 길을 떠나게 되면, 영영 돌아올 수 없는 곳이 바로 저승이며, 사자의 나라였다.

그곳은 오물과 배설물의 상소였지만, 다른 한편으로는 황금과 부의 장소이기도 했다. 그 품안에 씨앗을 뿌리면,

양식으로 쓸 곡식이 싹을 틔우는 곳, 검은 달의 나라, 겨울의 땅, 새카맣게 타 들어간 여름의 나라. 해마다 양치기 탐무즈가 멧돼지에게 죽임을 당하고 그곳에 가라앉으면, 모든 생산에 빗장이 걸려 통곡으로 가득한 세상은 바싹 말라 버린다. 그러다 마침내 어머니 이쉬타르가 탐무즈를 찾아 저승으로 내려가, 먼지 자욱한 감옥 빗장을 부수고 사랑하는 아들을 발견하고 함박웃음을 터뜨리면서 그 동굴 속에서 아들을 끄집어 올리면, 이제 그는 새로운 시간, 만물이 꽃을 피우는 생동기의 주인으로 등장하는 것이다.

이 저승세계로 통하는 입구가 바로 깊은 우물이라고, 야곱이 그렇게 생각한 건 물론 아니다. 머리로는 그렇게 생각하지 않았다. 그러나 가슴 저 깊은 바닥에서는 그렇게 느끼고 있었던 게 분명하다. 그렇지 않고서야, 아들에게 떨리는 목소리로 깊은 곳을 운운하며 던진 물음이 묘한 여운을 남겼을 리 만무하다. 의미 따위는 모르는 멍청하고 무지한 사람이라면, 이런 낱말을 그저 심상하게 내뱉었을 것이다. 그러나 같은 말이라도 야곱의 입에서 나왔을 때는, 그에게 품위와 근엄함을 더해 주었다. 아니 그 정도가 아니라, 듣는 사람으로 하여금 가슴이 오싹해지도록 만들었다.

아버지가 자신을 가리켜 함이라는 치욕스러운 이름을 내뱉었을 때, 실족한 르우벤이 뼛속까지 절절이 느꼈던 공포가 바로 이런 것이었음은 두말할 필요도 없다. 야곱은 그런 욕설을 애매한 암시 수준에서 사용하는 사람이 아니었기 때문이다. 그의 정신이 지닌 막강한 힘은 과거 속에서 느닷없이 현재가 돌출하도록 만드는 데 있었다. 이 경우 예전에 한번 있었던 일이 그 모습 그대로 지금 이 순간 되살아나, 아들에게 조롱당하고 치욕을 겪은 과거의 인물 노아가 느닷없이 야곱과 동일시되는 것이다. 그리고 르우벤도 아버지한테 그 말을 듣기 전부터 자신이 노아 앞에 무릎을 꿇은 함이 될 줄 미리 짐작하고 있었다. 아버지 앞에 나서기 전, 온몸을 부들부들 떨었던 것도 그래서였다.

지금 노인을 이런 사색에 잠기게 만든 것은, 아들이 '이름'에 대해 미주알고주알 들려주는 이야기를 듣다가 문득 떠오른 기억들이었다. 그건 오래 전 일로 꿈에서라도 다시는 마주하고 싶지 않은 무서운 기억들이었다. 속아넘어간 빚을 갚으려고 잔뜩 벼르고 있던 황야의 아들, 에사오 형과의 재회를 앞둔 날, 그 두려움 앞에서 정신을 잃지 않으려고 얼마나 마음을 다지고, 또 다졌던가. 그렇게 용기를 잃지 않으려고 몸부림치던 그날 밤, 자신을 덮쳤던 그 특이한 남자, 그의 이름을 걸고 벌였던 씨름. 그건 끔찍하면서도 한편으로는 필사적으로 매달려서 한판 승부를 벌인 달콤한 꿈이기도 했다.

하지만 아무것도 남지 않는 일장춘몽이 아니라, 뼈 마디마디 사이로 생생하게 느낄 수 있는 꿈이었기에, 썰물이 휩쓸고 지나간 갯벌에 바닷물이 이것저것 열매를 남겨두고 가듯이, 그의 삶에 두 가지 흔적을 남겼다. 야곱이 다리를 절게 된 것이 첫번째 흔적이었다. 씨름 상대였던 그 특별한 존재가 야곱의 넓적다리 환골을 부러뜨린 것이다. 그리고 두번째가 이름이었다. 물론 특별한 남자의 이름은 아니었다. 그는 끝까지 자신의 이름을 밝히지 않으려 했다. 그러다 동트기 직전, 시간이 늦어 난처해진 그에게 야곱이 끈질기게 이름을 대라고 요구하자, 마지못해 숨을 헐떡이며 털어놓은 그 이름은 특별한 남자의 진짜 이름이 아니었다. 이 낯선 남자가 해가 뜨기 전에 돌아가야 하니까, 제발 지각을 면할 수 있도록 이제 그만 자기를 놓아 달라고 야곱에게 건네준 그 이름은 남자의 두번째 이름, 즉 별명이었다. 그날 이후로 사람들은 야곱의 환심을 사고 싶어 아부라도 할 참이면, 그를 가리켜 '이스라엘'이라 부르게 되었다. 이 이름의 뜻은 '신께서 전쟁을 치르신다'였다.

지금 이 순간 야곱의 눈앞에 얍복 여울의 정경이 생생하게 펼쳐진다. 여울에 이르는 수풀 앞에 야곱 혼자 있다. 여자들과 열한 명의 아들을 앞세우고, 에사오에게 속죄의 표시로 건네주려고 고르고 또 고른 가축들도 이미 여울 건너편으로 떠나보낸 후였다.

온통 구름으로 뒤덮인 불안한 밤도 생각난다. 두번씩이나 잠을 청해 보았지만, 번번이 실패하고 바깥으로 나가서 쳐다보았던 밤하늘, 또 그런 하늘처럼 똑같이 불안한 마음으로 이리저리 배회했던 그날 밤. 속아넘어간 장인, 라헬의 아버지와 하마터면 대결해야 했을 텐데, 주님의 도움으로 간신히 위기를 모면했던 무서운 기억이 아직도 생생한데, 자신에게 기만당하고 손해를 본 또 다른 사람과의 대면을 앞두고 걱정과 근심으로 가슴이 바싹바싹 타 들어가던 바로 그날 밤이 떠오른 것이다.

얼마나 무서웠으면 기도를 하면서 엘로힘께 자신을 도와줄 의무가 있지 않느냐고 따졌을까! 그리고 어떻게 된 영문인지는 모르지만, 목숨을 걸고 씨름을 벌였던 그 남자의 모습이 그날 밤 구름 사이로 불쑥 얼굴을 내밀던 환한 달 속에 나타나지 않았던가. 그것도 가슴과 가슴이 닿을 정도로 그렇게 가까이 느껴지지 않았던가. 껌벅일 줄도 모르고 양미간이 유난히 넓어 소를 연상시키던 두 눈, 어깨도 그랬지만 마치 솜을 넣은 돌멩이 같던 얼굴.

가슴에 한순간 감동이 밀려온다. 숨을 몰아쉬며 특별한 남자에게 이름을 대라고 요구할 때 느꼈던, 뭐랄까, 통쾌한 그 느낌이 다시 몰려온다. 아, 힘은 또 얼마나 세었던가! 죽기살기로 덤벼서 그랬을까, 꿈속에서는 정말 힘이 대단했다. 게다가 그런 끈기까지 있을 줄이야 예전에는 미처 몰랐다. 그 덕에 주저앉지 않고 밤새도록 씨름을 계속할 수 있었다.

마침내 동틀 무렵이 되자, 그 남자는 난처한 표정으로 '날 보내주게' 라고 부탁하지 않았던가. 둘 중 어느 한쪽도 상대방을 완전히 제압할 수는 없었지만, 그렇게 버텨낸 것만으로도 야곱의 승리가 아니었을까? 자신이 특별한 인간이 아니고, 이곳 사람, 사람의 태에서 나온 사람이라는 점을 감안하면 그렇지 않겠는가. 소 눈을 가진 그 남자는 야곱이 인간의 씨라는 사실을 의심하는 것 같았다. 야곱의 허리에 그렇게 가차 없이 한 방 갈긴 것도 거기 있는 좌골이 움직이게 되어 있는지, 아니면 그 낯선 남자 같은 존재들이 그렇듯이, 아예 앉을 수 없도록 고정되어 있는지 마치 의사처럼 진단해 보려고 그런 건지도 모른다. 그러더니 남자가 기세를 바꿔 야곱에게 이름을 대주었다. 남자의 진짜 이름은 아니고 다른 이름이었다. 생각에 잠긴 야곱의 귀에 생생하게 들려온다. 남자의 강철처럼 단단한 고음이 이렇게 말한다. '앞으로 네 이름은 이스라엘이니라.' 그제서야 자신은 특별한 목소리의 주인공을 놓아주었다. 그 특별한 남자가 지각을 면하긴 했는지.

어리석은 이집트

근엄한 노인이 사색을 끝내고 현실로 돌아오는 모습은, 사색에 잠기는 순간 못지않게 인상적이다. 길게 숨을 들이마시면서 몸을 서서히 일으켜 세운다. 고개를 좌우로 털어내며 머리는 하늘 높이 저 먼 허공을 응시한다. 그리고 막 잠에서 깨어난 사람처럼 천천히 정신을 가다듬어 이 자리로 돌아오는 것이다.

자기 옆에 앉으라니, 아들의 제안은 버릇없어 보인다. 요셉도 지금은 우스운 일화나 들먹일 순간이 아닌 줄 깨달은 후였다. 감히 그런 제안을 했다는 게 부끄러웠다. 노인에게는 요셉에게 해야 할 다른 심각한 말이 있다. 사자라도 불쑥 나타나면 어쩌나 걱정한 것도 사실이지만, 요셉은 다른 걱정도 하게 만들지 않는가. 아버지가 이런 생각을 하는 것도 무리는 아니었다. 요셉이 빌비를 세공한 긴 시신이었으니까.

"저 아래쪽에 하갈의 땅이 있다. 몹종 하갈의 땅이지. 이 땅은 그곳 사람들 얼굴이 붉고 속이 검은 탓에 검은 땅이라고도 불린다. 거기가 바로 어리석은 이집트다. 그곳 사람들은 어머니 뱃속에서 나올 때부터 늙은 채로 태어나서, 젖먹이가 작은 노인처럼 보이고, 태어난 지 한 시간만 지나면 벌써 죽음을 노래한다. 사람들 말이, 그네들은 자기들이 섬기는 남신(男神)의 성기를 들고 다닌다더라. 길이가 3엘레(1엘레는 55~85cm—옮긴이)나 된다는데, 그걸 들고 북도치고 비파까지 뜯으며 온 골목길을 돌아 무덤으로 간다는구나. 거기 가서 분을 잔뜩 바른 시체와 성교를 시키려고 말이다. 이렇게 하나같이 속이 음침하고 음탕한데다 서글픈 사람들이 이 나라 사람들이다. 이들은 옷도 저주받은 함처럼 입는다. 치부를 다 내놓고 벌거벗고 다녀야 했던 함의 저주를 그대로 물려받은 거지. 그네들이 입는 거미줄 같은 아마포 천은 알몸을 가릴 생각도 않고 슬쩍 걸쳐놓은 정도다. 그러고도 자기들은 공기로 짠 천을 입는다고 입들을 놀려댄다. 육신을 부끄러워할 줄도 모르고, 죄가 뭔지도 모르는 사람들이거든. 그 나라에는 죄라는 낱말도 없다. 그러니 사람이 죽으면, 뱃속에 향신료를 채우고 심장 자리에 말똥구리 조각상을 집어넣는 것도 당연하지. 소돔과 아모라(고모라를 뜻함—옮긴이) 사람들이 그랬던 것처럼 이네들도 부유하고 불결한 자들이다. 기분이 내키면 이웃 사람 침상 옆에 잠자리를 펴고, 서로 여자를 바꾸기도 한다. 또 어떤 여자가 시장에 나갔다가 한 청년을 보고 욕정을 느끼면 그와 동침하는 일도 예사라더구나. 이 사람들은 짐승 같아서 오래된 신전 깊숙이 모셔놓은 짐승들 앞에 머리를 조아린다. 그리고 이런 이야기도 들은 적이 있다. 그 신전 안에 순결을 잃지 않은 처녀를 데리고 가서, 온 백성이 지켜보는 가운데 빈디디라는 이름을 가진 숫염소와 교미를 시킨다지 뭐냐. 이런 풍습을 내 아들은 옳다고 보느냐?"

이 말이 자신의 어떤 잘못을 지적하는지 잘 아는 요셉은 야단맞는 꼬마처럼 머리를 떨구고 아랫입술을 죽 내민다. 샐쭉해져서 잘못을 뉘우치는 표정 같지만, 아니다. 속으로는 배시시 웃고 있다. 야곱이 미즈라임의 풍습을 묘사하면서, 지나치게 일반화하고 한쪽으로 치우쳐 과장했기 때문이다. 한동안 뉘우치는 척 입을 다물고 있다가, 요셉은 애원하는 눈빛으로 아버지를 올려다본다. 아버지의 눈에 혹시 화해의 미소가 담겨 있는지, 유심히 살피면서 아버지의 눈빛을 받아들인다. 그리고 자신이 먼저 아버지 쪽으로 당돌하게 시선을 보냈다가, 다시 거두기를 반복한다. 이 재미있는 놀이가 두 사람 사이를 충분히 중개해 줬다는 판단이 들자, 비로소 요셉은 입을 연다.

"만일 저 아래에 있는 땅에 그런 풍습이 있다면, 이 부족한 아이는 마음속으로 그 풍습을 결코 환영하지 않을 거예요. 하지만 공기처럼 가볍다는 그 이집트의 아마포는 어쨌든 그 말똥구리를 만든 손재주의 간접 증거는 될 수 있을 것 같아요. 다른 쪽에서 보면 물론 조건이 붙지만, 그래도 손재주만은 높이 평가해 줘야 되잖아요. 그리고 그곳 사람들에게 육신이 수치심을 불러일으키시지 않는다는 겻도 그래요. 그 사람들을 너그럽게 봐줄려고만 한다면, 그네들이 그

렇게 된 건, 워낙 살도 별로 없고 빼싹 말라서라고 변명을
해줄 수도 있지 않을까요? 사실 살찐 육신이 여위고 마른
육신보다는 부끄러워해야 할 이유가 더 많잖아요. 그
건……."

여기서도 야곱은 심각해진다. 아들에게는 따끔한 경고가
필요하다는 다급한 마음과 다른 한편으로는 사랑하는 아들
에 대한 애련한 감정이 다투느라 말을 가로막는 아버지의
목소리는 유난히 더 떨린다.

"어찌 그런 어린아이 같은 말을 하느냐! 워낙 둘러대는
말재주가 뛰어나 그럴싸하게 들릴 뿐, 속을 들여다보면 그
저 에누리할 생각밖에 없는 상인들의 말과 다를 바 없구나.
잔꾀만 부리는 낙타 탄 상인의 유치하기 짝이 없는 말장난
같단 말이다. 혹시라도 네가 주님의 눈을 벗어나, 그분의
질투심이 너를 비롯하여 모든 아브라함의 자손들에게 화를
부르면 어쩌나 해서 아버지는 이처럼 가슴이 떨려오는데,
네가 이런 아버지의 근심을 감히 비웃으려 한다고는 생각
지 않는다. 내 눈으로 네가 벌거벗은 채 달빛 아래 앉아 있
는 것을 보았다. 가장 높으신 분께서 우리 가슴에 죄가 무
엇인지 일러주신 적이 없다는 듯이, 멀쩡한 기색으로 그렇
게 벌거벗고 있지 않았느냐. 그리고 오늘 같은 봄날 밤이면
이 높은 곳은 낮에는 햇살이 따가웠다가도 어느새 서늘해
진다는 걸 모른단 말이냐. 악한 강물이 너를 덮쳐, 밤새 열
병에 걸리게 만들어, 닭이 홰를 치기 전에 네 감각을 마비
시킬 수도 있다는 것을 왜 모르느냐? 그러니 얼른 경건한
셈의 후손답게 속옷 위에 겉옷을 입거라. 그건 양털 옷이니

까, 길르앗에서 불어오는 바람을 막아줄 게다. 그리고 앞으로는 아버지를 이렇게 근심스럽게 만들지 말아라. 이 두 눈으로 다른 것도 봐서 하는 말이다. 끔찍하게도 내 눈이 본 것은, 네가 입맞춘 손을 별에게 보내는 장면이었다."

"그건 절대로 아녜요!"

요셉의 질겁한 목소리가 터져 나온다. 그는 앉아 있던 우물 가장자리에서 펄쩍 뛰어 아버지 손에서 웃옷을 낚아챈다. 갈색과 노란색이 섞인 무릎까지 오는 덧옷이다. 요셉은 이렇게 단숨에 일어나 허겁지겁 옷을 입으면서 아버지의 의심이 당치 않다는 걸 보여주려는 것 같다. 지금은 어떻게 해서든 아버지의 의심을 풀어 드려야 한다. 그게 가장 시급한 문제다.

그렇다! 이 부분은 야곱의 생각이 한 길로 가는 게 아니라 여러 길을 넘나든다는 점을 적나라하게 보여준다. 이는 세 가지 꾸지람을 단 한 가지로 모으는 데 그대로 드러난다. 위생 면에서의 부주의와 수치심 결여, 그리고 종교적인 타락이 그것이다. 이 세 가지 잘못 중에서 종교적 타락은, 그의 근심을 하나의 복합건물이라고 한다면 맨 아래층에 자리잡은 것으로 제일 심각한 걱정거리였다.

요셉은 덧옷에 양팔을 절반쯤 끼우고, 마음이 급해서 목이 들어갈 구멍을 못 찾는 척 허둥댄다. 이쯤 하면 아버지도 자기가 달을 쳐다보면서 한 행동을 애써 부인하려는 걸로 짐작하시리라. 이젠 그럴싸한 변명만 보태면 된다.

"절대로, 그건 결코 아녜요! 절대로 그런 석 없어요!"

아름답고 귀여운 머리를 덧옷의 목 부분에 끼워 넣으면

서 이렇게 장담한다. 그리고 자기 말이 더 그럴싸하게 들리
도록, 이번에는 표현도 바꿔본다.

"아버지 생각은, 이건 제가 장담할 수 있어요, 아버지 생
각은 지금 아주 잘못된 착각으로 어두워지신 거예요!"

요셉은 흥분을 삭이지 못한 척, 양손으로 덧옷의 어깨 부
분을 잡고 아래로 죽 끌어내리고 미르테 화관도 획 낚아채
옆으로 던져버린다. 그런 다음 목 부분 밑에서 붙들어 매는
덧옷의 끈을 아무렇게나 묶기 시작한다.

"입맞춤한 손이라니, 그런 건 꿈에도 있을 수 없는, 말도
안 되는 말씀이세요. 제가 어떻게 그런 몹쓸 짓을 할 수 있
겠어요? 그래도 아버지께서 굳이 제 실수를 물으신다면,
그건 인정할게요. 하지만 아버님께서도 그게 별 대수롭지
않은 실수였다는 걸 아시게 될 거예요. 제가 하늘을 쳐다본
것은 사실이에요. 그건 부인하지 않아요. 저 멀리 화려하게
퍼져 나가는 그 빛을 봤죠. 그러면서 태양의 불화살에 손상
된 제 눈을, 한밤의 형상이 내려주는 부드러운 달빛으로 시
원하게 식힐 수 있었어요. 왜, 이런 노래도 있잖아요. 사람
들 입에서 입으로 전해진 이 노래 말이에요.

'신(Sin), 그대로 하여금 그분은 빛을 발하게 하셨네.
모습을 바꿔가며 시간을 정하는
그대를 그분께서는 밤과 결혼시키셨고
그대에게 거룩한 보름달의 화관을 씌우셨다네.'"

우물가에서 노인보다 한 계단 위에 올라선 요셉은 양손

을 나란히 모은 채 각 소절로 넘어갈 때마다 어깨를 좌우로 흔든다.

"샤파투는 아름다운 보름달을 맞아 축제를 벌이는 날이에요. 이제 곧 보름달이 될 거예요. 내일, 아니면 내일 말고 그 다음 내일에는 틀림없이 보름달로 찾아올 거예요. 설령 안식일이 된다해도, 시간을 정해 주는 자에게 몰래 숨어서라도 입맞춘 손을 흔드는 따위의 일은 절대로 하지 않을 거예요. 살짝도 안 흔들 거예요. 그럴 생각은 꿈에도 없어요. 왜냐고요? 노래에도 그랬듯이, 그는 스스로 빛을 발하는 게 아니라, 그분께서 빛을 발하게 하셨고, 그에게 화관을 씌워 준 것도 그분이라고 되어 있으니까요."

"그분이 누구지?"

야곱이 나직하게 묻는다.

"그에게 빛을 발하게 한 게 누군데?"

"마르둑-벨이죠!"

요셉은 너무 성급했다. 그러나 재빨리 "에"하며 길게 여운을 남기고 고개를 가로저은 후 말을 잇는다.

"이야기에 나오는 이름이 그렇다는 거예요. 하지만 진짜는, 굳이 이 가련한 어린아이한테서 듣지 않아도 아버지께서 이미 잘 알고 계시지만, 신들 중에서 가장 큰 주인님, 다른 민족들이 섬기는 아눈나키(Anunnaki, 큰 신들의 모임으로 예컨대 하늘신 아누와 대기신 엔릴도 여기에 속함―옮긴이) 신들과 다른 어떤 바알들보다 훨씬 강하신 아브라함의 신이시죠. 용을 쳐부수고, 삼중(三重)의 세상을 창조하신 바로 그분 말이에요. 그분이 노하셔서 한번 얼굴을 돌리시면,

다시는 존안을 뵈올 길이 없고, 그분의 분노는 다른 신들의 분노와는 비교도 안 되죠. 그분은 넓은 의미에서 참으로 고귀하신 분이십니다. 무뢰한들과 죄인들은 그분의 코를 성가시게 만드는 고약한 냄새이지만, 우르에서 길을 떠난 아브라함에게만은 눈길을 주시어, 그와 후손의 신이 되어 주시겠다고 언약하셨죠. 그리고 그 축복이 제 아버지 야곱에게 내려온 거구요. 다들 알다시피, 야곱이라는 이름말고도 아버지는 이스라엘이라는 아름다운 별명을 선사 받았죠. 복음을 전하는 위대한 분이고, 모든 것을 꿰뚫어보는 아버지 같은 분이 아들들을 잘못 가르쳐, 그들이 별을 쳐다보면서 입맞춘 손을 흔드는 그런 유치한 실수를 하게 만드실 리가 없죠. 이런 행동을 우리들이 섬기는 높으신 주님께서 받아주신다면, 마땅히 그분께나 합당한 일이겠지만, 그분은 이런 유치한 행동을 받아주실 리가 없죠. 그러니 어떻게 보면 그분이 아니라 빛을 발하는 별들에게나 입맞춤을 보내는 것이 훨씬 더 합당하다고 말할 수 있을지도 모르죠. 하지만 사람들이 그렇게 말을 할 수 있다고 해서, 저도 그렇게 생각한다는 건 절대 아네요. 만약 제가 입맞춤을 보내려고 제 손가락을 입술에 갖다댄 것이라면, 다시는 손가락을 입술로 가져가지 않겠어요. 밥도 안 먹고 차라리 굶겠어요. 그리고 또 아버지께서 지금 아들이 있는 깊은 우물가에 다가와 편안하게 앉지 않으신다면, 앞으로 다시는 음식을 먹지 않고, 굶는 쪽을 택하겠어요. 아버지는 지금 너무 오랫동안 서 계셨어요. 가뜩이나 허리가 약하신 분이. 아버지가 얼마나 고귀하고 특별한 과정을 거쳐서 그렇게 허리를 다치게 되셨는지, 그 거룩한 계기에 대해서는 모르는 사람이 없죠."

그는 당돌하게 노인 쪽으로 내려가 조심스럽게 어깨 위에 팔을 얹는다. 지금까지 미주알고주알 이야기를 쏟아 부었으니, 이쯤이면 아버지의 마음이 풀렸으리라 확신한 것이다. 가슴 위에 매달린 작은 원통형인장(圓筒形印章)을 만지작거리며 주님 생각에 잠겨 있던 야곱은 한숨을 내쉬면서, 아들의 팔이 누르는 가벼운 압박감에 못 이기는 척, 둥근 계단 위에 발을 올려놓고 우물 가장자리에 앉는다. 그는 지팡이를 팔 안쪽으로 기대놓고, 옷매무새를 가다듬은 다음 달을 바라본다. 달빛 아래 노인의 은은한 위엄이 한층 돋보이고, 지혜가 빛나는 알밤 같은 갈색 눈동자는 거울처럼 말갛다. 야곱의 발치에 요셉이 앉는다. 아까 아버지한테 제안하면서 생각해뒀던 포즈가 이제 완성된다. 요셉은 머리 위에서 야곱의 손을 느낀다. 야곱은 자신도 모르는 사이에 아들의 머리카락을 쓰다듬고 있다. 요셉의 낮은 목소리가 다시 이어진다.

"이것 보세요. 얼마나 근사하고 좋아요. 사흘 밤이라도 이렇게 앉아 있고 싶어요. 이런 걸 얼마나 오래 전부터 소원했는지 몰라요. 제 주인님께서는 저 하늘 높이 있는 형상을 바라보시고, 저는 저대로 제 주인님이신 아버지의 그런 모습을 바라볼 수 있다는 게 얼마나 기쁜지 몰라요. 그 모습은 빛이 반사되어 어떤 신의 얼굴처럼 보이니까요. 아버지께서도 그렇게 말씀하시지 않으셨나요? 사나운 에사오 숙부의 얼굴이 마치 달처럼 보였다고. 숙부께서 뜻밖에도 여울에서 부드럽게 다정한 형제처럼 아버지를 맞아 주셨을 때 말이에요. 하지만 그것도 거칠게 불타오르는 숙부 얼굴에 내려진 부드러운 빛의 반사였을 거예요. 그건 존경하는 제 주인님, 아버지의 모습이 반사된 것일 뿐이죠. 아버지의 존안을 바라보는 것은 달의 모습을 보는 것과 같고, 아벨의 모습을 보는 것과 같아요. 그가 바친 제물은 주님께서 기꺼이 받으셨고, 카인과 에사오의 제물은 어여삐 보시지 않으셨죠. 그들의 얼굴은 마치 태양에 갈기갈기 찢겨나간 들판 같고, 가뭄으로 쩍 갈라진 대지 같았죠. 그래요. 아버지는 아벨이고, 달이며 목자세요. 그리고 아버지의 가솔은 모두 목자요 양을 치는 사람들이지, 땅을 갈아 농사를 짓는 태양의 아들들이 아니죠. 그들은 땀을 뻘뻘 흘리며 쟁기를 매단 소를 따라 고랑 사이를 오가며 대지의 바알을 섬기지만, 저희는 길의 주인님을 바라보죠. 하얀 옷을 입고 빛을 발하며 길을 떠나는 나그네를 바라보는 거죠. 아버지도 그러시지 않으셨나요?"

그는 숨도 쉬지 않고 단숨에 쏟아 붓는다.

"우리들의 아버지, 아브람이 갈대아의 우르에서 더 이상 참지 못하고 월탑을 등지고 그곳을 떠난 건, 입법자가 자기가 섬기는 마르둑을 위해 그 뾰약별 신전의 머리를 유난스레 높이 올려서 시날 지방에 있는 다른 신들보다 드높이는 바람에 달의 신(神) 신(Sin)을 따르던 사람들의 분노를 산 때문이라고 말이에요. 그리고 또, 신(Sin)을 따르는 사람들은 그를 높여 부를 때 셈이라고 불렀다고 하지 않으셨어요? 노아의 아들 이름하고 같은 이름 말이에요. 노아의 아들 셈이 낳은 자손들은 피부는 검지만 아주 사랑스럽죠. 어머니 라헬처럼요. 그리고 그 자손들이 사는 곳이 바로 엘람, 앗수르, 아르파샤드, 루드 그리고 에돔이 아닌가요? 아, 잠깐만요. 이 아이 머리에 막 떠오르는 게 하나 있어요! 아브람의 아내 이름이 사라가 아니었던가요? 그 이름 뜻이 달이 아니었던가요? 들어보세요. 이제 제가 계산을 한 가지 해볼게요. 50일이 7번 있으면 여기에 4일을 더하면 순환날짜예요. 그런데 한 달에 3일은 달구경을 못해요. 그러면 아버지 한번 셈해 보실래요? 아까 말한 354일에서 달을 못 보는 3일을 12번 곱한 것을 빼는 거예요. 그러면 밤에 달을 볼 수 있는 날짜는 318일이에요. 그런데 이 318이라는 숫자는 아브라함이 동방의 왕들을 다마스커스 너머로 몰아내려고 데려갔던 종들의 숫자와 똑같지 않나요? 그 싸움에서 아브라함은 엘람 왕 그돌라오멜에게 잡혀 있던 동생 롯을 구해 내기도 했죠. 보세요. 이걸 보면 우리들의 아버지 아브람은 달을 사랑한 게 분명해요. 그분은 달에게 이렇게 경건한 마음을 품고 있었던 거예요. 그렇지 않다면 출정을 앞두고, 달이 뜨는 날짜 수와 꼭 맞게 종들을 데리고 갔을 리가 없죠. 만약, 이건 정말 만약이에요. 만약 제가 달을 향해 입맞춤한 손을 흔들었다면, 그건 한번이 아니라 꼭 318번을 보냈을 거예요. 물론 실제로는 단 한번도 보내지 않았지만. 그리고 또 설령 제가 그렇게 300하고도 18번의 입맞춤을 보냈다면, 그게 그렇게 못된 짓이 되는 걸까요?"

시험

"영리한 내 아들."

야곱은 셈을 하느라 잠깐 동작을 멈췄던 손가락으로 다시 아들의 머리를 쓰다듬는다. 조금 전과는 달리 의도적인 손놀림에 정성이 가득하다.

"영리한 내 아들 야수프. 네 머리는 겉모양이 아주 어여쁘고 아름답구나. 꼭 네 엄마 머리처럼." (엄마라는 표현은 어린 요셉이 어머니를 부를 때 사용하던 바빌론 말 애칭이다. 이쉬타르 여신을 가리키는 세속적이고 친숙한 표현 또한 엄마다.)

"그리고 속까지 아주 영민하고 경건하구나. 네 나이만 할 때, 나도 그렇게 쾌활했는데, 그사이 온갖 일들을 겪어 오느라 약간 지친 상태란다. 새로운 일들만이 아니라 다른 사람들이 들려준, 마땅히 진지하게 받아들여야 할 옛날 옛적 일들에 얽힌 이야기들 때문이지. 게다가 아브라함의 유산이 내 경우에는 사색으로 나타난 탓도 있다. 풀리지 않는 문제들이 많거든. 왜냐하면 주님은 분명하지 않으신 분이시니까. 그분의 존안이 부드러운 달의 모습과 비슷하다고 해도, 다른 한편으로는 뙤약볕과 활활 타오르는 불꽃처럼 보이기도 한단다. 그분은 소돔을 화염으로 다스려 멸하셨고, 인간은 자신을 정결케 하기 위해 주님의 불꽃 사이를 지나가야 했으니까. 그리고 그분은 이글거리며 먹어 치우는 불꽃이기도 하다. 어미가 첫 새끼를 낳아 감사하는 마음으로 그 첫 소산(所産)을 불살라 제물로 올리면, 지글거리는 기름을 다 핥아 드시는 게 그분이지. 나중에 날이 어두워져 구워진 새끼 양고기를 장막으로 가지고 와서 두려움에 떨면서 먹고 있을 때면, 목을 졸라 죽이는 그분이 그 곁으로 지나가시느라 장막기둥이 새끼양의 피로 물든단다."

그는 문득 말을 멈춘다. 요셉의 머리를 쓰다듬던 손이 아래로 떨어진다. 얼른 머리를 쳐든 요셉은 양손에 얼굴을 묻고 있는 노인을 보고 소스라쳤다.

"아버지, 왜 그러세요?"

그는 황급히 몸을 일으키며, 손을 아버지의 손 쪽으로 치켜든다. 그러나 아버지의 손을 건드리지는 못한다. 그로서는 기다리는 수밖에 없다. 그리고 다시 한번 애원하는 도리밖에. 야곱은 마지못해 자세를 바꾼다. 손을 떼자, 고통스럽게 일그러진 얼굴이 나타난다. 지친 기색이 역력한 두 눈이 소년을 비껴 저 허공을 응시한다.

"주님을 생각하다 갑자기 무서워져서."

입술이 간신히 움직이는 깃 같다.

"마치 내 손이 아브라함의 손이 되어 이사악의 머리 위에

167

얹혀 있는 것만 같았다. 그리고 주님께서 꼭 나한테 말씀하시는 것처럼 들렸단다. 그리고 그분의 명령도."

"그분의 명령이라니요?"

요셉이 새처럼 고개를 까닥이며 물었다.

"그 명령과 지시는 너도 잘 알지 않느냐. 너도 그 이야기를 들어 알고 있을 테니까."

다 기어들어 가는 음성이었다. 여전히 앞으로 몸을 수그린 채, 이마는 지팡이를 잡은 손에 기댄 자세였다.

"난 그분의 명령과 지시를 들었다. 그분이 어디 멜렉보다, 그 황소 왕 바알보다 모자란 분이시더냐? 인간들은 고난에 처하면, 그 멜렉에게 첫 소생을 바치고 은밀히 제사를 지낼 때는 어린아이들을 그의 품에 안겨다 주지 않느냐? 그분이 멜렉보다 모자란 분이시더냐? 그러니 그분께서도 멜렉이 그렇듯이, 자신을 따르는 자들에게 무슨 요구인들 못하시겠느냐? 그래서 그분께서는 자기 사람에게 요구를 하셨고, 난 그분의 음성을 듣고 대답을 했다. '예!'라고. 그러자 심장이 멎어버리는 것 같았다. 그리고는 이른 아침 나귀를 묶어 너를 데리고 길을 나섰지. 네가 이사악이었으니까. 늦둥이면서 첫 소생이 바로 너니까. 주님께선 너를 보내주시면서 우리에게 웃음을 만들어주셨지. 너는 내게 유일한 아들이었고, 나의 전부였다. 그리고 네 머리 위에 모든 미래가 걸려 있었지. 그런데 이제 그분이 너를 요구하시는 거야. 그렇게 되면 앞날에 차질이 생기지만, 널 주신 분이 다시 달라고 하시니, 그 요구는 정당한 거지. 그래서 나는 번제를 올리려고 장작을 패서 나귀 등에 싣고 그 위에 널 올려놓았다. 그리고는 집의 종들을 데리고 브엘세바로부터 사흘 걸리는 에돔을 향해 길을 떠났다. 무즈리 땅에 있는 호렙 산으로 간 거야. 멀리서 주님의 산과 산꼭대기를 바라본 나는 종들과 나귀를 뒤로 물리고, 우리들이 돌아올 때까지 기다리라 하고는, 번제에 쓸 장작을 네 어깨 위에 지우고, 불과 칼을 들고 걸음을 옮겼단다. 우리 둘만 말이다. 그러자 네가 '아버지?'라고 말을 걸더구나. 하지만 나는 '그래, 나 여기 있다'라고 대답을 할 수가 없었다. 대신 나도 모르게 목이 메어버렸지. 그러자 네가 다시 묻더구나. '불과 나무는 있는데 번제에 올릴 양은 어디 있죠?'라고. 하지만 내가 어떻게 대답할 수가 있었겠니. 주님께서 양은 알아서 고르실 거라고, 나는 그렇게 말하지 못했다. 오히려 속이 뒤집힐 것 같고, 얼마나 가슴이 찢어지는지 내 영혼이 온통 눈물을 토해 내는 것만 같았다. 그리고 또다시 나직하게 흐느끼고 말았어. 그러자 네가 곁눈으로 나를 쳐다보더구나. 마침내 번제를 올릴 장소에 도착해서 돌로 제단을 쌓고, 그 위에 장작을 올린 후 아이를 끈으로 묶어 그 위에 올렸다. 그리고 칼을 집어 들고 왼손으로 네 두 눈을 가렸지. 그리고 칼을 칼집에서 쑥 빼서 칼날을 네 목에 들이대는 순간, 아, 그때 나는 주님 앞에서 실족하고 말았다. 팔이 어깨에서 축 늘어지면서, 칼은 바닥으로 떨어져버렸어. 그리고 난 땅에 풀썩 주저앉아 버렸다. 머리를 땅에 처박고 입으로 흙과 풀을 물어뜯으며, 주먹과 발길질로 땅을 치며 통곡을 했단다. '오, 주님. 당신 손으로 집으소서. 오, 주님, 목을 조르는 주님이시여. 이 아이는 제게 하나밖에 없는 아들입니다. 그리고 저는 아브라함이 아닙니다. 제 영혼이 주님 앞에서 실족했나이다!' 내가 그렇게 땅을 치면서 외치는데 하늘에서 천둥이 치더니 저 멀리 사라져버렸다. 결국 아이는 내 품에 남았지만, 이젠 더 이상 주님을 모실 수 없게 된 거야. 주님을 위해 아들을 바칠 수 없었던 거야. 아, 나는 해내지 못했어, 결국 못하고 말았단다."

신음소리와 함께 지팡이를 잡은 손 위에 올려진 머리가 좌우로 거칠게 흔들린다.

그러자 요셉이 눈썹을 치켜뜨며 묻는다.

"마지막 순간에, 마지막 순간에 마음이 약해지셨다고요?"

노인이 아무 말 없이 고개를 약간 들어 올리자 요셉은 다시 말을 잇는다.

"맨 마지막에는 이런 음성이 울려 퍼졌을 텐데요 뭘. '그 아이의 몸에 손대지 말아라. 그에게 아무 짓도 하지 말아라!' 라고 말이에요. 그리고 나서 아버지는 나뭇가지에 끼어 있는 숫양을 발견하셨을 테고."

"난 전혀 몰랐다. 난 아브라함이나 마찬가지였으니까. 그때는 이 이야기가 나오기 전이니까."

"에이, 아버지도. 아버지도 방금 그러셨잖아요. '저는 아브라함이 아닙니다' 라고 외쳤다고."

요셉은 싱긋이 웃어 보인다.

"만일 아버지가 아브라함이 아니셨다면, 그건 제 아버지 야곱이셨고, 그러면 이 이야기가 옛날 이야기라는 사실도 아셨을 테니, 결말도 잘 아셨을 거예요. 그리고 아버지가 끈으로 묶고 목을 따려고 했던 그 소년도 이사악이 아니었다면, 더더욱 그렇죠."

그는 또다시 귀엽게 고개를 끄덕이며 말을 이었다.

"옛날이 아니라 그로부터 많은 세월이 지난 훗날에 산다는 게 좋은 점이 뭐겠어요. 우리 모두 그동안 일어났던 일들을 다 알고 있고, 조상들이 근거로 삼았던 이야기들도 잘 알고 있다는 것, 그게 장점이 아니겠어요? 그러니 아버지께서는 편안한 마음으로 그 음성과 숫양을 믿을 수 있었을 텐데요, 뭘."

"네 말이 재치는 있다만, 안 맞는 말이다." 노인은 아들과 다투느라 아픈 것도 잊어버렸다.

"우선 내가 야곱이고 아브라함이 아니었다손 치더라도, 일이 아브라함 때처럼 꼭 그렇게 되리라는 보장은 없다. 그리고 혹시 주님께서 원래 생각대로 하시려는 게 아닌지 확실하게 알 수가 없었다. 그리고 또 이 점도 생각해 보거라. 만약에 내가 천사를 믿고 숫양을 믿는 마음에서 주님 앞에서 강한 척했다면, 그게 무슨 의미가 있었겠느냐? 주님의 명을 따르려는 진정한 순종심에서 나온 것이어야지. 주님은 불길을 지나더라도 무사히 살아나오게 해주시고, 죽음의 빗장을 쳐부숴 부활시켜 주시는 주님이라는, 마음 깊숙한 곳으로부터 우러나온 참된 믿음으로 그런 게 아니라면, 그게 무슨 의미가 있었겠느냐? 그리고 세번째로, 그러면 과연 주님께서 날 시험하신 걸까 하는 점이다. 그건 아니다. 하나님께서는 아브라함을 시험하셨고, 아브라함은 그 시험을 통과했지. 그러나 나는 내 스스로 아브라함의 시험

171

으로 날 시험한 거란다. 그런데 나는 마음이 약해지고 말았어. 내 사랑이 믿음보다 더 강했기 때문이지. 그래서 난 그 시험을 이길 수가 없었던 거야."

그는 다시 탄식을 토해 내며, 이마를 지팡이에 갖다댄다. 자신의 이성은 이만큼 변호했으니, 이제는 감정에 자신을 맡길 차례였던 것이다.

"물론 제 말은 앞뒤가 맞지 않는 이야기였어요."

요셉은 겸손하게 시인했다.

"전 어리석은 양보다 더 어리석어요. 그리고 무척 영리한 자라 불린 노아는 이 철없는 소년에 비하면, 그 지혜가 낙타만 하죠. 제 자신을 부끄럽게 만드는 아버지의 지적에 대한 대답이 아버지 말씀보다 더 빛날 수는 없겠지만, 이 어리석은 아이가 보기에는, 만일 아버지께서 스스로를 시험하신 거라면 아버지는 아브라함도, 야곱도 아니었고, 이런 말을 한다는 것이 좀 두렵지만, 바로 주님이셨던 것 같아요. 주님께서 아브라함을 시험하셨던 것처럼 아버지를 시험하시어, 아버지로 하여금 주님의 지혜를 깨닫게 하시려한 것 같아요. 아버지에게 내리려는 시험이 어떤 건지 알게 하시려고 말이에요. 그 시험은 아브라함한테 내린 것과 마찬가지로, 애당초 시키는 대로 해주길 바라고 내린 시험이 아니라는 사실을 일러주시려 하신 거죠. 주님께서 처음에 아브라함에게 '나는 멜렉, 곧 황소 왕 바알이로다. 네 첫 소생을 가져오너라!' 하시고는 아브라함이 그것을 가지고 가려 하자, 주님께서는 그 즉시 이렇게 말씀하셨으니까요. '당장 그만 두어라! 내가 멜렉, 곧 황소 왕 바알이란 말이냐? 아니로다. 나는 아브라함의 신이요, 그 얼굴이 뙤약볕에 갈라진 대지 같지 아니하고, 오히려 달의 모습과 유사하도다. 그리고 내가 명령한 것은, 네가 실제로 그렇게 하라고 명한 것이 아니로다. 오히려 그런 일을 해서는 안 된다는 것을 네가 깨닫게 하기 위해서 그리 한 것이니라. 왜냐하면 그것은 내 눈앞에 혐오스러운 일이기 때문이로다. 여기 이 숫양을 번제에 올리거라.' 자, 보세요. 아버지께서는 주님께서 아브라함에게 금지시켰던 일을 가지고 자신이 그 일을 할 수 있는지 스스로를 시험하신 거예요. 그러고서 자신은 결코 그럴 수 없다는 것을 알고는 깊이 상심하시는 거구요."

"어쩜 그렇게 천사처럼 이야기를 하느냐."

감동한 야곱은 몸을 일으키며 머리를 내저었다.

"아주 가까이 천사가 앉아 이야기하는 것 같구나. 내 아들 여호시프, 주님께서 주신 아들! 네 엄마가 네 이야기를 함께 들을 수 있다면 얼마나 좋겠느냐! 네 엄마가 이 자리에 있었더라면, 손뼉을 쳤을 게야. 그리고 그 두 눈은, 너와 꼭 닮은 그 눈은 웃음에 푹 빠져 반짝거렸을 게 분명하다. 다만 네가 한 말은 절반만 진실이란다. 나머지 절반은 내가 한 말이 맞단다. 내가 약한 믿음을 드러냈으니까. 하지만 네 몫의 진실에 너는 아주 고상하게 재치를 향유처럼 곁들였구나. 그건 머리도 즐겁게 해주었고, 마음에도 위안을 가져다주었다. 진실의 바위에 부딪쳐 가슴에 기쁨의 파도가 출렁이게 하다니 네 말은 침으로 재치 있구나!"

향유와 포도주
그리고 무화과에 얽힌 이야기

"그건 말이에요." 요셉이 대답했다.

"원래 재치라는 게 이리저리 오가는 사절(使節)의 본성을 지니고 있어서예요. 태양신 샤마슈의 권세와 인간의 육신과 감정을 지배하는 달의 신 신(Sin)의 권세를 서로 중개하는 역할을 하는 게 바로 재치거든요. 이건 엘리에젤이 제게 가르쳐 준 거예요. 아버지의 지혜로운 종 엘리에젤은 별들의 만남과 그에 대한 학문, 그들의 모습에 따라 시간이 달라지는 것을 보여주면서 그렇게 일러주었거든요. 그는 제가 메소포타미아의 하란에서 태어난 시간이 탐무즈 달(6/7월—옮긴이)의 정오경이었고, 그때 중천에 뜬 샤마슈가 쌍둥이자리에 있었고, 동쪽에서 처녀자리가 올라오는 중이었다고 했어요."

그는 하늘을 쳐다보며 손가락으로 별자리들을 가리켰다.

그중 쌍둥이자리는 중앙에서 서쪽으로 이울었고, 처녀자리는 동쪽에서 막 올라올 준비를 하는 중이었다. 그는 다시 말을 이었다.

"그건 나부의 자리예요. 아버지도 아시겠지만, 점토서판을 기록하는 서기(書記) 토트의 자리죠. 토트는 몸이 가벼워 경쾌하게 움직일 수 있는 신이에요. 사물들이 서로 사이좋게 지내도록 좋은 말로 설득해 주고 도와주는 신이죠. 그러니까 태양도 나부자리에 서 있었어요. 나부가 제가 태어난 시간의 주인인 셈인데, 별을 보고 해석하는 사제들의 경험에 따르면, 달과도 만나기 때문에 좋대요. 왜냐하면 나부의 재치는 달과 만나 관용을 얻고, 마음이 부드러워지니까요. 그렇지만 이 중개자 나부는 재앙을 가져다주는 여우 네르갈한테서 반사되는 빛을 받아요. 그 때문에 나부가 주인일 때 태어난 자는 혹독한 시련을 겪게 되죠. 이쉬타르도 마찬가지예요. 이쉬타르의 몫은 절제와 고상함 그리고 사랑과 은혜인데, 매 시간 정상을 향해 올라가면서 신(Sin)과 나부에게 상냥한 눈길을 보내죠. 이쉬타르도 황소자리에 서 있었어요. 그건 여유를 주고 끈기 있는 용기와 경쾌한 이성을 보여준다고들 해요. 하지만 이쉬타르도 엘리에젤이 그러는데, 산양자리에 있는 네르갈의 삼분의 일 대좌 쪽에서 반사되는 빛을 받는대요. 하지만 이쉬타르의 달콤함이 이 때문에 무미건조해지지 않고, 오히려 들판의 향료처럼 독특한 맛을 갖게 된다고 엘리에젤은 더 좋아했어요. 그리고 달은 자기 자리인 게자리에 서 있었고, 다른 별들을 서로 중개해 주는 통역관들이 모두 제자리에 있거나, 아니면 그와 친한 별자리에 서 있었대요. 그런데 아주 강한 위치에 있는 달과 영리한 나부가 만나면, 세상에 큰 영향을 미치게 되죠. 제가 태어난 그때처럼 태양이 전사요 사냥꾼인 니누르투 쪽으로 삼분의 일 대좌를 만들게 되면, 이 땅 위의 나라에서 일어나는 일들에 관여하게 된다는, 그러니까 세상을 다스리게 된다는 암시죠. 이렇게 보면 제가 태어난 시간은 별로 나쁜 시간대가 아니었어요. 아이의 어리석음으로 이 모든 것을 망치지만 않는다면 말이에요."

"음." 노인은 손으로 조심스럽게 요셉의 머리카락을 쓰다듬으며, 옆으로 고개를 돌린다.

"별들을 움직이는 것은 주님의 일이란다. 하지만 그분께서 별들로 보여주시는 게 항상 똑같을 수는 없지. 만약 네가 이 세상에서 막강한 자의 아들로 태어났더라면, 네가 나라를 다스리고 지배하는 일에 참여하게 된다는 해석을 내릴 수도 있겠지. 하지만 너는 그저 목자에 불과하고 목자의 아들이 아니냐. 그러니 그 별자리에는 다른 해석을 내려야 할 게야. 규모를 조금 축소해서 말야. 그런데 아까 네가 말했던 이리저리 오가는 사절이 바로 재치라는 이야기는 어떻게 되었느냐?"

"이제 그 이야기를 할 거예요. 여기까지 이야기를 끌고 온 것도, 그 말을 하기 위해서니까요. 아버지의 축복은 사람이 태어날 때 태양이 있던 자리인데, 제 경우 태양이 정점에 올라 천칭자리에 있는 마르둑과 열한번째 자리에 있는 니누르투를 비추고 있었어요. 거기에 또 다른 빛도 있었는데, 이 아버지 같은 두 통역관, 말하자면 마르둑 왕과 무장한 니누르투가 주고받았던 빛이죠. 이건 정말이지, 대단한 축복이에요! 하지만 아버지도 아시지만, 제가 태어나던 때 어머니의 축복, 그러니까 달의 축복도 또 얼마나 강했어요! 신(Sin)과 이쉬타르의 자리가 최고의 절정에 달해 있었잖아요. 아마도 재치는 나부로부터 네르갈 쪽에 반사되는 빛 속에서 만들어지는 것 같아요. 그러니까 우세한 서기 토트와 산양자리에서 반대쪽으로 나아가는 악한 네르갈이 보내는 가혹한 빛의 한가운데가 그 자리인 거죠. 이렇게 재치가 태어나면, 아버지의 유산과 어머니의 유산 사이를 오가며 업무를 전달하고 서로 중개해 줘서, 태양의 권세와 달의 권세가 균형을 잡도록 재치 있게 낮의 축복을 밤의 축복과 화해시키는 거예요."

갑자기 말이 끊기며 그의 입가에 미소가 배어 나온다. 요셉 등 뒤로 위에 앉은 탓에, 약간 일그러진 듯한 아들의 미소를 볼 수 없는 야곱이 입을 열었다.

"엘리에젤은 경험도 많고 아는 것도 많지. 돌에 새겨진 대홍수 이전의 기록들도 읽었거든. 그래서 네게도 근원과 출처 그리고 여러 가지 상황에 대해 참되고 고귀한 지식들을 많이 가르쳐 주었다. 이 세상에서 유익하게 사용할 수 있는 것들도 여러 가지 일러주었고. 하지만 그중에는 그게 정말로 참되고 유용한 지식이라고 장담하기 어려운 것들도 있다. 엘리에젤이 네게 시날의 점성가와 마술사들의 재주들을 일러준 것이 잘 한 일인지 모르겠구나. 내 아들의 머리기 모든 지식을 받아들일 자격이 충분하다고는 생각하지만, 우리 조상들도 별자리를 읽었는지, 아니면 주님께서 아담에게 별자리를 읽으라고 지시를 하셨는지, 그건 알 수가 없기 때문이란다. 그래서 혹시 이런 것이 별들을 섬기는 건 아닐까 걱정스럽고, 의심스럽구나. 만일 그렇다면, 그건 주님께서 싫어하실 게 틀림없으니까. 그렇게 된다면 주님께서는 경건함과 우상숭배 사이에서 이중으로 고통받으시지 않겠느냐?"

그는 근심스럽다는 듯 머리를 흔든다. 어떤 것이 정말 옳은지, 자기로서도 해답을 알 수 없고 한편으로는 주님의 이 같은 불분명함이 답답하기도 했다.

"많은 것이 의심스럽죠."

요셉이 대답이라고 내놓은 말이다.

"예를 들면, 밤이 낮을 가리고 있나요? 아니면 거꾸로 낮이 밤을 가리고 있는 건가요? 이걸 정확하게 짚고 넘어가는 게 중요할 수도 있죠. 저는 들판에서나 장막 안에서 그 생각을 자주 해봤어요. 만약 이 문제에서 분명한 대답을 얻게 되면, 태양의 축복과 달의 축복이 가지고 있는 덕목과 관련하여 여러 가지 결론을 끄집어 낼 수 있을 테니까요. 아버지의 유산과 어머니의 유산이 물려준 아름다움도 마찬가지죠. 제 어머니도 밤이 있는 곳으로 내려가셨으니까요. 양 볼이 장미 잎사귀처럼 향기로웠던 제 어머니는 지금 여자들의 장막 안에서 살고 있는 제 동생을 낳고서 그곳으로 가셨죠. 그러시면서 동생 이름을 벤−온이(벤오니)라고 부르려고 하셨죠. 이집트의 온이 태양의 사랑스러운 아들, 우시르의 성지이니까요. 하지만 아버지께서는 그 사내아이를 벤−야민(베냐민)이라고 부르셨어요. 그 아이가 아버지의 정실이자 가장 사랑한 아내가 낳은 아들이라는 사실을 알리고 싶으셨으니까요. 그 이름도 아주 아름다운 이름이죠. 그래도 저는 아버지의 뜻을 가끔씩 어겨가며, 동생을 벤–온이라고 부르곤 해요. 동생도 그걸 좋아해요. 엄마가 자신을 그렇게 부르고 싶어하셨다는 걸 아니까요. 엄마는 이제 저 암흑 세상에서 우리들을 사랑해 주시죠. 어린 동생과 저를 말이에요. 그래서 어머니의 축복은 달의 축복이고 심연의 축복이에요. 아버지께서도 세상의 정원에 피어 있는 두 그루의 나무 이야기를 아시죠? 한 나무에서는 향유가 나와요. 지상에 있는 왕들이 몸에 이 향유를 바르면 그들은 영원히 살죠. 그리고 다른 나무에는 무화과가 열리죠. 초록과 붉은 빛을 띠는 이 열매 안에는 달콤한 씨앗이 가득해요. 그렇지만 누구든 그걸 먹으면 언젠가는 죽음을 맛봐야 해요. 그 넓은 무화과 잎으로 아담과 하와는 자신들의 치부를 가리기도 했어요. 왜냐고요? 인식력을 얻었기 때문이죠. 그게 언제냐면 보름달이 뜨는 하지(夏至)였어요. 절정에 오른 보름달이 서서히 줄어들어 죽어가는 때죠. 향유와 포도주는 태양의 성물(聖物)이에요. 이마에서 향유가 흘러내리고, 두 눈이 붉은 포도주에 취해 있는 사람에게도 성물이겠죠! 향유와 포도주가 선사하는 말은 밝아서 백성들에게 웃음과 위안을 줄 테고, 주님에게 바칠 번제물로 자신들의 첫 소생 대신 울타리에 끼어 있는 숫양을 준비해 줄 거예요. 그러면 백성들은 고통과 두려움에서 해방되겠죠. 하지만 날콤한 무화과 열매는 딜의 성물이에요. 그리고 그건 아마도 밤의 세상으로 떠나 그곳에서 자신의 육신으로 키우는 엄마의 자식에게도 성물일 거예요. 아이는 샘물 옆에 있는 것처럼 무럭무럭 자라날 테고, 영혼의 뿌리는 샘물을 솟게 하는 땅 밑에 있을 거예요. 그래서 그의 말은 대지의 육신처럼 생기가 넘치고 흥미로울 거예요. 그리고 그에게는 예언의 정령이 함께 할 거예요."

요셉이 평범한 말투로 이야기했을까? 아니다. 거의 소곤대는 말이다. 조금 전 아버지가 나타나기 전에 그랬듯, 어딘지 모르게 섬뜩하다. 어깨가 씰룩거리고 무릎 위의 양손이 경련을 일으켰다. 미소를 짓긴 하는데, 묘하게도 눈동자가 뒤집혀 흰자위만 드러났다. 야곱에게는 보이지 않았지만, 아이의 말에 귀를 쫑긋 세운 아버지는 이미 직감으로 알았다. 그는 아들 쪽으로 몸을 기울여 소년의 머리 위쪽과 옆으로 양손을 가져가 일정한 거리를 유지하고 있었다. 그러다 이제 왼손을 아들의 머리카락 위에 올려놓자마자 요셉의 긴장 상태가 조금 풀린다. 아버지는 다른 손을 아들의 무릎으로 가져가 아들의 오른손을 찾으며 다정하게 말했다.

"내 말 좀 들어봐라, 야슈프, 내 아들. 너한테 하고 싶은 말이 있단다. 지금 아버지는 가축 때문에 걱정이 많다. 가축떼가 늘어나야 하니까! 봄비는 아주 좋았지. 그리고 겨울이 오기 전에도 비가 왔단다. 갈라진 구름이 폭우를 쏟아붓는 일은 없어서, 밭이 물에 잠기지도 않았고, 우물 밑바닥만 채우는 아주 부드러운 가랑비였지. 들판에는 그보다 좋은 게 없단다. 그런데 겨울에는 너무 메말랐단다. 바다도 부드러운 공기를 보낼 생각을 않고, 초원과 광야에 바람만

몰아쳤지. 하늘은 맑아서 보는 사람의 눈을 기쁘게 했지만, 마음엔 근심을 낳았단다. 늦비가 더 늦어지거나, 아예 비가 안 오면 어쩌나 걱정이란다. 그렇게 되면, 농사도 힘들어지고 종자 건지는 데도 큰 피해를 입게 된단다. 그리고 풀도 제대로 못 자라 말라버리면, 가축들도 먹을 게 없어지거든. 어디 그뿐이냐. 어미들의 젖도 축 늘어지지. 그러니 바람과 날씨가 어떤지, 앞으로 날씨가 어떻게 변할지, 늦비가 그래도 오긴 오려는지, 그 이야기를 좀 해보거라."

말과 함께 아버지는 몸을 아들 쪽으로 바짝 숙인다. 얼굴을 옆으로 돌려 귀가 아들의 머리에 곧 닿을 듯하다.

"아버지께선 지금 제 말에 귀를 기울이시는군요."

아버지를 쳐다보지도 않은 요셉의 말이다.

"이 아이도 계속 귀를 기울이고 있어요. 바깥과 깊은 곳에 귀를 기울이고 있어요. 제 귀에 들리는 소식을 아버지께 알려 드릴게요. 저 나뭇가지 사이로 똑똑 물방울 듣는 소리가 들려요. 그리고 달은 쾌청하게 밝군요. 바람이 길르앗 쪽에서 불어오지만, 저 넓은 벌판 위로 졸졸거리는 물소리가 들려요. 지금 들리는 소리는 아니고 곧 다가올 시간이에요. 그리고 니산 달(3/4월—옮긴이)이 사분의 일로 줄어들기 전에, 하늘에서 내려오는 물로 임신한 땅이 부글부글 신명나게 끓어오르는 냄새가 나요. 이건 확실해요. 그러면 풀밭은 양들로 넘쳐나고, 어미 양들은 곡식과 함께 살이 통통하게 올라 있어요. 사람들은 환호성을 지르고 노래를 부르는군요. 제가 듣고 배운 바로는, 처음에 땅을 적셔 준 것은 타비 강이었대요. 바벨에서 시작된 이 강은 40년에 한번씩 땅에 물을 대주었어요. 하지만 그 다음부터 주님께서는 하늘이 땅을 적셔 주도록 정하셨어요. 거기에는 네 가지 이유가 있었죠. 그중 한 가지는 모든 사람들이 감사하는 마음으로 하늘을 우러러보게 하려는 것이었어요. 하늘에 날씨를 주관하는 곳이 있어요. 회오리바람과 폭우의 창고도 있지요. 어젯밤, 신탁의 나무 아래서 잠깐 졸다가 꿈을 꾸었는데, 그곳이 보였어요. 자기를 요피엘이라고 소개한 게르빔 천사가 친절하게 제 손을 잡고 그곳으로 안내해 주었어요. 그곳을 둘러보라고 말이에요. 가봤더니 수증기로 가득 찬 굴이 있었어요. 그 문은 불로 되어 있었어요. 그리고 조수들이 일하는 모습도 지켜봤어요. 그들이 주고받는 이런 말도 들었죠. '축제와 하늘의 구름에 관해 이런 명령이 내려왔다. 봐라, 저기 서쪽 땅이 가물어 평원과 고지의 목초지가 모두 건조하다. 아무르 족과 암몬 족 그리고 브리스 족, 미디안 족, 히위 족, 여부스 족이 사는 땅, 바로 분수령 위의 헤브론 근방에 곧 비가 내리도록 준비해야 한다. 그곳이 어디더냐? 내 아들 야곱, 이스라엘의 칭호를 받은 내 아들 야곱이 수많은 가축떼를 방목하고 있는 곳이 아니냐. 그러니 곧 비를 보낼 준비를 하라!' 이건 정말이에요. 함부로 비웃을 수 없는, 정말 생생한 꿈이었어요. 그리고 신탁 나무 아래에서 꾼 꿈이니까, 아버지께서는 물 걱정은 안하셔도 되요."

"오, 엘로힘, 주님을 찬양하나이다." 노인이 입을 열었다.

"여하튼 네 말대로 이루어질 수 있도록 엘로힘께 제사를 지내야겠구나. 번제로 쓸 가축을 골라 제사상을 준비하고 내장을 꺼내 향과 꿀을 발라 태워야겠구나. 그러지 않으면, 이 땅에 사는 도시 사람들과 농부들이 일을 망칠 수도 있으니까. 그네들은 자기들 방식대로 바알에게 영광을 돌리는 난잡한 기우제를 지낼 게 뻔하단다. 고작 한다는 게 심벌즈를 두드리고 괴성을 질러가며 짝짓기 축제나 벌이니까 말이다. 내 아들이 꿈의 축복을 받으니 참으로 좋구나. 네가 내 정실이며 가장 사랑한 아내가 낳아준 첫 소생이기 때문이지. 나도 젊었을 때는 계시를 많이 받았단다. 마지못해 길을 떠난 내가 브엘세바에서 본 것은 네가 받은 축복에 비길 만한 것이었다. 그때 나는 나도 모르는 사이에 성지에, 성스러운 곳으로 인도하는 통로에 이르렀으니까. 아비는 너를 사랑한다. 네가 물 걱정을 하는 나를 안심시켜 주었으니까. 하지만 네가 신탁의 나무 밑에서 꿈을 꾼다는 소리는 누구한테도 하지 말아라. 레아의 자식들한테도 해서는 안 된다. 그리고 몸종의 자식들에게도 입 밖에 내지 말아야 한다. 그들이 네 재주를 시샘할까 두렵구나!"

"약속드릴게요." 요셉의 대답이다.

"아버지 말씀은 제 입술 위의 빗장이죠. 제가 수다쟁이라는 건 저도 잘 알아요. 하지만 이성이 요구하면 억제할 수도 있어요. 사실 별로 이야기할 만한 가치가 없는 일일 경우에는 입을 다무는 게 더 쉬워요. 제 주인님이신 아버지께서 루즈 성지에서 겪으신 일과 비교할 때, 이런 건 아무것도 아니니까요. 그때 천사들이 땅에 있는 그 문으로 오르내렸고, 아비지 앞에 엘로힘께서 직접 모습을 드러내셨잖아요."

주고받는 노래

"아, 아버지, 존경하는 제 주인님!"

행복에 겨워 미소를 지으며 요셉은 고개를 돌려 한 팔로 아버지를 끌어안는다. 야곱도 황홀하기는 마찬가지다.

"얼마나 황홀한 일이에요, 주님께서 저희를 사랑하시고 관심을 가져주시니! 저희가 번제를 올리면 그 연기가 하늘 높이 치솟아, 그분의 콧속으로 들어가도록 허락해 주시니 얼마나 멋져요! 아벨은 누이 노에마 때문에 들판에서 카인의 손에 죽는 바람에, 실은 아이를 생산할 시간이 없었지만, 그래도 저희는 장막에 머물며 살아간 아벨의 후손이고 후대 사람인 축복받은 이사악의 자손이죠. 그래서 저희는 이성과 꿈, 이 두 가지를 다 얻게 된 거예요. 이 두 가지가 함께 하면 커다란 즐거움을 낳죠. 지혜와 언어를 가졌다는 건, 말할 줄 알고 대답할 줄 알고, 모든 것에 이름을 붙일 줄 안다는 건, 너무 근사해요. 그리고 또 주님 앞에서 바보가 되는 것도 너무 멋져요. 아무것도 모르고 하늘과 땅을 이어주는 성지에 이르니 말이에요. 그리고 잠을 자면서 꿈속에서 형상들을 보고 충고도 듣고, 앞일이 어떻게 될지 해석할 수 있다는 게 얼마나 근사해요. 가장 영리한 자 노아도 그랬죠. 주님께서 그에게 대홍수를 일러주셨기에 목숨을 구할 수 있었으니까요. 야렛의 아들 에녹도 마찬가지죠. 정결하게 살면서 생수로 몸을 씻은 그 소년을 아버지께서도 기억하시죠? 전 그 아이가 어떻게 되었는지 정확히 알아요. 그 아이에 대한 주님의 사랑에 비하면, 아벨과 이사악에 대한 사랑은 무덤덤한 사랑이죠. 에녹은 얼마나 영리하고 경건했는지 몰라요. 신비한 비밀이 적혀 있는 점토서판도 열심히 읽었죠. 그래서 그는 사람들로부터 떨어져 나왔고, 주님께서는 그를 데려가셨어요. 그후로 아무도 그를 본 사람이 없었죠. 주님은 그를 천사로 만드셨거든요. 그래서 그는 이 세상에서 가장 위대한 서기이며 영주가 되어 사람들에게 앞일을 알려 주지요."

말이 끊긴다. 마지막 말을 단숨에 뱉고 하얗게 질린 얼굴을 아버지의 가슴에 파묻은 것이다. 아버지는 아들을 따뜻하게 품어주고 은빛으로 물든 허공을 쳐다본다.

"나도 에녹의 이야기는 잘 알고 있단다. 처음 태어난 인간의 자손이었지. 그 아버지는 야렛이고 야렛의 아버지는 마할랄렐. 또 마할랄렐의 아버지는 케난이었고, 케난의 아버지는 에노스, 에노스의 아버지는 셋, 그리고 셋의 아버지는 아담이었다. 이것이 에녹의 출생이고 기원으로 거슬러 올라가는 역사란다. 하지만 에녹의 아들의 아들의 아들이 노아란다. 그는 두번째 인간의 조상이란다. 노아가 셈을 낳고 셈으로부터 피부는 검지만 사랑스러운 자들이 나오고, 그 다음인 4대째 에벨이 태어나지. 바로 그가 온 히브리 사람들과 우리 아버지의 아버지들의 조상이란다."

이는 잘 알려진 사실로 전혀 새로울 게 없었다. 어떤 부족이든 후손이 태어나면 조상들의 족보를 상세히 일러주었으므로, 이런 이야기를 모르는 아이는 없었다. 그런데도 노인이 이 자리에서 다시 한번 읊는 이유는, 그저 재미 삼아서였다. 요셉은 대화가 곧 '아름다워'지리라는 사실을 알아차렸다. '아름다운 대화'란 실생활이나 어떤 정신적인 문제에 관해서 서로 이해를 돕기 위해서 하는 대화가 아니었다. 잘 알고 있는 이야기를 다시 끄집어내어 기억을 새롭게 하고, 서로 확인하고, 또 보탤 것은 보태고 하면서 주거니 받거니 하는 노래가 아름다운 대화였다. 들판에 나가 있는 목자의 종들도 한밤이면 모닥불을 피워놓고 '너, 그 이야기 알아? 난 잘 아는데' 라고 운을 떼면서 노래를 주고받곤 했다.

이제 요셉이 몸을 바로 하고 아버지의 노래를 받는다.

"그래서 에벨이 벨렉을 낳았고, 그는 스룩을 낳았죠. 나홀의 아버지 말이에요. 나홀은 또 데라를 낳았죠, 오, 만세! 데라는 또 갈대아 우르의 아브라함을 낳았고, 이 아브라함은 자신과 이름이 같은 아들 아브라함과, 아들의 아내인, 그러니까 며느리 사라를 데리고 우르를 떠났어요. 자식을 생산하지 못한 그녀의 이름 '사라'는 달을 뜻하죠. 그리고 이때 아들 아브라함의 형제가 낳은 롯도 함께 데리고 갔어요. 그리고는 하란에 이르러 그곳에서 살다가 아버지 아브라함은 죽었어요. 그러자 그 아들 아브라함에게 주님의 명령이 내려왔어요. 가솔들을 데리고 길을 떠나라는 명령이었죠. 그래서 평원을 지나 프라테스(유프라테스—옮긴이) 강을 건너 시날 땅과 아무르 사람들 땅을 이어주는 길에 이르렀어요."

"나도 잘 알지."

이번에는 야곱이 나선다.

"그곳은 주님께서 그에게 주시려고 예비하신 땅이었단다. 아브라함은 주님의 친구였으니까. 아브라함은 신들 중에서 가장 존귀한 분을 발견한 것이란다. 그렇게 해서 다마스커스로 향했고, 그곳에서 한 몸종을 취해 엘리에젤을 얻었단다. 그리고 나서 그는 주님의 자손들인 가족들을 거느리고, 계속 앞으로 나가 그 땅에 사는 사람들이 예배드리는 성지에 이르자, 자기 식으로 제단을 다시 쌓고 둥근 돌담을 두른 후 백성들을 나무 밑에 모이게 한 다음, 축복의 때가 온다는 복음을 전한 것이란다. 그러자 그곳 사람들도 그를 따라나섰고, 이집트 출신 몸종 하갈도 그에게 왔단다. 이스마엘의 어머니 말이다. 이렇게 이들을 다 데리고 아브라함은 세겜에 이르렀단다."

"저도 아버지처럼 잘 알아요."

요셉이 말을 받는다.

"저의 선조는 골짜기에서 위로 올라가다 그 유명한 성지에 이르셨죠. 그 성지는 아주 유명한 곳이죠. 제 아버지 야곱 또한 발견한 성지이기도 하죠. 선조는 그곳에 가장 높고

귀하신 분, 곧 야웨께 번제를 올릴 제단을 쌓으셨어요. 거기가 벧-엘과 피난처 아이(Ai) 중간이었어요. 그리고 나서 남쪽인 네겝 땅으로 향하셨어요. 거기가 바로 이곳이죠. 산을 타고 내려가면 에돔에 이르는 곳 말이에요. 그래서 선조는 그 길을 죽 따라 아래로 내려가셔서 결국 오물투성이 이집트에 이르셨지요. 아메넴헤트 왕이 다스리던 나라였죠. 그곳은 모든 게 은빛, 황금빛으로 번쩍이고 먹을 것과 보물이 넘치는 무척 부유한 곳이었어요. 선조는 거기서 다시 네겝으로 발을 돌렸고, 거기서 롯과 헤어졌어요."

"왜 그랬는지도 아느냐?"

야곱이 묻는 척한다.

"그건 롯이 양과 소 그리고 장막을 많이 가지고 있었기 때문이란다. 땅이 두 사람을 다 받아들일 수 없을 만큼 말이다. 그렇지만 봐라. 두 사람이 거느린 목자들이 계속 다퉜을 때, 우리 조상이 얼마나 너그러운 태도를 보여줬는지. 서로 우물과 목초지를 차지하려고 덤벼드는 초원의 도적들과는 전혀 달랐지. 우리 조상은 형제의 아들인 롯에게 이렇게 말하셨으니까. '네 가솔들과 내 가솔이 서로 다투지 않게 하자! 땅은 넓으니 우리 둘이 헤어지도록 하자. 하나는 저쪽으로 가고 하나는 이쪽으로 가서 서로 증오하지 않도록 하자꾸나.' 그러자 롯은 요르단 강 목초지를 다 차지할 생각에 동쪽으로 갔단다."

"그랬어요."

다시 요셉 차례다.

"그리고 아브라함은 헤브론 근방에 살게 되었죠. 그리고 나무를 거룩하게 만들었어요. 저희에게 그늘과 꿈을 주는 나무 말이에요. 또한 나그네에게 쉴 곳을 주셨고, 집 없는 자를 재워 주셨죠. 목마른 자들에게 물을 주었고, 길을 잃은 자들에게는 길을 알려 주고, 도둑들이 오지 못하게 막았어요. 그러나 그 대가로 아무것도 받지 않았고, 고맙다는 인사도 받지 않았어요. 대신 자신이 섬기는 엘 엘리온께, 저희 가문의 주님, 자비로운 하나님 아버지께 예배하도록 가르쳤어요."

"옳거니."

야곱이 장단 맞춰 추임새를 넣고 노래를 받는다.

"주님께서 해가 저물 무렵 번제를 올리는 아브라함과 언약을 맺으셨거든. 아브라함은 그전에 세 살 된 암소 한 마리와 염소 한 마리, 그리고 숫양 한 마리와 호도애(새 이름―옮긴이) 한 마리와 어린 비둘기 한 마리를 준비했단다. 그리고 네 발 짐승은 절반으로 가르고 새를 양쪽에 한 마리씩 올린 다음, 그 가운데로 언약이 드러날 수 있도록 길을 터놓았지. 그리고 그 토막들을 쪼아먹으려고 내려오는 솔개들을 쫓았단다. 그때 갑자기 잠이 몰려오는 것이었어. 아브라함도 다른 사람들과 다를 바 없는 평범한 사람이었으니 공포와 어둠에 휩싸였단다. 그러자 주님께서 잠들어 있는 그에게 말을 걸어오셨어. 그리고는 저 먼 세상을 보여주시고, 그의 정신을 이어받아 주님에 대한 근심과 진리를 물려받는 후손들의 나라를 보여주셨지. 그리고 앗수르, 엘람, 하티, 이집트, 바벨을 다스리는 왕들과 영주들도 알지 못하는 위대한 일에 관해 일러주셨단다. 주님께서는 그렇게 밤새도록 번제물로 올린 고기 사이로 뚫어놓은 언약의 길에 불꽃으로 피어오르셨단다."

"아버지께서 아시는 내용은 아무도 따라갈 수가 없군요."

다시 요셉이 나선다.

"하지만 전 그 다음 일도 알고 있어요. 아브라함의 상속 자들 이야기예요. 이사악과 야곱, 제 주인님이 그들이죠. 약속과 언약은 에벨 자손들이라고 다 얻은 게 아니었어요. 암몬 족, 모압 족, 에돔 사람의 자손들에게도 주어지지 않았어요. 오로지 주님께서 선택하신 부족에게만 주셨죠. 그리고 장자에게만 주어졌어요. 육신이 태어난 순서가 아니라, 정신을 물려받은 장자 말이에요. 그래서 부드럽고 영리한 자들이 주님의 선택을 받게 되죠."

"그래, 그래! 네가 그때 일을 잘 말해 주는구나."

야곱이 말을 잇는다.

"아브라함과 롯이 헤어졌을 때도 그랬듯이 그후로도 여러 부족으로 흩어지는 일은 반복되었단다. 롯의 소생들만 해도 롯의 목초지에 남지 않았단다. 모압과 암몬이 그들이었는데, 암몬은 광야를 좋아해서 광야의 삶을 택했지. 그리고 에사오도 이사악의 목초지에 머무르지 않고, 여자들과 아들딸들과 딸린 종들을 거느리고, 재산을 모두 가지고 다른 땅으로 가서 세일 산의 에돔 사람이 되었지. 에돔 사람이 되지 않은 건 바로 이스라엘이었다. 이스라엘은 아주 특별한 백성이지. 시날 땅을 떠도는 자들은 물론 아라비아 땅의 상스러운 도적들과 다르다. 그리고 가나안 사람들과도 다르고, 농사꾼들이나 성곽도시에 사는 사람들과도 다르다. 이 백성은 노예가 아니라 자유로운 주인들이며, 들판에서 우물 귀한 줄 알고 가축을 기르며 주님을 생각하는 목자들이란다."

"그리고 주님께서도 이렇게 특별한 저희를 생각해 주시죠."

요셉이 고개를 뒤로 젖혀 양팔을 아버지 팔 쪽으로 뻗으며 외쳤다.

"아버지의 팔에 안겨 아이가 환성을 지를 수 있는 것도 그 때문이죠. 잘 알고 있는 것을 서로 주고받으며 다시 기억에 취할 수 있다니, 얼마나 황홀해요! 제가 수천 번도 더 꾸는 달콤한 꿈이 뭔지 아세요? 상속에 얽힌 꿈이에요. 주님께서 선택한 아이에게 많은 것을 주시는 꿈이랍니다. 그 아이는 무슨 일이든 시작만 하면 다 이루어져요. 만인의 귀여움을 받고, 왕들도 그를 칭송하죠. 보세요. 서기의 붓처럼 빠른 혀로 만군(萬軍)의 주님을 찬송하고 싶어요! 절 증오하는 자들이 제 발목을 붙들어 제 발 앞에 무덤을 파고 제 생명을 무덤 속으로 던져 넣었어요. 그래서 암흑의 무덤이 제 집이 되었어요. 하지만 전 어두운 무덤 속에서 주님의 이름을 불렀어요. 그러자 제 목소리를 들으시고, 절 저승에서 꺼내 주셨어요. 그리고 저를 이방인 가운데서 높이 들어 올리시어, 제가 모르는 백성들이 저를 섬기는군요. 이방인 자손들이 제게 온갖 아첨을 다 늘어놓네요. 제가 없었더라면 자기들은 다 죽었을 거라면서."

요셉의 가슴이 뛰기 시작한다. 야곱은 두 눈을 크게 뜨고 아들을 쳐다본다.

"요셉? 뭐가 보이느냐?"

아버지의 불안한 목소리가 묻는다.

"무척 인상적인 이야기다만, 말이 안 되는 소리로구나. 이방인의 나라가 너를 떠받들게 된다니, 그게 말이 되느냐?"

"이건 그냥 아름다운 이야기예요."

요셉의 대답이다.

"주인님께 거창한 이야기를 들려드리고 싶어서 그런 거예요. 달님이 은근히 부추기는 바람에 이런 이야기를 한 거랍니다."

"진정하고 정신 차리거라!"

야곱의 진지한 음성이 아들을 나무란다.

"네 말처럼, 너는 만인의 눈을 기쁘게 해줄 것이다. 그리고 나도 네게 선물을 줄 생각이다. 아마 너도 기뻐할 게다. 네가 입을 옷이란다. 네 입술에 이토록 은총을 듬뿍 내리신 주님께서 내 어린양을 영원히 거룩하게 만들어주시면 얼마나 좋겠느냐! 난 늘 그렇게 기도한단다."

두 사람이 대화를 나누는 동안, 순결한 빛에 싸여 원래 모습보다 한층 거룩해 보이는 달은 한순간도 쉬지 않고, 자신의 시간법칙에 따라 다음 장소로 걸음을 옮겼다. 그러는 가운데 한밤은 평화와 비밀과 저 멀리 있는 미래를 그물질하고 있었다.

노인은 라헬의 아들과 우물가에 잠시 더 머물렀다. 그는 이 아들을 다무, 즉 '어린아이'라고 부르기도 하고 두무지, 곧 '진짜 아들'이라고 부르기도 했다. 두무지라는 말은 시날 사람들이 탐무즈를 부를 때 쓰는 말이었다. 그리고 어떤 때는 가나안 말로 아들을 네저라고 부르기도 했다. 그건 '새싹', '꽃을 피우는 어린 가지'를 뜻하는 말이었다.

아버지는 나중에 장막으로 돌아가는 길에 아들을 붙들고 단단히 일렀다. 아버지하고 이렇게 오랫동안 함께 있으면서 다정한 대화를 나눴다는 소리는 형제들 앞에서 절대로 자랑하지 말라고. 레아의 아들들과 몸종의 아들들에게 그런 소리는 결코 해서는 안 된다고. 그러자 요셉은 그러겠노라고 약속했다. 그러나 다음 날 그는 어느새 형들 앞에서 아무 생각 없이 모조리 읊어버렸다. 어디 그뿐인가. 날씨에 관련된 꿈 이야기까지 빠짐없이 조잘댔다. 생각해 보라. 엎친 데 덮친 격으로 그 꿈이 현실로 드러나, 온 땅을 촉촉이 적시는 단비가 정말로 찾아왔을 때, 형들이 얼마나 분통 터졌을지, 요셉이 얼마나 얄미워 보였을지.

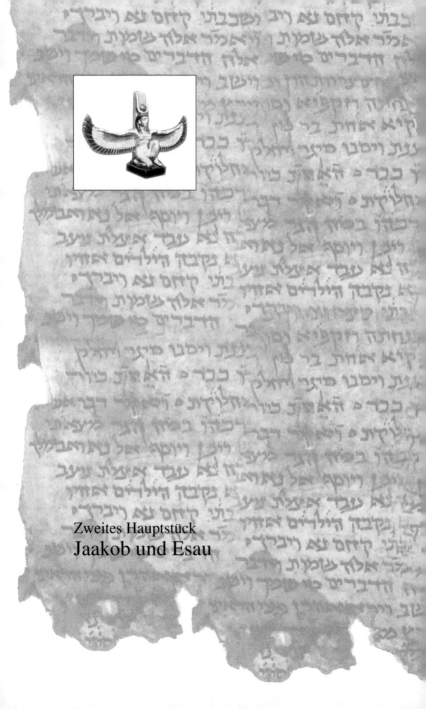

Zweites Hauptstück
Jaakob und Esau

2부

야곱과 에사오

달의 문법(文法)

　앞에서 우리는 어느 달 밝은 밤, 야곱과 그가 애지중지하는 철부지 아들이 우물가에서 나누는 '아름다운' 대화를 엿들었다. 노인은 이야기 도중에 지나가는 말로, 자신의 조상, 곧 아브라함이 가솔들을 이끌고 다마스커스에 머물 당시, 어느 몸종과의 사이에서 낳은 아들이라는 엘리에젤을 언급했다. 이때 말한 엘리에젤이 지금 야곱이 데리고 있는 엘리에젤이었을 리는 만무하다. 배운 게 많은 이 엘리에젤 역시 아브라함를 모시던 엘리에젤과 마찬가지로, 신분상 노예는 아니었으나 야곱의 집에서 일하고 있었다. 그리고 그는 야곱이 거느린 종 중에서 나이가 가장 많았다. 어쩌면 이 엘리에젤은 야곱의 배다른 형제일 수도 있다. 여하튼 이 엘리에젤에게도 다마섹과 엘리노스라는 이름을 가진 두 아들이 있다. 그는 신탁의 나무 아래에서 소년 요셉에게 유용한 지식과, 또 유용성을 초월한 다른 지식들을 전해 주기도 한다. 이제 우리가 햇살 아래 드러난 만물처럼 명백한 사실이라 말할 수 있는 것은 다음과 같은 내용이다. 야곱이 말한 엘리에젤은 다름 아닌 아브라함, 즉 우르 남자 혹은 하란 남자가 오랫동안 그 아들을 장자로 삼을 생각을 했던 그 사람이다. 그렇다면 아브라함은 그런 생각을 언제까지 했을까? 이스마엘이 태어날 때까지였다. 그러다 여자 구실을 할 수 없는 나이였던 사래가 백 살짜리 노인이라고 부를 정도로 늙은 아브라함과 동침하여 수태를 하고 이사크 또는 이사악이라는 진정한 아들을 낳게 된 것이다.

그러나 태양이 보여주는 명백함과, 아버지와 아들이 나눈 유용성을 초월한 대화에서 멋진 분위기를 연출한 달의 명백함은 서로 다르다. 만물은 벌건 대낮과 달빛 아래의 모습이 서로 다르기 때문이다. 하지만 당시 야곱이 살던 시절에는 이 달빛 아래의 명백함이 참된 명백함으로 받아들여졌을 수도 있다. 그런 의미에서는, 야곱이 아들과 대화하면서 거론한 '엘리에젤'이 자기가 데리고 있던 종 중에서 제일 나이가 많은 엘리에젤이기도 했다는 점을 인정할 수 있을 것이다. 다시 말해서 옛날 아브라함 밑에 있던 엘리에젤뿐만 아니라, 지금 자기 밑에서 일하는 엘리에젤까지 동시에 둘을 가리킨 것이다. 아니, 두 명만이 아니라 '엘리에젤'이라는 인물을 한꺼번에 다 가리킨 것이다. 무슨 말이냐고? 아주 예전부터 족장의 집에는 노예 신분에서 풀려난 엘리에젤이라는 종이 항상 한 명씩 있었고, 그의 아들들은 흔히 다마섹과 엘리노스였으니까.

야곱의 이런 생각과 기본 정서는 요셉과 다를 바 없었다

(이 점에서는 야곱이 확신할 만했다). 요셉도 옛날, 아주 먼 옛날에 살았던 종과 자신의 가정교사인 노인 엘리에젤을 벌건 대낮 햇살 아래서 만물을 구별하듯이, 그렇게 명확하게 구분할 뜻은 전혀 없었다. 또 엘리에젤 자신부터 그러지 않는데, 굳이 그래야 할 이유도 없었다. 엘리에젤은 이따금 '자신'의 이야기를 하면서 아브라함의 종이었던 엘리에젤 이야기를 하기도 했던 것이다. 요셉에게 자신이, 즉 엘리에젤이 메소포타미아에 있는 친척집에 가서 브두엘의 딸이요 라반의 누이인 리브가에게 이사악을 대신해 혼담을 넣은 이야기를 누차 들려주면서, 마치 자신이 직접 그 일을 치러낸 당사자처럼, 옛 기억을 더듬기라도 하듯, 하나부터 열까지 상세히 묘사했다. 자기가 끌고 간 열 마리의 낙타 목을 비추던 초승달의 아련한 달빛과 코걸이와 팔찌, 결혼예복과 향료의 정확한 값과 처녀 리브가에게 줄 예물이며 지참금에 이르기까지, 시시콜콜 하나도 빼지 않고 들려주는 것이다. 그뿐이아니다. 저녁나절, 나홀의 도시 앞에서 머리에 이고 있던 물항아리를 내려놓으며 목마른 자신에게 물을 마시게 했던 리브가의 사랑스럽고 매혹적인 용모와, 특히 자신을 가리켜 "주여"라고 부르던 그 감동적인 예의 바른 태도며, 어머니를 애도하기 위해 들판으로 나간 이사악을 처음 본 순간, 얼른 낙타에서 뛰어내려 얼굴을 베일로 가리던, 법도에 한치도 어긋남이 없던 고상한 몸가짐까지, 자신이 직접 겪은 일인 듯 생생하게 그려 주는 엘리에젤이었다.

요셉은 이런 이야기를 그저 기쁜 마음으로 들었을 뿐, 이건 문법 형식에 어긋나는데, 라는 식의 의심은 단 한번도 하지 않았다. 그 노인이 자신이라고 말하는 인물은 타인과 구별해 주는 철통 같은 경계선을 가진 고정 형태가 아니었다. 그 경계선에는 과거로 인도하는 뒤쪽에 구멍이 뚫려 있었다. 덕분에 요셉의 가정교사 엘리에젤은 진짜 자신과는 무관한 예전의 인물로 흘러 들어갈 수 있었다. 다시 말해서 예전의 엘리에젤이 겪은 경험담이 곧 자신의 경험과 하나가 되어, 엄격히 따지자면, 햇살 아래서는 당연히 3인칭으로 묘사해야 할 인물인 과거의 엘리에젤을 그는 간단하게 1인칭으로 언급한 것이고, 요셉 또한 이를 대수롭지 않게 듣고 넘긴 것이다.

그러나 여기서 '진짜'라는 건 무슨 의미일까? 인간이 '자신'이라 하고 '나'라고 하는 자아가 정말 그렇게 자신의 시간적, 육체적 경계선을 결코 벗어나지 않고, 그 안에 응축되어 있는 어떤 것일까? 자아의 성분에는 혹시 이전 세상과 자신의 외부에 속하는 것이 많이 있는 건 아닐까? 한 특정한 사람이 다른 어떤 사람이 아니며, 바로 그 자신일 뿐이라는 가정은, 개별적 의식과 보편적 의식의 결합과정을 모조리 무시한다는 점에서, 단순히 편리함만 따진 발상이 아닐까? 개성이라는 발상은 총체성, 전체, 만물 등의 개념과 한 쌍을 이루는 단일성이라는 개념과 같은 맥락에 있다. 우리가 이야기를 하기 위해 잠시 자리를 떠난 오늘날과는 달리 그 시절만 해도 정신 자체와 개인의 정신을 구분하는 일은 그다지 중요하지 않았다. 그래서 '개성'과 '개인'이라는 이념에 해당하는 이 시절의 표현이란 고작해야 '신앙'과 '신앙고백' 정도였다.

야곱은 과연 누구였는가?

이런 맥락을 염두에 두고, 이제 아브라함이 큰 재산을 얻게 된 이야기를 해보자. 하이집트(대략 12대 왕조였을 것이다)에 갔을 때만 해도 아브라함은 롯과 헤어질 당시처럼 그렇게 큰 부자는 아니었다. 이집트 땅에서 이처럼 많은 재산을 모을 수 있었던 것은 그가 겪은 특별한 경험 때문이다. 처음부터 그곳 사람들의 풍습이 마음에 들지 않았다. 그가 보기에는 나일 강의 지류가 그렇듯, 진흙탕 물처럼 완전히 썩어 있는 것 같았다(이 판단의 옳고 그름은 일단 접어두자). 그는 아름다운 아내 사래 때문에 걱정이 이만저만이 아니었다. 혹시라도 그곳 사람들이 방종한 육욕을 참지 못하여, 사래를 차지하려고 자기를 죽이면 어쩌나 두려웠다. 설화(구약성서 창세기—옮긴이)도 보여주듯이, 그곳에 당도하자마지 그는 수치심도 모르는 주민들의 시샘과 탐욕으로부터 자신을 지키기 위해 아내에게 아내라 하지 말고 누이라 하라고 말했다. 물론 이것이 거짓말은 아니었다. 이집트에서는 연인을 가리켜 기꺼이 누이라 불렀을 뿐만 아니라, 한편으로 사래는 아브라함이 자신의 조카로 여기고, 이따금 형제라 부르기도 했던 롯의 누이였기 때문이다. 이렇게 보면 질녀라고도 할 수 있는 사래를 넓은 의미에서 누이라 부를 수도 있었다. 물론 진짜 이유는, 자신을 지킬 생각에 그곳 사람들을 속이기 위해서였다.

그리고 실제로 그가 예상했던 일이 벌어졌다. 아니, 예상보다 더 많은 일들이 일어났다. 까무잡잡하고 매혹적인 피부를 지닌 사래의 미모가 어느새 지위고하를 막론하고 뭇 남성의 시선을 끌었던 것이다. 이 소문은 높은 권좌에 앉아 있는 통치자의 귀에까지 이르러, 결국 눈빛이 이글거리는 아름다운 아시아 여성은(그녀는 아브람, 혹은 아브라함을 비롯하여 야곱과 그의 아들 요셉과 마찬가지로 흔히 중동이라 말하는 서남아시아 사람으로 아프리카 대륙의 이집트인과는 달라 보였다—옮긴이) '오라버니'의 품을 떠나 왕궁에 들어가게 되었다. 물론 여기에 폭력 행사가 있었던 건 아니다. 보쌈을 해 간 게 아니라, 오히려 후한 값을 치르고 모셔갔다. 말하자면 파라오의 후궁들이 머무는 아방궁을 한층 아름답게 꾸며 주는 귀한 장식품으로 인정받은 셈이었다.

그녀가 이렇게 왕궁에 머물게 된 후 그럼 그녀의 '오라버니'는 어떻게 되었던가? 사람들은 그가 이 일로 상처받으리라고는 꿈에도 생각하지 않았다. 오히려 얼마나 복이 많으면 이런 영광을 입을까 부러워했다. 그럴 만도 했다. 마음 내키면 언제라도 그녀 곁에 머무를 수 있겠다, 통치자의 계속되는 선물 공세와 자비로 부자가 되겠다, 더 바랄 게 뭐 있겠는가. 여하튼 그녀의 '오라버니'는 이렇게 선물을 마다하지 않았던 탓에, 얼마 안 가 양과 소, 나귀, 남녀 노예들, 암나귀, 암낙타 등 재산이 엄청나게 불어났다.

하지만 백성들은 몰랐지만, 그사이 궁궐에서는 묘한 불상사 때문에 속을 태워야 했다. 아메넴헤트 왕(혹은 센보스레트라 불린 이 왕의 이름을 정확히 아는 자는 아무도 없다. 여하튼 이 왕은 누비엔을 정복한 인물로 상·하 이집트 두 나라를 통치하고 있었다), 즉 한창 나이에 접어든 이 신(神)은, 새로 들어온 후궁이 어떤지 보려고 그녀와 잠자리를 하려다가 그만 혼절하고 말았던 것이다. 그것도 한번이 아니라 여러 번 계속해서. 실은, 나중에 조심스럽게 밝혀진 바에 따르면, 이런 일이 왕에게만 생긴 게 아니고, 신하들도 이런 기막힌 일을 겪었다. 이집트 국가의 고위 관리와 감독관들 모두 똑같이 이런 수치스러운 일을 당한 것이다.

그 시절 생식력이 갖는 숭고한 우주론적 의미를 고려한다면, 이는 엄청난 공포를 뜻하는 재난이었다. 어딘가 석연치 않은 구석이 있고, 그게 뭔지는 모르지만, 어떤 과오로 인해 하늘이 분노를 표시하려고 일종의 마법을 행사하고 있음이 분명했다. 마침내 히브리 여자의 오라버니가 왕 앞에 불려갔다. 그리고 꼬치꼬치 캐물어 결국은 진실을 고백하게 만들었다. 이때 보여준 통치자의 태도가 얼마나 이성적이고 지혜로운지, 칭찬을 하자면 끝이 없을 것이다.

"어찌하여 그대는 내게 이런 일을 행하였는가? 어찌하여 내게 모호한 말을 들려주어, 이런 불상사를 겪게 하였는가?"

또 아브라함에게 줬던 선물을 다시 뺏지도 않았다. 오히려 다른 선물들까지 하사했다. 아내를 그의 품에 되돌려주고, 병사들까지 딸려 보내 아브라함 일행이 신들의 가호를 받으며 아무 탈 없이 국경에 이를 수 있도록 배려해 주었다. 야곱의 조상 아브라함은 이렇게 해서 사랑하는 아내를 더럽혀지지 않은 온전한 상태로 되찾게 되었다. 어디 그뿐인가? 유랑생활이 재산까지 엄청나게 불려줬으니 기쁘기 한량없었다. 사람들은 흔히, 아브라함이 애초부터 주님께서 사래의 몸을 지켜주시리라 믿었기 때문에, 그런 전제 하에서 선물을 받았고, 이런 방식으로 이집트의 탐욕에 나름대로 쐐기를 박을 수 있으리라 확신했다고들 믿고 싶어한다. 목숨에 연연한 나머지 자신의 아내라는 사실을 부인하고 아내를 희생시킨 아브라함의 행위를 어떻게든 미화시켜 그의 풍요로운 정신을 부각시키려면 더더욱 그렇게 믿고 싶지 않겠는가.

게다가 설화는 이 이야기의 진실성을 강조하기 위해, 이런 일이 한번에 그치지 않고 두번이나 있었다고 전해 준다. 물론 차이점은 있다. 두번째 경우는 무대가 이집트가 아니라, 블레셋 땅의 수도 그랄에서 맞닥뜨린 아비멜렉 왕의 궁궐이다. 갈대아 사람 아브라함은 아내 사래와 함께 헤브론에서 길을 떠나 블레셋 땅에 이르고, 거기서 아브라함의 청을 받은 사래는 자신을 그의 누이라 하고, 그 다음 일들도 위와 마찬가지 경로를 거쳐 행복한 결말을 맞는다. 어떤 일이 실제로 있었음을 강조하기 위해 보고를 반복하는 것은 드문 일이긴 하나, 그렇게 유별난 것은 아니다. 오히려 이보다 더 기이한 것은, 이 설화(자신의 체험을 직접 들려준 조상의 이야기가 후손들에게 대물려진 이 설화는 훗날 문서로 자리잡게 된다)가, 똑같은 일이 세번이나 반복되어 이사악도 이런 경험을 한 것으로 전해 준다는 점이다. 결국 이 설화에 등장하는 이사악은 자신도 이 일을 겪은 사람으로 기억하고 있다.

이사악 역시 (쌍둥이 아들이 태어나고 얼마 지나지 않아) 기근으로 인해, 아름답고 총명한 아내를 데리고 블레셋 땅의 그랄 궁전에 이른다. 그 또한 아브라함과 마찬가지 이유로 리브가를 아내라 하지 않고, 자신의 '누이'로 소개한다. 물론 이 말도 전혀 틀린 건 아니다. 그녀는 사촌 브두엘의 딸이었으니까. 그 다음 이야기는 조금 변형되어, 아비멜렉이 '창문을 통해', 다시 말해서 몰래 염탐하는 자가 되어 이사악과 리브가가 '농지거리'를 하는 장면을 엿보게 된다. 자신이 뜨거운 연정을 품고 갈망해온 대상이, 배필이 없는 여자라고 철석같이 믿고 있었던 그녀가, 알고 보니 임자 있는 몸이니 얼마나 놀라고 실망했을까? 아비멜렉의 당시 심정은 사실대로 실토한 이사악을 비난한 말에 낱낱이 드러나 있다.

"어쩌다가 우리에게 이런 일을 했느냐? 하마터면 내 백성 가운데 누가 네 아내를 범할 뻔했다. 너 때문에 우리가 죄를 뒤집어쓸 뻔하지 않았느냐?"

여기서 '내 백성 가운데 누가'가 다름 아닌 아비멜렉 왕자신이었음은 두말할 필요도 없다. 그러나 이사악과 리브

가 부부도 역시 호색가이긴 하나, 나름대로 경건했던 아비
멜렉 왕의 특별하고 개인적인 비호를 받게 된다. 그래서 아
브라함이 블레셋 땅, 혹은 이집트에서 그랬던 것처럼, 이사
악 역시 큰 재물을 얻고 많은 가축과 종복들까지 거느리게
되었지만, 블레셋 사람들에게 무거운 짐이 될 지경에 이르
자 그곳을 떠날 것을 종용받는다.

　만일 아브라함의 모험 또한 그 무대가 그랄이었다고 가정
한다면, 사래를 범하려다 미수에 그친 왕이 방금 전에 소개
한 이사악이 대면한 아비멜렉 왕이었을 가능성은 극히 희박
하다. 그 이유는 두 사람의 성격이 많이 다르기 때문이다.
사래를 사랑한 왕은 그녀를 곧장 자신의 왕궁으로 데려갔지
만, 아비멜렉 왕은 부끄러움도 아는, 조금은 수줍은 성격이
다. 그러므로 이 두 인물이 동일인이라는 가정이 성립되려
면 전제조건이 있어야 한다. 리브가를 대하는 왕의 태도가
그처럼 조심스러웠던 것은 사래를 마주했던 당시에 비해,
나이가 많이 들어서이며, 또 사래의 경우를 통해 충분히 경
고를 받은 상태에 연원한다는 조건이 바로 그것이다.

　그러나 아비멜렉이라는 인물이 중요한 게 아니다. 우리
의 관심은 이사악이다. 다시 말해서 앞에서 말한 여자들 이
야기와 관련된 부분인데, 따지고 보면 이 또한 간접적인 관
심일 뿐, 우리가 정말 알고 싶은 것은, **야곱**은 과연 누구인
가 하는 문제이다. 요셉 또는 야수프, 혹은 여호시프라 부
르던 어린 아들과 달빛 아래에서 정담을 나누던 그 야곱은
대체 누굴까?

　가능성들을 꼽아보자! 그랄에 있던 이사악이 자신의 아

버지가 그곳에서, 혹은 이집트에서 겪었던 것과 똑같은 일을 약간 다른 방식으로 겪었다고 한다면, 이는 모방 혹은 본받기라 부를 수 있다. 이러한 현상은 선조가 터를 닦은 신화의 틀에 자신의 육신을 채워 넣어 현재로 만드는 일을 각자의 존재 의무로 보는 인생관에서 비롯된다.

또는 리브가의 배우자가 이 일을 '몸소' 체험한 게 아니라, 즉 좁은 경계선 안에 갇혀 있는 자신의 육신으로 겪은 것이 아니고, 그것을 자신의 인생사에 속한 일로 받아들여 후손에게 그렇게 전해 주었을 가능성도 있다. 그 이유는 이 사악이 자아와 비자아를 정확하게 구분하는데 익숙하지 않기 때문이다. 우리는 그와는 달리 자아와 비자아를 정확히 구분하는 데(우리들이 대체 무슨 배짱으로 그렇게 큰소리 치는지 미심쩍다는 점에 대해서는 앞에서도 암시한 바 있다) 익숙하다. 혹은 최소한 이 이야기 속으로 들어오기 전까지는 그랬다. 다시 한번 말해 보자. 이사악이 바라보는 일개인의 삶은 인류의 삶과 겉으로만 다를 뿐이다. 그리고 태어남과 죽음은 존재의 진동을 의미하며, 그 폭 또한 그다지 크지 않다.

요셉에게 예전의 엘리에젤이 겪은 모험담을 3인칭이 아닌 1인칭으로 들려준 가정 교사 엘리에젤도 마찬가지다. 그에게도 타인과 자신을 구분하는 자아 정체성의 경계선은 닫혀 있지 않고 뒷문이 열려 있다. 이 문을 통과하여 모방 혹은 본받기의 대상과 하나로 어우러지는 가운데 자의식이 형성되는 것이다.

자기가 누구인지 정확하게 일지 못하는 사람들의 이야기를 한다는 게 참으로 어렵다는 점은 부인하지 않겠다. 그러나 앞으로 이야기를 하다보면 어쩔 수 없이 자의식이 이쪽 저쪽으로 넘나드는 경우를 자주 접하게 될 것이다. 이사악이 아브라함의 이집트 모험을 되풀이하고, 자신을 우르 남자가 제물로 바치려고 했던 그 이사악으로 혼동했다는 사실을 두고 자기기만이 아니라고 단정할 수 있는 근거는 없다. 속죄양에 관련된 시험이 하나의 도식으로서 반복된 것이라면 혹시 모를까.

갈대아에서 이주한 남자가 이사악의 아버지라고 하자. 이사악을 속죄양으로 바치려 했던 바로 그 인물 말이다. 그러나 이 이사악이 우리가 방금 보았던 우물가에서 아들과 대화를 나눈 요셉의 아버지인 야곱의 아버지였을 가능성은 전혀 없다. 오히려 앞에서 말한 이사악이 아브라함의 유목 생활을 모방했거나, 또는 부분적으로 자신의 삶에 끌어들여, 하마터면 속죄양으로 죽을 뻔했던 이사악과 자신을 혼동했을 가능성이 높다. 실제로 이 이사악은 훨씬 훗날에 태어난 사람으로, 우르-아브람(혹은 아브라함—옮긴이)과 세대 차가 크다.

설화가 제공하는 요셉의 조상들 이야기는 실제로 일어난 사건들을 신앙심에 근거하여 간략하게 추린 것이다. 이 점에는 의심의 여지가 없다. 여기엔 증거가 필요한 게 아니고 설명이 필요할 뿐이다. 자 한번 설명해 보자. 우리가 보았던 야곱과 우르-아브라함의 거리는 족히 수백 년에 이른다. 그렇다면 이 시기 동안 아브라함의 후손들이 계속 등장했어야 한다. 우선 우르-아브라함의 몸에서 난 아들이자 집안의 집사였던 엘리에젤은 젊은 주인을 위해 리브가에게 혼담을 넣었던 그날 이래, 번번이 육신의 옷을 갈아입고 유프라테스 강을 건너 또 다른 리브가에게 중매쟁이 노릇을 했고, 지금은 또다시 요셉의 가정교사로 태어나 이 세상의 빛을 즐기고 있다.

마찬가지로 밤 속으로 가라앉았다가 또다시 빛을 본 아브라함과 이사악과 야곱도 여럿 있었지만, 이들 중에서 시간과 육신의 조건을 엄격하게 구분한 자는 단 한 명도 없다. 만물을 명쾌하게 보여주는 태양 아래서 자신의 현존재를 과거의 존재와 정확히 구별하여, 자신의 '개성'과 이전에 살았던 아브라함과 이사악 그리고 야곱의 개성 사이에 분명한 경계선을 긋는 일 따위는 하지 않았다는 뜻이다.

이 이름들은 대물림된 것들이다. 물론 여기에는 이 이름들이 번번히 등장하는 공동체에 '대물림'이라는 표현이 적당하다는, 혹은 그럭저럭 맞아떨어진다는 전제가 필요하다. 그건 이 공동체가 어느 한 씨족으로 이루어진 것이 아니기 때문이다. 이 공동체는 자신의 신앙을 전파하여 동조하는 다른 씨족들을 끌어들이는 과정을 통해 성장을 거듭했다. 따라서 아브라함, 즉 우르-남자를 정신적인 족장으로 이해해야 한다. 요셉이 실제로 그의 핏줄인지, 또는 그들이 생각했던 것처럼 요셉의 아버지가 족장, 곧 우르-남자의 직계 후손인지는 그다지 중요하지 않다. 요셉과 야곱 스스로도 이런 문제를 중요하게 생각하지 않았다. 이들의 의식과 보편적 의식 사이의 흐릿한 잔영이 그들로 하여금 경건한 마음으로 꿈을 꾸는 것처럼 만들었던 것이다. 그래서 이들은 온전한 사실을 뜻하는 낱말을 절반의 사실을 뜻하

는 낱말과 같은 단어로 받아들이는가 하면, 갈대아 사람 아
브라함을 자신들의 조부와 증조부로 부르기도 했다. 아브
라함이 하란 출신인 롯을 자기 '형제' 라 부르고 사래를 '누
이' 라 하는 것도 이런 연유이다. 물론 이런 표기는 한편으
로는 옳은 말이기도 했다.

   그러나 꿈이라도 엘 엘리온을 믿는 그들이 다른 피와 섞
이지 않은 순수혈통이라고, 즉 간단히 셈족이라고 주장할
수는 없었다. 바빌론과 수메르의 피가 아랍의 사막인과 그
랄과 무치리 땅과 이집트를 거치며 다른 피와 섞였으니까.
족장 아브라함과 잠자리를 같이 하는 영광을 누렸던 여자
노예 하갈이 그랬고, 그녀의 아들도 이집트 여자와 결혼하
지 않았던가. 그리고 또 리브가는 아들 에사오가 헷 족 여
자들과 어울리는 것을 보고 얼마나 못마땅해 했던가. 에사
오가 취한 여자들이 셈족의 후손이 아니라, 언젠가 소아시
아 우랄알타이 근방에서 시리아 쪽으로 흘러 들어온 부족
의 딸들이었다는 사실은, 부연 설명할 필요도 없이 널리 알
려져 있다.

   이전에는 부족 구성원 중에서 쫓겨나는 자도 있었다. 우
르-아브라함이 나중에 낳은 아들들이 여기 속한다. 그는 사
래가 세상을 뜬 후에 특별하게 여자를 고르지 않고 그냥 가
나안 여자 크투라와 동침하여 아이들을 낳기도 했다. 자신
의 아들 이사악이 가나안 여자와 결혼하는 것은 원치 않았
지만 말이다. 여하튼 크투라의 아들 중 하나인 미디안의 후
손은 에사오의 영역인 에돔, 즉 세일 땅의 남쪽인 아라비아
사막 근방에 머무르게 된다. 이는 이스마엘의 자손들이 이

집트 앞에 남았던 것과 같은 이유에서이다. 아브라함의 유일한 상속자는 진정한 아들 이사악이었으므로, 다른 축첩 소생들은 선물보따리만 안은 채 동쪽 땅으로 가야 했던 것이다. 동쪽으로 온 이들은 엘 엘리온을 숭배하는 일은 까맣게 잊어버리고, 자신들의 신을 섬겼다.

그러나 유일신을 받드는 거룩한 사상은 이처럼 이사악과 같은 진정한 상속자에게 대물림되어, 여러 핏줄을 하나의 정신적인 부족으로 결합시켜 주는 끈이 된다. 그렇게 하여 다른 히브리인들, 즉 모압과 암몬, 그리고 에돔의 아들들 사이에서 이 정신적인 부족은 특별한 의미를 얻게 된다. 그러다 이 부족은 지금 우리가 마주하고 있는 시점에 이르러, 히브리인이라는 이름 외에 이스라엘이라는 이름과 결합되어 후세까지 이어진다.

야곱이 얻었던 이 '이스라엘'이라는 이름 혹은 칭호는 그와 싸운 씨름 상대가 고안한 이름은 아니다. '신을 위해 싸우는 전사'라는 이 이름은, 사막에서 오랫동안 싸움과 도적질을 일삼던 어느 부족의 이름이었다. 이들 중 일부 집단이 소규모의 가축떼를 이끌고 결실의 땅에 있던 촌락 사이 초원을 떠돌며 유목생활을 하다가 아브라함의 신앙공동체 일원으로 유입된다. 바로 이 사막부족이 섬긴 신의 이름이 야후(Jahu)였다.

야후는 분노를 참지 못하는 전사(戰士)인 동시에 날씨를 주관하는 신이었다. 성깔이 사납고, 섬기기가 쉽지 않은 이 요괴(妖怪)는 거룩한 특성보다는 악령의 특성이 너 많아서, 술수에 능하고 독재자 같으며, 언제, 어떤 태도로 돌변할지, 예측할 수가 없었다. 그래서 그를 섬기는 갈색 피부의 백성들은 그를 숭배하는 것을 자랑스러워하면서도, 한편으로는 항상 불안과 두려움 속에서 살아야 했다. 그 때문에 이들은 마법이나 또는 피의 의식을 통해 이 악령의 충동적인 본성을 길들여 유용한 방향으로 유도하려 했다. 야후는 특별한 계기 없이, 공연히 한밤중에 나타나, 이성적으로 생각하자면, 호의를 보여줘야 마땅한 남자를 덮쳐 목을 조르기도 했다.

그러나 이 경우, 이러한 광포한 의도로부터 야후를 멀리 떼놓을 수 있는 방법이 아예 없지는 않았다. 야후의 느닷없는 공격을 받은 남자의 아내가 서둘러 아들에게 석도(石刀)로 할례를 해주는 것이다. 그런 행동으로 이 못된 심술쟁이 신의 수치심을 건드리면서 신화 속의 주문을 외워야 했다. 이 주문을 우리말로 옮기는 것은 여간 어려운 일이 아니어서, 지금까지도 숙제로 남아 있지만, 여하튼 이 주문을 들으면 신은 목을 조르다가도 마음이 풀려 그 자리를 떠났다. 이것은 야후의 성격을 보여주는 한 가지 예일 뿐이다.

그렇지만 이렇게 문명사회에 전혀 알려져 있지 않던, 이 알다가도 모를 성격을 지닌 신은 신학적으로 급진적인 발전을 하면서 앞길이 창창해진다. 이 신을 숭배하던 사람들 중 일부가 떨어져 나가 아브라함의 신관(神觀)에 흡수된 덕분이다. 이 유목부족이 자신들의 살과 피로써 우르-남자를 시조(始祖)로 하는 갈대아의 신앙설화를 이어가는 사이, 이들의 신 야후가 지녔던 거친 사막의 특성은 아브라함의 정신을 물려받은 부족의 인간 정신을 거치는 동안 많은 부분

다듬어지면서 자기실현을 꿈꾸는 신의 본성에 가까워진다. 한편 이 신의 형상을 결정하는 데 나름대로 색깔을 제공한 소재들이 있었는데, 바로 동방의 우시르인 탐무즈, 그리고 멜기세덱과 그의 시겜 사람들이 섬기던 찢겨진 아들이자 양치기인 아도나이('오, 아돈!'이라는 뜻—옮긴이)다.

이렇게 하여 예전에는 전쟁에서의 포효를 뜻했던 이름이, 이제는 아름답고 매혹적인 입술에서 한 구절의 서정시처럼 흘러나오는 소리를 우리도 앞에서 엿들을 수 있지 않았던가? 이 이름은 갈색 피부를 지닌 그 아들들이 사막에서 가져온 형태에서도 그랬고, 가나안의 독특한 풍습과 만나 축소되기도 하고 약간 변형될 때에도 그랬는데, 하나같이 감히 이름으로 부를 수 없는 것을 표현하고자 하는 시도를 보여준다.

우선 오래 전부터 이 근방에는 '베-티-야', 즉 '야(Ja)의 집'이라는 지역이 있었다. 이 이름이 '벧-엘', '하나님의 집'과 뭐가 다른가. 또 입법가의 통치가 시작되기 전에 이미, 시날로 이주해온 아모리 족에게는 '야-웨'라는 이름을 분명히 보여주는 다른 고유명사들이 있었다. 그랬다. 우르-아브라함 역시 성스러운 일곱 우물가의 성수를 '야웨 엘 올람', 즉 '야웨는 모든 시간을 주재하시는 신이다'라고 불렀다. 그러나 베두인 족의 전사 야후가 얻게 된 또 다른 이름은, 보다 순결하고 숭고한 히브리 족을 구별해 주는 특성이 되어, 아브라함의 정신적 후손임을 표기하는 이름으로 자리잡게 된다. 그 이름이 바로 야곱이 이느 깊은 밤, 얍복 여울에서 씨름을 하다가 얻은 이름이다.

엘리바즈

시므온과 레위처럼 힘센 레아의 아들들이 다른 사람도 아닌 아버지가 이렇게 도적에게나 어울릴 듯한 용맹스러운 이름을 하늘에서 빼앗았다는 사실에 남몰래 코웃음을 쳤던 것도 그리 이상할 게 없다. 아버지는 우르-아브라함처럼 용감무쌍한 행동을 할 수 있는 위인이 아니었으니까. 아브라함으로 말할 것 같으면 동방의 용병, 그러니까 엘람과 시날, 라르사 그리고 티그리스 저쪽에서 온 군사들이 공물을 바치지 않는다고 요르단 땅으로 쳐들어 와, 여러 도시를 약탈하고 소돔의 롯까지 포로로 잡아갔을 때, 한순간도 지체하지 않고 추적에 나섰다. 집안에 있던 종복들과 엘-베리트, 가장 높으신 주인님을 함께 섬기는 주변 사람들 몇 백 명 이끌고 헤브론을 출발하여, 퇴각 중이던 엘람 족과 고임 족을 뒤쫓아 후방부대를 완전히 혼란 속에 빠뜨려 수많은 포로들을 풀어주고 롯까지 되찾은 후, 재물까지 빼앗아 의

기양양하게 고향으로 돌아온 아브라함이었다.

하지만 이런 건 야곱이 할 수 있는 일이 아니었다. 사람들이 자주 입에 올리던 아브라함의 무용담을 요셉이 꺼낸 적이 있었다. '난 도저히 그런 일을 할 수 없었을 것이다.' 그 이야기를 들으면서 야곱은 속으로 그런 생각을 했다. 그랬다. 아무리 하고 싶어도 그로서는 '도저히 할 수 없었을 것'이다. 앞서 아들을 제물로 바치라는 주님의 요구도 도저히 따를 수 없었다고 밝힌 것처럼, 야곱은 이 점에서도 솔직하게 시인했다.

야곱의 아들 시므온이나 레위라면 충분히 이런 일을 할 수 있었을 것이다. 그러나 아버지와는 달리 싸우는 일이라면 겁날 게 없는 이들이 괴성으로 상대방의 기선을 꺾고 달을 숭배하는 사람들이 사는 곳을 피바다로 만들어버렸더라면, 야곱은 베일로 얼굴을 가리고 이렇게 말했을 게 분명하다.

"내 영혼은 저들의 꿍꿍이속과 상관없다!"

그러기에는 야곱의 영혼이 너무도 유약하고 겁이 많았기 때문이다. 그의 영혼은 폭력을 사용하는 것을 혐오했다. 그는 폭력당하게 될까 겁이 나서 벌벌 떠는 영혼이었던 것이다. 게다가 그 영혼은 남자로서의 용기가 땅에 떨어졌던 수치스러운 기억들로 괴로워해야 했다. 물론 이런 일로 그의 영혼의 고결한 품격과 위엄이 손상되지는 않았다. 오히려 이렇게 신체적인 굴욕의 순간이 닥칠 때면, 항상 정신의 손길이 크나큰 위인과 계시의 은총을 내려 힌층 성숙히게 헤주었고, 그러면 용기를 얻어 수치심으로 떨구었던 머리를 다시 꼿꼿이 쳐들 수 있었다. 그럴 자격은 충분했다. 아직 굴욕당하지 않은 저 가슴 밑바닥에서 이런 은혜를 끌어올린 건 바로 자신이었으니까.

에사오의 장대한 아들 엘리바즈와의 만남은 또 어떠했던가? 엘리바즈는 에사오가 이미 오래 전에 브엘세바로 데리고 왔던 가나안의 헷 족, 그러니까 바알을 섬기던 여인들 중에서 얻은 자식이었다. 브두엘의 딸 리브가는 이 가나안 여자들을 보고 '헷 여자들이 보기 싫어 죽겠습니다'라고 말하기도 했다. 야곱조차도 엘리바즈의 어머니가 어떤 여자였는지 확실하게 몰랐다. 아마도 엘론의 딸 아다였을 가능성이 높았다. 여하튼 이사악의 열한 살짜리 손자는 성장이 빨라서 그 나이에 벌써 장성한 청년이었다. 머리는 단순했지만 용감하기 이를 데 없고, 솔직했을 뿐 아니라 너그럽고 몸과 마음이 우직한 그는, 불이익을 겪은 아버지에 대한 사랑이 지극했다.

엘리바즈는 여러 면으로 난처한 처지에 있었다. 복잡하게 얽힌 가족관계도 그랬지만, 신앙문제가 특히 골칫거리였다. 할아버지, 할머니가 섬기는 엘 엘리온, 어머니의 부족이 받드는 바알림, 에사오와 이미 오래 전부터 교류가 있던 곳으로, 나중에는 완전히 이주하게 되는 남쪽 산악지대 세일 사람, 곧 에돔 사람들이 숭배하는, 활의 명수이자 포악한 쿠차흐 신, 이렇게 여러 신을 함께 섬겨야 했으니, 여간 골치 아픈 게 아니었다. 여하튼 리브가의 농간으로 시작되어 눈이 아픈 할아버지의 침침한 장막에서 벌어졌던 일, 바로 야곱을 멀리 낯선 땅으로 도망가게 만든 그 사건은,

이 거친 청년에게 엄청난 고통과 분노를 불러일으켰다.

엘리바즈는 속임수로 축복을 받은 젊은 숙부 야곱에게 증오의 화살을 날려, 자신의 목숨까지 위태로운 지경에 놓인다. 이 증오는 그 나이 또래의 아이들이 가질 수 있는 증오의 수준을 넘었던 것 같다. 집에서는 사방을 감시하는 리브가 때문에 축복을 훔친 자에게 아무 짓도 할 수 없었다. 그러나 야곱이 집에서 도망친 것을 알자 엘리바즈는 아버지 에사오에게 달려가, 당장 그 배신자를 뒤쫓아가서 때려죽이라고 매달렸다.

그러나 사막으로 쫓겨나는 저주를 받은 에사오는 풀이 죽어, 아랫세상에 묶이게 될 자신의 운명을 한탄하며 쓴 눈물을 삼키느라 아들의 요구를 들어줄 만한 여유가 없었다. 에사오가 눈물을 흘린 건 그것을 자신의 역할로 여겼기 때문이다. 에사오는 한마디로 다른 세상사람이 그러하듯 기존의 사고를 벗어나지 못한 셈이었다. 그에게는 거의 타고난 것이나 진배없는 이러한 사고의 특징은, 우주 순환 법칙의 수용이었다.

이 순환법칙을 기준으로 한다면, 아버지의 축복을 받은 야곱은 꽉 차 오른 '아름다운' 보름달의 남자가 되었고, 에사오는 어두운 달, 그러니까 달이 지고 나서 하늘에 등장하는 태양의 남자가 되어 결국 태양신이 다스리는 아랫세상의 사람이 된 것이었다. 이처럼 아랫세상에 있게 된 사람은, 아무리 재물이 많아도 울기 마련이었다. 그가 훗날 완전히 남쪽 산악지대로 이주하여 그쪽 신들을 섬기게 된 것도 그것을 자신의 운명으로 여겼기 때문이다. 남쪽이 어디인가. 태양의 광채가 사고를 지배하는(예를 들자면 북쪽과 달리 달이 아니라 태양신을 섬긴다는 뜻―옮긴이) 아랫세상이 아니던가. 그리고 이사악의 배다른 형제 이스마엘이 유랑해야 했던 사막도 마찬가지로 남쪽에 있었다.

그러나 에사오는 이곳 남쪽 사람들과 이미 오래 전부터 교류가 있었다. 저주를 받기 훨씬 전에, 브엘세바에 있을 때부터 세일 사람들과 접촉해왔다. 그러므로 아버지가 야곱에게 내린 축복과 에사오 그에게 내린 저주라는 것도 기존 사실을 재확인한 것에 지나지 않는다. 에사오가 이 땅에서 맡는 역할은 이미 오래 전에 정해져 있었고, 에사오 또한 자신의 배역이 무엇인지 분명히 의식하고 있었다.

에사오는 사냥꾼이었다. 앞이 확 트인 들판을 가로지르며 여기저기 떠돌아다녔던 그는, 항상 장막 안에 거하며 달을 섬기는 목자 야곱과는 애초부터 성격이 달랐다. 그가 사냥꾼이 될 수밖에 없었던 것은 타고난 본성 탓이며, 신체적으로도 건장한 남자였기 때문이다. 하지만 그렇다고 해서, 단순히 직업이 사냥꾼이었기 때문에 자신의 역할을 햇살에 그을린 아랫세상의 아들로 받아들였으리라고 짐작하는 것은 옳지 않다. 그렇게 되면 신화를 배우며 나름대로 교양을 쌓으면서 신화의 틀에 맞춰나간 그의 정신적인 성장 과정을 부당하게 취급하는 셈이 된다.

오히려 상황은 그 반대다. 에사오가 사냥꾼이라는 직업을 택한 이유는 자신이 받은 신화 교육 때문이다. 다시 말해서, 신화의 도식을 따르려는 순종심에서 비롯되었다는 뜻이다. 에사오는 무척 거친 사람이었지만, 동생 야곱과 자신의 관계를 예정된 것으로 받아들였다. 이 경우 두 형제의 관계는 이 땅에 처음 등장한 것이 아니라, 이미 있었던 현상의 반복과 재현이다. 시간의 구속을 받지 않고 현실로 다시 나타난 이 현상은 바로 카인과 아벨의 관계였다.

그렇다면 에사오는 카인이었다. 형이라는 점부터 그랬다. 물론 형이라는 것은 새로운 세상 법을 기준으로 할 때, 장자이므로 영예로운 신분이었다. 그러나 에사오는 어머니 뱃속에 있을 때부터 알고 있었다. 사람들이 어린 동생에게 더 많은 정성과 사랑을 쏟는다는 사실을. 불콩죽 한 그릇에 에사오가 자신의 장자 신분을 동생 야곱에게 팔았다는 이야기를 상기해 보자. 이것이 실제 있었던 일이며(여하튼 야곱도 그렇게 믿고 있다), 축복에 얽힌 사기극을 합법화하기 위해 나중에 보탠 이야기가 아니라고 가정한다면, 언뜻 보기에 경솔하기 짝이 없는 에사오의 행동도 설득력을 갖게 된다. 그는 동생에게 장자의 신분을 이렇게 싸구려로 팔아 넘겨서라도 동생에게 쏟아지는 호감을 자기 쪽으로 끌어들이고 싶었던 것이다.

다시 앞의 이야기로 돌아가 보자. 붉은 피부에 털이 많은 에사오는 동생을 추적하여 복수하라는 아들의 눈물 어린 애원을 단호하게 거절했다. 어차피 부모들까지 처음부터 자신과 동생의 관계를 카인과 아벨의 비유로 생각하고 있는 마당에, 동생 아벨을(이 경우 야곱을—옮긴이) 정말로 때려죽여서 이 비유를 절정으로 몰고 갈 생각은 추호도 없었던 것이다. 그러나 엘리파즈가 아버지가 안 나서면 자기라도 축복받은 자를 뒤쫓아가 죽여버리겠다고 하자, 아니, 홍분하여 제발 그렇게 하도록 허락해 달라고 졸라대자, 아무리 생각해 봐도 그것까지 막아야 할 이유는 떠오르지 않았다. 눈물을 흘리며 고개를 끄덕여 준 것도 그래서였다.

조카가 숙부를 때려죽이는 일은 이미 정해진 도식을 통쾌하게 부수는 것으로 새로운 이야기의 초석을 놓는 셈이었다. 이렇게 되면 이 일은 훗날 엘리바즈 소년의 비유로 자리잡게 되고, 자신은 최소한 카인의 역할에서 벗어나리라 생각했다.

엘리바즈는 야곱이 리브가의 배려로 두 명의 노예와 함께 낙타를 타고 먹을 양식과 물물교환에 쓸 수 있는 귀한 물건들을 잔뜩 싣고 길을 떠나자, 즉시 아버지가 에돔 땅으로 나들이를 갈 때마다 데리고 다니던 남자들 대여섯 명을 모아, 집에 있는 장창으로 무장시켰다. 울긋불긋한 털다발 위에 예리한 촉을 박은 창이었다. 그리고 이사악의 마구간에서 낙타들을 끌고 나와 사람들과 함께 추격에 나섰다.

조카가 자신을 쫓아오는 이유를 알고 겁에 질렸던 야곱은 두고두고 그 순간의 공포를 잊지 못했다. 먼발치에서 낙타를 타고 오는 자들을 발견한 야곱은, 처음에는 자신이 집을 떠난 것을 뒤늦게 안 이사악이 자신을 데려오라고 사람을 보낸 줄 알고 오히려 우쭐했다. 그러나 에사오의 아들 엘리바즈를 본 순간 상황의 심각성을 깨닫고 혼비백산했다. 그때부터 필사적인 도주가 시작되었다. 그러나 기다란 목을 쭉 내밀고 헐떡이는 낙타를 아무리 재촉하면 뭣하겠는가. 그를 뒤쫓는 엘리바즈와 그 일행은 야곱처럼 그렇게 짐이 많지 않았다. 둘 사이의 간격은 시시각각 좁아졌다.

야곱은 목숨이 위태로웠다. 머리 위로 첫번째 창이 스쳐 지나가자, 그는 항복의 표시로 손을 흔들었다. 그리고 낙타에서 내려, 양손을 높이 쳐들고 추격자를 기다렸다.

그 다음에 벌어진 일은, 야곱이 이 세상에 태어나 겪은 일 중에 가장 애처롭고 비참한 일이었다. 다른 사람이 그런 일을 겪었다면, 아마 자신감 따위는 영원히 파묻어 버렸으리라. 야곱은 무슨 일이 있어도 살고 싶었다. 단순히 겁이 많아서가 아니었다. 자신은 보통 사람이 아니라, 축복받은 자로서 아브라함으로부터 대물림된 언약을 지켜야 할 당사자이었기에 죽어서는 안 될 몸이었다. 생명만 건질 수 있다면 분노로 이글거리는 자신의 아랫사람인 조카 앞에서 무릎을 꿇고 애걸 못할 것도 없었다. 그래서 몇 번씩이나 칼을 내리치려는 조카에게 살려 달라고, 눈물로 매달렸다. 그리고 아첨도 아끼지 않고 조카의 너그러움을 극구 칭찬하면서 손이 발이 되도록 용서를 구했다. 한마디로, 자신은 칼로 처단할 가치도 없는 사람임을 굴욕적인 행동으로 증명한 셈이었다.

그랬다. 야곱은 조카 아이의 발에 미친 듯이 입을 맞추고, 자기 머리에 흙을 뿌리고, 쉴새없이 혀를 놀렸다. 두려움으로 온몸이 벌벌 떨리는 급박한 상황에서 어쩌면 그렇게 청산유수처럼 말이 쏟아질 수 있었는지, 듣는 자가 오히려 머쓱해질 정도였다. 결국 야곱은 조카가 성급한 행동을 하지 못하도록 발목을 붙잡는 데 성공했다. 그 내용은 대략 이러했다.

내가 사기를 치고 싶어서 사기를 쳤겠느냐? 내가 먼저 이 사기극을 꾸몄느냐? 그게 내 발상이었더냐? 나한테 그럴 생각이 눈곱만큼이라도 있었다면, 내장을 다 꺼내도 좋다! 그걸 생각해 낸 사람은 어머니, 그러니까 네 할머니였다. 그분이 나를 분에 넘치도록 너무 사랑한 게 탈이었다. 나는 처음에 그 계획을 극구 말렸다. 그리고 어머니한테 누누이 설명했다. 그게 얼마나 위험한 일인지, 그리고 이사악이 만일 알게 되면, 나한테만 저주를 내리는 게 아니라, 어머니 리브가도 무사하지 못할 거라고.

정말이다. 그렇게 어머니한테 매달리고 사정했었다. 만에 하나 그 계획이 성공한다 해도, 내가 무슨 면목으로 장자인 형의 얼굴을 보겠느냐! 그렇게까지 말했다. 내가 기꺼이, 신이 나서 뻔뻔스럽게 그 일에 동의한 게 아니다. 실은 덜덜 떨면서 마지못해 염소 요리와 포도주를 가지고 에사오의 예복을 입고, 손목과 목에 털을 뒤집어쓰고 네 할아버지이고 내 아버지인 이사악의 장막에 들어갔다. 얼마나 겁이 나던지 온몸에 식은땀이 줄줄 흐르고, 이사악이 누구냐고 물으며 손으로 몸을 더듬고 냄새를 맡으려고 할 때는 너무 떨렸다. 네 할머니 리브가가 에사오의 야생화 향기가 나는 향유까지 발라줬는데도, 목이 콱 막혀 목소리도 안 나오더라.

그런데 내가 사기꾼이냐? 절대 아니다. 그저 여자의 잔꾀에 넘어간 희생자일 뿐이다. 뱀의 여자 친구 하와에게 당한 아담처럼! 아, 엘리바즈, 부디 수백 년 장수하거라. 제발, 너라도 여자의 귓속말과 간악한 계획의 함정에 빠지지 말아라! 나는 이미 덫에 걸려 끝장난 신세다. 그런데도 내가 축복을 받은 자냐? 아버지의 축복이라는 게 대체 무슨 의미가 있느냐? 원하지도 않고 받을 생각도 없는 엉뚱한 사람에게 내려진 축복이 아니냐? 그런데 그 축복에 무슨 가치와 비중이 있겠느냐? 그게 무슨 효력이 있겠느냐?(이 말은 진심이 아니다. 야곱은 여하튼 자신이 받은 축복도 축복이라는 사실을 알고 있었다. 그리고 이 축복이 효력이나 비중 면에서 아무런 하자가 없다는 것도 알았다. 다만 엘리바즈를 현혹시킬 생각에서 되물어본 것뿐이다)

게다가 내가 축복을 받았다 해서, 그 간악한 계획이 성사된 후, 이득을 볼 생각에 내게 형님이며 주인님인 에사오를 몰아내려고 했느냐? 아, 전혀 그렇지 않다. 오히려 그 반대다! 나는 형한테 자진해서 자리를 내놓았다. 리브가 역시 이제는 후회막급이라 나를 아무도 모르는 낯선 곳으로, 영원히 만날 수 없는 곳으로 쫓아내어 유배를 보내는 게 아니냐. 그것도 아랫세상으로. 그러니 이제 나는 평생 눈물이나 흘리며 살아야 한다. 그런데 이런 나를 엘리바즈 네가 칼로 해치려 하다니! 너는 번쩍거리는 날개를 지닌 수비둘기요, 화려함을 뽐내는 어린 야생황소이며, 더없이 아름다운 영양이 아니냐? 그러나 노아의 하나님은 사람의 피를 흘린 대가를 묻는다고 하시지 않았느냐? 지금은 카인과 아벨의 시대가 아니고, 법이 나라를 다스리는 때라서, 만약 그 법을 어기면 고결한 엘리바즈 네 자신에게도 큰 위험이 따를 수밖에 없지 않느냐? 숙부야 어차피 신세를 망쳐서 아무 희망도 없는 낯선 땅에 가서 종살이를 해야 하지만, 엘리바즈 너는 다르다. 너는 앞으로 복도 많이 받고, 널 낳아 주신 어머니도 헷 족 자녀들 사이에서 축복을 받을 수 있다. 엘리바즈 네가 마음을 돌려 손에 피를 묻히는 악행을 저지르지 않을 테니까.

겁에 질린 야곱의 입에서 애원조의 장광연설이 쏟아지자, 엘리바즈는 예기치 못한 상황에 머리가 혼란스러웠다. 그는 도적을 만나 통쾌하게 비웃어주려고 했는데, 막상 와 보니 자신을 기다리는 자는 불쌍하기 짝이 없는 작자가 아닌가. 이것만으로도 에사오의 무너진 체통이 다시 서는 것 같았다. 엘리바즈도 아버지처럼 성격이 너그러웠던 탓에, 가슴속에서 또다른 뜨거운 감정이 울컥 솟아올라 증오를 밀쳐내자 숙부를 용서하겠노라고 선언했다. 그 말이 얼마나 기쁘던지 야곱은 눈물까지 흘리며 엘리바즈의 옷자락과 양손 그리고 발에 또다시 입을 맞췄다. 그러자 엘리바즈는 한편 뿌듯하면서도, 당혹스럽고 역겨운 생각이 들었다. 자신이 이렇게 변덕스러운 데 화가 나서 볼멘소리로 도망자의 짐을 뺏으라고 명령했다. 리브가 숙부에게 준 선물은 상처받은 에사오의 몫이라고 말이다. 야곱은 이 결정도 무마하려고 달변을 토하려 했지만, 엘리바즈는 경멸스럽다는 듯 야곱을 노려보며 소리를 버럭 질렀다.

그렇게 짐이란 짐은 몽땅 빼앗긴 야곱은 말 그대로 몸뚱이 하나만 건졌다. 금은 그릇과 고급 향유, 포도주 항아리, 공자석과 홍옥수로 만든 목걸이와 팔찌, 향과 꿀 절임, 그리고 천과 모피까지 어머니가 건네준 물건들은 하나도 남김없이 엘리바즈의 손에 넘겨졌다. 그뿐이 아니었다. 야곱을 따라 나선 종 두 명도(그중 한 명은 어깨에 창을 맞아 피를 흘리고 있었다) 추격자들과 함께 집으로 되돌아가야 했다. 흙으로 만든 물 항아리가 안장에 매달려 있을 뿐, 지닌 것 하나 없이 맨몸으로, 무슨 일이 생길지 가늠할 수 없는 동쪽을 향해 먼 여행길에 오른 야곱의 심정이 어땠을지 상상이 가는가?

들어 올려진 야곱의 머리

야곱은 목숨을 건졌다. 주님과 미래가 걸린 소중한 생명, 언약의 삶을 가능케 하는 생명이었다. 이를 황금과 홍옥수에 비하겠는가? 여기서 가장 중요한 건 목숨이었다. 야곱은 따지고 보면, 어린 엘리바즈를 그 아버지 에사오보다 훨씬 더 근사하게 따돌렸다. 하지만 어떤 대가를 치러야 했던가! 짐을 뺏긴 건 아무것도 아니었다. 남자로서의 명예를 송두리째 잃지 않았던가! 야곱처럼 수치를 당한 사람은 아무도 없었을 것이다. 그는 이마에 솜털이 뽀송뽀송한 애송이 앞에서 눈물과 먼지로 얼룩져 완전히 일그러진 얼굴로 애걸복걸해야 했다. 그런 다음엔? 이런 굴욕을 겪은 후, 어떤 일이 그를 기다리고 있었던가?

바로 직후, 아니면 몇 시간이 지나 날이 저물어 별들이 하나둘씩 하늘에 모습을 드러낼 즈음, 야곱은 루즈에 이르렀다. 그 인근은 낯선 지역으로 처음 와보는 곳이었다. 계단식 밭을 만들어 포도나무를 심어놓은 언덕이 눈앞에 펼쳐졌다. 몇 안 되는 사각 모양의 집들이 비탈진 오솔길의 절반 높이로 한곳에 옹기종기 모여 있었다. 빈털터리 나그네는 그곳에서 밤을 보내기로 했다. 느닷없이 발생한 참담한 사건에 여전히 얼이 빠져 있는 낙타는 비탈에 붙들어 맸다. 실은 얼마나 부끄러운지 낙타 앞에서조차 고개를 들 수가 없었다. 그전에 토담 밖에 있는 우물에서 물을 길어 낙타에게도 먹이고, 자신의 얼굴에서도 수치의 흔적을 말끔히 지워 기분이 조금 나아지긴 했지만, 워낙 거지 행색이라 당장 루즈 사람들에게 마을로 들어가게 해달라고 부탁할 생각이 들질 않았다. 그래서 자신의 전 재산인 산 짐승의 고삐를 붙들고 언덕의 꼭대기로 끌고 갔던 것이다. 조금만 더 서둘렀더라면 좋았을 뻔했다. 그곳은 바로 거룩한 돌무덤이 쌓여 있는 피난처 길갈이었다. 제때 이곳에 도착했더라면 엘리바즈, 그 산적이라도 어쩌지 못했을 텐데, 한발늦은 것이 후회막급이었다.

길갈의 한가운데 특별한 돌이 하나 있었다. 석탄처럼 새까맣고 원추 모양으로 생긴데다, 하늘에서 떨어진 것처럼 보이는 달빛 아래의 돌은 생식기를 연상시켰기 때문에, 야곱은 경건한 마음으로 양손을 높이 올린 채 하늘을 우러러보았다. 힘이 솟는 것 같았다. 날이 밝을 때까지 그곳에서 밤을 지샐 생각이었다. 그는 둥글게 쌓아놓은 돌무덤에서 돌 하나를 골라 베개로 삼기로 했다. "이리 오너라. 마음을 달래 주는 오래된 돌아, 오늘 밤 평안을 잃은 사의 미리를 받쳐다오!" 그는 돌 위에 머릿수건을 덮은 다음 드러누웠다. 남자의 성기처럼 생긴, 하늘에서 떨어진 돌 쪽으로 고개를 향하고 잠깐 동안 별들을 쳐다보다가, 그는 이내 잠이 들었다.

그때 위에서 어마어마한 일이 벌어졌다. 그건 야곱에게 현실처럼 생생하게 다가왔다. 한밤중이었다. 깊은 잠에 빠진 후, 서너 시간쯤 흘렀을까. 야곱은 모든 굴욕을 떨치고 고개를 번쩍 쳐들어 가장 거룩한 얼굴을 바라보게 된 것이었다. 그 얼굴은 굴욕을 겪은 야곱의 영혼이, 그 정도로 수치스러워할 게 뭐냐고 은근히 비웃기도 하던 그 영혼이 야곱을 위로하고 붙들어 주기 위해 꿈의 공간으로 일으켜 세운 얼굴이었다. 그 얼굴은 야곱의 영혼이 '거룩한 신'으로 떠올려 왔던 모든 표상이 한데 어우러진 얼굴인 셈이었다.

야곱은 꿈을 꾸면서 몸을 일으킨 게 아니었다. 꿈에서도 그는 돌베개를 벤 채 잠을 자고 있었다. 그러나 눈꺼풀이 감겼는데도 그 사이로 엄청난 빛의 파도가 밀려 들어왔다. 그는 바벨을 보았고, 하늘과 땅을 잇는 탯줄과 가장 높은 분이 계시는 궁전에 이르는 계단을 목격했다. 불이 이글거리는 넓은 계단은 수를 헤아릴 수 없었고, 거기 별지기들이 지키고 있었다. 앞으로 튀어나온 거대한 계단이 가장 높은 신전과 하나님의 옥좌로 인도하고 있었다. 그 계단은 돌이나 나무 같은 이 세상의 재료로 만든 게 아니라, 불이 이글거리는 광석과 돌을 차곡차곡 쌓은 불계단처럼 보였다. 땅 위로 넓게 퍼지고, 높은 곳으로 치솟는 이 유성의 눈부신 광채 앞에서 눈을 뜬다는 건 감히 상상조차 할 수 없어 간신히 눈꺼풀 사이로 엿보았을 뿐이다.

날개를 단 인간 형상의 짐승들도 있었다. 게르빔 천사들이었다. 왕관을 쓴 얼굴은 성처녀이고, 몸은 암소인 천사들이 날개를 접고 부동자세로 양쪽에 죽 늘어서서 앞만 노려보았다. 한쪽 발이 다른 쪽 발보다 약간 앞으로 나와, 발 사이의 공간은 원형광석판으로 채워졌고, 거기엔 거룩한 기호들이 활활 타오르고 있었다. 이마에 진주 리본, 귀에는 기다란 방울을 매달고, 장식술처럼 생긴 곱슬수염이 양쪽 볼까지 내려오는 황소 신들이 입을 우물거리며 머리를 밖으로 향한 채 기다란 속눈썹이 달린 평안한 두 눈으로, 잠자고 있는 야곱을 지긋이 바라보았다.

그를 바라보는 시선은 또 있었다. 꼬리를 내리고 뒷발로 앉아 있는 사자 모양의 천사들도 번갈아가며 야곱을 내려다보았다. 불거져 나온 가슴에 불로 된 털이 북실거렸다. 입이 사각형으로 벌어지면서 후우 소리를 내자 심술궂어 보이는 뭉툭한 개발코 밑에 수염이 벌떡 일어섰다. 그러나 짐승들 사이로 넓은 계단을 타고 시종들과 사신들이 바쁘게 오르내리고 있었다. 질서정연한 윤무를 연상시키는 시종과 사신들의 동작은 평화로운 별들의 법칙을 드러내 주었다. 이들의 하체는 옷으로 가려져 있었다. 뾰족한 모양의 수많은 글자들로 수놓아진 옷이었다. 그리고 가슴은 소년으로 보기에는 너무 부드러워 보이고, 여자들의 가슴이라 하기에는 너무 납작했다.

양팔을 높이 치켜들고 머리 위로 쟁반을 나르는 자도 있고, 팔에 걸쳐놓은 메노판을 손가락으로 가리키는 자들도 있었다. 그러나 대부분은 하프를 뜯거나 피리를 불고 있었

229

다. 현악기 라우테와 팀파니를 연주하는 자들도 있었다. 그 뒤에 노래를 부르는 자들이 박자에 맞춰 손뼉을 치면서 금속소리 같은 고음으로 주변을 메웠다.

아코디언 소리 같은 음향으로 가득 메워져 아래위로 떠다니는 폭이 넓은 계단은 가장 밝은 빛이 있는 곳으로 이어졌다. 거기에 가장 존귀한 분이 계시는 궁전과 문이 보였다. 가느다란 불 아치와 높은 첨탑 그리고 황금빛 벽돌로 쌓아올린 기둥도 있었다. 그 앞에 갑옷 비늘이 달린 짐승들이 표범 발은 앞으로 내밀고 독수리 발은 뒤로 한 채 버티고 있었다. 그리고 불로 된 문 양쪽에는 들보를 받치는 짐승들도 따로 있었다. 발은 황소 발이고, 여러 개 달린 뿔에 왕관을 쓰고, 눈알은 보석이고, 턱에는 댕기처럼 땋은 곱슬 수염이 보였다.

바로 그 앞에 만군의 왕이 앉으시는 옥좌가 있었다. 발을 올려놓은 낮은 의자도 보였다. 그 뒤에 활과 전통을 든 남자가 왕관 위로 부채를 들고 있었다. 왕은 작은 불꽃이 술처럼 달린 달빛을 엮은 옷을 입고 계셨다. 아, 그분의 팔은 또 얼마나 강건하게 생겼던가. 한 손으로는 생명의 표식을 들고, 다른 한 손으로는 마실 것이 담긴 그릇을 잡고 계셨다. 파란색 수염은 청동 핀으로 묶여 있었다. 그리고 높이 치켜뜬 눈썹. 정말이지 그분의 용안은 쳐다보기 두려울 만큼 근엄하면서도 자비로워 보였다.

그분 앞에는 머리 주변에 원반을 두른 자가 한 명 서 있었다. 하나님을 가장 가까이 모시는 고관인 듯했다. 이 자가 하나님을 바라보더니 편편한 손으로 땅 위에서 잠을 자고 있는 야곱을 가리켰다. 그러자 하나님께서는 고개를 끄덕이며, 육중한 발에 힘을 주자, 고관은 얼른 발 의자를 치워 그분께서 일어서시도록 해주었다. 옥좌에서 몸을 일으키신 하나님은 생명의 표식으로 야곱 쪽을 가리키며 그의 가슴에 숨을 불어넣어 주셨다. 그러자 야곱의 가슴이 불쑥 솟아올랐다. 오르내리는 자들의 노래와 별들의 음향 사이를 가로질러, 이 소리들과 함께 부드럽기 이를 데 없는 조화로운 음악을 연출한 하나님의 음성은 또 얼마나 황홀했던가. 그분의 말씀은 바로 이러했다.

"내가 바로 아브람의 주인이요, 이사악과 너의 주인이니라! 내가 야곱 너를 이렇게 바라보는 이유는 너를 아끼기 때문이로다. 앞으로 네 자손은 땅 위의 모래알보다 더 많아질 것이며, 내 너에게 축복을 내려 네 적들의 성을 손에 넣게 하리라. 어디로 가든지 널 지켜주고 보호해 줄 것이며, 부자가 되어 고향으로 돌아가도록 해주겠노라. 그리고 결코 너를 떠나지 않으리라. 이것이 나의 뜻이로다!"

조화로운 음악을 뚫고 나오는 하나님의 음성에 야곱은 잠에서 깨어났다.

꿈에서 그 존안을 뵙다니, 이런 은혜를 입다니! 야곱은 기뻐서 눈물을 흘리다가도 이따금 엘리바즈 생각에 웃기도 했다. 자리에서 일어나 별빛을 받으며 돌무덤을 돌아보았다. 자신으로 하여금 이 장관을 볼 수 있도록 머리를 받쳐준 돌이 얼마나 고마운지 몰랐다. '이런 거룩한 장소에 이르다니, 이 얼마나 근사한 우연인가!' 그는 한밤의 서늘한 공기에 한기를 느꼈다. 물론 거기에는 가슴 깊게 흔든 흥분도 한몫했다. 몸까지 떨리자 이렇게 자신을 달랬다.

"떨리는 것도 당연해, 아무렴, 당연하고 말고! 루즈 사람들은 이 장소가 얼마나 거룩한 곳인지, 그저 막연하게 예감했을 뿐이야. 그 사람들은 이곳에 돌무덤을 세워 도피처로 만들었지만, 내가 아는 것은 전혀 몰라. 이곳이야말로 거룩함이 현존하는 곳인 줄을! 하늘에 이르는 문, 하늘과 땅을 이어주는 배꼽이 바로 이곳이라는 사실을!"

야곱은 다시 자리에 누워 잠을 청했다. 몇 시간 못 잤지만 가슴 뿌듯한 깊은 단잠이었다. 속으로 웃음을 감추지 못하고, 기분 좋게 취한 숙면이었다. 주위가 어슴푸레한 빛으로 밝아지자 자리에서 일어난 그는 루즈 쪽으로 내려가, 아치 모양의 성문 앞에 이르렀다. 허리춤에 감춰둔 감청색의 투명한 돌 반지가 하나 있었다. 엘리바즈의 종이 미처 찾아내지 못한 반지였다. 그 반지를 헐값에 팔아 마른 식량과 향유가 들어 있는 항아리를 몇 개 샀다. 향유야말로 그가 지금 하려는 일, 아니 꼭 해야 할 일에 없어서는 안 될 물건이었다.

동쪽으로, 나하리나(혹은 나하라임―옮긴이) 물가로 떠나기 전에 야곱은 꿈을 꾸게 해준 성소로 다시 올라가서, 기념으로 돌베개를 일으켜 세우고 그 위에 기름을 넉넉히 부으며 이렇게 말했다.

"벧-엘! 이 성소의 이름은 루즈가 아니라 벧-엘로 불러야 한다. 신께서 현현(顯現)한 곳이기 때문이다. 굴욕당한 자의 마음을 강건하게 세워 주시려고 이곳에 직접 자신을 드러내신 신께서 하프소리를 뚫고 내게 들려주신 말씀에는 조금 과장된 표현도 있다. 이 땅 위의 모래알보다 많은 후손을 주시고 내 이름이 명예를 얻어 승전가를 부르게 하시겠다니 조금 지나친 표현이 아니겠는가. 하지만 그분께서 약속하신 대로 낯선 땅에서도 내 걸음을 인도해 주시고, 나와 함께 하시고 내게 빵을 주시고, 입을 옷을 주시며, 나로 하여금 무사히 고향으로, 이사악의 집으로 돌아가게 해주신다면, 오로지 그분만이 나의 주님이 되실 것이다. 그러면 나는 그분께서 주신 모든 것의 십분의 일을 그분께 바칠 것이다. 그리고 내 마음을 이토록 강건하게 해준 이 모든 일들이 사실로 드러나면, 그분께 이 돌을 성소로 바쳐 여기 제단을 쌓아 끊임없이 제물을 올리고, 소금을 뿌린 향불이 끊이지 않게 할 것이다. 이것은 내 서약이며 언약이니, 왕께서, 하나님께서 어찌 하시든 그건 그분의 마음이다."

에사오

건장한 엘리바즈와의 대면은 그렇게 끝났다. 엘리바즈는 사실 풋내기 어린아이에 불과했다. 엘리바즈의 자존심 때문에 수모를 겪긴 했지만, 야곱의 영혼은 엘리바즈가 상상도 하지 못할 대단한 힘을 가지고 있었다. 그 덕에 야곱은 소년으로부터 받은 모욕과 굴욕을 오히려 의기양양하게 웃어넘길 수 있었다. 가장 비참한 상황에 처하면 언제나 계시를 얻곤 하는 야곱이기도 했다.

엘리바즈의 일은 그렇다 치고, 엘리바즈의 아버지, 에사오와 만났을 때는 그럼 달랐을까? 앞서 야곱은 아들과 대화를 나누며 지나가는 말로 이 만남을 언급한 적이 있다. 에사오와의 만남에서는 고개를 들고 자신감을 얻는 경험이 먼저 있었다. 베니-엘에서 두려움을 못 이기고 벌벌 떨었던 그날 밤, 아들 시므온과 레위가 지금도 은근히 비웃는 그 이름을 얻은 게 바로 그날 밤이었다. 이렇게 이름까지 얻어 이미 승자가 된 상태에서 야곱은 형을 만나러 갈 수 있었다. 형으로부터 굴욕적인 대우를 받을 건 뻔했으므로 어떤 모욕이라도 감당할 만한 자신감으로 단단히 무장한 셈이었다. 어디 그뿐인가. 형과의 만남을 두려워하는 자신에 대한 부끄러움을 물리치기 위해서라도 무장은 꼭 필요했다.

쌍둥이 형제의 각기 다른 성격이 여실히 드러나는 두 사람의 만남을 앞두고, 야곱은 에사오가 어떤 기분으로 자기 쪽으로 다가오는지 예측할 수 없었다. 야곱은 자신의 입장을 분명히 할 생각에 형한테 미리 사람을 보냈다. 그 사람으로부터 에사오가 자기 쪽으로 오고 있다는 말을 전해 들었다. 에사오가 남자 400명을 이끌고 그 선두에 서 있다고 했다. 이는 야곱이 사람을 보내 아첨을 한 결과로 영광스러운 일이 될 수도 있지만, 달리 보면 위험을 뜻하는 것이기도 했다.

야곱은 만일의 사태에 대비할 생각에 자신이 가장 사랑하는 라헬과 그녀의 다섯 살 난 아들은 짐을 실은 짐승들 뒤에 숨겼다. 그리고 레아의 소생인 딸 디나는 죽은 사람처럼 궤짝에 실었기 때문에, 질식하지 않은 게 다행이었다. 다른 자식들은 그 어머니들 뒤에 세우되 측첩들과 그 자녀들을 앞에 세웠다. 그리고 맨 앞에는 에사오에게 선물로 줄 가축들과 목동들을 세웠다. 암염소 200마리와 숫염소 20마리, 그리고 양도 암수별로 같은 숫자로 골랐다. 그리고 젖을 먹이는 암낙타 30마리, 암소 40마리와 종우 10마리, 그리고 20마리의 암나귀와 딸린 새끼들이 선물로 줄 가축들이었다.

이 가축들을 각각 일정한 거리를 두고 몰고 가게 하여, 에사오가 그 무리와 마주쳐 이게 무엇이냐고 물을 때마다, 주인님인 에사오에게 종 야곱이 바치는 선물이라고 대답하게 했다. 그리고 일은 계획대로 이루어졌다. 에사오는 귀향하는 동생을 맞으러 세일 산맥을 출발할 때만 해도 갈피를 잡지 못했다. 어떻게 해야 할지 정리가 안 되고 착잡하기만 했다. 하지만 막상 25년 만에 야곱과 재회한 순간 언제 그랬느냐는 듯 기분이 들떠서 어쩔 줄 몰라했다.

야곱이 유도한 반응이었다. 그렇지만 형이 그렇게 흥거워하자 야곱은 은근히 불쾌해졌다. 이 정도라면 전혀 두려워할 필요가 없을 것 같았다. 배알도 없이 살갑게 구는 형이 거북하게 여겨진 그는 오히려 속마음을 감추느라 급급했다. 그때 형이 자신 쪽으로 다가오면서 보인 행동은 그 이후로도 잊을 수 없었다.

리브가의 쌍둥이 형제는 당시 쉰다섯 살이었다. 어린 시절부터 헤브론과 브엘세바 근방 사람들은 이 두 형제를 가리켜 '향기로운 풀'과 '털 사람'이라 불렀다. 매끄러운 피부를 지닌 '향기로운 풀' 야곱은 단 한번도 다른 사내아이들처럼 거칠게 행동한 적이 없었고, 어른이 된 지금도 그렇지만 늘 장막에 머물면서 사색에 잠겨 차분하게 지냈다. 지금 중후한 나이에 접어들은 야곱은 많은 일들을 겪어 위엄을 갖췄고, 막대한 재물도 지닌 부자였다.

반면, 에사오는 동생과 마찬가지로 머리는 허옇게 세었지만, 여전히 깊은 의미 같은 것은 새겨볼 줄 몰랐다. 천박한 생각이며, 그저 소리나 지르고 짐승처럼 내키는 대로 행동하는 것이, 예전의 자연아(自然兒) 그대로였다. 게다가 얼굴도 변한 게 없는 듯했다. 오랜만에 해후한 어린 시절의 친구 얼굴에 수염과 주름이 생겼을 뿐, 어릴 적 얼굴이 그대로 남아 있는 식이었다.

야곱은 귀에 익은 에사오의 피리소리부터 들었다. 피리 리 피리리. 기다란 관을 여러 개 엮은 피리는 세일 산악지대에 사는 사람들이 즐겨 연주하는 악기였다. 어쩌면 그들이 발명한 악기인지도 모른다. 여하튼 일찍부터 그곳 사람들한테 배운 덕에 탐욕스럽게 생긴 입술을 놀리며 부는 에사오의 피리 솜씨는 꽤 괜찮았다.

저기 아랫세상, 남쪽 땅에 뿌리를 둔 사막의 멍청한 서정시 같은 그 무책임한 피리소리를 야곱은 옛날에도 역겨워했다. 그런데 지금 또 그 소리를 들으니, 아예 경멸스러웠다. 게다가 에사오는 춤까지 춰대지 않는가. 입으로는 피리를 불고, 등에는 활을 걸머지고 허리에 염소털로 된 넝마 조각을 하나 둘렀을 뿐, 걸친 게 없는 벌거숭이였다. 사실 옷이 따로 필요없었다. 워낙 털이 많았으니까. 회색이 드문드문 섞인 덥수룩한 붉은 털은 말 그대로 어깨부터 아래까지 온몸을 뒤덮고 있었다. 그런 몰골로 귀를 쫑긋 세우고, 깡충깡충 춤을 추고, 속살이 보일 정도로 윗입술도 까뒤집고, 넙적한 코로 사방을 킁킁거려가며, 짐을 실은 짐승들과 동생 그리고 그의 가솔을 향해 손을 흔들며 웃다가 울기도 하는 모습은 한마디로 가관이었다. 야곱은 그런 형이 한편 유치해 보이고 또 부끄러운 생각이 들다가, 어찌 보면 불쌍하기도 했다. 아무튼 거부감을 떨칠 수 없던 그는 속으로 이렇게 외치고 있었다.

'아이구, 맙소사!'

어찌 되었든 야곱도 낙타에서 내렸다. 부어오른 좌골이 허락하는 데까지 서둘러 바닥에 내려온 야곱은 옷매무새를 가다듬고 온몸을 질질 끌다시피 하면서 형 쪽으로 바쁘게 걸음을 옮겼다. 그리고 음악적 재능을 가진 숫염소라 할 수 있는 형 쪽으로 그렇게 다가가면서 아랫사람으로서 몸을 숙인다는 의미로 온갖 예를 갖추었다. 간밤에 씨름까지 이긴 그였다. 이 정도로 자존심이 깎일 이유도 없었다. 아마도 큰절을 일곱 번은 올린 것 같았다. 허리가 마구 쑤셨지만, 그래도 넙죽 엎드려 절을 했다.

머리를 숙이고 양손을 높이 쳐든 채, 에사오의 발에 이마를 대고 양손으로 털이 수북한 형의 무릎을 더듬기도 하는 야곱의 입에서는 쉴새없이 애원이 이어졌다. 예전에 축복과 저주가 있었지만, 그것과는 상관없이 에사오의 우위를 인정해 주어, 용서와 화해를 끌어낼 생각뿐이었다.

"나의 주인님! 주인님의 종 야곱이 왔나이다!"

그런데 에사오는 단순한 화해의 입장만 보인 것이 아니었다. 예상 밖으로 부드럽기 그지없었다. 아니, 그렇게 부드러워질 줄은 에사오 자신도 짐작하지 못했다. 처음 동생의 귀향 소식을 듣고는 막연한 흥분을 느꼈을 뿐, 동생을 보기 전까지만 해도 감동보다는 분노 쪽으로 기울어질 확률이 많았다.

에사오는 얼른 야곱을 일으켜 세워, 볼과 입에 쪽 소리가 나도록 뜨거운 키스를 퍼부었다. 상대방이 부담스러울 정도였다. 그렇지만 야곱 역시 눈물을 흘렸다. 일이 어떻게 될지 몰라 불안과 두려움에 떨던 긴장감이 풀리기도 했고, 한편으로는 신경이 곤두서서 마음이 약해진 탓이기도 했다. 하지만 무엇보다도 시간과 인생이라는 것, 그리고 인간의 운명을 생각해 보니 절로 눈물이 흘렀던 것이다.

"오, 사랑하는 아우야, 아우야."

에사오는 입을 맞추며 간간이 그 말만 토해냈다.

"모든 건 잊자꾸나! 못된 짓거리는 다 잊어버리자꾸나!"

그건 다정한 말이긴 했지만, 듣기 민망한 소리였다. 가슴에서 우러나온 눈물을 흘리던 야곱이 울음을 멈추고 겉으로 흘리던 눈물까지 뚝 그치게 만들 소리였다.

그리고 나서, 사실 제일 묻고 싶은 질문, 앞서 보낸 가축 떼가 도대체 뭐냐는 질문은 일단 꾹 누르고, 에사오는 눈썹을 치켜뜨며 야곱의 뒤에 낙타를 타고 서 있는 여인들과 자녀들에 관해 먼저 물었다. 그래서 이들은 낙타에서 내려와 한 사람 한 사람 소개되었다. 제일 먼저 첩들이 네 명의 아들과 함께 털 사람에게 인사를 올렸다. 그런 다음 레아가 여섯 아들과 함께 절을 했고, 맨 마지막으로 뒤에 있던 매혹적인 눈의 주인공 라헬과 요셉을 불러 인사를 올리게 했다.

에사오는 각자 이름을 소개할 때마다, 피리를 불며 자녀들의 잘생긴 외모와 여인들의 가슴을 칭송했다. 하지만 멍청하게 생긴 레아의 얼굴을 보고는 깜짝 놀랐다. 그리고 툭하면 곪기 일쑤인 그녀의 눈에 바르면 효과가 있을 기리며 약초로 만든 에돔산 연고까지 소개하는 바람에, 레아는 분을 삭이면서 마지못해 그의 발가락에 입을 맞췄다.

형제는 의사소통부터 쉽지 않았다. 두 사람은 어린 시절에 사용하던 단어들을 떠올리느라 진땀을 뺐다. 에사오가 사용하는 세일 사람들의 투박한 사투리는 형제가 어린 시절에 쓰던 시날 사막과 미디안 지방의 방언과는 달랐다. 야곱은 야곱대로 나하라임 땅에서 사느라 아카디아 말을 쓰는 데 익숙해 있었다. 하는 수 없이 두 사람은 손짓, 발짓까지 해가며 상대방에게 자신의 의사를 전해야 했다.

그러나 꽤 많은 가축떼 이야기가 나오자, 이 부분에서만큼은 에사오도 자신의 호기심을 제법 확실하게 표현했다. 야곱이 부디 이 선물을 받고 자신을 다시 동생으로 너그럽게 받아 달라고 하자, 에사오는 체면을 차리느라 풍성한 선물을 안 받을 것처럼 행동하면서 자신의 성격을 그대로 드러냈다. 그는 재물 같은 것에는 별로 관심이 없는 척 이렇게 말했다.

"아, 아우야, 선물을 네게 도로 돌려주마. 네가 도로 가져가서 간직하도록 해라. 내가 너한테 도로 선물하마. 옛날의 그 더러운 몹쓸 짓은 잊자. 그 아픔을 삭이기 위해서라면, 이런 선물은 필요없다! 그건 이미 잊었고, 상처도 다 아물었다. 난 이제 내 운명을 그냥 받아들여 편안하게 살고 있다. 우리 아랫세상 사람들이 코를 빠뜨리고 평생 기가 죽어 살 줄 알았더냐? 아일라라 하이사사, 그랬다면 큰 오산이지! 축복을 못 받았으니, 신이 나서 우쭐거리지는 않지만, 그래도 나름대로 재미있게 잘 살고 있다. 정말이다! 그리고 여자하고 동침하는 건 우리한테도 달콤한 일이고, 우리한테도 아이들을 사랑하는 마음이 있다. 사랑스러운 꾀보 너 때문에 저주를 받긴 했다만, 내가 그 저주 때문에 빈털터리 거지가 되어 에돔 땅에서 배를 곯고 있을 줄 알았더냐? 천 만에! 난 그곳에서 주인님이고, 세일 땅의 아들 중에서 큰 사람으로 대접받고 있다. 내게는 포도주가 물보다 더 흔하고, 꿀도 잔뜩 있고 기름과 열매 그리고 보리와 밀도 얼마나 많은지 먹고 남을 정도다. 그리고 아랫사람들이 매일같이 빵이며 고기에 새고기도 갖다주고, 먹기 좋게 요리까지 다 해준다. 그뿐이냐. 들짐승 고기도 널려 있다. 내가 직접 잡은 것도 있고, 아랫사람들이 개를 끌고 나가 사막에서 사냥해온 것도 있다. 게다가 우유로 만든 음식이 밤새도록 먹고도 남는다. 그런데 선물이라고? 그 옛날 나한테 너와 그 여자가 했던 거지 같은 몹쓸 짓거리를 눈가림할 속죄양으로 이 선물을 주겠다는 거냐? 웃기는 소리 마라! 피리리 피리리."

말하다 말고 입술로 피리를 죽 훑었다.

"너하고 나 사이에 선물은 무슨 선물이냐. 마음이 문제지. 나는 이미 옛날에 그 고약한 짓거리를 잊어버렸다. 내 털옷을 입고 노인 앞에 서서 팔목에 염소털까지 두르고 멍청하게 서 있었을 네 꼴을 생각하면, 지금도 웃음밖에 안 나온다. 그때는 물론 나도 분노의 눈물을 흘렸다. 그래서 엘리바즈를 뒤쫓아 보내, 여자 치마 밑에 숨기 바쁜 네가 사시나무 떨 듯 새파랗게 질리게 만들기도 했지만 말이다."

그리고는 동생을 다시 한번 끌어안고, 일곱에 키스를 퍼부어댔다. 야곱은 마지못해 형의 애무를 받아내었다. 자신도 형을 꼭 안아 줄 생각은 전혀 없었다. 에사오의 말이 역겨웠던 것이다. 아무 생각 없이 머리에 떠오르는 대로 입 밖으로 뱉어내는 그 말들은 듣기 민망할 뿐이었다. 어떻게 하면 이 낯선 혈육으로부터 벗어날 수 있을까, 그 생각만 했다. 하지만 그전에 그와 깨끗이 청산할 문제가 남아 있었다. 준비한 공물을 바쳐 장자의 신분을 다시 한번 사들이는 것이 급선무였다. 에사오 역시 속으로는 선물을 받고 싶은 게 분명했다. 은근히 계속 설득해 주기를 바라고 있었던 것이다.

야곱은 또다시 예를 갖추어 자신의 신분을 낮추면서 선물을 꼭 받아 달라고 간청했다. 그러자 에사오는 못 이기는 척 동생의 선물을 받아들였다. 이번에 이 착한 악마는 축복받은 자를 진짜로 좋아하게 되었던지, 제법 진지하게 화해의 뜻을 비쳤다.

"아, 사랑하는 아우여. 이제는 옛날의 그 아무것도 아닌 악행에 대한 이야기는 그만 하자! 우리 둘은 같은 어머니 배에서 나온 형제가 아니더냐? 게다가 차례차례 나왔지, 거의 같은 시간에 말이다. 너도 잘 알다시피 너는 내 발목을 붙잡고 나왔어. 힘이 센 내가 바깥의 환한 세상으로 널 끌고 나온 셈이지. 우리가 뱃속에서 서로 부딪치긴 했어. 바깥에 나와서도 그랬고. 하지만 이제 그 일은 완전히 잊어버리자! 이제부터 쌍둥이 형제로 주님 앞에서 사이좋게 지내자. 그리고 같은 그릇으로 음식을 나눠 먹고, 죽을 때까지 헤어지지 말자! 자, 이제 세일 땅으로 가서 나와 함께 살자!"

'퍽이나 고맙군!'

야곱은 속으로 그렇게 생각했다.

'나더러 에돔에 가서 형처럼 평생 피리나 부는 어리석은 숫염소로 살라고? 멍청하기는. 나도 그럴 생각이 없지만, 그건 주님의 뜻이 아니오. 형이 지금 하는 이야기는 내가 듣기에 민망할 뿐, 생각이라고는 조금도 없는 헛소리요. 왜냐하면 우리 둘 사이에 있었던 일은 툴툴 털고 잊어버릴 수 있는 그런 일이 아니니까. 워낙 머리가 아둔하여 그 일을 잊고 용서할 수 있으려니 착각하지만, 형도 혀를 움직일 때마다 그 이야기를 들먹이고 있잖소?'

"제 주인님의 말씀에 그저 감격할 따름입니다."

입 밖으로 나온 말은 딴판이었다.

"그리고 하시는 말씀 한 마디 한 마디가 어쩌면 제 소원을 그렇게 잘 헤아려 주시는지 모르겠습니다. 하지만 제 주인님께서도 보시다시피, 제겐 어린 자식들이 있습니다. 보십시오, 이제 겨우 다섯 살 된 여호시프처럼 아주 어린애까지 있습니다. 이들에게 먼길은 무리입니다. 게다가 안타깝게도 죽은 아이까지 궤짝에 들어 있어, 지금 당장 길을 재촉하는 것은 그리 경건한 행동이 아닐 듯싶습니다. 그리고 젖먹이 양과 송아지도 있습니다. 만약 제가 이들을 재촉하면, 다 죽고 말 것입니다. 하오니 제 주인님께서 먼저 길을 떠나시면, 저는 조금 있다가 천천히 주인님 뒤에서 가축과 아이들의 힘을 봐가며 출발하겠습니다. 그래서 주인님보다 조금 늦게 세일 땅에 낭도하게 뇌면, 그때 주인님과 함께 화목하게 살 수 있을 것입니다."

완곡한 거절에 에사오는 조금 당황한 듯 두 눈을 동그랗게 떴지만, 야곱의 말뜻을 알아들었다. 처음에는 동생을 설득할 생각에 몇 사람을 남겨 길을 안내하고 호위해 주겠다고 제안도 했다. 그러나 야곱은 그럴 필요가 없다고 대답했다. 만약 주인님께서 너그러운 마음으로 자신을 동생으로 인정해 주신다면, 그것으로 충분하다고. 그렇게 해서 에사오로 하여금 요란한 말로 확답을 하게 만들었다. 이어 에사오는 털이 수북한 어깨를 으쓱 들어보이고는, 털보가 아닌 매끈한 자, 가짜 장자를 뒤에 남기고 가축과 짐들을 끌고 자신이 사는 산으로 향했다. 야곱은 그러나 그 자리에서 잠시 기다리다가 기회를 틈타 다른 쪽으로 방향을 틀었다.

Drittes Hauptstück
Die Geschichte Dina's

3부

디나 이야기

어린 소녀

그때 야곱이 다다른 곳이 세겜이니, 이제 이곳에 머물다 생긴 심각한 소동 이야기를 해보자. 훗날 사람들은 '너, 그 일을 아니? 나는 잘 아는데' 하면서 '아름다운' 대화를 시작할 때, 고상한 사건으로 미화할 뜻에서 이야기를 조금씩 바꾸기도 했다. 부족의 설화이자 세상에 널리 알려진 설화에는 이렇게 변형된 내용이 그대로 흡수된 점을 감안하여, 이 자리에서는 바로잡을 것은 바로잡도록 해보자.

지친 듯하면서도 흡인력 있는 노인 야곱의 표정에 깊이 새겨져, 그의 기억을 누르는 일들이 어디 한둘이겠는가? 그런데도 하필이면 과거의 두루마리를 펼쳐, 피바다로 끝난 이 끔찍한 사건을 끄집어내는 것은 다른 의도가 있어서가 아니다. 오로지 당시 야곱이 보여준 태도에 속속들이 드러난 그의 내면을 엿보고 싶을 뿐이다. 그렇게 되면 시므온과 레위가 아버지가 자신이 얻은 영예로운 이름과 주님의 칭호를 들먹일 때마다, 남몰래 눈길을 주고받으며 은근히 비웃은 이유도 알 수 있을 것이다.

시겜 모험담에서 고난을 겪는 비운의 여주인공은 디나였다. 야곱의 단 하나밖에 없는 외동딸 디나는, 레아가 두번째 생산기의 초기에 낳은 딸이다. 두번째 생산기의 후기가 아니라, 초기라는 데 유의해야 한다. 디나가 태어난 시기는 훗날의 연대기가 보여주는 것처럼 이싸갈과 즈불룬 다음이 아니라 그전이다. 이 연대기가 틀릴 수밖에 없는 이유는, 만약 그것이 옳다면 불상사가 생겼던 그해, 디나는 그런 일이 생기기에는 육체적으로 너무 어린 어린아이에 불과하기 때문이다.

실제로 그녀는 요셉보다 네 살이 많았다. 야곱 일행이 시겜 앞에 당도했을 때, 그녀는 아홉 살이었고 그 환난이 발생한 해에는 열세 살이었다. 그러니까 설화의 연대기가 알려 주는 것보다 두 살이 많은 셈인데, 이 2년이라는 세월은 매우 중요한 의미를 갖는다. 바로 이 시기 동안 여자로서 활짝 피어난 디나는 레아의 소생이라고 믿기 어려울 정도였다. 뼈대만 튼튼하지, 별로 아름답다고 할 수 없는 어머니의 자식치고는 꽤나 매력 있는 아가씨였다.

다만 흠이 있다면, 전성기가 너무 짧아 그 매력이 곧 시들었다는 점이다. 디나는 메소포타미아 초원의 딸이었다. 이 초원은 초봄이면 꽃으로 기쁨을 누리지만, 너무 일찍 만발한 꽃들의 화려함은 이미 초여름이면 시들어버렸다. 오월이 되면 무자비한 뙤약볕에 어떤 마법의 소산이든 새까맣게 타버렸기 때문이다. 디나의 육체도 그랬다. 우여곡절 끝에 그녀도 어느새 시들어 축 늘어진 여자로 변했다.

그런데 디나는 야곱의 자식이었음에도 그녀의 서열에 관한 한, 설화 기록자들은 별 비중을 두지 않았다. 이 소녀의 이름을 원래 자리가 아닌 레아의 자식들 중 맨 나중에 끼워 넣으면서 보여준 이들의 행동은 무성의하기 짝이 없는 무관심 그 자체였다. 아들들만 순서대로 적으면 된다. 일고의 가치도 없는, 그렇지 않은가, 소녀의 이름처럼 하찮은 것을 끼워 넣어 순서를 뒤흔들 게 뭔가! 도대체 계집아이의 이름을 누가 꼼꼼히 쳐다본다고! 그렇게들 생각한 것이다.

설화 기록자들에게 이런 하찮은 딸아이의 출산은 생산의 중단과 별로 다를 게 없었다. 디나의 출현을 제자리에 끼어넣자면, 잠깐 생산이 뜸했던 레아의 생산 중단기에서 다시 생산이 시작되는 출산기로 넘어가는 일종의 과도기에 놓인다. 야곱에게 열두 명의 아들이 있었다는 것은 오늘날 초등학생도 다 아는 사실이다. 그뿐 아니라 순서도 줄줄 외울 정도이다. 하지만 이 가련한 어린 소녀 디나는 그런 자식이 있었던가 하고 까맣게 잊고 있는 사람들이 더 많다.

하지만 야곱은 가짜 정실 레아의 자식치고는 디나를 무척 사랑했다. 오죽하면 에사오를 만나기 전에 그녀를 죽은 시체처럼 궤짝에 숨겼을까. 그런 디나에게 불행이 닥쳤으니 야곱의 상심도 당연했다.

베세트

하나님의 축복을 받은 자, 이스라엘(야곱—옮긴이)은 재물과 암양만 해도 5,500마리나 되는 가축떼를 앞세우고 아내들과 자식들과 함께 여자 노예, 종, 목동, 소몰이꾼들과 염소와 나귀, 짐을 실은 낙타들, 사람을 태운 낙타들을 거느리고 길에 올랐다. 얍복 여울을 출발하여 에사오를 만난후, 요르단 강을 건너, 골짜기를 따라 태양의 뜨거운 화살을 맞아가며 포플러와 수양버들이 빽빽하게 우거진 수풀도 지나 마침내 멧돼지와 표범들의 위험에서도 벗어났다. 이제 그리 높지 않은 산에 이르러 온갖 꽃이 만발해 있고, 시냇물이 졸졸거리는 골짜기에 닿자 아버지 야곱은 마음이 놓였다. 야생 보리가 자라는 그곳을 가로질러 드디어 세겜 성소에 이르렀다. 그곳은 가리짐 산 덕분에 그늘이 드리워진 쾌적한 주거지였다. 두텁게 쌓은 석벽(石壁)이 남동쪽의 하(下) 도시와 북서쪽의 상(上) 도시를 에워싸고 있었다. 그쪽을 상 도시라 부른 이유는 땅을 2엘레씩 다섯번 쌓아 지대를 높인 탓도 있지만, 공간의 대부분을 차지한 도시 성주 하몰의 궁궐과 웅장한 바알-베리트 신전을 염두에 두고 경건한 의미를 부여하기 위해서였다. 실제로도 이 두 개의 거대한 건물은 골짜기로 들어서 동쪽 성문으로 접근한 야곱 일행의 눈에 제일 먼저 띈 것이기도 했다. 시겜 주민의 숫자는 대략 500명이었다. 그렇지만 남자 20명씩이 1개 소대를 이루는 이집트 주둔군 몇 개 소대의 인원은 제외된 숫자이다. 주둔군 대장은 델타 지역 출신인 새파란 젊은이였다. 매년 성주로부터 직접, 그리고 하 도시의 대상인들한테서는 간접적으로 공물을 거두는 게 그의 임무였다. 이렇게 거둔 공물은 금반지로 만들어 아문의 도시로 옮겨야 했다. 만에 하나 공물이 제때 수송되지 않으면, 젊은 베서-케-바스테트(장교의 이름이 이랬다)가 곤욕을 치렀음은 물론이다.

성벽의 보초들과 타지에 나갔다 귀향하는 주민들로부터 어떤 유랑부족이 도시로 접근하고 있다는 보고를 받은 세겜 주민들이 어떤 반응을 보였을지 상상해 보라. 유랑민의 속셈을 알 수 없으니 일단 막막했을 것이다. 좋은 생각으로 오는 건지, 아니면 나쁜 꿍꿍이속이 있는지 알 길이 없었다. 후자의 경우라면 전쟁과 약탈 경험에 약간의 훈련이라도 받았다면, 보이기는 거대한 성벽이지만, 세겜은 금방 무너졌을 것이다.

세겜 사람들의 기본 정서는 별로 남성적이라 할 수 없었다. 관심은 온통 상사에 쏠려 있고, 그지 편안하고 평화롭게 사는 걸 최우선으로 여겼다. 그리고 도시 성주 하몰은 관절이 몹시 아픈 통풍(피 속에 요산이 많이 생겨서 나타나는 관절염—옮긴이)에 시달리는 환자로 성격이 무척 까탈스러운 노인이었다. 그리고 응석받이로 자란 성주의 아들 세겜은 어린 나이에 벌써 자신의 규방을 가지고 있었고, 양탄자에 드러누워 빈둥거리며 달콤한 과자나 밝힐 줄 알았지, 하는 일이라고는 없는, 한마디로 무위도식하는 귀족이었다.

상황이 이렇다 보니, 만일 심각한 사태가 발생한다고 가정할 때, 주민들이 이집트 주둔군이라도 신뢰할 수 있다면 다행이었을 것이다. 하지만 매를 그려놓고 공작 털을 꽂은 군기 아래 뭉친 병사들은 자신들을 가리켜 '태양의 햇살처럼 화려한 군대'라고 불렀지만 실전에 들어갈 경우 믿을 만한 구석이라곤 한군데도 없었다.

우선 대장부터 그랬다. 앞서 잠깐 언급했던 베서-케-바스테트는 전사와는 거리가 멀었다. 성주 아들 세겜과 각별한 사이였던 대장은 고양이와 꽃에 유달리 애착이 많아서 좀 멍청해 보였다. 대장의 고향은 하이집트의 도시 페르-베세트였으나, 세겜 사람들은 발음하기 좋게 피-베세트라 불렀고, 대장 이름도 간단히 '베세트'라고 했다. 고향사람들이 섬기는 도시 수호신이 바스테트 여신인데 머리가 고양이었으므로, 대장이 고양이를 그렇게 떠받드는 것도 무리는 아니었다. 그가 가는 곳이면 어디든 고양이가 우글거렸다. 고양이란 고양이는 색깔 별로 다 있었다. 산 고양이만 있는 것이 아니라, 죽은 고양이까지 미라로 만들어 숙소 벽에 세워놓고, 눈물을 흘리며 쥐와 우유를 제물로 바치곤 했다.

꽃에 대한 사랑도 이렇게 유약한 심성에 한몫했다. 남성적인 성향에서 모자란 부분을 채워 전체적으로 균형을 가져다주는 것이었더라면, 꽃에 대한 사랑을 아름다운 자질로 인정해 줄 수도 있었을 것이다. 그러나 애초부터 남성적인 성향이라고는 눈을 씻고 봐도 없는데야, 꼴불견일 수밖에 없었다. 어디를 가든 그의 목에는 항상 신선한 꽃을 엮은 화환이 걸려 있었다. 그리고 일상용품도 예외없이 꽃 장식이 있어야 했다. 생각을 해보라, 무슨 물건이고 꽃을 달고 있다면 그 모습이 얼마나 우스꽝스러울지.

복장은 어땠던가? 속옷이 비치는 고급 삼베로 만든 하얀 겉옷, 팔과 몸통에 두른 리본. 하지만 갑옷은 한번도 입은 적이 없었다. 무기라고는 고작해야 지니고 다니는 짧은 지팡이가 전부였다. '베세트'가 그럼에도 장교가 될 수 있었던 건, 글줄이나 쓸 줄 알았기 때문이다.

이제 그가 데리고 있던 병사들 이야기를 해보자. 지휘관의 관심 밖에 있던 이들 역시 지휘관보다 별로 나을 건 없었다. 이전에 자국의 제3대 왕 투트모세(이집트 제18왕조의 투트모세1세—옮긴이)의 지휘 하에 17번이나 출정하여 유프라테스 강 유역의 나라까지 점령했던 병사들의 화려한 전적을, 묘비명을 달달 외우듯이 떠벌릴 뿐, 실제로 할 줄 아는 일이라고는 거위 요리와 맥주를 뚝딱 해치우는 일밖에 없었다.

게다가 한번은 베두인 족이 도시 영토에 속하는 외곽까지 쳐들어 와 불을 질렀을 때, 병사들이 보여준 행동은 한마디로 겁쟁이 그 자체였다. 그들 중에는 횟색 피부의 리비아 사람과 누비아의 무어 사람도 있었기 때문에, 병사들 전부가 그런 것은 아니었지만, 최소한 이집트 태생 병사들은 겁쟁이가 분명했다. 여하튼 이집트 주둔군이 그저 으스댈 생각에 행진이라도 할 양이면, 나무 방패와 창과 낫을 들고 가슴에 삼각형 모양의 가죽판을 붙인 채, 세겜의 좁다란 골목길을 지나, 나귀와 낙타를 탄 사람들과 물이나 수박을 파는 상인들과 이들과 홍정하는 사람들로 북적대는 성문 앞 광장까지 지나오느라 허리를 잔뜩 구부리고 걸음을 재촉하는 꼬락서니는 행진이 아니라 도주처럼 보였다. 그런 꼴을 바라보고 어떤 시민이 뒤에서 빈정거리지 않겠는가.

그뿐이 아니다. 파라오의 전사들은 '손가락 몇 개?', '누가 널 때렸지?' 같은 게임이나 즐겼고, 병사들의 고달픈 운명을 노래한 유행가 따위를 부르곤 했다. 그들의 애창곡을 소개하자면 신의 도시 '노'에서 살지 못하고 아무르 족이 사는 이 고난의 땅에서 살 수밖에 없는 가련한 병사의 운명을 노래한 유행가였다. 도시 노가 대관절 얼마나 대단한 도시였기에? 다른 어느 도시와도 비길 수 없는 아름다운 도시, 생명수인 강 위에 돛단배들이 떠다니는 도시, 오색 찬란한 기둥이 있는 신의 도시 노 아문! 그런 도시를 그리워하는 병사들에게 세겜의 운명이나 이 도시의 방어 따위는 안타깝게도 곡식알갱이 하나만큼의 관심거리도 되지 못했다.

훈계

그러니 세겜 시민들이 동요하는 것도 당연했다. 만일 도시 쪽으로 다가오는 유랑부족장의 장성한 아들들이 나누는 대화를 엿들었더라면, 그들의 동요는 더 커졌을 것이 분명하다. 사막의 먼지를 뽀얗게 뒤집어쓰고, 날카로운 눈매로 무슨 재미있는 일이 없나 두리번거리는 이 젊은이들이 아버지한테 알리지 않고 자기들끼리 목소리를 낮춰 숙덕거린 이야기는 세겜 사람들의 안위가 걸려 있는 대화였다. 하지만 아버지는 그들의 계획을 듣고 일언지하에 거절했다. 루벤, 또는 르우벤이라 불리는 큰아들은 당시 열일곱 살이었고, 시므온과 레위는 열여섯과 열다섯이었다. 그리고 약삭빠르고 계략에 능한 빌하의 아들 단 역시 열다섯 살이었다. 또 호리호리한 몸에 날렵하기로 이름난 납달리는 힘은 세시만 늘 우울한 성석의 유나와 마찬가지로 열네 살이있다. 이들이 비밀 모의에 가담한 야곱의 아들들이었다. 가드와 아셀은 열한 살과 열 살로 나이에 비해 조숙해 몸도 건장하고 정신적으로도 성숙한 청년들이었지만, 이 일에는 빠져 있었다. 나머지 어린 세 아들들은 두말할 것도 없고.

도대체 어떤 계획이었을까? 그건 세겜 사람들이 우려하는 바로 그 일에 대한 모의였다. 밖에서 머리를 맞대고 궁리 중이던 이 청년들의 얼굴은 하나같이 나하리나의 태양 아래 새까맣게 그을렸다. 털옷에 허리띠를 질끈 매고, 기름이 번질거리는 머리카락이 하늘로 비쭉비쭉 뻗은 이들은 거친 사내들이었다. 이들은 목자이긴 했어도 활과 칼 쓰기를 즐기는 초원의 아들로서 야수들과 사자를 만나는 데 익숙해 있고, 방목지를 둘러싸고 낯선 목자들과 한판 드잡이를 벌이는 일도 다반사였다. 그들은 아버지 야곱의 부드러운 성품이나 항상 주님을 생각하는 사색 같은 것은 별로 물려받지 않았다. 이들의 생각은 손으로 잡을 수 있는 구체적인 일에 치중되었고, 모욕을 당하거나 혹시 그런 낌새만 보여도 언제든 싸울 준비가 되어 있었다. 아니, 싸우고 싶어서 몸이 근질거려, 어디 시빗거리가 없는지 사방을 두리번거릴 정도였다. 이들은 정신적인 귀족을 자처하는 부족 정신과는 개인적으로 아무 관계도 없는 자들이었다. 워낙 오랜 세월 동안 한군데 안주한 적 없이, 항상 떠돌아다닌 그들은 결실의 땅에서 농사나 짓고 사는 주민들을 은근히 얕잡아보았다. 자유롭고 담대한 자신들이 월등하다고 여긴 것이다. 이쯤 되니 자연스럽게 도적질에도 구미가 당겼다. 단칼에 세겜을 쳐서 몽땅 털어버리자는 제안을 제일 먼저 꺼낸 건 단이었다. 다른 건 다 괜찮은데, 즉흥적인 충동을 이기는 데는 오래 전부터 어려움을 보여온 르우벤이 금방 동의했다. 둘째가라면 서러운 싸움꾼 시므온과 레위는 이 제야 시원하게 몸 풀 일이 생겼다며 신이 나서 덩실덩실 춤을 췄다. 자신도 이 일에 끼게 되었다는 자부심은 다른 사람들의 열성까지 부추겼다.

그들이 생각해 낸 것이 결코 있을 수 없는 일은 아니었다. 그 나라 도시들이 남쪽이나 동쪽 사막에서 몰려온 탐욕스러운 침입자들, 즉 히브리 족이나 베두인 족의 공격을 받아 일시적으로 점령당하는 일이 매일같이 일어나지는 않았다 하더라도, 드물지 않은 현상이었다. 그러나 설화는 도시 사람들이 기록한 게 아니라, 히브리, 혹은 이브리(외국인들이 유대인을 멸시하는 뜻에서 부른 이름으로 '건너온 자'를 뜻함―옮긴이), 즉 이스라엘 사람들이 쓴 것이다. 그래서 이들은 그런 식의 서사시를 통해 현실을 정화하는 것이 당연히 허락되어 있다는 확신 아래, 아무런 양심의 가책 없이 특정 사실을 은폐하기도 했다. 야곱의 진영에서 처음부터 세겜과 전쟁을 벌이려는 모의가 있었다는 사실도 그중 하나이다. 이 계획은 족장 야곱의 저항에 부딪쳐 몇 년 동안 지연되었을 뿐, 때가 되자 가련한 디나의 사건으로 터지고야 만다.

물론 이 계획에 대한 족장의 저항은 매우 단호하여, 누구도 꺾을 수 없었다. 야곱은 그 시절 대단한 자부심으로 한껏 고조된 상태였다. 그는 자신이 교양 있는 인물이며, 고결한 영혼을 지녔음을 확신했다. 이는 여러 가시 이념들을 폭넓게 결합시킬 줄 아는 데서 비롯된 결과였다. 돌이켜 보면 그의 삶 또한 우주의 순환이 그러하듯 지난 25년 간 승천과 저승순례, 뒤이어 부활을 겪었다. 한마디로 그의 인생은 순환의 비유로서 신화의 도식을 만족스럽게 실현시키며 부자가 된 삶이 아니던가.

브엘세바에서 출발하여 처음 벧-엘에 이르러 그 성소에서 거룩한 계단을 보았으니, 이것은 곧 승천이었다. 거기서 아랫세상의 초원으로 내려갔으니, 이것이 곧 저승순례였다. 여기서 7년씩 두번이나 땀을 흘리며 온몸을 떨어야 했고, 마침내 큰 부자가 되었다. 약삭빠른 지략을 자랑하지만, 멍청하기 이를 데 없는 악마, 라반을 속인 대가로 그렇게 부자가 될 수 있었다. 야곱에게 메소포타미아의 장인은 검은 달의 악마나 심술궂은 용과 다를 게 없었다. 자신을 속였던 장인을 야곱 또한 보기 좋게 속여, 장인으로부터 이쉬타르, 곧 자신에게 가슴 가득 경건한 웃음을 가져다준 아름다운 눈의 라헬을 훔쳐내고, 아랫세상의 빗장을 부수고 위로 올라와 이렇게 세겜에 이른 것이다.

야곱이 세겜 골짜기에 당도했을 때, 그렇게 꽃이 만발해 있지 않았더라도 그만이었다. 어차피 이 순간은 그에게 인생의 순환단계에서 새로운 삶이 시작되는 봄으로 보였을 테니까. 또 세겜은 아브라함도 한때 머문 적이 있던 곳이다. 이 기억까지 합세해서 야곱의 마음은 부드러워질 대로 부드러워졌다. 그는 깊은 신앙심에 한껏 취해 있었다. 그랬다. 아들들이 아브라함의 전사다운 용맹을 기억하고 있었다면, 다시 말해서 동방의 군사들을 추격하여 별을 숭배하는 자들의 이빨을 분질러버렸던 아브라함의 무용담을 떠올리고 있었다면, 야곱은 선조가 세겜의 사제왕 멜기세덱과 나눴던 우정과 사제왕으로부터 받았던 축복과 호의, 그리고 선조가 섬긴 신을 인정받은 사실을 기억하고 있었다.

이런 기억에 취해 있는 야곱에게 큰 아들들이 찾아와 그들이 머릿속에 꿈꾸고 있는 야만스러운 계획을 조심스럽게, 아니 거의 시적으로 넌지시 비추었으니, 그 아들들이 끔찍한 대접을 받는 것도 당연했다.

"썩 나가거라! 당장!"

이렇게 버럭 소리를 지른 야곱은 이런 말도 했다.

"레아의 아들과 빌하의 아들들아, 너희는 부끄러운 줄 알아야 할 것이다! 우리가 사막의 도적떼란 말이더냐? 아무 땅에나 들어가 재난을 가져다주는 메뚜기떼나 전염병처럼 농부들의 수확물을 다 먹어 치우는 그런 도적이란 말이냐? 우리가 아무 이름도 없는 떠돌이 부랑자란 말이냐? 구걸을 하든가, 훔치는 것 외에는 선택의 여지가 없는 그런 근본도 없는 뜨내기란 말이더냐? 아브라함은 이 나라의 영주 중의 영주가 아니었더냐? 그리고 힘있는 자의 형제가 아니었더냐? 그런데 너희는 도시의 주인들과 끔찍한 전쟁을 벌여 피를 흘리겠다고? 그럼 염소들은 어쩔 생각이냐? 너희를 적대시하는 초원에서 어떻게 염소들을 먹일 수 있겠느냐? 증오의 메아리가 귓전을 때리는 산에서 어떻게 염소를 방목할 생각이란 말이더냐? 썩 물러가거라! 이 멍청한 놈들아! 감히 그런 생각을 하다니! 밖에 나가서 생후 3주된 새끼들이 녁이를 잘 먹는지 그거나 살펴보거라. 이미 젖이 헐지 않게 잘 보살펴 주고, 그리고 나가서 낙타 털이나 모으

거라. 옷을 만들어야 하니까. 이제 때가 되었으니 누더기는 벗고 종복과 목동들에게도 새 옷을 만들어주거라. 자, 어서들 나가봐라. 나가서 장막의 밧줄이 성한지 살펴보고, 장막 지붕의 고리 중 혹시 썩은 데는 없는지 그것도 살펴보거라. 행여 불행이 닥쳐 이스라엘의 머리 위로 집이 무너질까 두렵구나. 나는 이제 허리띠를 매고 성문 아래로 나아가, 시민들과 성주 하몰과 이 도시의 목자들과 함께 평화로운 자리를 만들어 지혜롭게 이야기를 나눌 생각이다. 그들과 거래를 터서 그들의 땅을 얻어야 하니까. 우리들에게도 득이 되고 그들에게도 손해가 되지 않도록 계약을 잘 해서 문서로 남길 생각이다."

계약서

　야곱의 말처럼 되었다. 야곱이 장막을 친 곳은 도시에서 그다지 멀지 않았다. 오래 묵은 뽕나무와 테레빈 나무가 우거진 것이 거룩한 장소로 보여서 그곳을 선택했다. 초원과 밭이 물결처럼 뻗은 곳인데, 전면에는 에발 산의 민둥 절벽이 보이고, 위쪽만 바위가 많고 아래쪽으로는 나무가 울창한 가리짐 산이 가까운 곳이었다.

　야곱은 자신이 머물던 장막으로 남자 세 명을 불렀다. 세 겜에 선물을 보낼 생각이었다. 성주 하몰에게 바칠 선물로는 비둘기 몇 마리를 묶은 다발과 마른 과일을 섞어 만든 빵, 오리 모양의 램프, 물고기와 새가 그려진 예쁜 항아리 몇 개를 준비했다. 그리고 심부름꾼들에게 자신은 대가족을 거느린 나그네이며, 성문 밑에서 성주와 체류권과 거기 딸린 여러 가지 권리를 얻는 문제로 상의를 하고 싶다는 말을 전하게 했다.

이 소식이 전해지자 세겜 사람들은 휴우 안도의 한숨을 내쉬고 잔뜩 들떴다. 만날 시간이 정해졌다. 때가 되자, 동쪽 성문으로 통풍 환자 하몰이 나왔다. 신하들과 천박한 아들 세겜도 함께 왔다. 베서-케-바스테트도 호기심이 생겼던지 목에 화려한 꽃깃을 걸고 모습을 드러냈다. 옆에 고양이까지 몇 마리 달고 나왔다.

다른 쪽에서는 야코브 벤 이샤크, 즉 야곱이 단단히 차려입고 나이가 제일 많은 종복 엘리에젤과 큰 아들들을 대동하고 나타났다. 야곱은 사전에 아들들에게 예의 바르게 행동하라고 당부했다. 양쪽 대표들이 성문 밑에서 마주보게 되자 성문 안쪽에도 사람들이 모여들었다. 성문은 웅장한 축조물이어서 바깥쪽만 회랑처럼 불거져 나온 게 아니라, 안쪽에도 회랑이 있어 장터와 법정 구실을 했다. 도시 사람들은 협상을 구경하고 싶어서 그곳으로 몰려와 높은 사람들 뒤로 바짝 붙어 섰다. 하지만 곧장 협상에 들어간 건 아니었다. 처음에 온갖 격식을 갖추느라 본론에 들어가기까지 꽤 많은 시간이 소요되어, 총 여섯 시간이나 걸렸다. 덕을 본 것은 성문 안쪽 장터에서 물건을 팔던 상인들이었다.

첫 대면이 끝나자, 양측 대표들은 야외용 의자와 돗자리 그리고 두꺼운 천 위에 마주보고 앉았다. 우선 간식으로 향기로운 포도주와 꿀을 넣은 걸쭉한 우유가 나왔다. 한참을 서로의 건강과 취미에 관한 이야기만 서로 주고받았다. 그런 다음, 강 양쪽의 도로 상황이며, 또 저 바깥세상 이야기가 나온 후, 본론은 어깨를 들썩이며 마지못해 꺼낸다는 듯, 그저 지나가는 말처럼 한 마디씩 건드렸다가, 다시 다른 화제로 말머리를 돌리곤 했다. 차라리 그런 이야기는 하지 말자는 식이었다. 양쪽 다 실제 협상 내용은 인간의 고상한 인품에 비하자면 경멸의 대상으로 생각한다는 입장을 보이려 했던 것이다. 실용성을 넘어서서 겉치레를 우선시하는 사치란 어차피 아름다운 형식을 위한 것이 아니던가. 이를 위해서라면 세월아, 네월아 하며 시간은 얼마든지 낼 수 있지 않은가. 아름다운 형식이야말로 인간의 품위, 즉 자연스러움 이상의 것, 곧 교양을 좌우하는 것인데, 까짓 시간쯤이야 아까울 게 없었다.

도시 사람들이 야곱에게 받은 인상은 대단했다. 물론 첫눈에 감동한 것은 아니다. 그렇지만 몇 마디 나누지 않아, 벌써 상대방이 어떤 인물인지 알아차렸다. 그는 주인님이었고, 신을 섬기는 영주였다. 풍요로운 정신, 뛰어난 사교성, 고결한 인품, 한마디로 완벽한 귀족이었다. 여기서 일어난 일은, 그 옛날 아브라함으로부터 받았던 인상의 반복이요 재현이었다. 이러한 정신적 지도자로서의 품격은 태생과는 무관하며 오로지 고결한 정신과 형식이 만들어준 것이었다. 사람의 마음을 사로잡는 유화한 성품과 사려 깊음을 드러내 주는 시선, 흠잡을 데 없는 예의 바른 행동, 몸짓 하나에서 손짓 하나까지 고상하기 짝이 없고, 약간 떨리는 듯한 음성이며 교양이 철철 넘쳐나는 언변, 명제와 반명제까지 제시하며 생각의 운을 맞추고, 자유자재로 신화적 암시를 구사하는, 야곱의 이 화려한 언변 앞에서 특히 감탄을 금지 못한 사람이 바로 통풍 환자 히몰이었다. 그는 곧 자리에서 일어나 야곱에게 다가가 입을 맞추었다. 그러자 성문 안에서 구경하던 백성들까지 박수를 쳤다.

이방인이 원하는 게 무엇인지에 관해서는 그곳 사람들도 미리 다 알고 있었다. 그런데 이 경우는 합법적인 이주의 성격을 벗어나는 사안이어서 성주로서는 조금 난처하기도 했다. 행여 누군가 멀리 떨어져 있는 상부에 하몰 자신이 히브리 사람에게 땅을 넘겨주었다고 상소를 올리기라도 하는 날에는, 다 늙어 고생문이 열릴 수도 있었다. 하지만 슬며시 눈빛으로 이집트 주둔군 대장의 심중을 떠본 결과, 그 역시 야곱의 인품에 감동받은 눈치여서 일단 그 점에서는 안심이 되었다.

그래서 하몰은 협상을 시작하기로 했다. 우선 절로 예를 갖춘 다음, 역시 형식이 중요했으므로 '아름다운' 제안부터 꺼냈다. 야곱에게 아무 대가 없이 땅과 권리를 선사하겠다고. 그런 다음 양념처럼 씨를 뿌릴 수 있는 밭을 제공하고, 그 값으로 은화 100세겔을 요구했다. 넓이가 반 모르겐(1모르겐은 약 2에이커—옮긴이)인 밭 값치곤 조금 많지만, 상대방이 당연히 에누리를 하리라 예상하고 제시한 값이었다. 그러면서 성주는 야곱과 자기 사이에 사실 이런 게 무슨 문제가 되겠느냐고 한마디 덧붙였다.

그러나 야곱은 값을 깎을 생각이 추호도 없었다. 선조가 했던 일을 그대로 모방하여 과거를 현실로 되살릴 수 있다는 것만으로도 가슴이 벅찬 야곱이었다. 지금 이 순간 그는 동쪽에서 온 아브라함이었다. 에브론으로부터 이중 굴로 된 무덤을 사들인 바로 그 아브라함이었다. 아브라함이 헤브론 성주와 헷 족 자손들과 흥정하면서, 에누리를 했던가? 수백 년의 세월이 간데없이 사라지고 예전의 것이 이 순간 되살아났다. 부자 아브라함과 야곱, 동방에서 온 부자들은 품위를 잃지 않고 아무 조건 없이 상대방의 요구를 순순히 받아들였다.

갈대아 출신 노예들이 무게를 달 돌저울을 끌고 오는 동안 집사 엘리에젤은 은반지가 가득 든 질그릇을 가져왔다. 하몰의 서기관들이 우르르 몰려 와 쪼그리고 앉아, 법을 근거로 한 평화조약이자 거래계약서인 문서를 작성하기 시작했다. 밭과 방목지 값을 저울로 달아 상대방에게 건네준 순간, 누구든 이 계약에 이의를 제기하는 자는 저주를 받게 될 거룩한 계약서가 탄생했다.

이제 야곱 사람들은 세겜의 주민으로서 권리를 인정받게 되었다. 구체적으로 살펴보면, 야곱 사람들은 언제든지 자유롭게 성안으로 출입할 수 있다. 또 야곱 사람들의 딸들을 세겜의 아들들이 아내로 삼을 수 있으며, 세겜의 딸들은 그 아들들을 남편으로 얻을 수 있다. 이러한 권리를 부인하는 자는, 평생 동안 명예를 잃게 된다. 또 사들인 밭에 있는 나무는 야곱 일행의 것이다. 이를 의심하는 자는 법의 원수가 되리라, 뭐 이런 내용이었다.

베서-케-바스테트가 증인으로 나서서, 점토판에 딱정벌레를 새긴 반지도장을 찍고, 하몰은 돌도장, 그리고 야곱은 목에 걸고 다니는 원형도장을 찍었다. 이제 협상은 끝났다. 사람들은 서로 입을 맞추고 상대방을 치켜세우는 인사말들을 나눴디. 드디어 야곱은 가나안 땅의 세겜 성지 옆에 자리를 잡게 된 것이다.

세겜 성 앞에 사는 야곱

"너, 그 이야기 알아?" "응, 잘 알아."

훗날 이스라엘의 목자들이 모닥불을 피워놓고 이렇게 '아름다운' 대화를 나누면서 자신들이 잘 안다고 한 내용은 실은 정확하지 않다. 이들은 양심의 가책 없이 어떤 것은 슬쩍 내용을 갈아치우고, 또 어떤 것에 대해서는 입을 꾹 다물어버렸다. 모두 이야기의 정결함을 위해서였다.

이스라엘의 목자들은 야곱의 아들들이, 이름까지 대자면, 레위와 시므온이 평화계약을 맺을 당시, 입을 삐죽거렸다는 사실에 대해서는 침묵으로 일관했다. 그리고 마치 이 계약이 디나와 성주 아들 세겜의 스캔들이 시작되었을 무렵에 성사된 것처럼 군다. 실은 모든 일이 그들이 '알고 있던 것'과는 다르게 진행되었는데도 모른 척한 것이다. 그래서 야곱의 딸 문제로 세겜에게 요구한 조건도, 서로 형제가 되기로 약조한 이 계약문서의 한 조항이었던 것처럼 후손에게 전해졌다. 하지만 실제로 이 조건은 야곱 일행과 세겜이 맺은 평화조약과는 아무 상관 없는 별개의 조건이었고, 이스라엘의 목자들이 '정확히 알고 있다'고 주장하는 것과는 전혀 다른 시기에 나온 것이다.

이 자리에서 다시 한번 짚어보자. 평화조약이 먼저였다. 이 계약이 없었더라면 야곱 일행은 세겜에 정착할 수도 없었을 것이다. 그랬더라면, 그 다음 일들도 일어날 수 없었다. 그 혼란스러운 사태가 발생했을 때, 야곱 일행은 세겜성 앞의 골짜기 입구에서 이미 4년째 살고 있었다. 이들은 그사이 평평한 밭에는 밀을 심고 비탈진 밭에는 보리를 심었다. 그리고 올리브 나무에서는 기름을 뽑고 가축도 먹였고, 성안의 사람들과 상거래도 했다. 그리고 자신들이 살던 곳에 우물도 하나 팠다. 깊이가 14엘레에 폭도 꽤 넓은 우물이었는데 주변에 돌담까지 쌓았다. 이것이 야곱의 우물이었다.

우물이라고? 그렇게 깊고 폭까지 넓은 우물이었다고? 도대체 이스라엘 후손들은 왜 우물이 필요했을까? 도시 사람들과 친하게 지냈고, 성문 앞과 골짜기에 샘물이 지천으로 널려 있었는데. 물론 그랬다. 처음에는 우물을 따로 팔 필요가 없었다. 골짜기에 정착한 즉시 우물을 판 건 아니었다. 하지만 시일이 조금 흐르자, 물 문제만큼은 독립하는 것이 중요한 사안으로 대두되었다. 가뭄이 들더라도 물이 마르지 않는 우물이 있어야 했다. 이것은 히브리 사람들의 생사가 설린 문제였기 때문이다.

형제가 되기로 약조한 문서가 있었고, 이에 이의를 제기하는 자는 내장을 꺼낸다는 조문도 있었다. 백성들의 박수를 받으며 두 족장이 이런 계약을 맺은 것은 사실이지만, 이방인인 야곱 일행이 세겜 백성에게 그렇게 편안한 상대는 아니었다. 아니, 조금 껄끄럽다 못해 무슨 꿍꿍이속이 있는지 아무래도 미심쩍은 사람들로 비쳐졌다. 게다가 이들은 정신적으로 세상의 다른 사람들보다 조금 앞서 있는 것처럼 행동했고, 가축이며 양모 거래를 하면서 쏠쏠하게 재미도 볼 줄 아는 장사수완도 있어서 그들과 거래를 하다 보면 왠지 밑지는 느낌이었다.

한마디로, 형제가 되기로 한 계약이 만사를 해결해 주지는 못했다. 계약서에 명시되지 않았던 물 사용 문제가 그랬다. 도시 사람들은 얼마 안 가, 다른 데서 건너온 히브리 사람들에게 물을 대주지 않겠다고 거부 의사를 밝혔고 야곱 일행은 따로 우물을 파야 했던 것이다. 이 점이 바로 이스라엘 사람과 세겜 사람들이 성문 밑에서 계약을 맺긴 했어도, 실제로는 그곳 토착민들과의 관계가 심각한 분규가 발생하기 전에 이미 원만하지 않았음을 보여주는 증거였다.

야곱은 이 사실을 알기도 했고 모르기도 했다. 알면서도 모르는 척, 딴청을 피웠다는 뜻이다. 당시 가족과 사색에 푹 빠져 한눈팔 겨를이 없었다. 곁에 매혹적인 눈의 사랑스러운 라헬이 있었던 것이다. 그녀를 아내로 얻기까지 얼마나 힘들었던가. 또 위험천만한 과정을 거쳐 간신히 장인으로부터 빼돌려 선조의 땅으로 데리고 온 정실, 가장 사랑하는 여인, 보기만 해도 가슴이 들뜨는, 위안이자 청량제인 그녀와 함께 사랑하는 요셉, 진정한 아들도 곁에서 무럭무럭 자라고 있었다. 이 얼마나 매혹적인 세월인가! 요셉은 그사이 어린아이에서 이제 소년이 되어갔다. 귀엽고 아름다운 데다, 곰살궂고 애교도 부릴 줄 아는 장난꾸러기에 사람의 마음을 홀리는 뭔가가 있는 소년이 아니던가.

야곱은 이 아이를 보기만 해도 가슴이 설레었다. 그때 이미 큰 아들들은 입만 나불대는 개구쟁이한테 넋이 나간 노인네를 보고 서로 못마땅한 눈길을 주고받았다. 한술 더 떠서 야곱은 집안일에 참견도 하지 않았다. 여행이 잦았던 탓이다. 그는 세겜 성안과 그 나라에 있는 신앙이 같은 형제들을 두루 찾아다니며, 골짜기와 언덕에 있는 아브라함의 신께 바쳐진 거룩한 성소를 방문하고, 오로지 한 분이신 지고하신 주님의 성품이 어떤 것인지 사람들에게 설명해 주곤 했다.

남쪽으로 길을 떠난 것도 사실이다. 오랜 세월 동안, 거의 한 세대나 떨어져 있던 아버지를 다시 만나 자신이 얼마나 큰 부자가 되었는지 보여드림으로써 자신이 받은 축복을 증명하고 싶었다. 그때까지만 해도 이사악은 눈은 완전히 멀었지만 고령에도 불구하고 살아계셨다. 살아계셨으면 마찬가지로 고령이었을 어머니는 그러나 사자의 나라로 내려가신 후였다. 이사악이 제물을 바치는 성소를, 브엘세바 근처에 있는 '야웨 엘 올람' 나무가 있는 곳에서 헤브론 근처에 있는 신탁 나무인 테레빈 나무 쪽으로, 그러니까 '이중 굴' 바로 근처로 옮긴 것도 그 때문이었다. 이 무덤에 이사악은 사촌의 딸이자 아내였던 사래를 묻었다. 그리고 얼마 후 주님께서 제물로 받기를 거부하신 이사악 자신도, 그토록 오랜 세월 동안 이 땅에 살면서 수많은 이야기를 만들어낸 그 역시 아들 야곱과 에사오의 애도 속에서 같은 장소에 묻혔다. 그때 벧-엘을 떠나오던 야곱은 라헬이 죽은 후라 기가 완전히 꺾여 있었다. 그는 갓 태어난 아들을 데리고 있었다. 어린 살인자, 벤-온이 혹은 벤-야민.

포도 따기

네번이었다. 밀과 보리가 파랗게 싹을 틔워, 세겜 들판을 황금빛으로 물들인 것이. 골짜기의 아네모네 꽃도 네번이나 피었다 시들었다. 야곱 일행은 그사이 양털을 여덟번 깎았다. 봄에 태어나는 점박이 양은 털이 얼마나 빨리 자라는지, 깎고 나면 눈 깜짝할 사이에 또 깎을 때가 되어 일 년에 두번 깎았기 때문이다. 봄인 시반 달(5/6월—옮긴이)에 한번, 그리고 가을인 티스리 달(9/10월—옮긴이)에 한번 더 털을 깎았다.

그러던 중 포도를 수확할 철이 되자, 세겜 사람들은 도시 안에서 그리고 가리짐 산에 있는 계단밭에서 축제를 벌였다. 가을에 접어들어 보름달이 뜨는 날을 시작으로 새로운 한 해가 시작되는 터라 이 날은 도시와 성 밖의 골짜기가 사람들의 환호성과 행진으로 떠나갈 듯했다. 포도를 수확한 추수감사제가 열린 것이다.

그전에 사람들은 노래를 부르며 포도를 딴 후, 돌로 만든 포도 압착장에 맨발로 들어가 다리부터 허리까지 온통 보랏빛으로 물들 때까지 포도를 지근지근 밟고, 달콤한 피가 홈을 타고 통 안에 흘러 들어가면, 무릎을 꿇고 함박웃음을 흘리며 항아리와 부대에 퍼 담아 발효시켰다. 그리고 바닥에 앙금이 내려앉자 사람들은 7일 간 축제를 벌였다. 소와 양, 곡식과 포도즙, 기름의 첫 소산 중 십분의 일을 제물로 올린 후, 너나없이 잔뜩 먹고 마시고는 큰 바알인 아돈(아도나이)의 신전에 그의 시중을 들어줄 작은 신들을 바치고, 아돈은 배에 실어 여럿이 어깨에 걸머지고 북과 탬버린을 두드리며 사방을 돌아다녔다. 산과 들판이 다음에도 풍성한 결실을 가져다줄 수 있도록 다시 한번 축복을 내려달라는 뜻이었다.

축제 중간에 사흘째 되는 날, 성문 앞에서 음악연주와 춤판이 벌어졌다. 이 자리는 남녀노소를 가리지 않고 누구나 참여할 수 있었다. 바로 이 자리에 노인 하몰이 가마를 타고 등장했다. 경망스러운 세겜도 가마를 타고 나타났다. 후궁들과 내시들, 신하들과 상인들, 그리고 평민들도 빠지지 않았다. 야곱도 아내들을 거느리고 아들들과 종복들을 대동하고 장막 밖으로 나와 요란한 음악과 함께 춤이 시작될 장소에 자리를 잡았다.

올리브 나무 아래 넓은 공간이 있었다. 위쪽은 바위절벽이지만 아래쪽은 나무와 풀이 우거진 아늑한 곳이었다. 골짜기의 염소들이 마른풀을 찾아 올라오고 있었다. 하늘이 파랗고, 따뜻한 오후의 햇살에 만물과 인간이 돋보였다. 무희들도 황금빛에 물들었다. 엮어 만든 리본을 허리와 머리에 두르고, 화장한 긴 눈썹엔 금속가루를 바른 무희들이 고개를 좌우로 흔들어가며 탬버린을 치면서 악사들 앞에서 배꼽 춤을 추었다. 쪼그리고 앉은 악사들은 수금과 라우테를 뜯기도 하고, 짧은 피리를 불기도 했다. 피리소리가 찢어지는 듯했다. 악사들 뒤에 앉은 사람들은 박자에 맞춰 손뼉을 치기도 하고 노래를 부르면서 손으로 목울대를 흔들어 소리가 울리게 만들기도 했다.

남자들도 춤에 합류했다. 덥수룩한 수염을 길게 늘어뜨리고 벌거벗은 몸에 짐승 꼬리를 단 남자들이었다. 여자들을 낚아채려고 펄쩍펄쩍 뛰어오르는 모습이 영락없는 염소였다. 그러면 처녀들은 유연하게 몸을 틀어 용케 빠져나갔다. 공놀이도 있었다. 여러 개의 공을 한꺼번에 위로 던지는 솜씨가 보통이 아니었다. 어떤 아가씨는 양팔을 구부린 채 하늘 높이 던져 올리고, 또 어떤 아가씨는 다른 아가씨가 던진 공을 허리로 받기도 했다.

모두들 흡족해 있었다. 도시 사람들은 물론이고, 장막 사람들도 예외는 아니었다. 다만 야곱만은 이런 식의 소음과 번잡함을 좋아하지 않았다. 하나같이 정신 사납고 주님에 대한 사색을 방해하는 것이었기 때문이다. 하지만 다른 사람들을 생각해서 편안한 표정을 짓고, 예의를 지키느라 이따금 손뼉도 치며 박자를 맞추기도 했다.

일은 바로 그날 벌어졌다. 성주 아들 세겜은 히브리 사람의 딸, 열세 살싸리 디나를 보고 반해버렸다. 첫눈에 불이 붙은 그의 욕망은 걷잡을 수가 없었다. 디나는 어머니 레아와 함께 돗자리 위에 앉아 있었다. 악사들 바로 곁이었다. 그런데 하필이면 바로 맞은편에 세겜이 앉아 있었다. 세겜은 혼란스러운 눈빛으로 쉴새없이 그녀를 훔쳐보았다.

그녀는 아름답지 않았다. 레아의 소생이 어떻게 아름다웠겠나. 그러나 한창 나이였던 그녀는 묘한 매력을 풍겼다. 대추야자 꿀 가닥처럼 끈적거리면서 끊어질 줄 모르는 달콤한 매력이었다. 세겜은 그녀를 보는 순간, 꿀을 바른 봉지에 찰싹 붙어버린 파리 신세가 되었다. 혹시, 자신이 원한다면 발을 떼놓을 수 있는지 발버둥쳐 보았다. 물론 실제로 발을 뗄 생각은 추호도 없었다. 그 꿀이 너무도 달콤했으니까. 하지만, 아뿔싸! 그건 불가능했다. 설령 간절히 원한다고 해도, 결코 발을 뺄 수 없다는 사실을 깨닫고 세겜은 겁이 덜컥 났다. 간이 의자에 가만히 앉아 있을 수가 없어서 계속 엉덩이를 들썩였다. 그사이 안색도 수시로 바뀌었다.

디나는 얼굴이 까무잡잡했다. 머리에 두른 베일 아래 이마가 드러나고 거기에 까만 장식용 술이 드리워져 있었다. 우수에 젖은 듯, 끈적이는 달콤한 까만 눈동자가 넋 나간 상대방의 시선을 의식하고, 이따금 곁눈질을 하곤 했다. 시원해 보이는 콧구멍, 코에 대롱대롱 매달려 있는 황금 코걸이, 도톰하게 솟은 빨간 입, 어디가 아픈지 일그러진 듯한 입에 가려, 턱은 있는 듯 없는 듯 했다.

그녀는 파란색과 빨간색이 섞인 모직 원피스에 허리띠를 매지 않았다. 한쪽 어깨만 가리고, 다른 쪽 어깨는 맨살을 드러내는 옷이었다. 사랑스럽기 그지없는 갸름한 어깨였다. 그뿐이 아니었다. 머리 뒤로 손을 가져가느라 팔을 올리면, 오목한 겨드랑이 살이 드러나, 속옷과 겉옷 사이로 봉긋하게 솟아오른 앙증맞은 젖가슴이 시겜의 눈을 파고들었으니 이건 여간 큰 문제가 아니었다. 심각한 문제는 또 있었다. 그녀의 발이었다. 발목에 구리발찌를 찬 까무잡잡한 발은 엄지발가락만 빼고 발가락마다 얇은 황금 가락지가 끼워져 있었다. 그리고 뭐니뭐니 해도 제일 심각한 건, 무릎에 올려놓은 황금빛으로 그을린 작은 손이었다. 색칠도 하고 예쁘게 치장한 손톱이 눈에 들어왔다. 반지를 낀 그녀의 손이 천진난만하면서도 또 한편으로는 영리해 보이는 동작으로 꼼지락거리며 손장난을 하자, 시겜은 자신도 모르게 엉뚱한 상상에 빠져들었다. 나하고 동침할 때 저 손이 날 애무해 준다면, 그 기분이 어떨까? 그 생각에 온몸이 감각을 잃어 숨이 막힐 듯했다.

세겜은 처음부터 그녀와 동침할 생각을 했고 나중에는 오로지 그 생각뿐이었다. 눈길이 아닌 다른 방식, 예를 들면 디나에게 직접 말을 걸어 그녀의 미모를 칭찬해 주는 것은 법도에 어긋나는 행동이었다. 그는 집으로 돌아오는 길에 당장 아버지에게 매달려 애원을 했다. 나중에 성 안에 들어가서도 그의 애걸은 계속되었다. 히브리 소녀 없이는 단 하루도 살 수 없다. 온몸이 말라죽을 것이다. 그 소녀를 아내로 삼아 동침할 수 있도록 아버지가 성 밖으로 나가 지참금을 주고 그녀를 데려와 달라. 안 그러면 곧 말라 비틀어져 죽을 것이다.

이러니 통풍 환자 하몰이 뭘 어쩌겠는가. 하는 수 없이 가마를 타고 성 밖으로 나간 그는 두 남자의 안내를 받아 야곱의 장막 안으로 들어갔다. 그리고 야곱 앞에 머리를 숙여 형제라 부른 후, 이런 저런 쓸데없는 이야기를 늘어놓다가 마침내 아들의 불타오르는 연정을 털어놓았다. 디나의 아버지가 이들의 결합을 허락한다면 결혼 예물은 충분히 주겠다. 이를 허락해 주겠는지?

야곱은 뜻밖의 이야기에 놀라움을 금치 못했다. 마음이 두 가닥으로 갈라지는 자신이 당황스러웠다. 야곱은 명예를 소중히 여기는 사람이었다. 세상의 눈으로 보자면, 자기 집안이 그 나라의 영주 집안과 사돈이 되는 것을 마다할 이유는 없었다. 아니, 솔직히 말하면 그러기를 바랐다.

악마 라반으로부터 라헬을 아내로 얻기까지 숱한 세월을 참아야 했던 일이 떠올랐다. 이 일을 빌미로 그토록 자신을 착취하고 기만했던 라반. 이제 자기 딸을 탐하는 대상이 생겼으니 자신이 라반의 역할을 하게 된 셈이었다. 물론 장인처럼 행동할 생각은 없었다.

한편 이 결합이 주님 보시기에 어떨까 하는 의구심도 없지 않았다. 지금까지 매혹적인 요셉에게 온 정신이 쏠려, 단 한번도 귀염둥이 디나한테 정성을 기울여 본 적이 없었다. 그리고 그녀 때문에 높은 사람의 방문을 받은 것도 이번이 처음이었다. 물론 디나는 외동딸이었고, 성주 아들이 그토록 탐을 내니 더더욱 딸아이가 귀하게 여겨졌다.

그러나 지금껏 별로 귀한 줄 몰랐던 이 딸자식으로 인하여 주님 앞에 실족해서는 안 된다는 생각도 들었다. 아브라함은 엘리에젤로 하여금 자신의 늑골뼈에 손을 얹게 한 후,

이사악을 위해 친척이 살던 동방의 고향에서 신붓감을 데려오게 하지 않았던가? 자기가 살던 가나안의 딸 중에서 며느리를 고르지 않고 말이다. 이사악도 적자인 야곱 자신에게 똑같은 명령을 내리지 않았던가? "가나안의 딸들을 아내로 취하지 말아라!"라고. 디나는 물론 여자아이인데다 명색만 정실인 레아의 소생이었으니, 축복을 받은 자 이사악이나 야곱처럼 무조건 가나안 사람을 배필감에서 배제해야 할 이유는 없었다. 하지만 주님의 심기를 염두에 둔다면, 조심하는 게 상책이었다.

조건

야곱은 즈불룬까지 열 명의 큰 아들들을 불렀다. 하몰 앞에 자리를 잡은 아들들은 난색을 표했다. 큰 아들들이 모처럼 입김을 발휘할 수 있는 순간이었다. 그러나 이들은 이런 제안을 기다렸다는 듯이 얼씨구나 하고 넙죽 받아들일 남자들이 아니었다. 서로 의논할 필요도 없이 이들의 생각은 하나로 모아졌다. 디나? 자신들의 누이? 이제 막 여자 티가 나는, 돈으로 값을 계산할 수 없는 사랑스러운 디나? 그녀를 하몰의 아들 세겜에게? 이건 심사숙고해야 할 문제다. 그러니 생각할 여유를 달라.

일반 거래에서도 시간을 끌기 마련이므로, 특별한 요구는 아니었다. 하지만 시므온과 레위에게는 딴 속셈이 있었다. 예전 계획을 포기하지 않은 이들은 은근히 희망을 걸었다. 세겜 사람들과는 이즈음 물 문제로 갈등이 커가고 있었다. 아직 큰 분란이 생기지는 않았지만 결코 방심할 상황은 아니었다. 그런데 성주 아들 세겜이 누이가 탐나 혼담을 넣었으니 이참에 뭔가 일을 꾸밀 수 있으리라 생각했던 것이다.

생각할 말미로 사흘을 요구했다. 하몰은 약간 불쾌한 기색으로 가마에 올랐다. 기한이 되자, 이번에는 하얀 나귀를 탄 세겜이 직접 성 밖으로 나왔다. 성주가 자신은 더 이상 이 일에 관여하고 싶지 않다며 아들에게 직접 해결하라고 한 것이다. 어차피 속이 타는 건 본인이었으니 세겜이 나서는 게 당연하기도 했다.

세겜은 장사꾼처럼 행동하지 않고 디나를 향한 불 같은 열정에 가슴이 타 들어간다고 솔직하게 털어놓았다.

"뭐든지 요구하시오! 어떤 선물이든지 상관없으니 부끄러워하지 말고 요구하시오! 선물과 예물은 달라는 대로 주겠소. 나는 아버지 집에서 바알을 섬기며 호화롭게 사는 성주의 아들 세겜이오. 뭐든지 주겠소!"

그러자 형제들은 본론에 들어가기도 전에 대뜸 조건부터 제시했다. 그렇게 하기로 사전에 입을 맞춘 것이다.

바로 이 부분이야말로 일의 선후를 잘 따져봐야 할 대목이다. 실제 사건의 진행은 훗날 목자들이 '아름다운' 대화로 들려준 것과는 순서가 달랐기 때문이다.

이 '아름다운' 대화에는 세겜이 무턱대고 못된 짓을 저지른 바람에 이쪽에서 계략을 동원하여 폭력으로 맞받아 친 것으로 되어 있다. 하지만 사실은 그게 아니다. 부당한 행동을 먼저 한 것은 야곱 일행이었다. 그들이 세겜을 속였다고는 할 수 없어도 아무튼 뒤통수를 친 건 분명하다. 이에 세겜도 더는 참지 못하고 일을 저지른 것이다.

야곱 사람들은 세겜에게 먼저 할례부터 받으라고 했다. 그건 피할 수 없는 일이다. 우리도 할례를 받았을 뿐 아니라, 만일 야곱의 딸이자 우리 누이인 디나를 할례도 받지 않은 남자에게 아내로 준다면 이것은 주님에 대한 불경죄요 수치스러운 일이다.

형제들은 그전에 아버지 야곱부터 설득했다. 야곱은 일단 시간을 벌 수 있겠다 싶어서, 아들들의 제안에 동의했다. 한편으로는 느닷없이 깊은 신앙심을 보이는 아들들이 놀랍기도 했다.

세겜은 호탕하게 껄껄 웃은 게 미안했던지 손으로 입을 가리고 사과를 했다.

"그것뿐이요? 요구 조건이 그것뿐이란 말이오? 한쪽 눈이라도 달라면 주고 싶은데, 디나를 얻을 수만 있다면 뭐든지 못 줄 것이 없는데, 고작 신체의 별 쓸모도 없는 껍데기만 내놓으라는 거요? 그 정도라면 문제없소! 할례라면 내 친구 베세트도 받았고, 그런 일이라면 나한테는 걸릴 게 없소. 그 피부 조각 하나가 떨어져 나갔다 해서 나와 잠자리를 즐기는 세겜의 젊은 여자들이 불쾌하게 여길 리도 만무하오. 그런 조건이라면 더 이상 말할 필요도 없소. 육신을 잘 다루는 신전의 사제를 찾아가면 금방 끝날 일이오! 몸에 난 상처가 아물면 다시 오리다!"

세겜은 부리나케 밖으로 뛰쳐나가 노예들에게 하얀 나귀를 끌고 오라고 손짓했다.

일주일 후, 한시가 급한 듯 세겜이 다시 나타났다. 상처가 채 아물지도 않았지만, 얼굴은 흥분과 기대로 부풀어 있었다. 그런데 막상 와보니 하필이면 족장은 출타 중이었다.

야곱은 아들들에게 뒷일을 맡기고 일부러 자리를 피한 것이다. 원해서는 아니었지만 악마 라반의 역할을 떠맡은 셈이었다. 라반과 다른 점이 있다면 직접 나서지 않았다는 것뿐이다.

불쌍한 세겜은 야곱의 아들들에게 요구대로 다 했노라고 자신만만하게 이야기했다. 그대들의 요구는 처음에 생각했던 것만큼 그렇게 하찮은 일은 아니고 아주 불편한 일이더라. 어쨌거나 이 일을 해냈으니 마땅히 달콤한 대가를 받을 수 있지 않겠느냐?

야곱의 아들들은 뭐라고 대답했던가? 그 일을 해낸 것은 사실이다. 그 점은 인정한다. 그러나 아무리 우리가 믿어주고 싶어도 실은 숭고한 의미를 되새겨보거나 깊은 생각 없이 그저 형식적으로 한 일이 아니냐? 오로지 디나와 결혼할 목적으로 그렇게 한 것이지 '그분'과 결합하기 위해 한 건 아니지 않느냐? 게다가 그 일은 원래 꼭 석도(石刀)로 해야 하는데, 그러지 않고 금속칼로 했을 가능성이 크다. 그것만으로도 이 일의 의미를 잃게 된다. 게다가 성주 아들 세겜에게는 이미 부인이 있다. 히위 족의 레후마가 정실이 아니냐. 그러면 야곱의 딸 디나가 첩이 된다는 건데 이건 있을 수 없는 일이다.

세겜은 펄쩍 뛰었다. 자기가 그 일을 어떻게 이해하고 어떤 정신으로 했는지, 오라비들이 이찌 알며 이제서야 석도로 했어야 한다고 말하는 이유는 무엇이냐? 그게 그렇게 중요한 문제라면, 애초부터 일러줬어야 하지 않느냐? 그리고 또 첩이라고? 미타니 왕도 자기 딸 굴리키파를 파라오의 부인으로 주면서 엄청난 혼수예물까지 들려 보냈다. 시집가서 그 나라의 여왕이 되고 여신이 된 줄 아느냐? 그렇지 않다. 그녀도 첩으로 시집갔다. 그리고 또 슈타르나 왕만 해도……

그래 좋다. 디나의 오라비들도 고삐를 늦추지 않았다. 그건 슈타르나 왕과 굴리키파의 경우다. 하지만 여기서는 디나 이야기를 하는 중이다. 야곱의 딸 디나 말이다. 야곱이 어디 보통 사람이더냐? 야곱은 신을 섬기는 영주며 아브라함의 자손이다. 그러므로 디나는 성곽 도시 세겜 사람의 첩이 될 수는 없다. 이 점은 성주 아들 세겜 그대도 깊이 생각해 보면 인정할 수밖에 없을 것이다.

나에게 할 말이 그게 다인가?

세겜의 물음에 야곱의 아들들은 어깨를 으쓱해 보였다. 거세된 숫양 두 마리나 세 마리를 선물로 주면 되겠느냐고 형제들이 물었다.

그 말에 세겜의 인내도 바닥을 드러냈다. 내 욕정 때문에 여러 가지 불쾌한 일과 번거로운 일을 겪어야 했다. 그 신전에 있는 사제는 알고 보니 육신에 대한 지식이 그다지 풍부한 게 아니어서 하몰 성주의 아들 몸에 난 상처가 곪는 것도 막지 못했다. 그 바람에 열이 나고 또 쑤시기는 얼마나 쑤신지 그걸 참느라 곤욕을 치렀다. 그런데 그 생고생을 했는데, 지금 이런 대접이냐?

세겜은 급기야 저주를 퍼부었다. 그건 야곱 아들들은 자신들이 뱉은 말을 지킬 줄도 모르는 경박한 사람들로, 얼마나 가벼운지 빛이나 공기쯤 될 거라는 지독한 저주였다. 그러자 야곱의 아들들은 저주를 안 받으려고 얼른 손으로 털어냈다. 여하튼 세겜은 이렇게 저주만 토해 낸 다음 휑하니 가버렸다. 그로부터 나흘 후 디나가 감쪽같이 사라졌다.

유괴

"너, 그 이야기 아니?"

여기서도 일의 순서에 유의해야 한다! 멋 잘 부리는 세겜은 성질이 급한 청년이었다. 자신의 감정을 억제하는 일 따위는 배운 바 없는 철부지였다. 그렇다고 해서 목동들이 분명한 목적을 가지고 이 청년을 아주 고약한 인물로 그려낸 말들을 곧이곧대로 받아들일 필요는 없다.

야곱의 얼굴에 이 이야기가 깊은 수심으로 흔적을 남긴 것은, 그러나 바로 그 자신도 속으로는 알고 있었기 때문이다. 누가 먼저 도적질을 하고 폭력을 휘두를 궁리를 하고 있었는지, 애초에 일을 그렇게 몰고 간 게 누구인지, 또 하몰의 아들이 무턱대고 디나를 훔쳐간 게 아니라, 처음에는 정식 혼담을 넣었지만 일이 뜻대로 되지 않고 퇴짜를 맞자, 탐나는 물건을 먼저 손에 넣은 다음 협상을 계속할 생각이었다는 것까지도 야곱은 다 알고 있었다. 그러면서도 야곱

은 어쩌면 이 이야기의 경위를 적당히 미화한 최초의 사람
이었을지도 모른다. 그렇게 이야기를 깨끗하게 만들어 다
른 사람들에게 들려 주다보니 자신도 그렇게 믿게 되었을
수도 있다.

각설하고, 디나가 사라졌다. 유괴당한 것이었다. 그것도
벌건 대낮, 탁 트인 들판에서. 그랬다. 성 안의 남자들이 주
인을 기쁘게 할 생각에 슬그머니 다가와 양떼와 놀고 있는
그녀를 덮쳐 입을 천으로 막고, 낙타에 태워 쏜살같이 달아
나 버렸다. 이스라엘 쪽에서는 낙타에 안장을 얹어볼 겨를
도 없었다.

디나가 간힌 곳은 규방이었다. 세겜이 자신의 욕정과 놀
이에 정열을 있는 대로 다 쏟아 붓는 곳이었다. 그곳에는
디나가 알지 못했던 도시생활의 안락함이 기다리고 있었
다. 그리고 세겜은 그토록 갈망했던 그녀와의 동침을 서둘
러 해치웠다. 디나는 그의 행동을 저지할 수 있는 말 한마
디 변변히 하지 못했다. 그녀는 아무 비중도, 의미도 없는
대상일 뿐, 스스로 판단하여 거부권을 행사할 수 있는 존재
가 아니었다. 그녀는 한마디로 그에게 복종할 수밖에 없는
소유물에 불과했다. 자신에게 확실하게, 또 열정적으로 벌
어진 일을 디나는 기정사실로 받아들였다. 게다가 세겜은
그녀에게 못되게 굴지도 않았고, 오히려 정반대였다. 그리
고 세겜의 다른 누이들도, 정실인 레후마까지 포함하여 모
두들 친절했다.

하시반 오빠들! 특히 시므온과 래위! 그들의 분노는 끝이
없는 듯했다. 당황한 야곱 일행은 풀이 꺾여 최악의 상황을

참아야 했다. 명예 훼손, 성폭행, 비열한 술수에 일격을 당해 어깨가 축 처졌다. 귀여운 새, 까만 호도애, 순결하고도 순결한 하나밖에 없는 누이, 아브라함의 자손이 이런 수모를 당하다니!

이들은 가슴에 매단 장식들을 집어던졌다. 옷도 찢어발겼다. 몸에 거적 하나만 달랑 걸치고, 머리와 수염을 잡아 뜯었다. 그리고 큰소리로 울부짖으며 얼굴과 몸, 할 것 없이 손톱으로 북북 긁었다. 기다랗게 패인 상처가 섬뜩했다. 땅바닥에 뒹굴고 주먹으로 땅을 치면서 선언했다.

앞으로 아무것도 먹지 않고 배설도 하지 않겠다. 디나를 소돔 사람의 욕정에서 구해 내고 치욕의 장소를 사막처럼 완전히 쓸어버리기 전까지는 아무것도 먹지 않고 배설도 하지 않겠다. 복수, 복수, 단숨에 쳐들어가 모조리 죽여버리고 피바다를 만들어버리겠다. 오로지 이것뿐이다!

야곱은 충격을 가누지 못하고 완전히 한풀 꺾였다. 혼란스러웠다. 자신이 라반처럼 행동했다는 생각에 가슴이 저렸다. 아들들이 지금을 절호의 기회로 여기고 이전부터 벼르던 일을 기어코 저지를 생각이라는 걸 모르는 야곱이 아니었다. 문제는 자신의 명예와 아버지로서의 위상도 잃지 않고 어떻게 아들들을 말리느냐였다. 야곱은 일정 부분 이들의 분노 표출에 동참했다. 자신도 더러운 누더기를 걸치고 머리카락도 쥐어뜯은 것이다.

그런 다음 폭력을 사용해서 디나를 다시 성곽에서 빼내 온다는 것이 무슨 소용이 있느냐고 아들들을 설득하려 했다. 그건 문제 해결이 아니다. 이미 힘을 잃고 수치를 당한 그녀의 앞날이 더 중요하다. 이왕지사 세겜의 손에 들어간 그녀가 돌아온다는 것은 그다지 바람직하지 않다. 오히려 근심을 일단 가라앉히고 적절한 때를 기다려보는 것이 현명한 행동이다. 양을 한 마리 잡아 간을 꺼내 보았더니 그렇게 하는 게 좋다는 계시도 받았다. 도시와 맺은 계약도 있으니 조금 있으면 세겜이 먼저 연락을 취해 새로운 제안을 내놓을 것이다. 그렇게 되면 이 혐오스러운 일을 미화시킬 수는 없다 하더라도 적절한 수준에서 마무리 할 수 있는 길이 열릴 것이다.

뜻밖에도 아들들은 마음을 돌려 성곽에서 연락이 올 때까지 기다리자는 아버지의 의견에 동의했다. 오히려 야곱이 더 놀랐다. 그들이 화가 나서 길길이 뛰는 것보다 얌전히 있는 게 더 불안하게 느껴졌다. 도대체 무슨 꿍꿍이속일까? 야곱은 근심스럽게 아들들의 기색을 살폈다. 그러나 아들들이 의논하는 자리에는 참석하지 않았다. 야곱이 이들의 결정을 알게 된 것은 세겜의 사절이 오고 나서였다.

야곱의 예상대로 세겜은 며칠 후 인편에 여러 개의 도기 조각에 바빌론 문자로 쓴 편지를 보내왔다. 외형도 점잖아 보였고, 내용도 환영할 만한 편지였다.

"신의 영주, 이사악의 아들 야곱께, 사랑하는 아버지, 그리고 주인님, 주인님에 대한 사랑이 제게 얼마나 소중한지 모릅니다. 저는 하몰의 아들 세겜입니다. 주인님의 사위이며, 당신께서 사랑하시며 백성의 환호를 받는 성주의 유산 상속자이며 아들입니다! 전 몸 성히 잘 있습니다. 주인님께서도 건강하시고 평안하시길 기원합니다! 주인님의 부인들과 아들, 종복과 주인님의 소와 양 그리고 염소, 그리고 주인님께 속한 모든 것이 건강하고 평안하기를 기원합니다! 이전에 저희 아버지 하몰께서는 저의 또 다른 아버님인 주인님과 함께 친구가 되기로 약조하셨습니다. 우리와 주인님께서는 해가 네번 바뀌는 동안 서로 깊은 우정을 쌓아 왔습니다. 앞으로도 우리가 이렇게 친하게 지낼 수 있도록 신들의 가호가 있기를 기원합니다. 제가 섬기는 바알-베리트와 주인님께서 섬기는 엘 엘리온은 거의 같은 신이나 다름없으며, 부수적인 문제에서 약간 차이가 있을 뿐입니다. 우리들의 우정 어린 환호의 세월이 무한하기를, 영원하기를 기원합니다!

하지만 제 눈은 주인님의 딸 디나를 본 순간, 갈대아 사람 라반의 딸인 레아의 소생인 이 디나에게 불 같은 연정을 품게 되었습니다. 그렇지만 이것은 저희의 영원한 우정에 전혀 해가 되지 않을 것이며, 수백만 년이 흘러도 우리들의 우정은 지속될 것입니다. 물가의 어린 야자수 같고, 정원의 석류꽃 같은 주인님의 딸을 향한 연정이 너무도 뜨겁고, 온몸이 떨린 저는 그녀 없이는 한시도 살 수 없다는 사실을 깨달았습니다. 그래서 주인님께서도 아시다시피 제 아버지께서, 백성의 환호를 받으시는 성주 하몰께서 주인님을 찾아가 주인님과 주인님의 아들들, 그러니까 제게도 형제가 되는 아드님들과 의논을 하시게 되었습니다. 그러나 실망만 하고 돌아오셨습니다. 그래서 제가 디나에게 구혼하려고 주인님을 찾아가 제게 숨쉴 수 있는 공기나 마찬가지인 디나를 아내로 달라고 하자, 형제들은 이렇게 대답하였습니다.

'친애하는 친구여. 그대는 육신에 할례를 받아야 하오. 그러지 않으면 우리 주님께 누를 끼치게 되오.'

그래서 저는 아버님과 형제들께 심려를 끼치지 않으려고 '기꺼이 하겠습니다'라고 대답했습니다. 전 얼마나 기쁘던지 하늘을 날 것 같았습니다. 그래서 즉시 신의 책을 쓰는 서기관 야라흐를 찾아가 여러분께서 명하신 대로 할례를 받았습니다. 그리고 이로 인한 육신의 고통도 감수했습니다. 디나를 얻기 위해서라면 뭐든지 못할 것이 없었습니다. 그런데 제가 다시 여러분을 찾아가 보니, 아무 소용이 없었습니다. 주인님의 자식인 디나가 제게로 오게 된 건, 제가 여러분의 요구대로 했기 때문입니다. 그래서 저는 그녀에게 제 사랑을 증명해 주었습니다. 저는 그녀와의 동침에서 크나큰 쾌락을 맛보았으며, 그녀 역시 적지 않은 쾌락을 얻었다고 스스로 시인했습니다. 하지만 이 일로 인하여 저희의 신과 주인님의 신 사이에 불화가 생기지 않기를 바랍니다. 부디 아버님께서는 제게 크나큰 행복을 주는 달콤한 디나와 결혼할 수 있는 조건과 결혼지참금의 액수를 알려 주십시오. 그리하면 세겜 성 안에서 큰 잔치를 열어 서로 웃고 노래를 부르며 흥겹게 즐길 수 있는 결혼피로연을 열겠습니다. 제 아버지 하몰 성주께서는 세겜과 이스라엘 사이의 영원한 우정을 기리는 이 날을 기념하기 위해 저와 제 부인 디나의 이름으로 300개의 딱정벌레 인장을 만들려 하십니다.

성 인에서 추수감사제 달 25일에. 수신자의 평화와 건강을 기원하면서!"

모방

　야곱과 아들들은 편지를 가져 온 사람들이 안 보는 곳으로 자리를 옮겨 내용을 꼼꼼하게 살폈다. 야곱이 아들들을 바라보자, 그들은 이런 경우 어떻게 대응하기로 약속했는지를 들려주었다. 야곱은 한편 놀라왔지만, 원칙적으로는 아들들의 제안을 거절할 수 없었다. 아들들이 제시한 새 조건까지 충족될 경우, 이는 우선 정신적인 면에서 큰 성과였고, 두번째로는 이미 저질러진 악행에 대한 속죄와 보상을 의미했던 것이다.

　성안에서 온 사람들과 다시 한자리에 앉자, 야곱은 모욕을 당한 디나의 오빠들에게 발언권을 주었다. 이번에는 단이 형제들을 대신하여 세겜 사람들에게 자신들의 결정을 통보했다.

　우리는 주님의 은혜로 재물이라면 이미 충분히 가진 부자이므로, 세겜이 야자수와 향기로운 석류꽃으로 비유한 누이 디나의 결혼지참금 따위에는 별로 큰 비중을 두지 않는다. 이 점에 있어서는 하몰 성주와 세겜이 원래 생각대로 하면 충분할 것이다. 하지만 디나는 세겜이 말한 것처럼 스스로 '간 것'이 아니라 보쌈을 당한 것이다. 이것은 우리 형제들이 미처 생각하지 못한 새로운 상황이다. 따라서 지난번에는 성주 아들 세겜이 할례를 받는 것이 전제조건이었지만, 이렇게 된 마당에는 세겜 성의 남자들 모두 할례를 받아야 한다. 노인이든, 소년이든, 나이에 상관없이 남자는 모두 받아야 한다. 오늘부터 사흘째 되는 날, 석도로 할례를 시행해야 한다. 그 일이 다 끝나면 세겜에서 결혼잔치를 벌여 모두들 웃고 한바탕 소란스럽게 놀아보자.

어찌 보면 터무니없지만, 한편으로는 간단히 해결할 수 있는 조건이기도 했다. 그래서 사절단은 하몰 성주도 곧 요구를 받아들일 것이라고 말했다. 이들이 성으로 돌아간 후에야 야곱은 불길한 예감이 들었다. 겉보기에는 그처럼 경건할 수 없는 이 조건의 의미와 목적을 그제서야 어렴풋이 깨달은 그는 내장이 떨릴 정도로 놀란 나머지, 하마터면 돌아가는 도시 사람들을 다시 불러들일 뻔했다.

아들들은 도시를 약탈하려던 이전의 계획도, 디나를 훔쳐가 명예를 더럽힌 데 대한 복수도 전혀 포기하지 않았음이 분명했다. 이들이 최근에 보여준 너그러운 태도와 지금의 분명한 요구를 연관시켜 보았다. 세겜 사람들이 요구를 들어주면 잔치를 벌여 한바탕 소란스럽게 놀아보자 하던 아들들의 표정도 떠올려 보았다. 그건 정말 기쁜 표정이 아니었다. 한마디로 착잡한 표정이 아니었던가. 지금 생각해 보니 자신이 이토록 무뎌진 것이 놀랍기만 했다. 왜 그들의 이야기를 듣자마자 그 시꺼먼 속셈을 즉시 알아차리지 못했던가.

야곱의 눈을 멀게 한 것은, 모방과 본받기에 대한 기쁨이었다. 그는 아브라함을 떠올렸던 것이다. 아브라함은 주님의 명을 받고 그와 언약을 맺기 위하여 자신의 가솔과 이스마엘 그리고 비단 자기 집에서 태어난 종뿐 아니라 이방 땅에서 사들인 종까지 모두 단 하루만에 할례를 받게 했었다. 아들들 역시 아브라함의 일을 기준으로 삼아 이런 요구를 한 게 틀림없었다. 분명히 그랬을 것이다. 아들들이 그 발상을 떠올린 것은 분명한데, 이들이 생각해 낸 이야기의 결말은 도대체 무엇이란 말인가! 야곱은 사람들이 들려준 이야기를 다시 한번 기억해 보았다.

주님께서는 아브라함이 할례를 받은 지 사흘째 되는 날, 아직 육신의 고통을 받고 있을 때 그를 찾아오셨다. 주님께서는 장막 앞에 서 계셨지만, 엘리에젤은 그분을 알아보지 못했다. 하지만 아브라함은 그분을 알아보았고 그분을 정중하게 맞아들였다. 그러나 주님께서는 그가 상처를 감은 붕대를 바꾸는 걸 보시고는 이렇게 말씀하시지 않았던가.

"여기 계속 서 있기가 미안하구나."

주님께서는 아브라함의 성스럽고, 한편으로는 수치스러운 노고에 그렇게 따뜻한 말로 위로하셨건만, 아들들은 어떠한가? 이들은 사흘째 되는 날, 상처가 채 아물지 않아 몸도 제대로 가누지도 못할 도시 주민들에게 주님께서 보여 주신 것처럼 부드럽고 친절한 태도를 취할 것인가?

야곱은 이런 식의 모방에 소름이 끼쳤다. 그리고 도시에서 요구조건을 그대로 받아들였다는 소식이 왔을 때, 다시말해 정확히 기한까지 지켜서 어제로부터 사흘째 되는 날, 도시의 모든 주민들이 할례를 받게 되리라는 연락이 당도했을 때, 다시 한번 아들들의 얼굴을 바라보며 야곱은 온몸에 전율을 느꼈다.

몇 번이나 아들들을 말리고 싶었다. 그러나 오라비로서그들이 느끼는 자부심을 어떤 것으로도 이겨낼 수 없다는사실과, 그들의 일견 정당한 복수욕에 질린 나머지 마음을접고 말았다. 지난번에는 엄하게 그들의 계획을 나무라고훈계해 줄 수 있었지만, 지금 같은 상황에서는 달리 설득할도리가 없지 않은가.

어쩌면 아들들이 자신을 그들의 계획에 가담시키지 않은것에 고마워해야 하는 건지도 몰랐다. 그 일을 전혀 알지못했다거나, 꿈에도 예측하지 못했다고 발뺌할 수 있도록해준 셈이 아닌가. 그래야 자신은 모르는 척하고 그 일을방치할 수 있을 테니까. 주님께서도 벧-엘에서 하프 소리가들리는 가운데 그렇게 말씀하시지 않았던가. 자신이 적들의 성문까지 얻게 된다고.

자신은 평화를 사랑하는 사람이지만, 어쩌면 그런 것과는 상관없이 다른 지역의 점령과 전쟁, 그리고 광기 어린약탈 같은 것도 정해진 운명의 일부인 것은 아닐까? 야곱은 두려움과 근심뿐 아니라 가슴 한구석 슬며시 고개를 드는 아들들에 대한 묘한 자부심까지 느끼느라 한순도 못 잤다. 음흉스럽긴 하지만 참 사내다운 아들들이 아닌가. 그 무서웠던 밤, 기한이 지나고 사흘째 되던 날 밤에도 자지 않았다. 망토를 뒤집어쓰고 장막 안에 누워, 잔뜩 겁에 질린 귀만 곤두세웠다. 그리고 들었다. 주위에서 무장을 한 자들이 발소리를 죽여가며 부산스럽게 출격하는 소리를.

살육

세겜에서 벌어진 일을 사실대로 들려주다 보니 어느새 마지막 부분에 이르렀다. 이 사건에 대해서는 훗날 많은 노래가 나왔고, 미화시키는 전설도 없지 않다. 이는 이스라엘 쪽에 유리하도록 일부 수정했다는 뜻이다. 예컨대 이 일이 극단으로 치닫게 된 순서를 바꿨다. 하지만 사건의 극단적인 면모는 미화시켜야 할 대상이 아니었다. 오히려 아름다운 대화에서는 그 일이 얼마나 끔찍했는지 자랑이라도 하듯 당당한 태도를 보여준다.

야곱 일행은 교묘한 계략 덕택에 도시 주민에 비해 그 수가 훨씬 적었음에도(남자 숫자는 고작 50명이었으니까) 불구하고, 세겜 사람들을 간단히 해치울 수 있었다. 성벽을 장악하는 것도 누워서 식은 죽 먹기였다. 소리 없이 살그머니 사다리를 타고 기어 올라간 성벽 위에는 보초 한 명 없이 텅 비어 있었다. 게다가 신바람이 나서 몰래 시내 안으로

297

공격했을 때에도, 기습당한 도시 주민들은 몸까지 굼떠서 저항도 변변히 못했다. 세겜의 남자들은 모조리 '상처에 붕대를 칭칭 감고' 끙끙 앓고 있었던 것이다. 대부분의 주둔군 병사들도 예외가 아니었다.

하지만 히브리인들은 이와는 정반대였다. 몸도 멀쩡한데다, 도덕적으로도 철저히 무장되어 있었다. 이들이 일편단심 "디나!"를 외치는 고함소리는 사자를 방불케 했다. 하늘을 찌를 듯한 사기만으로도 피비린내 나는 과업을 충실히 해낼 수 있었다. 도시 사람들이 보기에 이런 사람들 앞에서 저항한다는 것은, 피할 수 없는 재앙을 막아보려는 허망한 노력으로 보였다. 그래서 저항할 엄두도 내지 못하고 주저앉아 버린 것이다.

특히 시므온과 레위는 총지휘관으로서, 괴성만으로도 기선을 제압할 수 있었다. 아무나 지를 수 있는 고함소리가 아니었다. 연구에 연구를 거듭한 괴성이었다. 사람들의 내장까지 공포로 뒤흔들어 놓는 황소 같은 고함소리였고, 그 소리 앞에서는 걸음아 나 살려라 도망칠 수는 있을지언정, 일단 싸움이 붙었다 하면 결코 살아 돌아갈 수 없었다.

"오! 저들은 사람이 아니다! 저들은 그 유명한 바알 수테흐의 화신이다!"

사람들은 그렇게 외쳤다. 그리고 맨몸으로 도망치다가 몽둥이에 맞아죽었다. 히브리인들은 말 그대로 불과 칼로 도시를 다뤘다. 도시와 성벽과 신전은 화염에 휩싸였고, 골목길과 집들은 피바다에 잠겼다. 육체적으로 쓸 만한 가치가 있는 젊은이들만 포로로 잡아들이고, 나머지는 학살했다.

단순히 죽이는 데 그치지 않고 지나치게 잔인한 행동을 보인 이들을 너그럽게 봐줘야 한다면, 이런 이야기를 할 수 있을 것이다. 희생자들 못지않게 살육자들 또한 이러한 상황에서 시구를 떠올렸다고.

그들은 거기서 용의 전투를 보았다. 이 싸움을 그들은 혼란의 용 티아마트와 싸워 이긴 마르둑의 전투로 여겼다. 사람들에게 '앞으로 꺼내 보이게 한' 신체부위를 수도 없이 칼로 잘라버린 것도 신화에 푹 빠져서 행한 살인이라 할 수 있다.

심판은 두 시간도 채 걸리지 않았다. 성주 아들 세겜은 형편없는 몰골로 욕실의 배수관에 머리를 처박았고, 베서-케-바스테트는 꽃깃이 다 구겨진 채, 골목길에 피를 흘리며 나뒹그러졌다. 그의 시신은 사지가 온전한 시체가 아니었다. 모태신앙의 시각에서 보자면 너무나 중요한 부분이 잘려나가고 없는 심각한 상태였다. 노인 성주 하몰은 칼이 닿기도 전에 겁에 질려 죽어버렸다. 따지고 보면 그다지 대단한 존재도 아니었지만, 이토록 수많은 사람들의 수난을 낳은 죄 없는 디나는 가족의 품으로 돌아왔다.

약탈은 그후로도 꽤 오랫동안 계속되었다. 형제들은 마침내 옛 소원을 이루었다. 신나게 도적질을 즐길 수 있었다. 노획물도 꽤 근사했다. 주변에 부자도시로 이름난 곳이 아니던가. 날이 샐 무렵 집으로 돌아온 승자들은 포승줄에 엮인 포로들과 함께 황금 제기와 항아리처럼 덩치가 큰 짐들과 팔찌, 고리, 허리띠, 주임쇠, 목걸이를 닦은 자루와 은, 합금, 파엔차, 설화 석고, 코르날린(광석 이름—옮긴이)

과 상아로 만든 아기자기한 살림도구까지 실어 왔다. 들판의 과실과 저장식품, 아마포, 기름과 부드러운 곡식가루, 포도주는 말할 것도 없었다. 이 많은 노획물을 끌고 오느라 승리의 금의환향 길은 더디기만 했다.

야곱은 이들이 도착했어도 장막 밖으로 나가지 않았다. 밤새도록 그는 장막 옆의 성스러운 나무 밑에서 형상이 없는 주님께 제물을 바치면서 시간을 보냈다. 부드러운 새끼 양의 피가 돌 위로 흘러내리게 만들고, 올리브 기름과 향기로운 약제와 향료가 타 들어가도록 했다.

그 소름끼치는 일을 저지른 아들들이 만면에 미소를 머금고 디나를 앞세우고 장막 안으로 들어오자, 야곱은 얼굴을 가린 채 누워 있었다. 불행한 일을 겪은 딸은 물론이고 포악한 아들들의 꼴도 보기 싫다는 듯, 한참 동안 꼼짝도 하지 않았다.

"썩 나가거라!"

손을 내저었다.

"어리석은 놈들! 망할 자식들!"

그래도 그들은 입을 쑥 내밀고 막무가내로 버티고 서 있었다. "그러면 우리가 우리 누이를 창녀처럼 다루는데도, 그냥 보고만 있어야 했단 말씀인가요?"

그들 중 누군가 그렇게 물었다.

"보십시오. 이젠 저희도 마음이 홀가분해졌습니다. 여기 레아의 자식을 데려왔습니다. 일흔일곱 배로 복수해 줬습니다."

그래도 야곱은 말이 없고 얼굴을 보이지 않았다.

"주인님께서는 제발 밖에 있는 재물들을 봐주십시오. 뒤따라올 사람들도 있습니다. 곧 도시 사람들의 가축떼를 들판에 모아 이스라엘의 장막으로 끌고 올 겁니다."

그 순간 야곱은 벌떡 일어나 주먹을 휘둘렀다. 아들들이 흠칫 놀라며 뒤로 물러났다. 야곱은 있는 대로 소리를 질렀다.

"어쩌면 너희의 분노는 그토록 격렬하고, 원한은 또 어찌 그렇게 제멋대로냐! 이 가련한 것들아, 너희가 내게 무슨 짓을 한 줄 아느냐? 내가 이 땅의 주민들 앞에서 파리떼가 우글거리는 썩은 고기처럼 고약한 냄새를 풍겨야 한단 말이냐? 그들이 이제 우리한테 복수를 하려고 모여든다면 어떻게 하겠느냐? 우리는 숫자도 얼마 되지 않는다. 아마도 우리를 쳐서 씨를 말리려 할 것이다. 나와 내 가솔 모두를 몰살하려 할 것이 뻔하다. 그러면 아브라함의 축복을 누가 물려받겠느냐? 모두 다 산산조각이 나는데 누가 받을 수 있겠느냐! 이 멍청한 것들 같으니! 거기가 어디라고 달려들 가서 상처 난 자들을 칠 수 있단 말이냐. 한순간을 참지 못하고 한치 앞도 내다볼 줄 모르다니, 주님과 맺은 계약과 언약은 어찌 된단 말이냐!"

아들들은 여전히 입만 비죽 내밀고 있었다. 조금 전의 말을 반복할 수밖에 다른 뾰족한 대답이 없었다.

"그러면 저희가 우리 누이를 창녀 취급하는 것을 보고만 있어야 했단 말입니까?"

"그래!"

야곱이 정신없이 냅다 소리를 지르자 아들들은 할 말을

잃었다. "차라리 그게 낫지. 이렇게 목숨이 위태로워지고 언약까지 무너질 위험에 처하는 것보다는 그게 더 낫다. 넌 임신했느냐?"

기가 죽어 바닥에 웅크리고 있는 디나에게 야곱이 다그 쳤다.

"어떻게 벌써 그걸 알 수 있겠어요?"

그녀가 흐느끼기 시작했다.

"아이는 그대로 놔둘 수 없다."

아버지의 결정에 그녀는 다시 울음을 터뜨렸다. 야곱은 마음을 가라앉히고 결론을 내렸다.

"이스라엘은 지금 당장 전 재산을 가지고 이곳을 뜬다. 너희가 디나의 몸값으로 무력을 동원하여 얻은 가축떼와 모든 재물도 가져간다. 이 잔혹한 만행이 일어난 장소에 더 이상은 머무를 수 없다. 나는 간밤에 하나님의 존안을 뵈었 다. 꿈속에 주님께서 '자리에서 일어나 벧-엘로 가거라!' 하셨다. 자, 어서 썩 나가 짐을 챙겨라!"

그의 말은 사실이었다. 아들들이 도시에 들어가 약탈하 는 동안, 그는 한밤에 제물을 올리고 난 후, 장막 안에서 설 핏 잠이 들었다. 그때 지혜로운 얼굴이 나타났다. 그의 마 음속 깊은 곳에서 솟아오른 얼굴이었다.

이런 상황에서 야곱이 익히 알고 있는 망명지 루즈가 큰 매력을 발휘한 건 당연했다. 그래서 예전에 만군의 주 하나 님을 뵈었던 그곳으로 도망친 것이었다. 세겜 주민 중에서 피비린내 나는 결혼식을 피해 무사히 목숨을 건진 자들이 도망치면서 가까운 도시들에 들러 자신들이 무슨 일을 당했는지 소문을 내고 있었다. 이제 가나안과 에모르 땅에 있는 여러 도시의 성주들과 목자들이 쓴 편지들은 아문의 도시로 전해져 궁전에 있는 호루스, 즉 거룩한 제3대 왕 아멘호테프의 손에 넘어갈 판국이었다. 그런데 신(神)이기도 한 이 왕은 당시 치아교정기로 인한 통증이 심했던 터라 신경도 날카로웠고, 자신이 죽은 후 안치될 사자(死者)의 신전을 서쪽에 건축하는 문제로 무척 분주해서, 별 대단치도 않은 고난의 아무르 땅에서 올라온 귀찮은 전갈 '왕의 도시들이 무너졌습니다' 라든지, 아니면 '파라오의 땅이 히브리인들의 손에 넘어가, 이들이 왕의 땅들을 약탈하였나이다' (성주와 목자들의 편지에는 그렇게 쓰여 있었다) 같은 구절에 눈길을 돌릴 여유가 없었다.

그래서 어차피 온전한 바빌론 말도 아니고 오류가 더 많은 표현 때문에 궁정 사람들의 비웃음을 사기에 충분했던 이 서류들은 파라오가 이 도적들에 대한 적당한 조처를 생각해 볼 기회도 주지 않고 서류보관소로 넘겨지고 말았다.

이것 말고도 야곱 일행에게는 행운이 겹쳤다. 이들이 얼마나 야만스러웠던지 다들 겁을 먹어, 주변의 어떤 도시도 섣부른 행동을 하지 않았던 것이다. 야곱은 맨 먼저 지난 4년 간 자신의 장막 촌으로 스며든 수많은 우상들을 남김없이 모아, 자기 손으로 직접 거룩한 나무 아래에 파묻어 정화작업을 끝냈다. 그런 다음, 처참한 일을 겪어 공중에 독수리 떼만 우글거리는 세겜을 떠나 여행길에 올랐다. 포장도로를 따라 그 많은 제물 보따리와 가축떼를 이끌고 아래쪽의 벧-엘로 가는 동안 누구하나 길을 가로막는 자가 없었다. 무서워서 도망치지 않으면 다행이었으리라.

　디나와 그녀의 어머니 레아는 영리하고 힘이 센 낙타를 같이 타고 행렬에 합류했다. 낙타 등 양쪽에 멋지게 장식한 바구니를 걸어 그 안에 두 사람을 앉게 했다. 바구니 위로 갈대걸이를 꽂아 그늘을 드리워 주는 천을 걸쳐놓았다. 디나는 거의 내내 이 천을 자기 쪽으로 잡아당겨 그늘에 앉아 갔다. 그녀는 축복받은 몸이었다. 임신했다는 뜻이다(옛날 사람들에게 생산보다 더 큰 축복은 없었다—옮긴이). 때가 되어 디나가 출산한 아이는 남자들의 결정에 따라 집안에서 축출당했다. 아이를 손수 돌봐야 했던 그녀는 때가 되기도 전에 시들어버렸다. 가련한 그녀는 열다섯 한창 나이에 얼굴이 노파처럼 보였다.

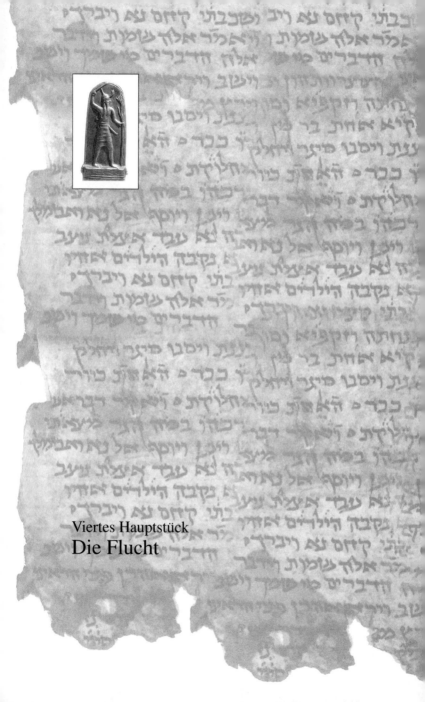

Viertes Hauptstück
Die Flucht

4부
도주

태초의 양 울음소리

이 얼마나 무거운 이야기들인가! 무겁다고? 그렇다. 아버지 야곱은 재산과 재물로 무거워졌고, 덕분에 위엄도 더해졌다. 지금 막 겪은 이야기들뿐만 아니라, 최근과 과거와 아주 먼 옛날의 이야기들까지 합쳐져, 한마디로 역사가 야곱의 무게를 더해 주었다.

역사란 이미 일어난 일들이며, 매순간 끊임없이 진행되는 것이기도 하다. 이렇게 보면 역사는 지금까지 일어난 일들이 차곡차곡 쌓인 이야기 층이며, 우리가 지금 발을 딛고 있는 바닥 밑에 깔려 있는 이야기 층이기도 하다. 이 이야기 층에 우리의 자아를 결정하는 소중한 양식이 있음은 분명하다. 그러므로 우리가 자아라고 말하는 육체의 경계선을 벗어나 더 깊은 이야기 층으로 내려가게 되면, 이따금 의식이 흐릿해져서 마치 우리 자신의 이야기인 양 1인칭으로 말할 수도 있을 것이다. 그러나 바로 이렇게 이야기의 더 깊숙한 층으로 내려가면 내려갈수록, 우리의 삶은 보다 깊은 사색으로 무게를 얻게 되고, 육신을 걸친 영혼 또한 보다 고결해진다.

이제 야곱은 다시 헤브론으로 돌아와 계시의 나무에 이른다. 아브람 또는 아비람 혹은 이름을 알 수 없는 그 누군가가 심었고, 거룩하게 만든 성목(聖木)이 있는 이곳에는 아버지 이사악이 살고 있었다. 그사이 다른 심각한 일들도 겪었지만, 그 이야기는 적절한 때에 다시 언급하기로 하자.

여하튼 이때 이사악은 달처럼 기울어 죽음을 맞는다. 얼마나 오래 살았는지 모를 정도로 나이도 많고, 눈도 먼 백발의 가련한 노인, 아브라함의 아들 이사악이 임종을 앞두고 야곱과 그 자리에 있던 모든 사람들 앞에서 입을 열었다. 고음이기도 한데다 어쩐지 으스스한 음성이었다. 들려주는 내용도 예언을 하는 것인지 갈피를 잡기 어렵고 아무튼 혼란스러웠다.

'나'는 주님께서 거부한 희생양이었다. 양의 피가 진정한 아들인 내 피를 대신해, 모든 사람들의 죄를 씻어주는 속죄양의 피로 흘려졌다.

그런 이야기를 들려주며 이사악은 양처럼 기이한 울음소리를 토하려 했다. 핏기 하나 없는 얼굴이 묘하게도 정말 양처럼 변했다. 아니 원래부터 양을 닮은 얼굴이었다는 사실을 깨닫고 모두 경악하지 않을 수 없었다. 그렇다고 외면할 수도 없어서 이사악이 양으로 변하는 모습을 지켜봐야 했다.

이사악은 이제 양을 아버지요 신이라 불렀다.

"신을 한 명 잡아야 하느니라."

옛날의 시구로 그렇게 우물거리며 이사악은 고개를 목에 푹 파묻고 휑한 시선으로 손가락을 쭉 뻗은 채 계속 중얼거렸다.

"모두들 잡은 양고기와 피를 먹고 마시며 만찬을 열어야 한다. 이전에 아브라함과 내가, 아버지와 아들이 했던 것처럼. 그 만찬을 위해 거룩한 아버지 신인 그 짐승이 나타나셨다……. 보아라, 그 짐승의 목이 따졌노라."

사람들은 이사악이 그르륵거리며 헛소리를 하듯이 이렇게 선언하는 소리도 들었지만 감히 얼굴을 바라볼 수도 없었다.

"인간과 아들을 대신한 아버지인 그 짐승을 우리는 먹었노라. 그러나 인간과 아들이 짐승과 신을 대신하여 도살될 날이 있으리니, 너희는 그것을 먹게 될 것이니라. 이 말은 거짓이 아니니라."

다시 한번 진짜 양처럼 울부짖고 이사악은 세상을 떠났다.

사람들은 그가 입을 다물고 난 후에도 한참 동안 고개를 들지 않았다. 진짜로 숨을 거둔 것인지, 그래서 양처럼 울부짖는 예언이 끝난 건지 확실하지 않았던 것이다. 모두 내장이 뒤집혀 맨 밑바닥에 있던 것이 솟구쳐 올라와 당장이라도 토할 것 같았다. 죽어가는 자의 마지막 말과 모습에는 어딘지 모르게 인간이 지녔던 최초의 불결함과 태초의 끔찍한 깃과 신성(神性) 이전의 어떤 거룩한 것이 스며 있었던 탓이다. 인간이 가꿔온 미풍양속의 저 밑바닥에 가라앉

311

아 있던 것, 사람들이 철저히 외면하고 어떻게든 잊고 싶었던 것, 자아라는 경계선 밖, 저마다 영혼의 저 깊은 곳에 자리잡고 있던 바로 그것이 이사악의 죽음 앞에서 목구멍까지 치밀어 올라왔던 것이다. 신이었던 짐승, 신의 조상인 양의 유령, 이미 오래 전 저 아래로 가라앉은 아주 먼 옛날의 불결함이 그것이었다. 이사악은 바로 이 신의 조상인 양의 후손이었고, 사람들은 이 짐승 신과의 근친관계를 새롭게 상기하기 위해 번번이 이 거룩한 짐승, 곧 양을 제물로 올려 그 피를 뿌리고 그 고기도 먹었다. 물론 그분이 오기 전의 일이다. 먼 곳에서 온 엘로힘, 저 바깥과 건너편의 신, 사막과 보름달의 신이 등장하기 전까지 그러했다.

엘로힘은 자신을 섬길 백성을 선택하여 태곳적 자연과의 연결고리를 끊었다. 그리하여 이들과 결혼한다는 표시로 이들의 신체 일부 중 반지 모양의 피부 조각을 잘라냄으로써(할례를 뜻함—옮긴이), 새로운 신의 등장을 알렸었다. 이렇게 이미 상황이 달라졌건만, 새삼스럽게 불결했던 그 옛날에나 있었던 신의 태곳적 조상인 양 같은 얼굴과 울부짖음을 마주하니 구역질을 느낀 건 당연했다. 야곱도 예외는 아니었다.

하지만 야곱은 아버지의 시신을 이중 굴에 안치할 준비를 하는 동안 줄곧 진지했다. 관습대로 신을 벗고 머리에 흙을 뿌리고 수염도 깎은 후 서럽게 곡을 했다. 그리고 고인에게 바칠 양식을 담을 제물접시도 준비했다.

염소산의 피리 부는 사나이 에사오도 그 자리에 있었다. 수염까지 눈물에 젖어 축축해진 에사오는 절제할 줄 모르

는 어린아이처럼, 곡을 하는 다른 남녀들을 따라 큰소리로
울부짖었다.

"호이아돈!"

야곱과 에사오는 이사악을 무릎을 세운 자세로 양가죽
안에 넣고 꿰매어 이중 굴에 안치함으로써 시간의 먹이로
넣어 주었다. 무슨 뜻이냐고? 인간은 시간의 자녀들이다.
따라서 시간은 자녀들이 자신 위에 올라서지 못하도록 잡
아먹는다. 하지만 그것으로 끝나는 것이 아니라 삼킨 것을
다시 토해 내어, 자신의 자녀들이 옛날 이야기에 등장한 주
인공들과 똑같은 삶을 되풀이하게 해준다. (거인은 아내가
건네준 자식을 포대기째 삼킨다. 그는 지혜로운 어머니가 자식
대신 포대기에 돌멩이를 싼 줄은 몰랐던 것이다.)

"주인님이 가시다니, 아, 슬프구나!"

사람들은 하나님이 제물로 받기를 거부하신 이사악을 두
고 번번이 그렇게 외쳤다. 이사악은 자신의 이야기 속에 살
았으므로 당연히 1인칭으로 이야기를 들려주었다. 그 이야
기들은 진정 자신의 이야기였던 것이다. 그리고 또 이사악
이 말하는 '나'라는 것은 자신을 둘러싼 경계선을 뚫고 뒤
에 있는 과거의 본보기로 흘러 들어갔을 뿐 아니라, 부분적
으로는 옛날의 것이 그의 육신을 통해 다시 한번 현재가 되
어, 애초의 일이 재현되었기 때문이다.

이사악이 죽어가면서 자신을 가리켜 하나님이 받지 않으
신 제물로 표현했을 때, 야곱과 다른 사람들이 그 말뜻을
이해한 것도 그래서였다. 쉽게 말해서 귀가 이중 귀였다고
나 할까, 그랬어도 다 알아들은 것이다. 우리도 그렇다. 두

귀로 상대방의 말을 듣고 두 눈으로 한 사물을 보면서도 이
야기와 사물을 하나로 파악하지 않는가.

　게다가 이사악은 오래도록 장수한 노인이다. 이런 노인
이 제물로 바쳐져 하마터면 목젖이 끊어질 뻔한 아이 이야
기를 했다. 그 아이가 실제로 이사악 자신이었든, 혹은 자
신보다 이 세상에 먼저 태어난 다른 아이였든, 이것은 꼬치
꼬치 따져서 정확히 알아야 할 문제로 여겨지지 않았다. 그
이유는 제물로 바쳐진 아이가 백발노인에게 그다지 낯설어
보이지도 않았고, 그 아이가 어린 시절의 자신과 완전히 다
른 아이일 수도 없었기 때문이다.

붉은 자, 적자(赤者)

이렇게 형과 아버지의 장례를 준비하는 동안 야곱은 깊은 사색에 잠겨 무척 진지해졌다. 그간에 있었던 모든 일들이 눈앞에 생생한 현실로 되살아났던 것이다. 본보기가 되는 원형이, 번번이 육신을 입고 현실이 되어왔던 것처럼 말이다. 야곱은 자신이 투명한 바닥 위로 걸어다니는 것만 같았다. 그것은 깊이를 알 수 없는 바닥으로 무수히 많은 수정 층으로 이루어진 듯했다. 그리고 층마다 램프가 있어서 주변이 환했다.

현재의 육신을 입고 이 바닥 위를 걷는 야곱이 에사오를 바라보았다. 계략에 속아 저주받은 에사오. 에사오 역시 야곱처럼 자신의 원형, 에돔, 붉은 자의 틀에 맞춰 그 바닥 위를 걷고 있었다.

여기서 에사오의 인물 됨됨이가 한치의 오차도 없이 결정되어 있음은 의심의 여지가 없다. 의심의 여지가 없다 함은, 일정한 의미에서 그렇다는 것이고, 한치의 오차도 없다는 말에는 물론 전제조건이 필요하다.

그 이유는 '결정되어 있다'는 것은 달빛의 명확함이기 때문이다. 여기엔 눈을 현혹시킬 소지가 있다. 우리 이야기의 등장인물들은 우리처럼 복잡하지 않고 단순한 사람들이다. 그러나 이는 사색이 더해져 어느 정도 깊이를 얻은 단순함이다. 덕분에 이들은 우리와는 달리 자유롭게 이중적인 의미 사이를 거닐 수 있었다.

앞에서도 말했지만 에사오, 곧 털이 붉은 자는 젊은 시절 브엘세바에 있을 때부터 에돔 땅 사람들, 즉 염소산, 곧 세일 산에 사는 사람들과 친분이 있었고, 나중에는 가솔 전체를 이끌고 가나안 출신 아내들, 즉 아다와 아할리바마 그리고 바스낫트와 이들이 낳은 자녀들을 데리고 그 산악지대로 완전히 이주한 후, 그쪽 사람들이 숭배하는 쿠차흐 신을 섬겼다.

이 염소 백성은 말하자면 그전부터 존재했다. 요셉의 숙부 에사오가 이들이 사는 곳으로 이주했을 때, 얼마나 오래 전부터 그곳에 살고 있었는지는 아무도 모른다. 설화는, 다시 말해서, 후세의 연대기가 토대로 삼은 구전된 아름다운 대화는 에사오를 '에돔 족의 조상', '염소 사람들의 족장', 다시 말해서 최초의 염소라고 표현한다. 누차 반복하지만, 이는 마법 같은 이중 의미를 가능케 하는 달빛 아래에서나 명확한 사실로 인정해 줄 수 있는 표현이다.

에사오가 에돔 족의 조상은 아니다. 목자들의 아름다운 대화가 그랬고, 에사오 자신까지 그렇게 여겼다 해도, 이는 사실이 아니다. 에돔 족은 요셉의 숙부보다 더 오랜 역사를 지니고 있다. 우리가 여기서 계속 에사오를 가리켜 요셉의 숙부라 일컫는 이유는, 그의 정체성을 윗대보다는 아랫대와의 친척관계에 따라 규정하는 것이 사실에 더 가까이 다가갈 수 있기 때문이다.

다시 한번 짚고 넘어가자. 에돔 족은 요셉의 숙부보다 훨씬 더 오래 된 종족이다. 설화가 제시하는 연대표는 에돔 땅의 최초의 왕을 브올의 아들 벨라라고 말한다. 그러나 이는 이집트의 메니 왕을 최초의 왕으로 보는 것과 마찬가지로 시대와 관련하여 우리를 유인하는 무대 장치에 불과하다. 그리고 지금 우리가 이야기하는 에사오는 결코 에돔 족의 조상일 수 없다. 그리고 사람들은 그를 가리켜 "그는 에돔이다"라고 노래하기는 해도 "그가 에돔이었다"라고 하지는 않는다. 공연히 현재형으로 진술하는 게 아니다. 시간과 개인을 초월하는 인간 유형의 특성을 고려한 까닭이다.

이야기로 거슬러 올라가면, 염소 백성의 족장 염소는 에사오와는 비교할 수 없을 정도로 훨씬 더 오래 전의 인물이다. 에사오는 이 백성의 이야기 층 위를 걷고 있을 뿐이다. 요셉의 숙부 에사오가 지나가기 전에 그 위를 밟고 지나간 발자국만 해도 무수히 많았으므로, 아름다운 대화라 할지라도 "그가 에돔이었다"라고 말할 수는 없다.

여기서 우리들의 이야기는 당연히 신비 속으로 들어가게 된다. 그리고 우리들이 지적한 내용 또한 이 신비 속으로 사라진다. 즉 과거라는 끝없는 공간 속으로 들어가는 것이다. 이곳에서는 어떤 기원이든 가상의 내용일 뿐, 마지막 목적지가 아니라는 사실이 증명된다. 과거를 신비라 하는 것은 거리의 신비가 아니라 공간의 신비를 말하는 것이다. 거리에는 신비가 없다.

우주공간은 보충과 상응으로 이루어진다. 말하자면 반쪽이 두 개 모여 하나를 이룬 곳이다. 위에 있는 반쪽과 아래에 있는 반쪽, 즉 하늘을 이루는 반구(半球)와 땅의 반구가 모여 전체를 만든다. 그래서 위의 것은 아래의 것이기도 하고, 땅에서 이루어지는 것이 하늘에서 반복되기도 하며, 하늘에서 이루어지는 것이 땅에서 재현되기도 한다. 두 개의 반쪽이 모여 하나의 전체가 되는, 즉 하나의 공처럼 둥근 물체를 이루는 이 반쪽들의 상호상응은 실제 변화와 흡사하여 뒤집기와 마찬가지이다.

우주공간은 구른다. 이것이 우주공간의 본성이다. 위가 곧 아래가 되며 아래가 위가 된다. 그러므로 어디든 아래라 할 수 있고, 어디든 위라 할 수도 있는 것이다. 즉 거룩한 것과 속세의 것이 상대방에게서 자신을 발견할 수 있는 정도가 아니라, 각각 상대방으로 바뀐다는 사실이 중요하다.

다시 말해서, 우주공간의 회전에 힘입어 거룩한 것이 속세의 것으로 변하고, 속세의 것이 거룩한 것으로 바뀐다. 결과적으로 신들이 인간이 되는 반면, 인간은 신들이 된다.

사실이 그렇다. 그래서 우시르, 곧 참고 인내하는 자, 몸이 동강난 자는 이전에는 인간이었지만, 즉 이집트의 어떤 왕이었지만, 나중에는 신이 되었다. 물론 그럴 때마다 그는 번번이 다시 인간이 되고 싶었다. 이집트 왕들이 항상 인간인 동시에 신이었던 사실이 그 증거다.

그러나 우시르가 그러면 과연 맨 처음에는 어떤 존재였는지 묻는다면, 다시 말해 애초에 신이었는지, 아니면 인간이었는지 묻는다면 대답이 나올 수 없다. 회전하는 우주공간에 처음이란 아예 존재하지 않기 때문이다.

우시르의 동생 세트의 경우도 다르지 않다. 우시르를 죽이고 사지를 토막으로 잘랐던 이 악한 세트는 머리가 당나귀처럼 생겼다. 그는 전사로서 사냥꾼이기도 하며, 이집트 왕들에게 카르나크, 즉 아문 도시 근처에서 활 쏘는 법을 가르치기도 했다. 그런가 하면 세트를 티폰(그리스·로마 신화의 괴물—옮긴이)이라 부른 사람도 있고, 화염을 내뿜는 사막의 바람신 함을 그의 속성으로 간주하여 강렬한 태양빛처럼 모조리 태우는 불 자체로 받아들여 함몬 바알 또는 무서운 폭염의 신으로 여긴 사람들도 있다.

그래서 페니키아인과 히브리인은 세트를 가리켜 몰록 또는 멜렉이라 부르기도 했다. 황소 왕 바알이 바로 멜렉인데 자신의 불로 아이들과 짐승의 첫 소산을 잡아먹는 신이었다. 시험에 든 아브라함이 이사악을 바치려 했던 신도 바로 이 멜렉이다.

티폰-세트, 이 붉은 사냥꾼이 맨 처음, 그리고 맨 나중에 살았던 집이 하늘이며, 그는 다름 아닌 네르갈, 즉 일곱 개의 이름을 가진 원수, 화성, 붉은 자, 불의 유성이었다고 과연 누가 말할 수 있겠는가? 이렇게 따진다면, 누구라도 그의 맨 처음과 맨 나중 모습은 인간이었다고 말할 수도 있을 것이다.

우시르 왕을 권좌에서 내몰아 살해한 동생 세트가 나중

에 신이 되고 별이 된 후에라도, 끊임없이 회전하는 우주공간의 법칙에 따라 언제라도 다시 인간이 될 준비를 하고 있었을 수도 있다. 그는 사실 동시에 두 가지 다였다. 그러나 둘 중 어느 것이 먼저였는지는 아무도 말할 수 없다. 신이요 별인 동시에 인간인 그는 아무리 역할을 바꿔도 여전히 같은 존재이다. 그러므로 그가 속한 시간 형태는 시간이 없는, 시간을 초월한 현재일 뿐이다. 다시 말해서 우주공간의 회전을 내포한 이 시간 형태에서는 언제라도 세트에 관해 이렇게 말할 수 있는 것이다.

"그는 붉은 자이다."

하지만 세트, 이 화살을 쏘는 자가 거룩한 것과 세속적인 것이 상호 변신 과정을 겪는 가운데, 네르갈, 즉 화성과 연관을 맺고 있다면, 살해당한 우시르와 왕의 유성 마르둑 사이에도 똑같은 이치가 적용되지 않을까? 얼마 전 우물가에서 어떤 검은 눈동자가 인사를 건넸던 그 마르둑 말이다.

이 마르둑 신은 주피터, 즉 제우스라 불리기도 했다. 이 신의 이야기를 해보자. 제우스는 자신의 아버지요, 마찬가지로 거룩한 거인이었던 크로노스를 왕좌에서 밀어내고 스스로 왕이 된다. 자신의 아이들을 잡아먹는 크로노스로부터 제우스가 목숨을 구할 수 있었던 것은 어머니의 기지 덕분이었다. 여하튼 제우스는 아버지 크로노스의 성기를 낫으로 벤 다음, 그를 폐위시켰다.

이 이야기는 진실의 절반만 아는 데 만족하지 않고, 온전히 알려는 자에게 참으로 반가운 윙크가 아닐 수 없다. 왜냐하면 이는 세트, 혹은 티폰이 왕을 살해한 최초의 인물이 아니라는 사실을 분명히 보여주기 때문이다. 우시르 자신도 처음에 왕이 되기 위해 다른 왕을 살해했으며, 스스로 왕이 되자 자신이 티폰이었을 때 했던 일과 똑같은 일을 겪어야 했다. 이것이 바로 우주공간이 지닌 신비의 일부이다. 회전 덕분에 각자의 역할 바꾸기가 가능해지는 것이다. 누군가를 죽일 음모를 꾸미고 있는 동안 우시르는 티폰이지만, 모반에 성공하여 왕이 되고 나면, 왕위를 찬탈하는 티폰의 역할은 다른 자에게 넘어간다.

많은 사람들은 크로노스의 성기를 자른 후 그를 권좌에서 쓰러뜨린 당사자가 제우스가 아니라 티폰이었다고 주장하고 싶어한다. 그러나 이런 다툼은 쓸데없는 정력 낭비일 뿐이다. 위아래가 돌고 도는 과정에서는 그게 그것이기 때문이다. 승리를 거두기 전의 제우스가 바로 티폰이 아니던가.

그러나 이와 똑같이 돌고 도는 게 또 있다. 바로 아버지와 아들의 관계이다. 말하자면 아버지를 살해하는 것이 항상 아들이 아니라, 희생자의 역할이 언제라도 아들에게 주어질 수 있다는 뜻이다. 그래서 아들이 아버지에게 살해당할 수도 있다. 따라서 티폰-제우스가 크로노스에게 죽임을 당할 수도 있다.

첫아들을 붉은 몰록, 혹은 멜렉에게 제물로 바치려 했을 때, 우르-아브라함도 이 사실을 알고 자신도 예전의 도식대로 행동할 수밖에 없다는 절망적인 생각에 빠졌으리라. 그러나 주님께서는 이를 허락하지 않으셨다

요셉의 숙부 에사오가 자신의 숙부, 즉 이사악의 배다른

형제, 추방당한 이스마엘과 머리를 맞대고 음모를 꾸미던 시기가 있었다. 그때 아랫세상의 사막에 있는 숙부 이스마엘을 느닷없이 찾아간 에사오가 얼마나 끔찍한 일을 계획했는지는 잠시 후에 하기로 하자.

여하튼 이렇게 에사오가 숙부에게 끌린 것은 전혀 이상할 게 없고, 또 우연도 아니었다. '붉은 자'를 말할 경우 이스마엘의 이야기도 빠질 수 없기 때문이다. 그의 어머니는 하갈이었다. 그 이름은 '떠도는 여자'를 뜻했다. 그러니 이 이름을 실현시키기 위해서라도 그녀를 사막으로 내보내야 했다. 그리고 실제로 그렇게 한 직접적인 계기는 이스마엘에게 있었다.

이스마엘은 어린 시절부터 아랫세상에 속하는 기질을 보였다. 따라서 아브람 곁에 계속 머무르게 하는 것은 높은 곳에 계시는 주님의 노여움을 살 게 뻔했다. 이스마엘을 언급하는 기록들은 그를 '조롱하는 자'라고 묘사한다. 하지만 아무 말이나 함부로 하는 그런 사람을 뜻하는 말은 아니다. 그것만으로는 우주공간의 위쪽에 있는 분들의 비위를 건드릴 수 없었다. 오히려 그의 경우 '조롱한다'는 것은 야릇한 '희롱'을 의미했다. 그리고 아브람은 '창문을 통해' 이스마엘이 이복 동생 이사악을 희롱하고 애무하는 장면을 보고 가슴이 철렁했다. 자신의 진짜 아들이며 진정한 아들 이사악이 사막의 석양처럼 아름다운 이스마엘의 유혹에 완전히 넘어가면 큰일이었다. 아브람이 누구인가. 장차 수많은 자손들의 아버지가 되어야 할 사람이 아닌가. 그러려면 아들부터 자손을 많이 낳아야 할 터인데, 만에 하나 이스마엘의 농간에 놀아나 이사악이 여자를 취하지 않게 된다면. 그건 생각만 해도 끔찍했다. 그래서 아브람은 급기야 이스마엘을 내쫓기로 결심한 것이다.

사라와 하갈은 처음부터 사이가 좋지 않았다. 하갈은 아이를 낳은 후, 여태 생산을 하지 못한 사라에게 거만하게 군데다, 사라의 질투 때문에 예전에도 도망친 적이 있었다. 여하튼 이 두 여인의 불화는 끊이지 않았고, 사라는 하루가 멀다 하고 이집트 여인을 내치라고 매달렸다. 게다가 상속자 문제가 명쾌하게 결정되지 않아 내심 걱정이 많았던 그녀는 첩의 장성한 아들과 정실인 자신의 어린 아들 문제로 사사건건 하갈과 부딪쳤다.

이스마엘이 이사악과 함께 상속자가 되거나 혹은 이사악을 완전히 따돌리고 혼자 상속받을 수도 있다는 걱정은 사라의 모성애를 자극했다. 그리고 아브람 자신에게도 후자의 경우는 생각만 해도 끔찍했다. 그런 상황에서 이스마엘이 이사악을 희롱하는 것까지 보게 되자 아브람은 이사악을 상속자로 삼기로 결심한 후, 교만한 하갈에게 약간의 먹을 물과 빵을 건네주고는 아들 이스마엘과 함께 그곳을 떠나 다시는 돌아오지 말고 멀리 세상 구경이나 하라고 명령한다. 달리 어떤 방법이 있었겠는가? 이사악, 제물로 받아들여지지 않은 이사악이 종국에는 활활 타오르는 티폰에게 희생당하도록 방치해야 했겠는가?

이스마엘을 이렇게 티폰과 동격으로 보는 풍자에 의아해할지도 모른다. 하지만 이상할 것은 하나도 없다. 왜냐하면 이스마엘이라는 인물 자체가 일종의 풍자이기 때문이다.

그는 과거에 있었던 어떤 본보기를 따라 그 발자국을 따라간 사람이 아니다. 한마디로 그는 '과거에 있었던 사람이 아니다'. 그렇다면 이스마엘이 과연 어떤 사람을 풍자하는 것인가? 우선 그의 이름에서 가운데 글자 하나만, 그것도 자음 하나만 바꿔 보라. 이 얼마나 위대하고 영광스러운 이름이 되는가! 그뿐이 아니다. 이스마엘이 사막에서 탁월한 활 솜씨를 자랑하는 궁수가 되었다는 점에 착안하여 사람들은 이스마엘을 숲의 당나귀로 비유하기도 한다. 즉 티폰-세트의 짐승 말이다. 이렇게 되면 이스마엘은 우시르를 살해한 악한 동생이 된다.

맞는 말이다. 이스마엘은 악한 자이며, 붉은 자이다. 불같고 바르지 않은 이 이스마엘의 손아귀에서 축복받은 어린 아들을 보호하기 위해 아버지 아브라함은 그를 내쫓았다. 그렇지만 이사악이 남자가 아닌 '여자'를 취하여 수태시켰을 때, 이 붉은 자는 다시 등장하여 평화로운 자, 즉 야곱 곁에서 자신의 이야기를 이어가려 했다.

이사악의 아내 리브가가 낳은 쌍둥이 형제 이야기를 해보자. '향기로운 풀'은 야곱이고, 에사오는 '털투성이'에 살결이 '붉은' 자이다. 여러 스승들과 식자들은 이 에사오에게 지나친 욕설을 퍼부었다. 속세에 사는 한 인간으로서 에사오는 이렇게 심한 욕설을 들어야 할 이유가 없었다. 이들이 그에게 뭐라고 야유했기에?

뱀! 사탄! 그것도 모자라, 멧돼지!

이들은 에사오를 양을 지키는 목자인 주인님을 레바논의 은신처에서 갈기갈기 찢은 수멧돼지로 생각했다. 그렇다.

이들은 자신들의 지식만 믿고 제품에 화가 나서, 에사오를 가리켜 '낯선 이방의 신'이라 불렀다.

도대체 왜 그랬을까? 이들은 불상사를 막고 싶었을 뿐이다. 세상에 등장한 에사오가 거칠고 천박하긴 하지만 그래도 너그러운 성품을 보인 까닭에, 혹시라도 사람들이 우주 공간의 순환에서 에사오가 맡은 역할이 실제로 어떤 존재인지 몰라 착각할까봐 두려웠던 것이다.

우주 공간은 돌고 돈다. 그래서 서로 다른 존재들이 아버지와 아들이 되기도 하며, 붉은 자와 축복받은 자로 등장하기도 하며, 아들이 아버지를 거세하기도 하고 아버지가 아들을 죽이기도 한다. 그리고 (그들이 처음에 어떤 것이었는지는 아무도 모르며) 서로 형제가 되기도 한다. 세트와 우시르, 카인과 아벨, 셈과 함처럼.

그리고 우리도 알다시피 이들은 셋이 되기도 하여 두 개의 쌍을 이루기도 한다. 아버지와 아들의 한 쌍과 또 하나는 형제의 쌍이 되는 것이다. 이스마엘의 경우가 그렇다. 이 거친 야생 당나귀는 아브라함과 이사악 사이에 있다. 아브라함에게는 낫을 든 아들이며, 이사악에게는 붉은 형제이다.

이스마엘이 정말 아브라함을 거세하려 했던가? 물론이다. 그는 이사악을 아랫세상 사내들의 사랑으로 유인할 생각이었으니까. 만일 이스마엘의 계획이 성공하여, 이사악이 여자한테서 생산을 하지 않았더라면, 야곱과 그 열두 아들도 나올 수 없었을 것이고, 그렇게 되면 수많은 후손을 선사해 주겠다는 언약은 허사가 되었을 것이다. 이렇게 되면 '수많은 사람들의 아버지' 라는 뜻을 가진 아브라함이라는 이름이 무슨 소용이 있었겠는가?

하지만 이들은 다시 야곱과 에사오라는 육신을 입고 등장한다. 그리고 야인(野人) 에사오까지도 자신이 어떤 팔자를 타고났는지, 너무도 잘 알고 있었다. 이렇게 에사오까지도 아는 마당에 그보다 훨씬 교양 있고 생각이 깊은 야곱은 얼마나 더 잘 알았겠는가?

이사악이 눈이 멀게 된 경위

    야곱의 영민한 갈색 눈이 쌍둥이 형인 사냥꾼을 바라보고 있다. 조금 지친 듯한 그 시선은 어딘지 모르게 물 위에 떠다니는 것처럼 보인다. 그동안 형은 그를 도와 아버지를 매장하는 일에 여념이 없었다. 또다시 온갖 이야기들이 가슴속에 현실로 되살아난 야곱은 깊은 사색에 잠긴다. 어린 시절의 기억, 오랫동안 허공에 떠 있다가, 저주와 축복으로 내려온 아버지의 결단, 그리고 그 다음에 일어난 모든 일들을 되새기느라, 이따금 인생의 결정적인 순간들을 떠올리며 가슴을 떨기도 하고 다시 안도의 한숨을 내쉬며 또 다른 기억 속으로 옮겨가느라 어느새 눈이 말랐다.

    반면 에사오는 장례를 준비하는 내내 엉엉 울고 울부짖었다. 따지고 보면 노인에게 별로 감사해야 할 이유도 없는 에사오였다. 이비기는 이미 동생에게 축복을 내리고 자신에게는 사막으로 내쫓는 저주밖에 주지 않았으니까. 그 일은 아버지에게도 큰 근심을 남겼다. 적어도 에사오는 그렇게 믿었다. 살아남으려면 그렇게 믿어야 했다. 그래서 최소한 자신의 입을 통해서라도 다시 한번 확인하고 싶어, 그 정신없는 가운데에서도 코를 훌쩍여가며 열번이나 이렇게 말했다.

"야곱, 너는 여자가 사랑했지만, 아버지는 나를 사랑하셨다. 그래서 내가 사냥해온 짐승고기를 즐겨 드시곤 했지. 아버지는 내게 '거친 아이야' 늘 그렇게 말씀하시곤 했어. '내 장남, 날 위해 사냥을 해왔구나. 네가 불에 구워온 고기는 참으로 맛있다. 내 입맛에 꼭 맞는다. 붉은 털 아이야, 아비를 위해 이렇게 민첩하게 사냥해온 고기를 요리해서 갖다주니 고맙구나! 내 장남이 오래 오래 내 곁에 있어 주었으면 좋겠다. 내 너를 항상 기억하마.' 그랬어. 아버지는 항상 그렇게 말씀하셨지. 아마 백번, 아니, 천번도 넘게 그렇게 말씀하시곤 했다. 하지만 너는 여자가 사랑했지. 그래서 네게 늘 말했지. '귀여운 야곱, 내 사랑스러운 아이!' 그리고 어머니의 사랑은, 이건 신들도 아는 사실이지만, 아버지의 사랑보다 훨씬 더 포근한 법이지. 그건 내가 겪어봐서 잘 안다."

야곱은 침묵했다. 에사오는 다시 흐느꼈다. 그리고 도무지 견딜 수가 없어서 다시 속마음을 털어놓았다.

"아, 그때 아버지가 얼마나 놀라셨는지 모른다. 네가 다녀간 후에, 내가 노인이 축복을 내릴 수 있도록 원기를 돋워주려고 음식을 만들어 가지고 들어갔을 때 말이다. 먼저 다녀간 자가 에사오가 아니라는 사실을 그제야 깨닫고 깜짝 놀라서 고함을 버럭 질렀어. '그럼, 그 사냥꾼은 누구였단 말이냐? 도대체 누구였느냐? 그가 가져온 음식으로 기운을 차리고 벌써 그에게 축복을 줘버렸다! 에사오, 내 아들 에사오, 이 일을 어찌한단 말이냐?'"

야곱은 계속 침묵했다.

"꿀 먹은 벙어리냐?"

에사오가 외쳤다.

"너는 네 생각밖에 할 줄 모르는 놈이다. 그래서 그렇게 계속 입만 다물고 있는 것 아니냐? 그렇게 입 다물고 있으면 화해가 될 줄 아느냐? 네 꼴을 보면 속이 부글거리고 화만 치밀어! 노인이 그토록 정신이 나갈 정도로 질겁한 건 날 사랑하셨기 때문이 아니더냐? 안 그러냐?"

"말씀하신 그대로입니다."

야곱이 대답했다. 에사오는 그 대답에 만족할 수밖에 없었다. 그러나 에사오가 이렇게 말했다고 해서 실제 있었던 일에서 보다 진실에 가까워진 건 아니다. 얽히고설킨 게 풀렸다기보다는 오히려 온전치 않은 절반의 진실로 남아 더 애매해졌다.

야곱이 침묵으로 일관하고, 고작 예, 아니오 식으로만 대답한 것은 특별히 악의나 다른 꿍꿍이속이 있어서가 아니다. 형이 훌쩍거려가며 토해 내는 말은 야인의 감정토로에 불과했다. 그건 뒤로 처질 수밖에 없던 자의 상황을 미화시켜 자신을 기만하는 것일 뿐, 복잡하게 꼬여 있는 일을 제대로 이해한 것이 아니었다. 형의 말은 흡사 늦잠을 자다가 부랴부랴 제일 좋은 것을 얻으려 하는 자의 변명에 지나지 않았다.

에사오 말처럼 야곱이 다녀가고 난 후 뒤늦게 에사오가
나타나자 이사악이 경악했을 수도 있다. 노인은 자신의 아
들이 아닌 전혀 엉뚱한 자가 들어와서 축복을 훔쳐간 건 아
닐까 하고, 혹시 그렇게 참담한 낭패가 일어난 줄 알고 놀
랐을 수도 있다.

하지만 축복을 받아간 자가 낯선 자가 아니라 야곱인 줄
알았더라도 그렇게 혼비백산했을까? 이것은 조금 특별한,
말하자면 에사오가 그토록 듣고 싶어하는 대답이 나오기에
는 조금 더 복잡한 질문이다. 과연 부모의 사랑이 에사오가
믿고 싶어하는 것처럼 확실하게 양쪽으로 나눠져 있었을까
하는 질문에 대한 대답도 복잡하기는 마찬가지다.

정말로 '귀여운 야곱'은 어머니의 사랑을 독차지하고,
'붉은 털보'는 아버지의 사랑을 독차지했을까? 야곱에게는
이를 의심할 만한 충분한 이유가 있었다. 그렇지만 눈물을
흘리고 있는 형을 자기 생각으로 설득할 수는 없었다.

동생이 어머니에게 안길 때면, 어머니는 출산을 앞둔 몇
달 전부터 얼마나 힘들었는지, 자주 그 이야기를 들려주곤
했다.

아이들이 잘못 들어선 것처럼 너희 쌍둥이가 서로 발길
질을 해대느라 엄청 고생했다. 그렇게 동굴에서부터 사이
가 좋지 않았다. 서로 먼저 나오려고 다퉜다. 이사악의 하
나님은 원래 야곱 네가 먼저 태어나도록 하실 생각이셨다.
그런데 에사오가 먼저 나오겠다고 용을 쓰는 바람에, 마음
씨 착한 야곱 네가 뒤로 물러나 주었다.

어머니의 말씀은 그런 내용이었다. 야곱은 속으로는 어차피 쌍둥이 형제의 경우 나이 차이가 있는 것도 아니니 누가 먼저 나오고 뒤에 나오느냐는 별로 중요하지 않다고 생각했다. 진짜 중요한 건 정신적으로 봤을 때 진정한 장자가 누구이며, 세상 밖에 나와서 각자 제물을 바칠 때 누가 바친 제물의 연기가 하나님 앞에서 곧바로 위로 치솟느냐, 다시 말해서 하나님께서 누구의 제물을 기꺼이 받아주시는가라고 확신했다.

한편으로 어머니 리브가의 이야기는 그럴싸하게 들렸다. 야곱이 정말 그랬을 가능성도 있다. 야곱도 옛 기억을 더듬어 보며 자기가 정말 어머니의 말처럼 형에게 앞자리를 양보한 것으로 생각하기도 했다.

그러나 리브가의 말이 내비친 뜻은, 쌍둥이 형제 중에서 조금 더 빨리 이 세상에 나왔다 해서, 그것도 억지를 써서 먼저 튀어나왔다 하여, 그것이 결정적인 것이 될 수는 없으며, 형제 중에서 축복을 누가 받느냐 하는 문제는 그들이 청년으로 자란 후 운명의 그날이 올 때까지 계속 허공에 떠있게 된다는 것이다. 그러므로 에사오는 자신에게 이롭지 않은 결정이 내려졌다 하더라도, 손해를 보았다고 하소연할 이유가 없는 셈이었다.

아버지 쪽에서 보면, 여하튼 먼저 태어난 에사오가 오랫동안 유리해 보일 수밖에 없었다. 그렇다면 언제까지 그랬을까? 에사오의 성격이(여기서 '성격'이란 육체적인 것과 정신과 미풍양속에 관련된 모든 것을 합한 것을 의미한다) 사람들에게 불러일으키는 거부감이 장자 신분으로 더 이상 누마

될 수 없을 때까지였다. 에사오는 태어나자마자 온몸이 붉은 털로 덮였다. 베조아르의 암염소가 낳은 새끼 같았다. 그리고 이빨도 금방 다 났다. 약간 소름끼치는 모습이었지만, 생각 깊은 이사악은 그래도 좋아하려고 애썼다. 이왕이면 큰아들의 편을 들고 싶었다. 그래서 지금까지도 에사오가 집착하고 있는 가정을 생각해 낸 것이다. 에사오는 자신의 아들이고, 야곱은 어머니의 귀여운 아들이라는.

이렇게 이사악은 피부가 매끄러운 아들, 이빨도 없는 아들을 마음에서 밀어내었다. 어차피 그 아이는 두번째 아들이었고, 마치 부드러운 빛 같았던 것이다. 아이는 아주 지혜롭고 평화로운 미소를 짓기도 했는데, 큰아들은 듣기 괴롭게 칭얼거리기 일쑤였고, 그럴 때면 눈썹까지 흉측하게 일그러졌다.

이사악은 그래서 이렇게 말하곤 했다.

매끄러운 아이는 근심거리가 생길 듯싶고, 별 희망이 없어 보인다. 하지만 이 거친 아이는 영웅이 될 소질이 엿보이니 주님 앞에 큰 인물이 될 게 틀림없다.

그러나 거의 매일 앵무새처럼, 예전부터 있던 속담을 되뇌듯 그렇게 말하던 이사악의 음성에 간간이 원망이 묻어나오기도 했다. 에사오가 너무 일찍 자라난 못된 이빨로 리브가의 젖을 잔혹하게 물어뜯어 젖꼭지에 상처가 나서 곪아버린 것이다. 그 때문에 어린 야곱한테도 짐승 젖을 묽게 타서 먹일 수밖에 없었다.

"저 아이는 영웅이 될 거요."

이사악은 에사오를 가리켜 그렇게 말했다.

"저 아이가 내 아들, 내 장자요. 하지만 당신의 아이는 매끄러운 아이라오. 브두엘의 딸, 내 가슴속의 심장!"

"내 가슴속의 심장." 이사악은 리브가를 그렇게 불렀다. 그리고 사랑스러운 아이를 그녀의 아들이라 말하고, 거친 아이는 자기 아들이라고 한 것이다. 그렇다면 이사악이 정말로 더 좋아한 아들은 누구였을까?

에사오였다. 최소한 목자들의 노래에는 그렇게 되어 있다. 그리고 당시 주변 사람들도 그렇게 알고 있었다. 이사악은 에사오를 좋아하고, 리브가는 야곱을 사랑한다고. 그렇게 다들 의견이 모아져 있었다. 이사악은 말로써 그렇게 의견일치를 보았고, 말을 통해 이 의견이, 이 작은 신화가 이보다 훨씬 더 크고 비중 있는 신화 안에서 유지되도록 했다. 그러나 이 작은 신화는 원칙적으로 보자면, 더 크고 비중 있는 신화에 위배되었다. 다만 이사악이 눈이 멀어 보지 못했을 뿐이다.

이것을 어떻게 이해해야 할까? 여기서는 육체와 영혼이 훨씬 깊게 얽혀 있다는 의미로 이해해야 한다. 영혼은 우리가 믿고 싶어하는 것보다 더 많이 육체에 영향력을 행사하며 육체에 훨씬 더 깊숙이 침투한다는 뜻이다.

이사악은 눈이 멀었다. 세상을 하직할 무렵에는 완전히 장님이었다고 해도 과언이 아니다. 이는 분명한 사실이다. 그러나 쌍둥이 아들들이 어렸을 때는, 나이가 많긴 해도 시력이 그 정도로 나쁜 건 아니었다. 그러다 소년들이 청년으로 자라자, 시력이 급속히 떨어져 거의 장님이 될 지경에 이르렀다. 이는 시력을 수십 년 간 제대로 쓰지 않고 지나칠 정도로 보호하느라 시야를 가리고 아예 보지 않았기 때문이다. 여기에는 핑곗거리도 없지 않았다. 그 지방에서 흔히 발생하던 결막염(레아와 그녀의 많은 아들들도 평생 이 병을 끼고 살았다)을 예방한다는 이유였지만, 실은 바깥을 보고 싶지 않아서였다.

봐 봤자, 속만 상하고 고통스럽기만 하니까 차라리 안 보는 것이 편해서, 아예 어둠 속에 가만히 들어앉아 있어야, 어차피 일어나야 할 일이 일어나도록 내버려둘 수 있으므로, 혹시 그래서 눈이 머는 경우도 가능할까? 고령이 된 이사악이 거의 장님이 된 것도 그런 이유에서일 수도 있을까? 이것이 원인이 되어 정말로 그 같은 결과를 가져왔다고까지 주장할 뜻은 없고, 다만 이런 원인이 있었다는 사실을 지적하는 것만으로 만족하고자 한다.

에사오는 짐승처럼 성장이 빨랐다. 소년의 나이에 연거푸 결혼도 했다. 가나안 땅의 딸들, 헷 족과 히위 족 여자들이 그 상대였다. 다들 알다시피 처음에는 유디트와 아다, 나중에는 오홀리바마와 바스맛과 결혼했다. 그는 이 여인들을 아버지의 장막촌에 머물게 했다. 그리고 에사오는 워낙 신경이 무딘 사람답게 이 여인들과 이들이 낳은 많은 자식들이, 자신의 부모, 그러니까 이사악과 리브가의 눈앞에 얼씬대면서 타고난 성품대로 자연과 우상을 섬기도록 방치했다.

그뿐 아니라 스스로 아브람의 고귀한 유산을 물려받을 상속자라 확신하고 있을 때에도 에사오는 남쪽에 있는 세일 사람들과 어울려 사냥을 다녔고, 신앙문제에서도 친구가 되어 공공연하게 그들과 함께 벼락을 내리는 신 쿠차흐를 섬겼다. 이 일은 훗날에 노래로도 불려져 지금까지 설화에 남아 있듯이, 이사악과 리브가에게 '큰 상심'을 안겼다.

아내보다도 이사악이 더 큰 상처를 입었지만, 이 곤혹스러운 일에 대해 드러내놓고 거부감을 표시한 것은 오히려 아내 리브가였다. 침묵으로 일관하던 이사악이 어쩌다 입을 열면 이런 말이 흘러나왔다.

"내 아들은 붉은 아이요. 그는 장자이므로, 나는 그를 사랑하오."

그러나 축복받은 이사악, 아브라함이 주님으로부터 얻은 축복을 소중히 간직한 이사악, 아브라함의 정신적 후손의 눈에 갈대아 남자의 아들이며 그의 재현으로 비쳤던 이 이사악은 자신이 눈으로 보아야 하는 일, 혹은 보고 싶지 않아서 눈을 감을 수밖에 없는 그 광경 앞에서 더없이 괴로워했다. 그리고 이 돼먹지 못한 행동들에 종지부를 찍지 못하는, 다시 말해서 에사오를 야생의 아름다움을 지닌 그의 숙부 이스마엘처럼 사막으로 내쫓지 못하는 자신의 우유부단함도 이사악을 괴롭혔다.

쌍둥이 중에 누가 부름받은 자이며, 누가 선택받은 자인가 하는 문제가 아직까지 허공에 떠 있었을 때, 마음이 에사오 쪽으로 기울었던 것도, 에사오가 먼저 태어난 장자라는 사실에 근거한 '작은' 신화 때문이었다. 그래서 이사악은 자신의 애꿎은 눈만 탓했다. 눈썹이 타듯이 따갑고, 물이 줄줄 흘러내려 마치 죽어가는 달처럼 모든 것이 흐릿하게만 보인다고, 빛만 봐도 눈이 아프다며 어둠을 찾아간 것이다.

며느리들이 벌이는 우상숭배를 보지 않으려고 이사악이 급기야 눈이 먼 것이라고 주장하는 것인가? 아, 그건 이사악이 보는 것만으로도 괴로웠던 여러 가지 중 극히 작은 일에 불과하다. 그로 하여금 눈이 멀어버리는 게 차라리 낫겠다는 생각을 하게 만든 진짜 이유는 다른 데 있었다. 눈이 멀어야만, 일어나야 할 일이 일어날 수 있었기 때문이다.

소년들이 자라날수록 '큰' 신화의 윤곽은 보다 분명해졌다. 단순히 태어난 순서에 근거한 '작은' 신화는 아무리 아버지가 원칙적으로 큰아들 편을 들어도, 점차 억지의 성격을 띠게 되었다. 시간이 갈수록 이 쌍둥이 형제가 누구인지 확연히 드러난 것이었다. 붉은 자와 매끄러운 자, 사냥꾼과 집안에 머무는 자가 누구의 발자취를 따라가는지, 누구의 이야기를 발판으로 삼고 있는지 명백해진 것이다. 그런데 어떻게, 야생 당나귀였던 이스마엘과 한 형제로, 카인이 아니라 아벨이었고, 함이 아니라 셈이었으며, 세트가 아니라 우시르였고, 이스마엘이 아니라 진정한 아들이었던 이사악이, 어떻게 볼 수 있는 눈으로 자신이 에사오를 더 좋아한다는 가정을 유지할 수 있었겠는가? 그래서 그의 시력은 저무는 달처럼 점점 떨어졌고, 어두운 곳에 누워 장자 에사오와 함께 속을 수 있었던 것이다.

희대의 익살극

실은, 속은 사람은 아무도 없었다. 에사오도 예외는 아니다. 여기서 이야기 대상으로 삼는 인물들이 곤란하게도 자신이 누구인지 모르던 사람이라 해서, 그리고 에사오 역시 항상 자신이 누군지 정확하게 알았던 것은 아니어서 이따금 자신을 세일 사람들의 원조 염소라고 여기고, 이 인물에 관해 일인칭으로 말하기도 했지만, 이렇게 가끔씩 드러나는 불분명함은 개인적이며 시간적인 문제일 뿐이다. 다시 말해서, 오히려 이러한 현상은 각자 시간을 초월한 자신의 본질에 대한 정확한 인식의 결과로서, 저마다 자신이 신화 속의 어떤 인물이며 어떤 유형의 인간인지 잘 알고 있었다는 뜻이다.

에사오도 마찬가지이다. 사람들이 그를 가리켜, 야곱처럼 나름대로 경건한 사람이었다고 말하는 것은 공연한 소리가 아니다. 에사오는 '속임수' 사건이 있은 후, 분을 삭이지 못하고 통곡했다. 그래서 이스마엘이 자신의 동생을 해치려 했을 때, 자기도 축복받은 동생을 죽일까 했다. 그랬다. 에사오가 이스마엘과 함께 이사악뿐 아니라 야곱도 죽이자고 음모를 꾸민 건 사실이다. 그러나 이는 에사오가 맡은 역할에 속했기 때문이다.

에사오는 경건한 사람답게 모든 사건은 고정된 어떤 틀을 채우는 것이며, 이러저러한 일들이 일어난 것은 원래부터 있던 본보기에 따라 일어날 수밖에 없었다고 확신했다. 이 말은 어떤 사건이든 처음 발생한 사건이 아니라, 일종의 의식처럼, 축제처럼 원형에 따라 반복되어 늘 새롭게 현재가 되었고, 매번 돌아오는 축제처럼 또다시 현재가 된다는 뜻이다. 그러므로 에사오, 요셉의 숙부는 에돔 족의 조상이 아니었다.

때가 되어 쌍둥이 형제들이 거의 서른 살이 되었을 무렵, 이사악은 어두운 장막 밖으로 노예 한 명을 내보냈다. 한쪽 귀가 없는 노예였다. 그는 경솔하고 덜렁대는 바람에 귀가 잘렸는데, 그 덕에 행실이 조금 나아졌다. 이 노예가 에사오 앞에 이르렀을 때, 에사오는 종들과 함께 들판에서 일을 하고 있었다. 노예가 거무스레한 가슴에 양팔을 엇갈리며 인사를 올리고 에사오에게 한 말은 다음과 같았다.

"큰 주인님께서 주인님을 부르십니다."

에사오는 그 말을 듣고 그 자리에 얼어붙은 것 같았다. 쉴새없이 흘러내리는 땀 아래로 붉은 얼굴이 하얗게 변했다. 그리고 복종을 뜻하는 문구를 중얼거렸다.

"예, 저 여기 있습니다."

그러나 속으로는 딴 생각을 했다.

'이제 시작이구나!'

자랑스럽고 한편으로는 두렵기도 하고 숙연해지면서 가슴이 저려왔다. 들판에서 뜨거운 태양 아래 땀을 뻘뻘 흘리던 그는 하던 일을 당장 중단하고 아버지에게로 갔다. 눈 위에 물수건 두 개를 올려놓은 아버지는 어둠 속에 누워 있었다. 아버지 쪽으로 몸을 숙였다.

"주인님, 부르셨습니까?"

이사악은 약간 애처로운 음성으로 대답했다.

"내 아들 에사오의 음성이구나. 에사오, 너냐? 그래, 내가 너를 불렀다. 이제 때가 온 것 같구나. 이리 가까이 다가오너라, 큰아들아. 내가 너를 확실히 알아볼 수 있도록, 가까이 오너라!"

그러자 염소 가죽으로 된 잠방이만 걸친 에사오는 무릎으로 기어서 침상 쪽으로 다가갔다. 그리고 두 눈을 아버지의 눈 위에 올려져 있는 물수건에 고정시켰다. 마치 그 수건을 뚫고 아버지의 눈을 꿰뚫어보려는 듯했다. 이사악은 그동안 에사오의 어깨와 팔 그리고 가슴을 어루만졌다.

"그래. 이렇게 털이 많은 걸 보니 에사오의 붉은 털이로구나. 나는 손으로 본다. 이제 보는 데 어지간히 익숙해져서 눈이 할 일을 웬만큼, 아니 꽤 잘 할 수 있게 되었다. 자, 내 아들아 듣거라. 귀를 열고 눈먼 아버지가 하는 말을 잘 듣거라. 이제 때가 되었다. 나는 오랜 세월의 무게에 눌려 아마 곧 사라질 것이다. 그리고 내 눈은 이미 오래 전부터 시력이 떨어졌으니, 얼마 안 가 완전히 시력을 잃고 어둠 속에 빠질 것이다. 내 인생은 지금 밤을 맞아, 더 이상 눈으로 볼 수도 없다. 그래서 눈을 감기 전에 축복을 내려 내가 가진 힘을 전해 주고 지금까지 그래왔듯이 유산을 대물림하려고 너를 불렀다. 자, 아들아, 주님 보시기에 끔찍할 정도로 네가 잘 다루는 활을 들고 초원과 물가로 나아가 들짐승을 한 마리 잡아오너라. 그리고 그 짐승으로 내가 좋아하는 고기 요리를 만들거라. 시큼한 우유를 넣고 활활 타오르는 살아 있는 불 위에 끓여서 맛있는 양념을 곁들여 내게 가져오너라. 그러면 내가 그걸 먹고 마신 후, 원기를 얻어 너를 볼 수 있는 손으로 네게 축복을 내리겠다. 이것이 내 명령이니, 어서 가거라."

"분부대로 하겠습니다."

에사오는 익히 아는 구절을 외듯이 중얼거렸다. 그렇지만 여전히 무릎을 꿇고 고개를 숙인 채 자리를 뜨지 않았다. 물수건에 덮여 있는 노인의 눈은 허공에 머물러 있었다. 이윽고 이사악이 물었다.

"아직 거기 있느냐? 잠깐 동안 네가 벌써 밖으로 나간 줄 알았다. 그랬어도 놀랄 필요는 없었을 테지만. 아들이 아버지를 사랑하고 두려워하는 마음으로 아버지의 명령이라면 번개처럼 따르는 법이니까."

"분부대로 하겠습니다."

에사오는 다시 반복했다. 그러나 그는 장막 입구에 쳐놓은 털가죽을 잡았다가는 다시 바닥으로 드리우고 얼른 아버지 침상으로 돌아와 그 앞에 무릎을 꿇었다. 목이 메었다.

"아버지!"

"왜 그러느냐? 무슨 할 말이 남아서?"

눈을 덮은 물수건 위쪽의 눈썹이 치켜졌다. 이사악의 음성이 다시 들려왔다.

"이제 됐다. 가거라. 내 아들아, 때가 되었다. 너뿐 아니라 우리 모두에게 중요한 때이니라. 가거라. 사냥을 나가 고기를 잡아서 요리를 하거라. 그걸 먹고 네게 축복을 내리마!"

그러자 에사오는 고개를 들고 자리를 떴다. 얼마나 뿌듯한지 아버지의 장막을 나오자마자 가슴을 활짝 펴고 근처에 있던 사람들이 다 들을 수 있도록 큰 목소리로 외쳤다. 자신이 방금 겪은 이 영광스러운 일을 모두에게 알려야 했다.

어떤 이야기든 한꺼번에 다 일어나는 법이 없다. 언제나 한 걸음 한 걸음 단계를 밟아가는 것이므로 그 결말이 애처롭다 해서 처음부터 끝까지 그랬다고 말할 수는 없다. 결말이 아무리 슬프고 애처롭게 끝나더라도 영광스러운 순간과 단계는 있게 마련이다. 그러므로 이러한 순간들을 결말에 견주어 평가해서는 안 되며 각각의 순간들이 지닌 빛을 기준으로 평가해야 한다. 이 순간과 단계들이 현실로 되살아나는 힘은 결말이 현실화되는 것 못지않기 때문이다. 그래서 에사오는 자신의 때가 왔을 때, 더없이 자랑스러워 목이 터져라 외친 것이다.

"듣거라, 뜰에 있는 사람들아. 아브라함의 자녀들과 야(Ja)의 숭배자들아, 내 말을 듣거라. 그리고 바알을 섬기는 여인들도 듣거라. 에사오의 자식들과 아내들아, 내 넓적다리의 소생들도 듣거라! 에사오의 때가 왔다. 주인님께서 이 아들에게 오늘 축복을 내리시려 한다! 이사악께서는 나를 초원과 물가로 나가라 하셨다. 내가 화살을 쏘아 주인님께 바칠 음식을 끓이면 나를 위해 축복을 내리시겠다고 하셨다. 모두 나를 위해서이다! 모두 엎드리거라!"

가까이 있던 사람들이 절을 하는 동안, 에사오는 하녀 하나가 쏜살같이 달려가는 모습을 보았다. 얼마나 빨리 달리는지 젖가슴이 출렁였다.

하녀는 한걸음에 리브가 앞에 이르러 에사오가 자랑스레 늘어놓은 이야기를 전했다. 그리고 숨돌릴 사이도 없이 다시 다른 쪽으로 달렸다. 어디였겠는가. 야곱을 찾아간 것이다. 야곱은 귀가 쫑긋 선 탐이라는 이름의 개를 데리고 양을 돌보는 중이었다. 윗부분이 휘어진 기다란 지팡이에 기대어 지금 막 주님을 생각하며 사색에 잠겨 있었다. 드디어 야곱 앞에 이른 하녀는 헐떡이며 풀밭에 넙죽 엎드렸다.

"마님께서!"

그제야 야곱은 그녀를 보았다. 그리고 한참 뜸을 들인 후, 들릴 듯 말 듯 한 목소리가 들렸다.

"예, 저 여기 있습니다."

그렇지만 뜸을 들이는 동안 속으로는 이런 생각을 했다.

'이제 시작이구나!'

자랑스럽고 한편으로는 두렵기도 하고 숙연해지면서 가슴이 저려왔다.

야곱은 양을 돌보는 일은 탐에게 맡기고, 리브가의 장막으로 향했다. 그녀는 아들이 오기만을 눈 빠지게 기다리고 있었다.

리브가.

이 여인은 사래(혹은 사라─옮긴이)의 뒤를 따르는 인물이다. 지금 그녀의 귀에는 금 귀걸이가 걸려 있다. 체격도 다부지고 풍채도 좋은 중년 귀부인이다. 나이가 나이니만큼 얼굴 윤곽은 그다지 곱지 않았지만, 이전에 그랄의 아비멜렉을 위기에 빠뜨리기도 했던 아름다움은 여전하다. 방연광으로 화장한 우뚝 솟은 눈썹 아래 검은 눈동자에 총기와 단호함이 어려 있다.

코는 남자 코처럼 선이 굵고 콧구멍도 제법 넓다. 그윽한 음성에 성량도 풍부하다. 짙은 솜털이 윗입술에 엷은 그늘을 드리우고, 머리는 앞가르마를 탔다. 숱이 많다. 검은색과 은빛이 섞인 곱슬머리가 이마까지 내려와 있다. 그리고 머리에 쓴 갈색 베일이 등까지 내려와 있다.

보석 호박을 깎은 듯, 반짝이는 갈색 어깨는 세월도 흠집을 내지 못했는지 여전히 동그랗게 아름다운 자태를 뽐내고 있다. 선이 곱기는 팔도 마찬가지다. 베일을 두르지 않은 팔은 맨살이다. 허리띠를 묶지 않고 입은 무늬 있는 모직 원피스는 복사뼈까지 닿을 정도로 길다.

작은 손에는 힘줄이 불거져 야무져 보인다. 조금 전까지만 해도 일을 하던 손이다. 장막 밖의 마당에 놓인 베틀 옆에 다른 여자들과 함께 쪼그리고 앉아, 일 못하는 사람이 있으면 간간이 호통도 치면서 팽팽하게 당겨놓은 아마 씨줄 사이로 나무 막대를 쥔 손가락을 집어넣던 손이었다. 하지만 지금은 여자들의 작업을 중단시키고 하녀들까지 물린 다음, 여주인의 장막 안으로 들어와 돗자리에 앉아 아들을 기다리는 중이다.

장막 입구에 걸어놓은 커튼이 올라가고 아들이 장막 안으로 들어서며 어머니께 예를 갖추자, 그녀는 정색을 하고 아들 쪽으로 다가간다.

"야곱, 내 아들."

그녀의 그윽한 음성이 울려 퍼졌다. 그녀는 아들이 인사를 하느라 높이 올린 양손을 자신의 가슴 쪽으로 끌어당겼다.

"이제 때가 왔구나. 주인님께서 네게 축복을 내리려 하신다."

"제게 축복을 내리려 하신다고요?"

야곱은 얼굴이 하얗게 질렸다.

"제게요, 에사오가 아니고?"

그러자 어머니의 다급한 음성이 들린다.

"그 아이를 통해 네게 축복을 주시는 거란다. 트집 잡을 생각은 말아라! 대꾸도 하지 말고, 이리저리 궁리하지도 말고, 그저 내 명령대로 하거라. 실수라도 생겨 불행한 일이 닥치면 안 된다!"

"어머니, 뱃속에 들어있을 때도 저를 살려주신 어머니. 어머니의 명령이 무엇인지요?"

야곱이 물었다.

"잘 듣거라! 주인님께서는 힘을 얻어 축복을 내리시려고 에사오에게 들짐승을 잡아 맛있는 요리를 해오라고 하셨다. 이 일은 네가 더 빨리, 그리고 더 잘 할 수 있다. 얼른 가축떼가 있는 곳으로 나가 살찐 염소 새끼 두 마리를 잡아 오너라. 내가 그 고기로 아버지가 제일 좋아하시는 요리를 만들어 한 조각도 남기지 않고 다 드시게 할 것이다. 어서 가거라!"

야곱은 온몸을 떨기 시작했다. 그리고 이 떨림은 모든 일이 끝날 때까지 멈추지 않았다. 어떤 순간에는 이빨이 서로 맞부딪치지 않도록 잔뜩 긴장해야만 했다.

"자비로운 어머니! 어머니 말씀은 제게 여신의 말씀과도 같으십니다. 하지만 지금 어머니께서 하신 말씀은 너무 위험합니다. 에사오는 온몸에 털이 많지만, 어머니의 자식은 몇 군데를 제외하고는 털이라고는 없는 매끄러운 피부를 가졌습니다. 만일 주인님께서 제 몸을 만져보시고, 매끄러운 피부를 더듬어보시게 되면, 그때는 제 꼴이 어떻게 되겠습니까? 제가 주인님을 속이려고 한 것처럼 될 것 아닙니까? 그렇게 되면 생각하고 말 겨를도 없이 제 목에 축복이 아니라 저주가 내릴 것입니다."

"벌써 또 꼬투리를 잡느냐?"

그녀가 버럭 소리를 질렀다.

"저주가 내린다면 내 머리에 떨어질 것이다. 내가 다 알아서 한다. 그러니 너는 어서 나가서 염소 새끼나 대령하거라. 조금이라도 실수하는 날에는……"

야곱은 어느새 달리고 있었다. 장막에서 그리 멀지 않은 산비탈에 염소들이 풀을 뜯고 있었다. 어미 염소 옆에서 깡충거리는 새끼들이 보였다. 봄에 태어난 새끼 두 마리를 골랐다. 목동들에게 여주인님께 바칠 것이라고 외치면서, 서둘러 목을 따 주님 앞에 피를 흘리게 한 후, 뒷다리를 잡고 어깨에 둘러멨다. 겉옷 위로 등 뒤에 짐승머리가 축 늘어졌다. 아직 어린 새끼 티를 벗지 못한 머리였다. 도르르 말린 뿔, 갈라진 주둥이, 흐리멍덩해진 눈알, 큰일을 위해 일찍 제물로 바쳐질 운명을 타고난 짐승들이었다.

집으로 돌아오는 내내 가슴이 뛰었다. 벌써부터 앞에 나와 있던 리브가가 손을 흔들었다.

"어서 오너라. 준비 다 됐다."

그녀의 장막 안에는 돌 아궁이가 따로 있었다. 이미 불이 피워져 있고, 청동 솥까지 걸려 있었다. 부엌에서 쓰는 식기와 살림살이가 다 갖춰진 곳이었다.

어머니는 염소 새끼를 낚아채고 한시가 급한 듯, 서둘러 껍질을 벗겨 토막으로 잘랐다. 그리고 벌겋게 달아오른 아궁이 앞에서 큰 포크를 민첩하게 놀리며 양념을 뿌리고 휘저어가며 음식을 준비했다. 그동안 두 사람 다 입을 다물고 있었다.

그러나 음식이 끓는 동안 야곱은 어머니가 궤짝에서 주름 잡힌 옷과 셔츠 그리고 겉옷을 꺼내는 것을 보았다. 그녀가 보관하고 있던 에사오의 예복인 줄 한눈에 알아본 야곱은 다시 얼굴이 하얗게 질렸다. 어머니는 피 때문에 안쪽이 여전히 축축하고 끈적거리는 염소 털가죽을 조각과 긴 띠 모양으로 잘랐다. 그 광경에 야곱은 다시 한번 온몸을 떨었다. 그러나 리브가는 야곱에게 당장 겉옷을 벗으라고 명령했다. 그건 매일 입고 다니던 반소매의 긴 옷이었다.

어머니는 부들부들 떠는 아들의 매끈한 사지에 형의 짧은 속옷을 입히고 그 위에 겉옷을 입혔다. 파란색과 빨간색으로 된 부드러운 모직 옷인데, 옷을 입자 어깨가 한쪽만 가려지고 나머지 어깨와 양팔은 맨살 그대로 드러났다.

"이제, 이리 오너라!"

옷을 다 입힌 어머니가 말했다. 양미간의 주름이 더 깊어졌다. 그녀는 입술만 달싹이며 뭐라고 나직하게 중얼거리면서 살갗이 드러난 곳이면 어디든, 목과 팔 그리고 팔 안쪽과 손등에 털가죽 조각을 덮었다. 여전히 피로 젖어 있는 갓 벗겨낸 털가죽이 살갗에 달라붙는 느낌이란 여간 불쾌하지 않았다. 어머니는 행여 털가죽이 떨어져 나갈까봐 실로 꽁꽁 묶었다.

"아이를 싼다. 사내아이를 싼다. 아이야 바뀌거라. 아이야, 이 털가죽으로, 이 피부를 받아 변하거라."

어머니는 그렇게 중얼거렸다.

"아이를 싼다. 주인님을 싼다. 주인님이 만져보고, 아버지가 드셔야 한다. 저 깊은 곳의 형제들이 너를 섬겨야 한다."

그리고 나서 어머니는 손수 아들의 발을 씻겨 주었다. 어렸을 때도 아마 그렇게 해주었으리라. 그리고 초원의 들꽃 향기를 풍기는 에사오의 향유를 꺼내 머리와 깨끗하게 씻은 발에도 발라주었다. 발가락 사이에 향유를 바르는 동안 어머니는 계속 혼잣말처럼 나직하게 읊었다.

"아이에게 향유를 바른다. 돌에 향유를 뿌린다. 눈먼 자가 이것을 먹고 네 발 아래, 네 발 아래 저 깊은 곳의 형제들이 무릎을 꿇어야 한다."

이윽고 그녀는 아들에게 말했다.

"이제 끝났다."

야곱은 여전히 넋이 나간 듯 양팔과 다리를 벌리고 짐승처럼 서 있었다. 덜덜 떠느라 이빨 부딪치는 소리가 들렸다. 어머니는 아들은 본 척도 하지 않고 양념 넣은 고기 요리를 그릇에 담았다. 밀 빵과 빵을 담갔다 먹는 황금빛이 도는 맑은 기름도 올리고 포도주 항아리까지 챙겨 아들의 손과 팔 위에 얹고 말했다.

"자, 이제 네 갈 길로 가거라!"

손과 팔에 물건이 잔뜩 올려진 탓에 걷기도 쉽지 않았다. 야곱은 어정쩡한 자세로 다리를 있는 대로 벌리며 걸음을 옮겼다. 찜찜하게 달라붙은 털가죽 조각들이 위에 동여맨 실 밖으로 밀려 나가떨어지면 어쩌나 겁도 났다. 가슴은 쉬지 않고 방망이질해댔다. 야곱은 잔뜩 얼굴을 찌푸리고 눈을 아래로 내리깔았다.

뜰을 가로지르는 그를 본 아랫사람들은 손을 들어 인사를 보낸 후 혀를 차며 고개를 설레설레 흔들었다. 아마도 쉬쉬하며 이런 말도 주고받았을 것이다.

"저기 주인님 좀 봐!"

이윽고 아버지의 장막 앞에 이른 야곱은 장막 입구에 걸어 놓은 커튼에 입을 갖다댔다.

"아버지, 접니다. 아버지의 종이 왔습니다. 들어가도 되겠습니까?"

그러나 안쪽에서 들려온 이사악의 음성은 애처로운 목소

리였다.

"그런데 넌 누구냐? 혹시 이리저리 떠도는 도적놈의 자식이 내 장막 앞에 와서 저라고 하는 건 아니냐? 누구라도 저라고 말할 수 있다. 하지만 누가 그 말을 하느냐가 중요하지."

야곱은 이번에는 이빨을 부딪치지 않고 이를 악물고 대답했다.

"저라고 말한 건 주인님의 아들입니다. 아버님의 명령대로 짐승을 잡아 요리를 해왔습니다."

"그렇다면 그건 다른 문제지. 들어오너라."

이사악의 대답에 야곱은 어두컴컴한 장막 안으로 들어갔다.

맨 안쪽에 바닥을 돋워 천을 덮은 점토침상이 놓여 있고 그 위에 이사악이 베개를 베고 누워 있다. 망토를 걸치고 물수건을 눈 위에 얹어놓은 채였다. 귀에 반원 모양의 청동 귀걸이가 걸려 있다. 이사악이 다시 물었다.

"그런데 넌 누구냐?"

야곱이 다 기어들어가는 목소리로 대답했다.

"에사오입니다. 거친 아들, 주인님의 큰아들입니다. 아버님께서 시키시는 대로 해왔습니다. 여기 음식을 대령했으니 자리에서 일어나셔서 드십시오."

그러나 이사악은 아직까지 몸을 일으키지 않았다. 그리고 재차 물었다.

"아니, 벌써 들짐승이 네 화살 앞에 나타났더냐?"

"주인님, 아버님의 주님께서 사냥 운을 내리셨습니다."

야곱의 대답이었다. 몇 마디만 목소리를 얻었을 뿐, 나머지는 거의 속삭임에 가까웠다. 그러나 그는 "아버님의 주님"이라고 말했다. 그건 에사오를 염두에 두고 한 말이었다. 이사악의 주님은 에사오의 주님이 아니었기 때문이다.

"그런데 어찌해서 네 목소리가 이다지도 애매하게 들리느냐? 에사오, 내 큰아들이 아니라 꼭 야곱의 음성처럼 느껴지는구나."

야곱은 할 말이 없었다. 그저 두려워 떨기만 했다. 그러나 이사악이 오히려 부드럽게 말해 주었다.

"형제들의 목소리는 원래 비슷한 법. 입에서 나오는 말도 비슷하고 음도 비슷하지. 자, 이리 오너라. 네가 정말 에사오인지, 내 장남 에사오가 맞는지 내가 볼 수 있는 손으로 만져봐야겠다."

야곱은 순순히 그 말에 따랐다. 어머니가 건네준 것을 모두 내려놓고, 몸을 숙여 아버지 쪽으로 다가갔다. 가까이 보니 아버지는 일어나 앉더라도 떨어지지 않도록 물수건을 실로 묶어두었다. 그 모습은 어머니 리브가가 자기 몸에 불쾌한 털가죽을 꽁꽁 묶은 것과 같아 보였다.

이사악은 야곱이 다가오기 전에 벌써 손가락을 쭉 편 채 양팔을 앞으로 내밀어 잠깐 허우적거렸다. 마침내 아들의 몸에 손이 닿았다. 여위고 창백한 손이 옷에 가리지 않은 부분을 더듬기 시작했다. 목과 팔 그리고 손목 언저리를 지나 팔 안쪽까지 샅샅이 훑는 동안 손은 계속 염소 털가죽과 만났다.

"그래, 이거면 확실하지. 이건 네 털가죽이구나. 에사오의 피부는 붉은 털가죽이지. 볼 수 있는 손으로 이제 확인이 끝났다. 목소리는 야곱과 비슷하지만, 피부에 털은 많구나. 그게 제일 중요하다. 넌 에사오로구나."

"아버님 말씀대로 입니다."

"자, 이제 먹을 것을 다오!"

이사악이 일어나 앉았다. 무릎 위에 망토가 걸려 있었다. 야곱은 음식이 담긴 그릇을 들고 아버지 발밑에 쪼그리고 앉아 그것을 내밀었다. 그러나 이사악은 다시 한번 몸을 구부려, 털가죽이 덮인 야곱의 양쪽 손을 잡고 음식 냄새부터 맡았다.

"음, 훌륭하구나. 요리를 아주 잘 했구나. 내 아들아! 내가 명한 대로 시큼한 우유에 담갔구나. 그리고 카르다몸 향료도 들어갔고 티미안과 카룸 열매도 넣었구나." 그는 그밖에도 여러 가지 양념 이름을 맞췄다. 냄새만으로도 쉽게 구별할 수 있는 향료 이름들이었다. 그리고는 고개를 끄덕이고는 고기를 먹기 시작했다.

하나도 남기지 않고 다 먹느라 시간이 꽤 걸렸다.

"에사오, 내 아들아, 빵도 가져왔느냐?"

음식을 씹으며 물었다.

"물론입니다. 밀 빵과 기름도 있습니다."

야곱은 빵을 뜯어 기름에 한번 적신 후 아버지의 입에 넣어 드렸다. 아버지는 빵을 씹고 다시 고기를 먹었다. 그리고 수염을 쓰다듬으며 흡족한 듯 고개를 끄덕였다. 야곱은 고개를 들어 식사 중인 아버지의 얼굴을 바라보았다.

속이 훤히 들여다보일 듯 투명한 피부에 선이 부드러운

얼굴이었다. 드문드문 회색 수염이 돋아 있는 오목한 볼, 크지만 곧 휘어질 듯 약해 보이는 코, 폭은 좁고 세로로 길게 파인 콧구멍, 칼날처럼 예리해 보이는 콧등.

수건에 가려 눈은 보이지 않았지만, 그럼에도 불구하고 얼굴 전체가 풍기는 인상은 풍요로운 정신으로 거룩해 보였다. 음식을 씹는 동작이나 옹색한 식사시간과는 어울리지 않을 정도로 말이다. 식사 중인 아버지의 모습을 지켜보려니 조금 부끄러운 생각이 들었다. 또 식사하는 모습을 보여주고 있는 당사자도 부끄러우리라. 어쩌면 눈을 가린 물수건이 방패 구실을 하는 건지도 몰랐다. 여하튼 이사악이 천천히 음식을 씹는 동안 가느다란 수염에 가려진 아래턱도 따라서 아래위로 움직였다. 그는 그릇 안에 담긴 음식이 워낙 별미여서 하나도 남기지 않고 깨끗이 비웠다.

"마실 것을 다오!"

아버지 말에 야곱은 바쁘게 움직였다. 그리고 음식을 먹고 갈증을 느끼는 아버지 입술에 직접 항아리를 갖다대었다. 그러느라 야곱과 아버지의 거리가 바짝 좁혀졌다. 아버지는 야곱의 손등을 싸고 있는 털가죽 위에 손을 올려놓았다. 그러자 세로로 길게 파인 커다란 콧구멍으로 야곱의 머리카락과 옷에서 풍기는 들꽃 향이 스며들었다. 이사악은 다시 한번 코를 갖다댄 후 말했다.

"정말이지, 내 아들의 훌륭한 옷이 이렇게 항상 향기를 내뿜으니 속아넘어가기 딱 좋구나! 봄이라도 된 것 같지 않으냐! 우리가 냄새를 맡고 즐거워하라고 주님께서 초원과 들판 가득 꽃을 피워 주신 봄 향기 말이다."

그리고 뾰족한 손가락 두 개로 물수건의 가장자리를 조금 들어 올리며 물었다.

"네가 정말 에사오란 말이냐? 내 큰아들?"

야곱은 그러자 억지로 웃음을 토해 내며 되물었다.

"그가 아니라면 대체 누구겠습니까?"

"그렇다면 됐다."

이사악은 그렇게 말하고 부드러운 목젖을 오르락내리락하며 한참 동안 포도주를 들이마셨다. 그런 다음 손에 물을 부으라고 명했다. 야곱은 시키는 대로 했다. 수건으로 손을 닦아드리자 아버지가 말했다.

"자, 이제 시작하자!"

음식으로 속을 든든히 채우고 포도주를 마셔서 얼굴까지 발갛게 상기된 그가 아들의 머리에 손을 얹었다. 밑에 꿇어앉은 아들은 여전히 떨고 있었다. 아버지는 있는 힘을 다해 아들을 축복할 생각이었다. 식사로 원기를 얻은 터라 그의 말에는 이 땅의 모든 권세와 풍요로움이 가득 담겼다.

우선 이사악은 아들이 기름진 땅을 얻도록 축복해 주었다. 땅이 하늘에서 내려 주는 이슬로, 남자의 물을 받아 여자처럼 다산(多産)하여 무수한 식물과 포도덩굴을 길러낼 수 있도록 복을 빌어준 것이다. 그리고 가축떼의 강한 번식력과 매년 두번씩이나 털을 깎을 수 있는 행운도 빌어 주었다. 그리고 자신이 물려받은 언약도 아들 머리에 얹어 주며 앞으로 언약을 잘 간수하여 후손에게 물려주라고 말했다.

복을 빌어 주는 그의 음성은 높은 파도를 일으키며 청산유수처럼 흘러나왔다. 절반끼리 다투는 세상의 싸움, 즉 밝은 세상과 어두운 세상의 싸움에서 이기도록 축복해 주고, 사막의 용과 싸워 승리할 것이라 선언했다. 그렇게 하여 아들을 아름다운 달의 자리에 앉혔다. 변환을 가져오는 자, 새로운 혁신을 가져오는 자, 그리고 크나 큰 웃음을 가져오는 자의 자리에 앉힌 것이다. 그리고는 리브가가 앞에서 중얼거렸던, 일종의 공식 같은 대사를 읊었다.

그것은 실은 태곳적의 대사로 이미 신비로 자리잡은 지 오래였다. 따라서 두 형제만 걸려 있는 이 경우와 꼭 들어맞는다고 할 수는 없었다. 하지만 이사악은 근엄한 목소리로 축복받은 자를 그 어머니가 낳은 모든 자식들이 섬길 것이며, 모든 형제들이 향유를 끼얹은 그의 발밑에 꿇어 엎드릴 것이라 말했다. 그런 다음 주님의 이름을 세번 부른 후 "이렇게 될 것이다!"라고 말하고 야곱을 놓아주었다.

야곱은 쏜살같이 어머니에게로 달려갔다. 잠시 후, 에사오가 야생 산양 새끼 한 마리를 잡아왔다. 활로 잡은 것이었다. 이때부터 이야기는 한편 우습고 한편 끔찍하게 이어진다.

야곱은 그 다음에 벌어진 일들을 직접 보지는 못했다. 볼 생각도 없었다. 그는 당시 숨어 있었다. 그러나 다른 사람들로부터 귀동냥한 덕에, 그 자리에 있었던 것처럼 자세히 알게 되었다.

에사오는 자신이 입은 영광이 자랑스러워 여전히 마음이 부푼 상태였다. 미처 소식을 듣지 못한 그는 그동안 무슨 일이 있었는지도 모르고 즐거운 망상에 빠져 우쭐거리며 집으로 돌아오는 중이었다. 어깨에 산양을 걸머메고, 털이 숭숭한 손에 활을 들고 당당하게 행진하는 걸음걸이였다. 걸음을 내딛을 때에도 일부러 다리를 더 높이 쳐들었다. 그리고 만면에 웃음이 가득한 얼굴로 눈을 게슴츠레 뜨고 주변을 두리번거렸다. 자신이 이런 영광을 입고 제일 높은 자리에 오르게 되는 모습을 사람들이 구경하는지 보고 싶어서였다. 아직 아버지 장막에 이르려면 멀었는데도 거기서부터 자랑을 늘어놓기 시작했다. 한편으로 애처롭기도 했지만 장난기가 발동한 사람들도 있었다. 털가죽을 붙이고 주인님 장막 안에 들어갔다 나온 야곱을 지켜본 사람들과 또 그 장면을 직접 목격하지 않은 사람들도 에사오의 뒤를 따라갔다. 하지만 에사오의 아내들과 자식들은 구경꾼들 틈에 끼지 않았다. 에사오는 이렇게 중대하고 큰일, 이 귀한 일을 겪는 자신을 지켜보라고 큰소리로 식구들을 여러 번 불렀지만, 이들은 끝내 밖으로 나오지 않았다.

하지만 에사오를 따라가는 사람 수는 점점 늘었다. 다리를 힘껏 앞으로 내딛는 모습을 보고는 다들 웃음을 터뜨렸고, 어떻게 하는지 자세히 보고 싶어서 주위를 에워쌌다. 마당에 이른 에사오는 시장바닥에서나 들을 수 있음직한 괴성을 내질러가며, 구경꾼을 의식하여 큰 동작으로 산양의 껍데기를 벗기고 내장을 꺼냈다. 그런 다음 토막으로 잘랐다. 섶나무에 불을 지핀 다음, 그 위에 냄비까지 건 에사오는 웃고 있는 구경꾼들에게 큰소리로 명령했다. 영광스러운 요리에 필요한 물건들이나 가져오라는 것이었다.

"하하, 호호. 입이나 벌리고 염불이나 하는 것들아! 큰 포크를 가져오너라! 암컷의 시큼한 우유도! 그분께서는 양젖을 제일 좋아하신다! 소금산의 소금도 가져오너라, 이 게으름뱅이들아. 그리고 그분의 입맛을 돋워줄 고수 열매, 마늘, 박하, 겨자도 대령해라. 맛있는 음식을 드셔야 땀구멍에 있는 힘까지 짜내시어 내게 축복을 내리실 게 아니냐. 빵도 가지고 오너라. 그리고 열매를 짠 기름도 가져오고 체에 거른 포도주도 가져오너라, 이 낮 도둑놈들아! 항아리에 앙금이 흘러 들어가면 안 된다. 그랬다가는 너희 모두 하얀 노새한테 차일 줄 알아라! 당장 달려가서 썩 대령하렷다! 주인님 이사악이 원기를 얻어 축복을 내리는 축제의 때가 왔다. 에사오의 축제, 아들의 축제, 영웅의 축제다. 사냥한 산양고기를 요리해서 바치라는 주인님 명령을 받은 나다. 그분이 저 장막 안에서 내게 축복을 내리시려 하지 않느냐! 바로 지금 이 시간에!"

그는 이런 식으로 끊임없이 입과 손을 놀렸고, 하하, 호호해가며 사람들을 야단도 쳐가며 아버지가 자신을 얼마나 사랑하는지, 그리고 털이 많은 붉은 자의 이 축복받은 날에 대해 귀청이 떠나가도록 큰소리로 떠벌렸다. 뜰에 모인 사람들은 웃기 바빴다. 하도 웃어서 눈물까지 흘리는 사람도 있었다. 그리고 또 어떤 자는 웃음을 참느라 양팔로 배를 잡기도 했다.

이윽고 요리가 끝났다. 에사오는 신전을 떠받들 듯 맛있는 음식을 들고 종전처럼 다리를 번쩍번쩍 쳐들어가며 걸음을 옮겼다. 가는 동안에도 자랑은 멈추지 않았다. 마침내 아버지의 장막 앞에 이르렀다. 그때까지 환호성을 내지르며 손뼉을 치고 발까지 동동 구르던 사람들이 약속이라도 한 듯 입을 다물었다. 주변이 찬물을 끼얹은 것처럼 조용해졌다. 에사오가 장막 입구를 가린 커튼 앞에서 말을 시작한 것이다.

"접니다, 아버님. 아버님께서 제게 축복을 내리시도록 가져오라 하신 것을 대령했습니다. 들어가도 되겠습니까?"

그러자 이사악의 음성이 들려왔다.

"장남이 있는 곳으로 들어오겠다는 자가 누구냐? 누가 저라고 하는 거냐?"

"에사오입니다, 아버님의 거친 아들이 시키신 대로 아버님의 원기를 돋워드리려고 사냥 나가서 잡은 짐승고기로 요리를 해왔습니다."

그러자 안에서 이런 소리가 들려왔다.

"이 멍청한 도적놈. 내 앞에서 감히 거짓말을 하다니! 내 큰아들 에사오는 이미 다녀갔다. 내게 먹을 음식과 마실 것을 주었기에 축복도 이미 주었다."

그 순간 에사오는 하얗게 질렸다. 하마터면 들고 있던 것을 모두 떨어뜨릴 뻔했다. 온몸이 부르르 떨려 냄비 안에 있던 우유죽이 밖으로 흘러넘쳐 몸을 적셨다. 그걸 본 사람들은 박장대소했다. 에사오의 어리석은 짓을 보다 못해 어떤 사람들은 고개를 마구 흔들어대며 주먹으로 눈물을 훔쳐 바닥에 뿌리기도 했다.

그러나 에사오는 아버지의 허락을 받지도 않고 그대로 장막 안으로 들어갔다. 그리고는 적막이었다. 바깥에 있던 사람들은 손으로 입을 막고 팔꿈치로 옆 사람을 쿡쿡 찔렀다. 잠시 후 장막 안에서 무섭게 울부짖는 소리가 들려왔다. 끔찍한 소리였다. 거의 때를 같이 하여 에사오가 밖으로 뛰쳐나왔다. 원래 붉었던 얼굴도 그렇고 높이 쳐든 팔도 그렇고 제비꽃처럼 파랗게 질려 있었다.

"저주, 저주, 저주!"

그는 목청 높여 외쳤다. 오늘날은 사람들이 사소한 일에 화가 나도 '제기랄, 빌어먹을!' 그런 뜻으로 이 단어를 내뱉지만, 당시 털보 에사오의 입에서 나왔을 때만 해도 이 단어는 원래의 뜻이 그대로 담겨 있는 새로운 외침이었다. 에사오는 실제로 저주를 받았기 때문이다. 축복이 아닌 저주가 그의 몫이었다. 혼자만 축제 기분을 내던 에사오는 이렇게 속아넘어가 백성들의 조롱거리가 되고 말았다.

"저주를 받다니! 속았어! 속아넘어갔어!"

에사오는 이렇게 외치고 바닥에 털썩 주저앉아 통곡하기 시작했다. 닭똥 같은 눈물이 후드득 떨어졌다. 주위에 동그랗게 둘러선 사람들은 배꼽을 잡았다. 에사오, 붉은 자 에사오가 아버지의 축복을 못 받고 속아넘어간 이 희대의 익살극이 너무 웃겨서 배가 다 아팠던 것이다.

떠나야 하는 야곱

그리고 나서 야곱의 도주가 시작되었다. 야곱은 집을 떠나야 했다. 결단력 있고 사려 깊은 어머니 리브가가 시작한 일이었다. 그녀는 가장 사랑하는 아들을 떠나보내야 했다. 어쩌면 영원히 못 만날지도 모르는 아들의 등을 떠민 것이다. 아들이 축복을 받아, 축복 속에 평생 살다가, 그 축복을 대물림할 수만 있다면, 그 정도는 아무것도 아니었다. 그녀는 이 엄숙한 사기극이 어떤 결과를 초래할 지 예상치 못한 어리석은 여인이 아니었다. 리브가는 지혜로웠고 멀리 내다볼 줄 알았다. 다 알면서도, 사랑하는 아들을 영영 못 볼 수도 있다는 사실을 알면서도 그 일을 추진했다.

이 모든 일을 리브가는 아무 말 없이 해냈다. 어차피 한 번은 이사악과 의논을 해야 했다. 그 자리에서도 리브가는 가장 중요한 이야기는 전혀 하지 않았다. 끝끝내 침묵으로 일관한 것이다. 그녀는 주변에서 무슨 일이 벌어지고 있는

지 훤히 꿰뚫고 있었다. 에사오는 마음을 정리하지 못하고 복수를 꿈꾸고 있었다. 어떻게 하면 한번 벌어진 일을 뒤엎을 수 있을까 온갖 궁리를 다하고 있는 게 틀림없었다. 리브가는 에사오가 어떤 식으로 카인의 역할을 하려는지 곧 알게 되었다. 에사오는 사막의 남자 이스마엘, 그 검고 아름다운 남자, 추방당한 남자와 음모를 꾸미고 있었다. 그게 무엇을 뜻하는지 의심의 여지가 없었다.

이사악의 형과 야곱의 형은 똑같이 손해를 입은 자들이었다. 둘 다 배척당한 자들로서 이들이 걸어가는 길은 곤혹스러운 길이었다. 이들은 서로를 찾게 되어 있었다. 일이 몹시 심각해졌다. 그리고 위험은 리브가의 예상보다 더 넓게 마수를 뻗쳐왔다. 피를 보려는 에사오의 복수심은 단순히 야곱만 겨냥한 것이 아니라, 이사악까지 넘보고 있었다. 그녀가 들은 바로는 에사오가 이스마엘에게 장님을 살해하도록 종용했고, 자기는 매끄러운 자 야곱을 죽이겠다고 제안했다.

에사오는 카인처럼 하기가 싫었다. 자기가 카인을 따라하면 점점 더 카인이 될 것 같았다. 그래서 숙부가 먼저 나서서 아버지를 죽이면, 거기에 힘을 얻어 자기도 동생을 살해하겠다고 한 것이다. 다행히 이스마엘이 순순히 이 제안을 받아들이지 않은 덕에 그의 형수 리브가는 적당한 조치를 취할 수 있는 시간을 번 셈이었다.

이스마엘이 에사오의 제안을 거절한 건 마음이 내키지 않아서였다. 예전에 부드러운 동생에게 느꼈던 각별한 감정들이 떠올랐던 것이다. 그래서 이런 옛날 기억들이 있음을 넌지시 비추고 자기로서는 이사악을 치는 것이 난처하다고 둘러댔다. 그러니 하고 싶으면 에사오 네가 직접 해라. 그러면 내가 야곱에게 활을 쏘마. 목젖을 정통으로 뚫어, 화살이 뒷덜미로 빠져나오게 해주겠다. 그러면 야곱은 그 자리에서 풀밭으로 꼬꾸라질 거다.

이스마엘은 대략 그런 말을 했다. 이는 야생의 사나이 이스마엘다운 발상이었다. 에사오가 인습에 매달려 형제 살인만을 생각하는 동안, 이스마엘은 완전히 새로운 발상을 떠올린 것이다. 에사오는 이스마엘의 말을 이해하지 못했다. 이게 무슨 헛소리인가 싶은 눈치였다. 아버지 살해라니. 이건 아무리 생각해 봐도 불가능한 것이다. 그것은 이전에 없었다. 이런 황당한 제안이 있나. 말도 안 된다. 기껏해야 노아가 당했던 것처럼, 아버지를 낫으로 거세하는 정도가 있을 뿐이다. 하지만 아버지를 죽이다니, 그건 근거 없는 제안이다.

이스마엘은 입을 못 다물고 어이없어 하는 조카를 보고 그의 아둔한 머리를 비웃었다. 근거가 없긴 왜 없어. 이 제안에도 근거는 있지. 이스마엘은 알고 있었다. 이런 일, 곧 살부(殺父)는 그전에도 있었고, 어쩌면 모든 일의 시초였을 수 있다는 점도 알았다. 에사오는 과거로 거슬러 올라가는 길목에서 너무 일찍 멈춰, 훨씬 훗날로 정해진 시초에 만족한 탓에 그런 일은 없다고 하는 것이다.

그래서 에사오에게 이스마엘이 그 이야기를 들려주었다. 에사오는 처음에는 털을 곤두세우고 자리에서 내뺐다. 이스마엘이 도대체 뭐라고 했기에 그렇게 놀랐을까?

아버지를 죽인 다음, 그 살코기를 푸짐하게 먹어라. 그렇게 하면 아버지의 지혜와 힘, 아브라함의 축복과 한 몸이 될 수 있다. 그런데 끓이면 안 되고 날것으로 먹어야 한다. 모두 다. 물론 피와 뼈까지 포함해서. 이스마엘은 세세하게도 일러주었다.

그런 충고에 에사오는 기겁을 하고 도망쳤다. 그러나 그 후 숙부를 다시 찾아왔다. 하지만 조카와 숙부는 누가 누구를 죽이는가를 놓고 한동안 입씨름을 벌여야 했고, 덕분에 어머니 리브가는 대책을 세울 시간을 벌 수 있었다.

리브가는 가까운 친척들이 이렇게 이사악을 해치려고 음모를 꾸미고 있는 줄 알면서도, 이사악과 의논을 할 때 이 이야기는 한마디도 비치지 않았다. 부부는 오로지 야곱 이야기만 했다. 야곱이 위험에 놓여 있다는 건 이사악도 잘 아는 사실이었다. 그러나 이 이야기도 언급되지 않았다. 또 어차피 침묵으로 일관한, 축복에 얽힌 속임수와 에사오의 분노에 대한 말도 없었다.

그럼 무슨 이야기만 한 것일까? 야곱이 여행을 떠나야 한다는, 그 말만 했다. 아람 족 친척이 있는 메소포타미아로 가야 한다는 이야기만 나눈 것이다. 만일 여기 있다가는, 생각만 해도 끔찍하지만, 야곱마저 불결한 여자와 결혼하는 불상사가 생길 것이라고, 부모는 이 점에 관한 의견만 나누었다.

야곱이 그 땅의 딸들 중에서 아내를 취하면, 그 헷 족 여자는 에사오의 여자들과 마찬가지로 우상을 섬기는 못된 버릇까지 끌고 올 게 아니냐고 리브가가 말했다. 그렇게 되면 사는 게 무슨 의미가 있느냐고 진지하게 이사악에게 물었다. 그러자 이사악은 고개를 끄덕이고 동의했다. 그래, 맞다. 당신 말이 옳다. 그 때문에라도 야곱은 한동안 집을 떠나 있는 것이 좋겠다.

한동안이라고, 야곱에게도 그녀는 그렇게 말했다. 그리고 진심으로 그렇게 되길 바랐다. 아니, 한동안만 있다가 집으로 돌아올 수 있으리라고 믿고 싶었다. 그녀는 에사오를 잘 알았다. 좀 경망스럽고 마음이 오락가락하지만, 금방 잊어버릴 게 뻔했다. 지금은 피를 볼 생각을 하고 있지만, 생각이 바뀔 수도 있었다.

리브가는 에사오가 사막으로 이스마엘을 찾아다니다 그의 딸 마할렛한테 푹 빠져 아내로 맞을 궁리를 하고 있다는 사실을 알았다. 어쩌면 생각이 워낙 짧아 이런 평화스러운 관심사가 복수 계획보다 더 앞서 있는지도 몰랐다. 에사오가 복수하려는 생각을 완전히 떨치게 되면, 그리고 마음을 가라앉히면, 그때는 야곱에게 전갈을 보내 어머니인 자신의 품안으로 돌아오게 할 수 있으리라. 리브가는 오라버니를 떠올렸다. 열이레 길만 가면 브두엘의 아들이 살고 있는 아람 땅 나하라임이었다. 오라버니는 자기를 봐서라도 야곱을 두 손 벌려 환영해 줄 것이다. 이렇게 도주 계획이 세워지자 남의 눈을 피해 여행 준비에 들어갔다. 마침내 야곱은 아람 땅으로 떠나게 된다.

리브가는 그때 울지 않았다. 그러나 그날 새벽 그녀는 자신이 그토록 사랑하는 아들을 오랫동안 품에서 놓지 않았다. 볼을 어루만지고 아들과 낙타에게 부석을 날아주었나.

그리고 다시 한번 아들을 왈칵 끌어안으며 속으로 생각했다. 그녀 자신의 주님, 혹은 다른 신의 뜻이 그러하다면, 아들을 다시는 못 만날지도 모른다고. 사실 운명은 그랬다. 그러나 리브가는 후회하지 않았다. 그때도 그랬고, 후에도 마찬가지였다.

울어야 하는 야곱

이렇게 길을 떠난 야곱이 첫날부터 어떤 일을 겪었는지 우리는 잘 안다. 머리를 숙여야 하는 굴욕을 겪는 것도 보았고, 용기를 얻어 다시 고개를 드는 것도 지켜보았다. 후자가 그의 영혼이 하나님의 얼굴을 떠올린 내면적인 체험이었다면, 머리 숙임은 직접 몸으로 겪은 일이다. 그리고 이 여행에는 처음부터 끝까지 자신을 낮춰야 하는 머리 숙임이 따라다녔다. 홀로, 그것도 거지 신세로 전전하는 여행이었다. 길은 멀었지만 야곱은 엘리에젤이 아니었다. 엘리에젤에게는 '땅이 위로 솟구쳐 올라' 왔지만, 야곱의 경우는 달랐다. 야곱은 많은 시간 이 노인을 생각했다.

아브라함이 데리고 있던 제일 높은 종으로 사신 자격으로 길을 떠난 그 노인은 외모가 조상 아브라함과 닮았다고 했다. 그리고 이사악의 아내로 삼을 리브가를 데려오기 위해 떠난 길이었다. 그래서 그 여행은 얼마나 낭낭하고 품위가 있었던가. 신분에 걸맞게 열 마리의 낙타를 끌고 필요한 물건들과, 사실은 없어도 될 물건들까지 잔뜩 싣고 가지 않았던가? 재수없이 엘리바즈와 맞닥뜨리지만 않았더라도 야곱 자신의 모습도 그와 다를 게 없었을 것이다.

어째서 만군의 주 하나님께서는 일이 이 지경이 되도록 내버려두신 걸까? 어째서 이런 고난과 궁핍의 벌을 내리시는가? 이것은 축복을 받지 못한 에사오를 달래 주려고 자신에게 내리는 벌이 분명했다. 야곱은 한 걸음 한 걸음 무거운 걸음을 떼 놓으며 틈만 나면 주님의 성격을 골똘히 생각해 보곤 했다.

지금까지 일어난 일을 계획하고 이렇게 되도록 요구한 것은 분명 주님이건만, 엉뚱하게 그 죄를 자신에게 물어 에사오의 쓰라린 눈물을 보상해 주려 하신다는 게 이해가 되지 않았다. 물론 보상이라고 해도 온전한 보상은 아니었다. 호의적이긴 하지만 불확실한 보상이었다. 따지고 보면, 이 불편하고 거추장스러운 일들이 아무리 고통스러워도, 자신의 소득을 따진다면, 형이 받은 영원한 저주와는 비교도 안 되지 않는가? 이 질문에 이르자 야곱의 입가에 미소가 번졌고 입을 가리고 있던 수염까지 따라 움직였다. 길을 떠나온 후, 수염이 제법 자라, 가뜩이나 초췌한 얼굴을 더 초라하게 만들었다. 짙은 갈색의 여원 얼굴은 땀에 젖어 축축해진 더러운 머릿수건과 마찬가지로 땀에 절었다.

때는 한 여름이었다. 압 달(7/8월—옮긴이)은 가히 살인적인 폭염이 내리쬐는 건기였다. 나무와 덤불 위에 쌓인 먼지가 손가락 두께는 될 듯싶었다. 야곱은 축 처진 몸으로 낙타 등에 앉아 있었다. 낙타 또한 어쩌다 한번 형편없는 먹이로 간신히 끼니를 때운 터라 힘이 없기는 마찬가지였다. 영특해 보이는 낙타의 커다란 눈은 잦은 파리떼의 공격에 지쳐 점점 서글퍼 보였다.

야곱은 맞은편에서 오는 나그네와 마주칠 때면 얼른 얼굴을 가렸다. 낙타의 짐을 덜 생각에 가끔은 고삐를 잡고 낙타를 끌고 가기도 했다. 그럴 때면 낙타는 평평한 포장도로로 걷게 하고, 자신은 먼지가 자욱한 자갈길로 들어서 두 발이 온통 먼지구덩이에 빠지곤 했다. 밤이면 아무 곳에서나 한데 잠을 잤다. 들판도 좋고 나무 밑에 자리를 잡기도 하고, 올리브 나무 숲이나 또 발길이 닿은 마을의 담벼락 곁에서 잠을 청하기도 했다.

한기를 이기는 데는 낙타를 끌어안고 자는 것이 큰 도움이 되었다. 사막의 밤은 꽤나 추웠고, 워낙 약한 체질에 항상 장막 안에 거하던 야곱이었다. 한데 잠을 자고 나면 영락없이 감기가 걸려, 날이 밝으면 어느새 폐결핵 환자처럼 기침을 해댔다. 목숨을 부지하려면 먹어야 했고, 그러려면 식량을 얻어야 하는데, 그럴 때마다 기침은 여간 거추장스러운 게 아니었다. 먹을 것을 얻으려면 구구절절이 설명해야 하는데, 기침 때문에 번번이 이야기가 막혔던 것이다. 아무튼 그는 자신은 훌륭한 가문의 자식인데 고약한 일을 겪어, 이렇게 가진 것 없는 난처한 처지에 놓였다는 이야기를 가는 곳마다 읊었다. 동네든, 장터든, 성 밖에 있는 우물가든 사람들만 있는 곳이면 가리지 않았다. 그러면 사람들은 낙타에게 먹일 우물물도 주고 야곱도 몸을 씻도록 허락해 주었다.

사내아이들, 남자들, 물 항아리를 인 아낙네들까지 야곱
이 이야기를 시작하면 주위를 떠나지 않고 귀를 기울였다.
기침 때문에 간간이 끊기긴 하지만 뛰어난 언변과 말솜씨
가 발을 잡은 것이다. 야곱은 자신의 이름과 출신도 밝히
고, 고향에서 호강스럽게 살던 모습을 생생하게 묘사했다.
때가 되면 차려 주던 기름지고 맛있는 음식, 집안의 장자로
서 지금까지 받아온 사랑, 길을 떠나보내면서 집안에서 준
비해 준 물건들, 그 풍성한 여행장비에 대해서도 시시콜콜
설명했다.

여행 목적지가 아람 땅의 하란이다. 동쪽으로, 그런 다음
북쪽으로 간다. 유프라테스 강 저편으로. 그곳에 친척이 사
는데 기르는 가축 수가 무척 많은 부자로 신망과 명예를 누
리고 있다. 집안에서 자신을 이 친척에게 보낸 것은 볼일도
있어서이지만, 한편으로는 신앙 문제와 관련하여 중요한
외교적인 이유가 있어서다. 그 말도 덧붙였다.

그리고 짐으로 꾸린 선물, 물물교환용 물건, 자기가 데리
고 있는 짐승의 장식품, 귀족으로서 마땅히 거느려야 할 수
행원, 자신과 낙타가 먹을 맛있는 식량, 이 모든 것에 관해
야곱은 흡사 눈앞에 그림을 그려 주듯이 상세하게 묘사했
다. 감동적인 것에 굶주려 있던 사람들은 아무라도 허풍을
떨 수 있다는 사실을 익히 알면서도, 그럴싸한 허풍과 진실
을 정확하게 구별하는 일을 포기하고 눈과 입을 헤 벌린 채
야곱의 이야기에 빠져들었다.

그렇게 짐을 잔뜩 싣고, 식량까지 넉넉하게 챙긴 여행길

이었으나, 애석하게도 어디 어디 지점에 이르니 도적떼가
우글거렸다. 자신이 만난 도적은 아주 어렸는데, 나이답지
않게 뻔뻔스럽기가 이루 말할 수 없었다. 자신이 이끄는 낙
타떼들이 좁은 골짜기에 이르자, 도적들이 앞뒤로 길을 막
아 진퇴양난에 놓였고, 옆으로 내뺄 수도 없었다. 또 도적
의 수가 워낙 많았다. 여하튼 사람들의 기억에 오래 남을
만한 일대 난전이 벌어지고 자신도 육박전에 뛰어들어 창
을 던지고 칼로 찔렀다. 결국 그 골짜기는 사람과 짐승 시
체로 넘쳐났다. 자신은 혼자서 일곱 명씩 일곱번이나 젊은
도적들을 해치웠으며, 아랫사람들은 각기 몇 몇 적들을 처
치했다. 그러나 어쩌겠는가, 적이 훨씬 우세였으니. 자기편
사람들이 차례차례 쓰러졌고, 마침내 몇 시간 동안 싸우다
보니, 남은 건 자기 혼자뿐이었다. 살아남으려면 도망칠 수
밖에 없었다.

그런데 왜 당신만 죽이지 않았죠? 이야기를 듣던 아낙네
하나가 물었다.

당연히 죽이려 했다. 도적떼의 우두머리는 나이가 제일
어리고 가장 뻔뻔스러운 작자였는데, 자신을 죽이려고 칼
을 쳐든 순간, 바로 그때 이 위기일발의 순간에, 야곱 자신
이 섬기는 신의 이름을 외쳤다. 선조 때부터 받들어 모신
이 신의 이름이 효과가 있었다. 피에 걸신이 들린 그 젊은
도적의 칼이 공중에서 쩍 소리를 내더니 일곱 조각씩 일흔
번 갈라져 가루가 되어버렸다. 이 광경에 그 흉측한 젊은이
도 혼비백산해서 무리를 이끌고 미친 듯이 도망쳤다. 물론
야곱이 지니고 있던 물건은 모조리 빼앗아갔다. 그래서 자

신은 맨몸이 되고 말았다.

이렇게 헐벗은 상태지만 그래도 신실한 마음으로 여행을 계속하는 중이다. 목적지에 충분한 위로가 기다리고 있다. 우유와 꿀 그리고 자주색 옷과 귀한 삼베 옷이 자신을 맞을 것이다. 하지만 현재는 안타깝게도 지닌 게 아무것도 없다. 머리를 누일 곳도, 배고파 울부짖는 뱃속의 아우성을 잠재울 식량도 없다. 푸성귀만 간신히 얻은 배라 이제는 더 이상 진정하려 들지 않는다.

야곱이 원통한 듯 가슴을 치자 청중들도 따라서 가슴을 쳤다. 장터에 있던 사람, 혹은 술집에 앉아 있던 사람 가릴 것 없이 야곱의 이야기에 함께 가슴 아파했다. 아직도 그런 일이 있다니, 길이 그렇게 안전하지 않아서야 부끄러워서 어디 살겠느냐, 그러면서 다들 한탄했다. 그래도 이곳은 그렇지 않다. 여기는 보초가 두 시간마다 교대로 길을 지킨다. 이런 말로 위로하고 가련한 자에게 먹을 것을 주었다. 대부분 빵과 경단, 오이, 마늘, 대추야자 등인데, 이따금 비둘기 몇 마리와 오리 한 마리까지 주는 경우도 있었다. 그리고 야곱의 낙타도 건초에 가끔은 곡식알까지 얻어먹고 힘을 얻어 다시 먼길에 오를 수 있었다.

이렇게 양식을 구걸하느라 이야기 보따리를 있는 대로 풀어야 했으니 걸음은 더딜 수밖에 없었다. 그래도 야곱은 한 걸음 한 걸음 요르단 강 쪽을 향해, 오목한 시리아로, 오론테 협곡으로, 그리고 하얗게 눈이 덮인 산맥의 발치로 나아가고 있었다.

야곱은 성곽 도시에 들어가면 무턱대고 신전을 찾아가

사제들과 거룩한 존재에 관해 이야기를 나누었다. 교양이 넘치고, 풍요로운 정신을 보여주는 유창한 언변에 감동한 사제들이 신전의 창고에서 먹을 것을 제공해 주었음은 물론이다. 그렇게 원기를 되찾으면 야곱은 다시 다음 목적지로 향했다.

여행 중에 야곱은 아름다운 것과 거룩한 것을 수없이 보았다. 북쪽의 제일 꼭대기에 위엄을 자랑하며 우뚝 선 산봉우리도 보았다. 불에 타들어 가는 돌처럼 번쩍이는 그 모습에 숙연해진 그는 예를 갖추어 절을 하기도 했다. 그리고 산에서 녹아내린 눈으로 촉촉하게 젖은 길도 보았다. 거기엔 나무등걸 모양새가 비늘이 잔뜩 박힌 용꼬리를 연상시키는 대추야자수도 있었다. 녹음이 짙어가는 삼나무 숲과 무화과나무 숲, 달콤한 가루열매를 달고 있는 나무들도 보았다.

이것 외에도 야곱이 본 것은 많았다. 사람들로 우글거리는 도시, 과수원 숲과 마법의 정원에 있는 다마스커스. 해시계도 거기서 보았다. 그곳에서 야곱은 사막을 바라보았다. 보는 것만으로도 두렵고 속이 거북해지는 붉은 사막이 불그스름한 안개 속에 동쪽으로 뻗어 있었다. 불결함의 바다, 악령들이 설치는 아수라장, 그곳은 아랫세상이었다. 그랬다. 이제 그곳이 야곱의 몫이었다. 그를 사막으로 보내신 건 주님이었다. 에사오를 울부짖게 만들었기 때문이다. 물론 이는 주님의 뜻에 따른 행동이었다.

벧-엘에서 위안이 가득한 승천을 맞았던 야곱의 순환궤도는 이제 서쪽으로 저부는 저승순례의 길로 접어들고 있었다. 그곳에는 또 어떤 용이 자신을 노리고 있을 것인가! 낙타를 타고 흔들흔들 사막으로 나아가며 야곱은 울었다. 그때였다. 재칼 한 마리가 야곱을 앞질렀다.

기다랗고 뾰족한 귀를 세운 더러운 황갈색 재칼, 곧추 세운 꼬리, 어느 서글픈 신(神, 헤르메스를 의미함—옮긴이)의 악명 높은 유충(幼蟲)이었다. 재칼이 이따금 속도를 늦출 때면 고약한 체취가 낙타 등에 올라탄 나그네의 코까지 파고들었다. 그럴 때면 재칼은 개처럼 생긴 머리를 돌려 작고 못생긴 두 눈으로 얼핏 야곱을 바라보고는 다시 터덜터덜 길을 재촉하곤 했는데, 그 뒤로 잠깐 동안 웃음소리가 흘러나오는 것이었다.

야곱이 이 짐승의 정체를 모를 리 만무했다. 그러기에는 그의 지식과 생각이 사물의 상호연관성을 폭넓게 바라보는 데 너무도 익숙해 있었다. 이 짐승은 영원한 길을 열어주는 자, 사자(死者)의 나라로 인도하는 안내자였다. 아마도 그 짐승이 앞장서서 달려가지 않았더라면, 오히려 당황했을 것이다. 지금 가는 길이 저승으로 내려가는 길이니까 말이다.

그래서 야곱은 시리아에서 나하란으로 넘어가는 이 길목에서 하염없이 눈물을 흘렸다. 황량하고, 처량한 길이었다. 조약돌과 저주받은 바위들, 자갈밭, 질퍽한 모래밭, 새카맣게 타 들어간 평원, 바싹 마른 타마리스크 덤불.

이 길이 어떤 길인지 야곱도 알았다. 예전에 선조가 정반대 방향으로 걸어갔던 길이었다. 그 시절 데라의 아들은 야곱의 목적지에서 출발하여 서쪽으로 나아갔었고, 야곱은 지금 동쪽으로 가는 중이었다. 그러면서 아브라함을 생각하자 조금 위로가 되었다. 그리고 여기저기 사람들이 나그네를 위해 배려한 흔적도 남아 있었다.

토담 탑이 한 예였다. 한편으로는 전망대의 역할도 했고, 다른 한편으로는 나그네들이 야수를 피할 수 있는 은신처로 쓰이기도 했다. 그리고 간혹 빗물통도 발견할 수 있었다. 하지만 뭐니뭐니 해도 길 안내판이 최고였다. 말뚝과 글을 새긴 바위 덕분에 밤에도 길을 잃을 염려가 없었다. 물론 달빛이 조금이라도 아름다워야 밤길을 갈 수 있겠지만.

아브라함도 이 이정표들로부터 큰 도움을 얻었으리라. 야곱은 주님께 감사드렸다. 사람들이 남들을 배려하는 착한 마음을 가져 이런 좋은 풍습을 낳게 해주셨으니 얼마나 고마운가. 야곱은 님로드의 이정표를 따라 유프라테스 강쪽으로 향했다. 자신의 목적지로 가려면 그곳으로 가야했다. 한밤중에 골짜기를 출발하여 드넓은 평원에 이르렀을 때 주변은 고요하기만 했다.

오, 위대한 시간이여! 야곱은 마침내 뻘과 갈대밭에 서게되었다. 야곱과 함께 있던 가련한 짐승, 낙타도 황색 강물로 목을 축였다. 강을 건널 수 있는 가교 하나가 있었고 건너편에 도시가 하나 있었다. 그러나 그 도시가 월신(月神)의 거주지는 아니었다. 길의 도시, 나홀의 도시는 아직 더 가야 했다. 초원을 지나 동쪽에 있는 그 도시에 이르려면, 하늘에 떠 있는 별들을 나침반으로 삼아 앞으로도 갈 길이 멀었다.

열이레면 닿는 곳이라 했던가? 아, 물론 야곱에게는 훨씬 오래 걸린 여행이었다. 끝도 없이 동화 같은 도적 이야기를 들려주느라 많은 시간이 필요했으니까. 도대체 얼마나 여러 번 들려주었는지, 그로서도 알 수 없었다. 손으로 헤아려보다 그만두었다. 아는 게 있다면, 누구는(엘리에젤을 빗댄 말—옮긴이) 축지법을 쓰는 것처럼 땅이 위로 솟구쳐 올라와 길이 줄어들었다 했지만, 자신의 경우에는 그러기는커녕 오히려 엿가락처럼 늘어났다는 점이었다. 그러나 야곱이 결코 잊을 수 없는 것이 있었다. (오죽 잊지 못했으면 임종을 맞아서도 그 이야기를 했을까.) 아직도 갈 길이 멀다고 생각했는데, 느닷없이 코앞으로 성큼 다가오던 목적지! 그곳에서 자신을 맞아준 소중한 사람, 생각지도 않게 오랜 세월을 보낸 후 그곳에서 함께 데리고 나왔던 사람.

라반의 집에 도착한 야곱

그러니까 어느 날, 저녁이 다 될 무렵이었다. 해가 뉘엿 뉘엿 기울고 있었다. 사람을 태운 낙타와 그 사람이 초원 위에 드리운 그림자가 어찌나 긴지 마치 탑처럼 보였다. 늦은 오후였어도 여전히 푹푹 찌는 더위였다. 사방에 바람 한 점 없고, 금방 공기에 불이라도 붙을 듯 메마른 풀까지 열기를 뿜어댔다. 야곱은 목이 탔다. 혀까지 다 말라붙었다. 어제부터 물 한 모금 마시지 못한 그였다. 어느덧 눈앞에 언덕 두 개가 어렴풋이 윤곽을 드러냈다. 단애(斷崖)의 통로 구실을 하는 언덕 사이로 저 멀리 초원에서 살아 움직이는 점 하나가 보였다. 아무리 피곤해도 그게 뭔지 못 알아볼 야곱이 아니었다. 그건 개와 목동들이 양떼를 이끌고 우물가에 모여 있는 모습이었다.

이런 행운이 있나! 얼마나 기쁘던지 야곱은 탄성을 지르며 지고하신 분, 아(Ja)께 감사를 드렸다. 그리고는 오로지

'물이다!' 그 생각뿐이었다. 생각만 해도 군침이 도는 이 단어를 메마른 목구멍으로 뱉어내어 자신을 태운 짐승에게 도 알려 주었다. 짐승도 알아들었는지, 목을 쭉 빼고 콧구 멍까지 실룩여가며 신이 나서 속도를 냈다.

이제 거의 다 왔다. 소유주를 표시하느라 양의 등에 찍어 놓은 얼룩덜룩한 색깔까지 구분할 수 있을 정도로 가까운 거리였다. 차양 모자를 쓴 목동들의 얼굴도 보였고, 그들의 가슴에 난 털과 팔에 두른 띠들도 알아볼 수 있었다. 양들 이 흩어지지 못하도록 막으면서 개들이 으르렁거리며 짖기 시작했다. 그러나 남자들은 개들에게 짖지 말라고 소리만 쳤지, 느긋한 표정이었다. 혼자 오는 나그네를 두려워할 이 유가 없었던 것이다. 어쩌면 야곱이 멀리서부터 상냥하게 인사하는 모습을 봐서 그랬을지도 모른다.

남자들은 네댓 명쯤 되었던 것 같다. 양은 대략 200마리 쯤 되어 보였는데, 야곱이 누군가, 그 방면에 전문가가 아 니던가. 키가 큰 것으로 보아 면양의 일종이 분명했다. 남 자들은 우물가에 할 일 없이 쪼그리고 앉거나 서 있었다. 우물은 돌 뚜껑을 덮어놓은 상태였다. 남자들 모두 돌팔매 를 지녔고, 한 명은 라우테(만돌린과 유사하게 생긴 옛날 현악 기―옮긴이)를 가지고 있었다.

야곱은 그들을 보자마자 다짜고짜 '형제'라 불렀다. 그리 고 이마에 손을 얹어 인사를 하면서 그들의 신은 위대하다 고 소리쳤다. 그들이 어떤 신을 섬기는지도 모르면서 무작 정 외친 소리였다. 야곱이 또 뭐라고 소리를 지르자 남자들 은 서로 쳐다보기도 하고 고개를 흔들기도 했다. 어깨를 좌우로 흔들며 안됐다는 듯 혀를 차는 남자도 있었다. 놀랄 일도 아니었다. 야곱이 무슨 말을 하는지 어떻게 알아듣겠는가.

다행히 야곱과 똑같은 말은 아니지만 비슷한 말을 하는 사람이 하나 있었다. 은색 동전을 목에 건 이 남자는 이름이 에루바알이었는데, 아무르 땅에서 태어났다고 했다. 덕분에 두 사람은 상대방의 이야기를 그럭저럭 알아들을 수 있었다. 이제 이 남자가 야곱과 목동들 사이에 통역관으로 나섰다.

남자들은 야곱이 자신들이 믿는 신의 능력을 그토록 높이 평가해 주니 고맙다고 인사하고 그들 곁에 앉으라고 권했다. 이어 각자 이름을 소개했다. 불루투, 샤마쉬-라마시, 에아의 개, 뭐 그런 이름들이었다. 그리고 그들 쪽에서 이름과 고향을 물을 사이도 없이 야곱은 서둘러 자신을 소개했다. 자신이 누구며 어디서 왔는지 설명하면서 야곱은 자신이 겪은 모험도 넌지시 비쳤다. 그리고 이렇게 누추한 꼴이 된 것도 그 때문이라면서 혀를 축일 수 있도록 물을 좀 달라고 부탁했다. 그러자 그들은 토기 물병을 건네주었다. 미지근한 물이었지만 야곱은 감지덕지해서 벌컥벌컥 들이켰다. 그렇지만 야곱의 낙타는 기다려야 했다. 우물 위에는 여전히 돌이 올려져 있었던 것이다. 어떤 이유에서인지 그 중 어느 누구도 돌을 치울 생각을 하지 않았다.

형제들은 어디에서 왔느냐고 야곱이 물었다.

"하란, 하란."

그늘의 대답이었다.

"벨-하란, 길의 주인님, 크지, 크지, 가장 크지."

"큰 곳 중의 하나이긴 하죠."

야곱이 적당히 말했다.

"아참! 하란이라면 제가 가려는 곳인데! 여기서 먼가
요?"

그곳은 그리 멀지 않았다. 언덕 너머에 도시가 있다고 했
다. 양들을 데리고 가도 한 시간이면 너끈히 간다고 했다.

"주님의 기적이군요!" 야곱이 외쳤다.

"이제 다 왔군요! 열이레도 더 걸려서! 마침내 목적지에
닿았다니, 믿을 수가 없군요!"

야곱은 그래서 이들에게 혹시 라반을 아느냐고 물었다.
하란에서 왔다니, 나홀의 아들인 브두엘의 아들 라반을 알
지 않겠느냐고. 그러자 이들이 뭐라고 대답했던가?

그 사람이라면 잘 안다. 그는 도시에 살지 않고 여기서
반시간 쯤 걸리는 곳에 산다. 지금 우리가 기다리는 양떼가
바로 그 사람의 양떼다.

그러면 그분이 건강한지?

아주 건강하다. 그런데 그건 왜 묻느냐?

"이야기를 들은 적이 있어서 그럽니다."

야곱은 그렇게 대답하고 이번에는 이렇게 물어보았다.

"여러분은 양털을 뽑습니까? 아니면 가위로 깎습니까?"

당연히 가위를 쓰지. 남자들이 무시하는 투로 말했다. 혹
시 당신 고향에서는 털을 잡아 뽑기라도 하느냐?

"물론 아닙니다."

야곱은 브엘세바도 그 정도는 발전해서 가위가 있다고

대답했다.

양쪽은 다시 라반 이야기로 돌아왔다. 남자들은 바로 라반의 딸 라헬을 기다리고 있다고 말했고, 야곱은 기다렸다는 듯이 맞받았다.

"맞소! 왜 이렇게 기다리고 있는지, 아까부터 묻고 싶었소. 우물 뚜껑을 닫은 채 계속 기다리기만 하고 아무도 뚜껑을 열어 짐승들에게 물을 먹일 생각을 않으니, 이상하다 생각했소. 아직 집으로 돌아가기에는 이른 시간이지만, 이왕 여기, 우물가에 왔으니 돌 뚜껑을 치워 여러분이 돌보고 있는 양들의 주인을 생각해서라도 양들에게 물을 먹여야 하지 않겠소? 이렇게 허송세월 하면서 기다리고 있지 말고, 아까 뭐라고 불렀소? 그 라반의 자식을 기다리지 말고 말이오."

종들에게 지시를 내리는 윗사람 말투였다. 말로는 '형제'라 불렀지만, 과거에 이런 목동들을 여럿 거느렸던 야곱이었다. 또 물을 마셔서 몸과 마음에 힘이 솟아 조금이나마 자신감을 되찾은 탓도 있었다.

그들은 '뭐라고 뭐라고' 하면서 에루바알에게 통역을 시켰다.

기다리는 것은 괜찮다. 이렇게 기다리는 것이 훨씬 현명한 행동이다. 아버지의 양떼를 돌보는 라헬이 오기 전에 우리끼리만 돌 뚜껑을 옮겨 물을 먹이고 집으로 돌아갈 수는 없다. 라헬이 제일 먼저 우물에 도착했다 하더라도, 그녀 또한 자기들이 와서 돌 뚜껑을 열어줄 때까지 기다린다.

"그서야 그럴 수밖에."

야곱이 웃었다.

"여자 혼자서 돌 뚜껑을 어떻게 치우겠소. 남자들의 팔 힘을 빌어야지."

그러나 남자들은 그녀가 어떤 이유에서 기다리든, 그건 상관없다고 했다. 여하튼 그녀가 그들을 기다리므로, 자기들도 그녀를 기다린다고 했다.

"좋습니다. 여러분들이 옳은 것 같소. 그리고 여러분이 지금 다른 일을 할 생각이 없다는 것도 잘 알겠소. 다만 내가 이런 말을 하는 건, 내가 데리고 온 짐승이 너무 오랫동안 갈증을 참아야 하는 게 불쌍해서요. 그 아가씨의 이름이 뭐라고 했소? 라헬?"

야곱이 되물었다.

"에루바알, 저들에게 물어봐 주시오. 우리말로 하면 그 이름이 무슨 뜻인지! 또 우리를 이렇게 기다리게 하는 그녀가, 양들을 돌보는 그 어미 양이 혹시 어린 양들을 낳은 여인인지?"

오, 아니다. 남자들의 대답이었다. 그녀는 초봄 들판에 피는 나리꽃처럼 순결하고, 아침 이슬을 맞은 정원의 장미 꽃잎처럼 깨끗한 몸이다. 그리고 남자의 팔짱 한번 껴본 적 없는 정숙한 처녀다. 이제 열두 살이다.

남자들의 말로 보아 그들은 라헬이라는 아가씨를 깍듯하게 섬기고 사모하는 게 분명했다. 야곱도 덩달아 가슴이 두근거렸다. 그런 숙부의 자식을 만난다 생각하니 은근히 호기심도 생겨 싱긋 웃기도 했다. 야곱은 다시 에루바알을 통역으로 세워 남자들에게 이것저것 물어보게 했다. 이곳에서는 양 한 마리가 얼마인지, 또 양모 다섯 타래 값은 얼마인지, 주인들이 목동의 품삯으로 매달 곡식을 몇 실라(용량 단위로 1실라는 약 0.7리터—옮긴이)를 주는지. 그러다 야곱이 시간을 때우느라 젊은 도적을 만나 자기가 얼마나 영웅처럼 싸웠는지, 그 동화를 들려주려는 참이었다.

"저기, 그녀가 온다."

누군가 그렇게 말하는 소리에 야곱은 이야기를 중단하고 목동의 팔이 가리키는 쪽으로 고개를 돌렸다. 그리고 그때 처음 그녀를 보았다. 매혹적인 눈으로 야곱을 사로잡은 여인, 온 영혼으로 사랑한 여인, 무려 14년이나 종살이를 한 후에야 신부로 맞게 될 여인이었다.

라헬은 가축떼에 에워싸여 가운데로 걸어오고 있었다. 털 많은 짐승들의 가장자리에 혀를 축 늘어뜨린 개 한 마리가 보였다. 그녀가 지팡이를 쳐들었다. 휘어진 위쪽에 낫이나 갈고리 같은 게 달려 있어 목동들에게는 무기나 다름없는 지팡이였다. 라헬이 가운데 부분을 잡은 것도 그래서였다. 목동 쪽으로 지팡이를 흔들어 보이며 인사를 하는 그녀의 고개는 옆으로 살짝 기울어 있었다. 멀리서도 사이가 조금 벌어진 하얀 치아가 보일 정도로 그녀는 활짝 웃고 있었다.

이쪽으로 가까이 다가온 그녀는 뒤뚱거리는 짐승들을 지팡이 끝으로 몰며 그 사이를 헤치고 나왔다.

"저, 왔어요."

그녀는 근시인 듯했다. 그렇지 않다면 눈을 찌푸렸다가 눈썹을 위로 치켜뜨고 놀라워하며 이렇게 덧붙일 리가 없었다.

"아, 낯선 사람도 한 명 있네요!"

그곳에 어울리지 않는 낙타와 낯선 야곱을 그제야 발견한 걸 보면 근시였음에 분명했지만, 야곱은 그 정도인 줄 눈치 채지 못했다.

우물가의 목동들은 말없이 주인님들의 자녀들이 만나는 자리에서 한 걸음 물러났다. 에루바알도 자기들끼리 알아서 인사를 하려니 믿고, 뭔지 모르는 곡식알을 씹으며 허공만 물끄러미 쳐다보았다. 라헬의 개가 마구 짖어대기 시작했다. 야곱은 아랑곳하지 않고 양손을 올려 그녀에게 인사를 건넸다. 그녀는 얼른 뭐라고 말하면서 화답했다. 이렇게 두 사람은 석양 아래 마주섰다. 주변을 에워싼 순한 양들에게서는 입김이 모락모락 피어오르고, 이제 막 빛을 잃어가는 높고 넓은 하늘 아래 서 있는 두 사람은 진지한 표정으로 상대방을 바라보았다.

라반의 딸은 가냘픈 몸매였다. 그녀가 입은 옷을 가운이라고 해야 할지, 그냥 원피스라고 해야 할지 조금 모호하지만, 그냥 원피스라고 하자. 노란색 옷이 몸의 윤곽을 거의 다 가렸지만, 체격이 가는 건 금방 드러났다. 목 부분부터 맨발을 살짝 덮고 있는 치맛단에 이르기까지 검은 달이 그려진 빨간 레이스 장식이 달려 있었다. 허리띠를 묶지 않아 편안하게 흘러내려 아래로 찰랑거리는 옷은 전체적으로 헐렁했지만, 어깨 부분만은 달랐다. 거기다 반소매까지 몸에 착 달라붙어 동그랗고 고운 어깨선이 그대로 드러나 보는 사람의 가슴을 설레게 만들었다. 소녀의 검은 머리카락은 곱슬머리라기보다는 헝클어져 있는 느낌이었다. 야곱이 고향에서 본 여자들과 비교할 때 무척 짧게 자른 머리였다. 그렇지만 귀밑머리는 자르지 않아 양쪽 볼을 타고 어깨까지 찰랑거렸고 머리카락 끝은 동그랗게 말려 있었다. 그녀는 지금 이 한쪽 귀밑머리를 만지작거리며 야곱을 바라보고 있었다.

아, 얼마나 사랑스러운 얼굴인가! 그 매력을, 그 마법을 누가 묘사할 수 있을까? 이 달콤하고 황홀한 생명의 협주곡에서 일일이 음표를 찾아낼 자가 과연 있을까? 여기저기 남겨진 유전인자와 함께 단 한번뿐인 일회성을 양념으로 뿌려, 한 인간의 우아한 매력을 만들어내는 생명의 협주곡, 몸의 한군데만 불균형을 이뤄도 모든 게 송두리째 날아갈 아슬아슬한 매력.

라헬은 매혹적이고 아름다웠다. 부드러운 영혼이 어루만진 너무도 어여쁜 모습이었다. 누구든 알아볼 수 있는 아름다움이었다. 그녀가 야곱을 바라보고 있었으므로 야곱도 그녀의 아름다움을 보았다. 정신과 의지가 받쳐주는 사랑스러움이고 아름다움이었다. 한마디로 삶에 대한 의지로 충만한 여성의 지혜와 용기가 그녀의 아름다움의 원천이었다.

그녀는 지금 한 손으로는 머리카락을 매만지며, 나머지 한 손으로는 자기 키보다 큰 지팡이를 잡은 채, 앞에 서 있는 젊은 남자를 쳐다보고 있었다. 긴 여행 탓인지 유난히 여위어 보이는 남자였다. 옷차림도 남루했다. 먼지가 잔뜩 묻고 빛깔마저 바랜 다 떨어진 옷이었다. 갈색 수염, 땀으로 뒤범벅된 검은 얼굴, 그러나 종의 얼굴은 아니었다.

야곱을 찬찬히 뜯어보느라 통통한 양쪽 콧등이 실룩였다. 윗입술이 아랫입술을 조금 가리고 있었다. 입 언저리가 위로 말려 있어서 일부러 웃지 않아도 절로 방긋 웃는 그런 입이었다. 그 미소가 보는 사람의 가슴을 짜릿하게 했다. 그러나 무엇보다 어여쁘고, 무엇보다 아름다운 것은 바로 그녀의 시선이었다. 근시였던 탓에 가늘게 뜬 검은 눈동자의 아름다움과 달콤함은 자연이 한 인간의 시선에 선사할 수 있는 사랑스러운 매력 그 자체라 해도 과언이 아니었다. 뭔가 나긋나긋하게 속삭이는 듯, 깊고 그윽한 시선은 다정한 밤처럼 보이기도 했다. 그리고 진지함과 풍자가 하나로 어우러진 그 눈빛은 야곱이 생전 처음 보는 것이었다. 혹은 난생 처음이라고 야곱은 그렇게 믿었다.

"마르두카, 조용히 해!"

라헬은 몸을 숙여 시끄럽게 짖어대는 개를 야단친 후 야곱에게 물었다.

"주인님께서는 어디서 오는 길인가요?"

무슨 말인지 쉽게 알아차린 야곱은 어깨너머로 해가 저무는 쪽을 가리키며 말했다.

"아무르 땅."

라헬은 웃는 얼굴로 에루바알을 돌아보며 턱을 끄덕였다.

"그렇게 먼 곳에서요!"

그녀의 표정과 입이 그렇게 말했다. 그런 다음, 아마도 그녀는 좀더 자세한 내용을 묻는 것 같았다. 그러면서 서쪽 땅을 아주 먼 곳으로 묘사하며 도시 이름을 서너 개 꼽았다.

"브엘세바."

야곱의 말에 깜짝 놀란 그녀의 입이 도시 이름을 반복했다. 그 순간 야곱은 벌써 그 입을 사랑하기 시작했다. 이어 그녀의 입에서 이사악이라는 이름이 나왔다.

야곱의 얼굴에 경련이 일어났다. 어느새 눈물이 고였다. 그는 라반의 가족들을 알지 못했고, 그들과 함께 살고 싶어 안달한 적도 없었다. 이 아랫세상에 자의로 온 것도 아니고 억지로 끌려오다시피 한 그였다. 그러니 가슴이 벅차오를 이유도 별로 없었다. 하지만 고된 여행길에 지칠 대로 지친 신경이 한순간 맥을 놓아버렸다. 이제 다 왔구나. 달콤한 눈길의 이 까만 눈동자, 멀리 계신 아버지의 이름을 말하는 이 소녀는 어머니의 오라버니의 자식이 아닌가.

"라헬."

야곱이 흐느끼는 소리로 말했다. 그리고 부들부들 떨리는 손을 그녀 앞으로 뻗었다.

"그대에게 입을 맞춰도 되겠소?"

"아니 왜요?"

라헬은 깜짝 놀라 뒤로 물러나며 웃었다. 하지만 좀 전에 낯선 자를 알아본 것처럼 뒤늦게나마 뭔가 조금은 눈치 챈 듯했다.

야곱은 한쪽 팔을 여전히 그녀 쪽으로 내민 채, 다른 손으로 자신의 가슴을 가리키며 말했다.

"난 야곱이오! 이사악과 리브가의 아들 야곱! 그대는 라반의 자식! 내 어머니와 라반은 오누이, 그러니 우리는 형제요."

그녀 입에서 낮은 비명소리가 들렸다. 라헬은 야곱이 가까이 다가오지 못하도록 한 손으로 가슴을 떠미는 중이었다. 마주 선 두 사람의 눈에 눈물이 고였다. 그리고 집게손가락을 맞대기도 하고 교차시키기도 하고, 혹은 왼쪽 손가락을 오른쪽 손가락에 수직으로 얹기도 하면서, 조상의 이름을 대가며 족보를 확인하고는 머리를 끄덕이며 웃었다.

"라반 그리고 리브가!"

그녀가 외쳤다.

"브두엘, 나홀과 밀가의 아들, 나홀은 할아버지! 당신 할아버지, 그리고 내 할아버지!"

이번에는 야곱이 외쳤다.

"데라! 아브람과 이사악! 나홀과 브두엘! 아브라함! 조상! 그대와 나의 조상!"

"라반과 아디나!" 그녀가 소리쳤다.

"레아와 라헬! 자매! 사촌! 당신 사촌 자매!"

두 사람은 몇 번이고 고개를 끄덕이며 눈물이 고인 눈으로 밝게 웃었다. 양쪽 부모들이 같은 피를 나눈 형제라는 사실이 기뻤다. 이제 그녀는 야곱에게 자신의 볼에 입을 맞추도록 허락했다. 야곱은 엄숙한 표정을 지으며 입을 맞췄다. 그 순간 개 세 마리가 마구 짖어대며 두 사람 쪽으로 펄쩍 뛰어올랐다. 좋은 뜻에서든, 아니면 나쁜 뜻에서든 사람들이 손만 잡으면 무턱대고 흥분하는 짐승들이었다. 목동들은 분위기를 돋우느라 손뼉을 치면서 탁한 가성(假聲)으로 '루루루!'라고 외쳤다.

라헬의 양쪽 볼에 번갈아 입을 맞추며 야곱은 자신의 감각에 이런 명령을 내렸다. 소녀의 볼이 안겨 주는 부드러운 촉감 외에 다른 것은 절대로 느끼지 말라고. 그래서 경건하고 엄숙한 마음으로 입을 맞췄다. 하지만 야곱은 얼마나 행운아인가! 포근한 밤처럼 다정하고 감미로운 눈빛으로 자신을 사로잡은 여인과 만나자마자 입을 맞출 수 있었으니! 다른 사람 같으면 아무리 애간장을 태워도, 그런 기회가 올까 말까 할 텐데, 오로지 사촌이라는 이유로 그 자리에서 허락을 받지 않았는가.

야곱이 몸을 떼자, 라헬은 웃으면서 나그네의 수염이 닿아 간지러웠던 부분을 손바닥으로 문지른 후, 남자들에게 외쳤다.

"자, 서둘러요. 에루바알! 쉬마흐! 불루투! 얼른 우물 뚜껑을 치워요. 그리고 양들이 물을 잘 먹도록 보살펴 줘요. 여러분들 양과 내 양한테도 주고 내 사촌 야곱이 타고 온 낙타에게도 물을 줘요. 빨리요. 나는 지금 당장 아버지 라반한테 달려가야 해요. 야곱이 왔다고, 아버지 누이의 아들이 왔다고 알려 드려야 하거든요. 아버지도 여기서 멀지 않은 들판에 계시니까 반가워서 곧장 달려오실 거예요. 자, 어서 서둘러요. 그리고 다들 천천히 와요. 나는 먼저 갈게요."

야곱은 몸짓과 음성의 높낮이로 그녀의 말뜻을 알아들었다. 그리고 어떤 말은 정확하게 이해하기도 했다. 그는 벌써 그곳의 언어를 배우기 시작했다. 오로지 그녀의 두 눈 때문에라도 배워야 했다. 그리고 그녀가 저만큼 달려가는 동안, 그녀도 들을 수 있도록 큰소리로 목동들에게 외쳤다.

"잠깐만, 형제들! 돌에서 비켜나시오. 그건 나 야곱이 할 일이요! 여러분은 훌륭한 보초노릇을 했으니, 이제 돌을 치우는 일은 내가 하겠소. 내 사촌 자매 라헬을 위해 나 혼자 하리다! 긴 여행을 하긴 했지만 이 정도 팔 힘도 안 남았다면 어디 남자라고 할 수 있겠소? 라반의 딸을 대신해서 내가 돌을 치우는 게 마땅하오. 우물을 덮고 있는 검은 돌을 치워야, 암흑이 걷히면 달이 드러나듯 둥근 우물물도 아름다운 모습을 자랑하지 않겠소."

남자들이 비켜나자, 야곱은 있는 힘을 다해 돌을 잡고 씨름했다. 실은 남자 한 명이 들어 올릴 수 있는 돌이 아니었다. 야곱의 팔 힘이 세야 얼마나 세겠는가. 그래서 그는 번쩍 들어 올리진 못하고 간신히 옆으로 굴리기만 했다. 여하튼 혼자 하긴 한 셈이었다. 그러자 가축들이 우르르 몰려들어 숫양, 암양, 새끼양 할 것 없이 저마다 내지르는 음매 소리로 사방이 어수선해졌다. 야곱의 낙타도 그러럭 소리를 내며 자리에서 일어났다. 남자들이 생수를 길어 올려 홈통에 부었다. 야곱도 그들을 도와 가축들이 물을 골고루 잘 나눠 먹도록 충분히 먹은 짐승들은 옆으로 몰아내고, 목마른 짐승들을 앞으로 몰았다.

그리고 모든 짐승들이 충분히 물을 마시자, 돌뚜껑으로 다시 우물을 막고, 사람들 눈에 띄지 않게 그 위에 흙과 풀로 덮었다. 허락받지 않은 자가 우물을 사용하지 못하게 하려는 조처였다. 그런 다음 남자들은 양들을 모아 집으로 향했다. 거긴 그네들의 주인집 양떼뿐만 아니라 라반의 양떼도 끼어 있었다. 가축떼 사이로 야곱을 등에 태운 키가 훌쩍 큰 짐승이 흐느적거리며 걸음을 옮기고 있었다.

속물(俗物)

얼마쯤 갔을까, 모자를 목덜미까지 내려 쓴 어떤 남자 하나가 이쪽으로 달려오는 게 보였다. 그리고는 우뚝 멈춰 섰다. 라반이었다. 브두엘의 아들. 그는 이럴 때면 항상 달리곤 했다. 벌써 수십 년 전이다. 사실 이 정도 세월이야 눈한번 감으면 후딱 지나가는 시간이긴 하다. 여하튼 그때도 그는 이렇게 달렸었다. 그리고 정중하게 인사를 했었다.

"어서 오십시오, 주님의 축복을 받은 분이여!"

이렇게 환대를 받았던 사람은 다들 알다시피 짐승 열 마리와 사람들까지 여럿 거느리고 중매를 서러 온 엘리에젤이었다.

그후 세월이 흘러 수염까지 허옇게 세었지만, 지금도 이렇게 헐떡거리며 달려왔다. 야곱이 브엘세바에서 왔다는 라헬의 전갈을 들은 것이다. 이번에는 종이 아니라 아브람의 손자, 자신의 누이의 아들이 직접 왔다 하지 않는가.

그러나 라반이 달려오다 말고 자리에 우뚝 선 채 상대방이 다가오도록 기다린 데에는 나름대로 이유가 있었다. 이전에 리브가는 단번에 선물을 받았었는데, 라헬의 이마에 황금빛 머리핀을 꽂아주기는커녕, 팔찌 하나 채워 주지 않았던 것이다. 어디 그뿐인가. 낯선 자는 홀홀 단신이었고, 짐을 잔뜩 실은 짐승도, 수행원도 없고, 그나마 타고 있는 짐승도 제대로 못 얻어먹어 몰골이 말이 아니었다. 그렇다면 아무리 조카라 해도 특별히 친절하게 해줄 이유가 뭐 있는가, 공연한 헛수고지. 팔짱을 끼고 상대방을 기다리고 선 라반의 표정엔 미심쩍은 기색이 역력했다.

야곱은 상황을 곧바로 알아차렸다. 초췌한 모습에 초라한 행차가 부끄럽고 주눅이 들었다. 말 그대로 지닌 것 하나 없는 가난뱅이에 만사에 도움이 필요한 자신이 아닌가. 아, 그는 으리으리하게 차리고 온 부자 사절단이 아니었다. 안장에 매단 선물 보따리를 풀어 상대방의 환심을 사고, 당당하게 하루나 열흘쯤 묵게 해달라고 부탁할 수 있는 입장이 아니었다. 그는 집도 절도 없는 도망자였다. 빈손으로 하루만 묵게 해달라고 애걸해야 하는 거지 신세였다. 이런 상황에 있는 자라면 우물쭈물하며 비굴한 행동을 하기 십상이었다.

하지만 야곱은 자신 앞에 고약한 표정을 짓고 있는 남자가 어떤 사람인지 곧 간파했다. 그런 작자 앞에서 지나치게 비굴한 꼴을 보이는 건 그리 현명한 행동이 아니었다. 야곱은 기죽지 않고 당당하게 나설 작정이었다. 그는 별로 서두르지 않고 점잖게 낙타에서 내려와 깍듯하게 예를 갖춰 인사를 올렸다.

"숙부님! 숙부님의 누이 리브가의 아들입니다. 어머니께서 숙부님을 잊지 않으셨음을 알리시려고 저를 숙부님 댁에 한동안 머물라 하셨습니다. 어머니와 어머니의 주인이며 제 주인이신 이사악의 이름으로 숙부님께 인사를 올립니다. 그리고 멀리 계신 같은 조상의 이름으로 인사를 올립니다. 아브라함의 신께서 숙부님과 숙부님의 부인들 그리고 자녀들의 건강을 지켜주시기를 기원합니다."

대충 뜻을 알아들은 라반이 대답했다

"나도 마찬가지네. 그러니까 자네가 정말 리브가의 아들이란 말인가?"

"물론입니다! 저는 이사악의 장자입니다. 숙부님께서 말씀하신 대로입니다. 제가 이렇게 혼자 뙤약볕에 다 헤어진 초라한 옷차림으로 온 것이 숙부님께는 이상해 보일지도 모릅니다. 하지만 적당한 때가 되면 그간에 있었던 일을 제 입으로 자세히 말씀 드릴 것입니다. 그러면 숙부님께서도 제가 이렇게 지닌 것이 없어 보여도 가장 중요한 것을 가지고 있다는 사실을 아시게 될 겁니다. 그때는 숙부님께서도 저를 가리켜 '주님의 축복받은 자여!' 라고 부르시게 될 겁니다."

"그럼 어디 한번 안아볼까."

라반은 에루바알이 뭐라고 뭐라고 옮겨 주자, 여전히 퉁명스러운 표정으로 야곱의 어깨 위에 팔을 올렸다. 그리고 몸을 숙여 양쪽에 번갈아가며 허공에 입을 맞췄다. 야곱은 그 순간 숙부로부터 매우 이중적인 인상을 받았다. 언뜻 교활한 빛이 스쳐가는 시선이었다. 숙부는 한쪽 눈을 유난스레 깜박였다. 뜨고 있는 눈보다는 감기다시피 한 그쪽 눈으로 더 많은 것을 보는 것 같았다. 바로 그쪽 입 언저리도 마비된 것처럼 아래로 처져, 아랫세상의 속물 냄새를 물씬 풍겼다. 게다가 입가의 짙은 회색 수염에 슬쩍 걸쳐진 미소도 씁쓸해 보여 야곱은 가슴이 서늘했다.

한편 라반은 다부지게 생긴 장골이었다. 목덜미까지 내려온 모자 밑으로 고개를 디민 허연 머리카락은 여전히 숱이 많았다. 무릎까지 닿는 옷을 질끈 동여맨 허리띠에 채찍과 칼이 보였다. 그리고 착 달라붙은 반소매 아래로는 힘줄이 불거져 울퉁불퉁한 팔뚝이 드러났다. 팔뚝도 그렇고, 마찬가지로 근육을 자랑하는 장딴지도 그렇고, 짙은 회색 털이 덥수룩했다. 역시 털이 많은 손은 넓적하고 따뜻했다. 자기 물건이면 절대로 놓지 않을 손, 이 땅에 관련된 생각만 하는 음흉한 남자, 한마디로 속물의 손이었다. 야곱은 여하튼 그런 인상을 받았다.

그런가 하면 숙부는 꽤 잘생긴 남자이기도 했다. 여전히 검고 숱이 많은 눈썹, 약간 두툼하면서 이마로부터 일직선으로 내려온 반듯한 코, 수염에 가린 도톰한 입술. 또 눈은 얼마나 고운지, 어쩌면 라헬이 그를 닮아 눈이 아름다운지도 몰랐다. 야곱은 착잡했다. 두 사람의 눈이 똑같아, 자연의 법칙에 따르는 생명의 유전 현상 앞에서 한편 감동하면서도, 아버지도 라헬처럼 아름다운 눈을 가졌다니, 은근히 질투심이 생겼다. 그래서 그녀의 눈이 그렇게 아름다운 것은 핏줄이구나, 그렇게 깨닫고두, 한편으로는 그녀의 아버지가 왠지 어렵고 부담스럽게 느껴졌다.

라반이 말했다.

"환영하네, 낯선 자여. 자네가 내 조카라는 말을 믿겠네. 날 따라오게나. 예전에도 우리 집에는 엘리에젤이 머물 방이 있었지. 그가 끌고 온 열 마리나 되는 낙타들에게 줄 건초와 먹이도 넉넉했고. 그러니 지금이라고 못할 게 없지. 자네는 혼자인데다, 낙타도 한 마리밖에 되지 않는 것 같으니까. 자네 어머니는 그러니까 선물이라고는 하나도 주지 않았나 보군. 황금도, 옷도, 향료나 그 비슷한 건 아무것도 안 준 모양이지?"

"어머니께서는 당연히 많은 선물을 주셨습니다. 믿으셔도 됩니다. 그런데 지금 왜 그 선물을 지니고 있지 않은가 하는 것은 곧 아시게 될 것입니다. 우선 그전에 발을 씻고 식사를 한 후에, 자초지종을 말씀 드리겠습니다."

야곱은 일부러 뻣뻣하게 굴었다. 그 속물 앞에서 자신감을 잃고 싶지 않았다. 그러자 라반은 거지꼴인 주제에 오히려 당당한 그의 태도에 어이없어 했다. 이어 두 사람은 아무 말 없이 라반이 사는 곳으로 향했다. 목적지에 이른 이들은 다른 집 목동들과 헤어졌다. 그네들은 도시 쪽으로 걸음을 재촉했고, 야곱은 라반이 거느린 목동들을 도와 양들을 우리에 몰아넣었다. 도둑을 막으려고 갈대를 엮어 키를 높이 돋운 토담 우리였다.

안채의 지붕에서는 여자 셋이 이 광경을 지켜보고 있었다. 라헬과 라반의 아내, 그리고 사팔뜨기 맏딸 레아였다. 안채를 포함하여 집 전체가 인상적이었다. 안채 주위에 갈대 움막 몇 채와 벌꿀방 같은 모양의 창고가 여러 개 있었는데, 장막생활에 익숙한 야곱에게는 낯선 장면이었다. 하지만 여기까지 오는 동안 여러 도시에 들러 이보다 훨씬 더 아름다운 가옥들을 많이 구경한 터라 특별히 감탄하는 기색을 보일 뜻은 없었다. 그 대신 집의 허점을 꼬집기 시작했다. 야곱은 지나가는 말로 마당에서 지붕으로 올라가는 나무 사다리가 불편하니 벽돌 계단을 만들어야 할 거라고 한마디 했다. 그리고 집 전체에 석회를 바르고, 창문 높이도 고르게 만들고 나무창살도 덧세워야 한다는 말도 빼놓지 않았다.

"뜰에서 올라가는 계단이 있네. 나한테는 이 집이면 충분해."

라반의 대답에 야곱은 볼멘소리를 했다.

"그런 말씀 마십시오! 인간이 그렇게 쉽게 만족한다면, 주님께서도 그것으로 만족하고 축복의 손을 거두시는 법입니다. 숙부님께서는 양을 몇 마리나 기르시는지요?"

"여든 마리네."

집주인의 대답이었다.

"그러면 염소는요?"

"대략, 서른 마리."

"소는 전혀 없구요?"

화가 난 라반이 턱 끝으로 갈대를 섞은 토담을 가리켰다. 아마도 소 외양간으로 쓰이는 곳 같았다. 하지만 숫자는 밝히지 않았다.

"더 많아져야 합니다. 어떤 가축이든 더 늘려야 힙니나."

야곱의 말에 라반은 심술궂은 표정으로 조카를 살폈다. 그러나 호기심도 엿보이는 눈빛이었다. 두 사람은 안채 쪽으로 걸음을 옮겼다.

저녁 식사

안채 주위로 키가 훌쩍 큰 포플러 나무가 여러 그루 있었다. 그중 한 그루는 위에서 아래쪽까지 번개를 맞은 흔적이 있었다. 안채는 점토기와로 적당히 지은 집으로 규모가 그리 크지 않았고, 약간 부실해 보였다. 하지만 상단부가 통풍이 잘 된다는 점에서 그나마 매력을 느낄 수 있었다. 흙을 덮고 나지막하게 갈대 이엉을 올린 지붕은 일부만, 그러니까 가운데와 모서리만 토벽에 걸쳐 있고 사이사이는 나무 기둥들이 받치고 있어 지붕이 여러 개 있다는 표현이 옳았다. 집의 전체 구조는 날개가 넷 달린 사각형으로 한가운데에 작은 마당이 있었다. 거기서 점토 계단 몇 개를 올라가면 야자나무로 된 출입구였다.

숙부와 조카는 지금 막 마당을 가로질렀다. 두세 명의 노예들이 일을 하는 중이었다. 도공 한 명이 보였다. 빵을 굽는 자가 작은 빵 솥에 보리 반죽을 던지는지 철썩하는 소리가 들렸다. 그리고 허리에 앞치마를 두른 하녀 하나는 물을 나르는 중이었다. 가까운 벨 수로에서 길어온 물이었다. 라반은 들판의 보리밭과 깨밭에 이 물을 끌어다 썼다. 한편 엘릴 수로에서 물을 끌어오는 이 벨 수로의 소유주는 도시에 사는 어느 상인이었다. 그래서 하란은 이 상인에게 꽤 많은 기름과 곡식과 양모를 물 값으로 지불해야 했다. 밭 앞으로 초원이 펼쳐져 지평선까지 시야가 트여 있었다. 그 지평선에 우뚝 솟아 있는 하란의 달 신전의 계단 탑이 보였다.

지붕에 있던 여자들은 언제 지붕에서 내려왔는지, 벌써 밑으로 내려와 앞 방에서 집주인과 손님을 맞아 주었다. 현관문을 열면 곧장 연결되는 앞 방이었다. 점토 바닥에는 곡식을 빻는 커다란 절구가 놓여 있었다. 라반의 아내 아디나는 평범해 보이는 여자였다. 목에는 오색 돌목걸이를 걸었고, 머리카락을 감싼 두건 위에 수건까지 두른 그녀의 덤덤한 얼굴 표정은 밝은 구석이라고는 찾아볼 수 없는 남편과 닮았다. 다만 입 모양은 남편처럼 그렇게 침통해 보이지는 않고 조금 우울해 보였다.

그녀에게는 아들이 없었다. 아마도 라반이 침울한 것이 그 때문인지도 몰랐다. 야곱도 나중에 알게 된 사실이지만, 이 부부도 결혼 초기에 아들을 얻긴 했다. 그러나 집을 지을 때 산 제물로 바쳤다. 아들을 토기에 넣어 램프와 사발들과 함께 땅 밑에 파묻었던 것이다. 그것이 집안에 재물과 번영을 가져올 것이라고 믿었다. 그랬는데 별다른 축복을 얻기는커녕, 아들도 더 이상 생기지 않았다.

이제 레아를 살펴보자. 몸매는 라헬에 뒤질 바 없다.

오히려 체격도 좋고, 살도 더 통통했다. 그러나 이렇게 좋은 조건도 못생긴 얼굴 앞에서는 그 빛을 발하지 못했다. 숱이 많은 잿빛 머리카락은 작은 모자에 가려 위쪽은 안 보였지만, 목덜미까지 곱게 땋아 댕기가 드리워져 있었다. 하지만 초록과 회색이 섞인 눈은 흐리멍덩한 데다, 길쭉한 빨간 코 쪽으로 내리뜨는 사팔뜨기였다. 눈꺼풀에도 병색이 완연하여 빨갛게 충혈되어 있었다. 그녀는 삐뚤어진 시선이 부끄러운 듯 속눈썹을 내리깔았다. 그녀가 숨기고 싶은 건 손도 마찬가지였다.

'한마디로 멍청한 딸과 아름다운 딸이군'

자매를 바라본 야곱의 생각이었다. 중앙에 제단이 있고 포장된 작은 마당을 가로지르면서 야곱은 그러나 라헬이 아닌 레아에게만 말을 걸었다. 하지만 레아는 알아들을 수 없다는 듯, 좀 전에 들판에서 만난 목동들처럼 계속 혀만 끌끌 차면서 통역자를 부르려는 것 같았다.

그녀의 입에서 계속 나오는 통역자의 이름이 압드헤바인 것으로 보아 가나안 땅에서 온 사람인 듯했다. 그 하인은 알고 보니 바깥마당에서 빵을 굽던 사람이었다. 지붕으로 연결되는 점토 계단을 따라가니 윗방이 나왔다. 사방이 탁 트인 그곳에서 식사가 시작되었다. 레아가 말했던 통역할 남자가 야곱에게 발과 손 씻을 물을 가져왔다. 그는 자신을 소개했는데, 도시 우루살림 근처의 마을에서 태어나 집안 형편이 워낙 어려워 은화 20세겔에 노예로 팔려왔다고 했다. 그는 이 정도면 꽤 괜찮은 값이며, 지금까지 여러 집을 거쳐 여기까지 왔다고 덧붙였다. 남자는 키가 작았으며 머리카락은 잿빛이고, 가슴은 움푹 패였다. 하지만 말재주는 뛰어나서 야곱의 말을 한마디도 빼놓지 않고 금방 그곳 말로 옮겨 주었고 상대방이 한 말도 신속하고 정확하게 들려 주었다.

방의 폭은 좁았지만 꽤 길어서 모두 다 한자리에 앉을 수 있었다. 통풍이 잘 되어 아늑했다. 지붕으로 이어진 서까래 사이로 한쪽에는 어둑해진 초원이, 다른 쪽으로는 네모난 안마당이 보였다. 마당 위는 색깔이 있는 천을 씌워놓았고 바닥은 자갈로 포장되었으며, 목조회랑도 있었다. 날이 저물자, 물을 길어오던 앞치마 두른 하녀가 아궁이에서 가지고 온 불로 삼발이에 세워져 있는 세 개의 흙 램프에 불을 댕겼다. 하녀가 압드헤바와 함께 식사를 날라왔다.

제일 먼저 참기름을 넣은 걸쭉한 밀가루 죽이 담긴 항아리가 나왔다. (라헬은 아이처럼 '파파수! 파파수!' 라고 소리를 지르며 군침이 도는 듯 입맛을 다시면서 손뼉까지 쳤다.) 이어 따뜻한 보리 빵, 무, 오이, 야자수 상추가 나오고, 음료수로는 염소젖과 수로에서 떠온 물이 있었다. 이 물은 대들보에 걸려 있는 커다란 토기 물병에서 따른 것이었다. 그리고 벽쪽에 세워놓은 점토 궤짝 두 개에 온갖 종류의 놋그릇과 음식들을 섞는 식기와 손 맷돌과 컵이 들어 있었다. 식구들은 각기 편한 대로 식탁 주위에 둘러앉았다. 소가죽을 씌운 얇은 식탁이었다. 라반과 아내는 나란히 침상에 쪼그리고 앉고, 딸들은 가부좌 자세로 방석을 깐 갈대의자 위에, 그리고 야곱은 등받이 없는 의자에 앉았다. 색칠을 한 점토 의자 앞에 이 의자와 비슷하게 생긴 발을 올려놓는 의자도 있었다.

파파수를 담은 항아리에는 큰 숟가락이 두 개 담겨 있었는데, 누구든 암소 뿔로 만든 이 숟가락으로 자기 몫을 뜬 사람은 옆 사람에게 한 숟가락 듬뿍 떠서 건네주곤 했다. 마침 야곱은 라헬 옆에 앉아 있어서, 자기 그릇을 채우고 나면 번번이 그녀에게 파파수를 가득 담은 숟가락을 건네주었다. 그런데 어찌나 숟가락을 높이 쳐들었는지 라헬은 매번 웃음을 터뜨렸다. 그 모습을 지켜보는 레아의 마음이 편할 리 없었다. 속상한 그녀의 눈이 더 심한 사팔뜨기로 변하고 있었다.

식사 내내 중요한 이야기는 없었고, 그저 음식과 관련된 이야기뿐이었다. 아디나가 한 말을 보면 고작해야, "드세요, 서방님. 모든 게 당신 거예요!" 정도였고, 야곱에게는 "어서 들어요. 맛있게 먹고 지쳤을 텐데 기운을 차려요!"가 전부였다.

부모 중 한쪽이 어떤 딸에게 이런 말도 했다.

"혼자 다 먹는 것 같구나. 다른 사람들은 생각도 않고. 욕심을 절제할 줄 모르면, 화가 난 마녀 라바르투가 내장을 뒤집어 다 토하게 만들거야."

이런 사소한 것까지 빼놓지 않고 압드헤바가 통역해 주면 야곱은 금방 그곳 말로 대화에 끼어들었다. 예를 들면 라반에게는 "드시지요. 숙부님. 모든 게 당신 것입니다!"라고 하고, 라헬에게는 "어서 들어요. 자매여. 맛있게 들어요!" 하는 식이었다.

압드헤바와 하녀도 저녁식사를 함께 했다. 시숭 때문에

가끔 중단되는 경우를 제외하고는, 바닥에 쪼그리고 앉아 무 조각을 씹어 먹든지 염소젖을 마시든지 하면서 먹을 것은 다 챙겨 먹었다. 이름이 일타니인 하녀는 툭 하면 손가락 끝으로 펑퍼짐한 가슴에서 빵 부스러기를 털어내곤 했다.

식사가 끝나자 라반은 자신과 손님을 위해 기분을 좋게 해주는 음료수, 술을 가져오라고 시켰다. 그러자 압드헤바가 밀을 삭힌 맥주가 담긴 가죽 자루를 끌고 와서 잔 두 개에 맥주를 따르고 밀짚 빨대를 꽂았다. 표면에 곡식 낱알이 많이 떠다녀서 빨대가 필요했던 것이다. 이어 여자들은 물러갈 준비를 했다. 라반은 한 사람 한 사람 머리에 적당히 한번씩 손을 얹어 주었다. 여자들은 야곱에게도 잘 자라고 인사했다. 밤 인사를 건네는 라헬 앞에서 야곱은 다시 한번 그녀의 다정한 검은 눈동자를 바라보았다. 라헬은 틈새가 벌어진 하얀 치아를 드러내면서 생긋 웃었다.

"파파수를 듬뿍 떠서 숟가락을 하늘 높이!"

그녀의 말에 야곱은 대답 대신 자신과 그녀의 관계를 설명하듯이 이렇게 말했다.

"아브라함, 우리들의 선조, 그대와 나의 선조!"

그러면서 다시 집게손가락을 다른 집게손가락 끝에 수직으로 걸쳤다. 두 사람은 들판에서처럼 고개를 끄덕였다. 그걸 보고 어머니는 씁쓸한 미소를 지었고, 레아는 눈을 내리깔고 코만 내려다보았다. 굳어 있던 아버지의 표정이 더 어두워졌다. 이제 바람이 잘 통하는 시원한 윗방에 숙부와 조카만 남았다. 방바닥에 앉아 두 사람의 입술을 번갈아 쳐다보며 통역을 하느라 압드헤바는 숨돌릴 틈이 없었다.

야곱과 라반의 협상

"이제 말해 보게나."

맥주를 마신 집주인이 먼저 입을 열었다.

"어떻게 된 건지 소상하게 일러주게."

야곱은 그간에 있었던 일을 상세히 설명했다. 어쩌다가 이처럼 맨주먹 신세가 되었는지 있는 그대로 솔직하게 말했다. 물론 엘리바즈와의 일은 민망해서 약간 미화시키긴 했다. 하지만 이렇게 아무것도 없이 빈손으로 오게 된 이유를 설명하기 위해서라도 핵심은 다 말해 주었다. 이야기를 어지간히 했다 싶으면 말을 멈추고 압드헤바에게 손짓으로 통역을 시켰다. 조카의 이야기를 듣는 동안 맥주를 넉 잔 마신 라반은 눈을 깜빡여가며 간간이 고개도 끄덕여 주었다. 야곱은 자신과 에사오 그리고 부모님 사이에 있었던 일을 사실 그대로, 거침없이 경건한 마음으로 들려주었다. 그리고 모든 일을 결정적인 결과로 귀결시켰다. 사신이 죽복받은 자라는 사실이 그것이었다. 설령 현재의 모습이 벌거벗은 거지 신세라 해도 그런 건 별로 중요하지 않았다.

라반은 내내 심각한 표정으로 눈을 깜빡이며 이야기를 들었다. 밀짚 빨대로 이미 많은 양의 맥주를 들이켜 얼굴이 이지러진 달처럼 보였다. 어딘지 모르게 불길해 보이는 검붉은 석양을 안고, 서서히 나그네 길에 오르는 달 말이다. 몸도 부어올라 어느새 허리띠를 풀어 겉옷도 훌러덩 벗고 셔츠 바람이었다. 살이 절반쯤 드러난 상체가 꽤 뚱뚱했다. 거뭇한 잿빛 털이 덥수룩한 가슴에 팔짱을 낀 양팔에 불거진 근육이 단단해 보였다. 그리고 등이 앞으로 휠 정도로 몸을 바짝 구부려 침상에 쪼그리고 앉은 자세가 이재에 능한 장사꾼다웠다.

이윽고 라반의 질문이 나왔다. 야곱이 가졌다는 그 재산이 도대체 얼마나 값나가는 것이냐? 그로서는 상대방이 그게 뭐 대단한 거라고 자랑하는지 언뜻 이해가 되지 않았다. 설령 어떤 가치가 있다 해도 섣불리 인정하고 싶지도 않고, 오히려 그 가치를 의심하고 싶었다. 그 재산에는 꺼림칙한 구석이 있었다. 물론 야곱은 충분히 강조했다. 결과적으로는 에사오가 저주를 받았고, 동생이 축복을 받았다고. 그러나 축복이라는 것도, 그것을 얻은 방식이 저주와 결합되어 있다면, 그 축복에는 어떤 식으로든 저주의 흔적이 따라다닐 게 틀림없었다.

신들이 어떤 존재인지 모르는 사람도 있는가. 신들은 모두 다 똑같았다. 라반이 우호적인 관계를 맺고 있는 그곳 신이든, 아니면 이사악 가문의 사람들이 받드는, 이름으로

불려지지 않거나, 혹은 모호한 이름으로 불려지는 그 신이
든 다를 바 없었다. 라반은 이 신에 대해서도 대강은 알고
있었고 일정 부분 인정하기도 했다. 신들은 무슨 수를 써서
라도 자신들의 뜻을 이뤘다. 그러나 죄는 모두 인간에게 돌
아갔다. 야곱이 집착하는 재산이라는 건 죄에 짓눌려 있었
다. 과연 그 죄 값이 누구에게 떨어지느냐가 문제일 뿐이었
다. 야곱은 자기는 아무 잘못이 없고 깨끗하다고 장담했다.
자신이 한 일은, 어떻게든 일어났어야 할 일이 일어나도록
내버려둔 것밖에 없다. 내심 큰 모순을 느끼면서도 마지못
해 그렇게 했다.

그렇다면 아마도 가장 무거운 죄에 짓눌릴 사람은 당찬
리브가였다. 애초에 일을 시작한 장본인이었으니까. '저주
가 내린다면 내 머리에 떨어질 것이다!' 그녀는 그렇게 말
했었다. 물론 그것은 아버지에게 속임수가 발각될 경우에
한해서였다. 하지만 그 말은 자신의 계획에 대한 그녀의 입
장을 모두 대변해 주었다. 자식에게는 아무 짐도 지우지 않
고 모든 책임을 자신이 떠안으려 한 것이었다.

"그래, 어머니답군."

라반의 말이었다. 맥주 탓에 숨쉬기가 힘들어 입으로 숨
을 내쉬었다. 앞으로 비스듬하게 기울어 있던 상체를 일으
키자, 몸 전체가 기우뚱하더니 다른 쪽으로 다시 휘어졌다.

"어머니답군. 어머니도 그렇고 부모란 원래 다 그렇지.
신들도 그렇고."

부모든 신들이든, 자신이 가장 사랑하는 자에게 내리는
축복 방식은 늘 그렇게 이중적이었디. 그들의 축복은 하나

의 힘이었으며, 힘에서 비롯된 것이었다. 사랑 자체가 힘이 아니던가. 그래서 신들과 부모는 자신이 사랑하는 대상에게 이 힘을 불어넣는 것에 지나지 않았다. 어떤 힘? 강인한 생명력, 행복할 때나 저주를 받았을 때나 결코 주저앉지 않고 끝까지 전력투구할 수 있는 힘 말이다. 축복이라는 건 원래 그런 것이었다. '저주가 내린다면 내 머리에 떨어질 것이다!' 이건 그럴싸하게 들려도, 어머니의 넋두리에 지나지 않았다. 사랑이 힘이며, 축복 또한 힘이며, 생명이라는 것도 힘 외에 아무것도 아니라는 사실을 모르고 한 말이었다. 리브가는 한낱 여자였을 뿐, 속임수로 얻은 축복의 대가를 치를 사람은 그 소유주인 야곱이었다.

"그건 자네 몫이 될 걸세."

라반이 무거워진 혀로, 무거운 팔을 올려 손으로 조카를 가리키며 말했다.

"자네가 속인 거야. 그러니 자네도 속게 될 거야. 압드헤바, 얼른 입을 놀려 내 말을 저 자한테 전하지 않고 뭐 하는 게냐, 한심한 놈 같으니. 널 사느라 은화를 20세겔이나 줬는데, 통역할 생각은 않고 졸기만 해봐라, 구덩이에 던져 일주일 동안 안 꺼내줄 테니까. 그때는 아랫입술까지 흙으로 덮어주마, 이 멍청아."

"잠깐만요, 퉷퉷." 야곱이 침을 뱉으며 말했다.

"숙부님께서 지금 제게 저주를 내리시는 겁니까? 도대체 어떻게 그런 말씀을 하십니까? 제가 숙부님의 피붙이가 아니던가요? 그렇지 않습니까?"

"그건 맞지. 그것까지는 맞아. 자네가 리브가와 이사악

그리고 붉은 사람 에사오에 대해 정확하게 이야기해 줘서, 야곱 자네가 내 누이의 아들이라는 건 증명한 셈이야. 그점에 대해서는 안심하게. 하지만 일단 자네 말을 들었으니 상황을 꼼꼼하게 따져봐야겠네. 내 집안 형편도 고려해서 자네와 내가 어떤 관계를 맺어야 하는지 결론을 내려야 하니까. 자네 이야기가 진실이라는 것은 확실히 알겠어. 그렇다고 자네의 솔직함에 감탄할 이유야 없지. 자네 처지를 설명하려면 솔직한 것 외에는 다른 방법이 없었을 테니까. 그리고 자네가 아까 했던 말은 사실이 아니었어. 그때는 리브가가 나를 잊지 않고 있다는 표시로 자네를 내게 보냈다고 했지 않은가. 자네가 날 찾아온 진짜 이유는 다른 데 있었지. 집에 더 이상 머물 수 없어서 온 것 아닌가. 아마도 에사오가 자네와 자네 어머니한테 눈물깨나 흘리게 만들 궁리를 했겠지. 하지만 자네 어머니가 성공한 것은 사실이야. 나도 그건 부인할 생각은 없네. 지금 자네 모습이 헐벗은 거지 신세인 것도 그것 때문이고. 여하튼 자네는 나한테 오고 싶어 온 게 아니라, 당장 머리를 누일 곳이 없어서 온 거야. 자네는 나한테 기댈 수밖에 없어. 그러니 이쯤에서 결론을 내려야 해. 자네는 우리 집에 손님으로 온 게 아니라, 종으로 온 것이네."

"숙부님 말씀은 법률 조항 같군요. 원래 정의란 그것 말고도 사랑이라는 소금 간이 필요한 데 말입니다."

"쓸데없는 소리 말게. 혹독해 보여도 집안을 꾸리려면 어쩔 수 없어. 살림을 책임지는 건 나니까. 하란 도시에 사는 재산가들 이야기를 해주지. 이숩라누이 두 아들이 그 사람들인데, 이들도 나한테 자신들이 원하는 것을 요구해. 왜냐고? 나한테는 그 사람들이 가지고 있는 물이 꼭 필요했기 때문이야. 지금도 그 물이 필요하다는 걸 그 사람들도 알기 때문에 마음대로 요구하는 거야. 내가 그걸 내놓지 않으면, 나와 내 재산을 팔아 자기들 몫을 챙길 게야. 상황이 이런데, 내가 어디 멍청이인 줄 아는가? 자네는 나하기에 달려 있어. 그러니 나도 자네한테서 돈을 긁어낼 거야. 인정이나 베풀고 오갈 데 없는 사람들한테 문을 활짝 열어젖힐 만큼 내가 부자도 아니고, 그렇게 할 만한 축복도 많이 받지 못했어. 내가 일을 시킬 수 있는 사람이라고는, 저기 저 힘도 없고 밉살스러운 작자와 닭대가리처럼 멍청하고 암탉처럼 골골거리는 하녀 일타니밖에 없네. 그밖에 도기 굽는 자는 뜨내기 일꾼이야. 그 자는 계약대로 열흘만 일해 주고 가면 그만이야. 그러니 추수철이나, 털 깎을 때가 되면 어디서 팔 힘을 빌어야 할지 막막하지. 품삯을 지불할 능력이 없으니까. 내 어린 딸 라헬이 양들을 돌보느라 밤낮을 가리지 않고 뙤약볕과 이슬을 맞아가며 일하고 있지만, 이대로 계속 두고 볼 수도 없고. 형편이 이러하니 자네가 먹고 자는 조건으로, 다시 말해서 품삯 없이 일을 해줘야겠어. 자네는 어차피 오갈 데 없는 신세이니, 이러고저러고 조건을 달 수 있는 처지가 아니지. 이게 현실이네."

"숙부님의 딸 라헬을 위해서라면, 그녀가 조금이라도 편해질 수 있다면 양들을 돌보겠습니다. 그녀를 위해서라면 종살이도 하겠습니다. 게다가 전 집에서부터 목자였으니, 가축을 기르는 일이라면 일가견이 있습니다. 그리고 열심히 하겠습니다. 처음부터 게으르게 두 손 놓고 앉아 쓸데없이 음식이나 축낼 생각은 추호도 없었습니다. 그런데 숙부님께서 라헬을 위한 일이라고 하시니, 그녀를 대신해서 남자의 팔 힘을 써 달라 하시니, 기꺼이 종살이를 하겠습니다."

"그래?"

라반은 무거운 눈꺼풀을 다시 한번 깜빡거리며 축 늘어진 입술을 쑥 내밀었다.

"좋아, 자네가 원하든 원치 않든 집안일을 거들 수밖에 없네. 하지만 기꺼이 하겠다니, 자네한테도 득이 되겠지. 나도 손해 볼 건 없고. 내일 아침에 이 내용을 문서로 만드세."

"보세요. 이렇게 두 사람 모두에게 득이 되는 게 있는 법입니다. 그렇게 되면 피치 못할 혹독함도 자연 줄어들게 마련입니다. 숙부님께서는 그걸 모르셨던 겁니다. 모든 음식을 소금으로 간을 맞춰야 하듯 정의에도 사랑이라는 소금을 넣어야 하는데, 숙부님께서는 그럴 생각이 없으셔서, 이렇게 지금 가진 것이라고는 아무것도 없는 제가 나서서 그렇게 하려는 것입니다."

"쓸데없는 소리는 그만 두게."

라반은 얼른 말을 끝낼 참이었다.

"누구도 딴소리를 못하도록 문서로 계약을 하면 되네. 자, 건너가게. 나도 잠이 쏟아지니까. 맥주를 마셔 취하기도 했고. 등잔불이나 꺼, 이 밉살스러운 놈아!"

압드헤바에게 한마디 쏘아붙인 라반은 침상에 그대로 드

러누워 겉옷을 덮었다. 그리고는 어느새 입을 헤 벌리고 잠
이 들었다. 그전에 아무 데서나 자라는 말을 들은 야곱은
지붕 위로 올라가 갈대 천막 아래 담요를 하나 깔고 드러누
웠다. 그리고 라헬의 눈을 떠올렸다. 잠이 찾아와 살며시
입을 맞춰 줄 때까지 줄곧 그녀 생각만 했다.

Fünftes Hauptstück
In Labans Diensten

5부

라반의 집에서
시작한 종살이

야곱은 라반의 집에 얼마 동안 머물렀을까

이렇게 해서 야곱은 아람 나하라임 땅에 있는 라반의 집에 머물게 된다. 야곱은 자신이 피난 온 이곳을 쿠룬기아 땅, 즉 한번 발을 들여놓은 이상 영원히 되돌아갈 수 없는 땅이라 불렀다. 처음에는 자신이 피난 온 그곳이 아랫세상, 즉 저승의 땅이나 마찬가지라는 생각에서 그렇게 부른 것이지만, 나중에 몇 해 살다보니 이 땅은 정말로 그의 발목을 붙잡고 다시는 놓아줄 것 같지 않아서였다. 그리고 사실이 그러했다. 그는 '영원히 되돌아갈 수 없었다.' 물론 이 말은 떠나올 당시의 모습을 보존한 상태로 돌아갈 수 없었다는 말이다. 25년이라는 세월이 지난 후에야 그곳을 떠나는 야곱은 반년, 혹은 길어야 3년 정도 머물다 다시 고향으로 가서 예전처럼 생활할 수 있으리라 예상했던 그때의 야곱이 아닌 것이다.

25년은 짧은 시간이 아니나. 한 청년의 삶에서 25년은 인생의 절정기이다. 정확히 계산해 보면, 야곱이 이 세상에 엄숙하게 작별을 고하고 저기 아랫세상, 저승으로 내려간 것이 106세였으니, 여하튼 야곱은 귀향 후에도 오래 살았다. 설령 이 세월 동안 가장 심각한 일과 가장 거룩한 일을 겪었다 하더라도, 라반 집에서 보낸 25년의 세월은 그의 삶의 핵심이자 기본을 이룬다.

한마디로, 야곱은 아람 땅의 라반의 집에서 자신의 인생을 꿈꾼 것이나 마찬가지다. 사랑한 곳도 그곳이었고, 결혼도 그곳에서 했다. 4명의 아내로부터 막내에 이르기까지 모두 12명의 자식들을 얻은 곳도, 큰 재산을 모은 곳도 바로 그곳이다. 그러므로 동쪽에서 서쪽 땅으로 귀향 길에 오른 야곱은 젊은이가 아니라, 이미 머리가 허옇게 센 55세의 장년이었다. 그리고 올 때와는 달리 큰 가축떼를 거느린 유목민 족장이 되어 마치 낯선 땅으로 가듯 세겜으로 향했던 것이다.

야곱이 라반의 집에 머문 기간은 25년이다. 증명하라면 증명할 수도 있다. 그리고 누구든 명쾌한 머리로 따져보면 같은 결론에 이를 것이다. 다만 이 점에 관해서 노래와 설화가 다른 입장을 보이는 것도 사실이다. 이러한 불명확함이 우리에게는 쉽게 용서되기 어려운 것으로 보이지만, 그 시절 사람들에게는 그다지 심각한 문제가 아니었다. 이들은 야곱이 라반의 집에서 보낸 기간을 20년으로 믿고 싶어한다. 그리고 이 기간을 14년 더하기 6년으로 구분한다. 야곱이 아랫세상의 먼지 자욱한 빗장을 부수고 도망치기 전에 라반에게 자신을 보내달라고 요구했지만, 허락을 받지 못하자 새로운 조건에서 다시 머문 기간이 6년이라는 것이다. 그리고 이 시점을 '라헬이 요셉을 낳았을 때였다'라고 표기한다. 그렇다면 이것은 과연 언제였을까? 만약 이때까지가 겨우 14년밖에 지나지 않은 것이라면, 그 지난 14년 동안, 더 정확하게는 지난 7년 동안 디나와 요셉에 이르기까지, 단 베냐민만 제외하고 12명의 자식이 모두 태어났어야 한다. 물론 아내가 4명씩이나 있었으므로 아예 불가능한 일은 아니다. 그러나 수태를 주관하신 신의 섭리는 그렇지 않았다.

실은 요셉보다 다섯 살 많은 먹보 아셀만 해도 7년씩 2번이 지난 다음에 태어났다. 다시 말해서 결혼한 지 8년째 되던 해다. 그리고 하나하나 따져보면 알겠지만, 라헬이 요셉을 낳은 시기는 바다를 사랑하는 즈불룬이 태어난 후 최소한 2년이 흘렀어야 한다. 그러니까 결혼한 지 13년째, 또는 야곱이 하란에 머문 지 20년째 되던 해이면 모를까 결코 그 이전은 될 수 없다. 그렇지 않은가? 요셉은 야곱의 늦둥이 아들이다. 요셉을 얻었을 때 야곱의 나이는 이미 50세였고 라반의 집에서 벌써 20년을 보낸 후였다. 그러나 20년 중에서 7년씩 두번 흘러갔으므로 이를 합하면 14년이고, 이 세월이 라반에게 종살이를 한 기간이다.

그리고 이 시점에서 과거의 계약을 파기하고 새로운 계약을 맺기까지 또 6년이라는 세월이 흘렀다. 이 시기는 계약을 맺지 않고 그냥 머무른 시간이다. 하지만 라반 집에서 그저 묵묵히 보낸 이 기간 중에도 야곱은 자신의 재산을 불릴 수 있었으므로, 다시 계약을 맺고 머무른 다음의 5년과 함께 재산증식기로 간주해야 마땅하다. 이 나중의 5년 동안 아무리 획기적인 사건들이 있었다 하더라도, 단 5년이라는 세월이 야곱을 그렇게 큰 부자로 만들어줄 수는 없기 때문이다. 물론 노래와 설화가 귀향길에 오른 야곱의 재산을 표현한 대목에는 과장한 부분도 있다. 암양이 무려 20만 마리에 이르렀다니, 이는 지나친 표현이다. 실제로는 수천 마리 정도였다. 다른 가축과 돈이며 노예는 일단 제외하고 말이다.

라반이 도망치는 사위를 따라잡았을 때 뭐라고 했던가? 그는 자기한테서 낮에 '훔쳐간 것'과 밤에 '훔쳐간 것'을 돌려 달라고 요구했다. 만일 야곱이 새로운 계약을 근거로 그렇게 큰 부자가 되었다면, 다시 말해서 그 계약을 맺기 전에 자신이 살림을 맡았던 동안 따로 자기 재산을 불려나갔고, 그것을 발판으로 훗날 그렇게 큰 재산을 지닐 수 있었던 것이 아니라면, 라반이 그렇게 요구했을 리가 없다.

25년! 야곱에게는 꿈처럼 흐른 세월이었다. 다른 사람이라고 예외이던가. 누구나 소원을 품고 그것을 이루기도 하면서, 또는 기대했다가 실망도 하고 기쁨도 느끼기도 하고 이럭저럭 세월을 보내다보면 모든 게 꿈만 같지 않은가. 야곱도 그랬다. 살면서 날짜를 하루하루 센 것도 아니고 그저 하루하루 그날 일을 해가며 보낸 세월이었다. 그중에는 기다리는 순간도 있었고 노력하고 인내한 순간, 혹은 더는 참을 수 없어 조바심을 낸 순간도 있었다. 그렇게 흘려보낸 순간이 모여 하루가 되고, 또 한 달이 되고, 일 년이 되고, 또 몇 년이 되지만, 나중에 돌이켜보면 마치 하루처럼 여겨지는 게 세월이기도 하다.

어떻게 하면 시간을 빨리, 그리고 효과적으로 보낼 수 있을까? 단조로운 한 가지 형태로? 아니면 시기별로 구분되는 변화무쌍한 형태로? 여기에서는 각자 의견들이 다르다. 그러나 어떻게든 시간을 보내긴 보내야 한다. 살아 있는 자는 어떻게든 앞으로 나아가려 한다. 다시 말해서 시간을 뒤로 보내려 하는 것이다. 따지고 보면 이는 죽음을 향해 달리는 것이다. 마치 삶의 목표와 전환점을 찾아가는 것처럼 보여도, 실제로는 죽음을 향한 질주에 지나지 않는 것이다. 그리고 살아온 시간이 여러 시기와 단계로 구분된다 하더라도, 결국은 하나의 형태, 즉 '자신'의 시간일 뿐이다. 자신이라는 항상 똑같은 전제조건에서 시간의 흐름에 몸을 맡기는 것에 지나지 않는다. 따라서 시간을 보내며 인생을 사는 데는 단일 형태와 구분되는 변화무쌍함, 이 두 가지 모두가 필요하다.

언뜻 보면 시간을 구분한다는 것은 칼로 물 베기와 별로 다를 바 없다. 이렇게 베든, 저렇게 베든 칼로 선을 긋는 동안 물은 어느새 하나가 되고 만다. 우리는 조금 전에 야곱이 하란에서 5회에 걸쳐 5년씩 보낸 시절을 20년 더하기 5년, 혹은 14년 더하기 6년 더하기 5년으로 각기 다르게 구분해 보았다. 그러나 이와는 다른 방식의 구분도 가능하다. 예컨대, 결혼 전의 처음 7년과, 그 다음 자식들이 태어난 13년, 그리고 태양력에 따른 1년에 들어 있는 윤일(閏日) 5일이 30일씩 12번의 날에 더해지듯, 여기에 5년을 더하는 것이다. 아니면 또 다른 식으로 구분해도 무관하다. 어떤 식으로 나누든 합계는 25년이며, 이 세월은 야곱이 보낸 시간이었다는 점에서 일단 단일한 성격을 띤다. 그러나 이뿐 아니라, 겉보기에도 한 해 한 해가 거의 같아 보일 정도로 비슷했고, 그 세월을 보내는 시각의 변화가 있었다 해도, 묵묵히 흘러가는 단조로운 형태를 바꿔놓을 수준은 아니었기 때문이다.

야곱과 라반의 계약서 작성

야곱이 라반의 집에 머물면서 겪은 일들을 단계별로 구분하자면, 도착하자마자 라반과 맺은 계약으로 첫번째 단계가 시작된다. 그러나 보다 큰 구속력을 갖는 다른 계약이 나오기까지는 채 한 달이 걸리지 않았다. 여하튼 라반은 조카가 도착한 다음날 아침, 전날 밤 맥주를 마시며 이야기한 조건을 문서화하려고 일찍 일어나서 조카 야곱과 증인으로 세울 노예 압드헤바를 대동하고 나귀를 타고 하란 성 안으로 들어갔다.

판관들이 앉아 있는 뜰은 벌써 많은 사람들로 우글거렸다. 물건 구입과 판매, 임대, 물물교환, 결혼과 이혼 등과 같은 일들을 법적 효력을 갖는 문서로 작성하거나, 혹은 소송을 제기하려는 사람들뿐만 아니라 구경꾼까지 모여 있었다. 법관은 옆에 쪼그리고 있는 서기나 조수들과 함께 그 많은 일을 처리하느라 눈코 뜰 새 없었다. 결과적으로 라반

421

일행은 금방 끝날, 별것도 아닌 일을 처리하기 위해 꽤 오랜 시간을 기다려야 했다. 라반은 먼저 약간의 곡식과 기름을 주고 자기 차례를 기다리고 있던 어떤 남자에게 두번째 증인을 서 달라고 부탁했다. 이 두번째 증인도 압드헤바와 마찬가지로 뒤쪽이 불룩한 점토판에 엄지손가락으로 손도장을 찍었다. 라반에게는 도장이 따로 있었다. 야곱은 자기 도장을 잃어버렸던 탓에 옷자락으로 대신했다. 이렇게 해서 판관이 기계적으로 불러 주는 문구를 서기가 받아 쓴 간단한 서류가 완성된 것이다. 내용은 대략 이러했다.

양을 기르는 라반은 아무르 땅에서 온 아무 아무개, 누구누구의 아들인 남자를 임대 노예로 받아들이며, 이 노예는 라반의 집안일을 도와야 하고, 이 일에 자신의 육신뿐 아니라 정신까지 바쳐야 하며, 먹는 것과 잠자리 이외의 다른 품삯은 없다. 그리고 이를 무효화하려고 재판을 걸거나 고소하는 행위는 허락되지 않는다. 법에 저촉되는 행동으로 이 계약에 토를 달거나 이의를 제기하려는 자는, 설령 재판을 건다 해도 재판이 성립되지 않겠지만, 오히려 벌금으로 은을 5미나(중량 단위, 1미나는 60세겔로 516g—옮긴이) 지불해야 한다. 이상 끝.

라반은 문서 작성에 드는 비용을 혼자 다 물어야 하는 것이 못마땅한 듯, 툴툴거리며 구리 조각 몇 개를 저울 위에 던졌다. 그러나 속으로는 야곱을 이처럼 싼값에 부릴 수 있게 된 것이 여간 기쁘지 않았다. 하지만 조카한테는 전혀 내색하지 않았음은 물론이다. 야곱을 일꾼으로 채용한 순간에 이미 라반은 자신이 큰 거물을 낚았다고 믿었다. 그럴 리가 없다고 주장한다면, 그건 라반의 장사 수완을 무시하는 처사다. 그는 늘 침울한 사람이었다. 신들의 마음을 기쁘게 해줄 것이라고는 별로 없었기에, 자신의 행운을 믿을 처지도 못 되었다. 지금까지 그다지 크게 성공하지 못한 것도 그래서였다. 하지만 이제는 달랐다. 축복받은 자를 집안에 들였으니 여러모로 이득이 생길 게 틀림없었다.

계약서를 받아들고 기분이 좋아진 것도 그래서였다. 그렇지 않고서야 공연히 시내로 들어가서 이것저것 물건까지 샀을 리가 없다. 천이며 먹을 것과 작은 연장 등을 사면서 라반은 시끌벅적한 도시가 대단하지 않으냐 해가면서 동행한 사람이 감탄해 주기를 바라는 눈치였다.

저기 좀 봐라, 성탑과 능보가 얼마나 튼튼하냐. 또 얼마나 근사한 과수원이냐. 저 과수원에는 물도 충분히 대주고 있다. 대추야자나무 사이로 쭉 뻗은 포도밭 언덕은 또 어떠냐. 저기 거룩한 에-출출 신전이 우뚝 솟은 모습을 봐라. 얼마나 멋지냐. 신전 입구에는 청동 황소들이 지켜 섰고 은장식을 박은 탑문이 보이지 않느냐. 또 저 고고한 청람빛 성탑은 얼마나 높으냐. 꼭 하늘까지 닿을 것 같지 않으냐. 타일 색깔만 해도 일곱 가지다. 저 안에 성소가 있다. 신이 내려와서 쉬는 곳인데 결혼식을 치루는 방도 따로 마련되어 있다. 얼마나 높은지, 파란 하늘로 날아가는 것 같지 않으냐.

그러나 야곱은 그 장관 앞에서 기껏해야 '음', '아' 라고 대꾸할 뿐이었다. 그는 어차피 도시의 화려함 따위는 좋아하지 않았다. 그리고 사람들이 소리소리 지르는 것이나 번잡함이라든가, 마치 영원한 존재이기라도 하듯 교만하게 치솟은 건축물도 사랑하지 않았다. 염소산에 사는 사람들이 제아무리 머리를 굴려 아스팔트와 갈대 거적을 이용하여 안전을 도모했어도, 또 배수시설이 아무리 훌륭하다 해도, 그런 것은 언젠가는, 아니 얼마 안 가서 몰락하게 되어 있었다. 최소한 주님이 보시기에는 아무 가치도 없는 것이다. 이게 야곱의 생각이었다. 그는 오히려 브엘세바의 초원이 그리웠다.

도시의 오만에 상처를 입은 목자 야곱에게는 라반의 집이 마치 고향처럼 아늑하게 느껴졌다. 물론 그곳에는 검은 눈동자 한 쌍이 자신을 기다리고 있었다. 그 눈의 주인공과 아주 중요한 일을 겪게 될 것 같은 예감이 들었다. 야곱은 도시 구경은 하는 둥 마는 둥 했고, 줄곧 라헬의 눈만을 생각했다. 그리고 낯선 땅에서도 어디를 가든 자신을 지켜줄 것이며, 부자가 되어 금의환향하게 해주겠노라고 약속하신 주님, 아브라함의 주님을 생각했다.

아브라함 역시 벨-하란의 집과 뜰(에-출출 신전―옮긴이)을 바라보며 주님 때문에 질투를 느끼지 않았던가. 야생 수소와 뱀들이 지키고 있는 우상숭배의 요새. 그 깊숙한 곳에 황금을 입힌 삼나무 들보로 둘러싼 방이 있었다. 번쩍이는 돌로 만든 그 방에 수염을 늘어뜨린 우상이 은색 받침대 위에 버티고 서서 향을 피우는 사람들의 아첨과 인사를 받았다.

그러나 야곱이 신 중의 신으로 제일 높은 곳에 있는 분이라 믿었던 유일신(唯一神)은 이 땅에 집이라고는 없고, 나무 아래에서나 언덕에서 지극히 단순한 형식의 예배를 받는 분이었다. 이 신은 물론 다른 것을 원하지 않았다. 야곱은 그분이 땅에 속한 이 도시의 화려함을 멸시하고 비웃는 것이 도리어 자랑스럽게 느껴졌다. 어떤 것으로도 그분을 만족시킬 수 없었을 테니까. 그러나 이 자부심에는 한줄기 의심도 스쳐지나갔다. 어쩌면 주님도 사실은, 에나멜 집에 황금을 입힌 삼나무 들보로 둘러싼 오색 타일로 만들어진 집, 달의 우상이 살고 있는 그 집보다 일곱 배는 더 화려한 집에서 섬김을 받고 싶어할지도 모른다는 의심이었다. 다만 아직은 그런 집을 가질 수 없기 때문에, 그래서 그 집을 조롱한 것은 아닐까? 아직 자신을 섬기는 백성의 숫자가 적어 그만한 힘을 지니지 못했기 때문에? 만약 그렇다면, '두고 봐라' 야곱은 그렇게 생각했다. '지금은 너희의 높은 신 벨을 그렇게 화려하게 섬겨라. 하지만 나의 주님께서는 나를 벧-엘에서 부자로 만들어주시겠다고 언약하셨다. 그리고 그분에게는 자신을 믿는 모든 사람을 큰 부자로 만드실 능력이 있다. 그러니 선택받은 우리가 그분께 집을 지어드릴 테다. 안팎에 황금과 사파이어, 벽옥, 수정을 박아 너희의 주인들과 여주인들의 집이 모두 그 광채 앞에서 눈이 멀게 해주마. 과거는 끔찍한 것이고, 현재는 막강한 힘을 갖는다. 그 이유는 현재야말로 눈앞에 있는 것이기 때문이다. 하지만 가장 위대하고 거룩한 것은 두말할 필요도 없이 미래이다. 지금 이렇게 가슴이 답답해도 미래를 언약받은 자에게는 더할 수 없는 위로가 바로 미래인 것이나.'

정해진 사윗감 야곱

숙부와 조카가 집으로 돌아온 때는 꽤 늦은 시간이었다. 하지만 라반은 그밤에 점토판 계약서를 지하실로 가져갔다. 그곳은 이런 문서들을 보관하는 장소였다. 야곱도 램프를 들고 동행했다. 어제 저녁을 먹었던 방의 건너편 바닥 아래로 내려가니 이 문서보관소가 있었다. 그곳은 예배당도 되고 무덤도 되었다. 중앙에 놓인 토기 궤짝 안에 브두엘의 뼈가 보관되어 있었기 때문이다. 제물을 담은 제기도 보이고, 삼발이 위에 올려놓은 향 접시도 보였다. 그리고 이곳의 어딘가 깊은 곳, 바닥보다 더 깊은 곳이나 아니면 벽 속에는, 제물로 바쳐진 라반 아들의 시신이 들어 있는 토기가 있을 터였다. 저기 뒤쪽의 오목한 공간에 벽돌로 쌓은 것이 제단이었다. 그 옆에 나지막하게 좁은 선반을 달아 오른편에 점토판 문서들을 올려놓았다. 영수증과 계산서 그리고 계약서 등이었다. 다른 쪽에는 작은 우상들이 진열

되어 있었다. 아마도 열 개나 열두어 개쯤 되어 보였다. 높다란 모자를 쓴 것, 수염은 달렸으나 얼굴은 어린아이 같은 것, 대머리에 수염이 없는 것, 아래에만 갑옷을 입고 상체는 벗었는데 턱 아래까지 올린 손을 맞잡고 있는 것도 있었다. 그리고 또 몇 개는 그리 재주가 좋지 않은 사람이 만든 듯, 주름옷이나 옷단 아래로 튀어나온 발가락 모양이 엉성했다. 이들이 말하자면 라반의 집을 지키는 수호신들이고 예언가들이었다. 이들에 대한 음흉한 라반의 애착은 대단했다. 그는 중요한 일이 있을 때마다 여기 내려 와서 이 우상들과 의논하곤 했다. 라반이 야곱에게 들려준 말에 따르면 이들은 집안을 지켜줄 뿐만 아니라 정확한 날씨 예보도 해주었다. 뭘 사고파는 문제에서 조언가 역할은 물론이거니와, 양을 잃어버렸을 때도 어디 가면 찾을 수 있는지 알려 주는 것도 이 우상들이었다.

야곱은 해골에 영수증, 그리고 작은 우상들까지 널려 있는 이곳에 머무는 것이 불편하기만 했다. 사다리를 타고 마루 위로 통하는 문을 열고, 그 아랫세상을 벗어나 위로 올라선 후에야 비로소 홀가분한 마음으로 잠자리에 들었다. 물론 라반은 그전에 지하실에서 브두엘의 시신을 모셔둔 궤짝 앞에서 예를 올렸다. 죽은 자의 원기를 북돋아 주려고 신선한 '물을 바친' 후, 우상들에게도 절을 올렸다. 사업과 관련된 문서에까지 절을 안 한 것이 그나마 다행이었다. 죽은 자들을 숭배하는 것이나, 우상들에게 절하는 것 따위는 인정할 수 없었던 야곱에게는 라반의 이런 우매한 행동이 걱정스러워 보였다. 아브라함의 큰 조카이며 리브가의 오빠인 라반이 아닌가. 신에 관한 한 눈이 뜨였어야 마땅한데, 이렇게 흐리멍덩한 태도를 보이다니 뜻밖이었다.

라반도 알긴 알았다. 서쪽에 사는 친척들로부터 아브라함의 신앙에 관련된 설화를 익히 들어온 그였다. 그러나 이 신앙설화에 대한 지식에는 자신이 살던 곳의 종교 관습이 흘러 들어가, 오히려 그것이 신앙의 주요 성분으로 자리잡고 아브라함의 신앙은 혼합물에 불과했다. 정신의 이야기가 시작된 바로 그 원천과 출발점에 서 있었음에도 불구하고, 아니 어쩌면 바로 이곳에 여전히 남아 있었던 탓에, 라반은 자신을 바벨의 신하로 느꼈으며, 이곳의 신들을 섬겨야 한다고 생각했을지도 모른다. 그래서 라반은 야곱에게 야-엘로힘을 가리켜 자신이 섬기는 신이라 하지 않고 '네 아버지의 신'이라 불렀던 것이다. 그리고 어리석게도 그 신을 시날 땅에서 가장 높은 신으로 받드는 마르둑과 동일한 신으로 여겼다. 그러니 야곱이 어찌 실망하지 않을 수 있겠는가. 그는 이 집안의 교양 수준이 그보다는 높으리라 기대했다. 아마도 집에 계신 부모님들도 그렇게 여기고 계시리라. 라헬도 이 점에서는 염려스러웠다. 아무래도 그녀의 아름답고 어여쁜 머리 안에 들어 있는 것도 부모들보다 더 낫지는 않을 듯싶었다. 그래서 야곱은 첫날부터 그녀가 참된 신, 올바른 신을 느낄 수 있도록, 틈만 나면 그녀의 눈을 뜨게 해주려고 노력했다.

첫날부터? 그랬다. 야곱은 우물가에서 그녀를 처음 본 순간, 신붓감으로 점찍었던 것이다. 이 점에서는 라헬이라고 다를 게 없다. 야곱이 자신의 사촌이라고 말했을 때, 입에서 짧은 탄성을 내뱉은 그 순간, 이미 그가 구혼자이며 신랑이 될 사람이라는 사실을 알아차렸다고 해도 과언이 아니다.

이 시절의 사람들이 근친혼(近親婚)을 마다하지 않은 데는 나름대로 정당한 이유가 있다. 이보다 더 영예롭고 현명하고, 신뢰할 만한 결혼이 없다고 여긴 것이다. 오죽했으면 가련한 에사오가 다른 이방 여인들을 아내로 맞이했다는 이유로 위신이 떨어졌겠는가. 아브라함이 진정한 아들 이사악의 신붓감으로 근본도 모르는 다른 이방 딸들을 제치고 유독 집안 사람 중에서, 다시 말해서 하란에 사는 나홀의 딸들 중에서 고르려 한 것도 유별난 행동이 아닌 것이다.

딸들이 있는 이곳에 당도한 야곱은 이사악이 된 거나 마찬가지이다. 아니 어쩌면 혼담을 넣는 엘리에젤이라 하는 것이 더 옳은 표현일지도 모른다. 그리고 구혼이라는 발상은 이사악과 리브가도 그랬겠지만, 야곱 역시 이 집안을 방문할 때부터 했던 생각이었다. 라반도 다를 게 없었다. 살림 걱정으로 피폐해진 탓에 도망치느라 거지꼴로 나타난 야곱을 못마땅하게 여겨서 그랬지, 그로서도 야곱 자체를 사윗감으로 못 받아들일 이유가 없었다. 자기 딸을 낯선 집안에 넘겨주는 일은 그 또한 몹쓸 짓이요 위험한 일로 생각했다. 그럴 경우, 아마도 '딸을 이방 사람에게 팔아치운다'고 말했을 것이다. 그보다는 혈통이 같은 사람의 아내로 주는 것이 훨씬 더 안전하고 영예로운 일이었다. 그리고 아버지 쪽으로 친척이 되는 사촌끼리 혼인시킨다면, 바로 야곱이 가장 바람직한, 아니 이미 정혼이 된 것이나 마찬가지인 사윗감이었다. 그것은 두 딸 중 한 명을 그의 아내로 준다는 뜻이 아니었다. 오히려 두 딸을 동시에 주는 것을 의미했다. 아무도 이 이야기를 입 밖으로 내지 않았지만, 라반 집 안에서는 야곱이 왔을 때, 가장은 물론이거니와 다른 식구들도 그렇게 생각하고 있었다.

야곱을 제일 먼저 맞은 딸은 라헬이었다. 그녀는 자신이 이 땅에서 맡고 있는 역할이 무엇인지 충분히 알고 있었다. 그러니 자신은 매력적이고 아름다우며 레아는 얼굴이 못생겼다는 사실을 모를 리 없었다. 그녀는 우물가에서 만난 야곱을 꼼꼼히 살펴보았다. 그 시선이 얼마나 야곱의 마음을 설레게 했는지, 그리고 그 이후로도 그의 머리를 떠나지 않았다는 것은 우리도 잘 아는 사실이다. 여하튼 라헬은 그때도 자신만을 생각하지 않았다. 사촌의 등장은 처음부터 그녀로 하여금 자매이며 친구이기도 한 언니와 여자로서 경쟁 관계에 들어가게 만들었다. 그러나 이 경쟁은 사촌이 누구를 아내로 택하는가 하는 결정적인 문제에 관련된 것이 아니다(이 경우라면 라헬은 자신과 언니 둘 모두를 위해서 다른 여자보다 더 큰 매력을 발산하려고 노력했을 것이다). 여기서 말한 언니와의 경쟁 관계는 훗날을 염두에 둔 것이다. 다시 말해서 자매 중에서 누가 과연 사촌 오라버니이자 남편인 야곱에게 자식을 더 많이 낳아주고, 더 좋은 아내, 더 사랑받는 아내가 되는가 하는 경쟁인 것이다. 이 일은 라헬 자신도 미리 예측할 수 없는 문제였으며, 지금 이 순간의 매력으로는 대답할 수 없는 성질의 것이었다.

라반의 집에서는 문제를 이런 식으로 생각하고 있었다. 야곱 자신만 까맣게 몰랐을 뿐이다. 이것이 여러 가지 오해를 낳았다. 야곱도 정실 외에 첩들을 둘 수 있고, 노예들을 잠자리에 들게 할 수 있다는 것은 알았다. 그리고 첩들이 서자들을 낳을 수 있다는 것도 알았다. 하지만 이곳 땅에서는 똑같은 지위를 가진 정실 부인을 두 명이나 둘 수 있다는 것은 꿈에도 몰랐고, 오랜 시간이 지나도록 알지 못했다. 그리고 재력가들의 경우 이런 일이 비일비재하다는 사실도 전혀 몰랐다. 그리고 이미 사랑스러운 라헬에게 마음을 온통 빼앗긴 터라, 나이도 더 많고 몸은 풍만하나 얼굴이 못생긴 언니는 생각할 겨를도 없었다. 어쩌다 격식을 차리느라 언니와 이야기를 나누는 순간에도 그녀를 생각하지는 않았다. 레아가 어떻게 이 사실을 모를 수 있었겠는가. 그녀는 번번이 가슴 아파 하면서 입술을 깨물며 사팔뜨기 눈을 아래로 내리깔곤 했다. 이는 라반도 눈치 채고 있었다. 그는 큰딸을 생각하면 가슴이 저렸다. 자기 때문에 노예 신분으로 전락한 야곱이 뭐 그렇게 대단한 신랑감이라고 말이다. 또, 어떻게 보면 큰딸 레아를 그렇게 홀대하니 차라리 노예로 만들어버리길 잘했다 싶었다.

샘물을 발견한 야곱

야곱은 틈날 때마다 라헬과 만났다. 그러나 두 사람 모두 낮에는 할 일이 많아, 자주 만나지는 못했다. 특히 남자로서 라헬에 대한 뜨거운 감정에 사로잡혀 있던 야곱은 가능하면 오로지 그 감정에만 충실하고 싶었지만, 그밖에도 해야 할 다른 일이 그의 발목을 잡았다. 또 자신이 사랑하는 사람을 위해서는 이 다른 일에 성실하지 않을 수 없었다. 한편으로는 집안일에 충실하려면 그녀를 잊어야 했다. 이러한 모순은 야곱처럼 감수성이 예민한 남자에게 견디기 어려운 시련이었다. 야곱은 자신의 감정에 머물고 감정에 따라 살고 싶은데, 이는 허락되지 않았고, 오히려 자신의 감정에 영예를 가져다주기 위해서라도 남성으로서 느끼는 감정을 참아야 했다. 그에게는 라헬을 향해 치닫는 사랑의 감정과 라반을 도와 집안일을 거드는 것은 같은 일이었다. 만약 그가 집안일에서 성공을 거두지 못하면 어떻게 떳떳

하게 라헬을 사모할 수 있겠는가? 그렇게 하려면 라반으로
하여금 조카가 믿고 있는 축복의 가치가 얼마나 크며 중요
한 것인지 확신시켜줌으로써 조카를 어떻게든 자기 옆에
붙들어두고 싶도록 만들어야 했다. 한마디로, 이사악이 내
려준 축복의 위상이 떨어지는 일은 결코 없어야 했다. 유산
으로 물려받은 축복의 명예가 실추되는 일이 없게 하여 당
당하게 라헬을 사랑할 수 있어야 했다.

처음에 야곱이 한 일은 여느 목동과 다를 바 없었다. 아
침마다 주머니에 식량을 넣고, 허리에는 투석기를 매달고,
기다란 지팡이 무기를 손에 들고 개 마르두카를 데리고 라
반의 작은 가축떼를 이끌고 초원으로 나갔다. 방목지는 한
시간 정도 거리여서 야곱은 밤에 야영을 하지 않고 해가 저
물면 가축들을 데리고 집으로 돌아왔다. 그리고는 마당에
서 이것저것 의논도 하고 일도 보면서 자신의 진가를 발휘
할 수 있었다. 그게 좋았다. 목동 일만 가지고는 숙부에게
도망자인 자신이 받은 축복이 집안일에 얼마나 좋은 결과
를 가져오는지 보여줄 기회가 적었기 때문이다.

저녁에 라반이 보는 앞에서 지팡이 끝으로 가축들을 하
나하나 세면서 우리로 몰아넣을 때, 한 마리라도 부족한 경
우는 물론 없었다. 그리고 야곱은 여름에 태어난 새끼들이
빠른 시간에 젖을 떼고 먹이를 먹게 만드는 데 남다른 재주
가 있었다. 덕분에 라반은 이전보다 더 많은 우유와 응유를
얻었다. 그뿐 아니라 야곱은 숫양 두 마리가 병에 걸렸을
때, 한 마리를 낫게 하기도 했다. 선도병에 걸린 값나가는
앙이있는네, 시극한 산호와 녀러 가시 새쭈로 녕을 고친 섯

이다.

그러나 라반은 이런 일뿐 아니라 다른 것들도 못 본 척했다. 일을 웬만큼 할 줄 아는 목동이라면 누구든 할 수 있는 일이라는 듯, 별로 고맙다는 인사도 없이 지나쳤다. 그리고 야곱이 일을 시작한지 얼마 지나지 않아, 안채 아래쪽 창문에 예쁜 나무창살을 만들어줬을 때에도 마찬가지였다. 바깥 벽돌담에 점토와 석회를 섞어 발라주겠다고 해도 라반은 비용이 아까워 거절하는 바람에, 야곱은 자신이 그 집에 도착한 때를 기념하여 집을 아름답게 꾸미려는 계획을 포기할 수밖에 없었다. 이렇게 되자 야곱은 자신이 받은 축복을 증명하기가 쉽지 않았다. 그러나 이에 대한 소망이 간절하고 절실했던 만큼 내적 긴장도 컸을 것이고, 이것이 계시를 가져온 터전이 아닐까 싶다. 덕분에 그는 두고두고 잊지 못할 중대사를 겪게 된다.

그건 바로 물의 발견이었다. 야곱은 라반이 경작하는 밭 근처에서 살아 있는 물, 땅 밑의 샘물을 발견했다. 그는 물론 이 일을 자신이 섬기는 주님의 도움이라고 믿었다. 하지만 거기에는 주님께 위배되는 듯한 현상도 없지 않아, 흡사 순결한 주님께서 그 지역의 정령을 인정해 준 것 같은 느낌이었다.

물을 발견하기 직전에 야곱은 사랑스러운 라헬과 단둘이 만나 자신의 마음을 솔직하게 고백했다. 격이 떨어지지 않도록 표현에 각별히 주의했음은 물론이다.

그대는 이집트의 여신 하토르처럼, 에세트처럼 매력적

이오. 그리고 어린 암소처럼 아름답소. 그대는 여성의 빛으로 충만하오. 내게 그대는 촉촉한 품에 훌륭한 씨를 품고 따뜻한 온기로 싹을 틔우고 무럭무럭 자라나게 하는 어머니처럼 보이오. 내 그대를 아내로 맞아 그대와 함께 아들들을 생산하고 싶소. 이것이 나의 간절한 소망이라오.

라헬은 맑고 티 없는 마음으로 야곱의 말을 기쁘게 받아들였다. 사촌 오라버니가 자신의 남편이 되고 싶다 하지 않는가. 그녀는 그윽한 눈길로 야곱을 한참 바라보았다. 그는 자신을 사랑하는 것이 분명했다. 라헬은 미래가 두렵지 않은 청춘이었다. 그러니 자신을 사랑하는 야곱을 열정적으로 사랑하지 않을 이유가 없었다.

야곱이 양손으로 그녀의 머리를 끌어당기며 물었다. 그녀 역시 자신에게 아들들을 낳아주고 싶으냐고. 고개를 끄덕이는 순간 그녀의 검은 눈동자에 눈물이 고였다. 야곱은 입술로 그녀의 눈물을 닦아주었다.

그녀와 헤어진 후 들판으로 나가는 야곱의 입술은 여전히 그녀의 눈물로 촉촉이 젖어 있었다. 달빛과 한낮의 빛이 한참 다투는 때였다. 문득 발이 땅바닥에 달라붙은 듯 움직이려 하지 않았다. 그리고 묘한 떨림, 그랬다. 마치 번개를 맞은 듯, 온몸이 어깨부터 발끝까지 짜릿해졌다. 그는 휘둥그레진 눈으로 바로 앞에 나타난 아주 희한한 형상을 바라보았다. 몸통은 물고기인데 달빛과 햇빛을 받아 미끈미끈한 은빛이 어른거렸고, 두상도 물고기의 형상이었다. 그런데 얼굴은 흡사 모자 밑에 가린 듯한 인간의 얼굴로 곱늘곱슬한 수염이 있었다. 그리고 발도 사람 발이었다. 물고기의 꼬리에 짤막한 사람 발이 붙어 있었던 것이다. 그리고 두 개의 짧은 팔도 사람 팔이었다. 그 형상이 막 양동이를 들고 몸을 숙이는 것 같았다. 그리고 양손으로 땅에서 뭔가 길어 올려서 퍼담기를 계속하던 이 형상은 총총 걸음으로 옆에 있는 땅 아래로 쑥 들어가는가 싶었는데, 눈 깜짝할 사이에 자취를 감춰버렸다.

에아-오안네스! 야곱은 순간적으로 알아차렸다. 깊은 물의 신, 땅 한가운데의 주인, 맨 밑바닥의 땅 위에 있는 대양을 다스리는 신 에아-오안네스였다. 그곳 사람들은 쓸모 있는 지식은 종류를 불문하고 이 신의 선물로 생각했고 엘릴, 신, 샤마쉬 그리고 나부만큼이나 높은 신으로 여겼다.

야곱은 물론 이 신이 지고하신 분과 비교하면 그렇게까지 높은 신은 아니라는 사실을 알고 있었다. 이 신이 결코 아브라함이 인식한 신처럼 높은 신일 수 없는 이유가 있었다. 그건 바로 이 신이 형상을 가졌기 때문이다. 그것도 절반은 우스꽝스럽기 이를 데 없는 형상이 아니던가. 에아가 여기 모습을 드러냈다는 것은, 오로지 한 분이신 이사악의 주인님, 야곱 자신과 함께 하시는 야(Ja)의 허락이 있었기에 가능했다. 그리고 그분보다 조금 낮은 이 신의 행동이 암시하는 것이 무엇인지도 분명했다. 행동 자체뿐만 아니라 그 결과와 모든 연관성을 고려해 봐도 그랬다.

정신을 차린 야곱은 서둘러 집으로 달려갔다. 땅을 팔 수 있는 연장도 챙기고 은 20세겔에 팔려온 남자 압드헤바도 데리고 들판으로 나왔다. 그리고 땅을 파느라 간신히 한 시간 정도 눈을 붙였을까, 밤을 꼬박 새우다시피 했다. 하지만 날이 밝자 아쉽게도 일을 중단할 수밖에 없었다. 초원에서 양들을 돌보면서도 마음은 온통 딴 데 가 있어서 하루 종일 안절부절못했다.

겨울비가 내리려면 아직 멀어서 모든 게 바싹 말라 있었다. 라반은 워낙 집안일이 많아서 밭은 내다보지도 않았다. 그러니 야곱이 땅을 파는지 뭘 하는지 전혀 눈치 채지 못했다. 그날 밤에도 야곱이 나그네 길에 오른 달빛을 받으며 이쉬타르가 떠오를 때까지 작업을 계속하는 줄은 꿈에도 몰랐다.

야곱은 일단 중심을 정한 다음 그 주변을 깊숙이 파 들어가는 중이었다. 이미 얼굴은 땀에 흠뻑 젖었다. 그러다 동쪽 하늘이 잠을 깰 무렵, 이제 막 태양이 얼굴을 들이밀려는 순간, 물이 치솟았다. 물줄기가 얼마나 세찬지, 서둘러 파놓은 웅덩이를 어느새 채워 주변의 땅까지 촉촉하게 적셔 주었다. 물맛은 또 얼마나 달콤한지.

야곱 입에서 감사기도가 흘러나왔다. 그리고 달리면서도 기도했다. 그러나 저만큼 라반의 모습이 보이자 얼른 속도를 늦췄다. 숙부 앞에 이르러 인사를 한 다음 숨을 가다듬었다.

"물을 발견했습니다."

"그게 무슨 말인가?"

라반이 아래로 축 처진 입으로 물었다.

"땅 밑에 있는 샘을 찾았습니다. 저기 들판에서 땅을 팠더니 샘물이 솟았습니다. 높이가 1엘레나 됩니다."

"정신이 나간 게로군."

"아닙니다, 숙부님. 제 주님께서 샘을 발견하게 해주셨습니다. 아버지의 축복 덕분이죠. 숙부님께서 직접 확인해 보시죠."

라반은 달리기 시작했다. 예전에 엘리에젤이, 그 호화 사절단이 왔다는 소식을 전해 들었을 때처럼 정신없이 달렸다. 야곱은 서두르는 기색 없이 천천히 숙부를 따라갔다. 물이 솟구치는 장소에 이른 라반은 두 눈이 휘둥그레졌다.

"이건 살아 있는 물이야."

라반이 놀라움을 감추지 못하고 입을 열었다.

"말씀하신 대로입니다."

야곱이 맞장구쳤다.

"어떻게 해냈는가?"

"저는 믿음을 가지고 땅을 팠습니다."

라반이 물에서 눈을 떼지 못하고 말을 이었다.

"밭에도 이 물을 끌어다 쓸 수 있겠군."

"그러면 아주 좋을 겁니다."

"이제 하란 성의 이슐라누의 두 아들과 맺은 계약을 해지해도 되겠어. 이제는 그 사람들 물을 안 써도 되니까."

"저도 벌써부터 그 생각을 했습니다. 그리고 또 원하신다면 연못을 만드실 수도 있습니다. 그러면 과수원을 만들어 대추야자나무며 다른 과일 나무도 심을 수 있겠죠. 예를 들면, 무화과나무며 석류나무 그리고 뽕나무도 말입니다. 그리고 또 원하신다면 피스타치엔과 배나무, 만델 나무를 심어도 좋을 겁니다. 어쩌면 딸기도 심을 수 있겠죠. 그러면

대추야자나무에서 과육과 과즙, 그리고 씨도 얻게 되고, 야
자수 과육은 부식으로 쓸 수도 있을 테고, 잎사귀는 바구니
같은 것을 만드는 데 쓸 수 있고, 엽맥으로는 집안 살림살
이를 만들 수도 있죠. 속껍질로는 밧줄과 직물을 만들고 나
무는 집을 짓는데 쓰면 될 테고."

　　라반은 말이 없었다. 그는 축복받은 자를 얼싸안지도 않
았고 그 앞에 무릎을 꿇지도 않았다. 그저 아무 말 없이 그
자리에 버티고 있다가 몸을 돌려 걸음을 옮기기 시작했다.
야곱도 서둘러 라헬을 찾아냈다. 가축 우리 곁에 앉아 젖을
짜던 그녀도 자초지종을 듣고 기뻐했다. 두 사람은 이제 함
께 아이를 생산할 수 있게 되었다며 기뻐서 손을 부여잡고
춤을 추면서 노래를 불렀다.

　　"할렐루―야!"

라헬을 아내로 달라고 요구하는 야곱

　라반의 집에 머무른 지 한 달이 되자 야곱은 몇 번인가 라반을 찾아갔다. 그리고 숙부에게 이제 에사오의 분노도 조금 가라앉았을 테니 아무래도 주인님과 다시 이야기를 나눠야 할 것 같다고 말했다. 그러자 라반이 선수를 쳤다.

　"자네도 할 말이 있겠지만 우선 내 말부터 들어보게. 나도 벌써부터 자네한테 제안할 게 있었네. 자네가 내 집에 머문 지 벌써 한 달이네. 그사이 신월, 반달, 보름달, 그믐을 맞아 지붕에 올라가 제사도 올렸으니까. 그동안 자네 말고 내가 데리고 있던 다른 임대 노예 세 명한테는 적당한 품삯을 지불했네. 그런데 물을 발견한 데는 자네의 공도 없지 않지. 벌써 샘 주위에 담을 쌓고 벽돌로 수로를 만들기 시작했네. 그리고 연못을 얼마만한 크기로 팔지 이미 측량도 끝났고, 거기에 정원도 만들고 나무도 심으려면 일거리가 더 많아질 게야. 그러면 자연히 일손이 또 필요할 테지.

자네뿐 아니라 다른 노예들도 고용해야 할 거야. 그 일꾼들을 먹이고 입히고, 하루에 품삯으로 곡식 8실라까지 줘야 할 테지. 자네는 지금까지 품삯을 받지 않고 일을 해왔네. 우리가 맺은 계약에 따라, 친척 간의 정으로 말일세. 하지만 이제는 다시 계약하는 게 좋겠어. 신들이 보시기에도 그렇고 다른 사람들이 보기에도, 남한테는 품삯을 주면서 조카한테 한푼도 주지 않는다는 건 옳지 않으니까. 그러니 자네가 원하는 게 뭔지 말해 보게. 다른 사람한테 주는 것만큼 자네한테도 줄 생각이네. 그리고 더 줄 수도 있네. 만약 자네가 오랜 세월 내 곁에 머문다면 더 주겠네. 1주일에 들어있는 날짜 수만큼, 밭을 몇 년 갈아먹다가 휴경지로 놀리게 되는 햇수만큼, 그러니까 7년을 머문다는 조건으로 말일세. 자, 이게 내 제안이네. 자네는 앞으로 7년 내 곁에 머물러야 하네. 그러면 품삯은 자네가 원하는 대로 주겠네."

라반의 이 그럴듯한 말은 그럴싸한 생각에 옷을 입힌 것이다. 그러나 말은 둘째 치고 속물의 생각은 그 자체가 이미 또 다른 옷이다. 자신이 추구하는 바와 관심을 아름답게 포장한 옷, 그것이 속물의 생각이다. 그래서 말을 꺼내기 전에 이미 거짓말을 하는 셈이다. 그 말이 그럴싸하게 들리는 이유는 말이 나오면서 거짓말이 되는 게 아니라 이미 생각 안에 거짓이 들어 있기 때문이다.

라반은 야곱이 떠날 것처럼 하자 화들짝 놀랐다. 샘물이 치솟은 이후, 야곱이 받은 축복이 진짜 축복이라는 사실을 실감한 그였다. 그 축복을 이용하려면 어떻게 하든 야곱을 붙들어 앉혀야 했다. 샘을 발견한 일은 대단한 축복이었나.

그 결실은 말로 표현할 수 없었다. 첫째로 그동안 이슐라누의 아들들에게 지불했던 엄청난 물 값을 면제받게 된 것이다. 하지만 이것이 가장 큰 결실도 아니었다. 이 일만 해도 그랬다. 그들은 자신들의 수로에서 나오는 물이 없었더라면 지금까지 밭을 경작할 수 없었으므로, 지금 그 물을 쓰든 안 쓰든 계속 공물을 바쳐야 한다고 주장했다. 그러나 의자에 앉은 판관은 이 소송에서 신들이 두려워 라반 편을 들어주었다. 라반이 보기에는 여기서도 야곱의 신이 손을 쓴 것 같았다. 지금 막 시작된 새로운 일들이 완성되어 살림을 늘리려면 축복받은 야곱이 그 자리에 있어야 했다. 이 때문에 경제력과 관련된 두 사람의 관계에서 조카인 야곱이 유리해진 것이다.

야곱도 라반이 자신을 필요로 한다는 사실을 잘 알았다. 그래서 이제 고향으로 돌아갈 것처럼 협박하여 자기 요구를 관철시킬 수 있는 입장이 되었다. 하지만 어차피 무슨 요구든 들어줄 작정이었던 속물 라반은 야곱이 협박하려는 기미를 보이기도 전에 선수를 친 셈이었다. 리브가의 아들을 데리고 있던 조건이 아무래도 제대로 된 대접이 아닌 것 같으니, 이제 조건을 개선해 보자는 제안도 이런 배경에서 나온 것이다. 따지고 보면 야곱은 지금 당장 집으로 돌아갈 수 있는 형편이 아니었다. 아직은 때가 아니었다. 그 사실을 누구보다도 잘 알던 야곱이었기에, 숙부가 힘의 관계를 착각하는 게 기쁘고 고마웠다.

물론 야곱도 잘 알았다. 숙부의 제안은 공평함이라든가, 또는 야곱 자신에 대한 사랑과는 무관했다. 오로지 숙부 개인의 이익을 고려한 배려였다. 그나마 자신이 받은 축복에라도 관심을 가져주니 그게 고마울 뿐이었다. 인간사가 원래 이렇다. 자신의 이익을 치장한 옷에 지나지 않는, 다시 말해서, 속셈이 따로 있는 친절이라도 상대방에게는 사랑으로 비쳐지기 마련이다. 게다가 야곱은 라반을 사랑했다. 자신이 얻고 싶은 대상 때문에라도 그를 사랑했다. 라반이 바로 그 대상을 가지고 있었고, 그것은 은 몇 실라와 세겔 따위와는 비할 수 없는 것이었다.

"숙부님께서 원하신다면 집으로 돌아가지 않겠습니다. 지금쯤은 아마 에사오도 화가 풀렸겠지만 숙부님 곁에 남아 일을 도와드리겠습니다. 대신 품삯으로 어린 암소처럼 아름다운 라헬을 제 아내로 주십시오. 그녀 또한 저를 상냥한 눈길로 받아들였고, 저희를 닮은 아이들을 함께 생산하자는 약속도 이미 했습니다. 그러니 그녀를 주시면, 당신의 종으로 일하겠습니다."

라반은 전혀 놀라지 않았다. 앞에서도 말했듯이, 야곱은 그 집에 등장한 순간부터 이미 사윗감이나 마찬가지였다. 다만 야곱의 처지가 워낙 형편없었던 탓에 라반이 주춤했을 뿐이다. 이제 힘의 구도가 자신 쪽으로 기운 것을 알고 야곱이 그제야 혼담을 꺼낸 것이다. 속물 라반에게는 반가운 소식이 아닐 수 없었다. 앞으로 더 큰 이익이 생길 게 아닌가. 조금 전까지만 해도 라반 자신이 야곱의 눈치를 봐야 했지만, 이제는 판도가 달라졌다. 라헬을 사랑한다는 고백까지 한 야곱이 함부로 집으로 돌아가겠다는 협박을 할 염려는 없어진 것이다. 설사 한다 해도 큰 효과를 기대하기는 어려웠다. 그런데 한 가지 아버지의 입장에서 화가 나는 게 있었다. 야곱은 오로지 라헬 이야기만 하지 않는가. 레아 이야기는 한 마디도 않고.

"라헬을 달라는 건가?"

"네, 그렇습니다. 그녀도 원하는 일입니다."

"내 큰딸 레아는 말고?"

"아뇨. 그녀를 그렇게 사랑하지는 않습니다."

"레아가 큰딸이라 먼저 결혼시켜야 하는데도."

"그녀가 라헬보다 나이가 조금 많기는 하죠. 그리고 몸도 더 통통하고 외모가 조금 빠지지만 체격은 아주 좋습니다. 아니 어쩌면 그 때문에 제가 원하는 아이들을 생산하는 데는 더 좋을지도 모릅니다. 하지만 제 마음은 숙부님의 어린 딸 라헬에게 온통 쏠려 있습니다. 라헬은 마치 하토르와 에세트처럼 보이니까요. 제게 아름다운 여성의 빛을 발산하는 건 라헬입니다. 그녀는 이쉬타르 같습니다. 제가 어디를 가든 그녀의 사랑스러운 두 눈동자가 따라다닙니다. 그리고 한 시간 전에도 저 때문에 눈물을 흘린 그녀의 눈물이 제 입술을 적셨습니다. 그러니 그녀를 제게 주십시오. 그러면 숙부님 밑에서 일하겠습니다."

"낯선 자에게 주는 것보다는 자네한테 주는 게 훨씬 낫지. 그러면 큰딸 레아는 이방인에게 줘야 한단 말인가? 아니면 남편도 없이 시들게 해야 하겠는가? 그러니 먼저 레아부터 갖게. 둘 다 데려가게!"

"무척 너그러우시군요. 하지만 이해하시기 어려울지도 모르지만, 레아는 제게 전혀 남자로서의 갈망을 불러일으키지 않습니다. 오히려 그 반대죠. 그러니 숙부님 밑에서 종으로 일한다면 그것은 오로지 라헬을 얻기 위해서입니다."

라반은 아래로 처진 눈으로 한참 동안 야곱을 바라보더니 퉁명스럽게 말했다.

"좋을 대로 하게. 그러면 그 품삯을 받는 조건으로 내 곁에 남아 7년 동안 일하겠다고 도장을 찍게."

"7년씩 일곱 번이라도 하죠! 주님의 안식년만큼! 그럼 결혼식은 언제 하죠?"

"7년 후에."

라반의 대답에 야곱이 얼마나 놀랐을지 상상해 보라!

"아니, 7년을 일한 다음에 라헬을 주신다는 겁니까? 그녀를 먼저 주지 않고?"

"아니면 어떻게 하라는 건가?"

되레 라반이 놀라는 기색이었다.

"내가 바보 멍청이인 줄 아는가? 어떻게 지금 당장 그 아이를 자네한테 주라는 건가? 생각만 있으면, 언제라도 그 아이를 데리고 내뺄 수 있는데, 그때는 나더러 어쩌란 말인가? 또 내가 지금 그 애를 아내로 준다고 치세. 그러면 자네는 무슨 돈으로 내 딸을 사겠는가? 지참금도 주고 예물도 사야할 텐데, 자네한테 그럴만한 돈이 있는가? 예물도 그렇고 지참금은 혹시 자네가 나중에 파혼을 하더라도 법적으로 내 재산으로 남지. 그런데 자네한테 그만한 돈이 있는가? 은은 어디 있고, 다른 물건들은 또 도대체 어디 있나? 지금 자네 형편은 들판에 있는 쥐만큼이나 가난해. 아

445

니 어쩌면 쥐보다도 더 가난하지. 그러니 군말 말고 판관 앞에 가서 내 딸을 얻는 조건으로 내 집에서 7년 일하겠노라고 도장을 찍게. 그러면 시한이 끝날 때 품삯을 치르겠네. 그리고 점토판 계약서는 우리 집에 있는 성물 보관소에 갖다놓고 수호신의 보호를 받게 할 거야."

"주님께서 제게 아주 가혹한 숙부님을 만나게 하셨군요."

"허튼소리는 그만 둬! 상황이 허락하는 한도 내에서 가혹한 것이지, 상황이 달라지면 나도 부드러운 사람이 된다네. 하지만 자네가 내 딸을 아내로 원한다니, 그녀 없이 혼자 떠나든지, 아니면 먼저 종살이를 하든지, 자네 마음대로 하게!"

"종살이를 하겠습니다."

야곱의 대답이었다.

길고 긴 기다림의 세월

이렇게 하여 야곱이 라반 집에서 보내는 긴 세월 중에서 한 달 남짓한 첫 단계가 끝나고 새로운 계약이 맺어진다. 이번 계약은 시한이 꽤 긴 혼인계약인 동시에 고용계약이다. 이런 식, 혹은 이와 유사한 형태로 혼합된 계약 건이 그 시절 그렇게 빈번하지는 않았어도 가끔씩 의자에 앉은 판관 앞에 등장하곤 했다. 여하튼 이 계약은 법적 하자도 없고, 양쪽의 의지도 분명했으므로 법적인 효력을 얻게 되었다. 계약서는 2부를 만들고 만일의 경우를 대비하여 야곱과 라반이 묻고 답한 내용을 이렇게 기록했다.

아무 아무개가 아무 아무개한테 당신의 딸을 제 아내로 주십시오라고 말했다. 그러자 그 남자는 내 딸을 주는 대가로 너는 무엇을 주겠는가 묻고, 그 말에 앞서 말한 남자는 아무것도 지닌 것이 없다고 대답했다. 그러자 상대방 남자는 이렇게 말했다. 지참금은커녕, 딸의 허리띠에 묶어줄 약혼예물을 살 돈도 한푼 없으니, 자네는 1주일에 들어 있는 날짜만큼 7년 동안 내 밑에서 종살이를 하게. 그것이 자네가 내 딸을 사는 몸값이 될 것이야. 그 기간이 끝나면 내 딸을 자네의 아내로 주어 자네와 동침하도록 해줄 것이고, 그밖에도 딸에게 결혼선물로 은 1미나를 줘 보내겠네. 은 1미나의 3분의 2는 몸종으로 딸려 보내는 하녀의 몸값으로 계산하고 나머지 3분의 1만 은으로 주거나, 아니면 들판의 곡식으로 물겠네. 그러자 처음 남자가 말했다. 그렇게 하겠습니다. 왕의 이름으로 그렇게 하기로 하였으니, 각자 이 문서를 하나씩 받아들면 누구도 이의를 제기해서는 안 된다. 법에 어긋나게 행동하는 자는 무사하지 못할 것이다.

내용의 앞뒤가 이렇게 맞아떨어지자 판관은 계약을 승인해 주었다. 야곱도 토를 달 이유가 없었다. 우선 경제적인 면만 봐도 그랬다. 만일 자신이 숙부에게 은 1미나, 혹은 60세겔을 빚졌다고 가정한다면, 7년 간의 종살이로는 빚을 갚을 수 없었다. 당시 노예의 일년 품삯이 고작 6세겔이었다. 하지만 야곱은 다른 한편으로는 단순히 금전만 따지는 시각이 얼마나 사실을 왜곡하는지도 절감했다. 만일 이보다 올바른, 즉 신의 저울로 단다면 7년이 올려진 접시보다 은을 담은 접시가 훨씬 가벼웠을 것이다.

하지만 그 세월은 라헬 곁에 머무는 시간이기도 했다. 사랑하는 사람과 함께 보낼 수 있다는 건 얼마나 기쁜 일인

가. 그건 긴 세월 동안 치러낼 희생보다 훨씬 값진 것이었다. 계약서를 쓴 그날 그 순간부터 라헬은 그의 약혼녀였다. 앞으로 다른 어떤 남자도 그녀에게 접근할 수 없었다. 혹시 그런 남자가 있으면 유부녀를 희롱한 사람으로 간주되어 처벌받았다.

아, 그러나 오누이가 서로를 얻기 위해 7년이나 기다려야 한다니! 지금이 아니라 더 나이를 먹어야 비로소 아들들을 낳을 수 있다니, 이런 혹독한 시련이 어디 있는가. 모두 라반의 가혹함, 혹은 상상력 부족에서 비롯된 일이었다. 도무지 호감을 느낄 수 없는, 한마디로 심장도 없는 남자였다. 야곱은 라반의 진면목을 본 것 같아 치가 떨렸다.

그리고 두번째로 야곱을 화나게 한 일은 라반의 엄청난 욕심이었다. 가까운 사람까지 등쳐 먹으려는 그 탐욕에 질렸다. 라반이 7년 후 결혼지참금으로 주겠다는 금액도 야곱에게는 밑지는 장사였다. 우선 어떤 여자인지도 모르는 하녀의 몸값을 이곳 또는 서쪽 땅에서 중간급 노예에 해당하는 가격의 두 배로 책정한 것부터 말이 안 되었다. 하지만 이런 저런 조항들이 못마땅해도 어쩔 수 없었다. 다음에는 이렇게 밑지는 장사를 하지 않으리라. 언젠가는 좋은 기회가 올 것이다. 야곱은 이런 기대로 마음이 부풀었다. 그리고 남모를 힘이 솟는 듯했다. 그 힘은 아랫세상의 악마, 곧 장인의 힘과는 비교가 안 되는 강력한 힘이었다. 이 아람 사람 라반은 그래도 딸 라헬에게 아름다운 눈을 물려준 사람이기도 했다. 7년은 이제부터 어떻게든 살아내야 하는 세월이었다. 잠을 자버리는 것이 가장 간단한 방법이었을

지도 모른다. 하지만 그것이 불가능하기도 했지만, 야곱은 그러고 싶지도 않았다. 오히려 그 세월 동안 두 눈을 부릅뜨고 감시할 작정이었다.

야곱은 실제로도 그렇게 했다. 그러므로 이야기를 들려주는 사람 또한 그렇게 하는 것이 마땅하다. 다시 말해서, '7년이라는 세월이 지나갔다'라는 단 한 문장으로, 잠을 자듯이 그 세월을 뛰어넘은 것처럼 말해서는 안 될 것이다. 물론 이런 서술방식이 전혀 불가능한 것은 아니다. 그러나 누군가 그런 식으로 말했다면, 이 마법의 문장은 삶의 의미와 경이로움의 무게에 눌려 몹시 머뭇거리며 아주 조심스럽게 입술 밖으로 나왔어야 한다. 그래야만 그 이야기에 귀를 기울이는 자에게 마찬가지의 의미심장함이 전달되기 때문이다. 그러면 이야기를 듣는 사람도 이야기를 하는 사람과 함께 놀라게 된다. 어떻게 그 7년이라는 세월이, 예측할 수 없고, 혹은 오로지 이성을 통해 짐작할 수 있을 뿐, 마음으로는 도무지 예상할 수 없는 이 7년이라는 세월이, 그저 하루하루가 흘러가듯이 지나갔는지 함께 의아해하는 것이다.

설화에 따르면 그렇다. 야곱 스스로 처음에는 이 7년이 언제 지나가나 두렵고 기가 막혀 낙담했지만, 돌이켜 생각해 보니 그저 하루하루처럼, 그러니까 7일처럼 지나가 버렸다고 말했다. 여기서 말하는 세월이 아무 일도 하지 않고 잠만 일곱번 잔 것을 의미하는 것은 아니다. 사실 여기서 작용하는 마법은 시간 자체의 마법일 뿐이다. 아무리 긴 시간도 짧은 시간이 그러하듯, 결코 빠르거나 느리게 지나가지 않는다. 그냥 흘러갈 뿐이다.

하루는 스물네 시간이다. 한 시간은 여러 개의 시간 공간으로 이루어져 있고, 그 안에는 수많은 호흡과 수천번의 심장고동이 들어 있지만, 그중의 대부분은 아침에 일어나서 다음날 아침이 될 때까지 잠을 자고 깨어 있는 시간 속에서 흘러간다. 그리고 자신도 모르는 사이에 7일이 흘러 일주일이 되고, 또 일주일이 네번 모여 한 달이 된다. 이 한 달은 달님이 자신의 순환궤도를 한바퀴 다 도는 시간이기도 하다.

야곱은 자신에게 7년이 하루하루가 지나가듯 '그렇게 빨리' 지나갔다고 말한 게 아니다. 이런 비유로 인생의 나날들이 갖는 무게를 떨어뜨릴 생각은 전혀 없었다. 그리고 하루라는 날 또한 '빨리' 지나가지 않는다. 다만 아침과 점심 그리고 오후와 저녁을 차례차례 거칠 뿐이다. 그리고 각 계절이 다가왔다가 다시 똑같은, 적어도 질(質)의 면에서 전혀 다를 바 없는 방식으로 차례차례 지나가듯이, 1년이라는 세월도 마찬가지다. 야곱이 7년이 마치 하루하루가 지나가듯 그렇게 지나갔노라고 말한 것은 이런 의미에서였다.

1년은 단순히 봄과 푸른 초원 그리고 양털을 깎는 시기와 추수, 여름의 작열, 첫 비와 새로 밭을 가는 기간, 눈과 밤서리에서 다시 붉은 타마리스크 꽃이 만발할 때까지 이런 계절로만 이루어지는 게 아니다. 이것은 테두리일 뿐이다. 1년은 생명이라는 보석 실로 엮어 뜬 거대한 세공품이며 온갖 사건들로 촘촘하게 짜여 있다. 따라서 1년이라는 시

451

간 안에는 바닷물이라도 들이마실 수 있는 공간이 들어 있는 셈이다.

이런 발언도 한가로운 말이다. 사고와 느낌 그리고 행동과 사건들을 촘촘하게 엮은 세공품으로 따지자면 하루나 1시간도 다를 바 없으니까. 굳이 원한다면 이 경우 규모가 조금 작다고 해두자. 그러나 시간 단위에서 크기의 차이는 절대적인 법이 거의 없다. 각자에 따라, 그 사람이 어떻게 느끼고, 어떤 입장으로 대하느냐에 따라, 그 척도가 달라진다. 경우에 따라서는 7일이나 혹은 7시간이 7년의 시간을 들이키는 것보다 더 어려울 수도 있으며 더 대담한 시간 모험을 요구하기도 한다.

여기서 대담하다는 건 또 무슨 뜻인가! 용감하게 뛰어들든, 또는 잔뜩 겁을 집어먹고 뛰어들든 어차피 이 시간의 물결에 몸을 맡기지 않으면 살 수가 없다. 그것 외에는 다른 방법이 없다. 이 물결은 우리를 싣고 흘러가면서 나름대로 이것저것 휩쓸고 지나가지만, 우리 눈에는 그 흔적이 잘 들어오지 않는다. 그래서 어느 날 이전에 그 물결에 몸을 맡겼던 자리를 돌이켜보고, 그 지점이 '이미 오래 전', 예컨대 7년 전이었다는 사실을 확인한 후, 7년이 하루처럼 지나갔다고 느끼는 것이다.

그렇다. 인간이 어떤 식으로 시간에 몸을 맡기는지, 기쁜 마음으로 맡기는지, 아니면 머뭇거리는지, 이것도 구분하기가 쉽지 않다. 어떻게든 시간에 몸을 맡겨야 한다는 사실이 그 차이를 묻어버리거나 아예 없애버린다. 야곱이 이 7년을 앞두고 기쁜 마음으로 시간 모험을 시작했다고 주장하는 사람은 없다. 그 세월이 지나간 후에야 비로소 라헬과 함께 아이들을 낳을 수 있었는데, 어떻게 그럴 수 있었겠는 가.

그러나 여기서 비롯된 야곱의 상심은 그가 시간과 맺은 관계와 시간이 그와 맺는 관계의 특수성 때문에 점차 옅어 져 마침내는 자취를 감췄다. 야곱은 106살까지 오래 살 운 명이었기 때문이다. 물론 그의 정신은 이 사실을 예측하지 못했다. 하지만 그의 육신은 알았으며, 그 육신 안에 담겨 있는 영혼도 알았다. 그래서 야곱에게 7년이라는 세월은, 물론 이 세월이 영원히 사시는 주님 앞에서처럼 그렇게 짧 은 시간으로 보인 것은 아니지만, 50년이나 60년밖에 살지 못하는 사람들 앞에서처럼 길어보이지는 않았다. 그의 영 혼이 기다림의 세월을 평온한 눈으로 바라볼 수 있었던 것 도 여기에 연유한다. 한편 그가 이겨내야 했던 시간들이 순 전히 기다리기만 하는 세월은 아니었다. 다른 것은 없고 오 로지 기다리기만 하는 세월이었더라면 그건 너무 긴 시간 이다. 순수한 기다림의 시간은 고문 그 자체이다. 그런 건 누구도 견뎌내지 못한다. 7년이 아니라 단 7일도 못 견딘 다. 그저 앉아 있거나, 아니면 여기저기 서성거리며 기다리 라고만 한다면 채 한 시간도 지나지 않아 뒤로 나자빠지고 말 것이다. 그러므로 단위가 더 커지면 커질수록 순수한 기 다림도 불가능해진다. 기다림이 이처럼 연장되고 옅어지면 어느새 삶이, 생활이 그 자리를 밀치고 들어와 망각으로 몰 아넣기 때문이다. 그래서 오로지 기다리기만 해야 하는 반 시간이 삶으로 채워지는 7년 세월보다 훨씬 더 끔찍히고 가혹할 수도 있다. 기다림의 대상이 가까운 곳에 있을수록, 인내심을 자극하는 강도는 더 커져서 신경과 근육까지 잡아당겨 성급함을 낳아, 기다리는 사람을 병자로 만들기도 한다.

하지만 오랜 시일에 걸친 기다림은 평안을 가져다주고, 다른 것도 할 수 있게 해줄 뿐만 아니라, 살기 위해서라도 그렇게 하지 않으면 안 되게 된다. 이렇게 해서 간절히 원하는 대상이 멀리 떨어져 있을수록, 기다림은 힘들지 않고 오히려 더 수월해진다는 놀라운 명제가 성립된다.

오래 기다려야 하는 사람에게 이러한 생각들은 위로가 될 것이다. 그리고 여기에는 하나의 진실이 담겨 있다. 자연, 즉 본능과 영혼이 서로 도울 줄 안다는 진실이 그것이다. 특히 야곱의 경우가 이를 확연히 드러내 준다.

야곱은 처음에 라반의 목동으로 일했다. 다들 알다시피 목동에게는 텅 빈 시간이 많다. 최소한 시간 단위로는 그렇다. 그랬다. 반나절은 아무 하는 일없이 조용히 보내는 명상의 시간이었다. 따라서 기다린 것은 사실이지만 번잡한 일상사로 채워진 기다림은 아니었다. 그러나 기다리는 대상이 멀리 떨어져 있어서 기다림이 그렇게 괴롭지는 않았다. 야곱은 앉지도, 가만히 서 있지도, 눕지도 못한 채, 그렇게 초원을 방황한 것은 아니었다. 오히려 그는 평온한 시간을 보냈다. 한편 조금 슬프기도 했다. 그리고 그의 삶을 하나의 음악이라고 한다면, 기다림은 고음이 아니라, 제일 밑바닥에 있는 베이스였다.

개 마르두카를 데리고 멀리 초원으로 나올 때면, 양들이 풀을 뜯을 동안 야곱은 바위 아래 그늘에 자리를 잡고 팔을 괴고 양손으로 볼을 감싸거나, 혹은 목 뒤로 깍지를 낀 채 다리를 꼬고 앉았거나, 아니면 풀섶에 드러누워 넓은 평원을 바라보거나, 또는 지팡이에 기대 선 채로 집에 두고 온 라헬과 그녀와 함께 생산할 자녀들 생각을 했다.

물론 오로지 라헬 생각만 한 것은 아니다. 주님의 생각도 했고, 최근의 이야기와 옛날 이야기도 떠올렸다. 어디 그것 뿐이었겠는가. 고향에서 도망나왔던 일, 엘리바즈, 벧-엘에서 꾸었던 자랑스러운 꿈, 저주받은 에사오의 모습에 웃고 즐기던 사람들, 눈먼 이사악, 아브라함, 탑, 대홍수도 생각했다. 그러다 아다파 혹은 아다마를 기억하기도 했다. 그 낙원에 있었던. 낙원을 떠올리다보니 과수원 생각도 났다. 과수원에 나무를 심어 그 악마 라반을 얼마나 많이 도와주었던가. 자기처럼 축복받은 사람이 옆에 있었기에 라반은 그런 과수원도 얻어 재산이 불어났다.

이쯤에서 미리 말해 두는 것도 좋을 듯싶다. 다른 게 아니라 계약을 맺은 첫해에는 야곱이 양들을 돌보지 않았다는, 아니 그 일을 자주 하지는 않았다는 사실이다. 이 일은 압드헤바, 즉 은 20세겔에 팔려온 남자나 라반의 딸들이 맡았다. 야곱은 숙부의 바람과 명령에 따라 자신의 축복에 힘입어 찾아낸 샘과 관련된 일을 했다. 연못을 파서 수로를 만드는 일로, 우선 낮은 지대를 골라 삽으로 지면을 고른 후 양쪽에 벽을 쌓고 바닥에 자갈을 깔았다. 이렇게 해서 마침내 과수원이 생겼다.

라반은 무슨 일이 있어도 이 새로운 시설이 축복받은 조카 야곱의 손으로 이루어지게 하려고 했다. 계략으로 얻은 축복의 효력을 누구보다 확신하던 라반이었다. 이 축복을 긴 세월 동안 자기 재산을 늘리는데 이용할 수 있도록 머리를 잘 굴렸다 생각하니 스스로 대견스러웠다. 리브가의 아들이 행운을 가져오는 자라는 것은 처음부터 분명하지 않았던가? 야곱이 특별히 원해서 생기는 행운도 아니었다. 그저 야곱이 있다는 것만으로도 형편이 호전되어 만사에 생기가 불어넣어졌다. 그전에는 될 듯 말 듯 질질 끌기만 하던 것이 야곱이 오자마자 예측하지 못했던 물결을 타고 승승장구하지 않는가?

집 안팎에 활기가 넘쳤다. 땅을 파고, 망치를 두드리고 밭을 갈고 나무를 심다니, 이 얼마나 신나는 일인가! 라반은 앞날이 환하게 열리는 것 같았다. 일이 커지고 사야 할 물건도 많아지자 라반은 돈이 필요했다. 하란 성에 있는 이슐라누의 아들들은 라반을 고소한 재판에서 졌긴 했어도 순순히 돈을 융통해 주었다. 그들은 워낙 무딘 사람들이어서 개인적인 감정 같은 것도 없어서 냉정하게 생각했던 것이다. 법적으로는 졌지만, 그 때문에 라반과 새로운 계약을 맺지 못할 이유는 없었다. 라반이 자신들에게 법적으로 대항한 것도 다 돈 때문이었으니, 지금 그에게 돈을 빌려 주어 다시 채무자로 만들면 나쁠 것도 없었다. 원래 경제란 그런 것이다. 그래서 라반도 전혀 이상하게 여기지 않았다.

도시 사람의 노예 세 명을 빌려 이들을 먹이고 입히는 데만도 돈이 필요했다. 야곱은 직접 일을 하기도 했지만 이들이 열심히 근력을 사용하는지 감독하는 일이 먼저였다. 집

안에서 야곱의 지위는 다른 약속이 없었어도 머리를 빡빡
깎고 노예의 낙인을 달고 다니는 임대 일꾼들과는 한순간
도 비교될 수 없었다. 그들의 오른팔에는 주인의 이름을 새
긴 문신이 있었다. 저 아래 수호신 곁에 보관된 점토판 계
약서가 아무리 7년 간 유효한 고용계약서라 해도 야곱을
다른 노예들과 똑같이 취급할 수는 없었다. 그는 집안의 조
카였고, 딸의 약혼자였다. 그밖에도 샘물의 주인이었고, 수
로공사 총감독이요, 과수원 관리책임자였다. 라반 역시 야
곱의 이러한 지위를 즉각 인정해 주었다. 그는 자신이 왜
그렇게 하는지 누구보다 잘 알았다.

　대규모 공사에 필요한 연장과 건축자재, 종자와 모종을
구입하는 등 빌린 돈을 투자하는 일의 대부분을 야곱에게
위임했을 때에도, 라반은 자신이 왜 그렇게 하는지 안다고
믿었다. 그는 조카의 운 좋은 손을 믿었다. 그리고 그 판단
은 옳았다. 조카가 나서면, 침울한 성격의 자신이, 다시 말
해 축복 같은 건 받은 적도 없는 자기가 나설 때보다, 항상
더 좋은 물건을 더 좋은 조건으로 사왔던 것이다.

　그때도 이미 야곱은 이런 구매를 통해 자기 몫을 챙겨 이
를 밑천 삼아 재산을 늘렸다. 그는 도시 사람들을 비롯하여
멀리 시골에 사는 장사꾼들과 거래할 때에도 단 한번도 주
인의 위임을 받은 일꾼이며 라반의 중개자라는 신분에 구
속받지 않았다. 오히려 자유로운 중개상의 입장에서, 그것
도 선하고 노련하며 사교성 있고 말도 잘하여 상대방의 호
감을 살 줄 아는 그런 인물로서, 현찰로 물건을 살 때나 아
니면 흔히 하듯 물물교환을 할 때니, 작든 크든 힝상 자기

몫을 챙겼다. 라반의 가축을 돌보기 전에 크지는 않지만 소규모로 자신의 양과 염소떼를 거느릴 수 있었던 것도 그래서였다. 그것은 언약인 동시에 명령이었다.

명령? 그렇다. 인간의 참여 없이는 언약도 실현될 수 없다. 선심이라고는 베풀 줄 모르는 지독한 숙부를 도와 어려운 살림살이를 맡아보면서, 속수무책으로 고고한 척 외면하고 앉았다가, 나중에 나를 부자로 만들어주겠다던 주님께서 왜 나를 속이셨나 하고 엉뚱하게 신을 원망해서야 되겠는가?

야곱은 이런 실수를 저지르고 싶은 유혹은 단 한번도 느끼지 않았다. 그렇다고 라반을 속인 건 아니다. 라반에게 거짓말을 하거나 몰래 자기 실속만 챙긴 적은 없다. 라반도 야곱이 어떻게 하는지 대충 알고 있었다. 야곱의 행동이 훤히 드러나도 입술을 늘어뜨린 채 못 본 척 넘어갔다. 자기가 직접 거래한 경우보다 이득이 더 많았고, 게다가 그에게는 야곱을 두려워하고 너그럽게 대해 주어야 할 이유가 있었다.

야곱처럼 쉽게 모욕감을 느끼는 사람에게는 험한 대접이 통하지 않았다. 그가 받은 축복을 봐서라도 조심스럽게 다루는 게 상책이었다. 이와 관련하여 야곱 스스로 라반에게 처음이자 마지막으로 공언한 적도 있다.

"숙부님께서 만일 사소한 일로 절 꾸중하시고 벌을 주려 하신다면, 예컨대 숙부님의 종인 제가 숙부님의 일을 처리하느라 다른 사람들과 거래할 때, 처세술을 발휘하여 숙부님만 이득을 보는 게 아니라 제 몫도 조금 남긴다고 해서,

그걸 트집 잡으려 하시면, 가슴에 있는 제 심장과 제 몸 안에 들어 있는 축복이 불쾌해 할 겁니다. 그렇게 되면 제 손 아래에서 일어나는 일들이 별다른 수확을 거두지 못합니다. 지난번에 숙부님께서 경작지를 늘리느라 씨종자가 필요했을 때, 벨라누라는 남자와 거래를 한 적이 있습니다. 그 남자 말이 전날 밤 제가 섬기는 신께서 그자의 꿈에 나타나 이렇게 말씀하셨답니다. '네가 거래하는 자는 내가 그 머리와 발을 지켜주고 있는 축복받은 야곱이니라. 그러니 만사에 조심하여 그가 네게서 씨종자 다섯 수레를 5세겔에 사려 할 테니, 너는 한 수레에 종자 250실라를 싣도록 해라. 240이나, 네가 라반에게 해왔던 것처럼 230실라를 싣지 말고. 그러지 않으면 네게 큰 재앙을 내릴 것이로다! 야곱은 1세겔 값으로 기름 9실라를 줄 것이며, 또 1세겔 값으로 양모 5미나와 1세겔 반 값으로 거세한 숫양 중에서 괜찮은 놈을 한 마리 줄 것이며, 나머지 값으로 자기가 데리고 있는 가축 중에서 영양 한 마리를 줄 것이다. 야곱은 그밖에도 친절한 눈빛과 경쾌한 이야기로 너를 즐겁게 하여, 너로 하여금 다른 구매자들과 잘 거래하도록 해줄 것이니라. 하지만 그에게 값을 잘못 쳐주기라도 하는 날에는, 내가 너를 그냥 두지 않을 것이로다! 만에 하나 그런 불상사가 생기면, 내가 네 가축들 속으로 들어가 온갖 전염병을 앓게 할 것이며, 네 아내의 태를 끊을 것이고, 이미 있는 네 자식들의 눈을 멀게 하고 바보로 만들어, 내가 누구인지 알아보게 할 것이니라.' 이런 꿈을 꾼 후라 벨라누는 제 주님이 두려워 그분의 명령대로 한 것입니다. 덕분에 저는 다른 어떤

459

사람보다, 특히 숙부님보다 싼값으로 보리를 구입할 수 있었습니다. 이 점은 숙부님 스스로 자문해 보시면 잘 아실 겁니다. 어디 가서 1세겔 당 기름 9실라만 주신 적이 있습니까? 혹은 1세겔에 양모 5미나로 충분했던 적이 있었습니까? 장터에서도 기름 12실라를 내놓는 게 보통이고, 양모도 6미나 이상 내야 하니까요. 실제로 수레에 실어준 씨종자 계산은 아예 무시하더라도 그렇지 않습니까? 그리고 또 1세겔 반 값으로 숙부님은 지금까지 영양 세 마리를 내놓아야 하지 않았습니까? 아니면 돼지 한 마리와 영양 한 마리를 줬어야 했겠죠? 그래서 저는 숙부님의 가축떼에서 영양 두 마리를 빼서 제 낙인을 찍어 제 소유로 만든 겁니다. 하지만 숙부님과 제가 어떤 사이입니까? 제가 숙부님 자식의 약혼자가 아니던가요? 그녀를 통해 제 것이 바로 숙부님의 것이 아니겠습니까? 제가 받은 축복이 숙부님께 득이 되고 저 또한 즐거운 마음으로 재주를 부려 숙부님께 봉사하기를 원하신다면, 제게도 상급이 내려 더욱 분발하도록 해야 합니다. 그러지 않으면 제 영혼은 축 늘어져 아무 힘도 못 쓸 것이고, 결과적으로 제가 받은 축복은 숙부님께 봉사할 수 없게 됩니다."

"양들을 갖게나."

라반은 야곱의 말을 듣고 그렇게 대답했다.

이런 일이 두 사람 사이에 몇 번 있었다. 그러다 라반은 마침내 아무 소리 하지 않고 모든 일을 야곱에게 맡기기로 작정했다. 야곱의 영혼이 축 늘어져 아무 힘도 못 쓰게 되는 것은, 그도 원하지 않았다. 오히려 야곱의 영혼이 분발하도록 어르고 달래야 했다. 그러나 어쨌든 수로와 연못도 완성되고 과수원에 나무를 심어 경작지를 넓히는 일까지 모두 끝나 양떼를 딸려 야곱을 초원으로 내보내게 된 라반은 더없이 기뻤다.

처음에는 가까운 곳부터 시작했지만 점차 멀리 나가다보니 야곱은 몇 주일, 혹은 몇 달씩 집을 비우기도 했다. 그럴 때면 땅에 파묻어 놓은 빗물통 가까이 가축 우리 옆에 점토와 갈대를 섞어 햇살과 비를 피할 수 있는 조촐한 움막을 짓고, 위급한 때 피난처로 쓸 수 있는 작은 망대도 쌓았다. 소지품이라고는 지팡이와 투창, 그리고 얼마 되지 않는 비상 양식이 전부였다. 그리고 개 마르두카가 유일한 말벗이었다. 이따금 말을 알아듣는 것 같기도 했고 실제로 알아듣는 말도 있었다. 때맞춰 가축들에게 물을 먹이고 저녁이면 우리에 몰아넣은 후 자신은 더위와 서리를 견뎌야 했다. 양들을 노리는 늑대들이 밤마다 설쳐대서 잠은 늘 부족했다. 그리고 사자라도 한 마리 슬금슬금 다가오는 날이면, 혼자가 아니라 일행이 열두 명이나 되는 것처럼 보이려고 괴성을 지르고 요란법석을 떨어 쫓아내야 했다.

자식까지 얻는 라반

그러다 방목지를 떠나 하루나 이틀 걸려 집에 당도하면, 가축 숫자가 줄지 않고 늘었음을 증명하려고 주인이 보는 앞에서 지팡이로 양들의 숫자를 헤아려가며 가축 우리에 넣었다. 그럴 때면 라헬도 만날 수 있었다. 그녀 역시 기다리는 건 마찬가지였다. 사람들의 눈을 피해 한적한 곳에 이른 두 사람은 손을 잡고 자신들의 가련한 처지에 가슴 아파했다. 이토록 서로를 원하는데 왜 그렇게 오랜 세월을 기다려야 한단 말인가. 그런 후에야 함께 아이를 생산할 수 있다니, 이 얼마나 힘든 시련인가. 두 사람은 번갈아가며 상대방을 위로해 주곤 했다. 그러나 위로를 받는 사람은 대부분 라헬이었다. 시간을 더 길게 느끼는 탓에 그녀의 영혼에 남긴 기다림의 상처도 더 깊었다. 그녀는 누구처럼 106살까지 장수할 수도 없었다. 아니 겨우 41살에 단명할 운명이 아니던가. 야곱과 비교한다면 그녀의 삶에서 7년이라는 세

462

월은 두 배나 긴 시간이었다. 그래서 두 정혼자의 밀회가 이루어질 때면, 가슴 깊이 영혼까지 눈물짓곤 했다. 사랑스러운 그녀의 검은 눈동자가 쉴새없이 눈물을 흘리는 동안, 입에서는 한탄이 절로 나왔다.

"아, 야곱, 이 어린 라헬은 더 이상 못 참겠어요. 가슴이 얼마나 아픈지! 보세요. 달이 계속 모양을 바꾸는 사이 시간도 흘러가고 있어요. 이건 좋기도 하지만 슬픈 일이기도 해요. 저는 이제 곧 열네 살이 될 텐데, 열아홉은 되어야 파우크와 하프 소리가 울려 퍼지는 혼인잔치가 있고, 그때라야 잠자리를 함께 할 것 아니에요. 지금이야 당신 앞에 있는 제 모습이 당당하죠. 제일 높은 신전의 신 앞에라도 설 수 있는 흠 없는 자처럼 말이에요. 당신은 제게 '내 자식을 과수원의 열매처럼 많이 낳게 하겠소'라고 하지만 그렇게 되려면 아직도 한참 더 있어야 해요. 저를 당신께 판 아버지의 뜻이 그러하니까요. 하지만 그때의 제 모습은 더 이상 지금의 제가 아닐 거예요. 그리고 또 그전에 어떤 악령이 저를 건드려 병들게 하지 않는다고 누가 보장하죠? 아니, 혹시라도 혀뿌리까지 건드려서 아무도 날 못 고치면 어떻게 하나요? 그리고 설령 그 질병에서 나았다 하더라도, 머리카락이 빠지고 살갗은 말라비틀어져 누렇게 뜨고 반점까지 가득해지면 당신은 더 이상 절 알아보지 못할 수도 있겠죠. 그럼 저는 어떻게 해요? 생각만 해도 끔찍해요. 그 생각만 하면 자다가도 벌떡 일어나 밖으로 나가 서성거리곤 해요. 부모님들이 다 잠든 시간에 말이에요. 그래서 시간이 가도 걱정, 안 가도 걱정인 거예요. 전 지금이라도 당장 딩

신과 함께 자식을 생산할 수 있는데, 이건 정말이에요. 느낄 수 있어요. 그럼 지금부터 시작하면, 열아홉이 될 때까지 아들을 여섯 명이나 여덟 명도 낳을 수 있을 것 아니겠어요. 이따금 쌍둥이 아들도 낳을 테니까 말이에요. 그런데 이렇게 오래도록 기다려야 한다니 눈물밖에 안 나와요."

그러면 야곱은 그 눈물을 입술로 닦아 주었다. 독특한 매력으로 한층 더 빛나는, 아버지 라반을 닮은 아름다운 눈에서 흘러나온 라헬의 눈물이 야곱의 입술을 촉촉이 적셨다.

"아, 내 사랑, 착하고 영리한 그대. 하지만 때로는 인내심 없는 어미 양인 내 사랑. 걱정 말아요! 그대의 눈물은 저기 들판의 고독한 세상으로 내가 대신 가져가리다. 그대는 언젠가는 내게로 올 내 사람이오. 그대가 초조하게 나를 기다리듯이 나도 똑같이 일편단심 그대만을 기다리고 있소. 그대를 사랑하기 때문이오. 나는 다정한 밤 같은 그대의 까만 눈동자를 이 세상의 무엇보다도 사랑하오. 그대가 내게 기댈 때면, 그대의 따스한 살갗이 느껴지고, 그 따뜻한 온기가 내 가슴 깊숙이 전해진다오. 길데아 언덕에 노니는 염소떼의 털빛처럼 까맣고 비단처럼 부드러운 머릿결, 하얗게 반짝이는 치아, 복숭아처럼 보드라운 볼, 어린 무화과 열매처럼 붉게 물든 입, 그대의 입술에 입맞출 때면 그대의 코에서 풍겨 나오는 사과 향기! 나는 이 모든 것을 사랑한다오. 그대는 너무도 어여쁘고 아름답소. 하지만 열아홉이 되면 지금보다 그대는 더 아름다워질 것이오. 내 말을 믿어요. 젖가슴도 대추야자 열매와 포도송이처럼 탐스러워질 거요. 어떤 질병도, 그 어떤 악령도 순결한 피를 지닌 그대

를 넘보지 못할 것이오. 나를 그대에게 인도하신 나의 주님
께서 다 막아 주실 테니 아무 염려 말아요, 내 사랑. 그리고
그대를 향한 내 사랑은 결코 흔들리지 않는 불꽃이라오. 이
불꽃은 비가 오나 눈이 오나, 세월이 아무리 흘러도 결코
꺼지지 않을 것이오. 바위 그늘이나 수풀에 누워 있을 때
나, 지팡이를 짚고 서 있을 때나, 나는 줄곧 당신 생각을 한
다오. 길을 잃은 양을 찾아 이리저리 헤맬 때에도 그렇고,
병든 짐승을 보살피거나, 지친 양을 걸머지고 걸을 때에나,
사나운 사자를 마주하고 있을 때에도, 가축들에게 물을 먹
일 때에도, 항상 당신 생각을 하면서 시간을 없앤다오. 내
가 무엇을 하든 상관없이 시간은 묵묵히 흘러간다오. 시간
은 단 한순간도 그 자리에 멈춰 설 수 없소. 이는 나의 주님
께서 허락하지 않으셨기 때문이오. 그래서 내 마음이 편하
든 불안하든, 그것과는 상관없이 시간은 흘러가게 마련이
오. 그대와 나는 아무것도 없는 허공이나, 알지 못하는 어
떤 것을 기다리는 게 아니오. 우리는 우리의 시간을 알고
있지 않소. 그리고 우리의 시간 또한 우리를 잘 알고 있소.
그래서 우리 쪽으로 다가오고 있다오. 하지만 어떤 점에서
는 시간과 우리 사이에 어느 정도 공간이 남아 있는 것도
그리 나쁘지는 않은 것 같소. 그 시간이 벌써 와버렸다면,
우리도 이곳을 떠나 조상들이 계신 곳으로 가야할 것 아니
겠소. 그러니 그때가 되기 전에, 내가 장사를 잘 해서 재물
을 많이 마련하는 것이 좋을지도 모르오. 그래야 주님께서
내게 주신 언약이 실현되는 것이니까. 그분께서는 날 부자
로 만들어, 이사악의 집으로 금의환향시켜 주시겠노라고

약속하셨소. 그대의 두 눈은 이쉬타르 같다오. 이 포옹의 여신은 언젠가 길가메쉬에게 이렇게 말한 적이 있소. '네 염소는 곱절을 낳을 것이고, 네 양은 쌍둥이 새끼를 낳을 것이니라.' 그렇소. 우리가 아직은 서로 안을 수 없어서 자식도 생산할 수 없지만, 가축들이 우리의 사랑을 대신하여 새끼를 잘 낳고 있소. 그러니 이 가축들을 가지고 라반과 내 자신을 위해 장사를 잘하면, 고향에 돌아가기 전에 꽤 많은 재물을 모을 수 있을 거요."

자신들의 사랑을 대신하여 열심히 생산하고 있다는 양 이야기는 라헬의 아픈 마음을 어루만져 주었다. 실제로 그 땅의 포옹의 여신은 침울하고 가혹한 라반의 방해로 인간에게는 힘을 쓰지 못했다. 대신 짐승들에 이르러 한숨을 돌린 이 여신은 못다한 힘을 마음껏 발휘한 것이다. 덕분에 야곱이 돌본 라반의 작은 가축떼는 왕성한 생식력으로 이 사악의 축복이 어떤 것인지 확연히 드러내 주었다.

라반의 기쁨은 날로 커졌다. 조카를 종으로 얻은 게 얼마나 다행인가! 조카가 가져온 이득은 대단했다. 이따금 황소를 타고 하루나 이틀 정도 걸리는 먼길을 마다하지 않고 가축떼를 보러 나가기도 한 라반은 기분이 좋아서 입을 다물지 못하면서도 조카에게는 아무런 내색도 하지 않았다. 좋다는 말도 안 했고 나쁘다는 이야기도 하지 않았다. 나쁘다는 이야기는 더더욱 할 수 없었다. 이런 목동, 이런 축복을 받은 자는 너그럽게 봐주는 게 상책이었다. 조카가 설령 여기저기 다니며 거래를 하는 가운데 처음부터 공공연하게 밝힌 원칙에 따라 가끔씩 자기 주머니를 챙기더라도 마찬가지였다. 만약 라반이 그 원칙에 간섭하고 이러쿵저러쿵 따지고 들었더라면, 그건 현명치 못한 행동이었을 것이다. 야곱 같은 남자는 부드럽게 다뤄야 했다. 몸에 간직한 축복을 생각해서라도 야곱의 심기를 건드려서 좋을 게 없었다.

실제로 야곱에게 양을 돌보는 일은 제격이었다. 집에서 수로와 과수원을 만드는 일을 지휘하기도 했지만 목자라는 직업이 더 적성에 맞았다. 그는 타고난 목자였고, 성격상으로도 달의 남자였다. 즉 밭에서 농사를 짓는 태양의 남자가 아니었다. 유목생활에는 고충과 위험이 따라다녔지만 그의 취향에 맞는 일이었다. 그가 제일 좋아하는 일이 바로 사색이 아니던가. 유목생활은 그에게 주님과 라헬을 생각할 수 있는 여유를 주었다.

그리고 짐승도 문제될 게 없었다. 야곱은 가슴뿐 아니라 머리로도 짐승들을 사랑했다. 사려 깊고 가슴이 따뜻한 야곱은 가축들을 지극 정성으로 돌봤다. 그는 이 짐승들의 따뜻한 몸을 사랑했다. 그리고 여기저기 깡충거리며 흩어졌다가 다시 모이곤 하는 이들의 삶을 사랑했다. 또한 넓은 하늘 아래 이들이 여러 목소리로 빚어내는 전원의 합창을 사랑했다. 그뿐인가. 경건한 외양도 사랑했다. 수직으로 서 있는 꼿꼿한 귀, 뚝 떨어져 서로 반사되는 두 눈, 이마 위로 내려온 곱슬머리에 가려진 납작한 코 윗부분, 위풍당당하고 거룩한 숫양의 머리, 그보다는 부드럽고 예쁜 어미 양머리, 아무것도 모르는 어린 양의 천진난만한 얼굴, 그리고 머리 주위로 편안하게 내려온 값비싼 상품, 바로 곱슬곱슬한 양털을 야곱은 정말이지 사랑했다.

양털은 쉴새없이 자라서 봄가을에 한번씩 깎아 주었다. 야곱은 털을 깎는 라반과 그의 종들을 거들어 줄 때면, 그 전에 먼저 정성스럽게 양의 등을 씻어주곤 했다. 짐승에 대한 그의 호감은 가축들의 교미와 수태 시기를 현명하게 조절하는 남다른 재능에서도 확인된다. 그는 주변 여건과 가축들의 양모와 몸의 상태 등을 매우 세심하게 따져가며 생산을 독려했다. 그렇다고 야곱이 얻어낸 기적 같은 결과들이 오로지 이러한 이성적인 조처 덕분이라고 말하려는 것은 아니다.

여하튼 야곱은 종자들을 구분하여 잘 교미시켜 양모와 고기의 질 면에서도 가장 값나가는 우수한 가축들을 얻었다. 그뿐 아니라 여러 마리의 새끼를 낳아 급속도로 번식하는 가축떼의 생식력은 보통 수준을 훨씬 웃돌았다. 이렇듯 그의 손을 거치면 모든 것이 특별해졌다. 그의 가축 우리에는 생산을 못하는 어미는 단 한 마리도 없었다. 쌍둥이 새끼, 세 쌍둥이 새끼를 낳는가 하면, 여덟 살짜리 어미까지 생산을 거들었다. 교미 기간은 두 달이나 계속된 반면, 수태 기간은 넉 달이면 족했다. 새끼 양들은 한 살이면 벌써 교미가 가능하여, 새끼를 밸 수 있었다. 그러자 낯선 목자들은 야곱, 즉 서쪽 땅에서 온 사람의 손만 닿으면, 거세된 숫양도 달밤에 교미를 한다고들 떠들었다.

그건 농담이고 미신이었다. 하지만 이것만 보더라도 야곱이 거둔 성공이 얼마나 놀랍고 특별한 것이었는지 알 수 있다. 이처럼 일반 전문지식의 수준을 뛰어넘은 성공으로 다른 사람들의 부러움을 사게 된 배경을 설명한답시고, 굳이 그곳 땅에서 섬기는 포옹의 여신의 입김까지 운운할 필요가 있었을까? 그보다는 이 가축을 돌보는 주인에게서 그 원인을 찾는 것이 옳지 않을까 싶다.

야곱은 사랑하는 라헬과 생산할 수 있는 날을 애타게 기다리는 사람이었다. 이러한 간절한 욕망과 힘을 억지로 가둬둘 경우, 위대한 정신적 행위로 분출되는 일이 얼마나 많은가. 야곱의 경우에도 이와 비슷한 암시가 가축들에게 전해졌다. 다시 말해서, 기다림의 고통 속에서 정성으로 가축들을 돌보는 인간과 그의 따뜻한 보살핌을 받는 피조물 사이에 교감이 이루어져 마음껏 생명의 결실을 맺게 된 것이다.

목자들이 나눈 아름다운 대화에 나름대로 주해까지 달아서 후대 사람들이 후세에 남겨준 설화에 따르면, 야곱은 양들을 팔면서 믿기 어려운 성공을 거두었다. 여러 번 지적했듯이, 이 설화는 이야기를 아름답게 꾸미기 위해서라면 거리낌없이 과장하기도 했다. 그러나 과장된 부분에서 지나치게 많은 것을 삭제할 경우, 진실에 다가가기보다는 오히려 더 멀어질 위험도 있다. 대부분의 과장은 훗날의 정보와 주해에서 비로소 시작된 게 아니다. 실은 사건 자체에, 아니 인간 자신에게 과장하려는 기질이 깔려 있다.

예컨대 어떤 물건이 갑자기 유행을 타게 되어 너도나도 갖고 싶어한다 치자. 이럴 때 우리 모두 이 물건을 평가하면서 얼마나 과장하는가. 야곱이 거느린 왕성한 생식력을 지닌 가축도 그런 대상의 하나였다. 어디서도 예를 찾아볼 수 없다는 놀라운 생식력에 관한 소문은 시간이 지나면서 하란 근방뿐 아니라 먼 곳까지 퍼져 나갔다. 글쎄, 이 남자가 지닌 축복의 힘 앞에 그만 눈이 먼 사람들이 이런 허황된 소문을 퍼뜨린 것인지, 그 문제는 일단 여기서 제외하자.

여하튼 사람들은 어떻게 해서라도 야곱이 기르는 양들 중에서 단 한 마리라도 사고 싶어 안달이었다. 그들은 이것을 대단히 영광스러운 일로 여겼다. 야곱과 거래를 하려고 먼길도 마다하지 않았다. 그리고 마침내 그 장소에 이르러서는 소문이 과장이었음을 확인했다. 거기 있는 양들은 평범한 양이었으니까. 물론 훌륭한 양임에는 분명했다. 그런데도 그들은 유행을 따르는 데 급급한 나머지 그 가운데에서 기적의 동물을 찾으려고 눈을 부릅떴고 뻔히 알면서도 야곱에게 사기를 당했다. 예를 들면, 앞니가 다 빠지고 최소한 여섯 살쯤은 된 늙은 양 한 마리를 놓고 야곱이 한 살짜리라거나, 아니면 생산이 왕성하다고 장담하면 두말없이 샀다. 그리고 값도 야곱이 달라는 대로 주었다. 야곱으로부터 양 한 마리를 받는 대신 당나귀를 한 마리 주거나, 아니면 낙타 한 마리, 또는 남자나 여자 노예를 한 명 주는 식이었다. 거래가 매번 이런 식으로 이루어진 것처럼 일반화한다면 이는 분명 과장이다. 하지만 이런 물물교환이 전혀 없었던 것은 물론 아니다. 야곱이 양을 주고 노예로 바꿨다는 이야기도 간간이 눈에 띈다.

야곱은 장기적으로 자기 밑에서 일할 목동들이 필요해서 거래하는 사람들로부터 인력을 빌려 쓰기도 했다. 그 대가로 가축이 제공해 준 물품을 주었다. 예를 들면 양모와 응유, 즉 요구르트와 가죽과 힘줄, 또는 살아 있는 짐승 등이다. 세월이 흐르면서 이 목동들 중 몇 명에게 가축의 방목을 완전히 맡기려고 이들과 별도의 계약을 맺는 일도 생겼다. 이럴 때는 100마리의 양을 맡아 길러 주는 대가로 66마리나 70마리의 새끼 양을 주거나, 아니면 같은 수의 양 1마리당 응유 1실라, 혹은 양모 1미나 반을 주었다. 물론 수확은 라반의 것이지만, 야곱이 맡은 일이었기 때문에 일부는 그의 몫으로 떨어졌다. 자신의 재산을 어떻게 불려야 하는지 잘 아는 야곱에게 이 정도는 아무 일도 아니었다.

이렇게 야곱에게 맡긴 이후 가축떼는 더 늘어났다. 그렇다면 이것이 속물 라반이 야곱을 통해 얻은 소득의 전부였던가? 아니다. 물론 여기에는 전제조건이 필요하다. 즉 라반을 가장 행복하게 해준, 뜻밖의 증식도 애초부터 조카가 집에 있었기 때문에 가능했다고 전제해야 한다. 이것은 라반에게 그처럼 큰 기쁨을 선사한 현상에 이성적인 해석을 내리든, 혹은 신비적인 해석을 내리든 상관없이 성립되는 가정이다.

여기서 들려주려는 이야기는, 만일 우리가 거짓 이야기를 꾸며 내는 사람으로서 청중과의 묵계 하에 도무지 믿을 수 없는 순간들을 사실처럼 보이게 만들려 한다면, 분명 허풍이요 절제를 모르는 억지처럼 들릴 것이다. 이 경우 입안에 담긴 거라고는 우화와 사냥꾼의 허풍뿐이라는 비난을 면키 어려울 것이다. 아무리 믿어 주려고 해도 한계가 있는 법인데, 지나치게 극단으로 내달아 청중을 황당하게 한다고 말이다.

하지만 지금 우리의 역할은 그렇지 않으니, 이 얼마나 다행스러운 일인가. 이 자리에서 하려는 이야기는 설화에 나온 사실에 근거한 내용이다. 설령 모든 사람들이 낱낱이 아는 내용이 아니고 부분적으로는 일부 청중에게 낯설게 느껴진다 해도, 이는 흔들릴 수 없는 확실한 사실이다. 따라서 이야기를 들려주는 화자(話者)의 음성에는 진지함뿐만 아니라, 다른 때와는 달리 어떤 반론도 허용하지 않는 확신이 담겨 있어서 무척 당당하게 들릴 것이다.

한마디로, 브두엘의 아들 라반은 다시 아버지가 되었다. 그것도 아들들의 아버지. 한창 재산을 늘리고 있던 라반에게 예전에 궤짝에 담아 제물로 던진 아들을 대신할 수 있는 선물이 생긴 셈이었다. 그것도 그냥 보상이 아니라 세 곱절의 보상이었다. 연달아 세 명이나 얻었으니까! 야곱이 종살이를 시작한 지 3년째와 4년째 그리고 5년째 되던 해였다. 같은 집에 사는지 마는지 눈에도 띄지 않던 라반의 아내 아디나가 임신을 했다.

그녀는 숨이 차서 늘 헐떡이면서도 뱃속에 들어 있는 아이를 무척이나 자랑스러워했다. 그리고 임신 기간 동안 자신의 상태를 알리는 돌 목걸이를 달고 다녔다. 작은 돌멩이가 안쪽에서 달그락거리는 속이 빈 돌이었다. 때가 되자 아디나는 두 장씩 쌓아놓은 벽돌 위에 양쪽 무릎을 꿇었다. 이렇게 하여 자신의 몸에 달려 있는 문을 통해 아이가 세상 밖으로 나올 공간을 만들어준 셈이었다. 그리고 산파 한 명은 두 팔로 뒤에서 그녀를 끌어안고, 다른 한 명은 옆에 쪼그리고 앉아 입구를 지켜보았다. 이렇게 그녀는 남편 라반이 지켜보는 가운데 비명을 지르는 사이사이 기도도 올리며 아이를 낳았다. 순산이었다.

나이가 꽤 들었지만 아디나는 매번 별 탈 없이 순산했다. 목숨이 위험했던 적도 없었다. 사람들은 번번이 붉은 네르갈에게 아첨하느라 쉬지 않고 제물을 올렸다. 맥주를 바치고 밀 빵을 올리고, 양까지 제물로 바쳤다. 이 신이 질병을 일으키는 열네 명의 신하들을 끌고 올까봐 미리 손을 쓴 것이었다. 그래서인지 세번의 산고를 겪는 동안, 여인의 뱃속에 든 아이가 거꾸로 앉거나, 혹은 마녀 라바르투가 그녀의 몸을 꽉 막아버리는 일 따위는 단 한번도 없었다. 그녀가 출산한 아이들은 튼실한 사내아이들이었다. 그리고 아이들이 얼마나 설쳐대던지 오랫동안 단조롭기만 했던 라반의 집은 이제 진짜 생명이 진동하는 요람으로 변했다. 첫번째 아들은 브올, 두번째 아들은 알룹, 그리고 세번째는 무라스라 불렀다. 아디나는 어찌된 일인지 세 아이나 연달아 잉태하고 낳았는데도, 약해지기는커녕 더 젊어졌다. 게다가 이전에는 있는지 없는지도 몰랐던 사람이 이제 자신의 존재를 분명하게 드러내기 시작하여 머릿수건이며 허리띠, 목걸이 등도 애용하고 외모를 가꾸는 데에도 열심이었다. 라반은 그녀에게 이런 물건들을 사다 주려고 하란 성안까지 가곤 했다.

늘 침통하던 라반의 마음도 한껏 부풀었다. 얼굴이 있는 대로 환해졌다. 축 처져 있던 입가에서도 시큰둥한 기색이 종적을 감췄고 흡족한 듯 여유로운 미소가 배어 나왔다. 살림이 불고, 장사에서도 톡톡히 재미를 보고, 게다가 운 좋게 자식까지 생산했으니 라반으로서는 우쭐거릴 만했다. 다른 건 몰라도 잘못된 생각에서 이전에 아들을 산 제물로 바친 이후 집안을 어둡게 드리웠던 저주가 걷혔으니 그보다 좋은 일은 없었다. 라반은 다른 행운도 그렇고, 이렇게 아들까지 얻은 것이 야곱과 무관하지 않음을 한순간도 의심하지 않았다. 모든 건 야곱이 곁에 있었기 때문에, 이사악의 축복이 있었기에 가능한 일이었다. 라반도 그건 인정했다. 이를 의심했더라면 옳지 않은 처사였을 것이다.

부부의 기분이 물론 그즈음 조금 나아지던 중이었을 수도 있다. 적어도 라반의 경우, 바깥일을 알아서 처리하는 조카 덕에 집안 형편이 좋아지자 아무래도 전보다는 부부 생활에 더 신경을 썼기 때문에 생식력의 수문이 다시 열렸을 수도 있다. 하지만 이 또한 야곱이 있었기에 가능했다. 그러나 사실이 그렇더라도 라반의 자존심에 전혀 상처가 되지 않았다. 축복받은 자를 자기 집에 붙들어 두려고, 머리를 굴려 온갖 재주와 지혜를 동원한 것이 누구였던가? 바로 자신이 아닌가. 도망자에 거지였던 조카는 어딜 가든 만사형통이었다. 자신이 원하든 원치 않든, 그건 상관이 없는 듯했다. 또 조카가 특별히 신경을 써 줘서 라반 자신이 아들들을 얻게 된 것 같지는 않았다. 브올과 알룹과 무라스가 태어났을 때 야곱이 보여준 태도가 그 증거였다. 야곱은 크게 기뻐하거나 감탄하는 기색 없이 그저 예사로이 대했던 것이다. 언젠가 한번, 황소를 타고 가축떼를 살피러 나간 때였는지, 아니면 야곱이 계산 문제로 집안에 머물 때였는지, 아무튼 두 사람이 만난 자리에서 라반이 조카의 속을 떠본 적이 있었다.

"어디 말 좀 해보게. 조카이기도 하고 사위이기도 한 자네 말을 들어보고 싶네. 이만하면 나도 칭송받을 만하지 않는가? 신들께서 이 라반에게 미소를 지어 보여 이렇게 늙은 나이에 내 힘으로 아들들을 생산하게 해주었으니 말일세. 그리고 내 아내 아디나가, 있는지 없는지도 몰랐던 내 안사람이 자랑스럽게도 아들들을 낳았으니, 이 얼마나 놀라운 일인가!"

그러자 야곱이 한다는 대답은 고작 이랬다.

"아무튼 기뻐하실 일이죠! 하지만 그건 저희 주님 앞에서는 그다지 특별한 일이 아닙니다. 이사악을 생산했을 때, 아브라함은 100살이었고, 처음에 자식을 주신다는 주님의 말씀에 속으로 웃었던 사라는 그 당시 이미 여자 구실을 할 수 없는 처지였으니까요."

"자네는 대단한 일을 아무것도 아닌 것처럼 깎아내리는 재주가 있구먼. 한 남자의 기쁨에 이렇게 찬물을 끼얹으니 말일세."

그러자 야곱은 냉정하게 말했다.

"설사 행운에 자신도 한몫했다 해서 그걸 가지고 유난을 떨어서는 안 되는 법입니다."

Sechstes Hauptstück
Die Schwestern

6부

자매

역겨운 것

이제 그 7년이 흘렀다. 야곱은 마침내 라헬과 동침할 수 있게 되었다는 생각에 하늘을 날듯이 기뻐했다. 그 순간을 생각하면 가슴이 마구 방망이질하는 것이었다. 이제 열아홉이 된 라헬은 활짝 피어났다. 아름다움과 청순함을 유지하며 그를 기다려 온 그녀가 아니던가. 그리고 그의 신부로서 혹시 그에게 좋지 않은 결실을 안겨 줄 수도 있었던 악마의 손길도 없었고, 괴이한 질병에 걸린 적도 없었다. 오히려 그녀의 아름다움과 사랑스러움은 절정에 달하였고, 야곱 또한 감미로운 목소리로 라헬에게 그 사실을 상기시켜 주었다. 하란 땅이 낳은 여러 딸들이 있었지만, 그에게는 가냘픈 라헬이 가장 어여쁘고 매혹적이었다. 고운 편발과 도톰한 양쪽 콧등이며, 상냥한 밤을 연상시키는 갸름한 두 눈을 근시 때문에 살짝 찌푸리고 바라보는 그윽한 시선과, 입 주위가 조금 오목하게 파인 탓에 윗입술이 아랫입술을 지그시 누르며 보여주는 그 정다운 미소.

  그랬다. 그녀는 다른 어떤 여자들보다 사랑스럽고 귀여웠다. 야곱은 라헬이 언니 레아보다 특히 더 사랑스럽고 귀엽다고 혼잣말을 하기도 했다. 그러나 이 말이 레아가 다른 모든 여자들보다 형편없이 못생겼다는 뜻은 당연히 아니다. 그녀는 라헬과 가장 가까이 있었기 때문에 라헬과 비교되었을 뿐이다. 다만 사랑스러운 라헬에 비해 레아의 미모가 좀 떨어진 것은 사실이다. 어쩌면 야곱처럼 그렇게 사랑스럽고 귀여운 외모에 집착하지 않는 남자라면, 레아의 파란 두 눈, 염증 때문에 조금 멍청해 보이고 도도하고 침통한 표정과 함께 사팔뜨기 시선으로 눈썹을 내려뜨는 습관이 있긴 했지만, 풍만한 몸매와 유난히 숱이 많은 금발머리, 그리고 아이를 잘 낳을 것처럼 보이는 튼실한 체격 때문에 그녀에게 라헬보다 훨씬 후한 점수를 매길 수도 있었을 것이다.

  그리고 어린 라헬의 명예를 생각해서라도 꼭 해야 할 말이 있다. 그녀는 얼굴이 좀 반반하다고 해서, 자신은 아름다운 달의 아이이며, 언니 레아는 저물어가는 달의 아이라는 사실을 과시하듯 언니 앞에서 거만하게 군 적은 단 한번도 없다. 저물어가는 중이어서 멍청해 보이더라도, 그 행성에 경의를 표해야 마땅하다. 이 사실을 모를 만큼 라헬이 교양 없는 여자였을까? 단연코 아니다. 라헬은 양심의 가책 때문에라도 야곱이 언니를 완전히 젖혀두고, 오로지 자신에게만 마음을 쏟는 것을 못마땅하게 생각했다. 그렇다고 같은 여자로서 뿌듯한 마음까지 완전히 걷어낸 것은 아니다.

동침의 축제는 여름이 끝날 무렵 보름달이 뜨는 날로 잡혔다. 라헬도 그날을 생각하면 기쁘다고 말했다. 그런데 그날을 앞두고 얼마 전부터 그녀는 어딘지 모르게 슬픈 기색이었고, 야곱의 어깨에 기대 눈물을 흘린 것도 사실이다. 야곱이 이유를 물으면 그녀는 피곤한 기색으로 미소를 지어 보이며, 얼른 고개를 가로저었고, 그럴 때면 두 눈에서 눈물방울이 떨어지곤 했다. 도대체 무슨 근심이 있는 걸까? 야곱은 도무지 알 수가 없었다. 당시 그 또한 마음이 가라앉으며 슬퍼진 적도 있었다. 이제 처녀 시절도 끝난다는 생각이 그녀를 슬프게 한 것일까? 한창 절정에 오른 아름다움이 차차 시들어 열매를 맺어야 하는 나무 신세가 되었기 때문에? 그렇다면 그건 행복과 무관하지 않은 인생의 슬픔이었다. 그런 감정은 야곱 또한 자주 느꼈다.

결혼식과 같은 인생의 절정이란 죽음으로 접어드는 전환의 축제가 아니던가. 달이 절정을 맞아 만월이 되면, 그 순간부터 해를 향해 고개를 돌리고 가라앉을 준비를 하는 법이다. 야곱은 사랑하는 여인과 동침한 순간부터 죽음에 발을 들여놓아야 한다. 야곱에게만 모든 것이 계속 삶일 수는 없었다. 그리고 더 이상 혼자서 이 세상의 유일한 자요 주인으로 설 수는 없었다. 이제 그는 아들들에게 육신을 나눠 줘야 한다. 자신만 생각한다면 죽음이지만, 자신의 분신인 아들들을 얻는 것도 된다. 그는 이들을 사랑하게 될 것이다. 라헬과 동침하여 그녀의 품에 쏟아 부은 자신의 생명에서 각기 다른 모습으로 떨어져 나올 아들들이 아닌가.

그즈음 야곱은 꿈을 하나 꾸었는데, 편안하면서도 묘한 슬픔이 느껴지는 꿈이어서 오랫동안 기억에 남아 있었다. 탐무즈 달, 6월과 7월 중의 어느 따뜻한 밤, 가축들을 거느리고 들판에서 밤을 보낼 때였다. 하늘엔 벌써 조각배가 떠 있었다. 시간이 지나면 동그랗게 몸을 살찌워, 연인과 동침하는 황홀한 밤을 환하게 비춰줄 달이었다. 꿈속에서 자신은 예전처럼 고향집에서 도망치는 중이었다. 그게 아니면 다시 한번 집을 떠나 붉은 사막으로 낙타를 타고 가는 듯했다. 저만큼 앞서 가던 역겨운 것이 문득 고개를 돌려 자신을 바라보더니 웃었다. 수직으로 세운 꼬리, 뾰족한 귀, 개처럼 생긴 머리. 그건 예전과 똑같았다. 같은 장면이 다시한번 눈앞에 펼쳐지면서 그때 제대로 전개되지 않았던 부분을 보충하려는 것이었다.

주변에는 바위 조각들이 널려 있고, 자라나는 것이라고는 메마른 덤불뿐이었다. 그 역겨운 것은 돌덩이와 덤불 사이를 요리조리 헤집고 달리며, 언뜻 사라졌다가는 어느새 다시 나타나 뒤를 돌아보곤 했다. 그러다 한번은 또다시 사라졌는가 했는데, 눈 깜짝할 사이에 바위 위에 앉아 있는게 아닌가. 여하튼 머리로 봐서는 짐승이었다. 역겹게 생긴 개머리, 쫑긋 세운 귀, 귀밑까지 찢어져 앞으로 쭉 내민 주둥이.

그러나 몸은 사람 몸뚱이였다. 먼지가 조금 묻은 발가락이며, 모든 게 가뿐하고 보드라운 어린 사내아이처럼 앙증맞았다. 그는 바위 위에 편안하게 걸터앉아 몸은 약간 앞으로 수그리고 한쪽 다리를 앞쪽으로 끌어당겨 그 위에 느긋하게 팔을 올려놓아 배꼽 위로 뱃살에 주름이 잡혔고, 다른 쪽 다리는 앞으로 쭉 뻗어 발뒤꿈치가 바닥에 닿았다. 몸에서 제일 볼 만한 부분이 바로 이 다리였다. 앞으로 뻗은 탓에 날씬한 무릎과 길고 부드러운 힘줄, 또 부드러운 곡선으로 잘 빠진 종아리가 그대로 드러난 탓이다. 이미 좁다란 어깨와 가슴 윗부분, 목 언저리에는 신(神)의 털이 자라나 있었다. 하지만 생각해 보라. 이게 무슨 소용이 있겠는가. 머리가 개인 것을. 길게 찢어진 주둥이, 교활해 보이는 작은 눈, 노란 점토 빛 개 가죽과 어디 어울리길 하겠는가. 멍청한 머리와 풍만한 몸매가 그렇듯이, 모든 게 서글프고 가치가 없어 보였다. 다리와 가슴하며 모든 것이 아주 사랑스러웠을 텐데, 그 멍청한 머리만 없었더라면.

야곱이 가까이 다가가자 지독한 분비물 냄새가 코를 찔렀다. 개인 동시에 소년인 이 형상은 안타깝게도(아직까지는 그리스 신화에 등장하는 헤르메스로 성장하지 못했으므로—옮긴이) 재칼 냄새를 풍긴 것이다. 그리고 이윽고 넓적한 주둥이를 열어 간신히 목소리를 내기 시작했을 때는 묘한 슬픔까지 감돌았다.

"압-우아트, 압-우아트."

야곱이 그 말을 듣고 말했다.

"공연히 애쓰지 말거라. 우시르의 아들아. 네 이름은 아눕(Anub, 그리스어로 아누비스. 우시르가 동생 세트의 아내인 넵토트를 자신의 아내인 에세트인 줄 착각하고 동침한 후에 생산한 아들로 죽은 자들을 저승으로 안내하는 신이며, 그리스 신화에 등장하는 헤르메스의 전형—옮긴이)이고 길을 인도해 주느

자라는 건 나도 잘 안다. 여기서 널 만나지 못했더라면 그게 오히려 이상했을 테지."

그러자 그 신이 말했다.

"이건 실수였어."

"그게 무슨 뜻이지?"

"실수로 나를 생산한 거야. 서쪽 세상, 저승의 주인님과 내 어머니 넵토트(Nebtoth, 세트의 아내로 그리스어로는 넵티스라 불림. 시숙 우시르와 관계하여 아눕을 낳은 그녀는 나중에 남편이 토막내어 숨긴 우시르의 시신을 찾아다니는 에세트를 동행한다—옮긴이)가 실수로 날 낳은 거야."

"그것 참 안됐구나. 아니 어쩌다 그런 일이 생겼어?"

이번에는 주둥이에 길이 잡혔는지 말이 술술 흘러나왔다.

"넵토트는 내 어머니가 되지 말았어야 했어. 그녀는 가짜였거든. 모든 게 밤 탓이야. 그녀는 상대가 누구든 상관없는 암소야. 뿔에는 얇은 태양 원반을 달고 다니지. 자기 안으로 들어온 태양과 젊은 낮을 생산한다는 표식으로 말야. 하지만 밝은 아들들을 아무리 많이 낳았으면 뭣해? 그 어미 암소는 여전히 흐리멍덩해서 아무나 상관없이 그냥 받아들이는 걸."

"이해를 해보려고 노력은 해보지. 그게 위험하다는 걸 말야." 야곱이 말했다.

"그게 얼마나 위험한 건데. 넵토트는 눈이 멀어 그저 너그러운 암소답게 누가 되었건 그냥 모른 척 받아들인 거야. 그저 어두워서 누가 누군지 몰랐던 것처럼."

"심각하군. 그렇다면 넵토트가 아니고 누가 널 잉태했어야 했는데?"

"그걸 몰라?"

야곱의 물음에 개인 동시에 소년인 형상이 되물었다.

"정확히 구분이 안 돼서 그래. 내가 너에 대해 이미 알고 있던 것하고, 지금 나한테 네가 들려주는 말하고, 이 두 가지가 서로 구분이 안 되거든." 야곱이 대답했다.

"네가 아무것도 몰랐다면, 나도 아무 말 안 했겠지. 태초에, 진짜 태초는 아니지만 아주 오래 된 처음에 겝과 누트가 있었어. 겝은 땅의 신이었고, 누트는 하늘의 여신이었지. 이들은 자식을 네 명 낳았어. 우시르와 세트, 에세트와 넵토트가 그들이야. 에세트는 우시르의 아내가 되었고, 넵토트는 붉은 세트의 아내가 되었어."

"거기까지는 나도 알아. 그런데 그 넷이 질서를 명심하지 않았다는 거야?"

"둘이 그랬어. 안타깝지만 어쩌겠어. 우리는 원래 정신이 산만한 존재들인 걸. 우리는 처음부터 꿈을 꾸듯이 걱정 따위는 모르는 그런 핏줄을 타고났거든. 근심하고 조심하는 건, 이 땅에 속하는 더러운 특성들이야. 하지만 한편으로는 우리처럼 근심하지 않고 태연한 마음으로 이 세상을 살아서 나쁠 건 없어, 안 그래?"

"그렇고 말고. 그건 인정해 줘야 해. 하지만 나더러 솔직히 말하라고 하면, 너희들은 거짓 신들일 뿐이야. 신은 자신이 뭘 원하는지 알고 하니까. 그분은 한번 언약하면 반드시 지켜. 결코 신의를 저버리는 법이 없어."

"어떤 신?"

"괜히 모르는 척하지 마. 땅과 하늘이 아무리 몸을 합쳐도 기껏해야 영웅과 큰 왕을 낳을 뿐, 신을 낳을 수는 없어. 네 명이 아니라 단 한 명도 신은 생산하지 못해. 겝과 누트가 시초가 아니라는 사실은 너도 인정했잖아? 그러면 그들은 어디서 왔겠어?"

"테프네트에서 왔지. 위대한 어머니한테서."

바위 쪽에서 금방 대답이 튀어나왔다. 꿈속에서 야곱도 뒤질세라 얼른 받아쳤다.

"좋아. 네가 그렇게 말하는 건, 내가 그 사실을 알기 때문이지. 그렇지만 테프네트가 그럼 맨 처음이었어? 테프네트는 어디서 왔지?"

"그건 아직 태어나지 않은 것들이 불러냈지. 숨어 있는 것, 그 이름은 눈이야."

"이름을 물어본 게 아냐. 하지만 이제서야 조금 이성적으로 이야기를 하는구나. 그래도 넌 거짓 신이라도 되니까, 너하고 언쟁을 벌일 생각은 없어. 그런데 네 부모들이 어떤 실수를 했다는 거지?"

"밤 때문이야."

고약한 냄새를 풍기는 상대방은 똑같은 말을 되풀이했다.

"아버지는 늘 채찍과 목자의 지팡이를 들고 다니지. 그날도 아무 걱정 근심 없이 정신이 산만한 상태였어. 원래는 자기 아내 에세트를 찾아갈 생각이었는데, 밤이었던 탓에, 눈이 멀어 붉은 자의 아내 넵토트한테 가게 된 거야. 그녀도 자기 남편인 줄 알고 그 신을 받아들였어. 이렇게 해서 둘은 아무 생각도 없이 밤새 사랑을 나눈 거야."

"설마! 어떻게 그런 일이 있을 수 있어?"

"얼마든지 있을 수 있지. 왠지 알아? 밤은 집착 같은 게 없어서 진실을 알거든. 낮이 일깨우는 편견은 밤 앞에서는 아무것도 아냐. 그래, 밤이 어떤 진실을 아느냐고? 여자의 몸이라는 게 다 똑같아서, 사랑을 나누고 아이를 생산하는 데는 그만한 게 없다는 진실이지. 다른 여자하고 구별되는 건 그저 얼굴뿐이야. 그런데도 그 얼굴만 보고 이 여자한테서 자식을 생산해야지, 저 여자한테서는 자식을 생산할 생각이 없다는 둥 그런 말을 하지. 그건 그럴 수밖에 없어. 얼굴은 온갖 착각과 상상으로 가득한 낮의 얼굴이거든. 하지만 진실을 아는 밤 앞에서 얼굴은 아무것도 아냐."

"어쩜 그렇게 야만적인 말을 하느냐. 아무 감정도 없이 그런 말을 하다니. 하기야 네 심정도 이해는 된다. 손으로 가리고 싶을 만큼 못생긴 얼굴에, 머리 꼴도 그 모양이니, 그렇게 둔한 소리를 할 수도 있겠지. 그 때문에 다른 데로는 눈이 안 가지. 실은 앞으로 뻗은 네 다리만 해도 꽤 예쁘고 귀여운데 말이다."

아눕은 얼른 아래쪽을 내려다보더니 야곱이 말한 다리를 다른 다리처럼 앞으로 끌어당겨 무릎 사이에 손을 집어넣었다.

"내 이야기는 빼! 내 머리 걱정은 하지 마. 내가 곧 알아서 바꿀 테니까. 네가 알고 싶은 건 그 다음 일일 것 아냐, 안 그래?"

"그래, 그래서 어떻게 되었지?"

"그날 밤 넵토트는 우시르를 자기 남편인 붉은 세트인 줄 알았고, 우시르도 그녀를 자기 부인인 에세트로 여긴 거야. 그래서 우시르는 그녀 안에서 생산을 했고 그녀는 그의 씨를 받아 잉태한 거지. 밤에 의미 있는 일은 그것뿐이니까. 하나는 생산하고 하나는 수태하면서 둘은 황홀해 했어. 서로 사랑한다고 믿었으니까. 그렇게 해서 여신이 나를 잉태한 거야. 진짜 부인 에세트가 수태를 했어야 하는데."

"참 슬픈 일이로구나."

야곱도 안타까웠다.

"아침이 되자 둘은 헤어졌어. 수련꽃 화환을 넵토트 곁에 두고 오지만 않았더라면, 그런 대로 일이 잘 끝날 수도 있었지. 그런데 하필이면 붉은 세트가 그걸 발견하고는 냅다 고함을 질렀어. 그때부터 우시르의 목숨을 노리게 된 거야."

"그건 나도 다 아는 이야기야. 그런 다음 궤짝 이야기가 나오지. 그렇지. 붉은 자가 자기 형 우시르를 유인해서 죽이지. 그리고는 궤짝에 넣어 못질을 한 다음 바다에 떠내려 보내잖아."

야곱이 기억을 되살리자, 아눕이 보충하고 나섰다.

"그리고 세트는 겝이 다스리는 두 나라, 이집트 왕이 되었지. 하지만 거기서 끝나는 게 아니야. 네 꿈에 새겨져야 할 이야기는 바로 그 다음이야. 붉은 자는 그리 오랫동안 왕 노릇을 할 수 없었어. 에세트가 낳은 소년 호루스한테 죽임을 당했으니까. 중요한 건 지금부터야. 우시르를 잃은 에세트가 애통한 가슴을 안고 남편의 시신을 찾아 온 세상을 뒤지고 다니며, '당신 집으로 돌아오세요, 당신 집으로 돌아오세요, 사랑하는 연인이여! 오 사랑스러운 아가, 집으로 돌아오너라!' 라고 외쳤을 때 그 옆에 누가 있었는지 알아? 그건 바로 넵토트였어. 우시르를 죽인 자의 아내. 그리고 우시르가 누군지 모르고 포옹했던 바로 그 여신 말야. 그녀도 에세트와 함께 우시르의 시신을 찾아다녔어. 우시르를 잃은 슬픔은 둘 다 마찬가지였어. 그래서 한 목소리로 애통해 했던 거야. '오, 심장이 멈춘 그대여! 당신을 만나야 해요. 오, 아름다운 지배자여, 당신을 만나야 해요!'"

"평화로우면서도 슬펐겠구나."

"물론 그랬지. 중요한 건 슬픔에 젖어 남편을 찾아 헤매는 에세트 곁에 또 누가 있었는가 하는 점이야. 어디 그뿐이야? 감춰놓은 우시르 시체를 찾아낸 세트가 시신을 열네 토막으로 잘라 사방으로 분산시키자, 주인님의 시신을 온전한 몸으로 만들 생각에 에세트가 그 토막을 찾아다닐 때 누가 도와줬지? 바로 나였어. 가짜 부인의 아들, 살해당한 자의 씨, 나 아눕이었다는 거야. 에세트가 여기저기 찾아 헤매는 동안, 내가 그녀를 부축해 줘서 그녀는 내 어깨 위에 팔을 올려놓고 다녔어. 그리고 우리는 함께 애절한 목소리로 외쳤지. '어디 계세요, 아름다운 신의 왼팔이여. 어디 계세요, 어깨쭉지와 오른발이여, 어디 계세요, 당신의 고귀한 머리와 고귀한 생식기여. 그대의 고귀한 생식기는 영영 되찾을 길이 없어 보이니, 정녕 그 모습을 본뜬 무화과나무로 대체해야 하나요?'"

"이집트의 죽은 자들의 신답구나. 음탕한 말만 하는 걸 보니."

그러나 야곱의 말에 아눕도 가만있지 않았다.

"너 정도라면 이런 일을 충분히 이해할 수 있어야 해. 너도 곧 새신랑이 되어 자식을 생산하고 죽을 테니까. 성행위에 죽음이 있고, 죽음에 성행위가 있지. 그게 관의 비밀이야. 성행위는 죽음의 붕대를 찢고 죽음 앞에 꼿꼿이 서지. 우시르 주인님의 경우가 그랬던 것처럼. 에세트는 암독수리로 변해 구슬피 울면서 우시르의 관 위를 날았어. 그렇게 해서 죽은 자로 하여금 씨를 흘리게 하여 짝짓기를 했지."

'이제 꿈에서 깨는 게 상책이다.'

야곱은 그런 생각을 했다. 눈을 떠보니, 가축 우리 옆이었다. 밤하늘엔 별이 총총했다. 바위에 앉았던 신이 홀연히 자취를 감추던 모습이 아직도 눈앞에 어른거렸다. 그 재칼, 아눕의 꿈은 곧 야곱의 머리에서 지워졌다. 그랬다. 기억에 남은 건 자신이 실제로 겪었던 여행 체험과 관련된 부분이었다. 그밖에 한 가지, 그 꿈에서 느꼈던 아련한 슬픔은 한동안 잊혀지지 않았다. 우시르가 아내로 착각하고 포옹했던 넵토트가 진짜 아내 에세트와 함께 애통해 하며 실종된 그를 찾아 나섰다니, 게다가 진짜 아내가 남편이 착각 속에 생산한 자의 부축과 보호를 받다니.

야곱의 결혼식

혼례식을 앞두고 야곱은 자주 라반을 찾았다. 주인의 구체적인 생각을 알고 싶었다. 라반은 경비가 얼마나 들던 간에 근사하게 큰 잔치를 열 계획이라 했다.

"돈이 꽤 들 걸세. 집안에 딸린 식솔도 많이 늘었으니, 그들을 모두 배불리 먹이려면, 경비가 엄청날 거야. 하지만 후회는 없을 게야. 집안형편이 나쁘지 않고, 여러모로 중간수준은 되니까. 자네와 함께 있는 이사악의 축복도 어쨌든 한몫했다는 말도 빼놓을 수는 없겠지. 그래서 남자 일꾼들도 더 고용하고, 느려터진 일타니 외에 꽤 괜찮은 하녀도 두 명이나 사들일 수 있었어. 하나는 이름이 질바이고 또하나는 빌하라네. 결혼식 때 두 아이 다 내 딸들한테 몸종으로 선물할 작정이네. 질바는 큰딸 레아에게 주고, 둘째 딸에게는 빌하를 줄 생각이야. 곧 결혼할 테니, 몸종은 자네 것이기도 하지. 자네한테 주는 지참금인 셈이야. 값은

491

우리 계약대로 은 1미나의 3분의 2로 쳐주면 되네."

"좋도록 하세요."

야곱은 어깨를 으쓱해 보였다.

"이건 아무것도 아니야. 잔치 비용도 모두 내 주머니로 충당할 테니까. 잔칫날에는 사람들을 있는 대로 다 초대할 거야. 악사들도 불러 음악을 연주하고 춤을 추게 할 걸세. 소도 두 마리 잡고 양도 네 마리 잡아야지. 흥을 더해 줄 음료수도 준비할 생각이네. 손님들 눈에 모든 것이 두 배로 보이게 하려면 기분을 좋게 해줘야 하거든. 그러려면 돈이 많이 들겠지만 기꺼이 그렇게 할 생각이야. 속상해 하지 않고 말일세. 내 딸 결혼식이니까. 또 신부한테도 옷 선물을 할 생각이네. 아마 무척 기뻐할 걸세. 지난번에 어떤 나그네한테 사들인 건데 궤짝 안에 잘 모셔놨지. 아주 귀한 옷이니까. 신부가 이 옷으로 몸을 가리고 자신을 이쉬타르에게 바치면 그녀는 거룩한 신부가 되지. 그러면 바로 자네가 이 옷을 벗겨 주겠지. 일찍이 어느 공주가 처녀 시절에 입었던 옷이라네. 이쉬타르와 탐무즈를 상징하는 온갖 형상을 수놓은 솜씨가 정교하기 이를 데 없다네. 하지만 이 옷으로 신부의 얼굴을 가려야 하네. 흠 없는 신부의 얼굴을 말이야. 왜냐하면 그녀는 흠 없는 신부이고, 에니투와 마찬가지로 거룩한 하늘의 신부가 되어야 하니까. 매년 바벨에서 이쉬타르 축제가 열리면, 사제들은 백성이 보는 앞에서 제일 높은 여사제 에니투, 그 거룩한 신부를 데리고 신에게 데려간다네. 거룩한 침상이 있는 탑 꼭대기로 가려면 계단을 올라가야 하지. 거기 문이 일곱 개 있는데, 문 하나를 통과할 때마다 지닌 보석과 옷을 한 가지씩 벗어야 해. 그래서 마지막 문을 지날 때에는 수치스러운 부분을 가리는 천까지 벗고 성스러운 나체가 되지. 마침내 에테메난키 탑의 거룩한 침상에 이른 그녀는 한밤중에 신을 맞는 거야. 이건 엄청나게 큰 비밀이지."

"으흠."

야곱 입에서는 이 소리만 나왔다. 라반 같은 속물 인간이 눈을 둥그렇게 뜨고 손가락으로 머리 위쪽을 가리키며 정말 거룩한 이야기를 하듯 심각한 표정을 짓는 게 어울리지 않았던 것이다.

라반은 못 들은 척 말을 이었다.

"이왕이면 신랑이 집도 있고 재산도 있으면 좋지. 집안도 좋으면 더 좋고. 그러면 결혼식을 끝내고 신부를 화려하게 치장시켜 육로를 통해서든 수로를 통해서든 자기 집이 있는 곳으로 모셔 가면 얼마나 근사하겠어. 하지만 자네는 자네도 알다시피 도망자요 집도 없고, 자네 식구들과도 사이가 나빠서 고향으로 돌아갈 수도 없지. 그러니 내 곁에 데릴사위로 머물게 되겠지만, 나는 그것으로 만족할 걸세. 여하튼 신랑 집으로 가는 행차가 없으니까, 그 다음은 이곳 풍습을 따르면 되네. 내가 자네와 신부 사이에 끼어들어 자네 부부의 이마를 어루만지고 나면, 우리 모두 노래를 부르면서 자네를 침상으로 인도할 걸세. 그러면 자네는 침상에 앉아 손에는 꽃을 들고 신부를 기다려야 하네. 그러면 우리는 횃불을 들고 노래를 부르면서 뜰을 한바퀴 돈 다음 신부를 데려가는 걸세. 그 흠 없는 신부를 침실 문 앞까지 인도

한 후에 횃불을 끈다네. 그러고 나서 내가 자네에게 거룩해진 신부를 인도하고, 둘만 남겨두는 걸세. 그러면 자네는 어둠 속에서 그녀에게 꽃을 건네줘야 하네."

"그게 이곳 관례인가요?"

야곱이 물었다.

"아무렴. 자네가 말한 그대로야." 라반이 말했다.

"그렇다면 따라야겠죠. 그렇지만 횃불 하나쯤은 그래도 계속 남겨두거나, 아니면 등잔 하나는 밝혀주실 테죠. 그래야 신부를 볼 수 있을 테니까요. 신부에게 꽃을 건네줄 때나, 나중에라도 말입니다."

그러자 대뜸 라반이 소리를 질렀다.

"입 다물게! 도대체 무슨 생각을 하는 건가? 그렇게 순결하지 못한 이야기를 하다니. 그것도 아버지 앞에서. 자기 자식을 한 남자에게 건네주어 옷을 벗기게 하고 동침하게 하는 것만으로도 가슴이 쓰리고 곤혹스러운 아버지 앞에서 그게 어디 할 말인가? 최소한 내 앞에서는 그 음란한 혀를 조심하게. 그런 지나친 음탕함은 속에 감추고 있게! 손으로 보면 되지, 손은 뒀다 뭐하나. 흠 없는 신부를 굳이 눈으로 확인할 필요가 어디 있는가! 그녀의 수치심을 자극하여 숫처녀인 그녀로 하여 온몸을 떨게 만들어 더 큰 쾌락을 얻고 싶다 이 말인가? 높은 탑에 있는 거룩한 침상의 비밀을 존중할 줄 모르고!"

그 말에 야곱은 얼른 사과했다.

"죄송합니다. 용서하십시오! 아버님께서 생각하시는 것처럼 그렇게 불순한 생각으로 드린 말씀이 아닙니다. 전 그저 신부를 제 눈으로 보고 싶을 뿐입니다. 하지만 아버님께서 묘사하신 것이 이곳에서 널리 행해지는 관습이라면 저도 거기에 따르겠습니다."

휘영청 달 밝은 밤, 달이 절정에 올라 몸에 가득 살을 불려 보름달이 된 날, 마침내 혼례식을 치를 날이 다가왔다. 양을 치는, 운 좋은 목자 라반 집에 경사가 생겼다. 가축을 잡고 끓이고, 지지고, 섞고 볶느라 온 집안이 어수선했다. 여기저기 김이 오르고, 툭탁거리는 소리가 진동했다. 냄비와 화덕 밑에서 피어오르는 연기가 얼마나 매운지 눈이 따가웠다. 라반이 나무장작을 아끼느라 땔감으로 가시덤불과 잡동사니를 쓴 탓이었다. 주인이고 하인이고 가릴 것 없이, 야곱까지 포함하여 하객을 접대할 음식과 술을 준비하느라 잠시도 손을 놀리지 못했다.

7일 동안 계속될 잔치였다. 하객들 입에서 잔칫집의 재력을 비웃는 소리라도 나오면 주인으로서 그런 수치가 없었다. 케이크와 과자며 물고기 빵과 진한 스프와 잼, 우유로 만든 음식, 맥주와 과일 음료 그리고 독주가 떨어지면 낭패였다. 구운 양고기와 소의 넓적다리 고기는 말할 것도 없었다. 땀을 뻘뻘 흘리며 음식 준비를 하는 동안 사람들은 줄곧 노래를 불렀다. 식사를 주관하는 배의 신 우둔탐쿠에게 바치는 노래였다. 라반과 아디나, 야곱과 레아, 느려터진 하녀 일타니와 딸들의 몸종 빌하와 질바, 은 20세겔에 팔려 온 남자 압드헤바, 그리고 최근에 사들인 노예들까지, 노는 사람은 한 명도 없었다. 라반의 늦둥이 아들들은 속옷 바람으로 신이 나서 뜰 안을 뛰어다니다가 피가 흥건한 도살장

바닥에 엎어져 옷을 더럽히는 바람에 아버지한테 혼이 났다. 라반이 어찌나 세게 귀를 잡아 당겼던지 아이들은 재칼처럼 울부짖었다.

일을 안 하는 사람이 딱 한 명 있었다. 방 안에 틀어박혀 있는 라헬이었다. 그녀는 아직 신랑을 볼 수 없었고, 신랑도 마찬가지였다. 라헬은 아버지로부터 선물받은 귀한 결혼예복을 감상하고 있었다. 화려하게 수를 놓은 솜씨가 한마디로 예술작품이었다. 이렇게 귀한 물건이 궤짝 안에 보관되어 있었다니, 라반은 운이 좋았다. 아마도 이 옷을 라반에게 넘겨준 작자는 돈이 몹시 궁했던 모양이다.

품이 넓고 옷이 커서 취향에 따라 원피스로 입거나 겉옷으로 걸쳐도 괜찮았다. 재단이 특이해서 머리를 일부 가린 채 뒤집어쓸 수도 있고, 머리와 어깨를 두른 다음 묶어도 그만이었다. 그것도 아니면 어깨너머로 드리울 수도 있었다. 숫처녀가 입는 이 신부복을 손에 올려놓으니 가벼운 것도 같고 무거운 것도 같은 것이 참으로 묘했다. 이쪽저쪽의 무게가 서로 달랐다. 짙은 파란색 바탕천은 올이 얼마나 가늘고 곱던지 공기 한 줌처럼 가벼웠다. 대신 무게를 만드는 건 곳곳에 수놓아진 그림들이었다. 하나같이 촘촘하게 수놓아진 고상한 그림들은 황금빛, 구릿빛, 은빛, 그리고 온갖 색실로 화려하기 그지없었다. 흰색도 있고, 자주색, 분홍색, 올리브색도 보이고 검은색도 있었다. 색을 혼합하기라도 하듯, 무채색과 유채색의 화려한 색 잔치에 한결 돋보이는 것이 바로 그림 자수였다.

각기 다른 묘사 방식으로 자주 등장하는 형상은 이쉬타

르-마마였다. 벌거벗은 채 양손으로 젖을 짜는 여신의 양편에 태양과 달이 보였다. '신'을 뜻하는 별의 다섯 줄기 광선을 색색으로 수놓은 것도 여러 개 있었다. 사랑의 여신, 어머니 여신을 표시한 은빛 비둘기도 곳곳에 보였다. 영웅 길가메쉬도 있었다. 3분의 2는 신이며 3분의 1은 인간인 그는 지금 막 사자의 목을 조르고 있었다. 세상의 끝에서 태양이 아랫세상으로 내려가는 문을 지키는 한 쌍의 전갈인간(압수와 티아마트가 다른 신들과 전쟁을 하기 위해 만든 전갈인간 길타브릴—옮긴이)도 또렷이 보였다. 여러 가지 짐승도 있었다. 늑대, 박쥐, 모두 이쉬타르의 연인이었던 정원지기 이샬라누를 그녀가 둔갑시킨 짐승이다. 하지만 깃털이 화려한 새는 분명 탐무즈, 이쉬타르가 처음으로 연정을 품었던 연인, 그녀 때문에 해마다 울어야 했던 바로 그 양지기였다. 그리고 불을 내뿜는 황소도 당연히 수놓아져 있었다. 길가메쉬로부터 퇴짜를 맞아 화가 난 이쉬타르를 달래려고 아누(바빌로니아 판테온의 최고신—옮긴이)가 길가메쉬를 죽이려고 내려 보냈던 하늘의 짐승이 바로 그 황소였다.

옷을 이리저리 살피던 라헬은 한 남자와 여자가 나무 양쪽에 앉아 있는 그림도 발견했다. 나무의 열매를 따려고 손을 뻗은 장면으로 여자의 등 뒤에 뱀 한 마리가 고개를 쳐들고 있었다. 그리고 성수를 수놓은 것도 보였다. 성수 옆에는 두 명의 수염 난 천사들이 마주 서서 비늘 모양의 수술을 건드려 씨를 맺게 하는 중이다. 그 생명의 나무 위에 태양과 달, 그리고 별들에 둘러싸인 여성성을 뜻하는 기호가 있었다. 그리고 설형문자를 수놓은 것도 있었다. 드러누운 것, 비스듬한 것, 또는 똑바로 서 있는 것들의 교차방식도 각각이었다. 라헬은 그 문자를 읽어 내려갔다. '나는 옷을 벗었다. 다시 입을까?'

라헬은 많은 시간을 이 화려한 옷과 함께 보냈다. 투명한 바닥에 아름다운 그림 자수가 돋보이는 옷을 이렇게도 걸쳐보고, 돌려도 보며 생각나는 대로 몸단장을 해보았다. 다른 사람들이 잔치 준비를 하는 동안 혼자 방 안에서 그녀가 할 수 있는 유일한 소일거리였다. 언니 레아가 찾아오기도 했다. 레아 또한 이 아름다운 옷을 입어보았다. 그리고 두 사람은 옷을 가운데 놓고 마주앉아 서로 어루만져 주며 눈물을 흘렸다. 아니 왜? 그녀들에게는 그럴만한 이유가 있었다. 물론 이유는 서로 달랐다. 이 자리에서는 여기까지만 말하는 게 좋겠다.

붉은 자, 쌍둥이 형과 아버지 장례식을 치르면서도 그랬듯이, 기회 있을 때마다 과거를 회상하며 사색에 잠기는 야곱이었다. 그럴 때면 지난날 자신의 삶에 무게와 품위를 더해 준 일들이 눈앞의 현실로 다가오곤 했다. 그중에서 무엇보다 생생한 현실로 되살아나는 것이 하나 있었다. 가슴이 와르르 무너져 내려 온몸이 굳어버렸던 끔찍한 좌절감, 갈기갈기 찢겨 넝마조각처럼 너풀거리던 자존심을 되살리기까지 무척이나 힘들었던 그 굴욕적인 상처, 그건 결혼식 날, 바로 그날 벌어진 사건이었다.

그날, 라반의 가솔들은 모두 축복받은 연못물로 머리와

몸을 깨끗하게 씻은 후, 향유도 바르고 머리카락도 적당히 곱슬곱슬하게 손질하고 깔끔한 예복으로 갈아입었다. 그리고 향유도 넉넉히 불살라 달콤한 연기로 하객들을 맞았다. 손님들이 속속 도착했다. 걸어오는 사람, 나귀를 타고 오는 사람, 소나 다른 가축이 끄는 수레를 타고 오는 사람, 혼자 오는 남자들, 아내와 아이를 대동한 남자들, 각양각색이었다. 근방에 사는 농부거나 목자들인 이들도 몸에 향유를 발랐고 머리도 단정하게 손질하고 예복을 차려입었다. 다들 라반과 마찬가지로 관습에 얽매인 채 돈 벌 궁리나 하는 자들이었다.

하객들은 도착하는 대로 이마에 손을 얹어 잔칫집 주인에게 인사부터 하고, 자리로 안내되어 부어주는 물로 손을 씻고 나면, 그때부터 잔치 음식을 먹기 시작했다. 쉴새없이 쩝쩝거리는 중에도 간간이 신 샤마쉬와 신부 아버지 라반을 칭송하는 일도 잊지 않았다. 잔칫상은 안채뿐 아니라 바깥 마당과 포장된 안뜰의 돌 제단 주위, 그리고 집 지붕과 목조 회랑에도 마련되었다. 돌 제단 옆은 하란 성에서 불러온 악사들의 자리로 하프, 파우크, 심벌즈 연주는 물론 춤까지 추는 자들이었다.

낮에도 바람이 불었는데 저녁이 되자 더 심해졌다. 한동안 구름이 달을 가리는 걸 보고, 불길한 징조로 여기는 자들도 간혹 있었다. 물론 자신들의 생각을 입 밖으로 내지는 않았다. 이들은 워낙 단순한 사람들이라 달이 구름 사이로 모습을 감추는 것과 실제로 어두워지는 것도 구별 못한 것이리라. 여하튼 바람이 큰 숨을 내쉬듯 온 집안을 쓸고 지나가느라, 식량저장고 움막의 갈대가 휘파람을 불고, 포플러 나뭇가지 부딪치는 소리가 요란했다. 후텁지근한 바람이 잔칫집 냄새를 온통 헤집고 다녔다. 음식에서 피어오르는 김이 사람들이 바른 화장품 냄새와 뒤섞여 바람에 밀려 이리저리 휩쓸고 다니는데, 바람이 얼마나 센지, 향불의 불꽃까지 삼킬 듯했다. 삼발이 향 접시에서는 나르덴 풀과 부둘후 수지(樹脂)가 타고 있었다. 야곱은 그날 일을 떠올릴 때마다, 바람 때문에 마구 뒤엉켜 났던 고약한 냄새, 사람들의 체취, 향신료, 잔칫집 땀 냄새, 고기양념 냄새가 지금 코 안에서 진동하는 것 같았다.

야곱은 7년 전 라반과 처음 식사를 했던 방에 앉아 있었다. 다른 하객들도 동석했다. 집주인 라반, 많은 자식을 낳아준 그의 아내와 딸들도 함께였다. 달콤한 빵, 대추야자, 마늘, 오이 등으로 잘 차린 다과상을 마주하고 손님들이 권하는 술도 사양 않고 받아 마셨다.

이제 곧 자기 사람이 될 신부 라헬도 곁에 있었다. 그는 이따금 그녀의 옷자락에 입을 맞췄다. 여러 가지 그림을 수놓아 묵직하게 느껴지는 베일 옷은 주름이 잡힌 채 그녀의 얼굴을 덮고 있었는데, 그녀는 단 한번도 베일을 걷어올리는 법이 없었다. 아마 그전에 거룩한 신부에게 먹을 것을 준 듯, 이 자리에서는 먹지도 마시지도 않았다. 머리를 덮은 옷자락에 입을 맞춰도 다소곳이 고개만 숙일 뿐 말 한마디 없었다. 야곱 역시 입을 다물고 뻣뻣이 굳은 채 한 손에 꽃을 들고 있었다. 라반의 정원에서 꺾어온 하얀 미르테 가지였다. 맥주와 대추야자 술을 마신 후라, 정신이 몽롱했다. 영혼은 생각으로 나아갈 뜻이 없었다. 사색에 잠겨 감사하려 들지도 않았다. 오히려 향유를 바른 몸 안에 무겁게 가라앉아, 몸이 곧 영혼이었다.

야곱은 정말로 생각하고 싶었다. 그간에 있었던 모든 일을 돌이켜 보고 신의 뜻을 헤아려 보고 싶었다. 그분은 도망자에게 사랑하는 여인을 보내주셨다. 하지만 자신의 영혼이 영원히 사랑할 여인으로 선택한 그녀를 얼마나 오랫동안 바라보기만 해야 했던가? 그녀에 대한 사랑은 그녀 한 사람에 그치지 않고 그녀가 낳아준 아이한테까지 이어지리라. 에사오에게 눈물을 흘리게 한 대가로 그렇게 오랜 시간 애타게 기다린 끝에 마침내 그녀를 얻게 되는 순간이었다. 야곱은 시간을 이겨낸 자신이 자랑스러웠다. 이 승리를 신을 칭송하며 그분께 바치고 싶었다. 신께서는 결코 두 손놓고 있지 않았던 야곱의 인내심을 통해, 예전에 일곱 개의 머리를 가진 혼돈의 벌레에게 하셨던 것처럼 시간이라는 괴물을 무찌르셨다. 그리하여 마침내 지금껏 간절히 소원했던 것이 현실로 다가와, 바로 곁에 라헬이 있었다. 잠시 후면 그녀가 뒤집어쓰고 있는 베일을 벗기게 되리라.

그의 영혼도 행복하고 싶었다. 그러나 행복은 시간이 길어지면 순수한 성격이 사라져 일상으로 바뀌는 기다림과 마찬가지이다. 오랫동안 일을 하면서 꿈꿔온 행복은 멀리 있을 때와는 달리, 정작 행복을 맛볼 순간이 되면 거룩한 성격을 잃고 육신의 현실로 다가온다. 육신의 삶은 결코 복된 것이 아니다. 오히려 잡종(雜種, 영혼과 물질의 결합체—

옮긴이)으로 부분적으로는 불쾌하다. 이처럼 행복한 순간이 육신의 현실이 되면, 그 행복한 순간을 기다려온 영혼은 땀구멍을 가진 육신이 되고 만다. 사실 영혼이 기다려온 행복한 순간이라는 것도 향유를 듬뿍 발라둔 이 땀구멍이 느끼게 될 행복이었으니까.

야곱은 거기 앉아 허벅지에 힘을 주면서, 자신의 성(性)을 생각했다. 잠시 후 거룩하고 어두운 침상에서 행복한 순간을 만끽해도 되는, 아니 그래야 마땅한 성이었다. 이전에 이 행복은 주님의 손 안에 있었으나, 오늘 이 순간 향신료 냄새를 풍기며 흥청망청 먹고 마시는 잔치로 시작한 이 결혼식은 이쉬타르의 축제였다. 이 순간을 기다려야 하는 자신이 안타까웠던 야곱이었다. 그래서 잊기 위해서라도 더 열심히 일에 매달렸었다. 그러나 지금은 오히려 주님이 안됐다는 생각이 들었다. 그분은 생명과 미래의 주인이시긴 하지만, 소원이 실현되는 순간에는 육신을 대변하는 거짓 신들에게 상석(上席)을 내놓아야 하지 않는가. 지금은 바로 이 거짓 신들의 시간이었다. 그래서 라헬의 옷자락 중에서도 이쉬타르의 나체상을 수놓은 자리만 골라서 입을 맞췄다. 옆에 앉아 있는 라헬은 생산에 바쳐질 순결한 제물이었다.

맞은편에 앉아 있던 라반이 묵직한 팔로 식탁을 누른 채 몸을 앞으로 숙이며 게슴츠레한 눈빛으로 야곱을 뚫어져라 응시했다.

"기뻐하게나, 사위. 마침내 자네의 시간이 왔네. 그동안 일해 준 품삯을 받는 날이지. 자네는 지난 7년 간 내 집에서 열심히 일해 줬어. 결과도 그런대로 만족스러웠네. 오늘 그 품값을 지불하겠네. 물건이나 돈이 아니라, 나긋나긋한 처녀, 내 딸로 말일세. 이제 자네가 간절히 원했던 내 딸을 가져도 되네. 그녀도 자네 품안에서 자네 뜻을 따를 테니 내 딸아이를 마음껏 갖게나. 지금 이 순간 자네 가슴이 얼마나 뛸지 궁금하구먼. 자네 인생에서 참으로 중요한 시간이니까. 어쩌면 자네가 그동안 살아오면서 겪었던 가장 중요한 순간만큼이나 중요할지도 모르지. 자네가 자네 아버지의 장막 안에서 축복을 받아냈던 그때처럼 말이야. 여하튼 자네는 머리가 아주 영리한 사람이네. 자네 어머니도 그렇고!"

야곱은 듣지 않았다.

그러나 라반은 손님들도 다 듣는 자리에서 지저분한 농을 던졌다.

"이제 말해 보게, 사위. 지금 기분이 어떤가? 신부를 안을 생각을 하니까 복에 겨워 정신이 없는가? 그리고 두렵기도 한가? 축복을 받았을 때처럼 그렇게 떨리는가? 아버지 장막 안으로 들어갈 때 덜덜 떨었다고 그랬지? 얼마나 두려운지 허벅지에서 땀이 줄줄 흘렀다고 하지 않았던가? 그래서 에사오 대신, 그 저주받은 형 대신 축복을 얻는다 생각하니 목소리까지 잠겼다고 했었지? 자네는 참 운도 좋은 사람일세. 그런데 아무리 기쁘더라도 조심하게! 중요한 순간에 자네의 생산력을 잠재우면 곤란하니까. 그렇게 되면 신부가 언짢아하지 않겠어?"

그 말에 사람들 모두 웃음을 터뜨렸다. 야곱도 웃었다.

그리고 신부의 옷자락에 수놓아진 이쉬타르에게 입을 맞췄다. 주님으로부터 그 시간의 주인 자리를 넘겨받은 여신에게 말이다. 그때 라반이 무거운 몸을 일으켰는데 약간 휘청거렸다.

"자, 벌써 자정이군. 이리 가까이 다가오너라. 너희 두 사람을 하나로 묶어 줄 테니."

구경꾼들이 우르르 몰려들었다. 신랑은 신부와 함께 신부 아버지 앞에 무릎을 꿇었다. 그러자 라반이 신랑에게 신부를 아내로 맞아들여 그녀에게 꽃을 건네주겠느냐고 물었다. 야곱이 그러겠노라고 대답했다. 그러자 라반은 다시 야곱에게 집안은 좋으냐, 앞으로 아내를 부자로 만들어주고, 그녀로 하여금 많은 자식을 낳도록 해주겠느냐고 물었다. 야곱은 자신은 큰사람의 자식이며 그녀의 품을 은과 금으로 채울 것이며, 그녀로 하여금 정원의 열매처럼 많은 결실을 맺게 하겠다고 대답했다. 그러자 라반은 두 사람의 가운데 서서 두 사람의 이마를 쓰다듬고, 손을 얹었다. 그런 다음 두 사람에게 일어서서 서로 포옹하라고 말했다. 이제 두 사람은 부부가 되었다. 그리고 신부를 어머니에게로 다시 인도한 후, 자신은 사위의 손을 잡고 앞장섰다. 하객들이 따라오면서 노래를 부르기 시작했다.

라반이 계단을 내려와 포장된 안뜰 쪽으로 사위를 인도하자 악사들이 행렬의 선두에 나섰다. 그 뒤로 횃불을 든 노예들, 그 다음에는 아이들이 섰다. 아이들이 들고 있는 향로 위로 뭉게구름이 피어올랐다. 그윽한 향기를 맡으며 야곱은 라반의 안내로 걸음을 옮겼다. 오른손에는 하얗게 꽃이 핀 미르테 가지를 들었다.

사람들은 소리 높여 노래를 불렀다. 하지만 야곱은 큰소리로 따라 부르지는 않았다. 어쩌다 라반이 옆구리를 찌르면 그제야 마지못해 입을 열어 몇 소절 흉내만 냈다. 라반은 굵은 저음으로 열심히 노래했다. 아마도 줄줄이 외고 있는 듯했다. 그 노래는 이제나저제나 동침할 순간만 기다리느라 몸이 단 한 쌍의 연인에 얽힌 달콤한 사랑 노래였다. 사람들은 지금 막 신랑이 신부를 데리고 집으로 가는 행렬을 묘사하는 대목을 부르는 중이었다.

"초원 쪽에서 행렬이 다가오고, 라벤델유와 미르라향이 하늘 높이 솟구치는데 저기 신랑이 보이네. 머리에 쓰고 있는 화관은 늙으신 어머니가 결혼하는 아들을 위해 만들어주셨다네."

물론 야곱에게는 맞지 않는 노래였다. 그의 어머니는 멀리 계셨으니까. 야곱은 집에서 도망쳐 나온 신세가 아니던가. 노래의 주인공은 신부를 데리고 자신을 낳아주신 부모님이 계신 집으로 데리고 가지만 야곱의 경우는 달랐다. 그래서 라반은 그 대목을 유난히 더 큰소리로 부르는 것 같았다. 야곱으로 하여금 자신의 난처한 처지를 절감하게 할 생각에서 말이다.

노래의 다음 대목은 신랑과 신부가 나누는 다정한 대화였다. 상대방이 황홀할 정도로 서로를 칭송하며 자신들이 얼마나 서로를 갈망하는지 노래하는 가사였다. 그러나 마지막에 이르러 두 사람은 다른 사람들에게 부탁도 했다.

"다음 날 아침 너무 일찍 깨우지 마세요. 황홀한 쾌락에 취해 깊은 잠을 즐길 수 있게 해주세요. 신랑이 신부의 몸 안에서 달콤한 잠을 충분히 자도록 내버려두세요. 저희들이 알아서 일어날 때까지, 제발, 깨우지 마세요."

그들은 노래 속에서 들판의 노루와 암사슴의 이름을 대며 사람들에게 그렇게 주문했다. 사람들은 한 소절 한 소절, 감정을 살려가며 노래를 불렀다. 그리고 향불을 들고 가는 아이들까지 내용도 모르면서 열심히 따라 불렀다.

유난히 바람이 기승을 부리던 그날 밤, 달빛도 쇠진해진 한밤중에 사람들은 이렇게 노래를 부르면서 라반의 집 주위를 한바퀴 돌고, 다시 한번 더 돌았다. 이윽고 행렬이 안채의 야자수 나무문 앞에 이르렀다. 악사들이 맨 앞에 서서 1층의 침실 앞으로 나아갔다. 거기에도 문이 하나 있었다. 라반은 야곱의 손을 잡고 그 안으로 인도한 다음, 야곱이 식탁과 침대가 있는 곳을 알아볼 수 있도록 횃불로 방 안을 비추었다. 그리고 야곱에게 남자가 지녀야 마땅한 힘에 축복이 있기를 기원한다는 말을 남긴 채, 일행들이 몰려 있는 문 쪽으로 발길을 돌렸다. 사람들은 다시 노래를 부르며 밖으로 나갔다. 야곱만 혼자 남은 것이다.

야곱의 기억에 이보다 더 또렷하게 남는 순간은 없었다. 수십 년 후, 아니 백발이 되어서도 그랬고, 죽음을 앞둔 자리에서도 그는 당시 첫날밤을 보낼 어두운 침실에 혼자 있던 장면을 자세하게 들려줄 수 있었다.

바람이 들이치던 그 침실. 지붕 밑의 창 틈새로 밀고 들어온 밤바람이 뜰 쪽의 창문 밖으로 몰려 나갔다. 라반이 횃불을 비춰 줬을 때 벽을 치장한 양탄자를 봤었다. 지금은 그 양탄자까지 바람에 펄럭거렸다. 아래층은 바로 문서보관소이자 무덤이었다. 유골과 수호신상(守護神像)들과 영수증이 즐비한 곳 말이다. 발 아래 얇은 바닥양탄자가 느껴졌다. 결혼식을 위해 특별히 깔아놓은 것이다. 작은 문고리도 잡아보았다. 야곱은 양팔을 앞으로 내밀고 조심조심 침상이 있는 곳으로 걸어갔다. 집안에는 침상이 모두 세 개 있었다. 이 침상은 그중에서 제일 좋은 침상이었다. 예전에 7년 전, 처음 이 집에 와서 식사를 했을 때, 라반과 아디나가 앉아 있던 바로 그 침상이었다. 이것은 일종의 소파였다. 다리는 금속을 입히고 머리 받침대도 있었다. 손으로 더듬어보니, 청동 테두리에 푹신한 속을 넣고 둥글게 만든 이 머리 받침대에 기대 놓은 베개가 만져졌다. 나무틀 위에 매트를 깔고 그 위에 아마포를 씌운 침상은 폭이 좁았다. 옆에 맥주와 간식이 마련된 탁자 하나와 등받이 없는 의자도 두 개 있었다. 거기에도 천을 씌워두었다. 침상 머리맡에 등잔대가 서 있었다. 그러나 등잔에는 기름이 없었다.

바람이 들이치는 어두운 방에서 등잔은 있으나 불을 밝힐 기름이 없다는 사실을 막 확인하는 순간, 밖에서 시끄러운 소리가 들렸다. 바깥까지 다시 한바퀴 돌다 온 사람들이 집 앞에 도착하여 쿵쾅거리며 신부를 데리러 가는 중인 듯했다. 야곱은 침대에 걸터앉았다. 손에는 여전히 꽃이 들려 있었다. 그리고 귀를 기울였다. 사람들의 행렬이 다시 집에서 멀어지고 있었다. 하프와 심벌즈 연주자들이 맨 앞에 있었다. 사랑스럽고 매혹적인 라헬, 그의 마음을 송두리째 사로잡은 그녀도 여전히 베일을 쓴 채 그 자리에 있으리라. 자신한테 했듯이 라반이 그녀의 손을 잡고 있겠지. 어쩌면 어머니 아디나도 곁에 있는지 모른다. 사람들이 합창하는 결혼식 축가가 들려왔다. 노랫소리가 가까이 왔다가는 다시 멀어졌다. 이윽고 사람들이 행진을 마치고 집 쪽으로 다가오자 이런 노래 소리가 들렸다.

"내 남자친구는 내 사람이라네. 온전히 내 사람이라네.
나는 갇혀 있는 정원, 온갖 매혹적인 열매들로 가득한 정원,
가장 황홀한 향기를 듬뿍 담고 있는 열매들.
어서 와요, 사랑스러운 그대, 내 정원으로 오세요!
이리 와서 용감하게 매혹적인 열매들을 따세요.
그리고 열매가 선사하는 달콤한 즙을 마음껏 즐기세요!"

합창하는 사람들이 문 앞에 이르렀다. 살며시 문이 열리는가 싶더니, 노래와 연주 소리가 밀물처럼 고스란히 방 안으로 밀려 들어왔다. 그리고 베일을 두른 자가 방 안으로 들어섰다. 라반이 안으로 들이 민 것이었다. 문은 곧 닫혔고 이제 어둠 속에 남은 건 둘뿐이었다.

야곱은 바깥에 사람들이 물러날 때까지 잠시 기다린 후

입을 열었다.

"라헬, 당신이오?"

그 물음은 하나마나 한 질문처럼 들렸다. 함께 여행하다가 한발 먼저 도착한 사람이 조금 후에 당도한 사람에게 '이제 돌아왔소?' 라고 묻는 것처럼. 아마도 상대방은 이런 질문 앞에서 대답 대신 웃음을 터뜨릴 것이다. 그러나 야곱은 그녀가 고개를 끄덕이는 소리를 들었다. 그녀가 쓰고 있는 가볍기도 하고 무겁기도 한 베일이 차르르 소리를 냈던 것이다.

"오, 내 사랑, 귀여운 여인, 나의 비둘기, 내 마음을 사로잡은 귀여운 여인."

야곱의 간절한 음성이 들려왔다.

"너무 어둡고 바람까지 이렇게 들이치니. 나는 지금 침상에 앉아 있소. 침상이 어디 있는지 못 봤다면, 똑바로 걸어들어와 약간 오른쪽으로 꺾으면 되오. 자, 어서 와요. 탁자에 부딪치지 않도록 조심해요. 당신의 부드러운 살갗에 시퍼런 멍이 들면 안 되니까. 그리고 맥주를 엎지를 수도 있으니 조심해요. 내가 맥주를 먹고 싶어서, 목이 말라서 하는 말은 아니라오. 내가 목말라 하는 것은 오로지 그대뿐이라오, 오 내 귀여운 사랑. 사람들이 당신을 내게로 인도해줘서 얼마나 좋은지 모르겠소. 이렇게 바람이 들이치는 방안에서 더 이상 당신을 기다리지 않아도 되니까 말이오. 이제 오고 있소? 내가 당신 쪽으로 가고 싶지만, 여기 앉아서 당신을 기다렸다가 그대에게 꽃을 건네주는 게 이곳 법도인 것 같소. 물론 보는 사람은 없지만 정해진 규범을 지키는 게 좋으니까. 그렇게 해야 우리가 합법적으로 부부가 되는 것일 테니까 말이오. 그토록 오랜 세월 애타게 기다렸던 것이 바로 결혼이었지 않소."

야곱은 이 말을 하며 목이 메었다. 참고 또 참고, 한편으로는 초조한 마음을 달래며 이 시간을 위해 기다려온 숱한 나날들이 주마등처럼 스쳐 지나가며 가슴이 울컥한 것이다. 자신만 기다린 게 아니었다. 그녀 역시 이 순간을 얼마나 가슴 졸이며 기다렸던가. 이 얼마나 감격적인 순간인가. 그는 가슴이 벅찼다. 감동과 쾌락, 부드러워진 마음과 간절한 욕망이 함께 하는 것이 온전한 사랑이다. 깊은 감동의 물결에 몸을 맡긴 그의 눈에서 눈물이 흘러내렸다. 그 순간 야곱은 자신의 남성이 빳빳하게 긴장하는 것을 느꼈다.

"이제 당신이 내 곁에 왔구려."

야곱이 말했다.

"이 어둠 속에서 당신도 나를 발견했구려. 열이레 동안의 여행을 마치고 내가 당신을 발견했던 것처럼. 당신은 그때 양들과 함께 내 쪽으로 다가와 이렇게 말했었소. '아, 낯선 사람도 한 명 있군요!' 그때 우리는 사람들 사이에서 서로를 선택한 거요. 그리고 난 당신을 위해 7년을 일했소. 이제 그 시간이 다 지나갔소. 나의 노루, 나의 비둘기, 여기 꽃이 있소! 당신은 볼 수도, 발견할 수도 없으니, 내가 당신 손을 나뭇가지로 인도하겠소. 자, 이 꽃을 받아요. 내가 건네주리다. 당신이 꽃을 받았으니 우리는 하나가 된 것이오. 하지만 당신 손은 계속 잡고 있겠소. 내가 얼마나 당신 손을 사랑하는지 모를 거요. 그대의 손가락 마디 하나하나까지 사랑하오. 난 당신 손을 잘 아오. 이 어두움 속에서 당신 손을 다시 알아보니 얼마나 기쁜지 모르겠소. 지금 내게는 그대의 손이 그대 자신이고 그대의 온몸이나 마찬가지라 오. 하지만 당신은 밀단을 묶듯이 온몸에 장미 화환을 둘렀 구려. 오, 내 사랑, 나의 누이, 이제 내 곁으로 앉아요. 내가 조금 당겨 앉으면 우리 두 사람 다 충분히 앉을 수 있다오. 아니 세 사람이라도 앉겠소. 하지만 이렇게 우리 둘만 남겨 두셨으니 주님께 감사드리고 싶소. 보는 사람 없이, 내가 당신 곁에 있고 당신이 내 곁에 있으니 얼마나 감사한지! 난 오로지 당신만을 사랑하오. 당신의 아름답고 귀여운 얼 굴 때문이라오. 물론 지금은 볼 수 없지만, 지금껏 수천 번 도 더 바라보고 입을 맞춘 얼굴이오. 그대의 얼굴을 이토록 사랑하는 이유는 마치 장미처럼 당신의 몸을 아름답게 치 장해 주기 때문이라오. 당신이 라헬이라고 생각하니, 나와 그렇게 자주 함께 했지만, 이렇게 단둘이 있어 본 적은 없 는 내 사랑 라헬이라고 생각하니 가슴이 두근거린다오. 내 가 이 순간을 얼마나 기다려왔는지 모르오. 당신 또한 나를 기다려왔소. 그리고 지금도 내 곁에서 나의 부드러운 애무 를 기다리는 그대를 보니 가슴이 달아올라 얼마나 황홀한 지 정신을 차릴 수가 없구려. 순결한 당신을 감싸주는 아름 다운 베일 옷보다 더 두꺼운 어두움이 우리 두 사람을 감싸 고 있소. 어두움이 얼마나 두꺼운지 그 사이를 뚫고 당신을 볼 수가 없구려. 우리들의 눈은 멀었지만, 다른 감각의 눈 은 멀지 않았으니 얼마나 다행이오. 이야기를 나누면 서로 목소리를 들을 수 있으니 어두움도 더 이상 우리를 갈라놓

지 못한다오. 오, 나의 영혼, 내 사랑. 말 좀 해봐요. 그대에
게도 이 위대한 시간이 황홀하오?"

"황홀해요. 주인님." 그녀가 나직이 말했다.

"언니 레아가 하는 말 같구려. 말뜻이 아니라 말소리가
그렇다는 말이오. 하기야 자매가 음성이 비슷한 건 당연한
일이오. 같은 아버지가 같은 어머니한테서 생산한 자매니
까. 시간 속에서야 조금 다른 모습으로 따로 살지만, 근본
은 하나니까. 아, 경솔한 말을 하는구려. 주위가 어두워 내
이야기까지 눈이 멀었나 보오. 그래서는 안 되는데, 마치
바깥의 어두움이 밀치고 들어와 내 말까지 어두움에 적셔
나로 하여 어리석고 몽매한 이야기를 하게 하는 것 같아서
겁이 덜컥 나는구려. 그러니 조금 전에 내가 했던 말은 잊
어버리고, 우리가 다른 사람과 구별되어 당신은 라헬이며,
나는 내 붉은 형 에사오가 아니라 바로 야곱이라는 사실에
기뻐합시다! 그리고 우리로 하여금 다른 사람이 아니라 우
리 자신이 될 수 있도록 해주신 신께 찬양을 드립시다. 우
리 조상들과 나는 가축 우리 옆에서 도대체 신은 누굴까 하
고 깊은 사색에 잠기곤 했다오. 우리 아이들과 아이들의 아
이들도 이 점을 본받을 것이오. 지금 이 시간 내 이야기에
서 어두움을 물리치기 위해서라도 꼭 밝혀야겠소. '신이 곧
구별이시다!' (어두움의 반대인 밝음은 신의 특성. 어두우면 사
물을 구분할 수 없다. 밝은 곳에서 선악을 비롯하여 모든 구별이
가능하다. 인간을 다른 동물과 구분하여 인간이라 하는 것이나,
모든 존재와 상태의 구분도, 한마디로 인식, 즉 이성적 행위를 신
의 특성으로 이해해도 되고, 나머지 철학적인 이해는 독자 여러

분에게 맡긴다—옮긴이)라고 말이오. 그러니 이제 나는 사랑하는 그대를 볼 수 있는 손으로 보기 위해서 그대의 베일을 벗겨 조심스럽게 여기 의자 위에 올려놓겠소. 그럼 자수로 가득한 귀한 베일이니까. 그리고 자손 대대로 가장 총애하는 자식에게 물려주기로 합시다. 아, 당신의 머리카락, 검은 머리카락. 얼마나 사랑스러운지. 난 이 머리카락을 아주 잘 안다오. 그 향기도 알고 있소. 다른 누구도 흉내 낼 수 없는 향기라오. 이제 나는 당신의 머리카락을 내 입술로 가져가오. 지금 어두움이 뭘 할 수 있겠소? 내 입술과 당신의 머리카락 사이로 감히 끼어들 수 있겠소? 여기 당신의 두 눈이 있구려. 지금 이 밤중에 미소 짓는 검은 밤. 보드랍게 패인 눈. 눈 밑에 있는 이 부드러운 살. 그대가 조바심으로 눈물을 흘릴 때면, 몇 번이고 입술을 가져가 눈물을 훔쳐주곤 했었소. 내 입술이 흠뻑 젖을 정도로. 여기 당신의 볼이 있구려. 새털처럼, 제일 비싼 외국산 염소털처럼 정말 보드랍구려. 여기 당신의 어깨, 손으로 만져보니, 낮에 눈으로 직접 보는 것보다는 더 풍만해 보이는구려. 여기는 당신의 팔, 그리고 여기는……."

그는 말을 멈췄다. 볼 수 있는 그의 두 손이 그녀의 얼굴을 떠나 몸을 더듬느라 살갗에 닿는 사이 이쉬타르 여신이 두 사람 모두를 깊숙이 뼛속까지 달아오르게 했던 것이다. 그리고 하늘의 황소가 입김을 불어넣어, 야곱은 어느새 하늘의 황소처럼 거친 숨을 몰아쉬었고, 그 호흡은 곧 그녀의 호흡과 하나가 되었다.

라반의 자식은 밤새도록 야곱에게 황홀한 동반자가 되어

주었다. 육체적인 쾌락을 탐닉하는 면에서도 더할 수 없었고, 자식을 생산하려는 의욕도 대단하여, 몇 번이고 야곱을 받아들였던 것이다. 물론 두 사람이 그 횟수를 헤아린 것은 아니지만, 훗날 목자들은 질문을 주거니 받거니 하면서 무려 아홉 번이었다고 대답했다.

나중에 야곱은 그녀의 손을 베고 바닥에서 잠이 들었다. 침상이 너무 좁아서 그녀나 편히 쉬라고 자신은 바닥으로 내려와서 침상 옆에서 쪼그리고 잔 것이다. 침상 가장자리에 놓인 그녀의 손에 볼을 얹은 채였다.

아침이 밝아왔다. 주변은 고요했다. 희뿌연 여명을 앞세운 아침이 창문 앞에 우뚝 서서는 천천히 침상을 밝혀 주기 시작했다. 야곱이 먼저 잠에서 깨어났다. 눈썹 아래를 밀치고 들어오는 낮의 빛, 즉 햇살과 정적 탓이었다. 밤새도록 집 안팎에서 잔치를 계속하느라 시끄러운 소음과 웃음소리로 소란스럽더니 새벽이 되어 신혼부부가 잠이 든 이후에 주변이 조용해진 것이다. 아무리 기쁨으로 충만한 밤이었지만, 아무래도 잠자리가 불편했던 터라 먼저 잠을 깬 야곱은 몸을 뒤척이다가 그녀의 손을 느꼈다. 그리고 당연한 수순이지만, 손에 입을 맞추려고 입을 가져갔다. 그런 다음 곤히 잠자는 연인의 얼굴을 바라보려고 고개를 들었다. 아직 잠이 덜 깬 상태라 여전히 무겁게 감겨들고, 초점도 제대로 잡히지 않은 두 눈으로 그는 바라보았다. 그리고 보았다, 레아를. 거기 그녀가 있었다.

그는 눈을 내리 감고 미소를 지으며 고개를 흔들었다. 가슴과 내장이 뒤틀리기 전까지만 해도, 에이 그럴 리가 있나 생각했다. 아, 이것 보게! 이것 좀 봐! 조롱 섞인 아침의 기만, 익살스러운 눈속임! 밤새도록 가리고 있던 어두움도 걷혀 자유로워진 두 눈이 이처럼 멍청한 척하다니. 아니 어쩌면 자매들은 비밀스럽게 그처럼 닮은 것인지도 모른다. 언뜻 보면 어디가 어떻게 닮았는지, 구체적으로 꼬집어 말할 수는 없어도 말이다. 그러다 잠을 잘 때면 닮은 데가 드러나는 것일까? 그러니까 어디 다시 한번보자!

그러나 야곱은 여전히 뜸을 들이느라 선뜻 눈길을 주지 못했다. 두려웠던 것이다. 혼자 뭐라고 뇌까린 이야기도 그의 가슴을 채운 공포가 토해 낸 말이었을 뿐이다. 그는 그녀의 머리카락이 금발이고 코가 약간 붉은 것도 보았다. 두 주먹으로 눈을 비빈 다음 다시 쳐다보았다. 레아였다. 그녀가 잠을 자고 있었다.

머릿속에 온갖 생각들이 뒤죽박죽으로 쳐들고 일어났다. 어떻게 라헬이 있어야 할 곳에 레아가 있단 말인가? 간밤에 사람들이 이 방 안으로 밀어 넣은 라헬은, 밤새 동침한 라헬은 어디 가고? 침상에서 비틀거리며 뒷걸음치던 야곱이 방 한가운데 우뚝 멈춰 섰다. 속옷 바람으로 양 볼에 주먹을 갖다댄 채였다.

"레아!"

잠겨드는 목에서 있는 대로 소리를 질렀다. 그녀가 벌떡 일어나 앉았다. 그녀는 눈을 껌벅이며 미소를 지었고, 습관처럼 눈썹을 내리깔았다. 한쪽 어깨와 젖가슴이 알몸이었다. 하얗고 아름다웠다.

"야곱, 서방님. 아버지 뜻을 따르세요. 아버지가 원하신 일이에요. 신들께서 제게 자식들을 주시면 서방님도 아버지와 신들께 감사하게 될 거예요."

"레아."

야곱은 말을 더듬으며 손을 목으로 가져갔다가 이마도 만져보고 가슴에 갖다대기도 했다.

"도대체 언제부터 여기 있었소?"

"처음부터 저였어요." 그녀가 대답했다.

"베일을 쓰고 이 방 안으로 들어온 순간부터 간밤 내내 전 당신 사람이었어요. 라헬이나 마찬가지로 전 당신을 사모해왔어요. 지붕 위에서 당신을 처음 본 그 순간부터 지금까지 줄곧 그랬어요. 그리고 전 그 사실을 밤새도록 증명했어요. 생각해 보세요. 한순간이라도 제가 당신께 충실하지 않았던 적이 있는지. 전 밤새 한 여자가 할 수 있는 최선을 다해 당신을 섬겼어요. 그리고 용감하게 즐겼어요! 그래서 서방님의 씨를 받았어요. 이건 확실해요. 이 씨앗은 아들이 될 거예요. 힘이 세고 착실한 아들 말이에요. 이름을 르우벤이라 부를 거예요."

그제야 야곱은 곰곰이 생각해 보았다. 밤새도록 자신은 그녀를 라헬인 줄로만 알았다. 그는 벽 쪽으로 걸어갔다. 한 팔로 벽을 짚고 거기 이마를 파묻은 야곱은 통곡하기 시작했다.

한동안 그렇게 그 자리에 서 있었다. 가슴이 찢어지는 듯했다. 속이 뒤집히고 돌아버릴 것 같았다. 아니 자신이 의심스러웠다. 어떻게 밤새도록 그녀를 라헬인 줄 알고 동침할 수 있었단 말인가. 그렇게 행복해 했는데, 모든 게 기만

이었단 말인가. 그토록 오랜 세월 참아내면서 마침내 시간을 이겼다 생각하고 얼마나 뿌듯했던가. 고대했던 행복한 순간이 이토록 수치스럽게 망가지다니.

레아는 할 말을 잃고 몇 번인가 따라 울었다. 얼마 전 동생과 함께 울었던 것처럼 그렇게. 그토록 여러 번 그의 몸을 받아들였건만, 자신은 여전히 그에게 보잘것없는 존재라니, 그녀는 가슴이 미어졌다. 그래도 힘센 아들 르우벤을 얻게 된다 생각하니 그나마 위로가 되었다.

야곱은 그녀를 버려두고 밖으로 뛰쳐나갔다. 하마터면 발부리에 채여 넘어질 뻔했다. 집안 곳곳에 쓰러져 자는 사람들 때문이었다. 모두들 잔칫상이 있던 자리에 그대로 곯아떨어져 있었다. 담요와 매트를 깔고 자는 사람이 있는가 하면, 맨바닥에 그냥 쓰러진 자도 있었다.

"라반!"

야곱이 외쳤다. 그리고 잠꼬대하는 사람, 코를 고는 사람, 몸을 뒤척이는 사람들을 뛰어넘으며 다시 외쳤다.

"라반!"

이번에는 처음보다 목소리를 낮추었다. 밤새워 술을 마시고 새벽녘에야 눈을 붙인 그들의 단잠을 방해하고 싶지 않아서였다. 가슴이 찢어지고, 이번만은 그냥 넘어갈 수 없다, 그토록 끓어오르는 울분에 몸서리치면서도 이렇게 다른 사람을 배려하는 야곱이었다.

"라반, 어디 계십니까?"

집주인 라반의 방문 앞이었다. 라반은 아내 아디나 곁에서 곤히 자고 있었다. 야곱이 방문을 두드렸다.

"라반, 밖으로 나와 보십시오!"

"에이, 참!"

라반의 목소리였다.

"아직 날도 안 밝았는데, 간밤에 술 마시고 지금 막 잠들었구만, 누가 깨우고 난리야?"

"접니다. 어서 나오세요!"

야곱이 대답했다.

"아, 자네구먼, 내 사위. 그런데 아이처럼 '접니다'가 뭔가. 그러면 누군 줄 다 아는가. 나야 자네 목소리를 아니까 알아듣는 거지. 여하튼 사위가 나와 보라니 나가겠네. 이런 꼭두새벽에 무슨 할 말이 있는지 들어는 봐야 할 테니까. 막 단잠에 빠져 있긴 했지만, 어쩌겠나 나가봐야지."

라반은 속옷 차림이었다. 헝클어진 머리 아래로 눈이 깜박였다.

"자, 나왔네. 한참 달게 자던 중인데. 자네도 자지 않고 왜 이렇게 나돌아다니나?"

"레아예요."

야곱의 입술이 떨렸다. 하지만 라반은 태연했다.

"당연하지. 자네도 알고 나도 아는 사실인데, 새삼스럽게 그 말을 하려고 단잠을 깨웠단 말인가?"

참는 데도 한계가 있었다. 야곱은 버럭 소리를 질렀다.

"이, 용 같은 사람, 호랑이, 악마! 그 말을 하러 온 게 아닙니다. 난 지금에야 알았습니다. 내가 얼마나 고통스러운지 아십니까? 그래서 따지러 온 겁니다."

"제발 소리 좀 낮춰!"

라반도 지지 않았다.

"상황을 보고도 모른다면 나라도 명령할 수밖에. 자, 보게. 난 자네 외삼촌이고 장인일세. 그리고 자네를 먹여 주는 사람인데, 나한테 자네가 고래고래 소리를 지르며 악을 써서야 되는가? 게다가 지금 온 집안에 자네도 보다시피, 하객들이 잠을 자고 있는데 그러면 쓰나. 몇 시간 뒤에 나하고 사냥 나갈 사람들일세. 사막과 갈대 숲에서 자고새나 느시새를 잡을 망을 치고 수멧돼지 한 놈을 잡아 그 위에 제주(祭酒)를 부을 걸세. 그러려면 힘이 필요하니, 한잠 푹 자둬야 해. 저녁이면 다시 술도 마셔야 하니까, 지금 못 자면 곤란해. 그리고 참, 자네도 닷새째 되는 날이면 신방에서 나와 우리하고 즐거운 사냥을 나가야 하네."

"즐거운 사냥 따위엔 관심 없습니다."

야곱이 말을 막았다.

"그럴 정신이 어디 있습니까? 당신 때문에 이처럼 수치스럽게 망가진 게 억울하고 분해서 내 영혼의 한 맺힌 원성이 하늘을 찌를 판인데, 사냥이라니요. 이건 모두 당신 탓입니다. 당신은 비열하고 잔인하게 날 속였습니다. 라헬을 얻으려고 종살이를 한 건데 당신은 그녀 대신 레아를 들였습니다. 이제 나더러 어쩌란 겁니까? 이세 어쩌실 겁니까?"

"내 말을 좀 들어보게."

라반이 입을 열었다.

"내가 자네라면 그런 말은 입 밖에도 내지 않겠네. 부끄러워서라도 그런 말은 못하지. 내가 알기로는 저기 아무르 땅에 자네 때문에 울고 있는 자가 있지 아마? 자네한테 당한 게 분하고 원통해서 머리카락을 쥐어뜯으며 자네 목숨을 노리고 있는 그 거친 자라면 속았다는 말을 할 수 있겠지. 자기가 한 일을 부끄러워할 줄 모르는 자네 때문에 오히려 내가 부끄러워해야 하다니, 영 기분이 안 좋구먼. 그런데 나더러 자네를 속였다고? 어떤 면에서? 내가 순결하지 않은 신부를 건네줬다는 건가? 일곱 계단을 올라가 신의 팔에 안길 만한 가치가 없는, 정결하지 않은 신부를 줬는가? 아니면 몸이 성치 않거나, 혹은 자네가 주는 고통을 참지 못해 난리법석을 떠는 그런 쓸모없는 신부를 줬던가? 그녀가 자네 뜻을 거역하고, 자네가 쾌락을 얻을 수 있도록 정성껏 봉사하지 않더란 말인가? 내가 그런 식으로 자네를 속였던가?"

"아닙니다."

야곱이 말했다.

"그건 아닙니다. 레아는 자식을 생산하는 면에서는 대단합니다. 하지만 당신은 잔꾀를 부려 내가 아무것도 못 보고, 밤새도록 레아를 라헬로 여기게 만들었습니다. 나는 그런 줄도 모르고 가짜에게 내가 가진 가장 좋은 것을 쏟아붓고 내 영혼까지 바쳤습니다. 지금 생각하면 후회막급이라 말문이 막힙니다. 늑대가 아니고서야 어떻게 사람한테 이런 상처를 줄 수 있습니까?"

"자네는 거침없이 날 사막의 짐승이나 악마 취급을 하는데, 내가 자네를 속였다고 말야. 하지만 난 단지 관습을 지켰을 뿐이야. 나처럼 반듯하게 사는 남자가 어떻게 거룩한 관습을 거역하겠나. 아무르 땅, 혹은 고그 왕이 다스리는 나라는 어떤지 몰라도, 우리 나라에서는 큰딸을 제쳐두고 여동생을 먼저 시집보내는 예가 없어. 그런 일은 전통에 뺨을 갈기는 것과 마찬가지거든. 그러니 법을 잘 지키고, 체면을 아는 남자라면 누구든 나처럼 했을 거야. 게다가 어리석은 자네한테는 아버지로서 그렇게 할 수밖에 없었어. 부모의 도리를 다한 현명한 행동이었다는 말일세. 왜냐하면 자네는 무례하게도 큰딸에 대한 내 사랑에 상처를 주었거든. 언젠가 자네가 그랬지. '레아는 남자로서의 제 욕망에 불을 지피지 못합니다'라고. 그러니 나는 그런 자네를 마땅히 경계해야 했어. 이제 자네는 그녀가 자네의 욕망에 불을 지피는지, 아닌지 잘 보았을 것 아닌가?"

"아무것도 못 봤습니다!"

야곱이 소리쳤다.

"전 라헬을 포옹한 겁니다!"

"그래. 하지만 이른 아침에 모든 게 드러나지 않았나."

라반이 조롱하듯 말했다.

"내 작은 딸 라헬도 불평할 이유가 없네. 현실은 레아였지만 자네는 라헬이라고 생각했으니까. 하지만 나는 자네한테 가르쳐 줬어. 레아에 대한 자네 생각이 옳지 않았다는 사실을 말야. 다음번에 자네 생각과 현실이 일치하는 여자를 끌어안으면 될 것 아닌가."

"그렇다면 라헬을 주시겠다는 겁니까?"

야곱이 물었다.

"당연하지." 라반이 말했다.

"자네가 원한다면야. 단, 법이 정한 대로 몸값을 치러야 지."

그러자 야곱이 외쳤다.

"라헬을 얻으려고 7년이나 일했습니다!"

그러나 라반은 정색을 하면서 단호하게 말했다.

"자네는 내 딸 한 명을 얻기 위해 일했어. 이제 둘째 딸도 가지고 싶다면, 말릴 이유가 없네. 몸값만 또 치르게!"

야곱은 말이 없었다. 그러다 이윽고 입을 열었다.

"지참금과 예물을 마련하겠습니다. 거래를 하면서 알게 된 사람들한테 은 1미나를 빌리면 될 것이고, 신부의 허리 띠에 묶어줄 예물은 그동안 제가 모아둔 재산으로 충당하 겠습니다. 그사이 저도 모르는 사이 재산이 조금 생겨서 그 전처럼 가난하지는 않으니까요."

"또 이렇게 미련한 소리를 하는군."

라반은 안됐다는 듯 고개를 내저었다.

"가슴에 묻어둬야 할 말을 어쩜 그렇게 쉽게 뱉는가. 상 대방이 모른 척하고 그런 이야기를 안 꺼내는 걸 다행으로 생각해야 할 텐데. 부끄러운 줄도 모르고 자기가 먼저 시끄 럽게 떠들어대니 내가 더 민망하네. 자네가 나 몰래 재산을 모았다는 둥, 그런 이야기는 안 들은 걸로 하겠네. 나는 자 네한테, 그게 누구 것이든, 은을 지참금으로 받을 생각도 없고 예물을 받고 싶지도 않네. 자네가 꼭 내 둘째 딸을 얻 고 싶다면 다시 내 밑에서 종살이를 하게. 첫째 딸을 위해 일한 것만큼."

"이 늑대!"

야곱은 자제력을 잃었다.

"그럼 7년 후에야 라헬을 주겠다는 거요?"

"누가 그러던가?"

라반이 비웃고 나섰다.

"나는 운도 뗀 적이 없는데, 누가 그런 말을 했다는 건가? 말도 안 되는 소리를 지껄이는 건 바로 자네야. 그리고는 나더러 사막의 늑대라고 성급하게 욕을 퍼붓는 거라구. 자기 자식이 사모하는 남자를 당장 얻지 못하고 그 남자가 늙어빠질 때까지 애타게 그리워만 하는 걸 원하는 아버지가 어디 있겠는가. 이제 자네 자리로 돌아가게. 거기서 신혼 주간 동안 자네 할 도리를 다 하면, 두번째 부인과도 동침하게 해줄 걸세. 그러면 자네는 그녀의 남편이 된 대가로 다시 7년을 내 밑에서 일해 줘야 하네."

야곱은 아무 말도 하지 않고 고개를 숙였다.

"말이 없구먼. 내 앞에 무릎 꿇을 생각도 물론 없는 것 같고. 자네가 할 말이 있다 해서 이런 꼭두새벽에 속옷 바람으로 잠까지 설쳐가며 상대해 줘도 고마워할 줄 모르니, 글쎄 뭘 더 어떻게 해야 자네 마음이 돌아설지 정말 궁금하군. 하기야 아직 안 한 이야기가 하나 있긴 하네. 자네는 다른 딸 아이를 얻는 동시에 내가 사들인 두번째 하녀도 얻게 될 걸세. 하녀 질바는 레아에게, 빌하는 라헬의 몸종으로 주겠네. 두번째 경우도 자네 부부에게 줄 은 1미나의 3분의 2는 그 몸종 값으로 칠 걸세. 자, 어떤가. 함께 밤을 보낼 여자가 한꺼번에 4명이나 생겼으니, 이 정도면 바벨 왕, 엘람 왕도 부럽지 않지 않은가! 지금까지야 메마른 수풀 위에 혼자 앉아 있던 자네가 아닌가."

라반의 이런 말에도 야곱은 여전히 꿀먹은 벙어리였다. 그러다 한숨과 함께 입을 열었다.

"당신은 참으로 지독한 사람입니다. 나한테 어떤 짓을 했는지 알지도 못할 뿐더러 그걸 유감스러워하지도 않는 게 분명합니다. 돌덩이처럼 차가운데 어떻게 그런 생각을 할 줄 알겠습니까? 나는 간밤에 내가 가진 가장 좋은 것을 가짜한테 쏟아 부었습니다. 내 영혼까지 바쳤단 말입니다. 진짜 부인을 생각하면 가슴이 찢어지는데, 그런 나더러 레아와 신혼 주간을 채우라니. 그리고 나서 내 살이 피곤해지면, 그때라야 진짜 부인을 취하라는 겁니까? 내가 어디 신이라도 됩니까? 나도 인간인 이상 그때가 되면 내 육신은 배가 부르고, 영혼마저 감각으로 치닫기에는 너무 지쳐서 곯아떨어질 텐데, 그때 소중한 라헬을 아내로 맞으라니! 그런데도 이걸 잘 된 일이라 한단 말입니까? 당신이 나하고 라헬한테 한 짓은 어떤 것으로도 보상될 수 없습니다. 레아한테도 마찬가지죠. 그녀는 지금 침대에서 울고 있습니다. 내가 자기인 줄 모르고 한 행동이라는 걸 깨달았으니까요."

"그럼, 자네 말은 레아와 신혼 주간 동안 신방을 치르면, 남자로서 힘이 딸려서, 두번째 부인한테까지 자식을 생산할 힘은 없을 거라는 건가?"

"그건 당치 않습니다." 야곱이 말했다.

"그렇다면 됐네."

라반의 결론이었다.

"다른 건 괜한 염려고, 지나치게 예민한 허튼소리일 뿐이야. 자, 어떤가? 자네와 나 사이에 새 계약 조건에 동의하는가?"

"네, 좋습니다."

야곱은 그렇게 대답하고 레아가 있는 곳으로 돌아갔다.

신의 질투

이 이야기들은 깊은 사색에 잠긴 노인 야곱의 눈앞에 주마등처럼 지나가는 기억들이다. 주름 깊숙이 새겨진 자신의 옛 기억을 더듬어가노라면, 혼자건, 다른 사람이 곁에 있건, 눈썹이 가운데로 쏠리면서 그 시선은 어디론가 떠다니는 듯했다. 이런 모습을 보면 누구든 숙연해져서 옆 사람의 옆구리를 찌르며 이렇게 말하곤 했다.

"쉿! 조용히 해! 야곱이 자기가 살아온 이야기를 생각하고 있잖아!"

그중 몇 가지는 이미 앞에서 들려주었고, 어떤 것은 제대로 고쳐 잡기도 했다. 그뿐 아니라 앞으로 겪게 될 일들도, 예컨대 서쪽 땅으로의 귀향길과 그곳에 당도했을 때의 정황도 이미 이야기했다. 그러나 귀향하기 전, 라반의 곁에 머물렀던 나머지 17년이라는 세월을 당시의 사건과 이야기들로 채워넣어야 한다. 그중 처음의 사건이 바로 레아와 라헬을 동시에 아내로 맞은 이중 결혼과 르우벤의 출생이다.

르우벤은 그러나 레아의 자식이었지, 라헬의 아들이 아니었다. 레아는 야곱에게 장자를 낳았다. 물론 르우벤은 급류처럼 빠른 경솔함 때문에 훗날 장자 신분을 잃게 된다. 여하튼 야곱의 씨를 받아 뱃속에 고이 간직한 건 라헬이 아니다. 야곱의 감정이 선택한 신부 라헬은 그에게 르우벤을 선사하지 못했다. 르우벤뿐 아니라, 시므온과 레위, 단 그리고 여후다와 즈불룬에 이르기까지 열 명의 아들 중 어떤 아들이 되었건, 그녀가 낳은 아들은 한 명도 없다. 야곱과 동침하지 못해서가 아니다. 신혼 주간이 끝나고 그녀 역시 야곱과 동침했음에도 불구하고.

야곱은 닷새째 되던 날 레아를 떠나 친목 사냥에서 원기를 조금 회복한 후에, 라헬과도 동침했다. 이들의 첫날밤 이야기는 이 자리에서 생략하겠다. 야곱이 라헬을 어떻게 가졌는지는 이미 다 아는 사실이니까. 라반, 그 악마의 농간으로 야곱은 처음에 레아를 통해 라헬을 가졌다. 그 행위는 말 그대로 이중 혼례였다. 실제로는 레아와 자면서 생각으로는 라헬과 잤으므로 두 자매와 동시에 잔 것이니까. 그럼 이것이 실제로 의미하는 바는 무엇일까? 이렇게 보면 르우벤이 라헬의 자식이기도 하다는 뜻이다. 야곱이 라헬인 줄 알고 생산한 자식이니까. 그렇지만 라헬은 그토록 야곱의 자식을 낳고 싶어 열의와 성의를 다했어도 야곱의 씨를 받아 출산하지 못했다. 반면 씨를 받은 레아는 흡족한 표정으로 둥그렇게 솟아오른 단단한 부분에 양손을 포개었고 다소곳이 고개를 숙였다. 그리고 사팔뜨기 시선이 안 보이도록 눈썹을 내리깔았다.

레아는 벽돌 위에서도, 그러니까 아이를 낳으려고 그 위에 무릎을 꿇어서도 그녀는 놀라운 재능을 발휘했다. 단 몇 시간에 모든 게 끝났다. 그건 즐거움 그 자체였다. 르우벤은 쏜살같이 미끄러져 나왔다. 깨 추수철이라 들판에 나가 있던 야곱이 소식을 듣고 급히 달려 왔을 때, 신생아는 이미 소금을 문질러 깨끗하게 씻긴 후 포대기에 싸여져 있었다. 야곱은 그 위에 손을 얹고 집안 사람들이 모두 보는 앞에서 선언했다.

"내 아들!"

라반도 경의를 표했다. 자기처럼 3년 내리 아들을 생산하는 저력을 보이라고 격려하기도 했다. 그러자 저쪽에서 산모도 기쁨을 가누지 못하고 소리쳤다.

"아뇨, 12년 동안 내리 낳겠어요. 단 한순간도 쉬지 않고!"

라헬도 그 소리를 들었다.

그녀는 아기의 요람 곁을 떠날 줄 몰랐다. 흔들어 줄 수 있도록 새끼줄로 천장에 단단히 매달아 놓은 요람이었다. 맞은편에 앉아 아이를 바라보던 라헬은 아기가 울면 얼른 안아 올렸다. 그리고 유선이 퉁퉁 부은 언니의 젖가슴에 아이를 눕혀 주고는, 질리지도 않는지 아기가 충분히 젖을 먹어 얼굴이 빨개지고 배가 볼록해질 때까지 하염없이 지켜보면서 자신의 부드러운 가슴을 지그시 누르곤 했다.

"가련한 내 동생."

그런 라헬을 보고 레아는 이렇게 위로해 주었다.

"속상해 하지 마. 네 차례도 올 거야. 너한텐 기회가 훨씬 많은데 뭘 그러니. 우리 둘의 주인님인 서방님은 오로지 너만을 바라보시는 걸. 내 곁에 하룻밤 머무시면 너한텐 나흘이나 엿새를 머무시는데 네가 아쉬울 게 뭐 있다고 그러니?"

그러나 기회가 아무리 많으면 뭐 하는가? 신의 뜻에 따라 실제로 출산한 건 레아가 아니었던가. 첫 아이를 낳고 막 몸을 추스를 즈음, 그녀는 다시 임신했다. 등에는 르우벤이 업혀 있고, 뱃속에는 시므온이 들어 있었다. 뱃속의 시므온이 자라기 시작해도 입덧으로 고생하지도 않았고, 점점 배가 불러와 흉측하게 몸이 일그러져도 개의치 않았다. 오히려 힘도 여전하고, 기분도 그렇게 좋을 수 없어서, 몸을 풀기 바로 직전까지 그녀는 라반의 과수원에서 일을 하다가, 산기가 느껴지자 표정만 조금 바꾸면서 벽돌을 준비시켰다. 그리고 아주 간단하게 세상 밖으로 나와 재채기를 하는 시므온 앞에서 모두들 놀라 입을 다물지 못했다. 그중에서도 라헬이 특히 더 그랬다. 그렇게 아이한테 탄복하면서 라헬은 얼마나 가슴이 아팠을까! 그 아이는 첫번째 아이와 달랐다. 야곱이 속아서가 아니라 다 알고 생산한 아이였다. 그건 분명한 사실이었다.

그러면 라헬은, 자매 중 동생은 어떻게 된 걸까? 귀엽기만 한 것이 아니라 삶에 대한 각오와 용기가 대단한 라헬이었다. 참으로 진지하게, 그리고 더없이 기쁜 마음으로 야곱을 사랑했던 라헬이었기에, 그만큼 더 간절히 바랐고, 또 확신했다. 야곱과 자신을 쏙 빼닮은 아이를 낳아 줄 수 있으리라고. 한 명이 아니라 쌍둥이까지! 그런데 번번이 맨주먹으로 돌아서야 했다. 레아는 벌써 요람에 두번째 아이를 넣고 흔들어 주는데, 아니 어떻게 이럴 수가 있는가?

설화는 라헬의 비애를 단 한마디로 설명한다. 야곱 앞에서 아무 가치도 없던 레아를 불쌍히 여긴 신께서 그녀에게는 출산의 축복을 주시고, 라헬의 출산은 막으신 거라고. 이것은 다른 설명들과 마찬가지로 짐작일 뿐, 백 퍼센트 옳다고는 할 수 없다. 엘 샤다이, 즉 전능하신 주님께서 직접 나서서 야곱의 뜻이나 혹은 라헬의 소원에 반대되는 자신의 의도가 뭔지 차근차근 밝힌 적도 없지 않은가. 따라서 만일 위에서 소개한 설화의 해석보다 나은 해석이 있다면 당연히 그것을 찾아야 할 것이다. 하지만 이나마도 여기에는 해당되지 않는다. 설화가 제시하는 기존의 해석이 핵심적인 면에서는 지극히 옳기 때문이다.

그 핵심이란, 신의 섭리가 적용되는 대상, 혹은 최소한 그 첫번째 대상이 라헬이나 또는 레아가 아니라는 사실이다. 다시 말해서, 라헬을 불리하게, 혹은 레아에게 유리해지도록 하려는 것이 아니라, 무엇보다도 야곱을 경계하려는 의지가 앞선 것이다. 그렇다면 야곱의 어떤 점이 문제였던가? 그건 야곱의 교만이었다. 엘로힘은, 누구는 좋아하고 누구는 마다하는 자신의 선택적인 감정을 오히려 당당하게 여기는 야곱의 교만을 허락할 생각이 없었다.

야곱은 자신이 선택한 사람에게만 관심과 사랑을 쏟으려는 성향을 자랑스러워했다. 그리고 온 세상 사람들이 이를 무조건 경건한 신앙심으로 받아들여 주기를 원했다. 경건

한 신앙심? 그렇다. 자신은 다만 거룩한 주님을 따라 한 것
뿐이니까. 그분도 자신이 선택한 사람에게만 관심을 쏟지
않으시는가. 그분이 누구를 좋아하든, 그건 그분 마음 아닌
가. 이렇게 그분을 본받으려는 열의, 오히려 그것 때문에,
도리어 그 때문에? 그렇다. 바로 그것 때문에 야곱은 벌을
받았다.

　여기서는 표현에 유의해야 한다. 그러나 이제 곧 등장하
게 될 단어를 다시 한번 이렇게 뒤집어보고, 저렇게 뒤집어
봐도, 이런 결론은 피할 수 없을 것 같다. 앞에서 말한 신의
섭리가 바로 '질투'에서 비롯되었다는 결론이 그것이다.
질투? 그렇다. 신은 자신이 선택한 자가 오로지 자신에게
만 관심을 쏟기 원했다. 야곱의 넘쳐나는 감정을 독점하고
싶었다. 그래서 야곱으로 하여금 무릎을 꿇게 하여 그의 감
정을 차지할 수 있는 우선권이 자신에게 있음을 알려 주려
한 것이다.

　아니, 질투심이라니, 이처럼 유치한 동기로 신의 섭리를
설명하려 하다니, 천부당만부당하다고 열을 올릴 사람도
있으리라. 하지만 그건 지나치게 예민한 반응이다. 생각해
보자. 이 신은 아직 원시 상태를 완전히 벗어난 신이 아니
지 않은가. 그에게는 여전히 정신적으로 완전히 소화해 내
지 못한 부분이 남아 있다. 다른 곳에서도 이미 살펴봤듯
이, 원시 상태의 이 신은 사막의 구릿빛 아들들에게 '야
후', 즉 전쟁과 날씨를 주관하는 주인이었고, 이들은 자신
들을 가리켜 그를 위해 싸우는 전사라 일컬었다. 이때만 해
도 이 신의 모습에는 거룩함보다는 심술궂고 끔찍한 성격

이 더 짙었다.

그러다 이 신은 나그네 아브람 안에서 움직이는 인간 정신과 동맹을 맺게 된다. 이 동맹의 최종 목표는 양쪽 모두 거룩해지는 것이었다. 여기에는 인간과 신의 부족함이 복잡하게 얽혀 있어서, 이러한 협력을 먼저 제안한 쪽이 인간인지, 아니면 신인지조차 분명하지 않다. 그러나 이렇게 아주 깊숙이 하나로 '묶인' 동맹을 통해 신도 거룩해지고 인간도 거룩해지는 이중 과정이 생긴 것이다. 그게 아니라면 무엇 때문에 동맹을 맺었겠는가?

'나처럼 거룩해지거라!'

인간에게 내린 신의 이러한 명령은 신 또한 인간을 통해 거룩해짐을 전제로 한다. 따라서 이것은 '나로 하여금 네 안에서 거룩해지도록 하라. 그리고 너도 그렇게 하라!'는 뜻이 된다. 다른 말로 하자면, 신이 고약하고 칙칙한 모습에서 거룩한 존재로 정화되는 과정은, 반대 방향으로 파동을 일으켜 인간의 정화까지 가져오고, 그 안에서 다시 신 또한 자신의 간절한 소원을 실현하는 것이다. 이렇듯 신은 오로지 인간 정신의 도움으로 품위를 얻고, 인간 또한 이러한 신의 존재를 직관하고 그와 결합함으로써 자신의 품위를 얻을 수 있다.

이 둘의 이처럼 깊은 결합은 바로 거룩한 결혼으로서 육체적인 결합이기도 하다. 이 결합을 보증하기 위해 인간은 자신의 육신에서 둥근 고리, 즉 포경을 잘라내며, 이것이 곧 할례이다. 따라서 바로 질투야말로 아직 덜 성숙한 신의 마지막 잔재로서, 완전히 거룩해지지 않고 여전히 열정적인 단계에 머물러 있는 신의 특징인 셈이다. 예컨대 거짓 신에 대한 시샘이나 혹은 상대방의 감정을 독점하려는 열의든, 사실 이 둘은 따지고 보면 같은 것으로서, 둘 다 질투에서 비롯된다.

가령 야곱이 라헬과, 그녀와 생산한 첫 아들에게 퍼붓는 도를 지나친 감정처럼 한 인간이 다른 인간에게 갖는 무절제한 감정이 거짓 신을 받드는 우상 숭배가 아니고 무엇이겠는가? 야곱이 라반한테 당한 일은 야곱 때문에 불이익을 얻은 야곱의 쌍둥이 형 에사오의 운명을 생각한다면, 마땅히 치렀어야 할 대가라 할 수 있다. 그렇지만 라헬의 암울한 숙명과 어린 요셉의 운명도(물론 요셉은 신과 인간을 다룰 줄 아는 영리하고 고상한 태도 덕분에 숱한 난관을 겪으면서 이를 좋은 결과로 유도할 수 있었다) 저주받은 에사오가 받은 고통에 대한 보상으로 볼 수 있을까? 그렇지 않다. 여기서 나타나는 신의 섭리를 결정한 가장 핵심적인 동기는 다른 불순물이라고는 전혀 섞이지 않은, 말 그대로 순수한 질투이다.

이는 일반적인 질투나, 단순히 우선권을 요구하는 수준이 아니다. 여기서는 거짓 신처럼 떠받들어지는 대상 자체에 대한 지극히 개인적인 질투로 말미암아 그 대상이 바로 질투의 희생양이 된다. 한마디로 이는 열정 탓이다. 이 열정을 신에게 남아 있는 사막의 잔재라 불러보자. 열정보다 '살아 있는 신'이라는 광포한 단어의 의미를 제대로 표현해주고 보존한 낱말이 또 있던가! 앞으로 지켜보면 알겠지만, 요셉은 여러 가지 실수를 저지르기도 하지만, 바로 이 살아 있는 신에 대해서 만큼은 자신을 생산한 아버지 야곱보다 훨씬 더 민감하게 느꼈고, 그래서 훨씬 더 노련하게 신을 배려할 줄 알았다.

당황한 라헬

그러나 이런 사실을 여동생 라헬이 어찌 알았겠는가. 그녀는 야곱의 목에 매달려 흐느꼈다.

"제게 아이를 만들어주세요, 안 그러면 전 죽어버리겠어요!" 야곱은 뭐라고 대답했던가.

"사랑스러운 비둘기, 대체 그게 무슨 소리요? 당신이 초조하다고 나까지 이렇게 초조하게 만들 줄은 몰랐소. 내게 이렇게 눈물로 애원하는 건 이성적인 행동이 아니오. 당신의 몸에 열매를 주지 않으시려는 건 주님이지 내가 아니오."

그는 모든 것을 신의 탓으로 돌렸다. 자신이 수고하지 않은 것도 아니며, 그리고 또 이미 증명되었다시피, 자신에게는 아무 하자도 없었기 때문이다. 레아와는 아이를 생산해냈으니, 그럴 만도 했다. 그러나 여동생 라헬에게 주님에게 메달리라고 한 말은 모든 게 그녀 탓이라는 말이나 마찬가

535

지다. 그리고 바로 거기에, 그의 떨리는 음성에 야곱의 조바심이 드러난다. 실망은 그녀만 한 것이 아닌데, 드러내놓고 그녀를 원망하지 않았을 뿐, 속으로는 누구보다도 라헬이 자신의 아이를 낳아 주기를 간절히 원하는 자신에게 어리석게도 라헬이 생떼를 부리니, 한편으로는 화가 났다. 하지만 이 가련한 여인의 상심을 생각한다면 그녀를 너그럽게 감싸줘야 마땅했다. 아이를 낳지 못해 이만저만 곤란한 처지에 빠진 게 아니었다. 그녀는 원래 상냥한 성격이었으므로 언니에게도 친절하게 대했다. 그러나 같은 여자로서 어찌 언니가 부럽지 않았겠는가? 그리고 부러움은 일종의 감정 혼합으로 감탄 이외에 또 다른 감정까지도 드러내기 마련이다. 그런 까닭에 저쪽에서 오는 반응 또한 최선의 반응일 수는 없었다. 그러다 보니 자매 간에 틈이 생기는 것도 당연했다.

세상 사람들은 어머니가 된 레아의 지위를 자식을 한 명도 낳지 못하고 여전히 아가씨처럼 돌아다니는 동거녀보다 훨씬 높게 인정해 주었다. 그런데도 레아가 매사에 자신의 우위를 의식하지 못한 척 행동했다면, 그것은 거짓으로 보였으리라. 사람들은 자식을 낳을 수 있는 복을 받은 여자를 가리켜 단순하게 '사랑받는 여자'라 불렀고 결실이 없는 메마른 여자를 가리켜 간단히 '증오받는 여자'라 말했다. 라헬이 듣기에는 소름 끼치는 소리가 아닐 수 없었다. 그녀의 상황과는 전혀 맞지 않았기 때문이다. 그러므로 설령, 그녀가 속으로 흡족해 하는데 그치지 않고, 이에 대한 진실을 공공연히 입에 올렸다 하더라도, 이는 지극히 인간적인 행동이었을 것이다. 그리고 안타깝게도 그녀는 실제로 그렇게 해버렸다. 그녀는 창백한 얼굴로 두 눈을 반짝거리며, 야곱이 드러내놓고 자신을 더 사랑하며, 밤이면 자신을 더 자주 찾는다고 거리낌없이 말하곤 했다. 상대방이 자신의 아픈 상처를 건드리는 데 가만히 있을 사람이 있는가? 그러면 발끈해진 레아도 지지 않고 가슴이 뜨끔하게 한마디 툭 던지는 것이다. 그래 봤자, 무슨 소용이 있어? 이렇게 되면 자매의 정은 간데없이 사라져 버리곤 했다.

중간에 서 있는 야곱도 난처했지만, 라반도 침통하기는 마찬가지였다. 야곱이 퇴박을 놓으려 했던 자식이 명예로운 어머니 자리에 오른 것까지는 좋은데, 이제는 라헬 때문에 마음이 아팠다. 그리고 또 돈주머니 때문에 걱정이 되기도 했다. 입법가는 아내가 아이를 낳지 못하면, 장인이 몸값을 토하도록 해놓았다. 그런 결혼은 잘못된 실수였다는 것이다. 라반은 야곱이 그 사실을 모르기만을 바랐다. 그러나 언제라도 야곱은 그 사실을 알아낼 수 있었고, 만일 라헬에게 더 이상 희망이 없다는 게 드러나는 날이면, 라반이나 또는 그의 아들들이 야곱에게 7년 동안 일한 삯을 현금으로 물어줘야 할 판이었다.

그 생각만 하면 먹은 게 얹힌 것처럼 가슴이 답답해졌다. 결혼한 지 3년째 되던 해, 레아는 다시 임산부가 되었고 이번에는 레위가 태어날 참이었다. 그러나 라헬 쪽에서는 여전히 아무런 기미가 없자, 더 이상 기다릴 것 없이 어떤 대책을 세워야 한다고 먼저 서두른 것은 바로 라반이었다. 빌하의 이름을 들먹이며 야곱이 그녀와 동침하여 라헬 쪽에서 아이를 생산하라고 요구한 것이다. 이 발상을 처음 했거나, 또는 고상한 말로 먼저 내비친 사람이 라헬이라고 믿는다면 옳지 않다.

라헬의 야곱에 대한 감정은 두 갈래로 갈라져 착잡하기만 해서, 이를 허락하는 것 이상으로, 그에게 더 잘 해줄 생각은 엄두도 내지 못했다. 하지만 그녀가 자신의 몸종 빌하와 가까운 사이였음은 사실이다. 잠깐 언급하자면, 이 곱고 우아한 빌하로 말미암아 레아는 훗날 완전히 뒷전으로 밀려나게 된다. 여하튼, 어머니라는 위엄 있는 자리에 오르고 싶은 욕망이 얼마나 컸던지, 라헬은 예전에 가혹한 아버지가 했던 일을 이번에는 자기 손으로 하게 된다. 남편의 잠자리에 자기 대신 다른 여자를 선뜻 들여보낼 아내가 어디 있겠는가. 그런데도 라헬은 이 길을 택했다. 그만큼 어머니라는 영광스러운 이름을 얻고 싶었던 것이다.

이번에는 라반이 했던 것과는 반대였다. 즉 야곱에게 딴 여자를 들인 것이 아니라 야곱을 이끌고 빌하의 처소로 갔다. 라헬은 그전에 먼저 자신의 몸종 빌하를 찾아갔다. 빌하는 머리가 어디에 있는지 모를 정도로 행복해 했다. 온몸에 향을 잔뜩 뿌린 어린 몸종에게 라헬은 언니처럼 다정하게 입을 맞추고 이렇게 말했다.

"일이 이렇게 된 이상, 너만큼 적당한 사람이 없단다. 그러니 수천 명을 낳거라!"

과장된 소원이긴 하지만, 여하튼 이런 말로 라헬은 여주인 대신 주인의 씨를 받게 된 몸종을 축하해 주었다. 그리고 이 몸종은 그녀의 소원을 거뜬히 이루어주었다. 마침내 주인의 씨를 받아 아이를 잉태한 몸종은 공식적으로 아이의 어머니가 될 라헬에게 이 사실을 알렸고, 라헬은 다시 아이의 아버지와 자신의 부모에게 알렸다. 빌하의 배는 다음 달부터 불러왔고 그 높이도 임산부 레아보다 조금 뒤질 뿐이었다. 그동안 라헬은 빌하에게 특히 더 다정하고 부드럽게 대해 주었고, 사람들이 보는 앞에서도 빌하의 몸을 쓰다듬으며 둥글게 솟아오른 그녀의 배에 귀를 대고 자신의 희생이 가져온 결실을 확인하곤 했다.

가엾은 라헬! 그녀는 과연 행복했을까? 최악의 경우에 인정되는 관습이 그녀의 운명과 관련하여 저 높은 곳에서 내린 결정을 일정 부분 무마해 준 셈이었지만, 그녀에게 어머니로서의 위엄을 안겨 줄 씨앗은 낯선 자의 몸 안에서 자라나고 있었다. 처음에는 기꺼이 그렇게 하기로 마음먹었건만, 혼란스러운 마음을 가눌 길 없었다. 왜 내 뱃속에서 자라게 할 수 없단 말인가! 나는 왜 그게 안 된단 말인가! 몸종의 배 안에서 자라나는 어머니로서의 위엄은 온전한 것이 아니라 반쪽의 위엄이었고 반쪽의 행복, 어쩔 수 없이 관습에 기댄 반쪽의 자기기만이었다. 라헬의 살과 피에는 버팀목이 없었다. 남편은 그녀와 그저 사랑만 나누었을 뿐, 열매를 맺어 주지는 못했다. 이제 빌하가 남편에게 줄 아들들은 반쪽만 적자였다. 라헬은 쾌락만 누렸고, 자식을 낳는 고통은 다른 여인의 것이 되었다. 산고를 치르지 않아 몸은 편하겠지만, 그것은 공허하고 혐오스러운 일이었다. 법과 관행을 따르는 사람들은 그렇지 않을지 몰라도, 적어도 올곧고 용기 있는 라헬의 경우에는 소름이 오싹했다. 그러니 그녀의 미소에 당황한 흔적이 남을 수밖에 없었다.

라헬은 관례에 따라 경건한 마음으로 자신의 도리를 다했다. 빌하로 하여금 자신의 무릎 위에서 아이를 출산하도록 하기 위해 라헬은 몸종의 뒤에 서서 양팔로 그녀를 끌어안고, 몇 시간 동안 빌하의 신음과 비명을 들으며 그 아픔을 함께 나누었다. 산파와 산모가 한 사람이 되어야 했던 것이다. 어린 빌하에게 출산은 쉽지 않았다. 진통이 24시간이나 이어지자 라헬 또한 실제 육신의 어머니와 마찬가지로 지쳤다. 그러나 오히려 마음은 편했다.

이렇게 해서 야곱의 싹이 세상에 태어났고, 이름은 단이라 불렀다. 레아의 레위가 태어난 지 겨우 몇 주 후였고, 결혼한 지 3년째 되던 해였다. 그러나 4년째로 접어들면서 레아는 다시 출산을 했고, 그 아이를 '신을 찬미하나이다' 혹은 '여후다(혹은 유다―옮긴이)'라 불렀다. 이때 빌하와 라헬은 함께 힘을 합쳐 남편에게 두번째 아들을 안겨다 주었다. 그 아이는 훌륭한 씨름꾼이 될 것처럼 보여서 이름을 납달리라 지었다. 이렇게 하여 라헬은 마침내 두 아들을 갖게 되었다. 하지만 그후에는 한동안 출산이 없었다.

사랑의 묘약 두다임

　야곱은 결혼 초 몇 해 동안은 라반의 집에서만 시간을 보냈다. 방목은 아래 목동들과 임대인들에게 맡겨 놓고는 어쩌다 한번 감독하러 나가기만 했다. 이들로부터 받은 가축과 물건은 원래 라반의 몫이었지만 전부 다는 아니었다. 아니, 늘 라반의 몫이 많은 것도 아니었다. 그만큼 야곱의 손에 들어오는 것이 많았다. 밖에 방목지에 있는 가축들은 물론, 야곱이 거래 가치가 있는 가축들을 위해 집안에 여러 채 지어놓은 우리 안에 있는 것들도 많은 부분 라반의 사위인 야곱의 소유였다. 이렇게 두 집 살림이 복잡하게 뒤엉키며 번창해지니 계산도 쉽지 않았을 것이다. 물론 야곱은 당연히 한눈에 꿰뚫어 보고 있었을 테지만, 라반은 음침한 눈빛으로 아무리 노려보아도 쉽게 계산이 떨어지지 않았다. 그러나 속 시원히 그렇다고 시인할 입장도 못되었다. 머리가 제대로 돌아가지 않아 계산이 안 된다고 하면 약점으로

잡힐 테고, 예전에도 그랬지만 자기가 트집을 잡으면 축복을 몸 안에 간직하고 있는 자의 심기를 건드리게 될까 두려웠기 때문이다. 여하튼 그 자가 살림을 관장한 이후 자신의 살림도 남부럽지 않을 정도로 풍족해지지 않았는가. 그래서 라반은 한쪽 눈을 지그시 감아줄 수밖에 없었다. 그리고 다른 사람과 거래를 할 때에도 입을 다무는 게 상책이었다. 야곱은 신의 자녀가 분명했다. 그러지 않고서야 어떻게 4년 동안 6명의 아들, 즉 '물을 바치는 자들'을 만들어낼 수 있단 말인가? 그것은 라반 자신이 축복의 근처에 있으면서 얻은 아들의 숫자보다 곱절은 많았다. 말은 안했지만 은근히 야곱을 존경한 것도 사실이다. 아마 라헬에게서도 아들을 척척 생산해냈더라면 그 존경심은 끝이 없었을 것이다. 여하튼 야곱이 집안을 관리하도록 내버려둬야 했다. 고향으로 가겠다고 나서지 않으니, 그것만으로도 고맙지 않은가.

귀향, 아랫세상의 라반의 동굴을 박차고 위로 올라가리라는 생각은 단 한번도 야곱의 마음을 떠난 적이 없었다. 그곳에서 12년의 세월을 보냈을 때나, 20년이나 24년 후에나 이 생각에는 변함이 없었다. 다만 시간을 좀 갖기로 했을 뿐이다. 아직 시간이 있었기 때문이다. 무슨 시간이 얼마나 있었기에? 또 어떻게 그걸 알았단 말인가? 그는 몸으로 알았다. 106살까지 살게 된다는 사실을 그의 몸은 알고 있었다. 그래서 에사오의 분노가 좀 가라앉으면 집으로 가려 했던 예전 생각을 떨쳤다. 또 그의 삶은 나하리나 땅에서 많은 일을 겪는 동안 어쩔 수 없이 그곳에 뿌리를 내렸다. (실제로 우리가 한 장소에서 겪는 일들은 우리가 그 아래쪽으로 늘어뜨리는 뿌리이다.) 하지만 귀향을 뒤로 미룬 이유에는 다른 것도 있었다. 라반의 세상으로 내려갔지만 거기서 위로 올라오기에는 아직 충분한 이득을 얻지 못했다고 생각했기 때문이다. 다시 말해서 아직은 충분히 '무거워지지' 못했다는 결론을 내린 것이다.

아랫세상에는 두 가지가 감춰져 있었다. 오물과 황금이 그것이다. 오물은 충분히 맛보았다. 잔인한 기다림의 세월과 그보다 더 잔인했던 라반의 속임수. 그 악마 때문에 그의 영혼은 첫날밤을 맞아 갈기갈기 찢어지는 고통을 감수해야 했다. 황금으로 말할 것 같으면, 서서히 재물이 쌓이는 중이었다. 다만 아직은 충분한 수준이 아니었다. 실을 수 있는 데까지 다 챙겨야 했다. 악마 라반은 야곱에게 오물을 준 만큼 황금도 내줘야 했다. 아직 계산이 끝나지 않았다. 라반은 훨씬 더 철저하게 속아넘어가야 했다. 야곱 개인의 복수 때문이 아니다. 남을 속이는 악마는 더 철저하게 속아넘어가 다른 사람의 조롱거리가 되어야 마땅해서였다. 하지만 우리들의 주인공 야곱은 이 정한 이치를 실현할 수 있는 적당한 수단을 아직 발견하지 못했을 뿐이다.

이것이 그의 발목을 잡았고, 일에 붙들린 것이다. 이제 야곱은 다시 들판과 초원으로 나가 목동들과 가축들 곁에서 시간을 보내게 되었다. 양들을 길러 새끼를 낳게 하고, 라반과 자신의 몫으로 떨어지는 이득을 계산하느라 다른 생각은 할 틈이 없었다. 아이들이 줄줄이 태어나던 축복의 물결이 갑자기 끊긴 것도 이 때문인지 모른다. 물론 이 시기에 여자들이 어린 아들들을 데리고 그가 있는 바깥으로 나와 장막과 움막을 짓고 함께 살기도 했다. 그리고 이제 조금 성장한 라반의 아들들도 야곱의 곁에 있기도 했다.

라헬은 어쩔 수 없이 자신의 의무를 행했지만, 자신을 궁지에서 구해 준 빌하에 대한 질투심을 더는 누를 수 없어서, 주인과 몸종의 동침을 더 이상 허용하려 들지 않았다. 다행히 두 사람은 라헬의 뜻을 기꺼이 받아들여 더 이상은 관계하지 않았다. 벌써 결혼한 지 5년이 지나고, 그리고 6년이 되어도 라헬은 여전히 자식을 낳지 못했다. 그 불행은 평생 이어질 것처럼 보였다. 레아의 육신 또한 휴경지처럼 쉬고 있었다. 그녀로서는 무척 못마땅했지만, 실은 휴경지가 그렇듯, 잠깐 쉬는 것뿐이었다. 그러나 1년이 지나고 2년이 흐르자 레아도 조급해졌다. 오죽 답답했으면 야곱에게 이렇게 말했을까.

"이게 어떻게 된 일인지 저도 모르겠어요. 이렇게 황폐하고 아무 쓸모 없는 존재로 있다니 이런 욕된 일이 어디 있어요! 서방님께 저뿐이라면, 이런 일은 없을 거예요. 그리고 그랬더라면, 2년 동안이나 출산의 축복을 못 받고 있지는 않았을 거예요. 하지만 저희 사이에는 서방님께 모든 것인 제 여동생이 있죠. 서방님을 저한테서 빼앗아가는 제 여동생에게 저주를 퍼붓고 싶지만 간신히 참곤 한답니다. 저도 그 아이를 사랑하니까요. 어쩌면 이렇게 동생과 다투는 바람에 제 피가 더러워져서 더 이상 열매를 못 맺게 된 건지도 몰라요. 그래서 신께서 절 외면하신 건지도 모르죠. 여하튼 라헬에게 허락하신 일을 제게도 허락해 주세요. 제 몸종 질바를 취하세요. 그녀와 동침하여 그녀가 내 무릎 위에서 출산하여, 저로 하여금 그녀를 통해 아들들을 얻도록 해주세요. 어차피 제가 당신 앞에 아무 가치도 없다면, 무슨 수를 쓰던 자식들이라도 얻겠어요. 그들은 서방님의 냉정함이 제게 내려친 상처를 낮게 해주는 연고 같으니까요."

이렇게까지 호소하는데, 아무리 야곱이지만 면박을 줄 수는 없었다. 당신도 나한테 가치 있는 존재요, 그렇게 말했지만, 진심은 아니었다. 그저 예의상 하는 겉치레에 불과했다. 이 점에서 야곱은 비난받아 마땅하다. 아무리 그녀 때문에, 심각한 속임수로 인해 깊은 상처를 받았다 하더라도, 이제는 모든 걸 접고 그녀에게 조금이라도 마음을 열어야 하지 않았을까? 단 한마디라도 따뜻한 말을 하면 어디 크게 덧날 일이라도 있는가? 말 한마디도 자신만의 감정에, 오로지 한 사람에게만 연연해 하는 그 집착에 해당되는 것이어서, 단 한마디라도 딴 곳으로 나가면, 그게 자신의 감정을 도둑질한 것이 된다고, 꼭 그렇게 생각해야만 했을까? 이 교만 때문에 가슴을 칠 날이 있으리라. 그러나 그날이 오려면 아직 멀었다. 그전에 먼저 야곱의 감정은 이보다 더 높이 올라가 승리의 절정부터 맛보아야 했다.

질바와의 동침 제안은 형식일 뿐, 레아가 그렇게 말한 것은 야곱이 조금 더 자주 찾아주기를 바라는 간절한 소원 때문이었다. 그러나 감정 문제에서 타의 추종을 불허하는 감수성이 예민한 야곱은 레아의 속마음을 눈치 채지 못했다. 어쩌면 자신의 감정만 살피는 데 급급한 탓이었을까. 여하튼 그는 그저 간단하게 알았노라고, 그렇게 하겠다고 대답했다. 질바를 통해서 한동안 중단된 자식축복에 다시 박차를 가할 생각이었던 것이다. 야곱은 라헬에게도 허락을 얻어냈다. 라헬로서도 거부할 명분이 없었다. 게다가 여주인과 비슷한 데가 있는 가슴이 큰 질바가, 지금껏 야곱에게 단 한번도 은총을 입지 못한 그녀가 야곱이 가장 사랑하는 여인인 라헬 자신을 찾아와 무릎까지 꿇고 용서를 비는 데야, 라헬로서도 어쩔 수 없었다. 이렇게 해서 레아의 몸종 질바는 겸손하게 노예가 할 수 있는 정성을 다하여 주인님을 받아들여 임신을 한 후, 자신의 신음하는 모습을 지켜보며 도와주는 여주인의 무릎 위에서 아이를 낳았다. 야곱이 결혼한 지 7년째, 라반 곁에 머문 지 14년째 되던 해에 태어난 그 아이에게 레아는 행운이 돌아왔다고 가드라는 이름을 지어주었다. 이어 결혼한 지 8년째, 라반의 땅에 온 지 15년째 되던 해에 질바는 식도락가 아셀을 낳았다. 이렇게 하여 야곱은 아들을 8명 얻게 되었다.

아셀이 태어날 무렵, 사랑의 묘약 두다임 사건이 일어난다. 이 약초를 찾는 행운은 르우벤에게 주어졌다. 눈 다래끼가 잘 나고, 단단한 근육에 검은 피부를 지닌 르우벤은 나이가 겨우 여덟 살밖에 되지 않았지만 벌써 초여름 추수일을 거들고 있었다. 다른 집안 가솔과 품을 산 일꾼 몇 명뿐 아니라, 이들을 감독하는 라반과 야곱도 들판에서 함께 일하는 중이었다. 두 사람은 양털을 깎고 막 돌아온 참이었다.

처음 야곱이 라반을 찾아왔을 때만 해도, 라반은 양을 기르는 일에 전념하느라 농사일에는 별로 신경을 쓰지 않아,

그저 깨밭을 일구는 정도였으나, 물을 발견한 후로는 보리와 수수도 심고 특히 밀농사에 정성을 쏟았다. 토담을 두르고 고랑을 파서 둑을 쌓은 밀밭이 라반에게 제일 중요한 경작지였다. 평평한 언덕에 펼쳐진 넓이 6모르겐(1모르겐은 약 2에이커—옮긴이)인 이 밭은 흙이 좋아서 소산이 많았다. 라반은 이 밭을 이따금 경작을 하지 않고 휴경지로 놀렸다. 참으로 이성적인 이 거룩한 규정을(안식년제를 뜻함—옮긴이) 철저히 지킨 덕에 이 밭에 다시 농사를 지었을 때는 수확이 30배를 넘었다.

농사는 경건한 노동이다. 그해는 축복의 한 해였다. 가래질과 씨를 뿌리는 손길과 괭이와 써레와 물을 뿌려주는 두레박의 수고에 이르기까지 신으로부터 후한 보상을 받아 풍년이었던 것이다. 이 밭은 라반의 가축에게 맛있는 풀을 선사했고, 그곳에 씨앗을 뿌려 이삭이 여물고 열매가 맺혔을 때는 반갑지 않은 손님인 가젤 영양과 까마귀가 얼씬거리지 않았다. 그리고 메뚜기가 밭을 뒤덮는 일도, 홍수가 밭을 휩쓰는 일도 없었다. 그래서 이야르 달, 즉 4월/5월 무렵에는 풍성한 수확을 얻을 수 있었다. 야곱은 비록 농부는 아니었지만, 이 분야에서도 축복받은 자의 면모를 충분히 발휘하여 다른 때보다 씨를 촘촘하게 뿌리게 하고 직접 일을 돕기도 했다. 그 때문에 이삭에 달린 곡식알의 숫자는 조금 줄었지만, 대신 곡식알맹이는 더 커지고 실해져서, 전체 수확량은 줄지 않았다.

라반은 야곱이 자신에게 최소한 계산상으로는 설명을 해주었으므로, 사위에게 적당한 몫이 떨어지더라도 모른 체하고, 여하튼 자신의 이득이 많은 것에 만족했다.

　바깥일이 워낙 많아 가드와 아셀에게 젖을 물리는 질바까지 한 사람도 빼놓지 않고 밭일을 거들었다. 다만 딸들인 레아와 라헬만 저녁식사를 준비하느라 집에 남아 있었다. 들판에서 일하는 사람들은 햇살을 가릴 갈대 모자를 쓰고, 허리에는 털로 된 짧은 팬츠만 걸친 채, 땀으로 번질거리는 몸으로 찬송가를 부르며 곡식을 베었다. 곡식단을 묶어 당나귀와 황소 수레에 싣는 사람, 또 축복받은 그 곡식단을 타작마당으로 가지고 가는 사람, 소를 매달아 타작하고 키질을 하고 체로 걸러내어 쏟아 붓는 사람, 저마다 자기가 맡은 일에 열심이었다. 이 노동축제에 가담한 어린 소년 르우벤도 한 사람의 사내 몫을 단단히 해냈다. 그러다 주변이 황금빛으로 물드는 오후가 되자 팔이 저려서 밭의 가장자리로 천천히 걸어갔다. 그리고 바로 토담 쪽에서 뿌리가 사람 인체처럼 생겨 영약으로 알려진 약초 만드라고라를 발견했다.

　알 모양의 잎사귀만 땅 위로 살짝 나와 있는 그 약초를 알아본다는 건 대단한 일이었다. 아무것도 모르는 사람은 그냥 지나치기 십상이었다. 그러나 모양은 딸기 같고, 색깔은 그보다 좀 짙은데 크기는 개암 도토리만한 사랑의 요정 두다임을 본 르우벤은 땅 밑에 무엇이 감춰져 있는지 금방 알아차렸다. 그는 웃음을 터뜨리며 신께 감사드렸다. 그리고 어느새 칼을 꺼내 주변에 원을 그린 다음 가느다란 섬유 뿌리가 매달려 있는 곳까지 깊이 파 들어갔다. 그리고 재앙을 막아주는 주문 두 마디를 외우고 단숨에 뽑아냈다. 당연히 비명을 지를 줄 알았는데 그런 일은 일어나지 않았다. 아무튼 르우벤이 삽에 퍼 담은 것은 요술을 부리는, 꽤 잘 생긴 사내아이 요괴였다. 하얀 살갗에 다리가 두 개 있고, 크기는 아이들 손바닥만한데 수염이 수북했다. 섬유질 수염이 없는 곳이 없었다. 소년 르우벤은 놀라운 기적을 일으켜 사람들에게 웃음을 안겨 주는 그 요정이 어떤 유용한 특성들을 가지고 있는지 잘 알았다. 그 종류는 수없이 많았는데, 특히 여자들에게 좋다는 것도 잘 알고 있었다. 르우벤이 그걸 발견하자마자 곧장 집으로 달려간 것도 그래서였다. 어머니 레아가 생각났던 것이다.

큰아들의 선물에 레아는 무척 기뻐하면서 온갖 달콤한 말로 칭찬해 주고, 주먹에 대추야자까지 한 움큼 쥐어 주었다. 그리고 단단히 일렀다. 이 일에 대해서 아버지는 물론이거니와 할아버지한테도 큰소리로 떠들어서는 안 된다고 말이다.

"침묵이 곧 거짓말은 아니란다."

그녀의 말은 집안에 뭐가 있는지 사람들이 당장 알아야 할 필요는 없다는 뜻이었다. 그것이 있음으로 해서 뭔가 좋은 조짐이 나타나고, 그래서 사람들이 그 사실을 느끼게 되면, 그것으로 충분하다면서 이렇게 말을 맺었다.

"이제 기다려 보자꾸나. 이 요괴를 유혹해서 뭐든 하게 만들어보마. 고맙다, 르우벤. 내 큰아들, 첫째 부인의 아들. 고맙구나, 첫째 부인을 기억해 줘서! 그런데 첫째 부인을 기억하지 않는 사람들도 많단다. 너는 그런 사람들과는 다르니, 꼭 성공할 거야. 이제 가보거라!"

레아는 아들을 내보내고 자기가 이 보물을 가진 줄 아무도 모르리라 생각했다. 그러나 라헬, 그녀의 여동생은 처음부터 끝까지 엿보고 있었다. 나중에 이만큼이나 중요한 장면을 엿본 후, 한시도 참지 못하고 온 동네에 소문을 퍼뜨리고 다니는 자는 누구였던가? 그렇게 우아하고 고상한 그녀에게도 이런 기질이 있어서 자신의 살과 피에 대물림한 셈이다.

"우리 아들이 뭘 가져왔어요?"

라헬의 물음에 레아는 못을 박았다.

"내 아들이야. 내 아들이 가져오긴 뭘 가져와. 아니, 뭐 별것 아닌 걸 가져오긴 했지. 그런데 넌 우연히 이 근처에 있었던 거니? 걔가 바보처럼 딱정벌레를 한 마리 가져왔지 뭐니. 그리고 알록달록한 돌멩이 하나도 가져왔더구나."

"약초와 열매를 달고 땅 밑에 사는 사내아이를 가져왔잖아요."

그러자 레아도 하는 수 없었다.

"그래. 그것도 가져왔어. 여기 있어. 너도 보다시피 살이 포동포동한 게 아주 재미있게 생겼지. 내 아들이 발견하고 나한테 갖다준 거야."

"아, 그렇군요. 언니 말이 맞군요. 정말로 살이 포동포동하고 재미있게 생겼네!"

라헬이 외쳤다.

"두다임이 대부분 그렇듯이 씨가 가득하네요!"

그녀는 어느새 양 손바닥을 모아 자신의 아름다운 얼굴로 가져가 한쪽 볼을 받쳤다. 그 손을 앞으로 쭉 뻗어 그 약초를 달라고 떼를 쓰지 않는 것만 해도 다행이었다.

"그걸로 뭘 할 거예요?"

라헬이 묻자 레아가 대답했다.

"당연히 속옷을 만들어 입혀야지. 우선 씻겨서 기름을 바른 다음, 조그맣게 집을 만들어주고 우리 집안에 이로운 일이 생기도록 기다릴 거야. 이걸로 공기 중에 있는 나쁜 기운들을 쫓아 보내서 사람이나 가축이 병에 걸리지 않게 해줄 거야. 그리고 날씨도 알 수 있고 현재는 감춰져 있는 일, 혹은 아직은 미래에 속하는 일들도 알게 될 거야. 남자들은 칼로 찔러도 들어가지 않을 만큼 튼튼하게 해주고, 매사에 득을 보게 해줄 셈이야. 설령 잘못을 저질러도 판관 앞에서 무죄 판결을 받게 말이야."

"무슨 말을 하는 거예요? 그런 용도는 나도 알아요. 하지만 그런 것말고 어떤 목적에 쓸 건데요?"

라헬이 더 참지 못하고 물었다.

"약초 두다임의 털을 잘라 탕을 끓일 거야. 그 냄새를 맡으면 누구나 잠이 드니까, 내가 재우고 싶은 사람한테 그 냄새를 맡게 할 거야. 그리고 이건 아주 독한 차라서 남자든 여자든 너무 많이 마시면 죽게 된단다. 하지만 조금만 마시면 뱀에 물린 데 특효가 있고, 살에 칼을 대는 데도 자기 살이 아니고 다른 사람의 살인 것처럼 아픈 줄도 모르게 해주지. 한마디로 마취제인 셈이야."

"그건 모두 부수적인 거잖아요."

라헬이 외쳤다.

"언니가 진짜로 마음에 두고 있는 건 한마디도 안하는군요! 아, 레아 언니."

라헬은 어떻게든 레아의 환심을 사려고 사탕발림하면서 어린아이처럼 떼를 쓰기 시작했다.

"내 눈의 작은 핏줄, 이 세상의 딸들 중에서 가장 풍만한 여인! 제발 언니 아들이 준 두다임을 조금만 줘요. 그래서 나도 아이를 낳게 해줘요. 아이를 낳지 못한 실망이 내 생명을 잘라먹고 있어요. 이렇게 아무 가치도 없는 내 자신이 얼마나 부끄러운지 몰라요! 보세요, 언니, 사랑하는 암사슴, 검은 머리카락 사이에서 유난히 돋보이는 금발의 여인, 언니도 알잖아요. 이 약초탕이 남자들한테 어떤 효과가 있는지! 또 여자들의 메마른 몸뚱이에는 하늘의 물과 같아서 쉽게 씨를 받아 고이 간직했다가 출산할 수 있게 해주잖아요! 언니한테는 벌써 아들이 6명이나 있어요. 그렇지만 제게는 2명뿐이고 그나마 제 친자식이 아니잖아요. 그러니 언니는 두다임이 없어도 되잖아요? 들판의 암나귀 같은 언니, 제발 전부가 아니라도 좋으니, 조금만이라도 줘요. 그러면 언니에게 복을 빌어주고, 언니 발밑에 꿇어앉겠어요. 너무 너무 갖고 싶어서 이렇게 열까지 다 나잖아요!"

그러나 레아는 만드라고라를 가슴에 바짝 끌어안은 채, 사팔뜨기 눈으로 동생을 매섭게 노려보았다.

"정말 대단하구나. 서방님의 총애를 받는 여인이 슬쩍 여기까지 염탐을 나와 내 두다임을 달라니. 하루가 멀다 하고 시간이 날 때마다 내 남편을 빼앗는 것으로도 모자라 이제는 내 아들이 가져온 두다임까지 달라고? 너 정말 염치도 없구나."

"그렇게 꼭 흉한 말만 해야 하나요?"

라헬이 쏘아붙였다.

"어쩜 언니는 그런 말밖에 못해요? 난 그래도 어린 시절을 생각해서 언니하고 잘 지내고 싶은데, 언니가 그렇게 흉한 말로 모든 사실을 왜곡하면 더 이상은 나도 참을 수 없단 말이에요! 내가 야곱을, 우리 남편을 언니한테서 빼앗았다고요? 남편을 빼앗은 건 바로 언니예요. 거룩한 첫날밤에 내가 가야할 자리에 몰래 들어간 건 바로 언니였어요. 야곱은 아무것도 모르고 언니한테 르우벤의 씨를 뿌린 거구요. 그렇게 따지면 그 아이는 내가 잉태했어야 할 아이예요. 만약 모든 게 제대로 되었다 치고, 르우벤이 내 아들이라고 한다면, 그래서 그 아이가 내게 약초가 달린 무를 갖다줬는데 언니가 좀 달라고 한다면 나는 당연히 언니한테 줄 거예요."

"에이, 말도 안 되는 소리 작작해!"

레아가 말했다.

"그랬으면 네가 정말로 내 아들을 잉태했을 것 같으냐? 그렇다면 그 이후로는 왜 씨를 못 받아서 이렇게 마법이라도 써보겠다고 안달인데? 그리고 너라면 나한테 줄 거라고? 어림없는 소리! 너는 내가 더 잘 알아! 야곱이 널 찾아와 부드럽게 애무하며 너를 가지려고 할 때, 단 한번이라도 이렇게 말해 본 적 있어? '제발 언니를 생각해 주세요!' 아냐. 넌 한번도 그런 적 없어. 오히려 정사를 나누고 싶어 안달이 나서 그에게 가지고 놀라고 얼른 젖가슴을 꺼내 줬어. 그런데 이제 와서 나한테 매달려? 뭐, 너 같으면 나한테 줄

거라고?"

"언니는 흉한 말밖에 못하네요!"

라헬이 말을 받았다.

"사람은 자기 생긴 대로 말한다더니, 정말 역겹고 흉하군
요. 나도 고통스럽지만 언니도 참 안됐어요. 입만 열었다
하면 뭐든지 거꾸로 왜곡시킬 수밖에 없다면 그건 저주예
요. 내 곁에서 쉬려는 야곱을 언니한테 보내지 않은 건, 언
니한테 그를 주고 싶지 않아서가 아니었어요. 야곱이 섬기
는 신과 저희 아버지가 받드는 신들이 증인이에요! 9년이
되도록 전 그에게 자식을 한 명도 낳아주지 못했어요. 제
처지가 이렇게 비참하다 보니, 야곱이 날 택해서 오는 밤이
면, 그때마다 이번에는 행여 축복을 얻을 수 있을까 해서
그 기회를 놓치지 않으려고 했을 뿐이에요. 하지만 언니는
한두번쯤 기회를 놓쳐도 그만이잖아요. 안 그래요? 그런데
언니는 지금 무슨 생각을 하는 건가요? 나한테는 하나도
안 주고 언니만 두다임의 마법을 이용하겠다는 건, 그이가
나를 까맣게 잊게 만들고 언니만 모든 걸 갖겠다는 게 아닌
가요? 나는 하나도 못 갖고 말이에요. 그전에는 내가 그이
의 사랑을 가졌고, 언니는 그이의 결실을 가졌으니, 어떤
의미로는 공평했죠. 하지만 이제 언니는 두 가지를 다 가지
려고 하는군요. 결실과 함께 사랑까지도 말이에요. 그러면
나더러 먼지만 먹으라는 건가요. 언니가 되어서 동생한테
그렇게밖에 할 수 없단 말이에요?"

라헬은 땅바닥에 주저앉아 큰소리로 통곡하기 시작했다.

"땅에 사는 꼬마 요괴는 내가 가지고 가겠어."

레아의 차가운 말에 라헬이 벌떡 일어났다. 그리고 언제 울었더냐 싶게 다시 간절하게 매달렸다.

　"제발 가지 말아요. 내 이야기 좀 들어봐요! 그이는 오늘 밤에 나한테 오겠다고 했어요. 그이가 아침에 헤어지면서 그랬어요. '달콤한 연인, 이번에도 고마왔소! 오늘은 밀을 베어야 하오. 그러니 낮에는 들판 일에 정열에 쏟고, 그 일이 끝나면 사랑하는 당신을 찾아와 그대의 달덩이 같은 부드러움에 몸을 씻겠소.' 아, 그이의 말은 얼마나 멋진지 몰라요, 우리들의 남편 말이에요! 그의 말은 그림을 그리는 것 같고, 신성하기 짝이 없죠. 우린 둘 다 그이를 사랑하죠? 안 그래요? 하지만 오늘밤에는 제가 그이를 언니께 드리겠어요. 두다임을 받는 대가로 말이에요. 두다임 중에서 일부만 주면 정말로 그이를 언니께 드리겠어요. 나는 다른 곳에 숨어 있을 테니, 그이한테 가서서 이렇게 말하세요. '라헬은 오늘 싫대요. 정신없이 퍼붓는 입맞춤에 질렸다고 오늘은 제 곁에서 주무시라고 하더군요.'"

　레아의 얼굴이 빨개졌다가 이내 하얗게 변했다. 그리고 말까지 더듬었다.

　"그게 정말이야? 내 아들이 갖다 준 두다임을 받는 대신 그이를 나한테 팔겠다고? 그래서 나더러 서방님한테 '오늘 당신은 제 것이에요'라고 말해도 된다는 거야?"

　"언니가 말한 그대로예요."

　그러자 레아는 얼른 동생의 손에 만드라고라를, 그 약초와 무까지 통째로 건네주었다. 그리고 일렁이는 가슴으로 말했다.

"자, 가져가. 그리고 얼굴도 내밀지 마!"

그리고 자신은 그 자리에 남았다. 일도 끝나갈 때여서 얼마 안 있어 들판에서 사람들이 하나 둘씩 집으로 돌아왔다. 이윽고 야곱을 발견한 그녀는 그에게 다가갔다.

"오늘밤에는 제 곁에서 주무셔야 해요. 우리 아들이 거북이를 발견했는데 라헬이 하도 갖고 싶다고 조르는 바람에 팔았어요. 라헬이 그 대가로 당신을 주더군요."

야곱은 어이가 없었다.

"아니, 내가 거북이 값밖에 안 된다는 거요? 그럼 내가 껍데기 밖으로 헤엄쳐 나오도록 유혹받는 작은 정염(情炎)의 상자라 이 말이오? 오늘밤 라헬과 함께 보내겠다고 그렇게 확실하게 마음을 먹은 기억도 없는데. 이렇게 확실하지 않은 것을 주고 확실하고 단단한 것을 사들였다니, 놀라운 상술은 칭찬할 수밖에 없군. 당신들이 내 문제를 놓고 의견을 모았다니, 그렇게 합시다. 남자는 모쪼록 여자들의 충고를 따르는 게 좋으니까. 여자들의 결정과 변덕에 쓸데없이 저항해서 좋을 게 없지."

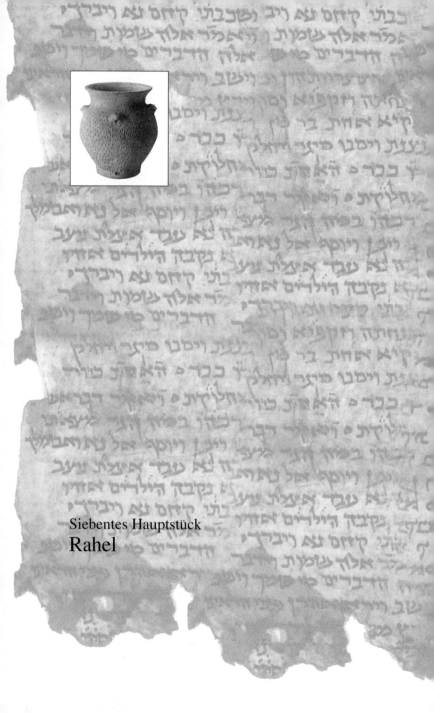

Siebentes Hauptstück
Rahel

7부

라헬

기름 신탁

그때 레아에게서 생산된 아이가 귀여운 아이 디나였다. 훗날 불행을 겪기도 하는 이 딸아이를 통해 그러나 레아의 몸은 다시 문을 열었다. 4년 간의 휴식 후, 이 튼실한 여인은 출산을 재개하여, 결혼한 지 10년째 되던 해에 뼈마디가 굵은 당나귀 이싸갈을 낳고, 11년째 되던 때에는 목자가 되고 싶어하지 않던 즈불룬이 태어났다.

불쌍한 라헬! 두다임을 가진 건 그녀였으나, 아이는 레아가 낳았다. 그게 신의 뜻이었고 한동안은 그런 상태를 유지하려 하셨다. 그러다 그분의 뜻이 변했다. 아니 새로운 단계로 접어들었다는 것이 옳은 표현이리라. 그리하여 보다큰 틀의 운명이 일부 모습을 드러내면서 축복받은 남자 야곱에게 행복이 안겨졌다. 그 행운에는 생명이 넘치는 만큼고통도 수반된다는 사실을, 인간이 어찌 알 수 있었으랴. 인간의 사색이 아무리 깊으면 뭣하나, 어차피 시간에 얽매인 사색이 아니던가. 속물 인간 라반의 엄숙한 선언이 옳았다. 그는 언젠가 맥주를 마시며 축복은 힘이며, 삶도 생명도 힘 외의 아무것도 아니라고 했었다. 축복을 받은 자들의 삶이 오로지 행복과 무미건조한 번영만으로 채워질 거라고 믿는 것은 얄팍한 미신이다. 축복은 이들의 삶에서 숱한 고난과 재앙에 뒤덮인 토대로서, 어쩌다 한번 그 틈 사이로 축복의 황금빛 얼굴을 엿볼 수 있을 뿐이다.

결혼한 지 12년째, 또는 야곱이 라반의 땅에 머문 지 19년째 되던 해에는 자식이 한 명도 태어나지 않았다. 그러나 결혼한 지 13년째, 다시 말해서 라반의 땅에서 보낸 햇수가 20년이 되던 해에 라헬도 희망을 갖게 된다.

이 얼마나 놀라운 전환이며 새로운 시작인가! 두렵기도 하고 도무지 믿어지지 않는 기쁨에 어쩔 줄 몰라 하는 그녀의 모습을 상상해 보라. 그리고 야곱은 또 얼마나 기고만장해졌겠는가? 언젠가는 그 교만의 대가를 치러야 할 야곱이었다. 라헬은 당시 서른한 살이었다. 주님께서 그녀에게 줄 이 웃음을 그동안 아껴두었으리라고는 아무도 짐작하지 못했다. 야곱의 눈에 그녀는 사래였다. 셋이기도 했던 한 남자의 선언이 있고 난 후, 모든 사람들의 예상을 뒤엎고 아들을 얻었던 사래였다. 그래서 야곱은 라헬을 선조할머니 사래의 이름으로 불렀다. 그리고 사래를 기리는 눈물까지 흘리면서 라헬의 발치에 앉아 창백해진 그녀의 얼굴을 들여다보는 것이었다. 그녀의 얼굴은 그 어느 때보다 사랑스럽고 귀여웠다. 그리고 오랜 세월의 거부 끝에 마침내 잉태된 결실, 도무지 이해하지 못할 금지령에 의해 그처럼 긴 세월 동안 유보되어 왔던 그 아이를 가리켜 야곱은 아이가 어머니 뱃속에 있을 때부터, 아직 태어나지도 않았는데 벌써 이름을 불렀다. 공식적으로는 예전처럼 인정받지 못하지만, 백성들로부터는 여전히 사랑받는 소년 신 두무지였다. '두무지'란 진짜 아들을 뜻했다. 그 소리를 듣는 레아의 기분이 어땠을까? 야곱에게 여섯 명의 진짜 아들은 물론, 진짜 딸까지 한 명 선사한 그녀였다.

일찍이 상황을 감지한 레아는 열 살부터 열세 살까지 큰아들 넷을 불렀다. 이들은 그 나이에 이미 장성한 청년에 가까웠다. 얼굴 생김새는 전혀 아름답지 못하고 눈에 다래끼가 잘 나서 탈이지, 다들 건장하고 쓸모 있는 사내 감이었다. 아들들을 불러 앉힌 레아는 한 올의 과장도 없이 솔직하게 털어놓았다.

"야곱과 레아의 아들들아. 이제 우리는 끝이다. 저 여인이 장차 너희 아버지 야곱에게 아들을 낳아주면. 아, 나도 그녀가 잘 되기를 바란다. 신들이시여, 제 마음을 지켜주소서! 그녀가 아들을 한 명이라도 낳게 되면 주인님은 우리를 거들떠보지도 않으실 것이다. 너희는 물론 어린 아들들이며 몸종들이 낳은 자식들도 마찬가지다. 물론 나는 더 말할 것도 없다. 내가 첫째 부인을 열번을 한다 해도 그렇다. 실은 내가 바로 첫번째 부인이고, 그가 섬기는 신과 내 아버지가 받드는 신들의 가호로 일곱번이나 어머니가 되었건만, 그에게는 자신이 가장 사랑하는 여인이 첫번째 부인이며, 유일한 정실이다. 그의 생각은 이처럼 교만하기 짝이없다. 오죽하면 아직 햇살 구경도 못한 그녀의 아들을 두무

563

지라 부르겠느냐! 너희도 들었겠지? 두무지라니! 가슴을 찌르는 비수가 따로 없다. 뺨을 한 대 얻어맞은 기분이다. 나뿐만 아니라 너희들한테도 뺨을 한 대씩 갈긴 것이나 마찬가지다. 이렇게 부당한 대우가 없다. 하지만 그래도 참아야 한다. 알겠느냐? 이런 불의 앞에서 거센 물결처럼 대들지 않도록, 모두 마음 단단히 먹고, 양손으로 가슴을 부여잡고서라도 참아야 한다. 지금도 그랬지만, 앞으로 우리 모두 주인님 야곱에게 눈엣가시처럼 거추장스러운 존재로 남게 되고, 그분이 설령 우리를 공기를 쳐다보듯 대수롭지 않게 대접해도, 그래도 우리는 그분을 사랑하고 존경해야 한다. 그리고 나는 그 여자까지 사랑하련다. 행여 그녀를 저주하지 않도록 심장을 꼭꼭 누르련다. 그녀는 내 동생이다. 다정했던 어린 시절을 기억해서라도 그녀에게 잘해 주고 싶다. 그렇지만 두무지를 낳게 될 그녀는, 주인님의 총애를 받는 그녀는 쉽게 저주하는 기질이 있다. 그래서 그녀에 대한 감정이 양 갈래로 나뉘어 기분도 언짢고, 몸도 공연히 불편스러워 구역질까지 나는구나. 내가 왜 이러는지, 나도 모르겠다."

르우벤과 시므온, 레위와 여후다는 어색한 몸짓으로 어머니를 안아주었다. 이들은 빨갛게 충혈된 눈으로 아랫입술을 깨물며 궁리에 궁리를 거듭했다. 일은 이미 그때부터 시작되었다. 르우벤의 가슴에 분노를 참지 못한 성급한 행동이 준비된 것도 그때였다. 어머니 레아에 대한 배려에서 비롯된 이 행동은 장자 신분의 종말을 예고하는 출발점이 된다. 이때 형제들의 가슴속에는 증오의 씨앗이 뿌려졌다.

그 대상 또한 당시만 해도 씨앗에 불과한 한 생명이었다. 훗날 이 증오의 씨앗은 싹을 틔워 이루 말할 수 없는 고통으로 축복받은 자 야곱의 가슴을 찢어놓게 된다. 꼭 그래야만 했을까? 야곱 가족이 평화롭고 유쾌한 분위기에서 살 수는 없었을까? 서로서로 용납하면서 만사를 원만하게 풀어갈 수는 없었던 것일까? 안타깝게도 그건 불가능했다. 어차피 일어나도록 정해진 일은 마침내 일어나며, 어쩌면 그 사건이 발생했다는 자체가 그런 일이 일어나게 되어 있었고, 또 그렇게 될 수밖에 없었다는 사실에 대한 증명인지도 모른다. 세상에서 벌어지는 사건은 위대하다. 이러이러한 사건이 일어나지 않기를 바랄 수 없는 것처럼, 이러한 사건을 야기하는 열정들이 아예 없기를 바라서도 안 된다. 잘못과 열정이 없다면 진보도 없는 법이다.

라헬의 상태와 관련하여 주변에서는 또 얼마나 법석을 떨었던가! 이것부터 레아는 불쾌하고 역겨웠다. 자신은 그렇게 실한 몸으로 임신을 연이어 했어도, 참새 한 마리 짹짹거리지 않더니, 라헬은 임신을 한 것만으로도 벌써 거룩해졌다. 물론 이 발상의 시초는 야곱이 제공했지만, 라반부터 가축 우리를 청소하는 제일 낮은 노예에 이르기까지 집안 사람들 중 어느 누구도 이렇게 생각하지 않는 사람이 없었다. 사람들은 그녀가 곁에 있으면 발꿈치를 들고 걸어다녔다. 말을 걸어도 거룩한 대상을 대하듯 고개를 모로 꼬며 달콤하고 경건한 목소리로 하고, 손짓도 그녀를 둘러싼 공기를 어루만지는 것처럼 보였다. 그녀가 가는 곳마다 발에 돌멩이라도 채일까 야자수 가지와 양탄자를 깔지 않은 것이 오히려 이상할 지경이었다. 창백한 얼굴에 미소를 지으며 라헬이 이런 아첨들을 기꺼이 받아들인 것은, 이기심에서라기보다는 자신에게 마침내 축복으로 내려진 야곱의 씨앗, 즉 두무지, 진짜 아들의 명예를 위해서였다. 그렇지만 축복받은 자의 겸손과 교만을 정확히 구분할 수 있는 자가 과연 있을까?

목에 줄줄이 부적을 매단 라헬은 집안이든 뜰에서든, 정원이든 밭에서든 손 하나 까딱해서는 안 되었다. 야곱의 명령이었다. 그는 그녀가 먹지 못하거나, 또는 먹은 것을 잘 담아두지 못할 때면 눈물까지 보였다. 라헬은 일주일 간격으로 몹시 힘겨워했다. 어떤 악한 기운이 그녀에게 나쁜 영향을 미칠까봐 모두들 걱정이 태산 같았다. 어머니 아디나는 옛날 처방에 따라 연고 붕대를 준비했다. 사악한 기운을 쫓는 주술과 자연요법을 겸한 처방이었다. 우선 가지과 식물 용규(龍葵)와 지치과 식물 훈트츠충에, 다닥냉이, 그리고 예순 가지 질병을 다스리는 신 남타르의 식물 뿌리를 곱게 간 다음, 오로지 이 용도로만 사용하는 특수한 기름과 섞어 붕대에 발랐다. 그리고 임산부의 배꼽 주위를 수시로 아래쪽에서 위쪽으로 문질렀다. 물론 주문도 빠질 수 없었다. 하지만 어머니가 외는 주문은 이것저것 죄다 끌어들인 바람에 원래 의미가 절반도 남지 않은 것이었다.

"못된 우투쿠, 못된 알루야, 어서 썩 꺼지거라. 라바르투, 라바슈, 심장병, 복통, 두통, 치통, 아사쿠, 못된 남타루, 너희 못된 악귀들도 집안에서 썩 물러가거라. 하늘과 땅에 못된 너희를 고해바치리라!"

다섯 달째 들어서자 라반은 라헬을 하란 성의 엘-출출 신
전에 있는 예언사제에게 데려가겠다고 고집을 부렸다. 그
녀와 아이의 미래에 대한 신탁을 듣겠다는 것이었다. 나는
그 일에 관여 않겠다, 야곱은 이렇게 겉으로는 반대 의사를
밝혀 자신의 기본 원칙을 지켰다. 그러나 속으로는 처가 식
구들 못지않게 그 예언을 듣고 싶어 몸이 달았다. 가능한
조처가 모두 행해지길 누구보다도 간절히 바란 장본인이
바로 그였다. 그 나이든 예언사제의 이름은 리만니-벨, 즉
'벨, 저를 굽어살피소서'라 했다. 예언가 집안의 아들로서
민간요법에도 조예가 깊은 그의 주특기는 기름 신탁이었
다. 사람들의 일반적인 평가에 따르면, 거의 도인에 가까워
찾는 사람의 발길이 끊이지 않았다. 아무리 그래도 야곱이
어떻게 달 신을 섬기는 사제를 찾아가 앞일을 물어보겠는
가. 그러나 라헬의 상태와 앞일에 대해 어떤 이야기가 나올
지는 궁금해서 못 견딜 지경이었다. 물론 라헬의 부모에게
는 그런 내색을 일체 하지 않았다.

이렇게 해서 라반과 아디나는 하란 성으로 향했다. 나귀
에 산모를 태운 후, 부모는 양쪽에서 고삐를 잡고, 행여 나
귀가 돌부리에라도 채여 얼굴이 창백해진 딸을 놀라게 할
까봐 조심스럽게 몰았다. 그리고 뒤에는 제물로 바칠 양 한
마리를 끌고 갔다. 야곱은 그들에게 손만 흔들어 주고 집에
남았다. 겁도 없이 휘황찬란하기만 한 그 끔찍한 엘-출출
신전을 보고 싶지 않아서였다. 그곳이 어떤 곳이던가. 신을
(물론 야곱이 보기에 이 신은 거짓 신에 불과했다) 섬긴다는 미
명 하에, 무거운 금을 내놓는 낯선 자들과 정사를 나누는

여인들과 미소년들의 사창가까지 버젓하게 차려진 신전이 아니던가. 어떻게 그런 곳에 가서 몸을 더럽힐 수 있단 말인가. 그래서 야곱은 다른 사람들로부터 예언자의 아들이 한 말을 전해 들을 때까지 집에서 기다리는 쪽을 택했다. 이윽고 길을 떠났던 자들이 예언이 담긴 잔을 가지고 돌아오자 야곱은 귀를 쫑긋 세웠다. 신전에서 기름 신탁을 행하는 리만니-벨, 또는 스스로를 가리켜 간단히 리무트라 부르던 그 예언자와 있었던 일들에 관해 이들이 들려준 내용은 이러했다.

"간단하게 리무트라 부르시오!"
너그럽기도 하지, 예언사제가 말했다.
"실제 내 이름은 신(Sin) 신께서 굽어살피시라는 뜻으로 리만니-벨이라 부르오. 하지만 나 자신도 고난과 의심의 도가니에 빠져 제물을 바치고 도움을 청하는 많은 사람들을 굽어살피지 않으면 안 되는 처지이니 간단히 '굽어살피소서'라는 뜻으로 리무트라고 부르면 되오. 그렇게 짧게 불러도 상관없소."
그런 다음 필요한 물건들을 제대로 가져왔는지 일일이 확인하고 제물에 흠이 없는지 살펴본 후에, 제물을 올리는 데 필요한 다른 물건들은 신전 정문에 있는 상점에서 구입하라고 시켰다.
리만니-벨, 또는 리무트라 불리는 이 편안한 인상의 남자는 하얀 아마포 옷에 같은 천으로 만든 둥근 모자를 쓰고 있었다. 이미 고령이었지만 다른 노인들처럼 지방이 잔뜩 끼어 흉하게 일그러진 몸이 아니라 여전히 호리호리한 체격이었다. 그래도 수염은 하얗게 세었고, 빨간 주먹코가 인상적이었다. 게다가 작은 두 눈엔 장난기가 엿보여 눈만 봐도 왠지 유쾌해지는 느낌이었다.

"내 몸은 이만하면 괜찮소. 골격이며 내장 모두 나무랄 데가 없다오. 듣기 좋은 말로 하자면 제물로 바칠 짐승 같다는 뜻이오. 그리고 이런 말을 해도 괜찮다면 양 같다고도 할 수 있소. 키도 그렇고 풍채도 이 정도면 괜찮은 편이오. 다리도 바깥이나 안쪽으로 휘지 않았고, 빠진 이빨도 아직 없소. 사팔뜨기도 아니고 고환에 병이 있는 것도 아니오. 다만 코가 여러분도 보다시피 약간 붉지만 재미로 그런 것이지, 다른 이유는 없소. 정신은 맑은 물처럼 말짱하니까. 옛날에 흔히 그랬듯이, 우리가 듣고 읽어온 바에 따르면 예전에는 그랬다니까 하는 말인데, 벌거벗은 채로 신 앞에 나설 수도 있을 것이오. 하지만 지금 우리들은 그분 앞에 하얀 아마포 옷을 입고 서 있소. 그리고 이에 대해서는 기쁘게 생각한다오. 이 옷 또한 순결하고 투명하므로, 내 영혼에 딱 들어맞기 때문이오. 그러니 주술이 특기인 다른 사제 형제들도 전혀 부럽지 않소. 그들은 악령들과 악귀 패거리를 겁주려고 안팎으로 번쩍거리는 붉은 옷을 걸치지만 하나도 부러울 게 없소. 그 형제들도 쓸모가 있고 꼭 필요한 존재들이니 그들이 얻는 수입은 정당하오. 그러나 나, 리만니-벨은 그들처럼 되고 싶은 생각은 추호도 없다오. 그리고 씻어주고 발라주는 사제가 되고 싶지도 않소. 또 신들린 사제도 싫고, 한탄을 하거나 고함을 지르는 사제도 되고 싶지 않소. 그뿐 아니라 아무리 거룩해진다 해도 남성의 특성이 이쉬타르처럼 여성으로 변한 사제로도 전혀 되고 싶지 않소. 이들 모두 내게는 전혀 부러운 존재가 아니오. 한순간이라도 이들을 시샘해 본 적이 없소. 그만큼 나는 지금의 내 모습에 만족한다오. 그리고 예언도 다른 방법은 쓰고 싶지 않소. 오로지 기름 신탁이 내게는 최선의 방법이오. 이것이야말로 적당한 거리를 유지해 주는 가장 이성적이고 명확한 방법이기 때문이오. 우리끼리 하는 말이지만, 가죽 관찰이나 화살 신탁에는 임의적인 요소가 많소. 그리고 해몽과 사지의 떨림을 관찰하는 예언에도 오류의 소지가 많기 때문에 가끔씩은 은근히 비웃기도 한다오. 그러니 여러분은, 아버지와 어머니, 그리고 임신한 자식 같은데, 여러분은 제대로 찾아온 것이오. 내 조상 에메두란키는 홍수가 있기 전 시파르의 왕이었소. 지혜로운 자이자 보존자였던 그는 위대한 신들로부터 물 위에서 기름이 움직이는 것을 보고 앞일을 읽어내는 능력을 선사받았소. 그 능력을 직계손인 내가 물려받았다오. 아버지는 항상 자신이 가장 사랑하는 아들에게 점토서판을 통해 그 능력을 전수해 주었기 때문이오. 아들은 샤마쉬와 아다드 앞에서 서약을 맺고 '예언자의 아들이라면' 배워야 할 그 점토판을 공부했고, 또 자신의 아들에게도 물려주어 바로 이 유쾌한 자, 흠 없는 자인 나에게까지 이른 것이오. 그리고 여러분이 가져온 양의 후반신(後半身)과 가죽과 고기 스프 한 솥은 내 몫이 될 것이오. 이 점에 대해서는 여러분들도 이미 알고 있었을 것이오. 그리고 점토서판에 기록된 규정에 따라 힘줄과 내장의 절반도 내가 가질 것이오. 허리와 오른쪽 넓적다리 그리고 가장 좋은 스테이크 고기는 신께서 취하실 것이고, 나머지는 신전에서 함께 식사를 할 것이오. 자, 됐소?"

예언가의 아들 리무트의 말이 끝나자 그를 찾아갔던 사람들은 성수가 뿌려진 지붕에 제물을 올리러 갔다. 우선 네 개의 포도주 항아리와 열두 개의 빵, 응유 스프, 꿀을 신의 식탁에 올려놓고 소금을 뿌렸다. 그런 다음 향로에 향 알맹이를 뿌린 후, 양을 잡았다. 제물을 바치는 자들이 양을 붙들고 있는 동안 사제가 양을 내리친 후 속죄양으로 바쳤다. 마무리로 리무트 노인은 제단 앞에서 덩실덩실 춤을 췄다. 얼마나 우아하던지! 손마디 하나하나, 관절 하나하나 그 동작에 흠잡을 데라곤 없었다. 라반과 여자들은 그 광경을 묘사하면서 감탄사를 연발했다. 아무 말 없이 경청하고 있던 야곱은 한시라도 빨리 예언을 듣고 싶어 조바심으로 가슴이 탔지만 애써 태연한 척했다.

그랬다. 기름이 진술한 예언은 한마디로 어두웠다. 워낙 알쏭달쏭해서 여러 가지 해석이 가능했던 탓에 듣고 나서 특별히 더 나아진 것도 없었다. 예언은 위로인 동시에 위협이었던 것이다. 하기야 설령 미래가 직접 말을 했다고 해도, 가정이지만 미래의 입에서 정말로 '음' 하는 소리라도 들렸다면, 그 외마디는 아마 그런 식으로 들릴 수밖에 없었을 것이다. 리만니-벨은 삼나무 지팡이와 그릇을 들고 기도를 올리고 노래를 부른 후, 물 안에 기름을 붓거나 기름 위에 물을 붓기도 하면서 고개를 모로 꼬고 기름이 물에서 뭉치는 모양을 살펴보고는 대략 다음과 같이 말했다.

기름이 크고 작은 두 개의 둥근 고리로 분리된 건 양을 기르는 목자의 딸 라헬이 아들을 얻을 확률이 높다는 뜻이다. 또 고리 하나가 동쪽으로 가서 멈춰 선 것은 산모가 건강해질 징조다. 그리고 그릇을 흔들었을 때 기름에서 거품이 하나 일어났으니, 산모가 심각한 위기를 맞게 되었을 때 수호신의 가호로 무사히 위험을 벗어날 것이다. 또 기름 위에 물을 붓자 기름이 일단 가라앉았다가 위로 떠올라 서로 갈라졌다가 다시 하나로 합쳐진 것은 엄청난 고통을 겪더라도 건강해진다는 뜻이다. 그런데 물을 부었을 때 기름이 아래로 가라앉았다가 위로 떠오르면서 잔의 가장자리를 건드렸으니, 환자는 자리에서 일어나겠지만 건강한 자는 죽게 될 것이다.

"설마 소년은 아니겠지!"
예언을 전해 듣던 야곱의 입에서 터져 나온 소리였다.

아니다. 아이는 오히려 정반대이다. 기름의 신호로 보아, 여기서는 인간의 머리로는 쉽게 구분이 되지 않지만, 여하튼 아이는 구덩이에 떨어지지만 그래도 살게 될 것이다. 죽어야 열매를 맺는 곡식 씨앗처럼. 리무트는 그렇게 확언했다. 물을 부었을 때 기름이 처음에는 둘로 갈라졌다가 다시 합쳐졌고 가장자리에 햇살을 받아 묘한 광채를 발한 것으로 보아 그런 의미가 분명하다. 이것은 죽음에서 다시 머리를 들고 일어서는 것을 의미하기 때문이다. 물론 쉽게 이해되지 않을 줄은 안다. 예언가인 나

자신도 더 이상은 모른다. 하지만 이 신호는 믿을 만한 것이다. 그렇게 예언자는 장담했다. 하지만 지금까지 기름의 모습을 살펴본 결과, 여자는 절정기에 이른 아들의 모습을 볼 수 없다. 숫자 2를 조심한다면 혹시 모를까. 이 숫자는 일반적으로도 불행의 숫자인데, 양을 기르는 목자의 딸에게는 특히 더 그러하다. 그리고 그녀는 둘이라는 숫자를 알리는 징후가 있을 때에는 여행길에 올라서는 안 된다. 그러지 않으면 출정을 나갔다가 대열에서 낙오되는 병사 신세가 되고 말 것이다.

그게 예언이고, 중얼거림이었다. 야곱은 고개를 끄덕여 가며 열심히 경청했지만, 한편으로는 어깨를 으쓱해 보일 수밖에 없었다. 이런 예언으로 뭘 시작할 수 있단 말인가? 그러나 그런 이야기를 듣는 것은 중요했다. 라헬과 그의 자식에 관련된 것이었으니까. 하지만 그 이야기를 들었다 해서 무슨 대책을 세울 수 있는 것도 아니었고, 그냥 시간의 흐름에 맡겨 미래의 계획이 이루어지도록 내버려두는 것 외에는 방법이 없었다. 어차피 운명과 미래는 양손이 자유로웠다. 많은 일이 일어날 수도 있고, 또 일어나지 않을 수도 있었다. 그렇더라도 예언과는 이렇게든 저렇게든 조화를 이루게 될 것이었다. 그때가 되면 다들 아, 그게 그 뜻이었구나 하고 깨닫게 되리라. 야곱은 신탁의 본질에 대해 그후로도 곰곰이 생각해 보곤 했다. 그리고 라반 앞에서도 그 이야기를 꺼낸 적이 있었지만 라반은 전혀 알고 싶어하지 않았다.

장차 다가올 일, 누구도 막을 수 없는 그 일을 드러내 보여주는 것이 신탁의 본질일까? 아니면 미리 예고된 불행이 닥치지 않도록 대비하고 조심하라고 경고해 주는 것이 본질일까? 만약 그렇다면 운명이란 게 예정된 것이 아니라 인간들의 행동 여부에 따라 결정된다는 전제가 필요해진다. 하지만 만약 정말로 그렇다면 미래는 인간 외부에 있지 않고, 바로 인간 내부에 있다는 뜻이 된다. 하지만 그렇다면 그것을 도대체 어떻게 읽어낼 수 있단 말인가? 그리고 또 예방을 한다고 한 것이 되레, 차라리 그냥 내버려두었으면 생기지 않았을 법한 불행을 가져오는 적은 또 얼마나 많은가? 이 경우 경고 또한 운명과 마찬가지로 악령의 조롱으로 끝나지 않는가? 기름이 이야기하기로는 라헬은 난산을 하지만 아들을 낳고 무사할 것이라고 했다. 그럼 이 신탁만 믿고 더 이상 산모를 보살피지 않고 악귀를 쫓아내는 연고도 그만 발라준다면, 그래도 운명은 예언처럼 다행스러운 모습으로 등장할 수 있을까? 아니다. 이렇게 모든 예방조처를 그만둔다는 것은 운명을 거역하여 나쁜 일이 일어나도록 죄를 짓는 것이나 마찬가지이다. 그렇다면 운명을 거역하여 좋은 일을 이끌어내려는 시도 또한 죄가 아니던가?

라반은 이런 식의 꼬투리 잡기를 좋아하지 않았다. 라반의 말에 따르면, 그것은 제대로 된 생각이 아니며, 삐딱하고 지나치게 예민하며 트집이나 잡으려 드는 까탈스런 생각이다. 미래는 미래일 뿐이다. 미래는 아직 오지 않았고, 그러므로 아직 확실하게 정해진 게 아니다. 그렇지만 어떤 모습으로든 언젠가는 다가올 것이라는 점에서는 정해진 것이라고 할 수 있다. 더 이상은 미래에 관해 이야기할 건더기가 없다. 미래에 대한 예언은 사물을 명확하게 밝혀 주어 많은 교훈을 주기 때문에 예언사제들에게 돈을 주는 것이다. 이들은 수년간 훈련을 받은 자들로 강 양쪽에 있는 바벨-시파르에서 수메르와 악카드 사람들을 다스리는 사계(四界)의 왕, 즉 태양신 샤마쉬의 총아이며 마르둑의 사랑받는 아들의 보호까지 받는다. 이 왕은 토대의 높이만 해도 한 발(약 6피트—옮긴이)이나 되는 웅장한 궁전에 살고 있다. 또 그 옥좌는 얼마나 화려한 줄 아느냐? 그러니 공연한 트집일랑 잡을 생각도 말아라!

야곱은 입을 다문 지 오래였다. 그는 속으로 바벨의 님로드를 비웃고 있었다. 이러한 빈정거림은 우르를 떠났던 남자로부터 대물림된 것이다. 그래서 아무리 라반이 그 대단한 권력가를 들먹여도, 또 그가 자네는 예언사제를 만나지도 않았고 손도 하나 까딱하지 않았으니 잔소리 말라고 윽박질러도, 야곱에게는 그 예언이 그다지 거룩해 보이지 않았다. 라반은 달의 우상에게 바칠 양 한 마리와 온갖 음식 값을 치렀기 때문에 그 대가로 얻은 예언에 의지할 수밖에 없었다. 하지만 값을 치르지 않은 야곱은 아무래도 라반보다는 그 예언으로부터 자유로울 수 있었다. 하지만 한편으로는 자신이 아무 값도 치르지 않고 뭔가 들을 수 있게 된 것이 기뻤다. 그리고 미래에 관해 최소한 한 가지는 벌써 확실해졌다. 라헬이 맺은 열매가 사내아이인지 아니면 여자아이인지는 분명해진 것이다. 사람들 눈에 아직 보이지 않아서 그렇지, 라헬의 몸 안에서는 이미 정해진 일이었으므로, 확실한 미래가 보장된 셈이었다. 리만니-벨의 기름이 사내아이를 암시했다는 것은 여하튼 큰 힘이 되었다. 그리고 야곱은 실제적인 조언도 해준 예언사제가 고마웠다. 그는 신전을 지키는 올바른 사제인 동시에 치유에도 일가견이 있었다. 물론 예언능력과 치유능력은 서로 모순되는 게 분명하지만(의학이 어떻게 미래를 거역할 수 있단 말인가?) 여하튼 그는 출산과 관련하여 효력이 증명된 여러 가지 조언을 아끼지 않았는데, 의사의 처방 비슷한 것과 주술 의식이 상호 보완되어 효과 만점이었다.

여린 라헬로서는 쉬운 일이 아니었다. 아이를 낳으려면 아직 멀었는데도 그녀는 이 처방에 따라 맛도 없는 것을 수없이 들이켜야 했다. 산모들이 목에 걸고 다니는 부적용 돌멩이를 부순 가루에 기름을 섞은 것이었다. 게다가 몸에는 붕대를 칭칭 감고 있어야 했다. 거기에는 아스팔트와 돼지기름과 물고기와 약초를 짓이긴 연고가 붙어 있었다. 그뿐이 아니다. 불결한 짐승들의 사지를 통째로 몸에 붙여 실로 꽁꽁 묶어놓기도 했다. 이밖에도 잠자는 머리맡에는 항상 새끼 염소 한 마리가 놓여 있었다. 혹시 그녀를 탐내는 악귀가 덮치면, 대신 바칠 제물이었다. 이것 말고도 밤낮을 지켜주는 점토인형도 하나 있었다. 늪에서 올라온 라바르투를 조각한 이 상은 입에 새끼 돼지의 심장을 물고 있었다. 산모의 몸 안으로 들어간 악귀들을 유인하려는 것이었다. 사람들은 3일 걸러 한번씩 이 인형을 칼로 부순 다음, 담 모퉁이에 파묻어야 했다. 이때 뒤를 돌아봐서는 안 되었다. 또 사용한 칼은 불이 이글거리는 목탄 통에 꽂아서 라헬 곁에 밤낮을 가리지 않고 세워둬야 했다. 그러니 가뜩이나 무덥고, 곧 탐무즈 달도 다가오는데, 얼마나 곤혹스러웠겠는가. 그리고 침상 주위에는 밀가루 죽으로 작은 담을 쌓았고, 곡식도 세 무더기나 방 안에 갖다 놓았다. 모든 것이 리만니-벨의 조언을 따른 조처였다. 진통이 시작되자 사람들은 서둘러 양쪽 문설주에 새끼 돼지의 피를 바르고 현관문에는 석고와 아스팔트를 칠했다.

출산

때는 여름이었다. 양떼를 거느린 주인님, 갈기갈기 찢긴
탐무즈의 달에 접어들어 며칠이 지난 후였다. 야곱은 진짜
부인이며 가장 사랑하는 여인이 자식을 낳아줄 위대한 순
간이 다가오자 잠시도 그녀의 곁을 떠나지 않았다. 그리고
손수 그녀를 보살폈다. 연고 붕대를 새로 갈아주고, 한번은
라바르투 상을 부수고 파묻는 일까지 했다. 이런 조처는 물
론 자신이 조상 대대로 섬겨온 신으로부터 유래한 관습은
아니었다. 하지만 어떻게 보면 우상과 그 예언자가 하는 일
들도 그분의 섭리 안에 있는 것으로 볼 수도 있었다. 그리
고 어차피 마땅히 따를 만한 다른 대안도 없었다.

라헬의 얼굴은 점점 더 창백해졌다. 몸 한복판만 볼록할
뿐, 다른 곳은 여윌 대로 여윈 초췌한 모습이었다. 몸 안의
열매는 아무것도 모르고 그저 자신이 자라는 데만 급급하
여 그녀로부터 힘과 즙을 다 빨아들였던 것이다. 그녀는 이

따금 미소를 지으며 야곱의 손을 잡고 아이가 뱃속에서 희미하게 발길질을 하는 곳으로 안내하기도 했다. 그러면 야곱은 살갗 너머 진짜 아들 두무지에게 인사말을 건네고는 이렇게 달래는 것이었다. 마음 단단히 먹고 어서 골짜기를 빠져 나와 햇살이 있는 곳으로 나오너라. 하지만 골짜기 여주인이 다치면 안 되니 날렵하게 움직여야 한다. 마침내 그녀의 가련한 얼굴이 미소를 띤 채 일그러지는가 싶더니, 어느새 호흡까지 가빠졌다. 때가 온 것이었다. 야곱은 극도로 흥분하여 부모와 하녀들을 불러 벽돌을 준비하라고 일렀다. 경황없이 이리저리 뛰어다니는 그의 가슴에는 온통 애원뿐이었다.

라헬의 각오와 용기를 어떤 말로 칭송할 수 있을까? 그녀는 어떤 아픔도 참고 견뎌내어 자신도 할 수 있음을 보여주리라 단단히 각오했다. 그리고 기쁜 마음으로 자연의 위업에 몸을 맡겼다. 세상 사람들로부터 신망을 얻기 위해서? 더 이상 아이가 없는 증오받는 여인이 되지 않기 위해서, 그처럼 열의를 다한 것일까? 아니다. 그 이유는 보다 깊은 곳에 있었다. 그녀로 하여금 그렇게 하도록 만든 것은 보다 육체적인 이유였다. 인간의 공동체만 그런 게 아니라, 육신 또한 명예를 안다. 아니 더 잘 안다. 라헬은 아무 고통 없이 빌하를 통해 형식적으로 어머니가 되었을 때, 그때 이미 그 사실을 알았다. 지금의 미소는 당시의 혼란스러운 미소가 아니다. 그때의 미소에는 양심의 가책을 느낀 육신의 슬픔이 담겨 있었다. 하지만 지금, 행복으로 환해진 그녀의 아름답고 귀여운 두 눈은, 이 근시 눈은 야곱의 눈 안에 머물고 있다. 마침내 그에게 아이를 낳아줄 수 있는 명예로운 순간이었다. 들판에서 처음으로 낯선 자와 마주섰을 때, 멀리서 온 이 사촌오라버니와 자신의 장래를 생각하며 그려보았던 바로 그 순간이었다.

불쌍한 라헬! 그렇게 기쁜 마음으로 용기를 내고, 자신도 당당하게 해낼 수 있음을 보여주리라, 단단히 각오하고 대자연의 위업에 몸을 내맡긴 그녀였건만, 자연은 그녀를 별로 어여삐 보지 않았다. 이 용감한 여인을 자연이 몰고 간 곳은 얼마나 고통스럽고 어려운 고난의 구렁텅이였던가! 어머니가 될 날만을 손꼽아 기다리고, 자신에게도 그런 능력이 있다고 철석같이 믿었던 그녀였다. 하지만 그녀의 육신은 정말 그 일에 적합한 몸이 아니었던 것일까? 사랑받지 못하는 레아는 아이를 잘도 낳는데, 라헬의 신체조건은 어쩜 그처럼 불리했단 말인가! 첫 아이 출산에 임한 순간부터 죽음의 칼이 떠다니더니, 두번째 아들의 출산에 이르자 그 칼은 기어코 그녀의 몸 위로 떨어져 숨을 끊어놓지 않았던가. 자연이란 이렇게 자신과 대적하여, 자신이 가슴에 심어둔 소원과 경건한 믿음을 조롱할 수 있는 것일까? 아마도 그런 것 같다. 자연의 위업에 기꺼이 몸을 내맡긴 그녀였으나, 운명은 그녀의 믿음을 저버렸던 것이다.

7년 동안 라헬은 믿음을 간직한 채 야곱과 함께 이 날을 기다려왔고, 그후에는 13년 동안이나 이유도 모른 채 실망만 겪어야 했다. 그런데 이제 자연은 그녀의 간절한 바람을 허락해 주고도 다시 한번 그녀에게 끔찍한 시련을 안겨 주었다. 레아와 빌하 그리고 질바가 어머니라는 명예를 얻기 위해 치러야 했던 고통을 한데 묶어도 그보다는 더하지 않았을 무서운 고통 속으로 그녀를 내몬 것이다. 장장 36시간 동안, 자정부터 다음 날 오후까지, 그리고 다시 그날 밤 내내 시달리다가 그 다음 날 정오까지도 끔찍한 공포의 순간은 계속되었고, 한 시간, 아니 반시간만 더 지체했더라도 숨이 끊겼으리라.

유쾌하고 신속하게 일을 끝낼 수 있으리라 생각하고 자리를 떠나지 않던 라헬의 점차 실망하는 모습을 지켜보는 것이 야곱에게는 곤혹이었다. 처음의 징후는 눈속임인 듯했다. 사전 진통은 휴식이 몇 시간 이어지면서 중단되었다. 아무 결실도 없는 공허한 정적의 시간이었다. 진통이 끊겼으니 몸은 아프진 않았지만, 여간 부끄럽고 지겨운 게 아니었다. 그녀는 틈만 나면 레아에게 말했다.

"언니는 안 그랬잖아요!"

그러면 레아는 그렇다고 인정할 수밖에 없었다. 그러면서 옆에 있는 주인님 야곱을 흘깃 쳐다보는 것도 잊지 않았다. 그러다 고통의 홍수가 산모를 덮쳤고, 횟수를 거듭할수록 더 잔인해지고 지속시간도 길어졌다. 그러나 그런 대로 고통을 이겨내고 나면, 헛수고가 되었다. 그녀는 벽돌 위에 무릎을 꿇고 있다가는 침상으로 옮겼고, 다시 벽돌 위로 올라갔다를 반복했다. 이렇게 밤과 낮을 바꿔가며 대기하는 시간들이 흘러갔다. 이처럼 부실하다니, 부끄러워진 라헬은 절망했다. 라헬은 아무리 무서운 통증에 시달려도 비명은 지르지 않았다. 이를 악물고 말없이 있는 힘을 다해 견뎌냈다. 진통이 끊길 때마다 찢어지는 가슴으로 자신의 손과 발에 입을 맞춰 주는 주인님 야곱에게 겁을 주지 않기 위해서였다. 주인님이 얼마나 여린지, 그녀는 너무도 잘 알았다. 그렇지만 그녀의 당당함도 아무 소용없었다. 진통이 더 포악한 모습으로 돌변하자, 결국은 비명을 지르고 말았다. 귀여운 라헬의 얼굴과는 도무지 어울리지 않는 섬뜩한 비명이었다. 또다시 아침이 되자 정신을 잃은 라헬은 평상시의 그녀가 아니었다. 차라리 그게 다행스럽게 느껴졌다. 보통 때의 그녀라고 생각하면, 사나운 짐승이 울부짖는 것 같은 그녀의 비명소리를 어떻게 들어줄 수 있었겠는가? 계속 비명을 지르는 그 목소리는 완전히 낯선 음성이었고, 악령의 소리였다. 점토인형의 입에 물려둔 새끼 돼지의 심장으로도 유인해 낼 수 없었던 악귀의 목소리였던 것이다.

이 모두가 출산에는 아무런 도움도 되지 않는 경련성 진통으로 애처로운 여인을 끝없는 지옥의 고통 속으로 몰아갈 뿐이었다. 비명을 내지르는 그녀의 얼굴은 새파랗게 질렸고, 허공을 헤매는 손가락까지 비비 꼬였다. 야곱은 정신없이 집안과 뜰로 우왕좌왕하면서 가는 곳마다 부딪쳤다. 엄지손가락으로는 귀를 막고 다른 손가락으로는 눈을 가리고 있었던 것이다. 그는 주님께 외쳤다. 아들은 더 이상 바라지도 않습니다. 지옥 같은 고난에서 해방될 수만 있다면, 차라리 라헬을 편안히 죽게 해주십시오.

라반과 아디나는 지금까지 써왔던 약들과 연고 그리고 마사지가 아무 소용도 없는 것 같아 가슴이 철렁했다. 그래서 산모가 비명을 지르는 중에도 노래를 부르듯 주문을 외웠다. 옛날에 새끼를 낳는 암소를 도와준 달의 신 신(Sin)

에게, 라헬의 비틀어진 몸도 풀어주셔서 그녀가 산고를 무사히 이겨낼 수 있도록 도와달라고 기원하는 내용이었다. 레아는 방 한구석에 꼿꼿이 서서 양팔을 몸에 바싹 붙이고 손만 올린 상태로 아무 말 없이 사팔뜨기의 파란 눈으로 야곱이 가장 사랑하는 아내가 생사의 갈림길에서 사투를 벌이는 모습을 지켜보았다.

마침내 라헬의 마지막 비명이 울려 퍼졌다. 극도로 분노한 악령의 음성이었다. 그런 비명은 죽지 않은 다음에야 살아서는 두번 다시 내지를 수 없을 듯했다. 그리고 제정신이 아니고서는 두번 다시 들어줄 수 없는 괴성이었다. 라반의 아내는 신의 암소 이야기를 읊을 겨를이 없었다. 야곱의 아들, 열한번째 아들이자 첫번째 아들이기도 한 사내아이가 생명의 어두운 피바다를 뚫고 밖으로 튀어나왔던 것이다. 그 아이는 두무지-압수, 즉 심연에서 나온 진짜 아들이었다.

정신없이 뜰로 달려나간 야곱에게 그 소식을 전해 준 것은 빌하였다. 단과 납달리의 어머니인 그녀는 하얗게 질린 얼굴에 웃음을 흘리며 야곱을 찾아 달음박질쳤다. 그리고 날아가는 혀로 외쳤다. 주인님의 아이가 태어났어요, 아들이에요, 라헬도 살아 있습니다. 야곱은 온몸을 덜덜 떨면서 산모에게로 달려갔다. 그리고 그녀에게 엎어져 울음을 터뜨렸다. 땀으로 목욕한 그녀는 곧 세상을 하직할 듯 기진맥진하여 숨이 가빴다. 몸 안으로 드나드는 문은 갈기갈기 찢어졌다. 혀를 깨문 탓에 혀에도 상처투성이였고 심장에 있는 생명은 당장이라도 꺼질 것처럼 희미했다. 이것이 그녀의 기쁨에 내려진 보상이었다.

　그녀는 고개를 들어 야곱을 바라볼 힘도 없었다. 미소를 지을 힘은 더더욱 없었다. 하지만 야곱이 곁에 무릎을 꿇고 앉자 정수리를 어루만지며 눈으로 요람 쪽을 가리켰다. 아이가 살아 있는지 보고, 아들에게 손을 얹어주라는 뜻이었다. 목욕을 끝낸 아이는 벌써 울음을 그치고 기저귀를 찬 채 잠을 자고 있었다. 작은 머리에 검고 매끄러운 머리카락이 보였다. 밖으로 나오느라 어머니의 몸을 갈기갈기 찢었던 아이는 속눈썹이 길고 작은 손에 손톱까지 또렷했다. 그때만 해도 아이는 별로 예쁘지 않았다. 그렇게 작은 아이한테 아름답다는 말을 꺼내는 것은 사실 무리이다. 그러나 야곱은 레아와 다른 몸종들이 낳은 아이들과는 다른 어떤 것을 보았다. 아이를 처음 본 순간, 경건한 예배를 드리듯 가슴이 달아오르고, 쳐다보면 볼수록 감격스럽고 황홀해졌다.

　신생아는, 뭐라고 꼭 집어 말할 수는 없지만, 맑음과 사랑스러움, 균형, 호감 그리고 주님 보시기에 흡족함이 한데 어우러진 어떤 빛에 둘러싸인 듯했다. 손으로 만질 수는 없지만, 적어도 느낄 수는 있다고 믿었다.

　"내 아들."

　야곱이 아이에게 손을 얹었다. 야곱이 아이를 건드리자마자, 아이는 반짝 눈을 떴다. 아이가 태어난 순간 정점에 오른 태양의 햇빛이 반사되는 햇살이, 그때만 해도 파란색이었던 눈에 반사되었다. 그리고 아이는 그 작고 앙증맞은 손가락으로 야곱의 손가락을 꼭 쥐더니, 다시 잠이 들고서도 놓아주지 않았다. 어머니 라헬도 깊은 잠에 빠졌다. 그러나 야곱은 보드라운 아이의 손가락에 붙들려 허리를 세우지도 못하는 어정쩡한 자세로 아이를 바라보면서 아마 한 시간 이상을 그 자리에 서 있었을 것이다. 그러다 아이가 배가 고파 칭얼거리자 그때서야 자리를 떴다.

아이의 이름은 요셉이라 불렀다. 또는 야수프라고 부르기도 했다. 독일 사람들이 흔히 아들 이름으로 택하는 '아우구스투스'도 그렇듯이, 요셉이라는 이름도 증대와 증식을 뜻한다. 신과 결부시킨 이름을 제대로 소개하자면 요셉-엘(Joseph-el) 또는 요시피야(Josiphja)였다. 또 첫 음절로 가장 지고한 분을 암시하려고, 여호세프(Jehoseph)라 부르기도 했다.

얼룩진 가축

라헬이 요셉을 낳아주었으니 야곱이 얼마나 기고만장했을지 상상이 갈 것이다. 목소리까지 근엄해졌다. 그의 교만은 벌 받아 마땅했다. 아이는 정오에 태어났다. 이 시간은 동쪽에 떠올라 있는 처녀자리가 하늘의 여성을 대변하는 이쉬타르 별과 조화를 이루는 때였다. 야곱은 이 사실을 알고 산모 라헬을 하늘에 속하는 성처녀와 어머니 여신으로 보려 했다. 가슴에 아이를 안고 있는 여신 하토르와 에세트로 생각하려 한 것이다. 그리고 이 경우 아이는 기적의 소년이요, 기름 부음(머리에 향유를 부어주는 축성 의식—옮긴이)을 받은, 즉 선택받은 자였다. 따라서 그의 등장과 함께 웃음이 넘치는 축복의 시간이 다가온 것이라 여겼다. 야곱은 이 아이가 야웨(혹은 야훼—옮긴이)의 힘 안에 거하며 평화롭게 풀을 뜯게 되리라 확신했다.

이쯤 되면 지나친 애정으로 과잉보호하여 아이에게 오히

려 무거운 짐을 지우는 결과를 낳은 것도 이상할 게 없었다. 아이를 안고 있는 어머니는 거룩한 모습일 수 있다. 그러나 그렇다 하여 그녀를 우상으로 만들어서야 되겠는가? 하지만 야곱은 단순하게도 귀여운 라헬을 천상에 있는 거룩한 처녀별로 만들고 말았다. 그는 물론 그녀가 일반적인 의미에서든, 혹은 이 땅의 의미에서든 결코 처녀가 아니라는 점은 알고 있었다. 아니 그래서도 안 될 일이 아니던가!

'처녀'를 운운한 야곱은 별자리에 얽힌 신화를 들먹인 것에 지나지 않는다. 그런데도 그는 이 비유를 말 그대로 받아들여 황홀해 했고, 어리석을 정도로 자만심에 젖어 눈물까지 내비치곤 했다. 야곱이 양을 기르는 목자였고, 자신의 가슴을 사로잡은 가장 사랑스러운 여인이 라헬이라는 이름을 가졌으므로, 그녀가 낳은 갓난아기를 '양'으로 부르는 것은 고상한 생각의 유희로 봐줄 수도 있다. 그러나 처녀가 낳은 양 이야기를 하는 그의 음성은 농담처럼 들리지 않았다. 오히려 요람에 누워 있는 귀여운 아이가 정말로 가축무리에서 선별된 순결하고 거룩한 존재라는 사실을 다른 모든 사람들이 믿도록 강요하려는 듯했다. 야곱은 또, 사나운 짐승들이 양을 덮치는 상상도 했다. 하지만 이들과 싸워 승리를 거둔 양이 모든 천사들과 땅 위의 인간들에게 기쁨을 안겨 줄 것이라고 확신했다. 그리고 야곱은 어린 아들을 가리켜 가장 부드러운 뿌리에서 떨어져 나온 어린 가지라고 불렀다. 이는 시적인 표현 이상이었다. 야곱은 그 의미를 세상에 만물이 소생하는 봄과 함께 다가오는 축복의 시간과 결합시켰다. 거룩한 하늘의 소년은 이 봄을 맞아 폭력을 휘두르는 자들을 입의 지팡이로 호되게 내리치리라.

　감정을 부풀려도 유분수지, 이런 과장이 있는가! 그리고 이때 야곱에게 '다가오는 축복의 시간'은 야곱 자신에게도 개인적으로 중대한 의미를 가졌다. 그것은 부의 축복을 의미했다. 야곱은 정실 라헬이 아들을 낳은 것을 계기로 그동안 라반 밑에서 종살이를 하면서 얻었던 것과는 비교도 안 될 정도로 큰 재산을 모으게 되리라 확신한 것이다. 오물이 가득한 이 아랫세상이 드디어 황금보화까지 모조리 내놓게 되리라. 이 생각은 자연스럽게 그보다 훨씬 높고 감동적인 생각을 불러들였다. 그 많은 재물을 싣고 위쪽 세상, 고향으로 돌아가는 것, 선조의 땅으로 귀향한다는 생각이 그것이었다. 그랬다. 요셉의 출생으로 야곱 자신의 삶을 좌우하는 별 또한 전환점을 맞아, 상승곡선을 그려야 했다. 그러나 라반의 땅, 이 아랫세상을 벗어나 위로 올라가는 것은 불가능했다.

　우선 라헬은 여행할 처지가 못 되었다(끔찍한 출산 이후, 회복은 힘겹고 더디기만 하여 그녀는 여전히 창백하고 힘이 없었다). 또 갓난아이를 봐서도 열이레도 더 걸리는 엘리에젤의 여행길은 무리였다. 항간에 나와 있는 이 일에 관한 평가와 보고를 보면, 얼마나 생각없이 하는 이야기인지 어이가 없어 웃음이 나오려 한다. 그 이야기에 따르면, 야곱은 라반 곁에서 14년을 보냈다. 7년 하고 또 7년을 더 살았다는 것인데, 마지막에 요셉이 태어나자마자 당장 고향으로 떠났다. 그리고 얍복 여울에서 에사오와 만났을 때 야곱 옆에 있던 라헬과 요셉이 에돔 앞에 나아가 절을 올렸다.

아니, 어떻게 젖먹이 아이가 앞으로 나아가 절을 할 수 있단 말인가? 사실은 이와 다르다. 요셉의 나이는 당시 다섯 살이었다. 그리고 이 5년이라는 세월은 야곱이 그곳에서 20년을 보낸 후 새로운 계약을 맺고 머문 시간이다. 야곱은 당장 여행을 떠날 수가 없었다. 그러나 당장이라도 떠날 것처럼 행동할 수는 있었다. 라반에게 압력을 가할 생각이었다면 말이다. 속물 인간을 상대하는 데 가혹한 경제 원리로 압력을 가하는 것보다 더 좋은 방법은 없지 않은가. 야곱이 라반에게 이런 말을 하게 된 것도 그래서였다.

"제 숙부님이기도 한 아버님께 드릴 말씀이 있습니다."

라반은 얼른 말을 잘랐다.

"자네 이야기는 나중에 하고 먼저 내 말부터 듣게. 나도 자네한테 급히 할 말이 있으니까. 더 이상은 지금처럼 있을 수 없게 되었네. 그리고 이런 상태는 법적으로도 사람이 함께 사는 질서라고 볼 수가 없어. 이렇게 계속 살다보니 나도 끔찍하고 싫으이. 자네는 우리가 계약한 대로 여자들을 얻는 대가로 7년과 또 7년을 내 곁에서 일했지. 그 계약서는 수호신상 곁에 잘 보관되어 있네. 하지만 몇 년 전부터, 아마도 6년쯤 된 것 같네만, 그게 너무 오래 된 약속이고 문서라서 더 이상 법적 효력이 없는 것 같다는 생각을 하게 되었네. 그런데도 그저 습관이 되고 형식이 되다보니, 이제 뭘 지켜야 하는지 아는 사람도 없어진 게야. 그 바람에 우리 생활은 설계도 없이 아무렇게나 지은 집처럼 되어버렸네. 솔직히 말하면 짐승처럼 된 거지. 신들께서 나를 눈으로 볼 수 있는 사람으로 만드셨으니 나도 알 건 다 아네. 자네가 다른 조건 없이, 문서상으로 품값을 정하지도 않고 내 밑에서 일하는 동안 자네 몫을 따로 챙겼다는 것도 알고 있다는 뜻일세. 그게 얼마나 되는지, 숫자를 헤아릴 생각은 추호도 없네. 이제 그건 자네 것이야. 그리고 나 라반의 아이들이, 브올과 알룹, 그리고 무라스가 그것 때문에 입을 쑥 내밀었어도 도리어 내 아들들을 야단쳤네. 보상받을 만하니까 말일세. 다만 조정할 필요가 있긴 하지. 그래서 하는 말인데, 이제 저기 가서 새로운 계약을 맺도록 하세. 일단 7년짜리 계약을 맺는 거야. 자네가 생각하는 조건을 놓고 함께 절충해 보세."

"그건 아닙니다."

야곱이 고개를 가로저었다.

"숙부님께서는 공연히 귀한 말씀만 낭비하셨군요. 제 말을 먼저 들으셨더라면 이런 수고를 하지 않으셔도 되었을 텐데. 새 계약 이야기를 하려던 게 아니었습니다. 전 휴가를 청하러 왔습니다. 이제 절 집안일에서 놓아주셨으면 합니다. 전 20년 간 숙부님을 위해 일했습니다. 제가 어떻게 일했는지는 숙부님께서도 잘 아시리라 생각합니다. 이 자리에 등장해야 마땅한 낱말이 있긴 하지만, 제 입으로 그 단어를 말할 생각은 없습니다. 그렇지만 숙부님께서는 충분히 하실 수 있는 말이고, 지금이 그 말을 하실 수 있는 가장 적당한 기회가 아닌가 싶습니다."

"누가 그걸 부인하는가? 자네는 지나칠 정도로 성실하게 일했네. 지금은 그 이야기를 하는 게 아냐."

"숙부님 일을 봐드리면서 큰 어려움 없이 지내는 사이,

저도 이렇게 늙어서 머리까지 하얗게 세었습니다. 제가 고향을 등지고 이사악의 집을 떠나 온 이유는 에사오의 분노 때문이었습니다. 그 분노는 이미 오래 전에 사그러졌습니다. 그리고 그 사냥꾼은 어린 아이 같은 마음을 지닌 사람이므로, 옛날 이야기는 까맣게 잊어버렸을 겁니다. 마음만 먹었더라면 언제든 제 나라로 떠날 수 있었습니다. 하지만 전 그러지 않았습니다. 왜였겠습니까? 그 대답도 제가 사용해서는 안 되는 낱말이 대신해 줄 겁니다. 자화자찬이 될 테니까요. 하지만 이제 라헬은, 숙부님의 모습이 한층 아름답게 드러나 있는 그 성처녀는 두무지, 요셉을 낳았습니다. 이제 이 아들은 물론 레아와 다른 몸종들이 낳은 자식들을 거느리고 제가 숙부님 밑에서 일하면서 모은 재산을 모두 가지고 제 나라로 떠날 생각입니다. 저도 이제는 제 안식처에서 제 가정을 꾸리고 싶습니다. 지금까지 너무 오랫동안 숙부님의 집안 살림만 챙겨왔으니까요."

그러자 라반이 말했다.

"자네가 내 곁을 떠나는 안타까운 일이 생기지 않도록, 우리 이렇게 하세. 사위도 자식이니 자네는 내 아들이고 또 내 조카인데, 우리 사이에 거리낄 게 뭐 있겠나. 솔직하게 자네가 생각하는 조건을 말해 보게. 그러면 아누와 엘릴의 이름으로 맹세하건대, 조금이라도 이성적인 구석이 있는 요구라면, 아무리 힘든 조건이라도 순순히 따르겠네."

"글쎄요. 숙부님께서 어떤 것을 이성적이라 하시는지 모르겠습니다." 야곱이 말했다.

"제가 이곳으로 오기 전에 숙부님께서 소유하셨던 것을

한번 생각해 보십시오. 제가 살림을 맡고 난 후 그것이 얼마나 불어났는지도 생각해 보십시오. 어디 그뿐입니까? 숙부님의 부인, 제 숙모님 아다나까지 상승 물결을 타고 그 나이에 의외로 강건함을 보여 숙부님의 노후에 아들을 셋씩이나 안겨 주었습니다. 이런 일은 그러면 이성적인 것입니까? 아마도 제 요구는 외삼촌께 비이성적인 것으로 생각되기 쉬우니, 차라리 요구 조건 같은 것은 말하지 않고 그냥 떠나는 것이 낫겠습니다."

"말을 하게. 그리고 여기 있게." 라반이 대꾸했다.

그러자 야곱은 자신이 1년이나 아니면 2년쯤 더 머물기 위해 무엇이 필요한지 요구 조건을 말했다. 물론 라반은 그전에 대략 어떤 요구가 나올지 나름대로 예상해둔 게 있었다. 그러나 야곱이 그런 조건을 제시할 줄은 꿈에도 생각하지 못했다. 처음에는 뒤통수를 얻어맞은 기분이었다. 그러나 라반이 누군가? 그의 머리는 쏜살같이 회전하기 시작했다. 우선은 이 조건을 제대로 이해하기 위해서였고, 두번째로는 그 범위를 제한하기 위해 꼭 필요한 반대 조건을 생각해 내기 위해서였다.

이것이 바로 그 유명한 얼룩 양에 얽힌 이야기이다. 우물가와 모닥불 옆에 앉아 아름다운 대화를 나누던 사람들의 입에 수천번도 넘게 오르내렸던, 기발한 착상과 재치를 자랑하는 영리한 목자 야곱을 기리는 노래 대목이다. 고령에 접어들어 지난날을 곰곰이 되새기다가 이 이야기를 떠올릴 때면, 야곱의 부드러운 입술은 어김없이 수염에 가려진 채 미소의 물결에 흔들리곤 했다.

야곱의 요구를 한마디로 하자면, 검정과 흰색 두 가지가 다 들어 있는 양과 염소를 달라는 것이었다. 그러나 기존의 얼룩 짐승이 아니라, 앞으로 라반의 가축떼에서 태어날 짐승! 바로 그걸 달라는 것이었다. 야곱은 이 양과 염소를 자신의 품값으로 쳐서 오래 전부터 숙부 밑에서 일하면서 요령 있게 벌어들인 개인 재산에 보탤 생각이었다. 그러려면 가축떼를 주인의 것과 종의 것으로 나눠야 했다. 꼭 절반으로 가르지는 않더라도, 여하튼 나누는 것이 중요했다. 그런데 대부분의 양들이 흰색이었고, 소수만 얼룩 양이었기 때문에 야곱은 찌꺼기나 갖겠다는 것처럼 행동했다. 그러나 야곱은 물론 라반도 얼룩 양들이 왕성한 발정으로 흰 양보다 새끼를 훨씬 많이 낳는다는 점을 잘 알고 있었다. 라반은 조카의 뻔뻔스러운 요구에 기가 막혔지만, 한편으로는 그런 요구를 들이미는 조카의 재주가 놀랍기도 했다. 아니, 존경심까지 생길 정도였다.

"어쩌면 그런 생각을 다 해냈는가! 기절하겠군! 그러니까 얼룩진 놈들을 달라는 건가? 새끼 잘 낳는 그 호색한을 달라고? 대단하군. 그렇다고 내가 안 된다고 말하는 건 아닐세. 내 말을 오해하지 말게! 자네한테 아무거나 요구하라고 말했으니, 약속은 지켜야지. 그게 자네 요구라는데 어쩌겠나. 안 그러면 자네는 아내들을 데리고 떠날 테고, 그렇게 되면 나는 이 늙은 나이에 사랑하는 딸들, 레아와 라헬을 두번 다시 못 볼 것 아닌가. 그러니 자네 말대로 하세나. 하지만 솔직히 말해 나는 지금 숨이 끊어질 것 같네."

라반은 몸이 굳어버린 듯, 털썩 주저앉았다.

"제 말을 들어보십시오!" 야곱이 말했다.

"저도 제 요구가 아버님께 심한 요구라는 사실을 압니다. 그리고 아버님이 별로 내켜하지 않는다는 것도 알고 있습니다. 아버님은 제 어머니의 오라버니이시고, 라헬을 낳아 준 분입니다. 거룩한 처녀별인 그녀는 제가 가장 사랑하는 정실입니다. 그러니 아버님의 놀란 가슴을 조금이라도 달래 드리고 싶습니다. 그런 뜻에서 제 조건에 다른 조건을 달겠습니다. 아버님의 가축떼 중에서 줄무늬나 얼룩 반점이 있는 것과 검은 것들을 흰 색 가축으로부터 떼어놓는 겁니다. 그렇게 흰 색 가축과 따로 기른 후, 양쪽에서 두 가지 색깔을 가지고 태어나는 새끼들을 제 품값으로 주시면 됩니다. 어떻습니까? 이 정도면 만족하시겠습니까?"

라반은 눈을 깜박이며 야곱을 바라보았다. 그러다 느닷없이 소리를 질렀다.

"사흘 거리는 되어야 해! 그 정도는 떨어뜨려야 해! 흰 것만 기르는 사람은 저만큼 가고, 얼룩진 것과 검은 것을 돌보는 사람도 뚝 떨어져서 이쪽과 저쪽 가축이 서로 부딪칠 일이 없게! 그렇게 하자구! 그러면 지금 당장 판관 앞에 가서 이 조건을 문서로 만들어 수호신상 옆에 보관하기로 하세. 이게 내 조건이야. 이 점에서는 물러설 수 없네."

"너무 하십니다!" 야곱이 말했다.

"그래요, 이건 너무하십니다. 가슴이 답답해집니다. 하지만 이젠 익숙해졌습니다. 숙부님은 처음부터 경제적인 문제에서만큼은 엄격하고 메마른 분이셨으니까요. 그때도 친척간의 정 같은 건 전혀 고려하지 않으셨지요. 그러니 숙부님의 조건을 받아들이도록 하겠습니다."

"잘 생각했네." 라반이 대답했다.

"암, 잘 생각한 걸세. 자네가 아무리 뭐라고 해도 이 조건 에서는 결코 물러서지 않았을 걸세. 그리고 자네한테 물어 볼 말이 남았네. 자네는 그럼 어떤 가축을 보살피겠나? 얼 룩진 것인가 아니면 흰 것인가?"

"각자 자기 것이 될 새끼를 낳아줄 가축을 기르는 것이 당연하고 자연스럽지요. 그러니 저는 얼룩진 것을 맡겠습 니다." 야곱이 말했다.

"안 되네!"

대번 라반이 외쳤다.

"그건 절대로 안 될 말이야! 자네가 조건을 정했네. 자네 는 엄청난 요구를 했어. 그러니 이번에는 반대로 내가 자네 한테 요구할 차례네. 이건 최소한의 요구에 불과하네. 또 살림의 명예를 지킨다는 면에서는 지극히 정당한 요구라 네. 계약을 새로 맺으면 자네는 다시 내 일꾼이 되는 셈이 니, 종이라면 당연히 집안 살림을 늘려야 할 의무가 있지. 그러니 자네는 주인인 나한테 이득을 가져다줄 가축을 맡 도록 하게. 그러니까 자네 소유가 될 얼룩진 새끼를 낳아줄 얼룩진 놈들 말고 흰 것들 말일세. 그리고 얼룩진 것들은 내 아내 아디나가 나이가 들어서도 당당하게 선사해 준 내 아들들, 브올과 알룹 그리고 무라스가 맡을 걸세."

"음." 야곱이 말했다.

"안 될 거야 없죠. 공연스레 다투고 싶지 않으니 하라시 는 대로 하겠습니다. 숙부님도 제가 마음이 약하다는 걸 잘 아시지 않습니까."

이렇게 협상이 끝났다. 라반은 자신의 역할이 무엇인지
몰랐다. 자신이 머리끝부터 발끝까지 완전히 속아넘어간
악마였다는 사실을 그는 전혀 눈치 채지 못했다. 계산을 한
답시고 머리를 싸맸지만 어쩌겠는가, 앞뒤가 꽉 막힌 둔한
남자인 것을! 라반은 이사악의 축복을 이용하여 득을 보려
했다. 그 축복이 무엇보다 중요했다. 그는 이 축복이 얼룩
진 가축들의 천부적인 생식력보다 훨씬 강하다고 계산한
것이다. 얼룩진 것과 검은 것들과 떨어뜨려 놓고 얼룩진 새
끼를 낳을 리 만무한 흰 가축을 야곱의 손에 맡기면, 견실
하긴 하지만 천재적인 재주라고는 눈 씻고 봐도 찾을 수 없
는 자신의 아들들 손에서 클 얼룩진 가축들보다 훨씬 많은
새끼를 낳을 게 틀림없었다. 아, 흙덩이 인간, 가련한 속물
이여! 그는 나름대로 머리를 굴렸고 자기 딴에는 축복을 고
려한 영리한 발상이었다고 흡족해 했다. 그러나 그 정도 머
리로는 사위 야곱의 재치와 기발한 착상을 따라갈 수가 없
었다. 그는 사위의 요구 조건과 또 사위가 자신의 제안에
순순히 동의해 준 그 뒷면에 숨겨진 속셈을 꿰뚫어보지 못
했다. 깊은 사색과 철저한 실험을 거쳐 얻어진 결과를 바탕
으로 확고해진 아이디어가 밑바닥에 깔려 있었다는 사실을
라반이 무슨 수로 알았겠는가.

흰 것끼리 교접을 시켜도 얼룩진 새끼를 얻을 수 있는 방
법, 라반을 철저하게 옭아맬 수 있는 이 술책을 계약을 맺
은 이후에야 야곱이 생각해냈다고 믿을 수는 없으니 하는
말이다. 원래는 어떤 특정한 목적을 염두에 두고 그런 생각

을 한 것은 아니었다. 그것은 재치의 유희였고 순전히 과학적인 관심에서 비롯된 실험이었다. 다만 이 실험 결과를 라반과 계약을 맺으면서 자신에게 유리하게 활용했을 뿐이다. 이 발상은 야곱이 결혼하기 훨씬 이전의 시절로 거슬러 올라간다. 그때 그는 기다림의 세월에 몸을 맡긴 사랑하는 자였고, 목자로서의 이성이 가장 따뜻하고 밝게 빛날 때였다. 가축들에 대한 깊은 호감과 직관력이 없었더라면, 자연으로 하여금 자신의 놀라운 신비를 드러내도록 자극할 수도, 또 실험을 통해 이를 확인할 수도 없었을 것이다. 야곱은 어미의 착시 현상을 발견했다. 그는 교미를 할 때 얼룩진 것을 보면 그때 생산된 결실이 얼룩진 새끼로 태어나는지 실험해 보았다. 여기서 강조할 사실은, 이 호기심이 당시만 해도 순전히 관념적인 성격을 띠고 있었다는 점이다. 그리고 여러 번의 실험을 거쳐 자신의 가설을 확인한 후의 그 쾌감이란 이루 말할 수가 없었다. 하지만 야곱은 본능적으로 주변 사람들과 라반에게 호감의 마술을 알아낸 자신의 쾌거를 숨겼다. 설령 이 감춰둔 지식을 결정적인 순간에 활용하여 충분한 재물을 얻어야겠다는 생각이 있었다 해도, 그건 부수적인 것이었으며, 이 생각이 제대로 틀을 갖춰 구체화된 것은 장인과 새로운 계약을 맺을 시점이 다가왔을 때였다.

아름다운 대화를 나눈 목동들에게 야곱의 행동은 어떻게든 자신의 이익을 많이 챙기려는 약삭빠른 술책과 요령으로 보여졌다. 목동들은 라우테 연주를 곁들여 야곱이 어떻게 라반의 조처를 허사로 만들어, 철두철미하게 그의 소유물을 훔쳐서 자기 것으로 만들었는지 서로 노래를 주고받곤 했다. 그 내용을 한번 더듬어 보자.

야곱은 포플러 나무와 개암나무 가지를 꺾어 흰 줄무늬가 나오도록 껍질을 벗긴 다음, 물을 먹이는 구유에 세워 놓아 가축들이 그걸 보며 물을 먹게 했다. 그리고 바로 그 자리가 짝짓기를 하는 곳이어서 단색이었음에도 이 나뭇가지를 보고 짝짓기를 한 후에 얼룩 양들과 얼룩 염소를 낳았다. 그런데 이러한 조처는 봄철에 태어난 가축떼, 즉 튼튼한 가축에게만 행하고, 가을에 태어난 가축떼, 즉 별 가치가 없는 부실한 것들이 교미할 때는 사용하지 않아서 약한 새끼는 라반의 것이 되게 만들었다나. 목동들은 그런 대화들을 나누며 이 재미있는 사기극에 웃음을 터뜨리곤 했다.

야곱처럼 경건하지도, 그처럼 풍부한 신화적 교양도 지니지 못한 목동들이 어떻게 야곱의 마음을 헤아릴 수 있었겠는가? 이 모든 일을 행할 때 야곱이 얼마나 진지했는지 그들로서는 상상도 못했을 것이다. 야곱의 행동은 의무 수행이었을 뿐이다. 자신에게 부를 약속하신 주님의 언약이 실현되려면 마땅히 인간으로서 보조를 맞춰야 하지 않겠는가. 그리고 다른 한편으로는 자신을 속였으니 라반도 속아 넘어가야 했다. 라반은 어두운 첫날밤, 몸은 풍만하지만 얼굴이 개머리처럼 못생긴 레아를 라헬 대신 밀어넣었던 악마가 아니던가. 그리고 원래 오물과 황금보화가 지천으로 깔려 있는 그 아랫세상을 떠날 때는, 황금보화를 잔뜩 싣고 떠나게 되어 있었다. 그 원칙을 지키려면 그 방법밖에 없었다.

이제 다시 그 자리로 돌아가 보자. 그곳에는 세 무리의 가축떼가 있었다. 우선 라반 소유의 흰 색 가축떼는 야곱이 기르고 있었고, 얼룩진 것과 검은 것들로 이루어진 가축떼는 라반의 아들들이 감독했다. 그리고 그외에 야곱이 주인인 가축떼가 있었다. 그동안 장사를 잘 해서 수를 늘려나간 이 가축떼는 야곱 밑에서 일하는 목동과 종들이 맡아서 방목했다. 그리고 이 가축떼에서도 얼룩진 것과 마법에 걸린 하얀 것 사이에서 얼룩진 새끼가 태어났다. 일이 이쯤 되자 근방 사람들까지 혀를 내두르며 야곱이 그 많은 양과 하녀와 그리고 종과 낙타와 나귀를 자기 것으로 만드는 데 놀라움을 금치 못했다. 야곱은 마침내 속물 인간 라반은 물론이거니와 이전에 결혼식 하객으로 왔던 그곳 유지들보다도 훨씬 큰 부자가 되었다.

도둑질

아, 야곱은 얼마나 깊이, 그리고 또렷하게 기억하곤 했던
가! 그 자리에 선 채로 엄숙한 표정을 지으며 사색에 잠긴
야곱을 본 사람이라면, 그 많은 이야기들로 무거워진 그의
인생 앞에서 감히 자기 이야기를 꺼낼 수 없었다. 이제 부
자가 된 야곱은 그야말로 난처해졌다. 이것은 신도 알았다.
엘, 가장 지고하신 그분도 넘쳐나는 축복을 받은 야곱이 더
이상은 그곳에 머물 수 없다는 사실을 알고 조처를 취한 것
이었다.

축복받은 자 야곱의 귀에 여러 가지 소식이 들려왔다. 너
무도 그럴듯한 이야기들이었다. 라반의 아들들인 브올과
알룹 그리고 무라스가 부강해진 자신을 해치려 한다는 내
용이었다. 야곱의 처남들은 야곱이 못마땅하여 사람들이
있거나 말거나 불평을 늘어놓았고 위협적인 발언도 서슴지
않았다. 아래 목동들이 이런 소리를 듣고 들판이나 집에서

만난 야곱의 종과 목동들에게 옮겼고, 이들은 단순한 협박이라고 보기에는 석연치 않는 구석이 너무 많은 이야기라 불안한 나머지 주인인 야곱에게 고해 바친 것이다. 도대체 무슨 말을 했기에?

"야곱은 우리가 태어나기 전에 우리 집으로 온 자야. 먼 친척이었다는 그 자는 그때 집도 절도 없는 알거지였어. 지닌 거라고는 자기 살갗밖에 없는 그 알거지를 마음 약한 아버지가 신들을 생각해서 재워 주고, 먹여 줬어. 그런데 지금은 어떻게 되었지? 완전히 거꾸로 되었잖아! 우리 살과 피를 다 빨아먹고, 아버지의 재산도 제 것으로 만들어 살까지 피둥피둥해져 부자로 떵떵거리잖아. 신들께서 보시기에도 이런 고약한 일이 어디 있어? 이건 신들 앞에서 감히 도둑질을 한 거야. 그리고 라반의 상속자들을 착복한 거라구. 이 나라가 섬기는 신들의 이름을 생각해서라도 정의를 다시 일으켜 세워야 할 때가 왔어. 아누, 엘릴, 마르둑, 그리고 조상들을 본받아 우리가 의지하는 벨-하란의 이름을 걸고서라도 그렇게 해야 해. 그런데 우리 누이들은, 이 낯선 자의 아내가 된 누이들은 애석하게도 그의 신을 믿고 그 조상의 신을 믿고 있어. 그 신이 그에게 마술을 가르쳐 봄에 낳은 새끼들을 모두 얼룩 양과 얼룩 염소가 되게 하여, 아버지의 재산을 더러운 계약에 따라 자기 것으로 만들었지. 하지만 이 나라에서 과연 누가 더 강한지 두고 보자구. 옛날부터 이곳에 집을 가지고 있는 이 나라의 신들이 강한지, 아니면 그자의 신이 강한지. 신전 같은 것도 없고 그저 언덕 위에 놓여 있는 돌덩이 벧-엘밖에 가진 것이 없는 그 신이 더 강한지, 한판 겨뤄보는 거야. 누가 알아? 이 땅의 정의를 위해서 그가 변고를 당할지? 사자가 들판에서 그를 찢어 죽일 수도 있잖아? 그리고 이건 거짓말이 아니지. 분노한 우리가 바로 그 사자니까. 우리 아버지 라반은 너무 착해서 수호신상 곁에 보관해둔 계약서를 두려워하지만, 우리가 아버지한테 가서 사자가 그랬다고 하면 아버지께서도 흡족해 하실 거야. 서쪽 땅에서 온 도둑놈에게도 건장한 아들들이 있긴 하지. 그중 시므온과 레위, 이 두 명은 세상이 진동할 정도로 포효할 수도 있어. 그렇지만 우리한테도 신들께서 청동 같은 팔 힘을 주셨어. 늙은 노인의 아들들이긴 하지만 그 정도 힘은 있으니, 미리 알릴 것도 없이 야밤을 틈타 자고 있을 때 해치우는 거야. 그리고 나서 사자가 그랬다고 하면 돼. 아버지는 쉽게 믿으실 거야."

라반의 아들들이 나눈 이 이야기는 야곱이 들으라고 한 말은 아니었지만, 아래 목동과 종들이 대가를 받고 야곱 쪽에 전해 준 것이다. 야곱은 고개를 설레설레 내저었다. 도무지 좋게 봐줄래야 봐줄 수가 없었다. 이 새파란 청년들이 누구이던가? 이사악의 축복이 없었더라면 아예 생명도 얻지 못하고 세상구경도 못했을 그들이, 라반이 얻은 모든 번영에 감사하기는커녕, 자신들을 실제로 이 땅에 있게 해준 진짜 생산자인 야곱을 해하려는 음모를 꾸미고 있다니, 부끄러운 줄도 모르고! 여하튼 걱정은 걱정이었다. 그때부터 야곱은 라반의 표정을 유심히 살폈다. 주인이 어떤 생각을 하고 있는지 읽어내기 위해서였다. 사나운 맹수가 야곱을 찢어 죽였다는 처남들의 말을 믿을 참인지 궁금했던 것이다.

야곱은 라반이 황소에 올라타고 가축떼를 둘러볼 생각에 들판으로 나왔을 때, 그의 표정을 살폈다. 한번으로는 확실치 않았다. 다시 한번 자세히 표정을 읽어야 할 것 같았다. 양털을 깎는 문제로 상의할 이야기도 있고 해서 이번에는 직접 집에 있는 라반을 찾아갔다. 그리고 다시 한번 그의 무거운 표정을 세밀하게 읽었다. 라반의 태도는 예전 같지 않게, 어딘지 심상치 않았다. 야곱이 그의 얼굴을 꼼꼼히 살펴보는 데도 예전 같은 음험하고 무거운 표정으로 되받아치지 않았다. 그리고 눈을 들어 야곱을 쳐다보지도 않았다. 어쩔 수 없이 말을 해야 할 경우에도, 불룩 솟은 눈썹 아래의 두 눈을 아래쪽으로 내리깔고 곁눈질만 했다. 라반의 표정을 두번째 읽고나자 모든 게 분명해졌다. 순진하게 맹수 이야기를 곧이듣지는 않겠지만, 속으로는 엉큼하게도 그 짐승한테 엄청 고마워할 라반이었다.

상황을 간파한 이후 야곱은 번번이 꿈에서 주님의 음성을 듣게 되었다.

"어서 이곳을 떠나거라!"

그리고 이런 소리도 들려왔다

"네가 가진 것을 모두 챙겨라. 내일보다 오늘이 나으리니, 하루라도 빨리 서둘러라. 아내들과 자식들 그리고 이 세월 동안 나를 통해 네 것이 된 모든 것을 가지고, 그 무거운 재산을 모두 싣고 고향으로 떠나거라. 길르앗 산이 있는 쪽으로. 내가 너와 함께 하리라."

이것은 지극히 너그러운 지시였다. 모든 것을 고려하여 하나하나 일의 순서를 정하는 것은 인간의 몫이었다. 야곱은 소리없이 아랫세상에서 도망칠 준비에 들어갔다. 제일 먼저 가축떼를 돌보고 있는 들판으로 아내들을 불렀다. 레아와 라헬은 라반의 딸이었다. 이들이 자신을 따라나설 용의가 있는지 확인해야 했다. 첩들인 빌하와 질바는 몸종이었으므로 그녀들의 의견은 물어보고 말 것도 없었다. 이들에게는 명령만 내리면 그만이었다. 세 사람이 장막 앞에 쪼그리고 앉은 후, 야곱이 말을 꺼냈다.

"일이 이만저만해서 급기야 당신들의 늦둥이 동생들이 재산 때문에 내 목숨을 노리는 지경에 이르렀소. 내 재산이란 사실 당신들 재산이고, 당신들이 낳은 자식들이 받을 유산이기도 하오. 그래서 당신들의 아버지는 어떤 생각을 갖고 있는지, 나를 이 사악한 음모에서 구해 줄 건지, 표정을 살펴보았소. 그랬더니 나를 대하는 게 예전 같지 않고, 아예 쳐다보지도 않았소. 얼굴 반쪽이 마비된 것처럼 축 늘어져 있었소. 그리고 다른 한쪽은 나하고는 아무 상관도 없다는 듯한 태도를 보였소. 왜겠소? 나는 있는 힘을 다해 그를 섬겼소. 7년씩 세번, 그리고 4년 동안이나. 하지만 당신들 아버지는 날 속일 수 있는 데까지 속였소. 그리고 기분 내키는 대로 품값을 바꿨소. 살림을 꾸리는 일이 원래 그렇게 혹독하다는 핑계로 말이오. 하지만 벧-엘에 계신 주님, 내 아버지의 신께서는 나한테 해가 돌아오지 않도록 하셨소. 오히려 모든 것이 내게 유리하도록 바꿔놓으셨소. 그리고 얼룩진 것은 네 것이 되리라 하시자 새끼들이 모두 얼룩을 달고 나왔소. 이렇게 해서 당신들의 아버지 재산이 빠져나와 내 것이 된 것이오. 그 때문에 날 죽여 사자가 찢어 죽였다고 둘러대려 하고 있소. 그러나 벧-엘에 계신 주님께서는, 내가 돌을 세워드린 그분께서는 내가 살기를 원하시오. 그것도 아주 오래도록 장수하기를 바라시오. 그래서 내 꿈에 나타나시어 재산을 모두 가지고 조용한 때를 틈타 물을 건너 내 조상의 땅으로 떠나라고 명령하셨소. 내 할 말은 다 했소. 자, 당신들 생각은 어떻소?"

그러자 여자들은 이구동성으로 신의 뜻을 따르겠다고 했다. 어떻게 다른 생각을 할 수 있었겠는가? 불쌍한 라반! 설령 딸들이 야곱과 아버지 중에서 선택해야 하는 기로에 선다 하더라도 라반은 불리할 수밖에 없었으리라. 하기야 이 경우에는 선택하고 말고 할 것도 없었다. 그녀들은 이미 야곱의 소유가 아니던가. 야곱은 14년 간의 종살이로 그들의 몸값을 지불했다.

보통의 경우라면 그녀들을 사들인 주인은 이미 오래 전에 아버지의 집에서 빼내와 자신, 즉 그녀들의 새 주인집으로 인도했을 것이다. 이들이 야곱에게 8명의 아들을 선사한 어머니가 되기 훨씬 전에 말이다. 따라서 아내들을 친정에서 데리고 나와 새 가정을 꾸리려는 야곱의 계획은 자연스러운 것으로 이미 오래 전에 획득한 권리를 행사하는 것에 지나지 않았다. 그런데도 남편에게 자신들이 낳은 아들들과 딸만(딸이라야 레아가 낳은 디나뿐이었다) 딸려 보내고 자신들은 친정집에 남으려 했겠는가? 그것도 자신들을 이미 팔아먹은 아버지 곁에? 아니면 야곱이 신의 도움으로 아버지에게서 빼앗은 재산만 지니고 자식들과 아내들 없이 혼자 떠나야 했겠는가? 아니면 그녀들이 아버지와 남동생들에게 야곱이 도망치려 한다는 사실을 알려서 일을 그르쳐야 했겠는가? 모든 것이 불가능했다. 하나같이 안 될 일이었다. 그리고 가장 중요한 이유가 있었다. 야곱을 사랑한 그들이 아니었던가. 그랬다. 이들은 야곱이 도착한 첫날부터 경쟁이라도 하듯이 그를 사랑했다. 이러한 사랑을 증명하기 위해서라면 지금 이 순간보다 더 적절한 기회는 없었다. 그래서 이 여인들은 양쪽에서 야곱에게 동시에 매달렸다.

"전 당신의 소유예요! 저쪽에서 어떻게 생각하는지는 모르겠어요. 하지만 전 당신 거예요. 당신이 계시는 곳이면, 당신이 가시는 곳이면 어디든 따라 갈 거예요. 당신이 이곳에서 도망가신다면, 아브라함의 주님께서 당신께 주신 다른 모든 것과 함께 저도 데려가세요. 길 안내자여, 도둑의 신 나부여, 저희와 함께 하소서!"

"고맙소."

야곱이 말했다.

"두 사람 모두 고맙소! 사흘 후면 라반이 자신이 기르는 가축떼의 털을 나와 함께 깎으려고 이리로 올 것이오. 그런 다음 브올과 알룹과 무라스가 돌보고 있는 얼룩진 가축들의 털을 깎으러 갈 것이오. 거기까지 가려면 사흘은 족히 걸리오. 그러니 라반이 길을 떠난 틈에 이곳과 그곳 사이에 흩어져 있는 내 재산, 주님께서 선사하신 그 가축떼를 모아 오늘부터 엿새 후에, 라반이 멀리 있는 틈을 타서, 무거운 짐을 싣고 유프라테스 강과 길르앗 산맥 쪽으로 도망칠 것이오. 자, 이제 가시오. 두 사람 모두 얼추 비슷하게 사랑하

오! 하지만 라헬, 내 사랑스러운 눈, 당신은 성처녀의 양을
잘 보살피시오. 진짜 아들, 나의 진정한 아들 요셉에게 힘
든 여행이 되지 않도록 특별히 신경 써서 준비하시오. 그리
고 싸늘한 밤을 대비해서 따뜻하게 덮어줄 것도 챙기시오.
그 어린 가지는 긴장과 고통을 느끼면 금방 분질러지는 뿌
리처럼 연약하다오. 자, 이제 가서 내 말을 명심하고 준비
를 하시오!"

이렇게 서로 도주 계획을 의논하였고, 나중에는 더 자세
하게 의견을 나누었다. 야곱은 고령에 이르러서도 그 도주
때를 떠올리면, 이리저리 머리를 굴렸던 당시의 흥분을 느
끼곤 했다. 하지만 그 기억에는 그를 사로잡는 또 다른 감
동이 있었다. 임종을 맞아서까지 다른 사람들에게 들려줬
던 그 이야기는 라헬이 단순한 생각에서 저질렀던 깜찍한
일에 관한 것이다. 당연히 다른 사람은 전혀 모르게, 야곱
한테까지도 비밀로 하고 저지른 행동이었다. 그녀는 야곱
에게 훗날에야 그 일을 고백했다. 야곱을 끌어들이면 자신
이 한 일 때문에 양심의 가책을 느낄까봐 미리 배려한 것이
었다. 덕분에 야곱은 내막도 모르고 그토록 당당하게 라반
앞에서 큰소리를 칠 수 있었다. 대관절 그녀가 무슨 일을
벌였기에?

다들 멀리 도망칠 참에, 한마디로 도적의 신 나부가 활개
를 펴고 있을 때, 그녀도 뭔가를 훔쳤던 것이다. 라반이 양
털을 깎으러 가느라 집을 비우자, 그녀는 조용한 시간에 살
며시 아래 문을 열고 무덤인 동시에 문서보관소인 지하골
방으로 내려갔다. 그리고 라반의 작은 수호신상들을 훔쳤

다. 수염이 달린 것, 머리가 여자 형상인 신상 할 것 없이 하나하나 챙겨서 겨드랑 밑에 끼우고, 허리춤에 매단 주머니에도 넣고, 몇 개는 또 손에 들고 다른 사람의 눈을 피해 여자들의 숙소로 돌아간 그녀는, 이 점토 물건들을 살림 도구로 덮어두었다가 도둑 여행길에 가지고 간 것이다.

머리가 복잡했던 탓에 저지른 행동이었다. 후에 이 사실을 알고 야곱이 감동한 것도 이 때문이었다. 실은 감동 곁에 근심이 따르기도 했다. 라헬은 야곱을 사랑한 나머지 야곱이 섬기는 신, 그 지고하신 분, 유일하신 그분을 사랑하게 되었고 이 땅에서 섬기는 신들과 절교했다고 고백했었다. 하지만 그건 가슴의 절반을 차지하는 사랑이었을 뿐, 나머지 절반은 야곱에게 말은 안 했지만, 가슴 깊숙한 곳에는 우상을 숭배하는 마음이 남아 있었다. 여하튼 안전한 게 제일이라 생각한 라헬은 최악의 경우를 대비해서 라반에게서 조언가요 예언가인 그 수호신들을 뺏으려 했던 것이다. 도망자들이 어떤 길로 갔는지 그 신들이 일러주지 못하면, 라반의 식구 또한 자신들을 추적하지 못하리라 믿었다. 그곳 사람들은 수호신상들에 그만한 힘이 있다고 믿고 있었던 터였다. 라헬은 라반이 이 작은 남신상과 이쉬타르-여신상에 얼마나 집착하는지 잘 알았다. 그리고 그가 이들을 얼마나 높이 받드는지도 알았다. 그걸 알면서도 훔쳤다. 야곱 때문에. 그녀가 훗날 이 일을 고백했을 때, 그녀의 젖은 눈에 야곱이 입을 맞춘 것도 놀라울 게 없다. 그래서 그는 부드러운 목소리로, 왜 그런 일을 저질렀느냐, 그렇게 머리가 복잡했더냐, 그런 줄도 모르고 라반이 뒤쫓아왔을 때 맹세까지 하지 않았느냐라고 그녀를 나무랐을 뿐이다. 야곱은 당시 아무것도 모른 채, 그따위 신들은 자기 지붕 밑에 없다고 맹세하면서, 그 담보로 살아 있는 모든 생명을 걸지 않았던가. 겁도 없이!

추적

말이 수호신상이었지, 이 경우 이 신상들은 전혀 라헬 일행을 지켜주지 않았다. 어쩌면 원래 주인 라반에게 해를 끼칠 생각이 없어서 그랬는지도 모른다. 이사악의 아들이 아내들과 하녀들, 그리고 열두 명의 자식과 전 재산을 끌어모아 서쪽 땅으로 도망쳤다는 사실은, 사흘째 되던 날 벌써 라반의 귀에 들어갔다. 털을 깎을 얼룩진 것과 검은 가축떼가 있는 곳에 당도하자마자 종들로부터 전해 들은 것이다. 목동들은 이렇게 중대한 소식을 전해 주면 품값이라도 더 받을 줄 기대했지만, 오히려 흠씬 두들겨 맞을 뻔했다. 화가 머리끝까지 치솟은 라반은 서둘러 집으로 돌아가 우상까지 없어진 것을 확인하고는 아들들과 무장한 사람들을 이끌고 곧장 추적에 나섰다.

그랬다. 25년 전과 상황이 아주 비슷했다. 야곱이 고향을 떠나 이곳으로 오다가 엘리바즈에게 발목을 붙잡혔을 때도 그랬다. 야곱은 또다시 추적을 당하고 보니 두려웠다. 그리고 이번에는 더 무서웠다. 이쪽은 잔뜩 짐을 싣고 긴 흙먼지를 휘날리며 작은 가축떼와 짐을 실은 짐승들이며, 황소가 끄는 수레들을 이끌고 가야 하지만, 뒤쫓는 무리들은 가뿐해서 움직임이 민첩했던 것이다. 자신의 등 뒤에서 일어나는 일을 소상히 전해 주는 정탐꾼들이 라반의 무리가 다가오고 있음을 알렸을 때, 그는 공포를 느꼈다. 하지만 예전의 상황이 재현된다는 사실에, '아무렴, 쫓아오는 게 당연하지' 라는 생각으로 가슴 한구석 편안해지기도 했다.

라반이 사위를 따라잡는 데는 7일이 걸렸다. 사위는 그동안 험난한 사막 길을 지나 이제 길르앗 고지대의 숲으로 우거진 정상에 이르렀다. 거기서 내리막길을 따라가면 요르단 강을 낀 계곡이었고, 강물은 롯의 바다 혹은 소금바다라 불리는 사해로 흘렀다. 숲으로 우거진 이 산꼭대기가 라반과 야곱이 대면할 장소였다.

이 무대, 즉 변하지 않는 강과 바다와 산이 야곱이 겪은 일들의 말없는 증인들이다. 야곱의 사색에 무게와 품위를 더해 주어 그가 과거를 회상하며 깊은 사색에 잠길 때면, 보는 사람들까지 숙연해지게 만들었던 그 옛일들, 지금 우리가 빙빙 돌아가며 복잡하게 들려주려 하는 그 옛 이야기들이 실제로 있었던 일로서 검증 가능하다는 사실을 지금 이 산과 계곡이 증언해 주고 있다.

그렇다. 이곳이었다. 모든 게 분명한 사실이다. 우리는 직접 무서우리만치 깊은 그곳으로 내려가 보았다. 그리고 물맛이 참으로 끔찍한 롯의 바다에 이르러, 그 저녁 바닷가에서 모든 것을 두 눈으로 확인했다. 그 무대엔 아무 문제가 없고 모든 게 그대로 일어났다. 그렇다. 이 소금물 건너편, 동쪽으로 푸르스름한 고지는 모압과 암몬 족, 즉 롯의 후손, 다시 말해서 추방당한 자들이 사는 땅이다. 그 딸들이 아버지 롯이 잠든 틈을 타서 아버지와 동침하여 낳은 자식들의 땅인 것이다. 그리고 저 뒤쪽, 바다의 먼 남쪽으로 에돔의 나라가 어른거린다. 세일 땅, 염소의 땅, 정신없이 달려와 얍복 여울에서 동생 야곱과 조우했던 에사오가 살던 곳이다. 그럼 라반이 사위를 따라잡은 길목 길르앗 고지대와 야곱이 그후 향하게 되는 얍복 여울과도 그 지형이 맞아떨어지는가? 완벽하게 맞아떨어진다. 동요르단 땅에 있는 길르앗 산맥을 사람들은 그 이름을 북쪽까지 멀리, 야르무크 강까지 적용시킨다. 킨네렛 또는 게네자렛이라 불리는 호수 가까이에서 이 강물의 급류는 요르단 강과 합쳐진다. 하지만 길르앗 고지대라 하면 얍복 여울의 양쪽 해안을 끼고 서동쪽으로 뻗어 있는 정상들을 가리킨다. 그리고 거기서 내려가면 수풀이 나오고 야곱이 가솔들에게 강을 건너라고 지시한 여울이 나온다. 하지만 자신은 밤새 그쪽에 남아 고독한 모험을 펼치게 된다. 그 모험이 있은 후, 그는 평생 동안 다리를 절게 된다. 그리고 바로 여기서 강물이 뜨거운 고르 사막으로 흘러가기 때문에, 야곱이 지친 가솔들을 곧장 고향 쪽으로 인도하지 않고, 서쪽으로 방향을 틀어 가리짐과 에발 산자락에 있는 시겜 골짜기에서 조금 쉬게 하려 했다는 사실도 쉽게 설명이 된다. 그렇다. 이렇게 모든 것이 확인 가능하며 정확하게 맞아떨어진다. 따라서 목동들의 노래와 그들의 아름다운 대화에 등장하는 내용들 하나하나가 거짓이 없다는 사실이 분명해진다.

한편 라반, 그 속물 인간이 숨을 헐떡이며 사위를 추적하려고 나섰을 때, 그 기분이 어떠했을지는 여전히 불확실하다. 목적지에 도착한 그의 태도는 그다지 적대적이지 않아서 야곱을 오히려 놀라게 했기 때문이다. 그리고 이것은 나중에 만난 에사오가 보여준 뜻밖의 태도와도 근사하게 맞아떨어졌다. 그랬다. 집에서 출발할 때만 해도 라반은 붉은 자 에사오와 마찬가지로 마음이 혼란스럽기 그지없었다. 숨을 헐떡거리며 무기를 챙겨들고 일단 추적 길에 올랐지만, 나중에는 자신의 행동이 어리석게 여겨졌다. 그리고 조카와 마주한 다음 라반이 고백한 바에 따르면, 꿈에 어떤 신이, 즉 자신의 누이가 섬기는 신이 나타나 야곱과 다정하게 대화해야지 다른 식으로 했다가는 큰 재앙을 입을 줄 알라고 경고했다. 그럴 수도 있다. 왜냐하면 라반은 이쉬타르나 아다드를 인정하듯이 아브람과 나홀이 믿었던 신도 인정했기 때문이다. 다만 그 신을 자신의 신으로 섬기지만 않았을 뿐이다. 그런데 그 신을 섬기지도 않는 라반이 정말로 꿈에서 유일하신 분 여호(Jeho)를 뵙고 그분의 말을 들었을까? 이에 대해서는 의견이 분분하다. 학식이 높은 스승들과 주석자들은 이에 관해 각기 다른 의견들을 표명했다. 하지만 이런 추측은 가능하리라. 라반은 추적 도중에 두려운 느낌이 들었을 수도 있다. 그리고 마음을 조용히 가다듬을 때면 떠오르는 생각들도 있었을 것이다. 이런 느낌과 생각을 꿈이라 일컫고 신의 얼굴을 운운한 건 아닐까? 야곱 역시 여기서는 딱 부러지게 구별하지 않고 라반의 이야기를 그대로 받아주었다.

25년의 세월은 라반으로 하여금 야곱이 축복을 받은 남자라는 사실을 실감하게 해주었다. 그러니 야곱이 도망간다는 것은 그와 함께 그 축복의 효력도 함께 도망간다는 뜻이었다. 그 축복으로 자신도 덕을 보려고 얼마나 큰 희생을 치렀는데, 이제 와서 내뺀단 말인가? 그래서 분한 나머지 부리나케 사위를 뒤쫓은 것이었다. 하지만 야곱을 무력으로 응징하려던 생각이 시간이 지나자 약간 머뭇거려지며 우려로 변질된 것이 아닐까?

사실 야곱이 라반 자신의 딸들인 아내들을 데려갔지만, 그에 대해서는 아무 할 말이 없었다. 그녀들은 자신이 이미 팔아넘긴 딸들로 몸과 마음이 모두 야곱의 것이었다. 그때 라반은 지닌 것도 없고 결혼식이 끝나도 신부를 데려갈 집한 칸도 없는 그 거지를 경멸하고 무시했었다. 그런데 어쩌다가 이 지경이 되었단 말인가? 신들은 대관절 무슨 꿍꿍이속으로 이 거지가 자신의 재산을 다 털어가도록 내버려뒀단 말인가! 이렇게 속이 부글부글 끓긴 했어도, 사위를 뒤쫓는 내내 무력을 써서 재산을 되찾겠다는 생각은 하지 않았다. 자기 손안에 있던 것이 완전히 야곱의 손에 넘어갔다는 상실감이 안겨다 준 공포와 두려움을 어떻게든 떨쳐내야 한다는 그런 막연한 생각을 했을 뿐이다. 최소한 이 복도 많은 도둑에게 작별인사라도 건네고, 그와 화해를 해두는 게 상책일 듯싶었다.

다만, 한 가지 점에 있어서만큼은 그의 분노는 극에 달했다. 수호신상을 훔쳐가다니, 그것만은 기필코 되찾아야 했다. 왜 추적하는지 사실 막막한 감도 없지 않고, 모든 것이 혼란스럽기만 한 가운데 가장 확실하고 구체적인 것이 바로 자신의 집을 지켜주는 수호신상에 대한 생각이었고, 어떻게든 그것들을 돌려받아야 한다는 일념으로 달려갔던 것이다. 그리고 갈대아의 장사꾼이며 계약에만 매달릴 뿐, 인정사정 모르는 냉정한 라반에게 그래도 일말의 동정심을 느끼는 사람이라면, 이 수호신상들을 결국은 되돌려받지 못한 그를 보고 가슴 아파할 수도 있을 것이다.

도망자와 추적자의 맞대면은 지극히 평화롭고 소리없는, 참으로 묘한 형태로 이루어졌다. 추적에 나섰을 때 보여줬던 그 소란법석을 생각한다면 큰 충돌이 있었어야 하지만 전혀 그렇지 않았다. 길르앗 고지대로 밤이 내려앉았다. 야곱이 축축한 풀 위에 장막을 치고 낙타는 말뚝에 묶고 키가 작은 가축들은 서로 몸을 데워 줄 수 있도록 좁은 장소에 몰아넣은 후였다. 아무 말 없이 그곳에 이른 라반은 흡사 그림자 같은 침묵을 지키며 근처에 장막을 치더니 그 안으로 들어가서는 밤새도록 꿈쩍도 하지 않았다.

그러나 다음날 아침 일찍 장막 밖으로 나온 라반은 무거운 발걸음으로 야곱 쪽으로 건너왔다. 야곱도 착잡한 마음으로 벌써 라반을 기다리고 있었다. 두 사람은 인사를 나눈 후 자리에 앉았다.

"정말 감사한 일입니다."

난처한 대화에 먼저 물꼬를 튼 것은 야곱이었다.

"아버님을, 제 숙부님을 다시 한번 만나게 되었으니, 참으로 감사합니다. 여행을 하시느라 몸에 무리는 가지 않으셨는지요!"

"나는 나이보다 튼튼하네!"

라반이 대꾸했다.

"그건 자네도 잘 알았을 것 아닌가. 그러지 않고서야 이런 여행을 하게 만들었을 리 없지."

"아니 무슨 말씀이신가요?"

야곱이 물었다.

"아니 무슨 말씀이냐고, 이 인간아? 가슴에 손을 얹고 자네한테 직접 물어보게. 자네가 나한테 어떤 짓을 했는지. 자네는 나도 모르는 사이, 계약을 어기고 도망을 쳤네. 그리고 내 딸들까지 칼로 빼앗아가듯 이렇게 데리고 와버렸어! 계약대로 하자면 자네는 내 곁에 머물렀어야 했네. 내 피를 요구한 계약이었지만, 그래도 이 땅의 관습대로 거룩하게 여기고 지금까지 그 계약을 지켜왔어. 하지만 자네한테는 그것이 마음에 들지 않았다고 치세. 그래서 자네가 자네 땅과 자네 식구가 있는 곳으로, 이렇게 급작스럽게 떠나야 했다면, 왜 입을 열어 나한테 아들처럼 이야기를 하지 않았나? 그랬더라면 자네에게 불편한 것이 있었다면 늦게나마 바로잡을 수도 있었고, 그래도 꼭 떠나야 한다면, 심벌즈와 하프를 연주하며 사람들을 데리고 자네가 가는 육로나 수로까지 배웅해 줄 수도 있었을 것 아닌가. 그런데 자네는 도대체 어떻게 했나? 자네는 그렇게 항상 낮이고 밤이고 몰래 떠나야 직성이 풀리는가? 그리고 자네 몸에는 심장도 없는가? 느낄 줄 아는 내장도 없는가? 내 딸들한테 마지막 키스도 못하게 하여, 이 늙은이의 가슴을 이렇게 찢어놓아야 속이 시원한가? 자네가 한 짓은 어리석었어. 그게 자네가 한 행동에 대해 내가 할 수 있는 말일세. 내가 하려고만 들었다면, 또 만일 어젯밤 꿈에 어떤 목소리가 들려오지 않았더라면, 아마도 그건 자네가 섬기는 신의 목소리인 것 같은데, 여하튼 그 음성이 자네와 다투지 말라고 충고하지 않았더라면, 상황은 달라졌을 게야. 도둑처럼 도망친 자네를 따라잡은 순간, 내 아들들과 종들이 힘센 팔로 어리석은 자네를 붙들어 물에 처넣었을 테니까!"

"오, 그럼요."

야곱이 말했다.

"분명히 그랬을 것입니다. 그게 진실이니까요. 절 먹여주신 주인님의 아들들은 멧돼지요 어린 사자들입니다. 그래서 그들은 이미 오래 전부터 나를 해칠 생각이었지요. 낮이 아니라 내가 잠들어 있는 한밤에 말입니다. 하지만 아버님께서는 맹수가 날 잡아죽였다는 말을 그대로 믿고 퍽도 많이 우셨을 겁니다. 제가 왜 구구절절 설명 없이 조용히 떠났느냐고 물으셨습니까? 제가 어떻게 걱정이 안 될 수 있었겠습니까? 아버님께서 허락을 해주지 않을 수도 있고, 내 아내들인 당신 딸들을 나로부터 떼어놓을 수도 있고, 그것도 아니라면 여행을 허락하는 대신, 또 다른 조건을 내세워 제 재산과 소유물을 내놓으라고 할 수도 있는데 말입니다. 왜냐고요? 제 외삼촌은 냉혹하며 인정사정이라고는 모르며, 집안 살림의 법칙만 섬기는 분이니까요."

"그럼 자네는 왜 내 신들을 훔쳐 갔나?"

라반이 갑자기 소리를 버럭 질렀다. 성난 힘줄이 이마에 불끈 불거져 나왔다.

야곱은 어이가 없어서 말문이 막혔다. 이어 말문이 막힌다고 라반에게 솔직히 말했다. 그렇지만 속으로는 마음이 한결 가벼워졌다. 라반이 이런 말도 안 되는 주장을 하는 것이 오히려 자신에게는 유리해 보였다.

"신들이라고요?"

어이가 없다는 듯이 야곱이 되물었다.

"그 수호신상들 말씀이십니까? 제가 그 우상들을 골방에서 빼냈다는 겁니까? 이것처럼 말도 안 되고 우스운 경우는 처음 봅니다! 제발 정신 차리세요! 그리고 생각을 좀 해보세요, 지금 저한테 어떤 비난을 퍼붓고 있는지! 도대체 아버님의 그 우상들이, 그 흙덩이들이 저한테 무슨 가치가 있고 의미가 있어서 제가 그런 못된 짓을 한단 말입니까? 점토를 빚어 햇볕에 말린 다른 살림도구와 다를 바 없는 그것들은 노예 아이의 콧물 감기 하나도 뚝 그치게 만들 줄 모르는 것들이 아니던가요? 물론 이건 제 생각이고, 아버님께서는 다르게 생각하실 수도 있겠죠. 여하튼 그것들이 없어진 것 같은데, 이제 와서 그 신통력을 아버님 앞에서 시시콜콜 따져가며 평가를 내리는 건 별로 점잖지 않은 행동일 것 같군요."

라반이 말했다.

"말 한번 교묘하게 잘하는군. 자네가 수호신상에 아무 관심도 없는 척 굴면 자네가 그걸 훔치지 않았다고 믿어줄 줄 아는 모양인데, 어떤 인간도 수호신상의 신통력을 그렇게 하찮은 것으로 평가할 수는 없어. 그래서 훔칠 생각도 없다고 장담할 놈은 어디에도 없단 말야. 그건 있을 수도 없는 일이야. 원래 있던 자리에 없으니, 수호신상은 자네가 훔쳐 간 게 분명해."

"이제 제 말씀을 좀 들어보세요!"

야곱이 말했다.

"아버님께서 이렇게 오신 게 참 다행이군요. 안 그랬으면 두고두고 제가 훔쳤다고 뒤에서 흉을 보셨을 것 아닙니까. 이 문제는 끝까지 진실을 밝혀야 합니다. 제가 혐의를 받고 있으니까요. 제 장막은 아버님께 활짝 열려 있습니다. 어디든 가고 싶은 데로 가셔서 마음껏 뒤져보십시오! 그리고 아무 걱정 마시고 거리낌없이 뒤지고 싶은 데는 모조리 뒤지십시오. 아버님 마음대로 뒤지십시오. 아버님께서 누구한테든 그 신들을 찾으시면, 그게 저든, 아니면 제 가솔 중의 누구든 그자는 즉시 모든 사람들이 보는 앞에서 죽음을 당할 것입니다. 그리고 아버님께서 원하시는 대로 쇠로 죽이라시면 그렇게 하고 불로 죽이라 하시면 그렇게 할 것이고 아니면 흙을 덮어 매장하라 하면 그대로 하겠습니다. 자, 이제 저부터 시작해서 제 물건 중에 있나 찾아보십시오! 샅샅이!"

야곱은 마음이 편했다. 이렇게 모든 걸 수호신상으로 몰고 가면, 계속 그 타령만 하면서 수색을 할 게 뻔했고, 수색이 끝나면 자신은 당당하게 설 것이고, 공연한 의심으로 자신을 모욕한 라반만 꼴이 우스워지리라 그렇게 생각했던 것이다. 야곱은 자신이 얼마나 아슬아슬한 바닥을 딛고 있는지, 자신이 얼마나 주제넘게, 목숨까지 내걸고 겁 없이 큰소리를 치고 있는지 알지 못했다. 모든 건 너무 순진한 게 탈이었던 라헬 탓이었다. 그러나 아버지에게 노련하고 단호한 태도로 맞서서 결국 자신의 경솔한 행동을 무마시켰던 라헬이었다.

"정말인가, 좋아, 그럼 그렇게 하지!"

라반은 벌떡 일어나서 흙덩이 물건을 찾으려고 사방을 뒤지기 시작했다. 우리는 라반이 어떻게 했는지 다 안다. 그는 처음에는 정신없이 이곳저곳 쑤시고 다니다가, 몇 시간이 지나도록 아무런 소득이 없자, 풀이 죽어 녹초가 된 몸을 이끌고 간신히 걸음을 옮겨야 했다. 마침 태양까지 상승 곡선을 타고 있을 때라 너무 뜨거워 웃옷을 벗어 던지고 셔츠까지 열어젖혀 가슴을 다 드러내고 소매까지 걷어올렸지만, 모자 아래로는 땀방울이 쉬지 않고 흘러내렸다. 그리고 얼굴까지 빨갛게 익어 가뜩이나 몸도 무거운 노인이 뇌졸중으로 쓰러질까 모두들 걱정이었다.

모든 게 수호신상! 그것 때문이었다. 라헬은 도대체 인정머리도 없었단 말인가? 아버지가 이토록 고통을 겪는데도 눈 하나 깜짝하지 않고 그냥 지켜보고만 있었다니! 여기서는 야곱의 주변 사람들, 특히 그를 사랑한 사람들에게 끼친 야곱의 정신적 영향력을 고려해야 한다. 야곱이라는 이 탁월한 인물의 정신적 위력, 그의 독특한 견해에 감화된 라헬은 나름대로 성스러운 역할을 수행하는 중이었다. 거룩한 처녀별, 축복을 가져오는 하늘의 소년을 낳은 어머니, 이것이 라헬의 몫이었다. 라헬은 그런 의미에서 나머지 세상 사

람과 자신의 아버지를 야곱의 시각에서 바라보려는 경향이
짙었다. 그래서 그녀는 아버지에게 주어진 역할을 인정할
준비가 되어 있었다. 라헬 자신이 사랑하는 야곱에게 그랬
듯이, 그녀에게도 자신의 아버지는 속임수를 일삼는 악마
요 검은 달의 악령이었다. 그러니 그 악마도 속아넘어가야
마땅했다. 그것도 다른 자를 속인 것보다 훨씬 더 크게 기
만당해야 했다. 라헬이 눈썹 하나 까딱하지 않고 그 광경을
지켜볼 수 있었던 것은 그래서였다. 그녀의 행동은 경건한
사색에서 비롯된, 이미 그렇게 하도록 정해진 것이었기 때
문이다. 라반도 속으로는 하늘에서 정해 준, 그래서 거룩한
자신의 역할에 어느 정도 동의하고 있었다. 그래서 라헬은
아버지에게 별 동정심을 느끼지 못했다. 이사악의 가솔들
이 희대의 익살극을 보면서 에사오를 별로 동정하지 않았
던 것처럼.

전날 밤에 도착한 라반은 이른 아침에 야곱을 찾아와 라
헬이 숨겨 놓은 물건을 되돌려 달라고 했다. 라헬은 아버지
가 이야기를 끝내고 수색을 시작했다는 소리를 어린 하녀
로부터 전해 들었다. 라헬이 상황을 알아보라고 보냈던 그
아이는 여주인에게 빨리 소식을 전하려고 치맛단을 이빨로
물고 달렸다. 그 바람에 몸 앞쪽에 맨살이 훤히 드러났다.

"라반 주인님이 물건을 찾고 있어요!"

하녀 아이가 다급하게 속삭였다. 라헬은 얼른 천으로 싸
놓았던 수호신상을 챙겨 자신의 거무스레한 장막 밖으로
나갔다. 거기엔 레아가 타는 낙타와 자신이 타는 낙타가 묶
여 있었다. 그 짐승들은 얼굴도 곱게 생긴 훌륭한 낙타들이

었다. 구부정한 목, 옛날 옛적의 뱀처럼 영리함을 자랑하는 머리, 모래에 빠지지 않도록 방석처럼 넓은 발이 인상적이었다. 종들이 넉넉하게 깔아준 짚 위에 느긋하게 앉은 짐승들이 거드름을 피우며 주둥이를 우물거리며 뭔가를 씹고 있었다. 라헬은 바로 그 짚을 헤집어 깊숙한 곳에 장물을 쑤셔 넣고는 그 위에 자리를 잡고 앉았다. 입 안에 든 것을 우물우물 씹으며 어깨너머로 그녀를 바라보는 낙타들 바로 앞이었다. 그런 자세로 그녀는 라반이 오기를 기다렸다.

라반은 제일 먼저 야곱의 장막으로 달려갔다. 사위의 살림도구를 밑에서부터 위까지 샅샅이 뒤지느라, 바닥 양탄자도 털고 침대의 매트도 들추고 셔츠와 외투 그리고 담요까지 모두 뒤집어보았다. 그러다 야곱이 라헬과 즐겨 하던 놀이, '나쁜 눈길'에 쓰는 돌멩이들이 보관되어 있는 상자를 떨어뜨려 말이 다섯 개나 부서졌다는 것도 우리는 잘 안다. 그때부터 라반은 화가 났다. 여하튼 어깨를 한번 들썩이고는 레아의 처소로 갔다가 이어 질바와 빌하의 처소로 찾아갔다. 그리고 구석구석 뒤지면서 여자들의 은밀한 부분까지 샅샅이 훑었다. 그 와중에 여자들이 쓰는 핀셋에 찔려 파르르 떨기도 하고, 눈을 길다랗게 보이기 위해 여자들이 칠하는 초록색 가루를 수염에 덮어쓰기도 했다. 그렇게 열을 내면서 뒤지는 행색이 얼마나 서투른지, 사람들에게 우스꽝스러워 보이지 못해 안달난 사람처럼 보였다. 마치 그것이 자신이 해야 할 몫이라는 것을 스스로도 막연하게나마 느끼고 있는 듯했다.

이윽고 라반은 라헬이 앉아 있는 곳에 이르렀다.

"잘 있었느냐, 얘야! 날 볼 줄은 생각도 못했겠지."

"네!"

라헬이 대답했다.

"아버지께서는 뭘 찾으시는 건가요?"

"난 도둑맞은 물건을 찾고 있다. 지금까지 장막이란 장막은 다 뒤지고, 짐승 우리까지 뒤졌다."

"네, 네! 정말 안됐군요!"

그녀가 고개를 끄덕였다. 두 마리의 낙타가 거만하게 미소 지으며 어깨너머로 그녀를 바라보았다.

"왜 제 서방님 야곱은 함께 찾지 않나요?"

"도와준다고 해도 아무것도 안 찾을 사람이니까, 나 혼자 찾는 게 낫다. 날씨는 왜 이렇게 더운지 모르겠구나. 길르앗 산마루에 걸려 있는 태양 탓인 모양이다. 그래서 이렇게 땀이 뻘뻘 나는구나."

"네, 네. 정말 안됐군요!"

그녀는 같은 말을 되풀이했다.

"제 처소가 저기예요. 들어가서 보세요. 꼭 그러셔야 한다면 말이에요. 하지만 제 항아리들과 숟가락은 조심하세요! 아버지는 수염까지 초록색이 되었군요!"

라반은 머리를 숙여 장막 안으로 들어갔다가는 금방 라헬과 짐승들이 있는 곳으로 돌아왔다. 그리고 한숨만 쉬고 말이 없었다.

"도둑맞은 물건이 안에 없던가요?"

그녀가 물었다.

"내 눈에는 안 보이는구나."

"그러면 다른 곳에 있겠죠."

라헬이 말했다.

"제가 아버지께서 오셨는데도 일어나서 예를 갖추지 않으니 이상하시죠? 몸이 불편해서 움직이기가 어려워서 그래요."

"왜 불편하다는 거냐?"

라반이 궁금해 했다.

"몸에 열이 났다가 금방 식고 그러느냐?"

"아뇨, 그건 아니에요. 그저 좀 불편스러워요."

"아니, 어디가 불편한데?"

그가 다시 물었다.

"이빨에 벌레가 먹었느냐? 아니면 어디 종기라도 생겼느냐?"

"아, 아니에요, 아버지. 여자들한테 생기는 문제예요. 전 지금 달거리 중이거든요."

그녀의 대답에 낙타들이 조롱하듯 거만한 표정을 지으며 어깨너머로 미소를 보냈다.

"그것뿐이냐?"

라반이 말했다.

"그렇다면 그건 괜찮아. 네가 달거리를 한다니 오히려 다행스럽구나. 임신을 한 것보다는 훨씬 낫지. 넌 아이 낳는 재주는 별로 없으니까. 잘 있거라! 난 도둑맞은 것을 찾으러 가야겠다."

그 말만 남기고 라반은 자리를 떠서 오후 늦게까지, 햇살이 기울 때까지 거의 만신창이가 되도록 뒤지고 또 뒤졌다.

이윽고 고개를 떨구고 야곱에게 돌아온 라반의 모습은 한마디로 말이 아니었다. 온몸에 깨끗한 구석이라고는 없고 힘은 힘대로 빠지고, 정신도 멍했다.

"자, 어디 우상들이 있던가요?"

야곱이 물었다.

"아마 어디에도 없는 듯하이."

라반이 두 팔을 들어 올렸다가 힘없이 늘어뜨렸다.

"아마?"

야곱은 기가 막혔다. 모처럼 물을 만난 물레방아처럼 그는 기세등등하게 나오는 대로 아무 말이나 뱉을 수 있었다.

"지금 '아마'라고 하셨습니까? 아버님 물건을 못 찾으시고 겨우 하시는 말씀이 '아마'라고요. 그렇게 열 시간이나 화가 나서 장막이며 가축 우리를 온통 뒤집어놓으시고, 겨우 하시는 말씀이 '아마'입니까? 저나 제 가솔 중에서 한 명을 죽이겠다고 이렇게 들쑤셔 놓고도 성에 안 차신 모양입니다. 아버님은 제 살림살이를 하나도 빼놓지 않고 다 뒤지셨습니다. 물론 제가 그렇게 하셔도 좋다고 했습니다만, 아무리 그랬어도 아버님께서 하신 행동은 너무 심하셨습니다. 그런데 아버님 물건 중에서 대체 뭘 찾으셨습니까? 여기서 말씀해 보십시오. 아버님과 제 가솔들이 모두 듣는 자리에서 제게 또 따져보십시오. 우리 두 사람 중 누가 옳은지 사람들이 공평하게 판단하게 어디 말씀 좀 해보십시오! 그렇게 저를 죽이려고 땀을 뻘뻘 흘리며 몸까지 더럽히지 않으셨습니까? 자, 제가 아버님한테 무슨 짓을 했다는 겁니까? 아버님을 처음 찾았을 때, 저는 청년이었습니다. 그렇지만 지금은 중년입니다. 그리고 유일하신 분께서 절 더 오래 살도록 해주시길 바랄 뿐입니다. 전 그 오랜 세월 동안 세상에 둘도 없는 큰 종으로 아버님을 섬겼습니다. 지금까지는 쑥스러워서 이런 말을 입에 담아 본 적이 없지만 화가 나서 이런 말까지 하게 된 겁니다. 저는 아버님께 물을 찾아드렸습니다. 아버님은 그 덕분에 이슬라누의 아들들에게 바치던 공물의 부담에서도 벗어나게 되셨습니다. 어디 그뿐입니까? 아버님 자신부터도 샤론 계곡의 장미처럼 활짝 피어나셔서, 여리고 분지에 있는 대추야자나무처럼 열매를 맺으셨습니다. 또 아버님의 염소는 곱절이나 되는 새끼를 낳았고, 양들은 쌍둥이 새끼를 낳았지요. 제가 아버님 가축떼 중에서 숫양 한 마리라도 먹었으면 절 치십시오. 저는 영양들과 함께 풀을 뜯어먹었고 가축들과 함께 수통의 물을 마셨습니다. 전 그렇게 아버님을 위해서 일했습니다. 14년은 아버님의 딸들을 얻기 위해 일했고 6년은 아무 대가도 받지 않고 일했고, 또 5년은 아버님 가축떼의 찌꺼기를 얻고 일했습니다. 낮이면 더위에 몸이 만신창이가 되고, 밤이면 이슬을 맞으며 초원에서 떨었습니다. 그리고 가축들을 지키느라 잠 한번 제대로 잔 적이 없습니다. 그러다 어쩌다 불행하게도 가축떼에 뭔가 변고가 생기거나, 아니면 사자 한 마리가 가축을 잡아먹기라도 하는 날에는 제 결백을 믿지 않으시고 제게 보상토록 하셨죠. 마치 제가 밤낮 놀고먹기라도 한 듯이 말입니다. 그리고 아버님께서는 제 품값을 기분 내키는 대로 바꿔서, 진짜 부인을 맞는 줄 알았는데 엉뚱하게 레아를 들이밀었습니다. 그건 평생 동안 철천지한으로 남을 겁니다! 제 조상의 주인님, 야후, 그 강대한 분께서 제 편을 들어주시지 않았더라면, 아마도 전 처음 아버님께 왔던 그 모습처럼 빈손으로 떠나야 했을 겁니다. 하지만 그분께서는 그것을 원치 않으셨고 자신의 축복이 조롱거리가 되지 않게 하셨습니다. 단 한번도 그분은 낯선 자에게 말씀을 하신 적이 없는데, 저를 염려하셔서 아버님께는 말씀을 해주시고 저와 다정하게 대화하라고 책망하셨습니다. 그런데 이렇게 절 찾아오셔서 제가 아버님의 신들을 훔쳤다고 고래고래 고함을 지르는 것이 다정한 대화라는 건가요? 그리고 종일 찾아 헤매고도 찾지 못하니까 겨우 하신다는 말씀이 '아마' 라니요!"

라반은 말이 없었다. 그저 한숨만 토해냈다.

"자네 말재주는 어쩌면 그렇게 능란한가."

이윽고 라반이 지친 목소리로 말했다.

"도저히 당할 재간이 없네. 자네는 이렇게든 저렇게든 상대방을 막다른 골목으로 몰고 가니까. 이렇게 사방을 둘러보면 꿈을 꾸는 것 같으이. 눈에 보이는 것마다 모두 내 것이야. 내 딸들, 아이들, 가축떼와 수레, 그리고 짐승들과 종들이 다 내 것이야. 그런데 내 것들이 자네 손안에 들어갔어. 어떻게 그렇게 되었는지는 나도 모르네. 그런데 자네는 내 것을 모두 다 데리고 내 곁을 떠나려 하네. 모든 게 꿈만 같아. 이거 좀 보게나. 난 화해할 생각이네. 난 자네와 사이 좋게 지내고 싶으이. 그러니 앞으로 잘 지내기로 약조하고 평화롭게 헤어지세나. 살아 생전에 자네 때문에 속을 끓이고 싶진 않네."

"그건 듣기 괜찮은 말씀이로군요."

야곱이 대답했다.

"그리고 지금 하신 말씀은 '아마' 와 같은 모욕적인 말과는 다르게 들리는군요. 저도 아버님께서 말씀하신 그대로 하고 싶습니다. 보세요. 아버님이 누구십니까? 제게 성처녀를 생산해 주신 분입니다. 제 아들의 어머니 라헬 말입니다. 아버님의 아름다움을 닮는 정도가 아니라 그보다 더 큰 아름다움을 지닌 아버님 딸이 바로 제 아내가 아닙니까? 그러니 제가 어찌 사랑하는 딸과 헤어지는 아버님의 서운한 마음을 모르겠습니까? 그런 건 저주받아 마땅합니다. 전 다만 아버님께 이별의 슬픔을 조금이나마 덜어드리려고 조용히 제 식구들을 데리고 떠났던 겁니다. 하지만 이제 우리가 좋은 마음으로 헤어지게 되면, 저 역시 아버님을 편안한 마음으로 기억할 수 있게 될 겁니다. 제가 저희의 언약을 기념하는 의미로 비석을 하나를 세우겠습니다. 그래도 되겠습니까? 이건 제가 좋아서 하는 일입니다. 그리고 아버님이 거느리신 네 명의 종들과 제가 거느린 네 명의 종들로 하여금 돌 더미를 쌓게 하여 언약식을 갖고 주님 앞에서 사이좋게 식사를 하는 겁니다. 어떠세요? 괜찮으십니까?"

그러자 라반이 말했다.

"그런 것 같으이. 다른 방법도 없지 않은가."

그러자 야곱은 자리를 옮겨 길쭉하게 잘생긴 돌로 비석을 세웠다. 그건 신께서 그곳에 계신다는 표시인 셈이었다. 그러나 야곱은 그 일만 하고 산에 널려 있는 온갖 잔돌들과 자질구레한 잡동사니들을 모아 돌 더미를 쌓는 일은 여덟

명의 다른 남자들이 했다. 그리고 야곱과 라반 두 사람은 그 위에서 단둘이 식사를 했다. 거세된 숫양으로 만든 요리였다. 야곱은 접시에 담긴 기름진 꼬리 부분을 그저 맛만 조금 보고, 거의 통째로 라반에게 건네주었다. 이렇게 노천에서 이쪽과 저쪽을 나누는 돌 더미 위에 앉아 음식을 나눠 먹으며 두 사람은 눈빛과 손을 주고받으며 앞으로 사이좋게 지내기로 언약했다. 라반은 딱히 댈 것도 없어서 맹세할 때 딸들의 이름을 걸었다. 야곱은 조상들이 대대로 섬겨온 신과 자신을 염려할 이사악의 이름을 걸고 맹세했다. 절대로 아내들을 함부로 대하지 않을 것이며, 그들 이외에 다른 어떤 부인도 취하지 않겠다고. 돌 더미와 식사가 그 증인이 되어야 했다. 그러나 라반에게는 딸들이 그렇게 중요하지 않았다. 딸들은 구실이었을 뿐, 실제 그의 간절한 바람은 어떤 식으로든 축복받은 자와 무사히 헤어져 제발 발 뻗고 편안히 잠잘 수 있었으면 하는 것이었다.

라반은 산 위에서 자기 일행과 함께 밤을 보냈다. 그리고 다음 날 아침 여자들을 포옹하고 마지막으로 한마디 건넨 후 집으로 향했다. 야곱은 안도의 한숨을 내쉬었다. 그리고 다시 한번 한숨을 내쉬었다. 새로운 걱정거리가 있었다. 사자를 피하니 곰을 만난다고, 이제 붉은 자를 대면할 때가 온 것이다.

벤온이

여행길에 오른 야곱의 일행 중 두 명이 임신했다. 세겜에서 심각한 일들을 겪은 후, 벧-엘 쪽으로 내려가 이사악이 있는 키럇 아르바를 향해 나아갈 때였다. 여하튼 임신으로 사람들의 주목을 받은 여자가 둘이었다는 뜻이다. 누가 누구인지 구별도 하지 않는 노예들 중에서도 더러 임신한 아낙네들이 있을 수 있지만, 그들에 관해서는 이러쿵저러쿵 얘기할 거리가 없다.

임신한 건 디나, 그 가련한 아이였다. 여행 내내 얼굴을 가리고 있던 그녀는 시겜의 아이를 잉태했다. 그녀의 서글픈 임신에 대해서는 이미 혹독한 결정이 내려져 있었다. 그리고 임신을 한 또 다른 여자는 다름 아닌 라헬이었다.

이 얼마나 기쁜 일인가! 아, 이렇게 무턱대고 좋아할 일은 아니다. 생각을 더듬어 보고 얼른 입을 다물라! 라헬은 죽게 된다. 그것이 주님의 뜻이었다. 그 사랑스러운 여도둑, 우물가에서 야곱을 만났던 라헬, 라반의 양떼 사이로 아이처럼 맹랑한 눈빛으로 야곱을 바라보던 그녀는 여행 도중에 아이를 출산한 후 자리에서 일어나지 못했다. 죽을 고비를 한번은 넘겼지만, 더는 그럴 수 없었다. 라헬, 야곱의 정실, 야곱이 가장 사랑했던 이 여인의 비극은 한마디로, 받아들여지지 않은 용기의 비극이었다.

야곱의 심정이 어떠했을까? 진정으로 사랑한 부인이 숨을 멎고, 열두번째 아들을 얻기 위해 그녀가 제물로 바쳐졌을 때, 그의 마음이 어떠했을지, 감히 짐작해 볼 엄두가 나지 않는다. 이성이 무너져 내리고, 여리면서도 고고하기 이를 데 없는 감정이 저 천길 낭떠러지 먼지 구덩이 속으로 내팽개쳐졌을 상황은 상상하는 것조차 두렵다.

"주님!"

야곱은 그녀가 죽어가는 것을 보고 외쳤다.

"지금 무슨 짓을 하시는 겁니까?"

그리고 목청을 높였다.

아, 아슬아슬하다. 벌써부터 가슴이 걱정으로 오그라든다. 라헬이 죽는 것을 보고도 야곱은 특별히 한 사람을 선택하여 그에게만 사랑을 퍼붓는 자신의 감정을, 오히려 그러한 선택과 편애를 자랑스러워했던 그 교만을 떨쳐내지 않았다. 야곱은 파헤쳐진 무덤에 자신의 교만을 라헬과 함께 묻지 않았다. 그것도 모자라 이 세상을 지배하는 분께 시위라도 하듯, 자신이 이렇게 끔찍한 일을 겪었어도 여전히 아무런 교훈도 얻지 못했음을 증명해 보였다. 바로 라헬의 첫째 아들, 그림처럼 아름다운 그 아홉 살 난 소년에게 라헬에게 못다한 사랑까지 쏟아 부어, 그 아이를 곱절로 사랑한 것이다. 야곱은 말 그대로 넘쳐나는 아들 사랑으로 운명이 자신에게 또 다른 치명타를 날릴 수 있는 기회를 준 셈이었다.

감성이 풍부한 자들이 다 알면서 자유와 평안을 무시하는 것인지, 그래서 모든 것을 알면서 스스로 재앙을 자초하여, 언제든 칼을 맞을 준비를 하고 항상 두려움 속에서 살고 싶어하는 것인지는 깊이 생각해 봐야 할 문제이다. 아마도 이처럼 오만불손한 의지는 자신의 감정에 충실하여 거기서 행복을 찾으려는 사람들에게 늘 따라다니는 것이 아닌가 싶다. 그 전제 조건이 어떤 고통이라도 받겠다는 각오라는 것과, 이 세상에서 조심성 없기로 둘째가라면 서러운 게 바로 사랑이라는 사실을 모르는 사람이 어디 있겠는가. 여기서 드러나는 자연의 모순은, 이런 삶을 선택하는 사람들은 그 삶이 요구하는 짐을 짊어질 능력이 없으며, 반대로 이러한 짐을 짊어질 만한 능력을 가지고 태어난 자들은 의외로 자신들의 마음을 노출시킬 생각이 전혀 없기 때문에, 그들에게는 아무 일도 일어나지 않는다는 점이다.

거룩한 산통을 겪으며 요셉을 낳았을 때, 라헬은 서른두 살이었다. 그리고 야곱이 먼지 자욱한 아랫세상의 빗장을 부수고, 그녀를 데리고 떠났을 때는 서른일곱이었다. 또 그녀가 다시 한번 아이를 낳을 희망을 안고 세겜에서 길을 떠나야 했을 때는 마흔 살이었다. 하지만 우리나 이렇게 나이를 따지지, 라헬이나 그녀가 살던 세계의 사람들은 특별히 나이를 헤아리는 법이 없었다. 그녀는 자신이 몇 살인지 말하려면 한참 동안 생각에 생각을 거듭해야 했다. 나이는 관심의 대상이 아니었던 것이다. 서양에서는 시간을 따져가며 거기에 신경을 곤두세우는 게 자연스럽지만 세상의 동쪽에서는 이런 일이 거의 낯설기만 하다. 그곳에서는 훨씬 여유 있게 시간과 인생을 그 자체에 내맡긴다. 시간을 재고 따지는 경제학에는 별로 관심이 없는 것이다. 그래서 어떤 사람의 나이를 물으면 하나같이 대답할 준비가 되어 있지 않아서 기껏해야 어깨를 으쓱 쳐들어 보이며 대략 10년 단위로 대답하기 일쑤이다. "아마 마흔이던가, 아니면 일흔이던가?"

야곱 역시 자기 나이가 몇 살인지 잘 몰랐지만, 아무렇지 않게 생각했다. 물론 라반의 땅에서 보낸 햇수는 헤아렸지만, 다른 세월은 세어보지 않았다. 그래서 자신이 고향에 당도했을 때 몇 살이었는지도 알지 못했으며, 그저 모르는 채로 내버려두었다. 라헬의 경우, 야곱은 사랑하는 그녀와 늘 함께 지냈던 탓에, 세월이 그녀에게 당연히 남겼을 흔적도 눈치 채지 못했다. 실은 그 흐름을 감시하고 수를 헤아렸든 아니든 간에, 시간이 흐르면 응당 변화가 따르기 마련이다. 그러므로 아름답고 귀여웠던 어린 시절의 모습에서 세월이 흐르는 가운데 성숙한 여인으로 변모한 라헬이었지만, 야곱에게 그녀는 여전히 우물가에서 만난 그때의 신부였다. 자신과 함께 무려 7년을 기다리면서 초조한 나머지 눈물을 흘리곤 했던, 그래서 야곱이 입술로 그 눈물을 닦아주었던 그녀였던 것이다.

야곱은 세월이 라헬에게 남긴 여러 가지 자질구레한 흔

적은 자세히 살피지 않았다. 이들은 그냥 흐릿한 채로 두고, 세월이 지나도 결코 변하지 않는 본질적인 것만 바라보았다. 예컨대 그녀의 다정한 밤 같은 눈이 그런 것들 중의 하나였다. 근시였던 탓에 눈썹 사이를 모으며 찡그리곤 하던 두 눈, 그리고 콧등이 볼록 솟은 귀여운 코, 특이하게 맞닿은 입술 생김새, 거기 편안히 쉬고 있는 미소. 이 입술 모양과 미소는 거의 신처럼 떠받들어진 아들에게 그대로 대물림되기도 했다. 그리고 무엇보다도 그녀의 성격도 거기에 속했다. 그녀는 머리가 영리했고 심성이 부드러운 사람인 동시에 용기가 있는 여인이었다. 아무리 어려운 일이 닥쳐도 굴하지 않고 용감하게 맞서려는 당당한 자세가 우물가에서 그녀를 처음 본 야곱의 마음을 사로잡았고, 세겜 앞의 장막에서 자신의 임신 사실을 알렸을 때, 다시 한번 강렬하게 사랑스러운 모습으로 표출되었다.

'한 명만 더!' '주님, 그이의 수를 늘려 주소서!'

사경을 헤매면서 그녀가 첫 아이에게 주었던 이름의 뜻이 바로 그러했다. 그리고 이제 요셉, 즉 아들이 또 늘어야 할, 다시 말해서 야곱의 또 다른 아들이 태어나야 할 시점에 이르자, 그녀는 조금도 두려워하지 않았다. 예전에 야곱을 '늘리기' 위해, 곧 자손 증대를 위해, 그리고 여자로서의 명예를 얻기 위해 첫아들을 출산하면서 끔찍한 산고를 치렀던 그녀였건만, 기꺼이 그 고난을 되풀이하려는 각오까지 되어 있었다.

그녀의 명랑한 성격 탓도 있었겠지만, 여기서는 아마도 여자라는 존재만이 지닌 망각 현상이 한몫한 게 아닐까 싶다. 아이를 낳다가 죽을 고비를 넘긴 여인들이 다시는 그런 생고생을 하지 않겠다며, 앞으로는 절대로 남자를 보지 않겠다고 장담해놓고는 언제 그랬더냐 싶게 어느새 그 다음 해에 임신을 하지 않는가. 이처럼 그때의 고통스러웠던 기억은 여자들에게는 묘하게도 빨리 날아가 버린다. 반면 야곱은 그때의 생지옥을 잊지 않고 있었다. 라헬의 몸이 9년이나 쉬다가 새삼스럽게 또다시 잔혹한 파열의 도가니에 던져진다 생각하니 겁부터 덜컥 났다. 한편으로는 아들의 숫자가 십이성좌의 숫자와 똑같아진다는 생각에, 기분이 과히 나쁘지 않은 것도 사실이었다.

그러나 자신이 어린 요셉을 제일 사랑한다는 것은 모르는 사람이 없는데, 동생이 생긴다면 훼방꾼이 등장하는 게 아닌가 싶어 선뜻 내키지 않았다. 원래 막내가 귀여움을 독차지하는 게 보통이었다. 그러니 요셉, 이 매력적인 아이가 이제 태어날 동생 때문에 막내자리도 넘겨주고 사랑도 뺏기면 어쩌나 은근히 걱정스러웠던 것이다. 아버지가 될 야곱의 마음은 여하튼 이렇게 뒤숭숭했다. 한마디로 어떤 불길한 예감에 사로잡힌 탓인 듯, 라헬의 임신 고백을 들었던 그 순간에도 그다지 행복하지 않았다.

라헬이 야곱에게 키스레브에서 처음으로 그 사실을 고백했을 때는, 여전히 겨울비가 내리던 중이었다. 디나, 그 귀여운 아이가 겪게 될 가련한 운명은 저만큼 떨어져 있었다. 야곱은 임신한 라헬에게 특별한 배려를 아끼지 않았고, 그 어느 때보다도 그녀를 떠받들며 보살폈다. 구토를 할 때면 슬픔에 잠겨 양손으로 그녀의 머리를 받쳐주고, 얼굴이 더 창백해지는 것은 물론 몸까지 수척해지는 걸 볼 때면 주님을 소리쳐 불렀다. 오로지 몸 한가운데 볼록하게 솟아오른 부분만 열심히 커지고 있었다. 그 안에 들어 있는 열매는 아무것도 모른 채, 얼마나 노골적으로 이기심을 드러내는지 잔혹할 정도였다. 동굴 안의 태아는 무조건 강해질 생각에 다른 것은 아랑곳하지 않고, 그 안에 있는 즙과 힘을 다 빨아들였다. 이 모두가 아이를 몸에 담고 있는 자의 희생을 요구했다. 아이는 그게 악인지 혹은 선인지 생각할 겨를도 없이 그녀로부터 자신이 필요한 것을 모조리 빨아먹었다. 만약 태아가 이런 상황에 대해 자신의 입장을 표명할 수 있었더라면, 또 입장이라는 게 단 하나라도 있었다면, 분명 이런 것이었으리라.

어머니는 내가 씩씩하게 자랄 수 있는 수단으로, 내가 강해지는데 필요한 보호막이요, 먹이를 주는 골짜기이며, 아무 소용도 없는 껍데기며 콩깍지에 지나지 않는다. 그 안에서 중요한 물건이 밖으로 미끄러져 나오고 나면, 길가에 던져버려도 되는 껍데기 말이다.

물론 태아는 말도 못했고 생각도 못했다. 하지만 그 안에 깔려 있는 생각은 분명 그러했다. 라헬은 태아가 설령 그런 생각을 갖고 있다 하더라도 아이를 용서한다는 듯이 미소를 지었다. 임신이 항상 이런 수준의 희생을 요구하는 것은 아니다. 꼭 그럴 필요도 없다. 그러나 라헬의 경우 자연은 그렇게 만들었다. 그리고 이 사실은 요셉을 낳을 때 여지없이 드러났다. 그러나 그때만 해도 이번처럼 위험천만하지는 않았고, 야곱 또한 지금처럼 경악하지는 않았다.

늘 붙어다니는 장성한 아들 시므온과 레위가 제멋대로 세겜에서 잔혹한 짓거리를 벌였을 때, 야곱이 격분한 것도 실은 라헬이 걱정스러웠던 탓이다. 열매만 튼튼할 뿐 자신은 피골이 상접한 연약한 임산부를 데리고 여행길에 오를 생각은 꿈에도 하지 않았다. 그런데 이 정신 나간 아들놈들이 자신들의 명예를 지키고 복수를 한답시고 그런 짓을 저질렀던 것이다. 생각이라고는 전혀 없는 것들! 하필이면 이때, 분을 못 삭여 남자들을 때려죽이고 황소들을 닥치는 대로 불구로 만들 게 뭐란 말인가! 이들은 레아의 자식들이었다. 이들을 그렇게 날뛰게 만든 디나 또한 레아의 자식이었다. 이들에게야 아버지가 가장 사랑하는 부인이며 정실 부인인 라헬이 몸이 약하거나 말거나 무슨 상관이 있었겠는가? 아버지가 그녀를 걱정하든 말든 알게 뭔가! 아무리 생각이 없어도 그렇지, 그런 것 하나 배려할 줄 모르다니. 그러나 기왕지사 엎질러진 물이니 그곳을 떠날 수밖에 없었다.

라헬이 임신 사실을 털어놓은 지 여덟 달하고 조금 더 지난 후였다. 이 기간은 한 달, 또 한 달 헤아려진 라헬의 시간이었다. 달이 커졌다 줄어들었다 하는 사이 그녀의 몸 안에 있는 아이는 커졌고, 그녀는 줄어들었다. 그때는 꽃이 만발하는 계절에 시작한 새해가 여섯번째 맞는 엘룰 달(8/9월—옮긴이)이었다. 이 뜨거운 한 여름철은 여행하기에 적당한 시기가 아니었다. 그러나 야곱에게는 다른 도리가 없었다. 야곱은 라헬을 아주 영리한 나귀의 등에 태웠다. 낙타를 타게 되면 많이 흔들려서 행여 몸에 무리가 될까 염려했던 것이다. 라헬은 가장 덜 흔들거리는 등판의 맨 뒤쪽에 앉았다. 그리고 종 두 명이 나귀를 끌었다. 만일 휘청거리거나 발이 돌부리에라도 걸어차이는 날이면 두들겨 맞을 줄 알라고 단단히 일러두었다.

야곱은 이렇게 최종 목적지인 헤브론을 향해 가축떼를 이끌고 여행길에 올랐다. 그는 일행의 대부분을 헤브론으로 직행하게 하고, 자신과 아내들 그리고 몇몇 가솔들만 가까이 있는 벧-엘로 향했다. 이 거룩한 성지가 자신을 추적과 공격으로부터 지켜주리라 믿었던 것이다. 그러나 속으로는 '머리가 드높이 올려져' 큰 위로와 용기를 얻었던 밤 생각을 하고 있었고, 이번에도 하늘에 이르는 그 계단 꿈을 꾸면서 안식을 얻고 싶었다.

바로 그게 야곱의 실수였다. 그에게는 두 가지 열정이 있었다. 주님과 라헬이 그 대상이었다. 여기서 이 두 가지가 서로 엇갈렸던 것이다. 야곱이 정신적인 것에 마음을 바치는 동안, 한편으로는 세속적인 문제에서 재앙을 끌어당기고 있었다. 생각만 있었다면 그는 곧장 키럇 아르바로 갈 수도 있었다. 그곳은 걸음을 늦추지 않으면 나흘이나 닷새면 닿을 수 있었다. 그렇게 했더라면 라헬은 실제로 그곳에서 숨을 거뒀으리라. 그랬더라면 그렇게 절망적으로 초라하게 노변에서 그런 일이 벌어지지는 않았을 것이다.

그러나 야곱은 그녀를 데리고 여러 날을 안식지 루즈에 있는 벧-엘 언덕 위에서 보냈다. 이전에 고난에 처했을 때

잠이 들었다가 높은 곳으로 들어 올려지는 꿈을 꾸었던 그 장소에서. 그랬다. 이번에도 그는 고난과 위기를 맞고 있었으므로, 다시 한번 높은 곳에서 자신의 머리를 일으켜 세워 주시고, 위대한 언약을 내려 주시길 원했다. 길갈은 상한 곳이 없었다. 하늘에서 떨어진 듯한 거무스레한 돌은 여전히 한가운데 있었다. 야곱은 그것을 가솔들에게 보여주고 자신이 잠들었다가 떠다니는 얼굴 형상을 보았던 지점도 일러주었다. 자신이 머리를 뉘였고 기름을 부었던 돌은 그러나 온데간데없이 사라졌다. 그걸 보자 울적해진 그는 다른 돌을 세웠다. 그리고 그 돌에 기름을 뿌렸다. 그런 다음 온갖 채비를 차려 불을 피우고 제사를 올리느라 며칠을 소요했다.

그곳 사람들도 이 장소를 성소라 부르긴 했지만, 야곱이 그곳에 부여하는 의미는 그들의 생각을 뛰어넘는 것이었다. 야곱은 그곳 사람들이 모르는 사실을 알고 있었다. 그 자리는 바로 신께서 현존하시는 장소가 아니던가. 따라서 그분께 제사를 올리려면 지금의 형태로는 부족했다. 우선 야(Ja)께 바칠 음식 연기를 치솟게 하려면 흙 아궁이를 만들어야 했다. 그런 다음 언덕 꼭대기에 튀어나온 바위를 주님의 식탁으로 만들고, 그쪽으로 올라가는 계단도 만든 다음, 바위를 상판으로 꾸며야 했다. 그리고 가운데 제기를 놓고 그 옆에 배수용 구멍도 뚫어야 했다. 그 일은 간단하지 않았다. 작업을 지휘한 야곱은 시간이 꽤 많이 소요되었어도 일이 제대로 끝나도록 기다렸다. 그의 가솔들은 그의 지시에 귀를 기울이며 지켜보았다.

그리고 루즈, 그 작은 도시에서도 호기심이 발동한 사람들이 줄지어 언덕 위로 올라왔다. 눕거나 쪼그린 채, 제단 앞의 넓은 공간을 가득 메운 이들은 깊은 생각에 잠기기도 하면서, 나지막한 소리로 의견도 나눠가며, 신을 전파하는 나그네의 행동을 유심히 지켜보았다. 이들은 거기서 특별히 새로운 것을 발견하지는 못했다. 그러나 근엄해 보이는 낯선 사람의 의도가 무엇인지는 곧 알아차릴 수 있었다. 그는 관습에서 벗어나 어떤 특별한 의미를 부여하려는 것 같았다.

가령, 그는 자신들에게 제물을 올리는 탁자의 네 귀퉁이에 있는 뿔이 달의 뿔이 아니며, 마르둑-바알의 황소 뿔도 아니고, 바로 숫양의 뿔이라고 설명했다. 이 말에 그들은 모두 놀라워하면서 여러 가지 의견들을 내놓았다. 그가 주님을 일컬어 아도나이라고 부르자, 이들 모두 한동안은 아름다운 자, 갈기갈기 찢긴 자, 그리하여 다시 부활한 자, 아돈을 뜻하는 줄 알았다가, 그게 아니라 다른 자를 가리킨다는 것을 깨달았다. 그들은 '엘'이라는 이름을 듣지는 못했다. 그 신이 이스라엘이라는 이름을 가진 줄 알았으나, 그것이 착각이었음이 드러났다. 아마 그 이름은 야곱이라는 남자의 이름인 듯했다. 우선 그 남자 자신을 일컫는 이름이면서 그와 함께 있는 사람들의 이름인 것 같았다. 그리고 야곱이라는 자가 그 신앙의 종주인 듯싶었다. 그래서 한동안은 그 사람이 숫양 뿔의 신이라는 의견이 나왔다가, 나중에는 그런 신인 척 행동하는 것이라는 여론도 나왔다. 그러나 곧 그것은 사실이 아니라는 게 밝혀졌다. 그 낯선 자가 신상을 만들어서는 안 된다고 말했기 때문이다. 그는 신은 육신을 가졌으나 형상은 가지지 않았고, 불이요 구름이라고 말했다. 그 소리에 어떤 사람들은 고개를 끄덕이고 또 어떤 사람들은 그럴 수가 있느냐며 거부감을 표시했다.

사람들이 보기에 야곱이라는 남자는 자신이 섬기는 신의 본질에 대해 독특한 생각을 가지고 있었다. 현명하고 엄숙해 보이는 그의 표정에 일종의 회한 같은 근심이 엿보이긴 했지만, 여하튼 그는 놀라운 모습을 보여주었다. 그곳에서 자기 손으로 직접 염소 새끼를 잡아 피가 흘러내리게 하고 달의 뿔들이 아닌 뿔들에 그 피를 바르는 모습이 그랬다. 그리고 알지 못하는 신 앞에 포도주와 기름도 풍성하게 뿌렸고 빵도 올렸다. 그 제물을 올리는 자는 큰 부자임에 틀림없었다. 자신을 위해서나, 그 신을 위해서 바치는 물건들을 보면 틀림없이 큰 부자였다. 그는 새끼 염소의 가장 좋은 부위를 연기 속에서 타 들어가도록 했다. 향료 사밈과 베사밈 냄새가 향기로웠다. 그리고 나머지 고기는 식사에 쓰였다. 그 식사를 함께 할 생각에서, 혹은 이 대단해 보이는 나그네에게 정말 감동하여 앞으로는 이스라엘의 신에게도 제물을 올리겠다고 나서는 도시 사람들이 꽤 되었다. 물론 그곳의 토속신들을 받드는 일은 중단하지 않고, 곁다리로 이스라엘의 신도 섬기겠다는 뜻이었다.

그사이 대부분의 사람들은 요셉이라 불리는 야곱의 막내아들에게 온통 마음을 뺏겼다. 아이는 믿기 어려울 정도로 아름다웠다. 이들은 아이가 손을 내밀면 손가락 끝에 입을 맞췄고, 머리 위로 손뼉을 치며 한바탕 웃고는 했다. 그도 그럴 것이 이 꼬마는 부끄러운 줄도 모르고 자신이 부모들의 사랑을 독차지하는 귀염둥이라고 버젓이 말하는가 하면, 그것이 자신의 육체와 정신이 지닌 매력 때문이라고 덧붙였기 때문이다. 사람들은 아이의 치기 어린 교만을 나무라야 할 책임감은 전혀 느끼지 않고 그저 마음껏 즐겼다. 타인의 자녀를 대하는 우리들의 태도가 원래 그렇지 않은가.

이곳에 머무는 동안 늦은 시간이면 야곱은 유독 혼자서 조용한 시간을 갖곤 했다. 밤에 신의 계시를 받는 꿈을 꾸기 위한 준비였다. 그런 꿈들이 꾸어지기도 했다. 청년 시절 이곳에서 꾸었던 꿈처럼 명백하고 강력한 것은 아니었지만, 여하튼 큰 꿈임에는 확실했다. 마음을 고양시켜 주되 평범하며, 확실하기보다는 아련하게 들리는 그 음성은 야곱에게 미래의 번영을 들려주었고 아브람과 피로 맺은 자신의 동맹과 야곱이 얍복 여울에서 얻었던 이름 이야기도 해주었다. 두려워서 벌벌 떨던 밤, 얍복 여울에서 잠을 자다가 낯선 자와 씨름을 벌여 그로부터 얻어냈던 새 이름을 사용하고, 더 이상은 옛날 이름 야곱으로 부르지 말라는 그분의 명령에 야곱은 새로 태어나는 감격을 느꼈다. 마치 이제 큰 획이 그어져, 옛것이 쓰러지고 시간과 세상이 최초의 시작을 맞는 새로운 단계가 도래한 것만 같았다.

이런 내적 체험은 표정에도 고스란히 흔적을 남겨 사람들은 감히 야곱에게 가까이 갈 엄두를 내지 못했다. 그는 깊은 사색에 잠기거나 여러 가지 일로 바삐 움직여야 했던 탓에 라헬의 심각한 상태는 잊어버린 듯했다. 그러나 누구도 감히 그에게 충고할 수 없었다. 만삭의 여인은 더더욱 그럴 수 없었다. 그녀의 몸은 길을 재촉했지만, 그녀는 야곱에게 자신의 처지를 일깨우지 않았다. 오로지 사랑하는 남편을 위해, 깊은 사색에 잠겨 있는 그를 방해하지 않으려고 다소곳이 뒤로 물러나 있었다. 이윽고 야곱이 출발을 명했다.

예부스, 혹은 우루살림이라 불리던 곳에 올리브 나무가 우거진 산이 있었다. 그곳에는 푸티혜파라는 히타이트(헷족─옮긴이) 남자가 이집트 아문의 명을 받아 목자와 세리로 일하고 있었다. 이 산에서는 마음만 먹으면 야곱의 일행이 지나가는 모습을 볼 수 있었다. 그리고 실제로 이 남자는 그 여행 행렬을 지켜보았다. 산 아래로 벧-엘 쪽에서 오는 사람과 짐승의 행렬이 조그맣게 보였다. 예부스 성지를 들렀다 갈 생각이 없는지, 행렬이 활처럼 휘어져 여름날의 열기로 바싹 타 들어간 드넓은 구릉지를 지나, 라하마의 집, 혹은 벧-라헴이라 불리는 도시가 있는 남쪽으로 향하고 있었다.

야곱은 예부스에 들릴 생각도 없지는 않았다. 그 도시에 있는 사제들과 함께 나라의 서쪽이 고향인 태양신 살림(이 도시의 두번째 이름도 이 신에서 따온 것이었다)에 관해 이야기를 나누고 싶은 충동도 느꼈다. 이방의 거짓 신들에 관한 대화도 진정한 신이며 유일한 신이신 그분의 본질을 구체화하는데 좋은 자극제가 되리라 생각했던 것이다. 그러나 세겜에서 아들들이 이집트 주둔군과 그 대장 베세트에게 저지른 만행은 이미 오래 전에 아문의 사람인 목자 푸티혜

파의 귀에 들어갔을 확률이 크므로, 아무래도 위험부담이 컸다.

그러나 벤-라헴, 빵의 집으로 들어가서 라하마에게 향불을 피우는 자들과는 어떻게든 부활한 자, 길러 주는 자의 구현인 라하마의 본질에 관해 이야기를 나누고 싶었다. 라하마 숭배는 이미 아브라함도 관심을 보여, 제한적이긴 하지만 가까운 관계를 유지했었다. 그 도시가 앞에 나타나자 야곱은 기뻤다. 마치 반갑다고 자신에게 인사를 하는 듯했다. 때는 늦은 오후였다. 서쪽으로 가라앉던 태양이 곧 뇌우를 퍼부을 듯 푸르스름해진 구름벽을 뚫고 올라와 구릉지 위로 넓게 햇살을 쏘아대고 있었다. 그 사이로 저만치 둥글게 성벽을 쌓은 부락이 하얗게 어른거렸다. 먼지와 돌멩이들이 눈부신 햇살을 받아, 그 빛의 은총 아래 거룩해 보였다. 야곱은 가슴이 벅차 오르며 숙연해졌다. 오른쪽은 적당히 쌓아 올린 돌담 뒤로 보랏빛 포도밭이 있고, 길 왼쪽은 자갈 사이로 작은 밭들이 보였다. 멀리 보이는 산맥은 속이 훤히 비치는 여명에 물들어 제 색깔을 잃고 원래 모습을 이탈하려는 듯했다. 속이 다 뚫리다시피 한 해묵은 뽕나무 한 그루가 서 있었다. 곧 길 쪽으로 쓰러질 듯 돌로 받쳐둔 고목이었다. 바로 이 나무 곁을 지나려는데 라헬이 쓰러졌다. 혼절한 것이었다.

약한 진통은 이미 몇 시간 전부터 시작되었으나, 야곱을 불안하게 하고 싶지 않아서, 그리고 걸음을 멈추게 하지 않을 생각에서 아무 말도 하지 않았다. 그러다 느닷없이 강도를 높여 그녀를 덮친 것이다. 그 충격과 타격이 얼마나 거칠고 매몰찼던지, 강건한 열매로 말미암아 속에 구멍이 뻥 뚫린 쇠진한 여인은 곧 의식을 잃고 말았다. 야곱을 태운 키가 크고 화려한 안장을 매단 두로메다 낙타는 시키지도 않았는데 얼른 주인을 내려놓으려고 무릎을 꿇었다. 야곱은 늙은 구테 여자 노예를 소리쳐 불렀다. 티그리스 강 건너편이 고향인 그녀는 여자들 문제에 조예가 깊어서 이미 라반의 집에 있을 때부터 출산을 거들곤 했다. 사람들은 뽕나무 아래 푹신한 깔개를 깔고 그 위에 산모를 눕혔다. 숨을 쉬라고 약초를 들이밀 때나 간신히 의식을 되찾을 뿐, 좀처럼 깨어나지 않던 그녀가 기껏 정신을 차린 건 오로지 통증 때문이었다. 그녀는 다시는 혼절하지 않겠다고 약속했다.

"이젠 정신을 잃지 않겠어요."

가쁘게 숨을 몰아쉬며 그녀가 말했다.

"열심히 노력해서 얼른 끝낼 게요. 시간을 길게 끌어 여행을 지연시킬 생각은 없어요, 사랑하는 주인님. 코앞이 바로 목적지인데, 하필이면 이때 이럴 게 뭐예요! 하지만 사람이 어디 시간을 고를 수 있나요."

"그런 건 상관없다오, 내 비둘기."

그녀를 달래 준 야곱은 자신도 모르는 사이에 뭐라고 중얼거리기 시작했다. 나하린 사람들이 어려운 일을 당하면 에아에게 도움을 청하는 내용이었다.

"우리를 창조하셨으니, 질병과 열병과 오한과 불행을 막아주소서."

산파도 같은 주문을 외웠다. 그녀는 이미 부적들이 주렁 주렁 걸려 있는 마님의 목에 자기가 가지고 있던, 효력이 증명된 또 하나의 부적 목걸이를 걸어주었다. 그러나 가련한 라헬에게 곧 혹독한 시련이 닥치자 그녀는 서투른 바빌론 말로 격려해 주기도 했다.

"안심하세요, 마님, 아무리 힘들어도 꾹 참으세요! 다른 아들도 얻으셨으니, 이번 아들도 얻으실 겁니다. 제 눈에는 벌써 보인답니다. 그러니 아들을 보기 전에는 절대로 눈에서 힘을 풀지 마세요. 힘이 아주 센 아이랍니다."

힘이 세긴 했다. 중요한 건 자기뿐인 아이였다. 아이는 단호했다. 자신의 때가 왔으니 어서 빛이 있는 바깥으로 나오겠다고 몸부림쳤다. 그리고 껍데기에 불과한 어머니는 내팽개칠 심산이었다. 아이는 거의 혼자서 좁은 문을 박차고 밖으로 나왔다. 아이를 기꺼이 바깥세상으로 내보내려는 어머니의 도움 같은 건 기대하지도 않는 듯했다. 라헬은 기쁜 마음으로 아이를 잉태했고 자신의 생명으로 아이를 길렀다. 그러나 이 아이를 어떻게 밖으로 내보내야 하는지, 그 방법만은 모르는 사람이었다. 노파가 그녀에게 사지를 이렇게 저렇게 하고, 숨은 이렇게 쉬고 턱과 무릎은 이렇게 하라고 충고하면서 나름대로 애를 썼건만, 아무 소용도 없었다. 산파의 지시는 어느새 고통의 폭풍에 휩쓸려버렸고, 그녀는 뻣뻣하게 굳은 몸을 이리저리 내던지며 정신없이 몸부림쳤다. 식은땀이 비 오듯 하고 입술은 파랗게 질렸다. 그녀는 이를 악물고 "으윽, 으윽!" 비명을 질렀다. 그리고 바벨의 신들과 아이의 생산자, 곧 야곱이 섬기는 신의 이름을 번갈아 불렀다. 밤이 되어 은빛 조각배 달이 산 위에 둥실 떠올랐을 때, 그녀는 혼절 상태에서 깨어나 이렇게 말했다.

"라헬은 죽을 거예요."

사방에 쪼그리고 있던 사람들이 소리를 질렀다. 레아와 어머니가 된 몸종들, 그리고 이 자리에 함께 할 수 있었던 여인네들이 안심이라도 시키듯 팔을 내저었다. 그리고 나서 이 여인들은 다시 한번 큰 목소리로 단조로운 주문을 읊기 시작했다. 그 소리는 마치 벌떼가 쉬지 않고 윙윙거리면서 증인 노릇이라도 하려는 것 같았다. 한 팔로 절망한 여인의 머리를 안고 있던 야곱은 한참만에야 입을 열었다. 아무 높낮이도 없는 음성이었다.

"쓸데없는 소리!"

라헬은 애써 미소를 지으며 고개를 내저었다. 한순간 진통이 멎더니 잠잠해졌다. 동굴 속의 생명이, 그 질풍노도가 잠시 고민 중인 듯했다. 산파는 이것이 절반은 좋은 징조라며 한동안 이어질 수도 있다고 귀띔했다. 야곱은 그 말에 용기를 얻어 다시 길을 재촉하자고 제안했다. 들길을 조금만 더 가면 벧-라헴이었으므로, 라헬을 가마에 태워 도시 안으로 들어가서 숙소를 찾을 생각이었다.

그러나 라헬은 입술을 간신히 움직이며 야곱을 말렸다.

"여기서 시작했으니, 여기서 끝내야 해요. 그리고 거기 간들 우리가 묵을 숙소가 있는지 누가 알겠어요? 산파가 착각하는 거예요. 이제 곧 힘을 내서 서방님께 우리 둘째 아들을 안겨 드릴 거예요. 야곱, 내 남편."

불쌍한 여인, 그녀는 힘을 운운할 처지가 아니었다. 그런 말로도 자신을 속일 수는 없었다. 그녀의 가슴 깊숙이 간직된 생각은, 그녀가 분명히 알고 있던 사실은 이미 그녀의 입 밖으로 나온 후였다. 그래서 그녀는 자신이 벌써 알고 있던, 그 비밀스러운 생각을 다시 한번 떠올렸다. 그건 밤 사이 포악한 고문을 두 차례나 겪느라 심장 고동도 약해진 그녀가, 달싹거리는 것도 힘겨울 정도로 통통 부어오른 입술로 두번째 아들의 이름 이야기를 꺼냈을 때였다. 야곱은 아이의 이름을 묻는 그녀의 질문에 이렇게 답했다.

"이 아이는 둘도 없는 특별한 정실의 아들이니 벤-야민이라 부를 것이오."

"아니에요."

그녀가 말했다.

"화내지 마세요. 아이의 이름은 제가 더 잘 알아요. 살아 있는 이 아이의 이름은 벤-오니가 되어야 해요. 제가 당신께 드리는 이 아이는 그렇게 불러야 해요. 그리고 아이는 마미를 기억해야 할 거예요. 아버지인 당신과 그녀의 형상을 본떠 이렇게 예쁜 아이로 만들어주었으니까요."

야곱은 정신적인 연상에 관한 한 타인의 추종을 불허했다. 그래서 그녀의 말을 바로 알아차렸다. 마미 혹은 '지혜로운 마-마'는 신들의 어머니이며 인간의 외양을 결정하는 이쉬타르를 부르는 토속 이름이었다. 사람들은 이 여신이 자신의 형상에 따라 남자아이와 여자아이를 예쁘게 만든다고 말했다. 기력이 쇠진한 탓도 있고, 한편으로는 워낙 유머 감각이 뛰어났던 라헬이어서 형태를 만드는 여신과 실제 어머니인 자신이 서로 명확한 구분없이 뒤섞이게 내버려둔 것이다. 그녀는 요셉이 툭하면 자신을 가리켜 '마미'라고 부를 때도 개의치 않았었다.

그러나 '벤-오니'라는 이름이 '죽음의 아들'을 의미한다는 것은, 알 만한 사람은 다 알았다. 라헬은 자신이 죽을 거라는 말을 이미 야곱한테 했으면서도 잊어버렸는지, 야곱이 자신의 죽음을 청천벽력으로 여겨 이성을 잃을까봐 미리 주의를 주려한 것이다.

"벤야민, 벤야민!"

야곱은 울면서 말했다.

"나는 아이 이름을 꼭 벤야민이라고 할거요!"

이 순간 야곱은 처음으로 그녀의 머리 너머로, 은빛으로 물든 밤하늘을 바라보며, 앞으로 무슨 일이 벌어질지 이제야 알아차렸다고 고백이라도 하듯이 이렇게 물었다.

"주님, 지금 무슨 짓을 하시나이까?"

이런 경우에는 대답이 없게 마련이다. 그러나 이러한 신의 침묵 때문에 방황하지 않고, 도무지 이해할 수 없는 그분의 위력을 알아차리려고 노력하는 가운데 성숙해지는 것, 그것이야말로 인간의 영혼에 명예를 안겨다 주는 일이다. 옆에서는 갈대아 여자들과 노예들이 주문을 웅얼거리고 있었다. 이 주문으로 알 수 없는 강력한 힘들을 움직여 인간의 소원을 이루려는 것이었다. 그러나 이것이 잘못이라는 사실을 야곱은 이 순간처럼 뼈저리게 깨달은 적이 없었다. 그리고 왜 아브람이 우르에서 자리를 박차고 길을 떠났는지 이제야말로 제대로 알 것 같았다. 야곱은 신의 무서운 위력을 되새기며 공포를 느꼈다. 그러나 직관의 힘까지 사라진 것은 아니었다. '신은 과연 누구인가'를 화두로 삼은 그의 사색은 지금까지 항상 근심스러운 표정으로 나타나곤 했었다. 그런데 이 처절한 밤, 신에 대한 그의 사색은 뭔가 얻은 게 있었다. 그런 의미에서는 라헬의 고통과도 어느 정도 닮았다. 그리고 그녀의 사랑도 마찬가지 뜻을 지니고 있었다. 그녀는 남편 야곱이 자신의 죽음을 통해 정신적으로 보다 성숙해지길 원했다.

밤이 마지막 불침번을 끝낼 무렵, 하늘이 어렴풋이 밝아지고 동이 막 트려는데, 아이가 태어났다. 노파는 아이가 질식할 위기에 처하자, 밖으로 힘껏 잡아당겨야 했다. 가련한 라헬은 더 이상 비명도 지를 수가 없었다. 그녀는 다시 혼절했다. 울컥울컥 피가 얼마나 쏟아지는지 팔목의 맥박이 잡히지 않았다. 얄팍한 실핏줄만 뛰더니 그것마저 사라져버렸다. 다행히 그녀는 아이가 살아 있는 모습을 보았다. 생긋이 미소를 지어보인 그녀는 그후 한 시간을 더 살아 있었다. 그사이 요셉을 불러왔지만 더 이상 알아보지 못했다.

그녀가 마지막으로 눈을 떴을 때, 이제 막 붉어지기 시작한 동쪽에서 그녀의 얼굴에 붉은 아침 햇살을 비춰 주었다. 그녀는 자신을 내려다보고 있는 야곱의 얼굴을 쳐다보았다. 그리고 양미간을 모으며 헛소리를 했다.

"어머, 낯선 자도 한 명 있군요!……. 왜 저한테 입을 맞춰도 된다는 거죠? 당신이 먼 곳에서 온 제 사촌이라서요? 그리고 우리 두 사람이 같은 할아버지의 자손이기 때문인가요? 그렇다면 제게 입을 맞추세요. 우물가의 돌 옆에 앉아 있는 목동들이 흥겨워서 루, 루, 루! 라고 외치는군요."

야곱은 떨리는 입술로 그녀에게 마지막으로 입을 맞췄다. 그러자 그녀가 또 이렇게 말했다.

"당신은 절 위해 남자의 팔 힘으로 돌을 치웠어요, 야곱, 내 사랑. 이제 또 한번 구덩이에서 돌을 치워 라반의 자식을 그 안에 묻어주세요. 전 당신 곁을 떠나 곧 죽을 테니까요. 아, 제게서 모든 짐이 떨어져 나갔군요. 어린 시절의 짐, 인생의 짐이 이렇게 떨어져 나갔으니 이젠 밤이 찾아올 거예요. 야곱, 서방님, 용서하세요. 전 당신께 아이들을 많이 낳아드리지 못했어요. 겨우 아들 둘만 안겨 드렸군요. 하지만 그 두 아들, 축복받은 아이 요셉과 죽음의 아들, 이 아이들을 두고 가야 한다는 게 너무 가슴 아파요. 그리고 당신을 떠나는 것도 너무 힘들어요. 야곱, 내 사랑. 우리는 정말 서로에게 진정한 남편이고 아내였어요. 이제부터 당신은 라헬 없이 사색하면서 신이 누구인지 알아내셔야 해요. 마무리 잘하시고 몸조심하세요. 그리고 절 용서하세요."

그리고 마지막 숨을 토해냈다.

"제가 수호신상을 훔쳤어요."

그때 죽음이 덮쳐 그녀의 숨을 끊었다.

야곱의 손짓에 웅얼웅얼 주문을 외우던 소리가 뚝 그쳤다. 다들 그녀의 이마에 입을 맞추려고 무릎을 꿇었다. 그러나 야곱은 여전히 양팔로 그녀의 머리를 받친 채 꼼짝도 하지 않았다. 하염없이 흘러내리는 눈물이 그녀의 가슴을 적셨다. 잠시 후 사람들이 가마를 만들어 고인의 시신을 벧-라헴이나 혹은 헤브론으로 운반해서 거기 묻어야 하지 않겠느냐고 물었다.

"아니다."

야곱이 말했다.

"여기서 시작했으니 여기서 끝을 맺으리라. 그분이 이곳에서 그녀를 거둬 가셨으니 여기 묻혀야 한다. 무덤을 파거라. 저기 담 옆에 구덩이를 파도록 해라! 짐 꾸러미에서 부드러운 아마포를 꺼내거라. 그 천으로 그녀를 쌀 것이다. 그리고 무덤에 세울 비석을 고르도록 해라. 그런 후에 이스라엘은 다시 길을 떠날 것이다. 라헬 없이 아이들만 데리고."

남자들이 땅을 파는 동안 여자들은 머리를 풀고 가슴을 풀어헤쳤다. 그리고 흙먼지를 물과 섞어 가슴에 마구 문지르며 슬픔을 표현했다. 그런 다음 피리소리에 맞춰 애절한 노래 '자매를 잃은 비탄'을 부르면서, 한 손으로는 정수리를, 다른 손으로는 가슴을 쳤다. 야곱은 그러나 사람들이 그에게서 라헬을 데려갈 때까지 여전히 양팔로 라헬의 머리를 안고 있었다.

가장 사랑했던 여인의 몸은 흙으로 뒤덮였다. 주님이 그의 품에서 그녀를 앗아간 길가에 무덤이 완성되자, 이스라엘은 다시 길을 떠났다. 그리고 옛날 망대, 곧 믹달 에델(믹달은 망대, 에델은 옛날을 뜻함—옮긴이)이라 불리는 도시 근처에 자리를 잡았다. 이곳은 르우벤이 아버지 야곱의 첩 빌하와 죄를 지어 저주를 받게 되는 곳이다.

《두번째 이야기로 이어집니다》

요셉과 그 형제들 1

펴낸날	초판 1쇄 2001년 11월 20일
	초판 4쇄 2020년 4월 18일

지은이	**토마스 만**
옮긴이	**장지연**
펴낸이	**심만수**
펴낸곳	**(주)살림출판사**
출판등록	**1989년 11월 1일 제9-210호**

주소	**경기도 파주시 광인사길 30**
전화	**031-955-1350** 팩스 **031-624-1356**
홈페이지	http://www.sallimbooks.com
이메일	book@sallimbooks.com

ISBN	978-89-522-0065-5 04850
	978-89-522-0064-8 04850(세트)